William Boyd

Die neuen Bekenntnisse

Roman

Aus dem Englischen
von Friedrich Griese

Kampa

Die Originalausgabe erschien 1987 unter dem Titel
The New Confessions im Verlag Hamish Hamilton, London.
Die deutsche Erstausgabe erschien 1989 im
Verlag Zsolnay, Wien / Darmstadt.

www.kampaverlag.ch
Satz: Tristan Walkhoefer, Leipzig
Gesetzt aus der Stempel Garamond LT
Druck und Bindung: Friedrich Pustet, Regensburg
Auch als E-Book erhältlich
ISBN 978 3 311 10008 9

Monsieur Rousseau umarmte mich. Er küsste mich einige Male und hielt mich mit anmutiger Herzlichkeit in den Armen. Oh, ich werde nie vergessen, dass mir dies widerfahren ist. ROUSSEAU: »Auf Wiedersehen, Sie sind ein feiner Kerl.« BOSWELL: »Sie haben mir sehr viel Freundlichkeit erwiesen. Aber ich habe sie verdient.« ROUSSEAU: »Ja, Sie sind boshaft, aber es ist eine wohltuende Bosheit, eine Bosheit, die mir nicht missfällt. Schreiben Sie und teilen Sie mir mit, wie es Ihnen geht.« BOSWELL: »Und Sie, werden Sie mir schreiben?« … ROUSSEAU: »Ja.« BOSWELL: »Auf Wiedersehen. Wenn Sie in sieben Jahren noch am Leben sind, werde ich wieder von Schottland in die Schweiz kommen und Sie besuchen.« ROUSSEAU: »Tun Sie das. Wir sind dann alte Bekannte.« BOSWELL: »Noch etwas. Darf ich annehmen, dass mich weiterhin ein Faden mit Ihnen verbindet, und sei es nur ein Fädchen? Ein Haar?« (*Ich greife nach einem Haar meines Hauptes.*) ROUSSEAU: »Ja. Denken Sie stets daran, dass es Punkte gibt, in denen unsere Seelen miteinander verbunden sind.« BOSWELL: »Das genügt. Ich mit meiner Melancholie, der ich mich oft als ein verächtliches Wesen betrachte, ein nichtswürdiges Geschöpf, das seinen Abgang aus dem Leben machen sollte – ich werde von nun an von dem Gedanken aufrechterhalten, dass ich mit Rousseau verbunden bin. Auf Wiedersehen. Bravo! Ich werde bis ans Ende meiner Tage *leben.*« ROUSSEAU: »Das muss man wohl unzweifelhaft. Auf Wiedersehen.«

The Private Papers of James Boswell

Anfänge

Das Erste, was ich tat, als ich diese Welt betrat, war, meine Mutter zu töten. Als kräftiger, rötlich glänzender Siebenpfünder wurde ich an einem kalten Märztag 1899 in Edinburgh aus ihrem Leib ausgestoßen. Gern stelle ich mir vor, dass ihr einige Stunden lang bewusst war, wieder einen Sohn bekommen zu haben, aber ich habe keinen Beweis dafür. Das Datum meiner Geburt ist das Datum ihres Todes, und damit begann mein ganzes Unglück. Mein Vater? Mein Vater war in der Vorlesung bei seinen Anatomiestudenten in der Universität. Sogleich wurde jemand geschickt, um ihn von der Entbindung meiner Mutter zu unterrichten, aber der Bote, ein begriffsstutziger Dienstmann namens McPhail, kam nicht in den Hörsaal hinein. Mein Vater wollte sich nicht unterbrechen lassen und pflegte die Türen von innen zu verschließen. Ich glaube, an diesem Tag lag sogar ein Leichnam auf dem Leichensockel vor seinem Lesepult. Nachdem er versucht hatte, die Tür zu öffnen, spähte der Bote, McPhail, durch die Türscheibe, sah die Leiche und beschloss angeekelt, bis zum Ende der Vorlesung zu warten. Später tauchte mein Vater auf, um die gute und die schlechte Nachricht zu erfahren. Als er im Krankenhaus eintraf, war ich am Leben, und seine Frau war tot.

Was empfand er? Fast sehe ich es noch vor mir, wie er sich mit seinem blutleeren, knochigen Gesicht, mit den dichten Büscheln unrasierter Bartstoppeln auf den Backenknochen über das Kinderbettchen beugt. Gewöhnlich zeigte sich keinerlei Regung darin. Weder Freude noch Verzweiflung. Vielleicht wurde der Tabakgeruch, der normalerweise in seinen Kleidern hing (er rauchte 60 Stück pro Tag), von einer schwachen Ausdünstung von Kampfer und Formaldehyd überlagert.

Auch seine Hände, die fest auf dem Bettrahmen ruhten, waren meist parfümiert, mit Karbol, und die Nägel waren weiß umrandet von Resten des Talkumpuders, das das Gummi seiner grauen, durchscheinenden Operationshandschuhe geschmeidig erhielt.

Mein Vater war normalerweise ein reinlicher Mensch, fast von Reinlichkeit besessen, und ich konnte nie verstehen, warum er nicht den schmalen Talkumrand, der sich auf seinen Nagelhäuten festgesetzt hatte, mit einem Streichholz oder einem Taschenmesser entfernte. Das war eine von zwei persönlichen Eigenheiten, die mir immer unangenehmer aufstießen. Die andere bestand darin, dass er sich diese Bartstoppeln auf den Wangen nicht abrasieren wollte. Sichelförmig ragte ein dichter Bart bis unter seine Augen. Das ist eine Marotte, die ich bei Engländern, besonders bei Armeeoffizieren, öfter beobachtet habe, doch ich würde sagen, dass mein Vater von Marotten nahezu frei war – warum hielt er also an einer so aufdringlichen fest? Als ich größer war, hat mich das manchmal fast bis zum Wahnsinn gereizt.

Wenn ich, was selten vorkam, meinen Vater schlafend antraf, blieb ich stehen und starrte in wächserne Gesichtszüge, die – wegen der Blässe seiner Haut – sanft und zugleich – wegen der Scharfkantigkeit seiner Gesichtsknochen – grob waren, und es verlockte mich sehr, ihn unbemerkt zu rasieren. Ich hätte ihm zumindest auf einer Seite den Bewuchs entfernen oder so schwer beschädigen können, dass er ihn auch auf der anderen Seite hätte abrasieren müssen. Aber natürlich habe ich mich nie getraut, und der Backenbewuchs blieb.

Es ist durchaus angemessen, wenn Sie sich nun fragen, warum ich mich so auf dieses Thema versteife. Ich möchte es so erklären: Wenn man mit jemand zusammenlebt und Tag für Tag sein Gesicht sieht und den Betreffenden nicht liebt, dann ist der tägliche Umgang mit diesem Menschen nur erträglich, wenn an seinem Gesicht oder seiner Person nichts ist, was den Blick auf sich zieht. Gleichgültig, ob er eine Narbe hat, ob er schielt, ob er einen Tick oder einen Leberfleck hat, die Augen wandern unwiderstehlich dorthin. Sie kennen das: Im Kino kommt es manchmal vor, dass sich ein Haar oder ein Fussel auf der Linse des Projektors verfängt und am Bildrand hin- und herzuckt, dass man verrückt werden könnte, bevor es endlich entfernt wird. Haben Sie sich, wenn das passierte, jemals ganz auf das konzentrieren können, was auf der Leinwand geschah? Niemals. Ein irritierender Makel auf dem Gesicht eines ständigen Gefährten hat die gleiche Wirkung: Dauernd wird ein Großteil Ihrer Aufmerksamkeit davon in Anspruch genommen. So war es bei mir und meinem Vater. Gewöhnlich ärgerte er sich über mich, und ich war aufgebracht über ihn.

Habe ich meinen Vater also nicht geliebt? Ich weiß es nicht. Vielleicht doch, auf meine Art. Sicher war die Beziehung kompliziert genug, um als so etwas wie Liebe gelten zu können. Ich weiß, dass er *mich* nie geliebt hat, aber das ist, soweit es um mich geht, von untergeordneter Bedeutung. Er hat mich ganz einfach deshalb nicht geliebt, weil ich ihn ständig an seinen Verlust erinnerte. Später kam dieser Zusammenhang auf paradoxe Weise wieder zum Vorschein. Bei einer unserer letzten Begegnungen – er war in den Achtzigern, ich in den Fünfzigern – gewahrte ich (ich hatte mich umgedreht, um Tee zu bestellen) in der leicht angelehnten Glastür eines Mahagonischränkchens sein Spiegelbild. Es zuckte merklich um seine Nasenflügel, und er schüttelte still und angewidert den Kopf. Ich weiß noch, dass ich an diesem Nachmittag besonders nett zu ihm war, obwohl er furchtbar gereizt war. Aber in dieser Phase meines Lebens konnte nichts, nicht einmal er, meine misanthropische Ruhe stören. Das Letzte, was er damals zu mir sagte, war: »Warum lässt du dir nicht deine verdammten Haare schneiden?« Haare. Sehr treffend. Der Kreis hatte sich geschlossen. Fast hätte ich erwidert, dass ich es machen ließe, wenn er sich seinen blöden Backenbart abrasierte, dass ich, wenn er das getan hätte, in den letzten dreißig Jahren verdammt mehr von ihm gesehen hätte, aber ich hielt meinen Mund. Ich sehe noch seine blassblauen Augen, hart und klar, von silbrigen Brauen oben und unten eingefasst, und ich höre noch seinen starken, metallischen, strengen schottischen Akzent (ich hatte ihn, noch ein Grund zur Verachtung, inzwischen verloren). »Ja, Papa«, sagte ich, »du hast recht.« Zweiundfünfzig Jahre alt und noch immer bemüht, dem alten Mistkerl zu gefallen. Gott stehe mir bei!

Aber ich schweife ab. Lassen Sie mich etwas über das Unternehmen sagen, auf das wir beide, Sie und ich, uns eingelassen haben. Es geht um die Geschichte eines Lebens. Um mein Leben. Das Leben eines Mannes im 20. Jahrhundert. Um das, was ich getan habe, und um das, was andere mir angetan haben. Wenn ich hier und da unabsichtlich etwas ausgeschmückt habe, so nur, um eine gelegentliche Erinnerungslücke auszufüllen. Manchmal habe ich vielleicht für eine Tatsache gehalten, was lediglich eine Wahrscheinlichkeit war, aber ich habe nie – und das betone ich – etwas als wahr dargestellt, wenn ich wusste, dass es nicht stimmt. Ich präsentiere mich so, wie ich war – gemein und verächtlich, wenn ich mich entsprechend verhalten habe, und hilfreich, großmütig und selbstlos, wenn ich so gewesen bin. Die Menschen um mich herum habe ich immer scharf beobachtet, und mich selbst habe ich von dieser kritischen Prüfung nicht ausgenommen. Ich bin kein Zyniker; ich bin nicht voreingenommen. Ich bin einfach Realist. Ich gebe keine Urteile ab. Ich beobachte bloß. Hier bin ich also. Sie mögen über meine unglaublichen Fehler stöhnen, mich wegen meiner unzähligen Torheiten ausschelten und über meine Bekenntnisse schamrot werden, doch ich frage mich, ob Sie wirklich die Hand aufs Herz legen und sagen können: »Ich bin besser als er«?

Mein Name ist John James Todd. Mein Vater war Innes McNeil Todd, chirurgischer Oberarzt am Königlichen Krankenhaus und Professor der klinischen Anatomie an der Universität. Als ich geboren wurde, war er siebenunddreißig Jahre alt, erstaunlich jung für einen Mann in seiner bedeutenden Stellung, und den schnellen Aufstieg verdankte er seinem Eifer für Experimente und Neuerungen. Er war ein »Fortschrittlicher« in der Welt der Medizin, aufrichtig bemüht, sie dem zähen Einfluss ihrer mittelalterlichen Vergangenheit (die im späten 19. Jahrhundert noch immer beunruhigend stark war) zu entreißen. Er spürte ein Aufleuchten im Osten, und er wollte dabei sein, um den Neubeginn zu begrüßen. Er hat alles versucht, um ihren Fortschritt zu fördern – das war sein Bestreben –, und manche seiner Bemühungen haben etwas bewirkt.

Meine liebe Mutter war Emmeline Dale, Tochter von Sir Hector Dale aus Drumlarish, Argyllshire, einem Gutsbesitzer mit riesigen Flächen, wenig Vermögen und noch weniger Verstand. Meine Eltern heirateten 1891. Meine Mutter war das fünfte Kind von Sir Hector (seine Frau, ihre Mutter, starb, als sie fünf war). Sie hatte vier ältere Brüder und eine jüngere Schwester, Faye, die in England lebte. Nach allem, was man hört, hat meine Mutter meinen Vater sehr geliebt. Sie lernten sich kennen, als er kam, um einen entzündeten Kropf an Sir Hectors Hals zu verätzen. Zu jener Zeit besaß Sir Hector ein Stadthaus in Edinburgh, das in der Ann Street in der Neustadt lag (und leider kurz darauf verkauft wurde); dort verbrachte die Dale-Familie die ärgsten Wintermonate, um im Frühjahr in das große Haus in Drumlarish zurückzukehren. Innes Todd heiratete Emmeline Dale in der Pfarrkirche St. Mungo in Barnton, damals ein außerhalb Edinburghs gelegenes Dorf, aus dem die Todds ursprünglich stammten. Sir Hector überließ seiner Tochter eine bescheidene Mitgift, und das junge Paar zog in die riesige Wohnung, die mein Vater – er wird gewusst haben, warum – in der nicht gerade vornehmen High Street genommen hatte, wo sie, wiederum nach allem, was man hört, in ungetrübtem Glück lebten – bis ich kam. 1892, etwa sechzehn Monate nach der Heirat, gebar meine Mutter ihr erstes Kind, einen Jungen, meinen Bruder. Vor seiner Zeugung hatte meine Mutter im fünften Schwangerschaftsmonat eine Fehlgeburt gehabt. (Ein Mädchen, wie ich später erfuhr. Ach, meine verlorene Schwester, wie anders wäre alles mit dir gewesen!) Dem neuen Kind sah man deshalb mit doppelter Hoffnung entgegen, und verdoppelt war auch die Besorgnis um seine Geburt. Nicht ohne Grund, wie sich herausstellte. Die Geburt meines Bruders erwies sich als schwierig und schmerzhaft, und während er hinlänglich robust und gesund war, benötigte meine Mutter mehrere Monate, um sich zu erholen. Man gab ihm den Namen Thompson Hector Dale Todd. Er war merkwürdigerweise das erste Enkelkind von Sir Hector (seine vier Söhne waren sämtlich Junggesellen und Versager auf allen Gebieten), und diese Tatsache zusammen mit der wie eine flehentliche Bitte wirkenden Namensgebung trug meinem Bruder eine vorteilhafte finanzielle Versorgung aus dem schrumpfenden Besitz seines Großvaters ein (ich kam einige Jahre zu spät).

T.H.D. Todd, mein Bruder. Thompson Todd. Tatsächlich sollen einige seiner Freunde ihn »Tommy« nennen, doch ich schwöre, dass ich seit frühester Kindheit außer Stande war, ihn anders als Thompson zu rufen. Namen haben für mich eine große, nahezu magische Bedeutung. Thompson schien – und scheint, denn der Kerl ist immer noch auf dem Damm – als Vorname haargenau auf ihn zu passen. Das Sture, das Harte, die Ballung von Konsonanten, die es aus meiner Sicht völlig unmöglich macht, auch nur einen Hauch von Zärtlichkeit einfließen zu lassen.

Fahren Sie nach Edinburgh. Stellen Sie sich auf den großen freien Platz vor dem riesigen Schloss, mit dem Rücken zum Pförtnerhaus. Sie blicken die Royal Mile hinunter, die ehemalige High Street der Stadt, das Rückgrat der Altstadt. Sehen Sie nach Möglichkeit über das blankgescheuerte Mauerwerk und die liebevolle Restaurierung, den freundlichen Aufputz und die muntere Geschäftigkeit von heute hinweg. Als ich geboren wurde, befand sich die Altstadt in einem schlimmen Verfallszustand, die Häuser schwarz und skrofulös, doch so dunkel sie waren, wurden sie noch weiter verdüstert von dem Rauch und der Asche aus Millionen Schornsteinen und dem Ruß, den der Bahnhof unten im Tal ausstieß. Die Straße selbst war unregelmäßig gepflastert, manche der Kopfsteine waren zweihundert Jahre alt, rund und abgetreten wie Kieselsteine am Strand. An anderer Stelle waren sie zerbröckelt oder hatten nachgegeben, und die Löcher im Pflaster hatte man mit Sand und Dreck gefüllt. Hier und da hatte man blassgraue neue Kopfsteine aus Aberdeen-Granit eingesetzt. Auf beiden Seiten war die Straße von düsteren, hässlichen Werkstätten und Wohnhäusern gesäumt.

Drehen Sie sich jetzt um und blicken Sie nach Norden, zum Firth of Forth. Alles, was in Edinburgh Rang und Würde hatte, ist über das steile Tal der Waverley Gardens in die vornehme und gepflegte, rasterartig angelegte Neustadt gezogen. Ihre sonnigen, begrünten Plätze, ihre klassische Selbstsicherheit, ihre perfekte georgianische Symmetrie bildeten einen mächtigen Gegensatz zu dem beengenden, schmutzstarrenden Weg, der vom Schloss auf seiner Höhe zum Palast von Holyrood mit seinem bescheidenen Park führte.

Verlassen Sie nun den Vorplatz des Schlosses und gehen Sie die High Street in Richtung St. Giles' Cathedral hinunter. Halten Sie sich auf der linken Seite. Über den Lawnmarket und weiter. Sie kommen dabei an niedrigen Durchgängen vorüber, geduckten, dunklen Tunnels, die in kalte, terrassenförmig angelegte Schluchten hinabführen. Wenn Sie vier oder fünf dieser Durchgänge passiert haben, kommen Sie an einen Eingang namens Kelpie's Wynd. Gehen Sie hinein. Wer größer ist als ein Meter fünfundsiebzig, muss den Kopf einziehen. Durchqueren Sie den Tunnel, und Sie landen in Kelpie's Court. Blicken Sie hinauf. Die hohen Stufengiebel, die sich oben zusammendrängen, geben ein umgrenztes, armseliges Stück Himmel frei. Nur im Hochsommer werden die alten, schweren Steinplatten des Hofes von der Sonne erwärmt. Hier wohnte die Familie Todd. Zweite Tür links. Nr. 3.

Es sind merkwürdige Gebäude, beiderseits der Royal Mile. Stellen Sie sich vor, dass die Straße über einen mächtigen abschüssigen Bergkamm verläuft. Auf der Südseite zieht sich eine planlose Bebauung bis zum Grassmarket und zur Victoria Street hinunter. Auf der anderen, nördlichen Seite fällt es dagegen steil ab bis hinunter zu den Eisenbahnlinien im Talgrund. Wegen des steilen Hangs kann ein Haus auf der Nordseite der High Street, das vorne vier Stockwerke aufweist, auf der Rückseite neun oder zehn haben. Wenn Sie von der Princes Street aus über die Talgärten hinwegblicken, wirken diese riesigen strengen Blöcke wie vom Steinmetz behauene, von schmalen Klüften durchsetzte Felsen. Damals erschienen sie mir als gewaltige Bauwerke, als embryonenhafte, immer noch wachsende Wolkenkratzer.

Manche dieser alten Gebäude enthielten bis zu zwanzig Wohnungen, teils kleine, teils große. Unsere gehörte zu den Letzteren; irgendwann waren wohl zwei zu einer zusammengelegt worden. Es gab einen geräumigen Salon, eine Bibliothek, ein Speisezimmer, sechs Schlafzimmer und ein Badezimmer. Eine große Küche bildete zusammen mit einer Speisekammer, einer Spülküche und einem Schlafgemach den Bezirk des Dienstpersonals. Seit dem 15. Jahrhundert sind an dieser Stelle Gebäude gestanden. Von Zeit zu Zeit waren sie eingestürzt oder abgebrannt, und auf den Ruinen hatte man neue Wohnungen errichtet. Die High Street wirkte wie eine überalterte, aus Stein errichtete Barackensiedlung. Die Häuser waren allmählich durch Anbauten und Umbauten gewachsen. Es gab Fenster von jeder Größe – wirklich eine gefällige Vielfalt –, und der Einbau von Wasserklosetts und modernen Installationen erforderte wahres Genie.

Den ältesten Teil des Gebäudes bildeten stets der Treppenschacht und die Treppen. Die Wendeltreppen waren aus Stein und hatten die periodischen Zerstörungen überstanden. Die

Stufen, von unzähligen Stiefeln ausgetreten, waren glatt. Die Eingangstüren waren klein – so waren sie wohl leichter zu verteidigen, oder sie entsprachen dem kleineren Körperwuchs der Schotten von damals. Im Treppenhaus war es immer dunkel. Durch ein Dachfenster drang schwaches Licht herein. Hier und da zischte ein Gasglühstrumpf. In diesem Treppenhaus herrschte eine modrige, pilzige Feuchtigkeit, wie in einem düsteren alten Keller: erdig, moosig, trübe.

Unsere Wohnung lag im ersten Stock. Hinter der winzigen Eingangstür lag ein Flur mit holzgetäfelten Wänden, der leer war bis auf einen Kamin, in dem das ganze Jahr hindurch ständig ein Kohlenfeuer brannte, so als müsse es unser Heim vor dem eisigen Zugriff des Treppenhauses schützen. Rechter Hand führte eine Tür in die Küche, links lagen die Wohnräume. Beim Eintreten hatte man das Gefühl, nicht bloß aus einem anderen Klima, sondern auch aus einer anderen Ära zu kommen. Aus einer Welt von Stein und Stahl (der blatternarbige Handlauf) in eine Welt von Holz, Täfelungen, Tapeten, Teppichen und Bildern. Der Salon besaß eine schöne Stuckdecke, das Bibliothekszimmer einen seidenen Orientteppich. Die Korridore waren mit dunklem Eichenholz getäfelt, die Schlafzimmer mit handgeprägten Tapeten versehen. Das war eine Hinterlassenschaft der letzten, tödlichen Entbindung meiner Mutter. Nach ihrem Tod soll sich der Charakter der Wohnung – sie war geschmackvoll, anheimelnd und bequem gewesen – geändert haben. Das Haus, in dem ich aufwuchs, war wohl durchaus komfortabel, aber es hatte eine strenge Note. Von der Anwesenheit meiner Mutter waren nur wenige Spuren geblieben. Genauer gesagt: Als ich alt genug war, um sie wahrzunehmen, hatte der Zeitablauf sie verändert: Die Platindrucke waren verblichen, die Tapeten stockfleckig, die Teppiche abgelaufen. Mein Vater war zu Änderungen nicht sonderlich aufgelegt. Gott sei Dank hatte meine Mutter ein Wasserklosett installieren lassen – so konnten wir wenigstens auf zivilisierte Art scheißen. Weiter unten in der High Street gab es in den »lands« (so hießen diese großen Mietshäuser in Edinburgh) noch immer etliche Wohnungen, in denen ein Hausmädchen die Nachttöpfe aus allen Schlafzimmern holte und sie in eine Art Höllenschlund entleerte, der in der Ecke in den Küchenfußboden eingelassen war und in dem die Exkremente dreißig Meter tief in eine städtische Senkgrube fielen, die ein- oder zweimal wöchentlich von den Arbeitern der städtischen Dungabfuhr geleert wurde.

Von den Fenstern unseres Salons aus hatten wir einen anregenden Ausblick. Die Princes Street mit ihren Kaufhäusern und Hotels, in der sich Fußgänger, Omnibusse, Straßenbahnen und Kraftwagen drängten, die National Gallery, das Scott-Denkmal, der Calton-Hügel – und unter uns die Waverley Gardens mit ihrem üppigen Grün und den Wegen, auf denen ständig Verkehr herrschte. Nie schienen diese Gärten leer zu sein; dauernd waren sie bevölkert von Edinburgher Familien, die umherschlenderten, die die Springbrunnen anstarrten, Blaskapellen lauschten oder die eintönigen Blumenbeete begafften. Man hätte meinen können, sie hätten nie zuvor Gras und Bäume gesehen, so emsig suchten sie diesen Platz auf. Dabei bietet die Stadt, wohin man auch schaut, eine erdrückende Fülle von Landschaftsansichten. Von der George Street aus haben Sie einen ungehinderten Rundblick über den Forth und auf das Bauernland der Grafschaft Fife jenseits des breiten Gewässers. Nach Osten zu erheben sich im Hintergrund der Arthur's Seat und die Salisbury Crags, im Westen die sanften Pentland Hills …

Das wohlanständige Gehabe in den Parks hat mich immer gestört. Solange ich zurückdenken kann, war mir immer die Altstadt lieber, der unregelmäßige, düstere, bröckelige Abhang der High Street, mag er auch dreckig und stinkig gewesen sein. Schon beim geringsten Regen quollen die Rinnsteine über vom Kot. Weiter bergab, jenseits der North Bridge, schäumte das trübe Wasser vorbei an den heruntergekommenen Mietshäusern, den finsteren Kneipen, den stinkenden Caféhäusern und »Pensionen«. Hier lebten die Säufer, die Reisenden und die Prostituierten, hier gingen sie ihrem Gewerbe nach und vertrieben sich die Zeit. An einem Ende ein Schloss, am anderen ein Palast und in der Mitte eine Kathedrale. Es war das Rückgrat der Stadt, aber auch ihr Dickdarm gewissermaßen, gestreckt und um die einzelnen Wirbel gewunden – Galle mit Knochen vermischt.

Das Kind akzeptiert seine Umgebung, so bizarr sie auch sein mag, als das Normale, weil es nichts anderes kennt. Es hat lange gedauert, bis mir aufging, dass meine Erziehung aus dem Rahmen des Üblichen fiel. Ob ich in Kelpie's Court Nr. 3 glücklich war? Ich denke schon, denn es ist mir nie in den Sinn gekommen, danach zu fragen. Thompson und mein Vater waren unstete Gefährten, der eine in der Schule, der andere in der Arbeit. Ich bin fast ausschließlich unter der Obhut und Pflege unserer Haushälterin Oonagh McPhie aufgewachsen. Sie hatte eine Reihe von Küchenmädchen, die in der Küche halfen, die Feuerstellen versorgten, kehrten und putzten, und Oonaghs Mann Alfred schaute jeden Tag vorbei, um Kohle heraufzubringen, wenn der Vorrat aufgefüllt werden musste. Doch über allem waltete Oonagh. Tagsüber, zwischen Frühstück und Abendessen, war die Wohnung ihr Reich und hörte auf ihren Befehl.

Sie muss Mitte zwanzig gewesen sein, als ich geboren wurde. Sie war ein stattliches, dralles Mädchen von der Insel Lewis. Sie hatte mattblondes Haar, das sie stets in einem Knoten trug, und große, merkwürdig hervorstehende Augen mit herabhängenden Lidern. Sie konnte zwar nicht lesen und schreiben, aber sie war aufgeweckt. Alfred, ihr Mann, war Schellackpolierer, und sie wohnten nicht weit weg am Grassmarket. Sie hatte drei Kinder, zwei Jungen und ein Mädchen, die alle im Schulalter waren, aber nie in unser Haus gekommen sind. Oonagh kam gewöhnlich um sechs Uhr morgens und ging nach dem Essen um acht. Wie hat sie ihren eigenen Haushalt erledigt?

Was war mit ihren Kindern? Wir haben uns nie danach erkundigt. Wenn ich gelegentlich danach fragte, wich sie aus: »Ach, denen geht's gut. Die können auf sich selbst aufpassen«, oder »Wieso willst du meine winzige Wohnung sehen, wo du doch dieses wunderschöne Haus ganz für dich hast?« Ich drang nicht weiter in sie. Im Grunde interessierte es mich nicht, um ehrlich zu sein; worauf es mir allein ankam, war, dass Oonagh da war, bei mir zu Hause. Ich kann mich nicht erinnern, dass sie sich je einen Tag freigenommen hat.

Natürlich liebte ich sie maßlos, mit einer schmerzlichen, heftigen Leidenschaft, die mich auch heute noch zu rühren vermag. Ich kann nichts dafür. Ich habe nie jemanden gehabt, zu dem ich »Mutter« sagen konnte. Als ich alt genug war, um die Wahrheit zu entdecken, war es zu spät. Ich dachte, jeder hätte eine »Oonagh«, die morgens kam und abends nach Hause ging. Blieb mir etwas anderes übrig? Noch bevor ich überhaupt davon wusste, wirkte sich der Tod meiner Mutter unheilvoll auf mich aus.

Erste Erinnerungen. Die Verwesung setzt ein. Oonagh hält mich, sagt etwas, summt in ihrer seltsamen gälischen Sprache ein Lied. Oonagh schaut mich an. »Armes kleines Ding. Hat er keine Mami? Ich werde deine Mami sein, Johnny.« Hat sie ihre Leinenbluse aufgeknöpft und eine Brust hervorgeholt, damit ich mich an sie schmiegen, sie drücken und küssen konnte? Woher habe ich diese Vorstellungen? Sind es tief verschüttete Kindheitserinnerungen? Hat sie jemals ... Hat sie jemals meinen kleinen heißen Kopf an diese kühlen, bleichen Brüste gepresst?

Eines Tages – das weiß ich ganz sicher –, ich muss sieben gewesen sein, es war in der Küche, Oonagh befestigte das Oberteil ihrer frisch gestärkten, strahlend weißen Schürze an ihrer Bluse. Wie ihr großer Busen sich vorwölbte. Wie ihre groben Hände den steifen Stoff über der Wölbung glattstrichen. Ich machte Riesenaugen.

»John James Todd! Wo glotzt du hin?«

»Nirgendwo, Oonagh – ich meine …«

»Kannst deine Augen wohl nicht von meinen Titten losreißen, was?« Ihre Hände sanken herunter. »Willste mal gucken?«

Atemlos vor Verlegenheit, rannte ich mit roten Ohren aus der Küche, und Oonagh lachte fröhlich hinter mir her.

Ach du lieber Gott, was habe ich nicht alles von Oonagh erwartet – aber auch von den anderen in diesem Haushalt. Wenn ich jetzt zurückblicke, wird mir klar, dass die Aufgabe einer Mutter vor allem darin besteht, den unfertigen formbaren Charakter ihres Kindes zu schützen und zu hegen. Die nicht nachlassende, bedingungslose Liebe der Mutter ist für das Kind ein sanfter, aber fruchtbarer Boden der Normalität und Alltäglichkeit, auf dem es wachsen und gedeihen kann. Was blieb mir in diesem Hause übrig? Mein abweisender Vater, der dicke, gefühllose Thompson – ich musste mich einfach Oonagh zuwenden. Irgendwie hat sie mich schon geliebt, aber ich war doch das Kind ihres Arbeitgebers. Sie hat mich umhegt, aber sie setzte ihrer Fürsorglichkeit Grenzen. Das Bedürfnis war deshalb einseitig, es ging nur von mir aus. Zum Glück fand sie mich offenbar wirklich amüsant, es machte ihr Spaß, mich um sich zu haben, und wenn es mir gelang, ihre Aufmerksamkeit auf mich zu lenken, beschäftigte sie sich gern mit mir.

Anfangs dachte ich wie alle Kinder, ich bräuchte mich nur schlecht zu betragen, um das zu erreichen, aber in dem Fall verfügte Oonagh über sehr abschreckende Strafen. Sie schnippte mir mit ihren kurzen, harten Nägeln gegen die Ohren, die mir anschließend stundenlang brannten. Oder sie zwickte mich unter dem Arm, wobei sie das zarte Fleisch unterhalb der Achselhöhle zwischen ihrem groben Zeigefinger und dem spitzen Daumenknöchel zusammenpresste. Manchmal packte sie mich an einem Nasenflügel und zerrte mich durch die ganze Wohnung. Dann und wann schlug sie mir auch mit einem bestimmten Holzlöffel auf den Kopf, sodass mir der Schädel wie eine tiefe Bassglocke dröhnte, und einmal, ein einziges Mal nur (das reichte), streute sie mir nach einem wirklich abscheulichen Vergehen (was zum Teufel hatte ich verbrochen?) Soda auf den Penis. Drei Tage lang brannte es höllisch, und alles Wasser half nichts (wie hätte ich *das* meinem Vater sagen können?).

So blieb die Zahl meiner Verstöße gering. Ich verlegte mich darauf, ihre Aufmerksamkeit dadurch zu gewinnen, dass ich dem Gespräch eine bestimmte Wendung gab, dass ich Geschichten erfand. Hatte ich sie damit gefesselt, so fing sie von sich aus an zu plaudern, und gelegentlich endete das in Zärtlichkeiten – einem Kuss, einem gälischen Kosenamen, einer Umarmung, bei der das zarte, allmählich nachlassende Rascheln einer gestärkten Schürze in mein Ohr drang und meine Nase den milden, zwiebelartigen Schweißgeruch ihrer Achselhöhle aufnahm. Die Zärtlichkeiten wurden mit zunehmendem Alter weniger, doch die Sehnsucht nach ihrer Liebe hat mich nie verlassen.

Weil ihre Zuneigung so selbstlos war, empfand ich zunächst keine Eifersucht, als sie mit ihrem vierten Kind schwanger wurde. Ich war sechs, als es geboren wurde – es war ein Junge, und er hieß Gregor. Wenn sie zur Arbeit kam, brachte sie ihn mit und legte ihn in einen leeren Holzkorb in einer Ecke der Küche. Hat sie Gregor gestillt? War das der Grund meiner täuschenden Erinnerungen? (Er war ein großes, hässliches, aber Gott sei Dank stilles Kind.) Habe ich mich im Geiste an seine Stelle versetzt? Habe ich bei der Gelegenheit diese runden, länglichen, blaugeäderten Brüste gesehen, gegen deren stachelbeerartige Festigkeit Gregor seine rotzige Knollennase presste? Durchaus möglich. Ich war ein eifersüchtiges Kind. Diese abrupte, zerstörerische Eifersucht steckt noch immer in mir. Einmal kam sie mich, wie Sie noch sehen werden, teuer zu stehen. Meine Gleichgültigkeit Gregor gegenüber schwand rasch dahin. Ich hasste ihn. Er war der erste Mensch, den ich gehasst habe.

Ich sagte, er sei ein stilles Baby gewesen, doch in Wirklichkeit war er geradezu verdächtig stumm. Aber einmal hatte er eine Woche lang Blähungen, oder er zahnte. Den ganzen Tag schrie und wimmerte er, und sein elendes Geschrei hielt sogar mich von der Küche fern. Oonagh nahm ihn dann und wann auf, sang ihm etwas vor, schwenkte ihn herum, klopfte ihm auf den Rücken. Sie unternahm noch einiges, um ihn zu beruhigen – seltsame Gebräuche aus dem Hochland, vermute ich; so blies sie ihm ins Gesicht, oder sie tauchte seine Füße in handwarmes Wasser. Einmal kam ich zum Essen in die Küche – Kakao und Hering mit Rüben. Gregor kreischte in der Ecke, es war ein quälender, gepresster Schrei, sein fettes Gesicht war blau angelaufen vor Anstrengung, und er trommelte mit seinen dicken kleinen Fäusten in die Luft. Oonagh reichte mir den Teller.

»Du kleiner Teufel«, sagte sie. »Das haben wir gleich.« An mich gewandt: »Nun mach schon, iss«.

Sie hob Gregor aus dem Korb, wickelte ihn aus den Windeln und legte ihn nackt auf den Küchentisch. Ich schaute leicht verwundert zu. Er brüllte. »Zorniger kleiner Mann«, sagte sie. An mich gewandt: »Es wird kalt.« Ich nahm mir ein Stück Hering auf die Gabel.

Oonagh beugte sich über Gregor und nahm seinen winzigen Penis in den Mund. Er hörte sofort auf zu schreien. Er gluckste. Eine Hand schlug ins Leere. Seine blassen Augen wanderten blicklos zu mir. Er warf den Kopf hin und her, so als wehre er sich gegen eine mächtige einschläfernde Kraft. Seine Augen schlossen sich. Er schlief. Oonagh saugte noch eine Minute lang rhythmisch weiter. Auf einmal trafen sich unsere Blicke. Ich saß erstarrt, die Gabel in der Hand, die Kehle ausgedörrt. Oonagh zwinkerte mir zu, als wollte sie sagen: »Das hätten wir wieder mal geschafft«.

Sie hielt inne.

»So, dich hätten wir versorgt.« Gregors kleiner steifer Penis glänzte, ein dünner, rosiger Kegel.

Zu mir: »Pst, mach bloß keinen Krach. Und nun iss mal zu Ende.«

Oonagh, Oonagh … Hast du das jemals mit mir gemacht? War ich jemals so störrisch, dass du mich mit solchen Methoden besänftigen musstest? Du lieber Himmel, was sich in diesen Jahren alles entscheidet. Wenn ich auf meine Kindheit zurückblicke, muss ich sagen, dass sie in vieler Hinsicht den stärksten und nachhaltigsten Einfluss auf mich gehabt hat. Wenn die Kindheit den späteren Menschen prägt, dann hat Oonagh mich geformt. Sie hat mich erzogen. Sie war die erste Frau, die ich je geliebt habe, vorbehaltlos, aus ganzem Herzen, besinnungslos. Oonagh hat mich zu dem gemacht, der ich bin.

Aber das ist ungerecht … Sie konnte nichts dafür, dass meine Mutter starb, dass mein Vater sie einstellte und dass ich so geworden bin, wie ich bin. Es war einfach nichts zu machen. Und die tickenden Zeitbomben, die sie in meine Seele gelegt hat, sind seitdem explodiert.[1]

Meinen Bruder Thompson Todd habe ich nie recht gemocht. Er war ein dickliches Kind und hatte ein merkwürdig reifes, hängebackiges, mürrisches Gesicht. Er hatte hellbraune Haare und helle Wimpern. Wenn im Sommer schönes Wetter war, fuhr Oonagh mit uns zum Baden an die See, nach Portobello bei Edinburgh. Meine früheste, unverrückbare Erinnerung an Thompson stammt aus der Zeit, als er, glaube ich, zwölf und ich sechs war: Ich liege bewegungsunfähig auf dem Strand, seine dicken Knie auf meinen schmalen Schultern, und er scheuert mir voll Freude das Gesicht mit Sand. Den ganzen Tag knirschte es zwischen meinen Zähnen. Ich habe keine Ahnung, warum er mich nicht mochte. Normalerweise ist es bei einem Altersunterschied von sechs Jahren so, dass der ältere Bruder dem jüngeren eine innige Zuneigung entgegenbringt, dass er ihn gern als Kumpel um sich hat, als bereitwilligen Verehrer, fast wie ein Lieblingstier, aber Thompson verhielt sich mir gegenüber, wenn ich mich recht erinnere, teils kühl, teils gereizt. Möglich, dass er unbewusst spürte, wie bereits die Feindschaft zwischen uns wuchs, dass er spürte, wie verschieden unsere Charaktere waren.

Im Gegensatz zu Thompson war ich als Kind in den Jahren vor der Pubertät anziehend. Ich war klein, dunkelhaarig, dunkelhäutig und schlank, der Kopf ungewöhnlich, fast unverhältnismäßig groß, mit einem schwarz glänzenden Haarschopf, den Oonagh quer über die Stirn zu einer kompromisslosen Ponyfrisur gestutzt hatte. Es gibt ein Foto von mir mit sieben Jahren, wie ich mit Thompson auf dem Strand von Gullane stehe. Neben seiner massigen Gestalt (unter den waagerechten Streifen seines Badeanzugs schwellen bei ihm fast mädchenhaft die Brüste) wirke ich vor dem Hintergrund des hellen Sandes fast wie ein Strich, zerbrechlich. Untypisch ist, dass wir Händchen halten. Ich bin gerade aus dem Wasser gekommen, und mein nasses Haar liegt glatt nach hinten und gibt die Stirn frei. Durch die veränderte Frisur entsteht eine Ähnlichkeit mit einem Bild, das mich rund zwanzig Jahre später in Berlin zeigt – hager, asketisch, abweisend und streng. Eine steife Brise drückt das Gras auf den Dünen nieder und peitscht die Sandkörner von hinten gegen meine Beine, während ich fasziniert und naiv in die neutrale, verlockende Linse starre.

Den Fotoapparat hielt Donald Verulam, ein Bekannter und ehemaliger Kollege meines Vaters an der Universität. Donald war in den Dreißigern, Engländer, Junggeselle und außerordentlicher Professor der klassischen Philologie. Er saß mit meinem Vater in irgendeinem Universitätskomitee, und im Laufe der Jahre war eine reservierte Art von Freundschaft zwischen ihnen entstanden, die sich seit dem Tod meiner Mutter verstärkt hatte. Donald kannte sich in der Medizingeschichte aus, hatte Vesalius' *De Humani Corporis* herausgegeben und Untersuchungen über klassische Theorien der Fortpflanzung und des Blutkreislaufs veröffentlicht. Er war sehr hochgewachsen, an die ein Meter neunzig, und hatte die ein wenig unsichere, gebeugte Haltung, wie man sie oft bei gehemmten, hochgewachsenen Menschen antrifft. Seine knochige Stattlichkeit wurde nur beeinträchtigt durch seinen langen Hals und einen stark hervortretenden Adamsapfel. Sein schütter werdendes Haar trug er im Nacken lang. Er war ein freundlicher, zurückhaltender Mensch, der einmal im Monat zu uns zum Essen kam und den Sommer über auf den zahlreichen Golfplätzen rings um Edinburgh und an der Fife-Küste mit meinem Vater Golf spielte. Das waren die einzigen »Familienausflüge«, an die ich mich aus meinen frühen Jahren erinnern kann. Oonagh, mein Vater, Donald Verulam, Thompson und ich. Es ging nach Long Niddry, Aberlady, Gullane und Musselburgh, gelegentlich auch mit der Eisenbahn über den Forth nach Crail, Anstruther und Elie. Wir müssen eine eigenartige Gruppe gewesen sein: die beiden ernsten Männer, die starke Oonagh, die mühelos einen Picknickkorb (gelegentlich auch Gregor) schleppte, der übellaunige Thompson mit einer Zwille oder einem Drachen und ich, vor Vorfreude beinahe platzend. Dabei war das Vergnügen für mich stets überschattet von einer fernen Traurigkeit, so als ahnte ich, dass diese zusammengestoppelte Gruppe eigentlich nicht zueinanderpasste, als hätte ich erkannt, dass gerade diese Gruppierung auf ein anderes Leben hindeutete, das ich eigentlich hätte führen sollen, wenn meine Mutter den verhängnisvollen Tag meiner Geburt überlebt hätte.

Donald war ein perfekter Amateurfotograf. Er hatte eine neue Houghton's Folding Reflexkamera, und nachdem er und mein Vater ihre Runde Golf gespielt hatten, kamen sie zum Strand herunter, wo wir unser Picknick hatten, um uns für die Rückfahrt abzuholen. Bei dieser Gelegenheit ließ Donald uns des Öfteren vor seiner Kamera posieren. Thompson ließ sich fast nie dazu bewegen; Oonagh, auf einmal abergläubisch, lehnte ab, aber ich stellte mich bereitwillig auf Felsblöcke, schwang einen der Golfschläger meines Vaters oder fütterte Esel mit Zuckerstückchen, wie Donald es für seine Kompositionen brauchte.

Das einzige Foto von meiner Mutter, das wir besaßen – es stand in einem Rahmen aus schwarzem Ebenholz und Silber auf dem Nachttisch meines Vaters –, hatte Donald aufgenommen. Erst später entdeckte ich, dass er sehr viel mehr Fotos gemacht hatte.

Ich war kein kluges Kind, was die Schule angeht. Ich war aufgeweckt, gescheit, schwatzhaft und energisch, aber mit sieben konnte ich kaum lesen. Thompson besuchte inzwischen die Royal High School, auf die mein Vater mich später auch zu schicken gedachte. Bald stellte sich jedoch heraus, dass ich mit meinen Schwierigkeiten im Lesen und Schreiben in dieser strengen Anstalt kaum Aufnahme finden würde. Thompson hatte bei meiner Mutter Lesen gelernt, und sie hatte ihm allabendlich vorgelesen. Oonagh war, wie gesagt, Analphabetin. Als ich noch klein war, verbrachte ich meine Tage mit ihr, und sie brachte mich abends zu Bett. Regelmäßig bat ich sie, mir eine Geschichte zu erzählen, und das tat sie. Sie sprach zu mir auf gälisch – alte Volksmärchen, nehme ich an –, aber ich war völlig verzaubert. Der dunkle Raum, in dem nur eine Lampe brannte, Oonaghs Schenkel, der meine Seite wärmte, und ihr angenehmer, lebhafter Akzent mit seinen sonoren, weichen Kehllauten. Oonaghs offenes Gesicht, auf dem sich unverstellt der Ausdruck des Erschreckens, der Überraschung, des Entsetzens, der grenzenlosen Freude abzeichnete … Ich war hingerissen. Und ich bin sicher, dass hier der Schlüssel zu meiner künstlerischen Entwicklung liegt, der Grund für den ungewöhnlichen Verlauf meiner persönlichen Entwicklung. In jener entscheidenden Frühzeit wurde meine Imagination nicht von irgendeiner konventionellen literarischen oder pädagogischen Tradition geprägt. Oonaghs bezaubernde, unverständliche Märchen und ihr großes, ausdrucksstarkes Gesicht gaben mir hinreichend Nahrung. Dies ist es, was mich nach meiner Überzeugung von meinen Künstlerkollegen trennt und meiner Sehweise ihre Einzigartigkeit verleiht.

Die Klänge und die dramatischen Ausdrucksformen, die ich in meiner Frühzeit in mich aufnahm, waren die Grundlagen meines schöpferischen Daseins. Sinnhaftigkeit, Logik und Verständlichkeit spielten keine Rolle. Oonaghs geheimnisvoll klingende Stimme und die überdeutlichen Grimassen, die sie dazu schnitt, gaben meinem Geist den Anstoß zu eigenständiger Tätigkeit. Es gibt keinen Vorläufer, dem ich etwas zu verdanken hätte, keine Tradition, an der ich mich ausgerichtet hätte. Was ich vor meinem geistigen Auge sah, entsprang ausschließlich mir selbst.

Mein Vater war natürlich der Ansicht, er habe ein zurückgebliebenes Kind – eine weitere Last, die ich ihm aufgebürdet hatte –, und er suchte das Problem dadurch zu lösen, dass er mich mit sieben Jahren auf die Volksschule in Barnton schickte, die er selbst besucht hatte. Er gehörte der Verwaltungskommission der Dorfschule von Barnton an. Als ihr berühmtester ehemaliger Schüler hatte er keine Schwierigkeiten, mich dort unterzubringen. Irgend etwas bestärkte ihn in der wunderlichen Ansicht, diese Schule könne die rigide Selbstdisziplin und den unerschütterlichen Ehrgeiz, denen er seinen raschen Aufstieg zu akademischen Ehren verdankte, auch in mir wachrufen. Er irrte sich. Ich scheiterte dort (in allen Fächern außer einem) ebenso schmählich, wie ich auch anderswo gescheitert wäre.

Seine trotzige Überzeugung, die Dorfschule von Barnton biete die Lösung, hatte die ärgerliche Nebenwirkung, dass ich jeden Tag lange mit dem Zug unterwegs war. Jeden Morgen nahm ich den 6-Uhr-42-Zug vom Waverley-Bahnhof nach Barnton (von dort hatte ich fünfzehn Minuten zur Schule zu laufen), und wenn ich Glück hatte, erwischte ich nachmittags den 4-Uhr-30-Zug nach Hause. Thompson brauchte bloß zehn Minuten mit der seilgetriebenen Straßenbahn zur nahe gelegenen Regent Road zu fahren, während ich für den Weg zur Schule und zurück täglich bis zu zwei Stunden benötigte. Außerdem war ich ein einsamer Pendler, denn ich bewegte mich gegen die Flut, die morgens in die Stadt und abends herausströmte. Meistens saß ich allein in verrauchten Abteilen der dritten Klasse, während der Zug auf der kurvenreichen Nebenstrecke gemächlich durch die öden Vororte dampfte.

Donald Verulam wohnte in Barnton, und ein- oder zweimal im Monat begegneten wir einander nachmittags auf dem Bahnsteig, wenn er zu Hause gearbeitet hatte und in die Stadt fuhr, um in seinem Club zu essen oder an einer Veranstaltung der University Photographic Society teilzunehmen. Es war Donald und nicht mein Vater oder Oonagh, der mir von meiner Mutter erzählte.

»Du hast die Nase und die Augen deiner Mutter«, sagte er einmal mit einem sonderbaren Gesichtsausdruck. Er schob meine Ponyfrisur zurück. »Ja ... Sie hat ihr Haar immer nach hinten gekämmt getragen.« Dabei schürzte er ein wenig die Lippen, und sein Adamsapfel sprang auf und ab.

»Ein vornehmer Charakter, Johnny ... Eine schreckliche, schreckliche Tragödie. Du hättest ...« Er stockte und schaute rasch aus dem Fenster.

Oft hatte er seinen Fotoapparat dabei, der in einer stabilen, mit Samt ausgekleideten braunen Ledertasche steckte, gelegentlich auch lederne Hüllen mit Fotos und Platten. Er erklärte mir dann die Grundzüge der Fotografie und erläuterte mir, wie man die Dauer der Belichtung des lichtempfindlichen Papiers genau bestimmt. Und an einem Sommerabend, als wir gerade durch Blackhall ratterten, packte er seinen Fotoapparat aus, klappte die Linse mit ihrem Lederbalg hervor und ließ mich durch den Sucher blicken. Ich stand am Fenster, der unhandliche Apparat wog schwer in meinen Händen, und ich betrachtete die Welt zum ersten Mal durch eine Kamera. Es waren lediglich die Haus- und Schrebergärten von Blackhall, ein Bild, das ich unzählige Male gesehen hatte, aber vermittelt durch die Linse und in dem eingeengten Bildausschnitt wirkte das alles anders. Es schien nicht mehr dasselbe zu sein. Es sah eigentümlich verändert aus, irgendwie ungewöhnlich, voll unbekannter Möglichkeiten ... Die Gärten und Häuser jagten an meinen Augen vorüber.

»Drück drauf«, sagte Donald. »Es geht ganz einfach.«

Welchen Moment sollte ich wählen? Ich war unschlüssig. Klick. Dieser Moment war verewigt. Mein Schicksal war entschieden.

Als er eine Woche später zum Essen kam, überreichte er mir den Abzug. Ein verwischter, undeutlicher Eindruck von Häusern, Licht und Schatten, ein Gerüst von Bohnenstangen, ein diamantenes Glitzern, das von einem Gewächshaus ausging.

»Nicht schlecht«, sagte er. »Guter Eindruck von Geschwindigkeit. Man könnte meinen, wir wären mit 90 Sachen gefahren.«

Ich zeigte Oonagh das Foto. Sie wendete es hin und her, schob mit ihrer Zunge die Wange heraus.

»Was ist das?«, sagte sie.

»Es ist mein erstes Foto. Ich nenne es ›Häuser bei schneller Fahrt‹.«

»Nicht besonders gut. Kann nicht viel sehen.«

Zu meinem zehnten Geburtstag wünschte ich mir einen Fotoapparat. Ich bekam eine winzige Watson's Bebe, eine Hand- oder Detektivkamera, wie man sie nannte. Mein Vater, froh darüber, dass bei seinem Sohn irgendein Interesse erwachte, kaufte sie gern. Ich machte sehr wenige Bilder, ganz bewusst, nicht notgedrungen (Donalds Dunkelkammer stand mir immer zu Verfügung). Diese Sparsamkeit im Bildermachen war wohl typisch für mich. Ich lief mit meinem Apparat viel in Edinburgh herum, und oft hatte ich ihn, wenn ich nach Hause kam, nicht aus seiner Tasche hervorgeholt. Und was habe ich für Aufnahmen gemacht? Ich habe den mit zwei ausgestopften Marionetten geschmückten Unterstand eines Droschkenkutschers in der Balcarres Street fotografiert. Ich habe das kummervoll dreinblickende räudige Kamel im Corstorphine-Zoo fotografiert. Ich habe ein Bild von meinem Vater gemacht, wie er in vollem akademischem Ornat Queen Mary die Hand schüttelte, als sie und Georg V. im Jahr 1911 Edinburgh besuchten. Ich habe Thompson eingefangen, wie er in einem sonnigen Zimmer auf dem Sofa ein Nickerchen macht, mit blöde offenstehendem Mund, eine Hand über seinen Sack gewölbt. Ich habe eine Porträtaufnahme von Sandy Malcolm gemacht, einem Blinden, der auf dem Waverley Market Schnürsenkel verkaufte. Um seinen Hals hing ein Plakat: »Kaufen Sie bitte. Bin durch Dynamitexplosion im Nobel-Werk in Falkirk 1879 erblindet.« Ich habe Oonagh mit vier anderen Frauen und ihren Kindern im Canongate geknipst, als sie dort vor dem Laden einer Putzmacherin ein Schwätzchen hielten. Alle trugen Umhänge aus Schottentuch, auch der fünfjährige barfüßige Gregor. An Landschaften, Straßen oder Panoramablicken war ich nicht interessiert. Ich bevorzugte lebendige Wesen.

Unser gemeinsames Hobby brachte mich Donald Verulam näher. 1912 zeigte er zwei meiner Fotos (Sandy Malcolm und einen Steinmetz bei der Arbeit) in einer Ausstellung der University Photographic Society in der Trade Hall am Leith Walk. Nach Ende der Ausstellung – es war ein Freitag – durfte ich als eine Art Belohnung eine Nacht in seinem Haus in Barnton verbringen. Am anderen Tag wollten wir mit unseren Kameras nach Swanston gehen und beim Heumachen zusehen.

Donald bewohnte eine geräumige Doppelhaushälfte, hinter der sich ein langer, gepflegter Garten erstreckte. Ich erinnere mich, dass es drinnen dunkel war, die Wände hatten die Farbe von Packpapier, die Teppiche waren von dunklem Kastanienbraun und Marineblau. Nachdem seine Haushälterin das Abendessen abgeräumt hatte, gingen wir in das Bibliothekszimmer. Donald rauchte eine Pfeife. Ich untersuchte seine neue Ross-Panross-Stativkamera mit ihrem praktischen Linsenverschluss. Donald schien in Gedanken verloren, mit einem Anflug von Melancholie.

»Wie alt bis du jetzt, Johnny?«

»Fast dreizehn.«

»Oh Gott, dreizehn Jahre! Ist das wahr?«

Mein Vater erwähnte mein Alter nie. Ich wusste, was Donald dachte. Er schaute mich an. In den sechs Jahren, seit ich ihn kannte, hatte er sich nicht sehr verändert, außer dass er jetzt fast vollkommen kahl war.

»Ich hätte sie dir schon längst zeigen sollen«, sagte er, erhob sich, ging an einen verglasten Bücherschrank und holte ein indigoblaues ledernes Album heraus. Er übergab es mir. Ich schlug es auf.

Bilder von meiner Mutter. Nahaufnahmen, Atelierporträts, gelegentliche Schnappschüsse. Ich betrachtete sie, als sähe ich sie zum ersten Mal, als wäre ich bei einer von den Eltern arrangierten Ehe der Bräutigam, der seine ferne Braut betrachtet. Ich sah welliges blondes Haar, eine schlanke, kleinbrüstige Frau, deren Augen und Augenbrauen den meinen glichen. Auf den Porträts zeigte sie ein zurückhaltendes Lächeln, bei dem sie ein wenig krampfhaft den Mund verschlossen hielt. Warum sie das tat, offenbarte ein Schnappschuss, auf dem sie von einem Pony herab in die weit ausgebreiteten Arme meines Vaters sprang; ihr breites Lächeln enthüllte Lücken zwischen ihren kleinen weißen Zähnen. Es war seltsam, meinen Vater mit einer Frau zu sehen; sein Gesicht wirkte irgendwie Jahrzehnte jünger, seine Haltung war geschmeidiger und lockerer.

Donald erklärte, mein Vater habe ihn gebeten, Porträtaufnahmen von meiner Mutter zu machen. Sie hatten mehrere Sitzungen gehabt, wodurch sich die große Anzahl der Atelieraufnahmen erklärte (er sagte, er habe ein leer stehendes Schlafzimmer im Obergeschoss als behelfsmäßiges Atelier benutzt).

»Heißt das, dass sie hierhergekommen ist und in diesem Haus war?«

»Viele Male.«

Ich verspürte eine merkwürdige Spannung in meinem Rückgrat. Ich blickte mich um. Ich versuchte, mir meine Mutter in diesem Raum vorzustellen. Ich hatte ein komisches Gefühl. Ich wandte mich wieder dem Album zu. Die übrigen Bilder stammten von Ausflügen, die sie zu dritt als Freunde unternommen hatten. Es müssen insgesamt fünfzig bis sechzig Fotos gewesen sein. (Donald überließ mir das Album. Es wurde zu einem meiner best gehütetsten Schätze, und ich habe es all die Jahre hindurch bei allen Reisen und Schicksalsschlägen mit mir geführt, bis 1954, als mir ein Dieb den Koffer, in dem es steckte, aus meinem Hotelzimmer in Washington, D.C., stahl.)

»Ich habe das Album deinem Vater angeboten, nachdem sie ...«, sagte Donald. »Aber er hat es nicht ... Er sagte, er könne seinen Besitz nicht ertragen.« Er lächelte traurig.

Ich schaute ihn an und dachte: *Warum hast du ein Album voller Fotos von meiner Mutter gemacht und aufbewahrt?* Warum? Und woher wusste ich damals, mit knapp dreizehn Jahren, an jenem dämmrigen Sommerabend in Barnton, dass Donald Verulam in meine Mutter verliebt gewesen war? Woran spürte ich das? Wie kommt es, dass Kinder solche Dinge intuitiv erkennen? Ich habe keine Ahnung. Ich darf Sie aber daran erinnern, dass ich kein gewöhnliches Kind war. Schon damals ging mein Geist ganz eigene Wege. Trotzdem kann ich nicht erklären, warum sich diese Schlussfolgerung mir so nachdrücklich aufdrängte, aber als ich dieses Album durchblätterte und diese hübsche, fremde junge Frau betrachtete, die mich am selben Tag, an dem sie gestorben war, geboren hatte, fühlte ich mich von einer neuen, befreienden Gewissheit durchdrungen. Ich hatte intuitiv etwas erkannt, ich war im Besitz meines ersten Erwachsenengeheimnisses. Ich hegte es und ließ es in mir wachsen, warm und köstlich.

Dank dieser Erkenntnis konnte ich damit fertigwerden, dass mein Vater sich merkwürdig kühl gegen mich verhielt, was mir mit zunehmendem Alter immer bewusster wurde. Nicht, dass er jemals unfreundlich oder hart gewesen wäre. Seine Haltung mir gegenüber war eher durch gereizte Verlegenheit als durch Abneigung bestimmt. Sein zweiter Sohn war aus seiner Sicht natürlich etwas klein geraten, aber er war gesund, umgänglich, höflich, das dichte schwarze Haar war jetzt ordentlich auf der linken Seite gescheitelt, das Gesicht – vor den anstehenden Verwüstungen der Pubertät – angenehm, offen, unverkennbar intelligent, und manchmal erinnerte es ihn quälend an seine tote Frau. Doch in seiner geistigen Entwicklung schien dieser Junge in einer Weise zurückgeblieben zu sein, die unüberwindlich war. Mit dreizehn konnte ich lesen und schreiben, wenn auch mit entsetzlichen orthografischen Fehlern, aber in den übrigen Fächern schien mir jeder wirkliche Fortschritt versagt zu bleiben. »Unbefriedigend«, »faul«, »widerspenstig«, »schlicht dumm« – so lauteten die Attribute in meinem Schulzeugnis. Mit einer Ausnahme: im Rechnen.

»Hier steht ›ausgezeichnet‹«, wandte sich mein Vater quer über den Esstisch an mich. »Warum?«

»Ich weiß es nicht. Mir fällt es eben leicht.«

»Aber warum fällt dir um Himmels willen das andere nicht leicht?«

»Ich weiß es nicht.«

»Latein: ›kein Fortschritt‹. Aufsatz: ›unbefriedigend, er gibt sich keine Mühe‹. Und dann steht da ›ausgezeichnet‹. Was soll ich davon halten?«

»Ich weiß es nicht.«

»Sag nicht dauernd ›ich weiß es nicht‹, du Idiot!«

»Entschuldigung, aber …«

»Du bist offensichtlich nicht dumm. Ein Dummkopf würde im Rechnen kein ›ausgezeichnet‹ erhalten.« Er schaute mich an. »Buchstabiere ›Simpleton‹.«

Oh, jetzt wollte er mich bestimmt reinlegen.

»C, i …«

»Nein!« Die Augen zogen sich über seinem Backenbart zusammen. Er betrachtete mich mit einem Ausdruck, den ich nur als verzweifelt bezeichnen kann.

»Wenn du keine Fortschritte machst, John, muss ich durch entsprechende Maßnahmen dafür sorgen. Von einem Grünschnabel lasse ich mich nicht an der Nase herumführen.«

In den beiden letzten Jahren war mit wachsender Regelmäßigkeit von diesen »Maßnahmen« die Rede gewesen. Ich wusste nicht genau, was er damit meinte; ich befürchtete einen Privatlehrer oder eine Art Einpauker. Demütig, wie es sich für einen Sohn gehört, ließ ich meinen Kopf hängen und ging aus dem Zimmer. Ich war nicht so beunruhigt, wie es nach außen schien. Seit ich entdeckt hatte, dass Donald meine Mutter geliebt hatte, drängten sich mir Komplikationen anderer Art auf, die mich eher verstehen ließen, warum mein Vater so zornig und feindselig war. Wenn Donalds Liebe nun erwidert worden war? Was die Attraktivität anging, war zwischen den beiden Männern kein Vergleich. Ich drückte mein Geheimnis an mich wie eine Wärmflasche; es beschützte mich, es schuf eine Distanz zwischen mir und meinem Vater. Donald Verulam und Emmeline Todd – das kam mir ganz natürlich und glaubhaft vor.

Von Phantasien erfüllt, betrachtete ich mein Gesicht im Spiegel. Es waren die Augen und die Augenbrauen meiner Mutter. Ich glaubte, Andeutungen der hohen Stirn von Donald im Spiegel zu entdecken. Ich streckte meinen Hals und schluckte, um zu sehen, ob mein Adamsapfel wie seiner hüpfte. War da vielleicht etwas mehr gewesen?

Ich versuchte, weitere Informationen aus Oonagh herauszubekommen. »Oonagh, hatte meine Mutter viele Freunde?«

»Ja, sicher. Sie war sehr beliebt. Alle mochten sie.«

»Wer genau?«

»Alle möglichen Leute, jeder. Die Familie – die Brüder, die Vettern und Cousinen. Sie war immer unterwegs, immer auf Besuch.«

»Hat mein Vater sie bei diesen Besuchen begleitet?«

»Du weißt ja, er ist ein vielbeschäftigter Mann.«

»Ich verstehe.«

Sie verriet nichts. Aber ihre Zurückhaltung bestärkte mich darin, dass sie mehr wusste oder ahnte.

Mein Vater war noch immer ein vielbeschäftigter Mann. Wegen seiner Arbeit im Krankenhaus war er fast die ganze Woche über kaum zu Hause. Oft ging er am Wochenende auf die Stationen und schaute nach seinen Patienten. Er führte ein Tagebuch, ein ärztliches Tagebuch, in das er jeden Abend seine Beobachtungen eintrug.

Er experimentierte ständig mit neuen Heilverfahren, und einzig diese Experimente stifteten ein Band zwischen uns. Das fing an, als ich ungefähr zehn war. Eines Abends kam er in mein Schlafzimmer.

»Johnny«, sagte er ein wenig gezwungen. »Möchtest du mir bei etwas helfen?«

Ich konnte kaum nein sagen.

»Würdest du mir an diesem Wochenende einen Gefallen tun? Du müsstest ausschließlich Äpfel essen und nichts als Wasser trinken … Du bekommst dafür eine halbe Krone.«

Er erklärte mir, um was es ihm ging. Es beunruhigte ihn, dass so viele seiner Patienten nach der Operation starben. Er war überzeugt, dass sie durch eine reine Diät überleben würden. Worauf er hinauswollte, war eine »vollständige Reinigung des Organismus«. Für die damaligen Verhältnisse war das durchaus anerkennenswert. Es gab noch keine Sulfonamide, kein Penicillin und nicht unsere modernen Antibiotika, die Sterilisation steckte noch in den Anfängen, und spätere Generationen fänden seine Idee richtig. Aber er tappte noch völlig im Dunkeln.

»Verstehst du, Johnny, es liegt an der Sepsis, ich bin ganz sicher. Irgendwie müssen wir es schaffen, dass der Organismus rein bleibt.«

Ein kurz zurückliegender Fall hatte ihn sehr bedrückt. Es ging um ein kleines Mädchen, das sich den Finger an einem Rosendorn verletzt hatte. Der winzige Stich hatte sich entzündet, man hatte Breiumschläge aufgelegt, aber es half nichts. Als man sie zu meinem Vater brachte, war der Finger – der rechte Mittelfinger – von einer bösen Pflaumenfarbe und auf doppelten Umfang angeschwollen. Vater war ein Anhänger von Pasteur und Lister. Peinliche Sauberkeit war seine Parole. In einer entsprechenden Umgebung nahm er in den folgenden Wochen einige Eingriffe vor: Zunächst öffnete er den Finger mit einer Lanzette, öffnete ihn noch einmal, amputierte ihn, nahm dann dem Mädchen die Hand ab, schließlich den Arm bis zum Ellenbogen. Er überlegte, ob er ihr den Arm bis zur Schulter abnehmen sollte, als sie starb.

»Und das alles, weil sie sich den Finger an einem Dorn gestochen hat. Einem winzigen Dorn …« Während er mir das erzählte, lag in seinem Blick ein Ausdruck von hilflosem Unverständnis. Die Geschichte verletzte seinen Stolz, zeigte auf grausame Weise, dass er im Grunde ohnmächtig war, und ließ Zweifel an seinem Ruf als Therapeut aufkommen. Deshalb diese neue Besessenheit, bei der ich das Versuchskaninchen spielen sollte.

Zunächst willigte ich freudig ein. Nie zuvor hatte er ein so starkes Interesse an mir gezeigt. Das ganze Wochenende über aß ich Äpfel und trank Wasser. Mein Puls und mein Blutdruck wurden stündlich gemessen, mein Urin wurde analysiert, mein Stuhl untersucht.

»Wie fühlst du dich?«, fragte er am Sonntagabend.

»Gut.«

»Anders als sonst? Kann es sein, dass du dich ein klein bisschen besser fühlst als am Freitag?«

Ich schaute ihn an. Seine blassen, klaren blauen Augen. Papa, dachte ich bei mir, ich möchte dir helfen.

»Jaaaa«, sagte ich gedehnt. »Ich glaube, ich fühle mich ein klein bisschen besser.«

»Du bist ein lieber Junge. Hier hast du deine halbe Krone.«

Von da an bat er mich alle zwei oder drei Monate um Hilfe bei dem großen Experiment der Organismusreinigung. Es gab die Brot- und Milchdiät. Die Wurzelgemüsediät. Die Fleischdiät. Die Gesalzener-Fischdiät. In den Ferien machte ich eine einwöchige Reisauflaufdiät: Reisauflauf zum

Frühstück, zum Mittag und zum Abendessen, was mir eine Guinee einbrachte.

»Wie fühlst du dich? Ein bisschen gestärkt?«

»Ich glaube ja ... Ich fühle mich – ein bisschen angeregt.«

»Großartig! Das hast du gut gemacht, Johnny, hier hast du ein Pfund.«

Während der Diät schlich ich mich regelmäßig davon, schlenderte hinunter zum Grassmarket und kaufte mir beim Bäcker ein paar klitschige süße Brötchen. Dabei hatte ich kein schlechtes Gewissen. Ich machte meinen Vater glücklich, und es lenkte ihn, wenn ich so sagen darf, für eine Zeit lang von meinem Fall ab. Heute tut es mir sehr leid um jene Patienten, die geschwächt von der Amputation auf der Isolierstation lagen und denen ich die zusätzliche Unannehmlichkeit aufbürdete, dreimal täglich gekochte Rüben oder ständig gesalzenen Fisch essen zu müssen, während sie verzweifelt um ihre Genesung rangen.

In mancher Hinsicht muss ich wohl ein ziemlich einsames Kind gewesen sein. Mein Vater hat immer wieder versucht, mich bei den Familien seiner Kollegen in die Gesellschaft zu integrieren, aber von den Freundschaften, die sich daraus ergaben, hat keine sehr lange gehalten. Ich erinnere mich noch an drei Jungen, mit denen ich ein oder zwei Jahre lang öfter gespielt habe, bis einer von ihnen an Diphterie starb. Dann gab es da noch ein Mädchen, Lucretia Leslie, in deren Haus ich oft eingeladen wurde. Viel weiß ich nicht mehr von ihr (ein lila Kleid, ein hübsches, pausbäckiges Gesicht), obwohl wir längere Zeit eng befreundet waren, nur das weiß ich ganz sicher, dass wir uns nicht gegenseitig unsere Geschlechtsteile gezeigt haben. In der Klasse war ich leidlich beliebt, aber weil ich nicht in Barnton wohnte, war es mir nicht möglich, die Bekanntschaft mit meinen Klassenkameraden über die Schulstunden hinaus zu vertiefen.

Eine Zeit lang hängte ich mich an Thompson, als er um die

fünfzehn war und ich auf die zehn zuging. Er sah das nicht so gerne – er duldete mich allenfalls. Er wurde ohnehin mit Beginn des letzten Schuljahres sehr stark von seinen Aktivitäten außerhalb des Lehrplans in Anspruch genommen. Er leitete den Debattierclub an seiner Schule und hatte eine führende Funktion in einer der kirchennahen paramilitärischen Organisationen für Jungen (welche, habe ich vergessen), die in den Städten Schottlands sehr verbreitet waren. Einige Jahre lang war er ein eifriger Kirchgänger (mein Vater nicht), und ich weiß noch, dass er zu Versammlungen und Treffen gefahren ist. Einmal nach Birmingham und einmal, glaube ich, nach Antwerpen.

Was Thompsons Reserviertheit betrifft, frage ich mich heute, ob sie nicht, wie bei meinem Vater, auf einem unbewussten Groll beruhte. Er war sechs, als seine Mutter, die ihn anbetete, hinweggerafft wurde und statt ihrer ein schreiendes Brüderchen kam. Hat er mich vielleicht insgeheim für diesen entsetzlichen Verlust verantwortlich gemacht? Mit dem Tod meiner Mutter fing mein ganzes Unglück an. Vielleicht ist Thompson dadurch geworden, wie er damals war und heute noch ist: ein gefühlloser, egoistischer, selbstgefälliger Spießer ohne eine Spur brüderlicher Zuneigung im Leib. Und sehr reich.

So blieb ich weitgehend mir selbst überlassen – Oonagh, meinen wenigen Freunden, meinem Steckenpferd. Was habe ich bloß gemacht, bevor ich meine Kamera hatte? Vermutlich mit Oonagh gespielt. Sie schien stets da zu sein mit dem kleinen Gregor, ihrem letzten Kind, wie sich dann herausstellte. Soll ich Ihnen mehr über Gregor erzählen? Nun, ich habe ihn ungefähr so behandelt, wie Thompson mich behandelte. Eigentlich war Oonagh zu mir freundlicher als zu ihrem eigenen Kind. Sie nannte ihn »Rotznase« – Gregor schien ständig, Sommer wie Winter, von einer bösen Erkältung geplagt zu sein, dauernd lief seine Nase. Gregor … Was soll ich noch von ihm sagen? Er verschwand bald darauf aus meinem Leben. Später hörte ich, er habe geheiratet und sei in die Handelsmarine eingetreten. Ob er noch lebt? Gibt es dich noch, Gregor? Gregor braucht uns nicht zu interessieren – damals gehörte er dazu, das war alles, und er ist einer der wenigen Menschen in meinem Leben, denen ich nichts nachtrage.

Oonagh. Oonagh war der liebevolle Mittelpunkt meiner Welt, auch wenn ich mir damals keine Gedanken darüber gemacht habe. Wenn ich, von dem Weg vom Bahnhof herauf außer Atem, von der Schule heimkam, ging ich erst einmal in die Küche.

»Da ist er ja«, sagte sie, mehr nicht. Ich setzte mich, sie stellte mir den Teller hin, und wir setzten unser Gespräch an dem Punkt fort, an dem wir stehengeblieben waren.

Etwa zu der Zeit, als ich von Donald Verulam und meiner Mutter erfuhr, im Sommer 1912, gab es in der Beziehung zwischen Oonagh und mir eine kleine, aber spürbare Veränderung. Sie muss damals Mitte dreißig gewesen sein, noch immer eine stattliche, starke Frau, ihre hervorstehenden Augen so unruhig und scharfsinnig wie eh und je. Sie stöhnte häufiger über die Kälte, über ihren Rücken, über das Treiben ihrer Sprösslinge. Wir hatten inzwischen elektrisches Licht in der Wohnung legen lassen, und auch dadurch, dass Thompson und mein Vater meistens fort waren, hatte sie es leichter.

Wie kam es zu dieser Veränderung? Irgendwann hatte sich etwas geändert, mehr kann ich nicht sagen. Am besten kann ich es wohl so ausdrücken: Sie war zurückhaltender. Unsere zwanglosen Gespräche gingen weiter, aber jetzt glaubte ich eine gewisse Vorsicht dahinter zu spüren, die es vorher nicht gegeben hatte. Warum? Sicher lag es daran, dass ich größer geworden war. Ihr entging nichts, und vielleicht hatte sie plötzlich bemerkt, dass der Blick, mit dem ich sie betrachtete, wie der eines Erwachsenen war, hatte sie in meiner Liebe zu ihr die Beimischung von Sinnlichkeit gespürt. Mit dreizehn zählte ich jedes neu hervorwachsende Schamhaar, betrachtete ich prüfend mein Kinn und meine Achselhöhlen. Dem üblichen Austausch von Schweinereien, die in der Schule kichernd weitererzählt wurden, widmete ich mich hingebungsvoll. Als ich einmal morgens bei Thompson hereinplatzte, erhob sich aus seiner Bettdecke ein kleines bebendes Zelt, seine Augen waren zugekniffen, seine Lippen wölbten sich in inbrünstiger Lust. Ich wusste, was er dort tat. Ich hatte es selbst begierig versucht, vergebens. War es also der Schatten des Erwachsenwerdens, der sich zwischen Oonagh und mich senkte? Jedenfalls war es zwischen uns nie wieder wie vorher, ganz ohne Hintergedanken.

»Oonagh?«

»Ja?«

»Kennst du Mr. Verulam?«

»Ja.«

»Was hältst du von ihm?«

»Hm ... Ich halte nicht viel von ihm.«

»Wieso nicht?«

»Er ist doch Engländer, oder? Muss ich noch einen Grund nennen? Dämlicher Kerl.«

»Hat, äh, hat meine Mutter ihn gemocht?«

»Hab keine Ahnung. Jetzt aber raus mit dir, sonst knall ich dir eine.«

Ich glaubte ihr nicht einen Augenblick, und ihr ausweichendes Verhalten bestätigte meinen jetzt stärker werdenden Verdacht. Sie mochte ihn nicht, weil sie wusste, dass da etwas gewesen war. Mir war außerdem klar, dass ich nichts weiter aus ihr herausbekommen würde. Ich brauchte eine andere Informationsquelle, und ich hatte eine gute Idee, wo ich sie finden würde – bei Mrs. Faye Hobhouse, der jüngeren Schwester meiner Mutter.

Faye war zwei Jahre jünger als meine Mutter, hatte aber früher geheiratet. Ihr Mann, Vincent Hobhouse, ein Engländer, war Anwalt und Amtsrichter und lebte und amtierte in Charlbury, einer Kleinstadt im Evenlode-Tal bei Oxford. Bei einer gewissen Ähnlichkeit mit meiner Mutter war Faye jedoch größer und hatte eine etwas plumpe, birnenförmige Figur. Sie hatte ein hübsches, ebenmäßiges Gesicht, das durch ihre tief umrandeten Augen etwas Anrüchiges bekam und dadurch noch anziehender wirkte. So lebhaft und munter sie sich auch aufführen mochte, sie wirkte stets, als hätte sie drei Nächte lang nicht geschlafen. Es war, als deute sich darin eine andere, verborgene Seite ihrer Persönlichkeit an: ein latentes Versprechen der Verworfenheit unter der Tünche der pflichtbewussten Ehefrau und Mutter. Schließlich gewann fast alles an ihr – ihre breiten Hüften, ihre kleinen Brüste, ihr dunkles, lockiges Haar – eine geradezu unwiderstehliche Anziehungskraft auf mich.

Wir haben von ihr und Vincent Hobhouse und von ihren drei Kindern, meinen Cousins Peter, Alceste und Gilda, nicht viel gesehen. Ich kann mich nur an zwei Besuche vor diesem Sommer 1912 erinnern. Sie kamen Anfang August. Vincent Hobhouse wollte auf die Jagd gehen und hatte eine Hütte in der Nähe von Fort William gemietet. Vincent war so fett im Gesicht, wie ich es kaum jemals wieder gesehen habe, seine gewaltigen Hängebacken ließen seinen Kopf vollkommen rund erscheinen. Von vorne konnte man nicht seinen Kragen, ja noch nicht einmal den Knoten seiner Krawatte sehen. Ich habe mich oft gefragt, wie er sie morgens band, und habe mir vorgestellt, er müsste sich rücklings auf ein Bett legen und den Kopf wie bei einer Leiche über die Kante herunterhängen lassen, damit seine Finger ungehindert an den Hals herankamen. Er war ein reizender stiller Mensch, der zur Schwermut neigte. Er war immer schon kräftig gewesen, aber offenbar nach seiner Eheschließung aufgegangen wie ein Mönch. Ich konnte nie verstehen, warum er so viel aß und trank – es passte überhaupt nicht zu seinem Wesen. Er und Faye waren ein ungleiches Paar, aber sie schienen vollkommen zufrieden zu sein.

Faye bewies echte, liebevolle Anteilnahme an meinem Schicksal, ja, sie verwöhnte mich regelrecht, und im Unterschied zu den übrigen Angehörigen meiner Familie deutete sie nie auch nur an, dass sie mich für den Tod meiner Mutter verantwortlich machte. Später erfuhr ich, dass sie sogar angeboten hatte, mich zu adoptieren, aber mein Vater hatte abgelehnt und erklärt, bei ihm und Oonagh sei meine Erziehung in guten Händen.

Eines Abends, während sie bei uns weilten, zeigte ich Faye meine Kamera und einige meiner Fotos.

»Sie sind toll, John. Schau mal, Vincent, großartig!«

»Du lieber Himmel!«, sagte Vincent Hobhouse, ganz erstaunt. Er betrachtete mich mit neuem Respekt. »Warum machst du nicht auch so etwas?«, sagte er zu seinem Sohn Peter (zwei Jahre älter als ich und, wie ich fand, durch und durch ein Snob). Während sie sich mit den Abzügen beschäftigten, wandte ich mich erneut an Faye, wobei ich sie genau beobachtete.

»Donald Verulam hat es mir beigebracht«, sagte ich ruhig.

Sie zuckte merklich zusammen.

»Oh ... Donald Verulam?«

»Du hast ihn kennengelernt, Faye, ganz sicher«, sagte mein Vater. Faye blickte kurz zu ihrem Mann hinüber. »Kollege von mir, ich kenne ihn seit Jahren.«

»Ja, ich glaube wohl«, sagte sie rasch. »Ich – ich glaube, einmal mit Emmeline.«

Der Name meiner Mutter löste das bekannte, unmerkliche Zittern aus. Es war mehr, als ich erhoffen durfte.

Am nächsten Tag begleiteten wir sie an den Zug nach Fort William. Vincent beaufsichtigte die Träger beim Einladen ihrer Koffer, Gewehre und Körbe. Ich stand bei Faye.

»Du solltest mir schreiben, John«, sagte sie. »Ich würde gern hören, wie du zurechtkommst.«

»Ich fürchte, meine Rechtschreibung ist hoffnungslos.«

»Meine auch. Das macht doch gar nichts.«

»Na gut.« Nach einer Pause fuhr ich fort: »Tante Faye ... wegen Donald Verulam. Du hast ihn bei meiner Mutter kennengelernt.«

»Ja …« Eigenartiger Gesichtsausdruck. »Sie waren gute Freunde, jetzt fällt es mir ein. Sie hat ihn oft erwähnt.«

»Wann?«

»Vor allem in ihren Briefen. Wir haben uns nämlich jede Woche geschrieben, Emmeline und ich – über Jahre.« Sie blickte sich um. »Ich glaube, wir müssen.« Sie beugte sich vor und schaute mir in die Augen.

»Du solltest uns besuchen, Johnny. Ich würde dich gern besser kennenlernen.« Sie nahm mein Gesicht in ihre Hände. »Bist du schon in England gewesen?«

»Noch nicht.«

Ich blickte in dieses freundliche Gesicht, in diese umschatteten, vieles andeutenden Augen. Sie küsste mich auf die Wange. Leicht streifte ihre Wange die meine, eine zarte, pudrige Berührung, ein Duft einer wilden Blume – moschusartig, herb, vieldeutig.

Donald Verulam und ich sitzen in einer Teestube an der High Street in Newhaven. Wir haben den Nachmittag damit verbracht, die Fischer und die Fischweiber rings um den kleinen Hafen zu fotografieren. Wir trinken Tee und essen dicke Butterbrotschnitten, Kartoffelplätzchen und Marmelade, während wir auf den Kremser warten, der uns nach Edinburgh zurückbringen soll.

Donald schenkt sich aus einer schweren, braunen Teekanne ein. Seine Stirn ist leicht gerunzelt – er scheint über etwas nachzudenken. Er fährt sich mit der Hand über den Kopf und streicht die wenigen Strähnen auf seiner Platte glatt. Sein Gesicht wirkt magerer, asketischer als sonst. Er holt seine Pfeife hervor, stopft sie und zündet sie an. Flockig bläst er den Rauch durch die Nase aus.

Auf dem Stuhl neben uns liegen unsere Kameras (ich habe eine neue Sanderson) in ihren Ledertaschen, die durch ständige Benutzung schon ziemlich abgegriffen sind, das Leder zeigt Schrammen, die Ecken sind abgestoßen. Ich streiche mir

Himbeermarmelade auf mein Butterbrot. Bei einem tüchtigen Biss höre ich die Bänder in meinem Kiefer knacken. Als seine Pfeife den richtigen Zug hat, lehnt Donald sich in seinem Stuhl zurück, schlägt seine cordbekleideten Beine übereinander und lockert den Knoten seiner Krawatte. Einer seiner gestiefelten Füße wippt leicht im Takt einer stummen, inneren Melodie.

Die Dame, die die Teestube betreibt, nähert sich. Sie hat ein schmales, aristokratisches Gesicht und die Haare auf altmodische Art hochgesteckt. Als der Strahl der Nachmittagssonne auf sie fällt, blitzt an ihrem Hals eine Achatbrosche auf. Draußen trappelt ein Einspänner vorbei, und langsam verhallt das Rumpeln der Eisenräder auf dem Kopfsteinpflaster. Aus dem rückwärtigen Garten klingt das zufriedene Glucksen von Hühnern herauf. »Möchten Sie noch etwas Tee, Sir?« Eine feine Stimme, gebildet, sanft.

»Danke, nein«, sagt Donald.

Sie schaut zu mir.

»Nein danke.«

Alle lächeln wir einander an. Donald macht »Hmmm …« Ich schaue aus dem Fenster. Gegenüber steht auf einem Schild: »W & J Anderson's Smithy. Eisenwaren.« Jemand schiebt in einem Handkarren zwei leere Milchkannen vorbei. Meine Ohren scheinen von einer Art summender Gelassenheit erfüllt. Mir wird bewusst – zum ersten Male in meinem Leben –, dass ich glücklich bin. Im Leben eines jeden ist dieser Moment ein Wendepunkt – damit beginnt seine Verantwortlichkeit.

»Mr. Verulam«, sage ich, »haben Sie jemals die Schwester meiner Mutter, meine Tante Faye Hobhouse kennengelernt?«

»Faye Hobhouse? Ach ja, Faye Dale. Um genau zu sein, habe ich sie kennengelernt, bevor ich deine Mutter kennengelernt habe. Vincent war in meinem College in Oxford.«

Aus dem Summen in meinen Ohren ist jetzt ein Dröhnen geworden. »Als ich meine Stelle hier oben bekam, machte Faye mich mit deinen Eltern bekannt.«

Weiterer Beweise bedurfte ich nicht. Das Gespinst aus Verstellung und Doppelzüngigkeit lag offen zutage. Sie waren alte Freunde. Warum hatte Faye so getan, als wisse sie nicht, wer er ist? Um meinen Vater nicht in Verlegenheit zu bringen? Außerdem schien da noch eine Komplizenschaft zwischen den beiden Schwestern gewesen zu sein. Ich wusste nicht, was ich denken sollte. Nur von meinem Instinkt geleitet, durchschaute ich damals nicht recht die Ausflüchte der Erwachsenen. Wäre ich etwas schlauer gewesen, hätte ich Donald Verulam vielleicht gefragt, ob er meine Mutter in Oxford kennengelernt habe. Vielleicht waren die beiden Schwestern dorthin gefahren, um Fayes Kavalier zu besuchen? Man konnte sich auch vorstellen, dass Donald, wenn er und Vincent so dicke Freunde waren, meine Mutter bei Fayes Hochzeit kennengelernt hatte. Doch das Einzige, was ich mit Sicherheit wusste, war, dass immer dann, wenn der Name meiner Mutter und zugleich der von Donald fiel, eine gewisse Spannung in der Luft lag. Diese Spannung fing ich mit den Antennen eines Halbwüchsigen auf, und sie verstärkte das romantische Bild, das ich mir von mir selbst machte: ein Fremder in seinem eigenen Elternhaus, der sich nicht mit seiner Familie verstand, und das heftige Widerstreben – ich musste es mir jetzt eingestehen – Innes Todd als meinen leiblichen Vater anzuerkennen.

Ich fühlte mich durch meine Entdeckung gestärkt. Unwissentlich hatte man mir Dinge enthüllt, die es mir erlaubten, meiner Zukunft mit größerer Gelassenheit und Selbstachtung ins Auge zu sehen. Ich stellte mir jetzt vor, in eine große, verhängnisvolle Liebesaffäre verstrickt zu sein. Vielleicht waren meine Mutter und ich die beiden einzigen Menschen, die die wirkliche Wahrheit kannten oder ahnten. Ich war von der Erkenntnis, zu der ich gelangt war, wie elektrisiert. Um den Schein zu wahren, wurde die Maskerade fortgesetzt, würde sie noch eine Weile fortgesetzt werden, aber während wir an jenem heißen, windstillen Augustabend nach Edinburgh zurückfuhren, war ich zum ersten Mal vom Gefühl meiner Einzigartigkeit durchdrungen. Ich würde es noch ein bisschen länger aushalten, mit der Lüge zu leben, ich sei John James Todd.

Natürlich standen mir damals nicht diese Worte zur Verfügung, aber sie beschreiben genau das, was ich an jenem Abend, wenn auch unartikuliert, empfand.

Ich hatte das Gefühl, anders zu sein als die Menschen um mich herum. Und ich hatte das Gefühl, anders zu *denken.* Das, was mich bewegte, war nicht das, was andere bewegte. Dass ich zufällig der Liebesaffäre zwischen Donald Verulam und meiner Mutter auf die Spur gekommen war, erklärte lediglich, woher diese Gefühle stammten. Es führte zu einer gewissen Gelassenheit, es erlaubte mir, meiner ungewissen Zukunft mit einem gewissen Gleichmut entgegenzusehen.

Mein Vater und Thompson blickten mich über den Esstisch hinweg an. Thompson würde an die Universität gehen und hatte sich in Erwartung dessen einen Schnurrbart wachsen lassen, einen dürftigen, jämmerlichen Bart, den er ständig berührte und streichelte, als wäre er ein Hätscheltier. So sonderbar es klingt: Er wirkte damit jünger.

Wir hatten Suppe gegessen – Currysuppe –, Oonagh hatte gerade den Fisch – panierte Makrele – abgetragen und kam mit dem Kalbskammbraten herein, als mein Vater sagte: »Bitte warte damit noch eine Viertelstunde, Oonagh.«

Oonagh warf mir einen flüchtigen Blick zu und zog sich aus dem Esszimmer zurück. Sie wusste die Zeichen ebenso zu deuten wie ich. Schon als wir uns zu Tisch setzten, hatte ich das Gefühl gehabt, dass etwas nicht stimmt. Mein Vater ließ sich nichts anmerken, aber Thompson blickte ihn immer wieder erwartungsvoll an, und als er sich an mich wandte, klang es ungewöhnlich besorgt.

»Wie geht es uns heute, John James? Kampfbereit?«

»Danke, Thompson, *uns* geht es gut. Wie geht es unserem Schnurrbart?«

Normalerweise hätte meine provozierende Bemerkung ihn

aufgebracht. Jetzt lächelte er bloß selbstgefällig und strich unnötigerweise das Tischtuch glatt.

Ich wusste schon, worüber Vater mit mir reden würde. Meine Aufnahmeprüfung für die Royal High School, die eine Woche zurücklag. Ich sagte nichts. Während der beiden ersten Gänge fiel kaum ein Wort. Dann wurde Oonagh mit dem Kalbskammbraten hinausgeschickt. Mein Vater zog ein Blatt Papier aus seiner Westentasche.

»Religion – 2 von 20 Punkten. Erdkunde – 4 von 20. Rechtschreibung – 0 von 20. Latein – 5 von 20. Französisch – 4 von 20. Rechnen – 20 von 20 … ›Sehr geehrter Herr Professor Todd, angesichts dieser Ergebnisse sieht sich der Prüfungsausschuss zu seinem Bedauern nicht in der Lage, Ihren Sohn für die Aufnahme in Betracht zu ziehen … etc. etc. … Vielleicht nächstes Jahr … Zusätzlicher Unterricht … Hohes Kaliber der übrigen Kandidaten, und so weiter.‹« Er schaute mich an, eher ratlos als zornig.

»Junge, was ist los mit dir? Du brauchst ja nicht zu glänzen. Mittelmaß wäre ausreichend. Dieses realistische Niveau solltest du anstreben.«

»Ich möchte nicht mittelmäßig sein.«

»Lieber ist er vollkommen unfähig.« Schrilles, selbstgefälliges Lachen.

»Danke, Thompson.« An mich gewandt: »*Bemühst* du dich denn?«

»Ja«, log ich.

»Wie kommst du in Mathematik auf 100 Prozent? Erklär mir das!« Er brüllte.

»Ganz einfach: Ich verstehe, was von mir erwartet wird.«

»Oh Gott … *Na gut!* Ich werde dir sagen, was ich mit dir mache. Unsere letzte Rettung ist deine unerklärliche mathematische Begabung. Ich habe mit einem Kollegen in der mathematischen Fakultät gesprochen. Es gibt da einen gewissen Mr. Archibald Minto. Er führt eine Schule für solche verstockten Talente wie dich. Im September fängst du dort an.«

Das war keine so schlechte Nachricht. »Wie heißt die Schule?« fragte ich.

»Minto Academy.«

»Ist sie mit dem Zug zu erreichen?«

Es würde eine einzige Wohltat sein, nicht mehr ständig pendeln zu müssen. Mein Vater lächelte.

»Leider nein. Du gehst ins Internat. Es ist rund 30 Meilen entfernt. Bei Galashiels.« Er warf mir einen ernsten Blick zu. »Das hast du dir selbst zuzuschreiben, John. Ich schicke dich nicht gern fort, aber ich kann es nicht länger zulassen, wie du dich hängen lässt.« Er drehte sich um. »Oonagh! Jetzt bitte den Kalbsbraten.«

Am nächsten Tag fuhr ich mit dem Zug nach Barnton hinaus. Ich musste mit Donald sprechen. Ich habe keine Ahnung, was ich mir von diesem Gespräch erhoffte, aber ich hatte ein starkes Bedürfnis, ihn zu sehen, und ich wusste, dass es sein Wunsch war, von einer so einschneidenden Veränderung in meinem Leben unterrichtet zu werden.

Ich bog in den grünbewachsenen Zugang zu seinem Haus ein. Im oberen Stockwerk waren die Rollläden halb heruntergelassen. Im Vorderzimmer sah ich ein Hausmädchen Staub wischen. Ich klingelte.

»Ist Mr. Verulam da? Ich würde ihn gern sprechen.«

»Tut mir leid, Kleiner, Mr. Verulam macht Urlaub. Er ist nach England gefahren.«

Es war bestürzend, wie schnell die übrigen Sommertage verflogen. An der Minto Academy, so erfuhr ich, war als Uniform einzig der Kilt zugelassen, ein Kleidungsstück, das ich noch nie getragen hatte. Oonagh ging mit mir zu Jenner's in der Princes Street, ließ mir dort Maß nehmen für drei Kilts und wählte die Stoffe aus. Zwei Kilts aus grobem, schwerem Tuch sollten für den Alltag bestimmt sein. Der Dritte war feiner, ein Sonntagskilt für besondere Anlässe. Dazu kaufte sie mir zwei der zur Schottentracht gehörenden beschlagenen Felltaschen, zwei kurze Tweedjacketts mit Westen aus Tweed und eine schwarze Samtjacke mit silbernen Knöpfen. Außerdem kauften wir Kniestrümpfe aus ungewaschener Wolle, ein Paar kräftige Halbstiefel und feine, spitz zulaufende Sonntagsschnürschuhe. Zum ersten Mal wurde ich unmittelbar mit den Utensilien meiner Nationaltracht konfrontiert.

»Das steht dir großartig«, sagte Oonagh, als ich die Sonntagsausstattung anprobierte. Ich hatte Zweifel. Ich war ein Stadtkind und hatte das Gefühl, als wolle ein primitiver Stamm mich zur Selbstverleugnung bewegen.

Es blieben noch drei Tage, bis ich den Zug nach Thornielee bei Galashiels besteigen musste. Dort würde mich ein Einspänner erwarten und zu der Schule bringen, die, einige Meilen den Tweed hinauf, in der Nähe eines Dorfes namens Laidlaw lag. Der unheilvolle Tag kündigte sich, wie es bei Unglücken die Regel zu sein scheint, durch strahlendes Wetter an.

Ich saß in meinem Schlafzimmer vor meinem bereits gepackten Reisekoffer, fingerte an meiner Kamera herum und überlegte, ob ich es wagen könnte, sie und mein Album mit in die Schule zu nehmen. In den verworrenen Vorstellungen, die mir durch den Kopf gingen, schwor ich, finstere Rache an meinem Vater zu nehmen, und von Donald Verulam fühlte ich mich durch seine vorzeitige Abreise auf seltsame Weise verraten. Ich dachte daran, dass ich von der Wohnung und von Oonagh Abschied nehmen müsse, und Selbstmitleid übermannte mich. Ich fühlte mich den Tränen nahe, wie ein nasser Schwamm, den man nur leicht zu drücken brauchte, und das Wasser würde herausströmen.

Ich denke, dass Oonagh diese Trennung ebenso stark empfand. Sie scherzte zwar und versuchte ihre Gefühle zu zügeln, aber immerhin hatte sie mich dreizehn Jahre lang betreut. Immer wieder zog es mich in die Küche, und bei dem trüben Gedanken an meine Zukunft konnte ich mir nur ein dünnes Lächeln abringen.

»Hör mal«, sagte sie. »Lass uns morgen baden gehen. Wir nehmen das Kind mit nach Canty Bay. So wie früher.«

Frühmorgens fuhren Oonagh, Gregor und ich vom Waverley-Bahnhof los. In North Berwick angekommen, gingen wir durch das Dorf und den steilen, steinigen Weg zur Bucht hinunter. An dem blassen, eisblauen Himmel hielten sich einige dicke, hartnäckige Wolken, deren Schatten aber freundlicherweise in weiter Ferne auf den Forth fielen. Von einer Anhöhe aus erblickte ich den Bass Rock, dessen unregelmäßige Kuppel sich in der klaren Luft deutlich abzeichnete. Von der Förde strich eine ganz sanfte Brise herauf, und die Bucht lag zu unseren Füßen. An der zur Stadt hin gelegenen Seite drängten sich einige Badegäste und Kinder um die mit gestreifter Leinwand verkleideten Badekarren und einen Laufsteg, an dem ein schmaler, länglicher Vergnügungsdampfer für die »Umschiffung des Bass Rock – Sixpence« warb. Für jene, die Lust verspürten, am Ufer entlang zu reiten, hielt ein missmutiger kleiner Zigeuner drei staubige Esel bereit. Mühsam stapften wir den Strand entlang zum anderen Ende hin, wo kein Gedränge war. Wir wurden überrascht von einem rüstigen alten Mann, der völlig nackt aus der See auftauchte – Ellbogen und Knie blassrosa – und, mit einem fröhlichen »Schönen Tag!« kraftvoll an uns vorbeischreitend, zu seinen Kleidern ging. Wir fanden unseren Picknickplatz in einer versteckten Mulde zwischen zwei hohen Dünen. Von rauem Gras gesäumt, zogen sich Pfade durch die sandigen Hügel und verloren sich zwischen den Stechginsterbüschen. Wir breiteten eine Reisedecke aus, holten das Picknick hervor und fanden eine kühle Stelle für die Ingwerbierflaschen. Gregor wurde ausgezogen, in einen Badeanzug gesteckt und mit Eimer und Schaufel an den Strand geschickt. Ich ging hinter eine Düne und zog mich langsam aus. Der strahlende Tag vermochte nicht meine Stimmung zu heben. Der Ausflug war so offenkundig darauf angelegt, mich aufzuheitern, dass mir seine tieferen Beweggründe verschlossen blieben. Ich stapfte zurück zu unserer Lagerstelle und genoss es, wie das scharfe Dünengras gegen meine nackten Beine schlug.

Oonagh war noch dabei, sich umzuziehen. Ihr Rock und ihr Unterrock lagen auf der Decke. Den Badeanzug, ein Ding aus grober Wolle, hatte sie bis zur Taille hochgezogen, und jetzt versuchte sie mühsam, unter der Bluse und dem Mieder das Oberteil hochzuziehen. Ich ließ mich mit einem theatralischen Seufzer nieder und knibbelte missmutig an einem Wundschorf auf meinem Knie.

»Kopf hoch!«, sagte Oonagh und entledigte sich hastig ihrer Bluse. »Das ist doch kein Weltuntergang.«

»Du hast gut reden.«

Sie warf ihre Bluse auf die Decke und kniete sich vor mich hin.

»Nun mal sachte, Johnny«, sagte sie beschwichtigend. »Wenn es dir nicht gefällt, sagst du es deinem Vater, und er holt dich nach Hause.«

»Das glaubst auch nur du.«

Sie machte ein wütendes Gesicht. »Wenn du dir in deinem Selbstmitleid so gefällst, werde ich doch nicht meine gute Zeit damit vergeuden, dich zu bedauern.«

Während sie das sagte, knüpfte sie vorn ihr Mieder auf und zog es aus. Ich blickte auf und sah für einen Augenblick ihre großen weißen Brüste mit den braunen Warzen, bevor sie die Ärmel ihres Badeanzugs überstreifte und das Oberteil über die Brüste hinaufzog. Sie setzte sich die Badekappe auf und stopfte vereinzelte Strähnen hinein.

»Gehst du mit ins Wasser, oder bist du zu traurig?« Sie stand auf.

Ich lief neben ihr in die Brandung hinein.

Ich habe ein Foto von Oonagh, das im Laufe jenes Tages entstanden ist. Sie steht bis zu den Knien in dem grünen, schäumenden Wasser und eilt auf den schreienden Gregor zu, der von einer Welle überschüttet worden ist. Sie hat die Arme erhoben, um leichter den nächsten Brecher zu überstehen, der ihr gleich gegen die abgewinkelte Hüfte schlagen wird. Der durchnässte Wollstoff ihres Badeanzugs klebt an ihren mächtigen Schenkeln und ihren schweren Brüsten. Sie hat den Mund geöffnet – halb lächelnd, halb erschrocken in Erwartung des kalten Schwalls. Aber sie ist davon doch nicht so in Anspruch genommen, dass sie nicht an den Fotografen dächte, und ihre großen Kulleraugen sind – klug und wissend – genau in dem Augenblick festgehalten, als sie einen Seitenblick zu mir wirft. Mag die Pose auch harmlos und unverfänglich sein – von ihrem Blick, ihrer Haltung, den vollen Rundungen ihres Körpers geht entschieden etwas Kokettes aus. Als wir uns in der Brandung tummelten, sah ich Oonagh plötzlich mit neuen Augen, auf eine Art, die mich erregte, die mich in den Bann ihrer erfrischenden Sinnlichkeit zog. Zum ersten Mal empfand ich die freudige Verzückung einer unverfälschten sexuellen Erregung. Es war, als würde meine Brust davon eingeschnürt, als griffen mächtige Hände nach meinen Lungen. An jenem unvergleichlichen Tag an der Canty Bay hat Oonagh eine Macht auf mich ausgeübt, die mich seither nicht mehr losgelassen hat. Ach, Oonagh, wenn ich jetzt an dich denke … Was du mir damals angetan hast. Aber wie konntest du das ahnen? Niemand kann das ahnen. Was mich seit jenem Tag an den Frauen, die ich getroffen und geliebt habe (außer einer, außer dir), erregt hat, war immer irgendetwas, worin sie mich an Oonagh erinnerten.

Wir packten Gregor an beiden Händen und liefen mit ihm den Strand hinauf. Oonagh wickelte ihn in ein Handtuch und wollte ihn abtrocknen, aber er entzog sich ihr und ging auf die Suche nach anderen Strandvergnügungen. Ich stand da, die Fäuste geballt, die Arme vom Körper fortgestreckt, mit klappernden Zähnen und einem idiotischen Grinsen im Gesicht, als Oonagh mit dem Handtuch auf mich zutrat. Sie legte mir das Handtuch um und begann, mir kräftig den Rücken und die

Schultern abzurubbeln, um sich durch die Betätigung selbst aufzuwärmen. Ich betrachtete ihr breites Gesicht, ihr vorgeschobenes Kinn, ihre von der Kälte geröteten Nasenflügel, die lächerlichen kirschroten Verzierungen auf ihrer Badekappe.

»So geht's einem, Johnny«, sagte sie. »So geht's einem.«

War es das Wort »so«? Oder die Art, wie sie meinen Namen aussprach? Ich weinte. Sie drückte mich an sich, küsste mich auf die Stirn, tätschelte meine Wange, reichte mir ein Taschentuch, überhäufte mich mit den unglaublichsten Tröstungen. Aber ich habe den verwegenen Gedanken gesehen, der kurz in deinen Augen aufblitzte, Oonagh, mein Liebling, mein Untergang. Du wusstest, ich würde fortgehen, und nichts würde jemals wieder so sein wie bisher.

Villa Luxe 12. Mai 1972

Auf dieser Insel, auf der ich mich vor neun Jahren niedergelassen habe, herrscht eine ungewöhnliche, für diese Jahreszeit untypische Dürre. Der Aprilregen ist dieses Jahr einfach nicht gekommen, und die grausame Sonne brennt mit einer Gewalt herunter, dass wir eine Augusthitze haben. Ich habe diese alte Villa von Eddie Simmonette gemietet. Sie ist gemütlich, wenn auch etwas baufällig, aber was sie auszeichnet, ist ein Schwimmbecken. Da liegt es vor mir: blau, verlockend, leer. Im März trat in einer der Seitenwände ein Riss auf, und es musste zur Reparatur abgelassen werden. Ein Feigenbaum, der fast dreißig Meter entfernt steht, hatte es mit seinen Wurzeln irgendwie geschafft, die dreißig Zentimeter starke Betonwandung mit seinen Wurzeln zu sprengen, ob Sie es glauben oder nicht! Und jetzt ist wegen der Dürre nicht genug Wasser da, um es neu aufzufüllen, es sei denn mit einer Sondergenehmigung des Bürgermeisters. Ich habe sie beantragt und warte immer noch auf die Entscheidung. Ich stehe am Rand meines Schwimmbeckens und blicke hinunter auf das vollkommen trockene Rechteck aus hübsch und abwechslungsreich verlegten blauen Kacheln, aus dem die Hitze fast greifbar emporsteigt. Der einzige Sport, den ich mir in meinem Alter erlaube, ist, mittags ein wenig zu schwimmen, bevor ich mir den ersten trockenen Martini mixe. Zu der Villa gehört ein Strand, aber bis da sind es gut zwanzig Minuten zu gehen, erst auf einem Weg, der sich durch die Pinienwälder schlängelt, dann im Zickzack durch die Felswand zum Meer hinunter. Die Villa Luxe steht direkt über dem Abhang, vor dem sich bis nach Afrika das Mittelmeer erstreckt. Sie hat einen großen Garten mit älteren Bäumen – hauptsächlich Pinie und Johannisbrotbaum – und beinah zu vielen Kakteen für meinen Geschmack. Die Villa liegt etwas abseits – 800 Meter vom Dorf, und nur über einen ungepflasterten Weg zu erreichen –, und deshalb mag ich sie, und deshalb wohne ich hier.

Ich stehe früh auf, frühstücke, mache mich anschließend an meine Korrespondenz, und den Rest des Vormittags widme ich der Ordnung meiner Papiere. Tag für Tag arbeite ich mich Stück um Stück durch mein Archiv: meine vielen Tagebücher, Unmengen von Notizbüchern und Merkzetteln, Schubläden voller Briefe und Bruchstücke von Lebenserinnerungen. Ich sehe sie durch, ordne sie ein, stelle sie zusammen. Ich versuche, eine gewisse Ordnung hineinzubringen, in all dem Durcheinander und in all den Belanglosigkeiten eine gewisse Struktur, ein durchgängiges Thema auszumachen. Das ist eine schöne Beschäftigung für einen alten Mann, der viel Zeit zur Verfügung hat. (Der biblische Weise, wer auch immer es war, der sich zufällig auf siebzig Jahre festgelegt hat, er hat uns keinen Gefallen getan. Diese Grenzziehung ist vollkommen willkürlich – warum nicht achtzig Jahre? Wenn wir aber einmal über diese Grenze hinaus sind, kommt eine Angst in unser Leben, so als ließe man ein Frettchen in ein Kaninchengehege. Es ist wie in einer umkämpften Stadt nach Verhängung des Ausgehverbots. Man kann jederzeit abgeschossen werden, und dann ist es gut, wenn man sein Haus bestellt, wenn man die Fragmente ordnet.) Um die Mittagszeit mache ich eine Pause und gehe schwimmen, anschließend nehme ich einen Drink. Kurz danach kommt Emilia, die mir ein einfaches Essen kocht und im Haus aufräumt. Wenn sie ihren freien Tag hat, gehe ich ins Dorf hinunter, wo es ein kleines Café gibt. Meistens fahre ich an diesem Tag mit dem Nahverkehrsbus in ein größeres Dorf, das ein paar Kilometer entfernt ist, dort gibt es eine Bank und ein Postamt. Ich werfe meine Briefe ein und hole ab, was in der Woche an Post für mich eingegangen ist. Ich versuche, mit meinen schrumpfenden finanziellen Mitteln und den wachsenden Komplikationen, die sich daraus ergeben, zurechtzukommen. Etwa einmal im Monat wage ich mich in die Hauptstadt unserer Insel, aber im Sommer weniger, wegen der Touristen. Ich kenne dort den einen oder anderen – einen Journalisten, einen schottischen Landsmann von mir, der eine Autovermietung betreibt. Manchmal kommt Eddie auf Besuch, er lässt mich dann mit dem Auto abholen (weil ich nicht wünsche, dass er in die Villa kommt). Es ist schön, wenn wir uns treffen, wir sind alte Freunde, er unterhält mich – und ich ihn.

Es ist ein stilles, einsames Leben, aber ich beklage mich nicht, nach allem, was ich erlebt habe. 1899 in Edinburgh, das ist lange her. Es sind, wie üblich, gemischte Gefühle, mit denen ich an meine Kindheit zurückdenke: Staunen, Freude und Trauer. Verglichen mit jenen traurigen Jahren, hat mein Leben hier etwas von einem Garten Eden. Ich habe mein geregeltes Leben, mein Zuhause, keine Feinde, keine Verfolger, keine wirklichen Sorgen.

Draußen erreicht das metallische Zirpen der Zikaden seinen mittäglichen Höhepunkt. Ich höre das leise Knattern von Emilias Moped. Ich wünschte, das Becken wäre gefüllt.

Eine empfindsame Erziehung

Archibald Minto hieß mich und die anderen beiden Neulinge mit einem aufrichtigen Lächeln willkommen.

»Ich bin ein freundlicher Mensch«, sagte er am Schluss seiner Ansprache. Er hatte eine angenehme, fröhliche Stimme. »Manche sagen vielleicht, allzu freundlich … Aber wenn ich auf Widerstand stoße, gibt es Schläge. Ich tue das selten. In den beiden letzten Jahren haben nur fünf Jungen Schläge bekommen. Aber wenn es dazu kommt«, er lächelte noch immer, »dann verdresche ich euch ordentlich. Habe ich mich klar ausgedrückt?«

»Jawohl«, sagten wir. Die anderen Neulinge waren drei oder vier Jahre älter als ich. Sie wirkten wie Männer, und einer von ihnen trug einen Bart.

»Ihr seid in die Minto Academy aufgenommen, und ihr könnt euch dazu wirklich beglückwünschen. Ihr könnt euren Eltern dankbar sein.« Er schaute den bärtigen Jungen an. »Gegen einen Schnauzer habe ich nichts, Fraser, aber einen Bart kann ich bei einem Jungen nicht ausstehen. Allein wegen dem Dreck, der sich darin versteckt. Mach ihn sofort ab.«

»Jawohl«, sagte Fraser erstaunt. Ich war ebenso erstaunt, denn Minto trug selbst einen Bart. Niemand sagte etwas.

Ich weiß nicht, woran es lag, aber Mintos sanfte Drohung zeigte Wirkung. In den Jahren, in denen ich an der Schule war, hat es nur ein halbes Dutzend Mal Schläge gegeben. Im Großen und Ganzen haben wir uns an die Regeln gehalten, und wenn wir dagegen verstoßen haben, geschah es so, dass Minto nichts davon erfuhr. Die älteren Jungen haben uns dabei stillschweigend gedeckt. Trotz aller Merkwürdigkeiten war es eine gute Schule. Das Gebäude der Minto Academy war früher ein großzügiges Wohnhaus gewesen. Es stand, von Anlagen umgeben, auf einer Anhöhe über dem Tweed. Terrassenförmig angelegte, jetzt grasüberwachsene Gärten senkten sich vom Haupteingang aus bis hinunter zu einem Rugbyfeld. Das Gebäude war aus rötlichbraunem Sandstein, der bei Regen eine dunkle Malvenfarbe annahm. In der Mitte des langgestreckten, aber wohlgestalteten zweistöckigen Gebäudes ruhte auf vier kannelierten Säulen ein klassischer Vorbau mit Ziergiebel. Im Obergeschoss lagen die Wohnungen von Mr. Minto und den drei an der Schule tätigen Lehrern. Das Erdgeschoss umfasste einen Versammlungsraum, ein Speisezimmer, Küchenräume, Umkleideraum und Waschräume sowie drei große Schlafsäle für die Schüler. Es war eine kleine Schule, die nie mehr als sechzig Schüler hatte. Hinter dem Haus lag ein Hof mit einem Uhrturm, der auf drei Seiten von Stallungen umgeben war. Die beiden einander gegenüberliegenden Seiten waren zu Klassenräumen umgebaut worden, in dem anderen Teil standen noch Pferde. Bis heute assoziiere ich Schule mit dem Geruch von Pferdemist. Über den Klassenräumen und den Pferdeboxen wohnten die Hausangestellten der Schule und Mr. Mintos Faktotum Angus.

Die Schule war 1865 von Mintos Vater gegründet worden mit dem ausdrücklichen Ziel, »für Kinder zu sorgen, die in Mathematik und Musik begabt sind«. Nach dem Erlass des schottischen Schulgesetzes von 1892 weigerte sich Minto sen., sich der Aufsicht durch den Gemeinderat von Galashiels zu unterwerfen, und kämpfte seither um seine Unabhängigkeit. 1898 kehrte Archibald Minto von der Universität Göttingen zurück, wo er bei Hilbert Mathematik studiert hatte, und übernahm, nachdem sein Vater einen Schlaganfall erlitten hatte, die Leitung der Schule. Sie nahm unter seiner Führung einen maßvollen Aufschwung. Er verkaufte einen Teil der Ländereien und pries verstärkt ihre speziellen Vorzüge an, wobei er durchblicken ließ, dass sie nicht nur mathematische und musikalische Begabungen willkommen hieß, sondern darüber hinaus alle, die sich – so hieß es in der Broschüre – nicht in die Welt der konventionellen Schule einfügen könnten.

Minto war ein leidenschaftlicher Rugbyanhänger, und er beschloss, dass die erste Mannschaft der Minto Academy sich auch auf diesem Gebiet auszeichnen müsse. Also gewährte er »Stipendien«, wenn er einen strammen Burschen oder einen schnellen Sprinter fand, den er gern in seiner Mannschaft gesehen hätte. In den Ausscheidungsspielen, die überall im Tweeddale-Tal stattfanden, blieb die Schule regelmäßig Sieger. Diese Leidenschaft erklärte auch die Aufnahme des bärtigen Fraser – er wurde für die zweite Reihe des Gedränges gebraucht.

Wir waren eine merkwürdig zusammengewürfelte Schülerschar. Es gab echte mathematische und musikalische Begabungen, aber in meiner Zeit gab es nur ein solches Wunderkind. Dann gab es Leute wie mich, die nur auf einem dieser Gebiete eine gewisse Begabung zu besitzen schienen und deren Eltern verzweifelt nach einer anständigen Schulbildung für sie suchten. Schließlich gab es die Außenseiter, die durch Mintos allumfassendes Manifest ermutigt worden waren. Jungen, die gut zeichnen konnten, Jungen, die »handwerklich begabt waren«, Jungen, die schnell laufen konnten. Es gab wirklich irre Typen darunter. Einer war ein glänzender Jongleur. Einer hatte so gute Augen, dass er aus acht Fuß Entfernung ein Buch lesen konnte. Ein dünner Kerl mit langen Armen konnte einen Kricketball weit über 100 Meter werfen. Dann gab es einen phantastischen Hochspringer. Und so weiter. Diese Kategorie war die kleinste an der Schule und umfasste selten mehr als ein Dutzend Leute. Es war eine mürrische, reizbare Gesellschaft (nicht umsonst hießen sie bei uns »Finsterlinge«), und viele von ihnen waren nach ein oder zwei Semestern wieder verschwunden. Außerhalb des üblichen Lehrplans wurden sie ermuntert, ihre spezielle Fähigkeit unter Mintos Aufsicht zu entfalten. Er war ungeheuer leistungsgläubig, und wenn sich die Leistung im Einzelfall auf das Kricketballwerfen beschränkte, war es auch gut. Und schließlich gab es die Rugbymannschaft. Es waren Burschen aus der näheren Umgebung, Söhne von Bauern und Arbeitern (es hieß sogar, Minto habe ihren Eltern etwas gezahlt), die Kost und Logis erhielten und denen neben dem äußeren Schein einer höheren Bildung den ganzen Winter und Frühling hindurch maximale Gelegenheit zum Rugbyspielen geboten wurde.

Die meisten von uns waren in Mathematik beziehungsweise in Musik mehr oder weniger gut. Minto übernahm uns in Mathe, Mr. Leadbetter unterrichtete die Musiker. Das Schulorchester war recht tüchtig und gab regelmäßig Konzerte in den Rathäusern und Getreidebörsen des Tweed-Tals, womit es der Academy nebenbei eine zusätzliche Einnahmequelle verschaffte. Ein gewisser Mr. Fry und ein gewisser Mr. Handasyde, beides etwas unglücklich wirkende Junggesellen, versuchten sich ein bisschen in den übrigen Fächern, die von der Academy nachgewiesen werden mussten, damit sie von der regionalen Schulbehörde die rechtliche Anerkennung erhielt. Bedrückt und schwermütig waren die beiden, und sie schienen sich mehr als wir Jungen vor Minto zu fürchten, sodass wir uns fragten, welcher Zwang sie an der Schule festhielt.

Minto selbst war ein ziemlich kleiner Mann Ende vierzig. Er hatte dunkle, rötlichbraune Haare, auf den Wangen und am Kinn kurzgeschoren, auf dem Kopf dürr und strähnig. Er trug eine runde Hornbrille und hatte eine freundliche, helle Stimme, nur konnte er das *r* nicht richtig aussprechen: »Wilklich sehl gut«, pflegte er anerkennend zu sagen. Nach außen hin hatte er nichts Bedrohliches an sich. Jeder aus der Rugbymannschaft hätte ihn zum Beispiel umhauen können. Dennoch sorgte er für eine unangefochtene Disziplin, die einem Kasernenhof zur Ehre gereicht hätte.

Nach einem der seltenen Fälle, wo jemand eine böse Tracht Prügel von ihm bezogen hatte, fragte ich das Opfer (einen zwanzigjährigen Stellmacher aus Kelso), warum er nicht zurückgeschlagen habe. Sein Vergehen hatte darin bestanden, dass er gegenüber Mrs. Leadbetter frech geworden war. Er schaute mich an, als hätte ich den Verstand verloren.

»Haste noch nich von Angus gehört?«

Angus war ein großer, einfältiger Mensch mit stark nach innen gekrümmten Zehen. Seine Aufgabe war, die bulligeren Schüler in Schach zu halten. Man erzählte sich von ihm, er habe bei einer Wirtshausschlägerei einen Mann mit bloßen Händen getötet. Nachdem er seine Strafe (wegen Totschlags) abgesessen hatte, hatte Minto ihn eingestellt. Von Zeit zu Zeit hatte Angus, wie man mir erzählte, einem Mitglied der Rugbymannschaft, das Mintos Autorität infrage stellte, eine grausame Tracht Prügel verabreicht.

Trotz dieser Abschreckungsmittel – vielleicht auch wegen ihnen – ging es tolerant und erträglich an der Schule zu. Ich hatte nur einmal unter anderen Jungen zu leiden, aber das war ein Initiationsritus, den jeder durchmachen musste.

Es war ein Binderitual und lief unter dem Namen »Schmalz-Popel-Teller«. Ein Neuling musste in der ersten Nacht, die er im Schlafsaal verbrachte, eine symbolische Mahlzeit verzehren, bestehend aus schrotkugelgroßen Bällchen von Ohrenschmalz und Nasenschleim. Die anderen Jungen schürften in ihren Körperöffnungen nach dem Rohstoff, um ihn sorgfältig zu kleinen Bällchen zusammenzurollen. Diese wurden dann, auf einem Teller gesammelt, dem Neuling vorgesetzt. Es sah aus wie sandfarbener Kaviar, der sich auf dem Teller verteilt hatte. Man konnte die Bällchen entweder einzeln oder alle auf einmal essen. Ich entschied mich für letzteres Verfahren. Es war nicht so unangenehm. Ein Schluck – und dann schnell mit der Zunge den Mund gesäubert! Nur von dem Ohrenschmalz blieb ein bis zwei Stunden ein bitterer Geschmack zurück.

Ich habe mich an der Minto Academy recht wohlgefühlt, und ich verdanke ihr zwei großartige Dinge. Alles, was mir an Mathematik in einem Klassenzimmer vermittelt werden konnte, habe ich dort erlernt, und ich habe dort einen wirklich treuen Freund gefunden.

Hamish Malahide war das einzige wirkliche Wunderkind an der Schule. Er war ein Jahr älter als ich und seit zwei Jahren an der Academy. In Mathe war er so gut, dass Minto ihm Privatunterricht gab. Ich bin ihm kurz nach meiner Ankunft begegnet.

Es war an einem dunklen Sonntagabend vor dem Gottesdienst. Ein älterer Schüler hatte mich zum Unterrichtsgebäude hinübergeschickt, um irgendetwas zu holen. Auf dem Rückweg sah ich eine Gruppe von sechs oder sieben Jungen, die an dem Geländer auf der Rückseite des Hauses beieinander standen. Dort befindet sich ein schmaler Kellergang, von dem aus man in die Kohlenkeller und in den Heizungsraum gelangt – das war Angus' Zuständigkeitsbereich, und uns war der Zutritt streng verboten. Im Näherkommen erkannte ich, dass die Jungen allesamt »Finsterlinge« waren. Mit einem genüsslichen Lachen hielten sie ihre Kilts vorne hoch und urinierten in den Kellergang hinein. Ich schaute hinunter und sah eine Gestalt, die ohne sonderlichen Erfolg den spritzenden Strahlen auszuweichen versuchte. Dann stolperte er, und die Bögen von Pisse schossen sich auf ihr Ziel ein und prasselten hörbar auf seine Kleider herab, bis er sich wieder aufrappelte. Die Qual dauerte nur so lange, wie der Vorrat in den Blasen der Peiniger reichte. Sehr bald hörten die Pisser auf und zogen davon. Der Mensch in dem Kellergang zerrte verzweifelt an seinen klammen Sachen. Was mich beeindruckte, war die Tatsache, dass er nicht einen Klagelaut von sich gegeben hatte. Er schaute zu mir hoch.

»Ich schätze, jetzt willst du's mal versuchen.«

»Nein«, sagte ich, »ganz und gar nicht.«

»Hilf mir mal hoch«, sagte er, während er die Stufen hinaufging.

Ich packte seine feuchte Hand und half ihm über das hohe Geländer. Das Tor war mit einem Vorhängeschloss verschlossen.

»Danke!« Er schilderte mir, wie ihn die »Finsterlinge« gepackt und in den Kellergang gestoßen hatten.

»Warum haben sie das gemacht?«

»Wer weiß?«

Wir gingen zur Hintertür hinein. Eine Angestellte, die aus der Küche kam, warf uns kurz einen neugierigen Blick zu und ging dann weiter. Unter der Gaslampe im Korridor sah ich mir das Opfer genauer an. Ich wusste noch nicht, wie er heißt, aber sein Gesicht kannte ich schon. Hamish Malahide hatte eine schlimme Akne, wie ich sie noch nicht gesehen hatte und seither nicht gesehen habe. Überall hatte er Pickel, von der Stirn bis zum Kinn. Besonders dicht häuften sie sich um die Nase und unter dem Mund. Der Hals und der Kiefer waren von Pickeln übersät. Sogar in den Haaren schien er Pickel zu haben. Sein Gesicht war so entzündet und wund, um nicht zu sagen abstoßend, dass man unwillkürlich zurückschreckte. Später sah ich die Beulen auf seinem Rücken, die großen roten Schwellungen, die harten scharlachroten Geschwülste beginnender Pusteln.

Ich schreckte tatsächlich nicht zurück, aber er hätte es ohnehin nicht bemerkt, so sehr nahm ihn der Zustand seiner Kleider in Anspruch.

»Ich muss mich umziehen«, sagte er. »Scheißkerle!«

»Du musst es Minto mitteilen. Er hat gesagt, wir sollten es melden, wenn wir schikaniert werden.«

Er blickte mich an. »Bist wohl neu?«

»Ja.«

»Wahrscheinlich würden sie von Minto ihre Prügel beziehen, aber derjenige, der petzt, bekommt sie ebenfalls.«

»Oh!«

»Es lohnt sich nicht. Wenn du gesehen hast, wie Minto zuschlägt, wirst du das verstehen.«

»Wieso verprügelt er das Opfer?«

»Ist doch logisch. So hat er seine Ruhe. Wenn sich dann tatsächlich einer beschwert, weiß er, dass es wirklich ernst ist.«

Er lächelte. Er hatte große, ungleichmäßige Zähne. Er war hellblond und hatte eine blasse Haut, die seine Akne noch schlimmer erscheinen ließ. Er war hässlich.

»Wie heißt du?«

»Todd.«

»Ich heiße Malahide. Vielen Dank, Todd, dass du mich nicht angeschifft hast.« Er machte eine Pause. »Ich werde dir das nie vergessen.«

Es klang merkwürdig. Er lächelte noch einmal und ging davon. So begann die bedeutendste Freundschaft meines Lebens.

Mathematik. Warum war ich in diesem Fach gut und in den anderen mittelmäßig bis schlecht? Nach meiner Überzeugung hängt diese Fähigkeit oder Begabung mit der angeborenen Geistesart des Einzelnen zusammen. Woher könnte ich, dessen Phantasie zuerst durch unbekannte Geschichten in einer unverständlichen Sprache angeregt wurde, eine mathematische Begabung haben? Dazu kann ich nur sagen: Sie kommt gerade daher, *dass* meine Phantasie auf diese Weise angeregt wird. Ich ging mit offenen Augen und ohne Vorprägung in die Schule. Ich erinnere mich noch an meine erste Rechenstunde. An der hinteren Wand hingen Karten mit dem Einmaleins.

»Auf, Todd, das Sechser-Einmaleins.«

»Was für ein Einmaleins, Herr Lehrer?«

Die Klasse tobte. Ich musste an einen gesonderten Tisch, um mein Einmaleins zu lernen. Die Zahlen stürmten auf mich ein. Mein Blick fiel auf das Neuner-Einmaleins. Ich sah sofort, mit der Klarheit des Instinkts, dass die Ziffern, aus denen sich die Lösungen der einzelnen Aufgaben zusammensetzten, zusammen neun ergaben: 9 x 2 = 18, 1 + 8 = 9, 9 x 3 = 27, 2 + 7 = 9, und so weiter bis zehn. Ich machte den Lehrer darauf aufmerksam und erhielt zum ersten Mal ein Lob.

Warum habe ich das erkannt? Warum fiel mir diese Struktur auf? Und was für ein Zaubertrick läuft dabei in dieser abstraktesten aller Welten ab? Nicht, dass ich das Gefühl gehabt hätte, mit einer besonderen Gabe gesegnet zu sein, aber ich meine doch, dass mir da eine gewisse Eingebung zuteil wurde. Seit jenem ersten Schultag und seit jener Entdeckung war die Mathematik für mich ein Reich voller Verheißungen. Auf was für Geheimnisse, was für Erkenntnisse würde ich noch stoßen?

Man sagt, es gebe zwei Arten von Mathematikern, je nachdem, auf welche Weise sie die Welt wahrnehmen. 90 Prozent sehen in Zahlen, 10 Prozent sehen in Bildern. Die glänzendsten, die scharfsinnigsten entstammen diesen zehn Prozent. Was mich betrifft, denke ich, dass ich anfangs einige Jahre lang die Welt der Zahlen in Bildern gesehen habe, dass ich diese Gabe bis zum Alter von zehn Jahren besaß und dass sie dann aus irgendeinem Grund zu bloßer Tüchtigkeit im Rechnen verflachte. Doch bei den großen Mathematikern geht diese Fähigkeit nie verloren. Vielleicht ist das der Grund, warum es Wunderkinder nur in der Welt der Mathematik, der Musik und des Schachspiels gibt. Das sind Gebiete, die man sich bildhaft vergegenwärtigen kann, wo man Strukturen und Gestalten wahrnehmen kann. Im Zufälligen lässt sich eine Ordnung ausmachen, das Sinnhafte lässt sich vom Sinnlosen trennen. Jedenfalls war ich lange dieser Ansicht. Inzwischen halte ich nichts mehr von Erklärungen. Durch Mathematik und Physik bin ich zu größeren Wahrheiten gelangt, die beunruhigender sind als diese – Sie werden noch sehen. Sinn, Ordnung, Struktur, Bedeutung: Das sind alles Illusionen.

Hamish Malahide gehörte natürlich zu diesen zehn Prozent. Ich möchte annehmen, dass wir bei unserer Geburt alle dazugehören, aber die *tabula rasa* wird rasch vollgeschrieben mit verwirrenden Hieroglyphen, die wir nie wieder auszulöschen vermögen. Ich hatte Glück. Bei mir hat sich diese unverbildete Sichtweise noch ein paar Jahre länger gehalten. Hamish hat sie nie verloren. Er war phänomenal. Genau wie Künstler haben auch Mathematiker ihre Glanzzeit. So auch Hamish, der als junger Mann die berühmten Malahide-Paradoxa I und II schuf. In den vierziger Jahren hat er mit der Entdeckung der Malahide-Zahl noch einmal kurz geglänzt, aber nachdem er die Dreißig überschritten hatte, ließ die schöpferische Kraft nach, ähnlich wie beim Altern. Doch sein Wahrnehmungsvermögen ist klar und lebendig geblieben, bis zum Ende seines ungeheuer unglücklichen Lebens.

An der Minto Academy dauerte es eine Weile, bis ich seine Vorzüge erkannte. Er war in der Schule unbeliebt und wurde geschmäht wegen seiner furchtbaren Akne. Sogar Mrs. Leadbetter, die Hausmutter des Internats, gab bei ihren vergeblichen Bemühungen, die Akne unter Kontrolle zu halten, den Anschein ärztlicher Unempfindlichkeit auf. Wenn sie sein Gesicht mit dem Pappzeug und den Speziallotionen betupfte, trug sie Baumwollhandschuhe, und der Ekel stand ihr ins Gesicht geschrieben. Witzige Schüler nannten ihn Hiob, und der Name blieb an ihm hängen. Im Sommer haben wir oft im Tweed gebadet, und dann durfte Hamish nur flussabwärts ins Wasser gehen. Sogar ich, sein einziger Freund, musste zugeben, dass er abstoßend wirkte, wenn er ausgezogen war. Deshalb war ich oft – gerade als Freund – innerlich gespalten. Vieles an ihm fand ich ungeheuer faszinierend, aber wenn ich allzu eingehend diese prallen, verkrusteten Pickel betrachtete, bekam ich eine regelrechte Gänsehaut, und meine Augen begannen zu tränen. Doch Hamish war sensibel und spürte meine Zerrissenheit. Eines Tages zeigte er mir ein Töpfchen mit Salbe.

»Was ist das?«

»Meine Mutter hat es mir geschickt: ›Dr. Keith Harvey's Emulsion‹. Hilft gegen Warzen, Akne, Lupus, lokomotorische Ataxie und Veitstanz. Jeden Monat schickt sie mir so was.« Er lächelte. »Gegen meine verdammten Pickel.«

»Ach ja«, sagte ich, so als hätte ich sie eben erst bemerkt. »Das ist sicher etwas ...« Mir fiel kein passendes Wort ein – es wäre eine groteske Untertreibung gewesen, hätte ich »etwas Lästiges« gesagt.

»Es ist ein Fluch«, sagte er. »Ich weiß, ich bin mit einem Fluch geschlagen.«

Durch diese freimütigen Worte war die Peinlichkeit zwischen uns wie weggeblasen. Danach haben wir öfter über seine Pickel gesprochen. Ich habe sogar das Buch Hiob in der Bibel gelesen.

»Die gehen weg«, sagte ich. »Mein Bruder hatte Pickel, und sie sind alle weggegangen.«

»Aber wie werde ich darunter aussehen?«, sagte er mit einem eigenartigen Grinsen. »Ich kann mir nicht vorstellen, wie mein Gesicht dann aussieht, ohne Pickel.«

»Normal, oder?«

»Ich bin mir nicht so sicher.«

Im Laufe dieses ersten Semesters wuchs die Freundschaft zwischen uns. Wir waren zwar beide auf Mathe spezialisiert, aber er war so weit voraus, dass es eigentlich zwei ganz verschiedene Fächer waren. Um es mit einem Vergleich aus der Architektur zu sagen: Während ich und die anderen Droschkenunterstände und Bedürfnisanstalten entwarfen, baute Hamish gotische Dome. Von Zeit zu Zeit sprach er über die Mathematik, und dadurch bekam ich langsam einen gewissen Einblick in die Fremdartigkeit und Schönheit seiner Denkweise.

In unserer Klasse hatte Minto uns die Aufgabe gestellt, alle Primzahlen bis hin zu einer Million herauszufinden. (Wer es nicht weiß: Eine Primzahl ist eine Zahl, die nur durch sich selbst und durch 1 teilbar ist. Primzahlen sind zum Beispiel 11, 19 und 37.) Es war eine langfristige Aufgabe, die schon seit Jahren lief. Generationen von Schülern hatten für Minto geforscht, unter den Zahlen von 1 bis 1 000 000 herumgewühlt und waren – wie Goldsucher auf einen vereinzelten Nugget – auf eine Primzahl gestoßen. Hatten wir eine entdeckt, so schrieben wir sie auf eine riesige Wandtafel. Minto hatte uns systematisch eingeteilt, und jeder musste einige tausend Zahlen überprüfen. Kurz nach meiner Ankunft wurde die Aufgabe beendet. Wir zählten zusammen und kamen auf insgesamt 41 539 Primzahlen. Daraufhin zeigte Minto uns mit der Miene eines Zauberers, der ein Kaninchen aus einem Hut hervorzaubert, eine Methode zur Schätzung der Anzahl der Primzahlen zwischen zwei beliebig angenommenen Zahlen. Interessanterweise lag jedoch die sich so ergebende Anzahl um 67 niedriger. Nachprüfungen zeigten, dass die Methode dem richtigen Ergebnis zwar nahe kam, es aber nie genau traf.

»Warum ist die Lösung nur approximativ, Sir?«, fragte Hamish. »Warum können wir nicht die richtige Lösung finden?«

»Weil wir es nicht können!« Minto wirkte gereizt. »Das liegt in der Natur der Primzahlen.«

Hamish versuchte auf eigene Faust, die Genauigkeit der Methode zu verbessern, aber vergebens.

»Ich kriege es nicht genauer hin. Ich schaffe es einfach nicht«, sagte er eines Tages, während wir beim Rugbyspiel zuschauten.

»Lass es doch sein!«

»Es quält mich … Es muss etwas zu bedeuten haben, dass die Primzahlen gerade so sind, wie sie sind. Irgend etwas müssen wir daraus entnehmen können.«

»Meinst du?«

»Die Menge der Zahlen ist unendlich, also muss die Menge der Primzahlen unendlich sein.«

Ich hatte keine Ahnung, wovon er sprach.

»Aber da ist keine Struktur. Sie zeigen keinerlei Ordnung. Die Berechnung, die wir probiert haben, ist nie exakt. Warum? Warum lassen sie sich nicht genau bestimmen? Was versuchen sie uns zu sagen?«

»Sag mal, ist bei dir alles in Ordnung?«

»Warum gibt es keine Struktur? Es *müsste* doch eine geben.«

»Hat es Primzahlen gegeben, bevor wir an sie dachten?« Ich war über meine Frage, deren Implikationen mir unklar waren, selbst überrascht. Aber Hamish schien mit dieser Frage vertraut zu sein.

»Genau, Todd, genau! Denk mal, dass irgendwann ein Mensch angefangen hat zu zählen, zusammenzuzählen – und wohin das jetzt geführt hat.«

Ich verstand nichts. Inzwischen begreife ich besser, was Hamish als Vierzehnjähriger gesehen hat. Die Welt der abstrakten mathematischen Erklärung war für ihn so etwas wie ein berückender Zauberwald für einen leidenschaftlichen Forscher. Er war bereits weit auf einem Dschungelpfad vorgedrungen und winkte mir, ihm zu folgen.

In den Alltag der Minto Academy gewöhnte ich mich rasch ein, doch meine Freundschaft zu Hamish machte es mir ein bisschen schwer, nähere Bekanntschaft mit den anderen Jungen zu schließen. Das störte mich nicht. Es gab nur wenige Schikanen. In den nach Alter getrennten Schlafsälen hatte ein älterer Schüler als Aufseher für Disziplin zu sorgen. Der Aufseherposten war, vom Sportplatz abgesehen, die einzige herausgehobene Stellung an der Schule. In unserem Schlafsaal waren wir zu achtzehnt. Die Eisenbetten waren durch schmale Kleiderschränke aus Holz voneinander getrennt. Hamish lag von mir aus vier Betten weiter (ja, ich hatte seinen Schmalzpopel verzehrt). Abgesehen davon, dass kräftig onaniert wurde, gab es wenig Lasterhaftes. Einige krochen gerne zu anderen ins Bett, aber niemand hatte etwas dagegen oder fand es ungewöhnlich. Das Essen war reichlich, aber einfallslos. Morgens gab es Hafergrütze, Milch und Brot. Mittags ein Stück Braten – in neun von zehn Fällen Hammel – und abends noch einmal dasselbe Stück, kalt und mit Gemüse, dazu Kakao.

Der Samstag wurde damit verbracht, dass wir der Rugbymannschaft zuschauten, wie sie in Heim- oder Auswärtsspielen gewann. Und am Sonntag wurde die ganze Schule von einem tristen Mr. Fry oder einem traurigen Mr. Handasyde zu einem ungeheuer langen Spaziergang ausgeführt. Die Zeit verging, ohne dass ich es bemerkte. Nach einer Woche war mein Heimweh verflogen. Ich bedauerte nur, dass ich kaum Briefe bekam. Oonagh konnte nicht schreiben, mein Vater war zu beschäftigt, und Thompson dachte überhaupt nicht daran. Ich erwog, auf das Angebot meiner Tante Faye einzugehen, brachte aber nicht den Mut dazu auf. Hin und wieder bekam ich eine Postkarte von meinem Vater. Ich besitze noch immer eine. Ich gebe sie hier vollständig wieder.

3, Kelpie's Courd,
Edinburgh,
21. Oktober 1913

Lieber John James,
ich danke Dir für Deinen Brief. Ja, wenn Du es wünschst, kann Dein Freund Malahide mich konsultieren, aber es scheint, als könnte ein Dermatologe mehr für ihn tun. Leider muss ich sagen, dass die Reisdiät bei meinen Patienten nicht angeschlagen hat. Danke für die Nachfrage.
Thompson geht es gut, Oonagh lässt Dich herzlich grüßen.

Dein lb. Vater
I. M. Todd

Einmal schrieb ich an Donald Verulam und schob dabei irgendwelche Fotogeschichten vor. Er antwortete umgehend und ausführlich und bat mich, zurückzuschreiben. Ich hatte es auch vor, bin aber nie dazu gekommen. Es stellte sich heraus, dass die Schule nicht so schlimm war, wie ich befürchtet hatte, ja, zu meiner Überraschung bemerkte ich, dass ich in ihr eine Art Freiheit gefunden hatte. Das freundschaftliche Verhältnis zu Hamish festigte sich und gab mir alles, was ich an Gesellschaft und Anregung brauchte. Ich war als Kind nicht gesellig, und von meinen Kameraden verlangte ich nichts anderes, als dass sie mich in Ruhe ließen.

Am Ende meines ersten Semesters geschah etwas Merkwürdiges. Eines Nachts, die Lichter waren längst gelöscht, weckte Hamish mich auf. Alles schlief, im Haus war es vollkommen still.

»Komm mit«, flüsterte er.

Ich stand auf und folgte ihm aus dem Schlafsaal.

»Was ist los?«

»Pst!«

Er führte mich den Korridor entlang zum Umkleideraum. Ich trat nach ihm durch die Tür. Plötzlich drehte er sich um und presste mir ein feuchtes Tuch unter die Nase, von dem ein scharfer Chemikaliengeruch ausging. Bevor ich das Bewusstsein verlor, erschien mir der Raum in einem leuchtenden Gelb, dann scharlachrot, schließlich purpurrot. Ich glaubte, das Gesicht meines Vaters zu sehen.

Wie Hamish mir später sagte, kam ich nach einer halben Stunde wieder zu mir. Ich schlug die Augen auf. Mir war übel und ich fror. Er hockte neben mir. Ein hämmernder Schmerz erfüllte meinen Kopf. Ich stieß ihm leicht in die Rippen.

»Nur ruhig!«, sagte er.

»Hiob, du bist bekloppt!« Zum ersten Mal hatte ich seinen Spitznamen benutzt. »Echt bescheuert!« Ich saß auf dem Fußboden, mein Kopf dröhnte. Es war, als wäre mein Gehirn von einem alchemistischen Gebräu durchtränkt. Plötzlich beschlich mich ein beunruhigender Gedanke.

»Was hast du mit mir gemacht?«

»Chloroform. Ich habe dich chloroformiert.«

»Großartig! Hast du irgendetwas gemacht, während ich …«

»Nein, nein! Ich habe bloß zugesehen. Hin und wieder deinen Puls gefühlt.«

»Was fällt dir eigentlich ein, Malahide, jemanden einfach so zu chloroformieren?«

»Ich musste es ausprobieren. Freiwillig hättest du es doch nicht gemacht. Es muss ein Geheimnis bleiben.«

»Ausprobieren? Wozu?«

»Ich hab für nächstes Jahr was vor. Ich sag's dir nach den Ferien«.

Es gab an der Schule ein wissenschaftliches Labor, wo wir in den Grundzügen von Chemie und Physik unterrichtet wurden. In der letzten Zeit hatte Hamish sich dort oft herumgetrieben. Er erklärte mir, er habe das Chloroform selbst hergestellt. Minto war ahnungslos und hatte selber die Chemikalien beschafft. Mit dem Überfall auf mich wollte Hamish die Dosierung testen.

Ich war ein paar Tage lang eingeschnappt, aber Hamishs Unbekümmertheit überzeugte mich davon, dass ich einzig im Interesse der Wissenschaft als Versuchskaninchen gedient hatte. Außerdem war ich inzwischen ungeheuer neugierig auf das, was er vorhatte. Aber er wollte nicht damit rausrücken und sagte bloß, im nächsten Semester würde ich alles erfahren.

Wir hatten in jenem Jahr ein stilles Weihnachtsfest. Thompson war aus irgendeinem Grund nicht da, und mein Vater schien noch mehr als sonst mit seinen Patienten beschäftigt zu sein. Ich besuchte mit Oonagh eine langweilige Pantomime im King's Theatre und eine lärmende Varieté-Vorstellung im Pavillon in Leith, die mir etwas mehr Spaß machte. Edinburgh schien in den dunklen Winternächten und an den trüben, grauen Tagen in sich zusammenzukriechen, so als habe sich die Wolkendecke lähmend auf die Stadt gelegt. Durch die Straßen peitschte bei Tag und bei Nacht ein schneidender Ostwind, und im Nu war einem das Gesicht vor Kälte erstarrt. Nun, da ich einige Monate fortgewesen war, kam mir die Wohnung mit einem Mal seltsam anheimelnd vor, und ich war froh, zu Hause zu sein. Oonagh verbarg ihre Wiedersehensfreude und sagte, ich sei bestimmt gewachsen. Als Weihnachtsgeschenk (hatte mein Vater Schuldgefühle?) erhielt ich eine Entwicklungsausrüstung und einen Vergrößerungsapparat, und ich verwandelte eines der unbenutzten Schlafzimmer in eine provisorische Dunkelkammer. Von Zeit zu Zeit wagte ich mich auf der Suche nach Bildmotiven hinaus.

Hamish schrieb mir aus Perth, wo seine Familie lebte. Wir hatten vorgehabt, uns gegenseitig zu besuchen, aber schließlich wurde nichts daraus. Es kam der Neujahrstag 1913, und der Erste, der uns im neuen Jahr aufsuchte, war Donald Verulam. Wir hatten eine recht lustige Silvesterparty, zu der verschiedene Kollegen meines Vaters mit ihren Frauen erschienen. Mein Vater trank mehr, als ich ihn je hatte trinken sehen. Als die Glocken erklangen, steuerte er auf mich zu. Ich war der Einzige, der von seiner Familie anwesend war (Thompson war immer noch unterwegs, in Birmingham, glaube ich, in einer kirchlichen Angelegenheit).

»Ein frohes neues Jahr, Vater.«

Er nahm meine Hand und wollte sie nicht mehr loslassen. Ich weiß noch genau, wie es sich anfühlte: Seine Handfläche war kühl, trocken, sonderbar mehlig. Mit einem etwas glasigen, rührseligen Blick schaute er mich an. Sah er in meinem Gesicht seine Frau?

»Wie geht's dir, Junge?«

»Bestens.«

»Was macht die Schule? Nicht so schlimm, oder?«

»Ausgezeichnet ...«

»So ist's recht! Mein Sohn, der Mathematiker, was?«

Dann tat er etwas, was ich nur als Versuch einer Umarmung bezeichnen kann, wenn es aus meiner Sicht auch eher einer Mischung zwischen einem Klaps und einem Schultergriff ähnelte. Dabei brachte er es fertig, dass unsere Körper sich flüchtig berührten. Es war sonderbar – ich weiß, dass ich es auch damals so empfunden habe, denn wir berührten einander nie, außer dass wir uns die Hand gaben. Er trollte sich, und die Frau eines Kollegen nahm sich meiner an und machte großen Wirbel um mich. Bei solchen Gelegenheiten wie dieser erlaubte man sich, mich zu bemitleiden – ich wurde zu einem richtigen Katalysator für selbstloses Mitgefühl. Man küsste mich, fuhr mir übers Haar, lobte mich und schmeichelte mir. Ich fragte mich, ob man mich ebenso behandelt hätte, wenn ich so ausgesehen hätte wie Hamish. Plötzlich empfand ich eine starke Zuneigung für meinen sonderbaren Freund, und für eine Sekunde konnte ich nachempfinden, was er empfinden musste. Genau in dieser Stunde mieden ihn die Leute wahrscheinlich ebenso emsig, wie sie sich um mich bemühten.

Ich konnte mir nicht vorstellen, dass die Frau eines Professors ihre Lippen auf seine bläulich verfärbten Wangen presst.

Schließlich ging ich in die Küche hinüber. Oonagh saß auf einem Stuhl und hatte die Beine auf einen anderen gelegt. Sie trank Whisky aus einem Sherryglas und mampfte an einem Stück Teekuchen.

»Komm her, Schatz«, sagte sie. »Frohes neues Jahr, Johnny.«

Ohne aufzustehen zog sie mich an sich. Ich roch ihren süß nach Whisky duftenden Atem, ich fühlte, wie sie mich mit starkem Griff umfangen hielt, ich hörte ihre gestärkte Schürze rascheln. Sie küsste mich wieder und wieder auf die linke Schläfe und murmelte dazwischen gälische Koseworte. Ich erwiderte ihre Umarmung, und meine Unterarme pressten unschuldig ihre Brüste zusammen. Mein Gesicht war an ihre Wange gedrückt. Ich spitzte die Lippen. Es war der erste Kuss, den ich aus eigenem Antrieb gab. Der sanfte Druck veranlasste sie, ihren Kopf umzudrehen, und ich küsste sie noch einmal, rasch, direkt auf den Mund.

»Frohes neues Jahr, Oonagh«, sagte ich. »Hoffentlich wird es besser als das letzte.«

Ganz kurz hielt sie bewusst mit ihrer Antwort zurück.

»Ja«, sagte sie, »hoffentlich.«

Bei kaltem Wetter sahen Hamishs Pickel womöglich noch schlimmer aus, was damit zusammenhing, dass die Haut sich straffte und die Knötchen der Pusteln noch deutlicher hervortraten. In der schräg einfallenden, blassen Abendsonne wirkte seine Haut eher wie eine Borke oder wie die Rauputzwand einer Villa.

Es war vier Uhr Nachmittag, und bald würde es dunkel sein. Wir hatten uns hinter einige Büsche gekauert, und es fröstelte uns ein wenig, während wir darauf warteten, dass die Lichter in den Zeichenräumen ausgingen. Die Zeichenräume befanden sich in einer kleinen Hütte, die etwas weiter hinter den Stallungen lag. Hamish hielt in der einen Hand ein Stück

Watte, in der anderen ein Fläschchen mit seinem selbst gebrauten Chloroform. Wir warteten auf das Ziel seiner Rache.

Das war ein Junge namens Radipole. Er war einer der »Finsterlinge«, und er besaß sowohl ein Talent zum Zeichnen als auch die Fähigkeit, sehr schnell zu laufen. Er war groß und kräftig, hatte rötliche Haare und merkwürdig schräg stehende Augen, die ihm fast ein orientalisches Aussehen gaben. Wir nannten ihn – sehr phantasievoll – den »Chinesen«. Er war offenbar der Hauptanstifter der Urindusche, die Hamish im vorigen Semester abbekommen hatte. Er war es gewesen, der die Bande angestachelt hatte, Hamish über das Geländer zu verfrachten, und er war der Erste gewesen, der seinen Kilt hochgehoben und losgeschifft hatte. Das hatte Hamish nicht vergessen und nicht vergeben. Doch er folgte seiner eignen kaltblütigen Logik. Er beschloss, seine Abrechnung um einige Monate hinauszuschieben. Also tat er gegenüber Radipole so, als habe er sich in den Spaß gefügt, als habe er den Schabernack widerwillig akzeptiert; natürlich war es nicht sonderlich angenehm gewesen, aber das war doch kein Grund, wegen so einem kleinen, gutmütigen Scherz großes Aufheben zu machen. Radipole vergaß die ganze Geschichte, wie geplant. Er war kein Freund von Hamish, aber es gab zwischen ihnen keine Feindschaft. Was Hamish damit bezweckte, war folgendes: Wenn er schließlich zuschlagen würde, würde er einer der letzten sein, den Radipole verdächtigen würde. An eine Kränkung, die vier Monate zurück lag, würde keiner sich erinnern, und in der Zwischenzeit hatte Radipole, ein prahlerischer, gefühlloser Rüpel, sich viele Feinde gemacht.

»Er kommt«, sagte Hamish. Im Zeichenraum war eine Lampe ausgegangen. »Denk daran«, sagte er zu mir, »zähle bis drei, wenn er an dir vorbei kommt.« Hamish schlich davon.

Mittlerweile war es fast dunkel geworden. Bis zum Abendessen und zum abendlichen Zählappell war es noch eine Stunde. An dieser Stelle war es besonders dunkel durch die düsteren Fichten und Eschen, die den Weg zum Schulgebäude säumten. Ich sah Radipole auf dem Weg herankommen. Er pfiff durch die Zähne und stieß mit dem Fuß gegen herumliegende Tannenzapfen. Ich kauerte mich hinter einem Baum nieder. Er ging vorbei. Eins, zwei, drei.

»Heh, du!«, rief ich mit verstellter Stimme.

Radipole blieb stehen und blickte sich neugierig um. Hamish trat hinter ihn und presste ihm den getränkten Lappen vor Mund und Nase. Radipole schüttelte sich, ein Arm flog in die Luft, dann ging er zu Boden. Wir zerrten ihn vom Weg in das kleine Gehölz hinein. Wir hievten ihn hoch, lehnten ihn gegen einen Baum, und während Hamish ihn festhielt, wickelte ich ein Stück Wäscheleine mehrmals um ihn und den Baumstamm und verknotete es sicher. Wir traten zurück und betrachteten ihn. Er hing halb aufgerichtet in den Fesseln, den Kopf vornüber geneigt, und gab leise Schnarchtöne von sich. Er wirkte leblos und schlaff, wie von einem Exekutionskommando erschossen. Von seiner Unterlippe hing ein langer Speichelfaden herab.

»Was machen wir nun?«, fragte ich. »Wollen wir ihn anpissen?«

»Nein, daran wollen wir ihn doch nicht erinnern.« Hamish betrachtete Radipole. »Ich haue ihm ein paar runter, und dann schneide ich ihm die Haare.«

Hamish versetzte Radipole eine brutale Ohrfeige, sodass der Speichel ins Gras flog, und boxte ihm in den Leib. Dann holte er eine kleine Nagelschere aus der Tasche und schnitt Radipole geschwind quer über den Kopf die Hälfte der Haare ab, sodass ein ungleichmäßiges rötliches Stoppelfeld zurückblieb.

»Lass uns gehen«, sagte er.

An diesem Abend wurde beim namentlichen Aufruf entdeckt, dass Radipole fehlte. Minto schickte Angus mit dem Einspänner nach Galashiels und Thornielee, um dort auf den Bahnhöfen nachfragen zu lassen, ob jemand gesehen hatte, wie ein Junge, der der Beschreibung von Radipole entsprach, in einen Zug gestiegen war. Beim Abendessen streute Hamish das Gerücht aus (das er einem anderen zuschrieb), auf dem Schulgelände seien Jungen aus dem Waisenhaus von Innerleithen gesichtet worden. Später, gegen neun Uhr, hörte eine der Angestellten von ihrer Wohnung im Stallgebäude aus das verzweifelte Gebrüll von Radipole, und er wurde befreit. Angus war inzwischen, verärgert über seine vergebliche Fahrt, aus Galashiels zurück.

Minto beschloss, Radipole eine Tracht Prügel zu verpassen: Er nahm Anstoß an seinem bizarren Aussehen, und es machte ihn rasend, dass der Junge sich an nichts weiter erinnern konnte, als dass jemand mit tiefer Stimme »Heh, du!« gerufen hatte. Wahrscheinlich hielt Minto das für eine Lüge, und da er nach dem Prinzip verfuhr, alle an einem Vergehen Beteiligten zu bestrafen, dachte er wohl, er könne Radipole auch gleich verdreschen, statt so lange zu warten, bis die Frage seiner Schuld geklärt war. Natürlich kam es nie zu dieser Klärung. Inzwischen hatte das Gerücht von der Bande aus dem Waisenhaus seine Runde gemacht. Er schrieb dem Leiter des Waisenhauses einen groben Brief und erhielt einen noch gröberen Brief zur Antwort (darin wurde ihm, wie ich später erfuhr, vorgeworfen, er sei »unverschämt«). Unabhängig voneinander gingen Hamish und ich zu Radipole und bedauerten ihn wegen der Tortur, die er durchgemacht hatte, wegen der Tracht Prügel (eine unerwartete Draufgabe, meinte Hamish) und wegen der Tatsache, dass er Ausgangsverbot hatte, bis seine Haare nachgewachsen waren. Uns hat er jedenfalls nie in Verdacht gehabt. Über einige hat er sich hergemacht, hat sich aber von ihren hysterischen Unschuldsbeteuerungen überzeugen lassen. Am Ende glaubte er dem Gerücht, das Hamish ausgestreut hatte, und schwor, an allen Waisenknaben fürchterliche Rache zu nehmen.

Ich gestehe, dass Hamishs listiger Plan mich mächtig beeindruckte. Weniger die Verwegenheit und Geschicklichkeit, mit der er ihn ausführte, als vielmehr seine unheimliche Geduld. Seit jenem Tag machte ich mir keine Sorgen mehr um ihn. Wäre sein Selbstvertrauen doch nur ebenso groß gewesen wie mein Zutrauen zu ihm! Wenn er später einen Tiefpunkt hatte, erinnerte ich ihn gern an die Geschichte mit Radipole, in der Hoffnung, ihn dadurch aufzumuntern und ihm zu zeigen, dass er sich selbst zu Gelassenheit zwingen konnte. »Damals war ich doch ein Kind«, sagte er dann. »Die Welt der Erwachsenen ist anders – ich bin dafür nicht geschaffen.« Jedenfalls wurde Hamish dadurch, dass er Radipole überlistet hatte, in meinen Augen zu einem Helden. Ich versicherte ihm, dass er nicht bloß ein glänzender Mathematiker sei, sondern auch das Zeug dazu habe, etwas Bedeutendes zu werden.

»Wenn deine Pickel erst weg sind«, sagte ich, »kommst du groß raus.«

»Nein, nicht ich, *du.* Du wirst groß rauskommen.«

Er glaubte an mich, das ist mir jetzt klar, obwohl mir schleierhaft ist, worauf er seinen Glauben stützte. Vielleicht hat ihn unsere Freundschaft beeinflusst, die Tatsache, dass ich mich von seinen entstellenden Pusteln nicht abstoßen ließ. Nach der Geschichte mit Radipole entstand eine echte Bindung zwischen uns. Sie hat viele Jahre und viele Trennungen überstanden.

Das Semester verging ohne besondere Ereignisse. Im Frühjahr 1914 verdrosch Minto in einer Woche drei Jungen, und eine Zeit lang dachten wir, uns stünde eine Schreckensherrschaft bevor. Minto kaufte sich ein Auto, einen Siddley-Deasey, aus dem Erlös, wie es unter uns hieß, der Auftritte des Orchesters der Minto Academy in sechs schottischen Städten. Angus schlug sich beim Kleinholzmachen zwei Finger der linken Hand ab. Ein Junge starb an Meningitis. Mrs. Leadbetter brachte Zwillinge zur Welt.

Und zu Hause wurde Oonagh schwanger und hatte eine Fehlgeburt – »der liebe Gott hat es so gewollt«, sagte sie mit strahlendem Lächeln. Mein Vater entwickelte eine patentierte antiseptische Sprühpumpe für Operationssäle, die in dem ganzen Bereich, wo operiert werden sollte, einen feinen Nebel verbreitete. Ich diente etliche Stunden als sein fügsamer »Patient«, während mein Vater an dem einwandfreien Funktionieren des Mechanismus feilte. Er glaubte jetzt nicht mehr, dass es im Kampf gegen die Sepsis entscheidend auf die Diät ankomme, sondern war zu der Überzeugung gelangt, dass ein Destillat aus Kiefernharz das Patentrezept sei. Im Sommer 1913 und 1914 mieteten wir ein Haus auf Sir Hectors Besitzung in Drumlarish, und ich wurde dazu gedrängt, in den üppigen Kiefernwaldungen, die ringsum wuchsen, als Ober-Harzsammler zu dienen. Unsere Wohnung in Edinburgh war erfüllt von dem Harzgeruch, der aus den Braugefäßen aufstieg. Noch heute ruft der Duft bestimmter Seifen und Deodorants Übelkeit bei mir hervor. Erstaunlicherweise schaffte es mein Vater, eine Harzlösung herzustellen, die nicht klebte und sich obendrein leicht zerstäuben ließ. Er veröffentlichte einen Artikel in der medizinischen Zeitschrift *The Lancet,* und eine Chemiefirma in Peterborough erwarb bei ihm eine Lizenz für die industrielle Herstellung von »Todd's Antiseptischem Harz«. Ich glaube, eine Zeit lang wurde es im Nordosten Englands recht häufig verwendet. Auf einem Feldverbandsplatz in der Nähe von Dickebusch habe ich einmal einen bösen Schock bekommen, als ich ein Regal voller Flaschen mit »Todd's Antiseptischem Harz« entdeckte. Soweit ich weiß, hatte das Harzspray keine negativen Nebenwirkungen, und es kann sein, dass es sogar einen gewissen Nutzen hatte. In der Zeit, als es entwickelt wurde, hat keiner in unserem Haus sich erkältet. Der größte Vorteil fiel Vater zu: Er hat eine Menge daran verdient.

Hamish hat uns zweimal besucht. Einmal in Drumlarish, einmal in Edinburgh, wo mein Vater ihn zu hervorragenden Dermatologen schickte – wie sich herausstellte, vergebens. Ein Spezialist ließ für ein medizinisches Lehrbuch ein Foto von Hamish anfertigen, zu dessen größtem Vergnügen. Auch Donald hat uns im Sommer 1913 an der Westküste besucht. Wir sind viel gewandert und haben auf entlegenen Gehöften untergehende Gebräuche des traditionellen Lebens der Hochlandbewohner im Bild festgehalten. Es war wie früher, als ich noch in die Dorfschule von Barnton ging, und rasch war unsere alte Vertrautheit wieder da. Er bot mir an, wenn ich wollte, dürfte ich »Onkel Donald« zu ihm sagen (vorher hatte er meinen Vater um die Erlaubnis gebeten), und ich nahm sein Angebot an. Ich habe es dann aber lieber doch nicht getan, und weil »Mr. Verulam« nach einer so freundlichen Aufforderung zu steif geklungen hätte, habe ich ihn einfach gar nicht mit Namen angesprochen. Mehrmals habe ich in diesem Sommer erwogen, ihn direkt nach meiner Mutter zu fragen, aber etwas hielt mich zurück: Ich war zu jung und zu schüchtern. Ich ahnte, dass ich den richtigen Moment dafür instinktiv erkennen würde.

Irgendwann in diesem Sommer machte ich die Pubertät durch. An einen Stimmbruch kann ich mich nicht mehr erinnern; offenbar ist meine Stimme nach und nach tiefer geworden. Die dünnen Haare in meiner Leiste wurden dichter und kräuselten sich, und eines schönen Nachmittags, als ich – unter mir ein federndes Bett aus Heidekraut, über mir die Wolken, die meine Phantasie in Brüste verwandelte – im Freien onanierte, wurde ich mit einem kärglichen Samenerguss belohnt.

Im September jenes Jahres kehrten wir vor Beginn des Schuljahres nach Edinburgh zurück, und eines Tages, während wir beim Frühstück saßen, forderte Thompson mich auf: »Mach dir diesen widerlichen, miesen Flaum ab! Ich kann es nicht sehen.«

Oonagh begleitete mich, als ich Rasierseife, Pinsel, Rasierapparat und einen Vorrat an Doppelklingen kaufen ging.

»Du bist ja ein richtiger junger Mann geworden«, sagte sie und versuchte, nicht dabei zu lachen. Aber sie konnte nicht mehr anders, als ich, aus einem Dutzend Schnitt- und Schürfwunden blutend, aus dem Badezimmer kam. Es sah aus, als hätte ich mich mit einer Muskatnussreibe rasiert. Damit begann eine lebenslange Qual. Ich habe das Rasieren immer gehasst, und doch muss ich mich wegen meines starken Bartwuchses zweimal täglich rasieren, wenn ich am Abend annehmbar aussehen soll. Hin und wieder habe ich mir einen Bart wachsen lassen, aber er hat mich immer gejuckt. Ich bin dazu verdammt, sauber rasiert zu sein.

Mein Vater hatte braune Haare. Thompson ebenfalls. Meine Mutter war hellblond. Ich dagegen hatte eine ungewöhnlich dunkle Farbe. Meine Haut ist nicht oliv, sondern von einem getönten Weiß. Es ist nicht die durchscheinende Blässe des typischen blauäugigen, dunkelhaarigen Kelten. Man hat den Eindruck, sie sei ein bisschen schmutzig. Im Übrigen habe ich schon als Junge bemerkt, dass mein Körper mit feinen schwarzen Härchen bedeckt war. Sogar das Rückgrat trug einen solchen Besatz, und wenn ich nass war, zeichnete sich vom Nacken bis zum Steißbein ein schmaler Streifen von dunklen Haaren ab. Nach der Pubertät fingen diese Haare an zu wachsen: auf der Brust, auf dem Bauch, an den Beinen, aber auch auf den Schultern, den Schulterblättern und am Hintern. Wenn ich meinen Vater und Thompson betrachtete, wurde mir der Unterschied klar. (Ich bin einmal absichtlich zu Thompson ins Badezimmer reingeplatzt und habe gesehen, dass er rundliche Mädchenbrüste, unbehaarte, speckige Bauchfalten und einen erstaunlich langen, erstaunlich dünnen Penis hatte. Für mein unschickliches Verhalten bekam ich zwei Ohrfeigen, zwei Tritte in den Hintern und eine Kopfnuss.) Schließlich schaute ich mir Donald Verulam daraufhin an, was für Haare er auf dem Kopf hatte, und bemerkte, dass sie dunkel waren. Er badete nie, jedenfalls habe ich ihn nie baden gesehen, auch an den heißesten Tagen in Drumlarish nicht, aber als er in der Dunkelkammer seine Manschetten ablegte und die Ärmel hochkrempelte, erblickte ich auf seinen Unterarmen dichtes schwarzes Haar, glänzend und drahtig.

Wir machten Ferien in Drumlarish, als im August 1914 der Krieg begann. Donald und ich waren auf dem Rückweg von einer Fotoexpedition zum Loch Morar. Auf der Straße nach Glennfinnan kam uns mein Vater entgegen.

Von ferne sah ich ihn das Telegramm schwenken, und plötzlich hatte ich die Gewissheit, dass er schlechte Nachrichten brachte, die speziell mir galten. Ich war sicher, dass Hamish getötet worden war, und ich musste mich unablässig fragen, warum seine Eltern sich die Mühe gemacht hatten, mir zu telegraphieren. Wir ritten zu ihm heran und stiegen ab.

»Der europäische Krieg ist da«, sagte mein Vater. »Wir haben den Krieg erklärt. Telegramm von Thompson.«

»Mein Gott!«, rief Donald aus.

»Gott sei Dank«, sagte ich, ungeheuer erleichtert.

»Wie soll ich das verstehen?«, fragte mein Vater.

»Ich dachte, es wäre Hamish.«

»Was hat das mit Hamish zu tun? Blödmann!«

Er war wirklich verärgert, und ich konnte ihm nicht klarmachen, dass meine Äußerung nicht schnoddrig gemeint war. Wir erwogen, die Ferien abzubrechen und nach Hause zu fahren, kamen nach reiflicher Überlegung aber zu dem Schluss, dass das nichts bringen würde. Also blieben wir, wie geplant, bis Ende August in Drumlarish. Ich kann mich nicht entsinnen, dass ich ängstlich oder beunruhigt gewesen wäre, aber mein Vater und Donald blieben lange Zeit nervös. Sie fuhren hinein nach Fort William, um überflüssige Telefongespräche zu führen, und grübelten endlos darüber nach, was nun werden würde.

In der Schule sahen die Dinge ein wenig anders aus. Minto, der etliche Jahre in Deutschland studiert hatte und ein entschiedener Freund der Deutschen war, wandte sich in einer ungewohnt leidenschaftlichen Ansprache an uns. Dies sei eine große Tragödie, sagte er, die schlimmste Heimsuchung Europas seit der Französischen Revolution. Das Ganze sei eine Verschwörung zwischen den Russen und den Franzosen. Die Russen wollten die Bevölkerung von dem Gedanken an einen Aufstand ablenken und würden darin von den Franzosen unterstützt, denn im Fall einer Revolution würde Russland seine gewaltigen Schulden gegenüber Frankreich für null und nichtig erklären. Deutschland und Großbritannien seien natürliche Verbündete in ganz Europa, sagte Minto. Es sei geradezu ein Hohn, dass zwei Länder wie diese gegeneinander Krieg führten.

Das war ein bisschen zu hoch für uns, und es war ganz und gar nicht das, was wir hören wollten, denn wir Jungen waren leidenschaftlich gegen Deutschland und überaus kriegerisch gesinnt. Als das Jahr sich seinem Ende zuneigte, verstummte Mintos zwecklose Propaganda immer mehr. Er geriet in eine tiefe Depression, von der er sich nie mehr erholte. 1919 hat er sich die Kehle durchgeschnitten.

Der Krieg wird für diejenigen, die nicht direkt an ihm teilnehmen oder unter ihm zu leiden haben, allzu leicht zu einer fernen Angelegenheit, und das Tweed-Tal war in den Jahren 1914–15 dieser Einstellung besonders förderlich. Thompson meldete sich freiwillig, wurde abgelehnt und kehrte zu seinem Studium zurück. Donald Verulam verließ die Universität und nahm eine geheimgehaltene Tätigkeit im Kriegsministerium auf. Die sichtbarste Auswirkung auf die Schule war die, dass wir weniger wurden. Bis zum Sommer 1915 waren die meisten aus der Rugbymannschaft Soldaten geworden oder in die Fabriken und auf die Höfe zurückgerufen worden, wo sie jetzt Wichtigeres zu tun hatten. Die Schüleranzahl schrumpfte auf etwas über dreißig zusammen, und erste Sparmaßnahmen wurden eingeführt. Der Siddley-Deasey wurde verkauft. Die Warmwasserheizung war öfter aus als an. Hammelbraten gab es nur jeden zweiten Tag, schließlich nur an Wochenenden. Unser Speiseplan wurde ergänzt durch Blutwurst, einen erhöhten Anteil von Wurzelgemüse und ein regelmäßiges Gericht aus Hackfleisch von zweifelhafter Herkunft, das grobfaserig war und nach Wild schmeckte.

Für Hamish und mich bestand die schlimmste Kriegsfolge darin, dass wir in die Rugbymannschaft eingezogen wurden.

Wir waren, obwohl weder zart noch schwächlich, beide keine begeisterten Sportler, aber Vorlieben oder Neigungen spielten bei Minto keine Rolle. Ich musste den Dreiviertelspieler machen und war damit einigermaßen zufrieden. Ich hielt mich aus dem Gedränge heraus, konnte ziemlich schnell laufen und gab den Ball weiter, sobald ich ihn bekam. Hamish spielte zunächst auf dem Flügel, wurde aber nach einem Spiel von Minto als Hakler eingesetzt. Er war für diesen Posten völlig ungeeignet, aber seine schreckliche Akne erwies sich als wirksamer Hemmfaktor für die vorderste Reihe des Gegners. Keiner wollte Hamish allzu nahe kommen, und darunter litt das Zusammenspiel des gegnerischen Gedränges. Durch kluges taktisches Spiel hatten wir sehr oft den Ball, und da wir mit den »Finsterlingen« einige Könner unter uns hatten, haben wir tatsächlich manche Spiele gewonnen.

Dieser Extraeinsatz beim Rugby (regelmäßiges Training, jeden Samstag ein Spiel und, wenn wir verloren hatten, Zusatztraining am Sonntag) hat Hamish und mir keinen Spaß gemacht, weil er massiv unsere Freizeit beschnitt. Normalerweise hatten wir uns samstags verkrümelt, wenn wir als Zuschauer beim Spiel unserer Schulmannschaft anwesend zu sein hatten, und hatten Paulton Law, den Hügel hinter unserem Haus, bestiegen. Dort ließen wir uns im Schutz einer Trockenmauer nieder, rauchten Zigaretten und unterhielten uns. Wir sprachen über alles Mögliche, aber Hamish kam unausweichlich immer wieder auf die Mathematik. Meistens redete er. Er war bereits vertraut mit begrifflichen Welten, die ich nie durchschauen würde. Ich spürte ja schon, dass ich nicht mehr weiterkam, als wir anfingen, uns mit quadratischen Gleichungen zu beschäftigen. Meine mathematische Begabung ließ rasch nach. Das vor mir liegende Gelände schien in undurchdringlichen Nebel gehüllt. Hamish war damals siebzehn. Ich verstand ihn nicht mehr, aber seine logischen Schlussfolgerungen betörten mich. Für ihn war die Mathematik eine hinreißende Spielerei. Ich weiß noch, dass er an einem der letzten Samstagnachmittage, die wir dort oben verbrachten, von der Idee besessen war, dass die Menge der Zahlen unendlich ist. Ihn haben ungeheuer große Zahlen immer fasziniert. Daran konnte man die Kluft zwischen uns erkennen. Mein Gehirn schien sich festzufressen, wenn es über eine Million hinausging.

Ich glaube, es war im Oktober 1915. Das Samstagsspiel war wegen starker Kälte abgesagt worden. Es war schneidend kalt. Der Himmel war von einem blassen Blau, die Sicht war klar, den Tweed hinauf konnte man bis nach Thornielee und flussabwärts bis nach Galashiels mit seinen rauchenden Fabrikschornsteinen sehen. Wir saßen zusammengekauert an der gewohnten Stelle, rauchten Orientzigaretten und nippten an einer Taschenflasche Rum, die Hamish in die Schule hineingeschmuggelt hatte.

»Weißt du noch«, sagte er unvermittelt, »dass du einmal gefragt hast, ob es Primzahlen gegeben hat, bevor jemand an sie gedacht hat?«

»Das soll ich gesagt haben?«

»Ja ... Ich habe darüber nachgedacht. Haben wir die Mathematik erfunden, oder haben wir sie entdeckt? Ich meine, etwas so Kompliziertes wie die Mathematik können wir nicht erfunden haben. Die Geschichte der Mathematik ist eine Geschichte der Erforschung. Wir müssen nur losgehen, und wir finden noch mehr heraus. Es ist alles schon da« – er deutete mit dem Arm in die Runde – »und wartet darauf, entdeckt zu werden.«

»Wahrscheinlich.«

»Und was sagt uns das über die Welt?«

Ich sagte nichts.

»Wenn die Mathematik irgendwie schon *da* ist? Wer hat sie geschaffen?«

»Ich weiß nicht – Gott?«

»Ja. Kann sein. Kann sein, dass die Mathematik beweist, dass Gott existiert.«

Er schaute mich an. Die kalte Luft wirkte sich wie immer

nachteilig auf sein Gesicht aus, aber seine Augen waren weit offen, so intensiv dachte er nach. Zu meiner Verwunderung spürte ich auf einmal eine gewisse Angst. »Ich denke«, begann er zögernd, »ich denke die Mathematik ist der Schlüssel zu allem.« Er machte eine Pause. »Wenn man weit genug geht, entdeckt man vielleicht den Sinn des Lebens.«

Mir lag eine spöttische Bemerkung auf der Zunge, aber ich sah, dass er von einer seltsamen Inbrunst gepackt war. Er nahm einen Schluck aus der Flasche. Er war berauscht, aber nicht vom Alkoholgenuss. Später an jenem Nachmittag erzählte er mir von einem Mathematiker namens Georg Cantor, einem Mann, der, so sagte er, das Unendliche geordnet habe. Er sprach von Mengentheorie, von transfiniten und irrationalen Zahlen, von π und der Quadratwurzel aus 2, von der rätselhaft wirksamen Bezeichnung Aleph-Null, die Cantor ersonnen habe. Er hat mir viel erzählt, und das meiste davon habe ich nicht verstanden, oder es ist mir gleich wieder entfallen, aber was ich nicht vergessen werde, ist die Leidenschaftlichkeit seines Monologs. Er hatte etwas Außergewöhnliches, und so absonderlich es erscheinen mag, das Wort in Verbindung mit einem abstrakten wissenschaftlichen Thema zu verwenden, finde ich keine bessere Bezeichnung dafür als »Glaube«.

Kurz nach jenem Tag auf dem Paulton Law starb mein Onkel Vincent Hobhouse, nicht an einem Schlaganfall oder an Herzversagen, wie man naheliegenderweise hätte annehmen können, sondern weil ihn in der High Street von Charlbury ein Omnibus überfuhr. Ich schrieb einen unbeholfenen, aber aufrichtigen Beileidsbrief an Tante Faye. Sie schrieb umgehend zurück, dass mein Interesse und meine Anteilnahme sie »gerührt« und »bewegt« hätten. Möglich, dass ihr eigener schmerzlicher Verlust sie an den meinen erinnerte, doch wie dem auch sei, sie begann, mir regelmäßig jede Woche zu schreiben. Fand ich das anfangs etwas seltsam, so gewöhnte ich mich allmählich daran und wartete mit Ungeduld auf ihre

Briefe. Auch begann ich, sie zu erwidern, und bald gab es zwischen uns einen regen Briefwechsel.

Sie werden verstehen, dass der normale Siebzehnjährige keine Gewalt über seine Gefühle hat. In meinem Fall war dieses Unvermögen besonders ausgeprägt. Ich stehe unter der Herrschaft meiner Empfindungen. Ihnen zu widerstehen hat mich noch als Erwachsenen einen aufreibenden Kampf gekostet. Damals besaß ich kein Standvermögen. Eine solche Natur zu haben, ist ein Fluch und ein Segen zugleich. Versuchen Sie, mein damaliges Wesen zu verstehen, und urteilen Sie bitte nicht allzu streng, wenn Sie erfahren, was dann geschah.

In meinen Gefühlen bin ich immer spontan und impulsiv gewesen, und keine Überlegung, keine Logik hat sie gemildert. Dieser Wesensart entspringt mein ganzes Werk, dem die Kritiker, mögen sie es auch noch so bekrittelt haben, nie abgesprochen haben, dass es mein wichtigster und wertvollster Vorzug ist. Meine Neigung hat mir die glücklichsten Momente meines Lebens geschenkt und schreckliche Verheerungen angerichtet. Oonagh war die erste, der meine Liebe galt, meine Tante Faye war die nächste. Sie leitete den ersten Gedankenaustausch ein, an dem ich ebenbürtig, wie ein Erwachsener, teilnahm. Ich verliebte mich per Post in sie. Seit jenem Tag auf dem Waverley-Bahnhof, als sie mich auf die Wange küsste, hatte ich sie nicht gesehen. Nun kehrte jener flüchtige Kontakt zurück – und mit was für einer verwandelnden Macht! Ich sah ihre dunklen, umschatteten Augen, feucht und lebendig; ich roch den Duft ihres Parfüms; ich spürte die sanfte Berührung ihrer Wange an der meinen. Jetzt kam mir die erregende Einsicht, dass ich sie, ohne es zu wissen, seit jenem Augenblick geliebt hatte. Wenn die Post kam und ausgeteilt wurde, ließ ich den Brief einige Minuten lang ungeöffnet, das Herz schlug mir bis zum Hals, und mein Brustkorb war schmerzhaft eingeschnürt. »All my love, Faye.« Was habe ich nicht alles in diese schlichte Grußformel hineingelesen! Dies war meine erste blinde Leidenschaft, und ich habe sie allnächtlich in physischer Erlösung gefeiert.

Ich begann, meine Briefe mit größerer Sorgfalt abzufassen, und ließ in die banale Aufzählung von Schulereignissen Andeutungen über meinen Charakter und meine Persönlichkeit einfließen, mit denen ich Eindruck auf sie zu machen hoffte. Ich berichtete ihr von Minto, der wegen des Krieges immer schwermütiger wurde, von Hamish und seinen Überlegungen, dass die Mathematik der Schlüssel zur gesamten Natur sei; auf launige Weise beschönigte und übersteigerte ich unsere Rolle in der Rugbymannschaft, so als seien wir beide feinsinnige Ästheten, die sich als forsche Kerle ausgaben. Ich stellte mich ihr dar, wie ich mich frei von allen zusätzlichen Rollenbestimmungen als Kind, als Schüler oder als Neffe sah. Das war in gewissem Sinne ein Test, und ich nahm die wachsende Freimütigkeit und Vertraulichkeit, mit der Faye mir antwortete, als ein Anzeichen dafür, dass ich damit bei ihr durchgekommen war.

Im Frühling 1916 bat ich sie um ein Foto. Das erforderte einigen Mut, und bis es eintraf, bebte ich in ständiger Angst, ich sei vielleicht zu weit gegangen. Doch es kam, ein Schnappschuss. Faye auf dem Lande, an ein Zauntor gelehnt, ihre lockigen Haare zu einem losen Knoten gebunden, ihre verworfenen, unersättlichen Augen in einem Lächeln zusammengekniffen. In der einen Hand hielt sie eine Hundeleine, in der anderen das gegabelte Ende eines Spazierstocks aus Schwarzdorn. Auf die Rückseite hatte sie gekritzelt: »Shipton-Under-Wychwood, März '16«. Wer es wohl aufgenommen hatte? Vermutlich ihr Sohn Peter. Es konnte unmöglich das Werk der kleinen Gilda oder von Alceste sein; dafür war es zu wohl ausgewogen. Ich entfaltete den beigefügten Brief und begann zu lesen.

Lieber John,
wie gewünscht füge ich ein Foto bei. Ich hoffe, es gefällt Dir. Donald hat es für mich gemacht. An den Wochenenden kommt er meistens von London herüber. Ich kann Dir gar

nicht sagen, wie hilfreich und gefällig er mir war, seit Vincent tot ist. Er erledigt all die langweiligen Probleme mit dem Testament und dem Nachlass. Er lässt Dich herzlich grüßen.

Es stand noch mehr über Donald da, den reizenden Donald, aber ich konnte nicht weiterlesen. Ich fühlte mich den Tränen nahe. Was gab Donald Verulam das Recht, so fragte ich, einen Platz in der Gunst meiner Tante Faye einzunehmen? Was mochte ihn bewogen haben, diese Verpflichtungen zu übernehmen? Was konnte er für einen Grund haben, sich bei einem Mitglied *meiner* Familie einzuschmeicheln, das er kaum kannte? Ich war empört, gekränkt und enttäuscht. Ich, der ich ihr bloß schreiben konnte, musste mich damit abfinden, dass Fayes Leben sich nicht in der gleichen Weise um meine wöchentlichen Briefe drehte wie das meine um die ihren. Mich packte eine so heftige, irrationale Eifersucht, dass ich mich hätte erbrechen mögen.

Man macht sich ja gern – nicht wahr? – über die bizarren Leidenschaften des Jugendalters lustig, aber es ist unbestreitbar, dass sie uns in diesen Jahren der zittrigen Erregung beherrschen und lenken. Es ist eine verwirrende, überwältigende Macht, die die meisten Menschen nie wieder so ungestüm empfinden werden, ja, deren erbarmungslosem Zugriff sie nicht noch einmal unterworfen sein möchten. Wenn das Leben der Erwachsenen überhaupt funktionieren soll, müssen diese extremen Empfindungen gedämpft werden. Und doch brechen sie – wie Lava, die das erkaltete Gestein sprengt – hin und wieder aus und ergreifen mit der gleichen ungezügelten Gewalt die Herrschaft. Ist denn die sinnliche Begierde des Erwachsenen etwas anderes als eine Sehnsucht nach den berauschenden Empfindungen, die die Sexualität dem Jugendlichen bescherte?

Mir selbst ist diese unverbildete, lebendige Fähigkeit des Jugendlichen, Gefühle zu empfinden, nie abhanden gekommen. Gott sei Dank! Das unterscheidet mich von den vielen, die sich lähmen lassen von Anstand und Schicklichkeit, die sich unterdrücken lassen von ihren eigenen Vorstellungen darüber, was Respekt und gesellschaftliche Stellung von ihnen verlangen. Noch heute kann ich die Eifersucht des Siebzehnjährigen nachempfinden, fühle ich, wie sie mir die Kehle zudrückt und in meinen Eingeweiden wühlt. Sie richtete sich nicht gegen bestimmte Personen. Ich habe Donald Verulam nicht als einen Rivalen empfunden, mehr als einen Eindringling, der eine vollkommene Zweisamkeit zerstört. Aber es ließ mich nicht los. Ich konnte nicht vergessen, dass ich Faye liebte, ich musste immer daran denken, dass er dort bei ihr war, und ich war weit fort. Schließlich beherrschte mich nur ein Gedanke: Ich musste sie sehen – und wenn es nur für einige Stunden war. Ich musste ausreißen.

»Was glaubst du, was passieren wird?«, fragte Hamish ohne Mitgefühl, als ich ihn in meinen Plan einweihte. »Meinst du, sie wird dich heiraten wollen, sobald sie deiner ansichtig wird?« Das war nicht, was ich hören wollte. Er hatte ja recht. Faye Hobhouse, eine attraktive Witwe, ließ sich während der Trauerzeit von Donald Verulam trösten. Beide waren erwachsen. Ich war ein Junge von siebzehn Jahren. Doch eine dunklere Furcht, ein tieferer Schrecken plagte mich unausgesprochen. Eines war mir klar: Ich musste sie sehen, mich ihr so präsentieren, wie ich jetzt war, das Bild des Kindes, das sie auf dem Waverley-Bahnhof geküsst hatte, auslöschen. Ich versuchte, Hamish das begreiflich zu machen.

»Aber was dann?«

Ich wusste es nicht und gab das auch zu. Ich wusste nur, dass ich mich zwischen Faye und Donald Verulam stellen musste. Ich musste sie sehen und mich ihr zeigen.

Hamish war bereit zu helfen, obwohl er fand, ich sei ein Narr. Ich glaube, in Wirklichkeit hat er meine Zielstrebigkeit bewundert, mochte das Motiv auch noch so verrückt sein. Wir schmiedeten Pläne für meine Flucht. Wir legten unser Geld zusammen, und es war, wie sich zeigte, mehr als ausreichend. Unser Plan war einfach. Am Sonntag wurde vor dem Abendessen, wie vor jeder Mahlzeit, ein Zählappell abgehalten. Nach dem Essen wollte ich nicht nach Galashiels oder Thornielee radeln, sondern in die entgegengesetzte Richtung nach Innerleithen, das etwas weiter weg war. Dort würde ich mir eine Fahrkarte nach London kaufen und um 10.30 Uhr einen Zug besteigen, der mich mit mehrmaligem Umsteigen nach Reston bringen würde und dort früh genug eintraf, sodass ich um 11.55 Uhr den Nachtexpress von Edinburgh nach London-King's Cross nehmen konnte. Für Innerleithen entschied ich mich deshalb, weil ich so lange wie möglich herauszögern wollte, dass etwas über mein Fahrtziel bekannt wurde. Auf dieser Nebenstrecke durch das Tweed-Tal kam es nun einmal selten vor, dass jemand eine Fahrkarte nach London löste, und man würde sich sofort an mich erinnern. Gleich nach Entdeckung meiner Abwesenheit würde Minto Angus nach Thornielee und Galashiels schicken. Bevor sie darauf kamen, an weiteren Bahnhöfen nach mir zu fragen, konnte ich einen Vorsprung von ein oder zwei Tagen haben.

Wir waren uns unausgesprochen darüber im klaren, dass Hamish mit der Sache in Verbindung gebracht werden würde. Er würde sein Möglichstes tun, um meine Abwesenheit im Schlafsaal zu vertuschen. Er würde einfach sagen, ich sei krank geworden und in dem kleinen Krankenzimmer im ersten Stock zu Bett gebracht worden. Unser Schlafsaalaufseher, ein leichtgläubiger Bursche namens Corcoran, würde keinen Verdacht schöpfen, zumal Hamish so tun würde, als müsse er mir die Zahnbürste und den Schlafanzug hinaufbringen. Zwangsläufig würde er sich durch diese Komplizenschaft eine Tracht Prügel von Minto zuziehen. Während wir die Einzelheiten der Flucht erörterten – wo das Fahrrad verstecken, woher genug Karbid für die Lampe besorgen, denn nach Innerleithen waren es 22 Kilometer –, beunruhigte es mich immer stärker, dass Hamish dafür würde büßen müssen.

»Er wird dich schlagen!«, platzte es aus mir heraus.

»Irgendwann muss es ja sein.«

»Hör mal, du musst mir aber versprechen, ihm sofort alles zu sagen, damit er dich nicht zweimal schlägt.«

»Keine Angst. Ich bin kein Held.«

Ich wollte ihn irgendwie drücken, ihm meine ungeheure Dankbarkeit zeigen, aber ich wusste, es kam nicht infrage.

»Ich werde dir das nicht vergessen, Malahide«, sagte ich mit etwas heiserer Stimme.

»Du hast mir einmal geholfen«, sagte er. »Jetzt revanchiere ich mich.«

Vierzehn Tage, nachdem Faye mir das Foto geschickt hatte, verließ ich die Schule, um mich zu ihr zu begeben. Es war der 24. Mai 1916. Zum Abendessen gab es Hammelbrühe und Kaninchen mit Zwiebeln. Hamish überließ mir den größten Teil seiner Portion. Anschließend hatten wir eine Stunde frei, bevor wir wieder im Schulgebäude sein mussten. Um neun Uhr hieß es »Licht aus«.

Hamish und ich trafen uns neben dem Stallgebäude und gingen durch das Wäldchen an den Zeichenräumen vorbei bis zu einer Baumgruppe mit Unterholz, wo wir das Fahrrad versteckt hatten. Der Abend war frisch, am Himmel hingen schwere Wolken. Von den Ahornbäumen duftete es nach Honig, und hoch über uns kreiste eine Heidelerche und trällerte. Über allem lag ein mildes bläuliches Licht.

Ich würde mit dem Rad den Feldweg zu der institutseigenen Pachtfarm einschlagen, diese mit ihren lärmenden Hunden in weitem Bogen umgehen und dann im Freilauf den steilen Weg hinabsausen, der auf die Landstraße von Galashiels nach Innerleithen führte. Wenn alles nach Plan verlief, würde ich kurz nach zehn auf dem Bahnhof sein. Das einzige Problem, das wir nicht gelöst hatten, war mein Gewand. Ich trug noch immer meinen Kilt und mein kurzes Jackett. Wir kamen in Uniform in der Schule an und verließen sie ebenfalls in Uniform: Eigene Sachen waren verboten. Inzwischen fühlte ich mich in dem

Kilt ganz ungezwungen, aber jetzt wollte ich erstmals in meinem Leben Schottland verlassen und nach England fahren. Die Vorstellung, in London einen Kilt zu tragen, beunruhigte mich ein bisschen. Aber da war nichts zu machen. Ich hatte einen langen Mantel, und wenn einer meine bestrumpften Beine erblickte, mochte er vielleicht denken, ich trüge Knickerbocker.

Ich zog das Fahrrad aus dem Farngestrüpp. Wir überlegten, ob ich die Karbidlampe anzünden sollte, aber ich beschloss, damit zu warten, bis es dunkler war. Plötzlich hatte ich eine böse Vorahnung: Etwas spät meldete sich mein Verstand. Du Narr, schien er zu sagen, gib diese verrückte Idee auf … Aber jetzt war es zu spät.

»Es ist besser, du fährst jetzt los«, sagte Hamish. »Viel Glück!«

»Stimmt!«, sagte ich. »Und denk daran …«

»Hör schon auf!« Er grinste und entblößte seine großen Zähne. Unaussprechliche Dankbarkeit machte mich verlegen. Er gab mir einen Schubs, und ich radelte los, den holprigen Weg auf die Farm zu. Erst vier Jahre später sollte ich ihn wiedersehen.

Alles verlief wie geplant, zumindest bei mir. Die Fahrt nach Innerleithen war wirklich ganz bezaubernd. Die Straße führte am Tweed entlang, und für meine aufgeregten Augen waren der träge dahinfließende Fluss und die duftenden Wiesen in dem schwächer werdenden Dämmerlicht von einer betörenden Schönheit. Ich kaufte meine Fahrkarte nach London, nur Hinfahrt, dritter Klasse, Kostenpunkt ein Pfund fünfzehn Schillinge, und erreichte den Anschluss in Reston.

In einem verrauchten, eingenebelten Abteil, das ich mit zwei Matrosen und einem Mann teilte, der nach einem Handlungsreisenden aussah, überquerte ich irgendwann nach Mitternacht die Grenze zu England. Ich ließ Schottland hinter mir – und mit ihm meine Jugend. Selbst damals schon hatte ich das Gefühl, eine Epoche abzuschließen. Irgendwie wusste ich, dass nach diesem Abenteuer nichts wieder so sein würde wie zuvor. Ich dachte nicht an die Zukunft, nicht an die Begegnung mit Faye. Ich war in der Gegenwart glücklich, und meine Vergangenheit enthielt in meinen Augen nichts, was mich veranlasste, sie sonderlich zu schätzen. Ich zog meinen Mantelkragen über mich und versuchte zu schlafen. Es gelang mir erst nach einer Stunde. Die Matrosen (sie kehrten an Bord eines Schlachtschiffes zurück) unterhielten sich und tranken aus einer Flasche. Der Handlungsreisende versuchte, mich ins Gespräch zu ziehen, scheiterte aber an meiner Schweigsamkeit. Ich blickte hinaus in das dunkle Land und versuchte, so als nähme ich sie in eine magische Bestandsliste auf, mir die sonderbaren Namen der Bahnhöfe einzuprägen, an denen wir auf der Fahrt durch England vorbeirasten: Pegswood, Morpeth, Croft und Northallerton.

Ich gebe die folgenden Ereignisse genau nach meiner Erinnerung wieder. Ich will mich und mein absonderliches Verhalten nicht rechtfertigen. Ich war siebzehn. Bitte vergessen Sie das nicht.

In London schien die Sonne. Ich war überrascht, wie viel wärmer es war als in Schottland. Ich hatte das Gefühl, in ein anderes Klima geraten zu sein. Die Stadt beeindruckte mich nicht übermäßig; in Edinburgh war der Verkehr womöglich noch dichter, wenn auch der Lärm hier stärker war, und die Straßen waren entschieden schmutziger. Ich fuhr mit der Untergrundbahn von King's Cross nach Paddington. Mein Kilt zog kaum neugierige Blicke auf sich. In Paddington sah ich, wie ein Bataillon der Highland Light Infantry ausstieg, und mir wurde klar, dass Kilts seit 1914 südlich der Grenze zu einer ziemlich alltäglichen Sache geworden waren.

Doch im Zug nach Charlbury verließ mich langsam meine Gelassenheit. Ich blickte in die sanfte, langweilige Landschaft hinaus und befahl mir selbst Ruhe. Faye würde überrascht sein, aber sie würde sich über meinen Besuch freuen, versicherte ich mir erneut. Alles würde ganz prima sein. Am Bahnhof von Charlbury erkundigte ich mich bei einem Droschkenkutscher nach dem Weg zu den Hobhouses. Ich ging durch die Straßen der kleinen Stadt den Hügel hinauf, und ich weiß noch, dass mir die Gebäude in ihrem matten Ocker recht eigenartig vorkamen. Die Mittagszeit war gerade vorüber, und die Geschäfte öffneten wieder. Seit gestern Abend hatte ich nichts gegessen, und als ich an einer Bäckerei vorbeikam, wäre ich vor Hunger fast in Ohnmacht gefallen. Ich kaufte mir eine Scheibe Kalbsbraten und eine Schinkenpastete, und ich vergewisserte mich, dass ich auf dem richtigen Weg war. Anscheinend wusste jeder, wo Vincent Hobhouse gewohnt hatte.

Ich setzte meinen Weg durch die Stadt fort und verzehrte dabei meine Pastete. Für den Mantel war es zu warm. Ich zog ihn aus. Der Himmel war milchweiß, die Sonne war nicht zu sehen. Der Staub am Straßenrand war weiß. Meine schweren Stiefel knirschten auf dem Kies der ungepflasterten Straße. An einer Stelle rannten mir zwei kleine barfüßige Bengel hinterher, lachten über meinen Kilt und riefen mir in ihrem unverständlichen Dialekt Beleidigungen nach. Ich bewarf sie mit Kies, und sie rannten davon. Das Haus der Hobhouses, ein großes, massives Gebäude im spätgeorgianischen Stil, stand auf einer Anhöhe über der Stadt und dem Evenlode-Tal. Es lag in einem ausgedehnten Garten mit zahlreichen alten Bäumen – eine finstere Zeder, zwei Schuppentannen, Ulmen und Linden – und war von einer Buchenhecke umgeben. Weiter unten lag ein kleines Krankenhaus und dahinter standen einige kleine Landhäuser. Das Haus war von der Straße – der Oxford Road, wie ich später erfuhr – ein Stück zurückgesetzt, und dahinter begann die freie Landschaft.

Ich ging die Auffahrt hinauf. Zwei Spaniels hoppelten mir entgegen, gefolgt von einem kleinen Mädchen im Matrosenanzug. Ich blieb stehen. Ich spürte deutlich, wie ich schwach wurde. Entsetzt begriff ich auf einmal die ganze Verwegenheit meines Tuns.

»Hallo«, sagte ich mit gespielter Jovialität. »Ist deine Mutter zu Hause? … Ich glaube, du bist die Alceste.«

»Ich bin Gilda. Das ist Ned, und das ist Ted.« Sie stellte mir die Hunde vor. »Mein Vater ist im Himmel.«

Mir war übel. »Ich weiß. Ich bin dein Vetter. John James Todd. Ich möchte euch besuchen.«

Gilda führte mich ins Haus. Wir gingen durch eine Vorhalle und eine Diele. Sie ließ mich in einem kühlen, hellen Empfangszimmer zurück, das erfüllt war vom Duft eines Riechtopfes und vollgestopft mit all dem Zierat und den Gegenständen, die sich über lange Zeit ansammeln. Auf einem runden Tisch standen einige Fotografien in Leder- und Schildpattrahmen. Ich erkannte das Gesicht meiner Mutter. Ich schloss meine Augen.

»Johnny?«

Ich drehte mich um, das Blut rauschte in meinen Ohren wie die Meeresbrandung. *Faye.* Ich spürte, wie sich mir vor kindischer Liebe der Magen umdrehte. Sie hatte eine grüne Schürze umgebunden, und ich ertappte mich bei der absurden Überlegung, ob sie wohl Silber geputzt habe. Ihre Haare wurden hinten lose von einer Samtschleife zusammengehalten. Sie wirkte jünger als auf ihrem Foto. Ich hätte jubeln können. Noch nie hatte ich einen so schönen Menschen gesehen. All meine Zweifel waren wie weggeblasen. Ich hatte richtig gehandelt.

»Was machst du hier?«, fragte sie verwundert. Ihr Blick wanderte über meinen Kilt, meine Strümpfe, meine Stiefel. All meine Zweifel waren wieder da. Ich hatte einen schrecklichen Fehler begangen.

»Ich bin von der Schule abgehauen.«

»Aber warum?«

Weil ich dich liebe, wollte ich rufen.

»Weil … weil ich Soldat werden will.«

Was um Gottes willen hat mich bloß dazu getrieben, das zu sagen? Welches bösartige Schicksal hat mir diese Worte in den Mund gelegt? Wenn ich doch bloß die Wahrheit gesagt hätte – was hätte ich mir alles erspart! Ich weiß nicht genau, wie das Unterbewusstsein funktioniert, aber dies war jedenfalls kein lange unterdrückter Ehrgeiz – nichts hätte weiter von meinen Wünschen entfernt sein können. Nach der ersten Aufwallung von Kriegsbegeisterung waren die Aggressionsinstinkte der Minto Academy rasch dahingeschwunden, teils wegen nachlassenden Interesses, teils infolge von Mintos leidenschaftlicher Neutralität. Immer wenn ein ehemaliger Minton-Schüler gefallen war, wurde ein Loblied auf den Frieden angestimmt. Nach jedem unbedeutenden Gefecht schwebte so etwas wie ein »Ich hab's euch ja gesagt« im Raum. Ende 1915 hatte die Begeisterung bei allen einen Tiefpunkt erreicht. Der »Grund«, den ich hervorstieß, muss aus einer instinktiven Assoziation entstanden sein. Meine Verlegenheit, Fayes Blick auf meinen Kilt, die Highland Light Infantry in Paddington – *also* Soldat werden.

Das wirkte, wie sich herausstellte, zunächst phantastisch. Fayes Überraschung legte sich, ihr Argwohn war beschwichtigt. Ich war ein bisschen enttäuscht, dass sie es mir nicht auszureden versuchte. Sie gab mir zu bedenken, dass ich noch zu jung sei, aber vielleicht nächstes Jahr Soldat werden könne. Ihr Eifer hing möglicherweise damit zusammen, dass ich ihr Neffe und nicht ihr Sohn war. Von Peter berichtete sie, er habe sich nach Beendigung der Schule im Sommer 1915 sofort freiwillig gemeldet und sei in ein Bataillon der Public Schools eingetreten. Das wäre doch genau das Richtige für mich, meinte sie. Peter könnte mir über alles Auskunft geben und gute Ratschläge erteilen, vielleicht sogar erreichen, dass ich ins gleiche Bataillon komme. Ich bemerkte, dass ich mit nachlassender Begeisterung zustimmte. Wie sich herausstellte, würde Peter gerade an diesem Wochenende auf Urlaub kommen. Faye riet mir, wenigstens so lange in Charlbury zu warten; ich könne ihn dann alles fragen.

Vier Tage. Vier Tage allein mit Faye (wenn man die Dienerschaft sowie Gilda und Alceste ausnahm). Ich fühlte mich fürs erste erleichtert. Probleme und Entscheidungen konnten eine Zeit lang hinausgeschoben werden. Ich war hier, ich war mit ihr zusammen, wohnte unter einem Dach mit ihr. Das war es, was ich unmittelbar mit meinem Weglaufen bezweckt hatte, und ich hatte es erreicht. Es war für mich wie ein wohliges Bad, von ihr empfangen zu werden, und ich ließ mich hineinfallen.

Das erste, was Faye tat, war, meinen Vater und die Schule telegraphisch zu unterrichten. Ich fühlte mich merkwürdig unangreifbar, und nur verschwommen ging mir der Gedanke durch den Kopf, wie Minto auf die Nachricht reagieren würde. Auch die Reaktion meines Vaters beschäftigte mich nicht sonderlich. Ich war hier in England – ein Kontinent schien mich von ihnen zu trennen. Dies war, wie mir jetzt klar ist, das erste Anzeichen einer gefährlichen Neigung meines Charakters: Was in der Ferne liegt, zieht mich kaum an; was ich verlockend finde, ist das Hier und Jetzt. Wenn ich etwas tue, folge ich einem unwiderstehlichen inneren Antrieb und selten einer wohl überlegten Strategie. So ist es mir immer wieder ergangen, und meistens brachte es mir rasche Befriedigung, gefolgt von schrecklichen Gewissensbissen. Angenommen, ich hätte an der Academy durchgehalten und die Abschlussprüfung gemacht – wer weiß, was dann gewesen wäre …? Aber solche Überlegungen sind nutzlos. *Unser Leben ist immer Ausdruck unseres Wesens.* Ein besonnenes, vorsichtiges, vernünftiges Handeln war nie mein Fall.

Nun war ich also in dem großen komfortablen Haus. Ob Faye sich wohl gefragt hat, warum ich nach Charlbury ausreißen musste, wenn ich zur Armee wollte? Sie hat sich das sicherlich gefragt. Aber sie hat mir wohl alles verziehen, war ich doch der Sohn ihrer geliebten verstorbenen Schwester, mutterlos seit dem Tage seiner Geburt, der mütterlich führenden Hand und einer unerschöpflichen Quelle der Liebe beraubt. Unter derart verworrenen Umständen war es vollkommen natürlich, dass ich mich um Trost und Rat an jemanden wandte. (Das war denn auch das erste, wonach Peter mich fragte. Ich erklärte ihm, ursprünglich sei es meine Absicht gewesen, mich in London freiwillig zu melden, so weit wie möglich dem Einfluss meines Vaters entzogen. Ein plötzliches Versagen meiner Nerven habe mich nach Charlbury getrieben. Er verstand mich vollkommen.)

An diesem Tag wurde mir – zur Ergänzung des Kalbsbratens und der Schinkenpastete – ein verspätetes Mittagessen aufgetischt, bestehend aus kaltem Fleisch, Brot und Essiggurke, und danach rief Faye den Gärtner (sein Name fällt mir nicht mehr ein, er war ein alter Mann und humpelte), der uns im Auto der Familie nach Oxford fahren sollte, um für mich etwas zum Anziehen zu kaufen: einen leichten Flanellanzug, zwei Hemden, Krägen, eine Krawatte und, auf meinen Vorschlag hin, eine flache Tweedmütze. Faye hatte echten Spaß an unserem Ausflug. Es war ein milder, dunstiger Tag. Die Fahrt nach Oxford und zurück war erfüllt mit dem Austausch von Erinnerungen. Ich bin mir im Übrigen sicher, dass Faye meinen Entschluss insgeheim bewunderte. Wenn Sie auf Leute wie mich treffen, die verwegen oder spontan handeln, ist es leicht, sich von einem sicheren Hafen der Routine und Geborgenheit aus über uns lustig zu machen oder uns zu bedauern. Aber zugleich spüren Sie in Ihrem Herzen einen tiefen und beunruhigenden Neid auf die Freiheit, die sich in unserem bedenkenlosen Handeln äußert. Und Faye war, das glaubte ich damals, im Grunde wie ich. Uns beseelte derselbe Geist, nur hatte sie sich auf ein Leben der provinziellen Würde beschränkt, als sie Vincent Hobhouse heiratete. Ich spürte außerdem, dass nach dem Kummer und der Trauer allmählich eine belebende Spannung und Unschuld in ihr Leben einkehrte. Was nun? Wie sollte es weitergehen? Mit wem?

Am Spätnachmittag dieses Tages trafen zwei kurze Telegramme ein, die meine rauschhafte Stimmung trübten. Minto untersagte mir die Rückkehr an die Academy und belehrte mich, dass ich mich als ausgeschlossen zu betrachten habe. Mein Vater befahl mir einfach, sofort nach Hause zu kommen. Faye riet mir, diesen letzteren Befehl zu ignorieren. Es wäre nichts gewonnen, wenn ich auf der Stelle kehrtmachen und zurückfahren würde, meinte sie. Ich solle doch meine Motive ausführlich darlegen; sie würde dann einen eigenen Brief hinzufügen und schreiben, ich sei verwirrt und erregt und ein inoffizieller Urlaub von einigen Tagen würde mir sehr guttun. Die Briefe wurden geschrieben, versiegelt, frankiert und zum Briefkasten hinuntergetragen. Zumindest hätten wir eine Woche Aufschub, sagte Faye.

Welchen Eindruck ihre Komplizenschaft auf mich machte, kann man sich ausmalen. Ich hatte das Gefühl, dass sie sich nicht wie meine Tante, sondern eher wie eine beherzte und tatfreudige ältere Schwester verhielt. Das hatte sicherlich etwas zu bedeuten. Wir hatten beide teil an einer Verschwörung, es brachte uns einander näher.

Dieser erste Abend, wir beide beim Dinner, nur die Ecke des Tisches zwischen uns. Der humpelnde Gärtner machte den Butler (der richtige war bei Loos gefallen). Sherry, Ochsenschwanzsuppe, Geflügel in Sahnesauce, roter Bordeaux, Lammschnitzel, Röstkartoffeln, Apfel-Charlotte, überbackene Käseschnitte, Port. Ich in meinem neuen Anzug (ich hatte mich mit Vincents stumpfem Rasiermesser rasiert), den Rücken vom Kamin des Speisezimmers gewärmt, mein Gesicht glühend, auf den Wangen zwei brennend rote Punkte wie Münzen. Es schien mir, als atmete ich tiefer, so als hätte sich das Volumen meiner Lungen verdoppelt und der Umfang meiner Nasenlöcher auf wundersame Weise erweitert. Faye im Dreiviertelprofil. Tief umrandete Augen, eine blitzende Kamee an einem Samthalsband, Puderstaub auf dem Flaumhaar vor ihren Ohren, ganz leichte Falten in ihrem Gesicht und auf der Oberlippe. Ein Kleid in Aquamarin. Seide? Es schimmerte und changierte im Kerzenlicht. Der Wein gab mir Mut. Ich fühlte mich zehn Jahre älter und sprach mit ihr wie ein gleichaltriger Erwachsener. Die beherzte und tatfreudige ältere Schwester hatte sich insgeheim davongemacht. Ich legte meine Gabel hin und lächelte. Dies könnte mein Haus sein, sogar meine Frau. Ich war restlos von einer totalen Selbstsicherheit erfüllt.

»Weißt du, du siehst Emmeline so ähnlich, wenn du lächelst.«

Blutsbande schlichen sich zwischen uns ein wie Anstandsdamen. Für einen Augenblick fühlte ich mich bedrückt und verärgert zugleich. Aber es war ein hilfreiches Stichwort.

»Ich wollte dich gerade fragen ... das heißt, wenn du nichts dagegen hast. Ich habe mir überlegt – du sagtest, du hättest eine Menge Briefe von ihr, von meiner Mutter. Könnte ich sie, wenn's dir recht ist, sehen?«

»Natürlich.« Etwas berührte meinen Arm. Ich dachte, der Flanell beginnt zu schwelen. »Ich suche sie dir heraus. Ist es dir nicht schrecklich heiß, John?«

»Mir? Nein, nein. Alles bestens.«

In der Nacht ging ich die Treppe hinauf und über den Flur zu ihrem Schlafzimmer. Ich stand vor der Tür, und der schwache Schein, der durch ein Fenster in der Nähe drang, fiel auf die Maserung der Eichenfüllung und den Beschlag des Schlosses. Ich schickte meine ruhelose Gegenwart zu ihr ins Zimmer und wartete, dass sie bemerkt würde. Lag sie wach, regte sie sich unter dem Laken und den Decken, dachte sie an mich, wünschte sie, ich hätte den Mut, wortlos zu ihr ins Bett zu schlüpfen? Ich starrte auf die stumme, gleichgültige Tür, als hoffte ich, dass sie auf wundersame Weise durchsichtig wird ... Solche Augenblicke sind es, in denen Anhänger der Telepathie Gläubige gewinnen oder verlieren. Wenn überhaupt, dann würde es diese Nacht funktionieren. Ich stand draußen und konzentrierte mich. Sie brauchte nur meinen Namen zu rufen.

Ich spürte ein Hämmern in meinen Stirnlappen. Die Energie meines Gehirns hätte einen Elektromotor antreiben können. Ich hörte nichts als das Knarren und die Geräusche eines alten Hauses.

Dies war meine Gelegenheit. Ich hätte sie nutzen sollen. Wäre ich ein oder zwei Jahre älter gewesen, ich wäre wohl hineingegangen, vielleicht mit einer praktischen Lüge (ein plötzlicher Kummer, ein nächtlicher Albtraum), die eine Umarmung gerechtfertigt hätte. Ich kann mir nichts vorwerfen: So viel Selbstsicherheit und Unbekümmertheit ist von einem Siebzehnjährigen etwas viel verlangt. Dabei war ich doch von der Schule ausgerissen, mein Leben hatte bereits die rasende, abschüssige Bahn eingeschlagen, von der es dann nicht mehr abgewichen ist. Aber irgendetwas hielt mich fest. Nach Gott weiß wie vielen atemlosen Minuten merkte ich, dass ich heftig schlotterte, und ich schlich zurück in mein Zimmer und in mein kaltes einsames Bett.

Am nächsten Tag war die Atmosphäre verändert, nicht sehr stark, aber doch merklich. Mir kam es so vor, als habe Faye erkannt, dass die Freizügigkeit des vergangenen Abends zu berauschend und verwirrend war. Sie kehrte wieder die nüchterne ältere Schwester hervor. Als ich zum Frühstück herunterkam, wollte sie gerade fort – »Besuche machen«. Bevor sie ging, zeigte sie mir zwei Briefordner, voll mit Briefen meiner Mutter.

Ich nahm sie mit in den Salon und fing an zu lesen. Zu Mittag aß ich allein, und bis in den Nachmittag hinein las ich weiter, von quälenden Gefühlen bedrängt. Am Ende war ich erschöpft.

Es ist eigenartig, etwas über eine Welt zu lesen, die einem wohl vertraut, aber von der eigenen Anwesenheit noch unberührt ist, eine Welt, in der man gar nicht vorkommt. Alles war da: Kelpie's Court, Edinburgh, die High Street, mein Vater, Thompson, Oonagh … Am stärksten belastete mich Thompson. Da war er, der dicke kleine Junge, und seine Mutter war vernarrt in ihn, überhäufte ihn mit ihrer Liebe. Ich habe Thompson selten beneidet. Manchmal beneidete ich ihn um sein Geld, aber das ging schnell vorbei. Aber an diesem Tag in Charlbury spürte ich, wie die bösartige, verzerrende Macht des Neides sich in jeden Winkel meines Körpers schlich. Es war so überwältigend, dass ich ihn hätte töten können. Ich hätte ihn mit Freuden getötet, so sehr verzehrte mich ein ätzender Groll auf sein Glück. Er hatte Emmeline Todd gekannt, und sie hatte ihn geliebt.

Allmählich beruhigte ich mich.

Es waren zärtliche, freimütige Briefe zwischen Schwestern, die eng miteinander befreundet waren. Meine Mutter – liebenswürdig, freundlich, großmütig, allen Freuden des Lebens aufgeschlossen … Die Briefe waren faszinierend – hier hörte ich eine Stimme, begegnete ich einer Person, von der mir kaum etwas bekannt war, und das Wenige nur in einer grellen, sentimentalen Idealisierung –, aber was ich ihnen entnehmen konnte, waren geschwätzige Belanglosigkeiten, keine Tatsachen.

Aber dann, ohne jede Vorankündigung, im September 1897:

… Donald ist angekommen. Es scheint ihm den Umständen entsprechend gut zu gehen. Letzten Donnerstag war er bei uns zum Abendessen. Er hat vorläufig einige Zimmer in der Hanover Street, will aber in Kürze umziehen …

Da über seine Ankunft nichts mitgeteilt wurde, mussten sie sich schon kennen. Beide Schwestern kannten ihn. Von nun an tauchte Donalds Name immer wieder auf: Was er machte; wo er sich ein Haus zu kaufen gedachte; seine abschätzigen Äußerungen über das wissenschaftliche Kaliber seiner Kollegen …

Dann, am 14. März 1898:

… Meine liebe Faye, ich wünschte, ich könnte Dir alles anvertrauen, was Donald mir sagt. Ich sage nur so viel: Sobald wir allein sind, äußert er sich nur in einem Ton zarten, rührenden Respekts. Was soll ich ihm sagen? Es ist wirklich ein fürchterliches Dilemma, und ich bin außer Stande, in einer ihn befriedigenden Weise darauf einzugehen, obwohl ich, wie Du sicher verstehst, in dieser Frage mit meinen Gefühlen nicht minder beteiligt bin …

Ich merkte mir das Datum. Dies schien der Augenblick zu sein, da sich aus einer normalen Freundschaft etwas Leidenschaftlicheres entwickelte.

7. April 1898:
… Immer wieder sprechen Donald und ich darüber, was hätte sein können, wenn nur die Umstände andere gewesen wären. O Faye, ich versuche, ihn zu bremsen, aber er scheint so von seiner Leidenschaft erfüllt zu sein, dass der Himmel allein weiß, wie es sich noch auswirken mag, wenn ich ihn nicht lasse. Manchmal fürchte ich um seine Gesundheit …

13. Juni 1898:
… Donald war mit uns in den Trossachs. Er schien in guter Stimmung zu sein. Er hatte mir versprechen müssen, an sich zu halten. Innes weiß von nichts, ahnt nichts. Professor McNair und seine Frau waren mit von der Partie, und es kam darauf an, dass Donald Ruhe bewahrte.

Aber gestern blieb ich zu Hause, während die anderen einen Spaziergang machten. Donald kam vorzeitig zurück, und da wir beide ganz allein waren, konnte er sich natürlich nicht zurückhalten. Ich kann Dir diesen Nachmittag nicht beschreiben, Faye. Lass mich nur so viel sagen, dass er am Ende weinte. Es war schrecklich traurig und doch seltsam erhebend, zu sehen, welche Macht wahre Leidenschaft über einen Menschen haben kann, der so stark und zugleich so kultiviert und intelligent ist wie Donald. Natürlich habe ich auch geweint, Du kennst mich ja, und wir haben einander getröstet …

Hier hielt ich inne, mein Mund war ausgedörrt und von einem üblen Geschmack erfüllt, meine Hände zitterten sichtlich.

»... wir haben einander getröstet.« Wie leicht dieser dunkle Euphemismus zu durchschauen war! Ich las weiter. Dieser Nachmittag während des Ausflugs in die Trossachs hatte offenbar eine kathartische Wirkung. Donald schien seine fieberhafte Melancholie abgeschüttelt zu haben. Von Weinen war keine Rede mehr. In den folgenden Briefen hieß es: »... ein herrlicher, herzerfrischender Tag mit Donald ...«, »... Donald war in Höchstform ...«, »... beim Dinner schien Donald wieder zu seiner früheren Herzlichkeit und seinem Humor zurückzufinden, als er uns von ... erzählte ...«

Dann und wann gab es weitere Andeutungen: »Donald scheint jetzt begriffen zu haben, dass sich an den Dingen nichts ändern lässt, er sieht ein, dass alles so weitergehen muss, wie es ist. Er hat sich damit abgefunden und sagt, er könne eine gewisse Zufriedenheit finden ...« Und: »... wir sprechen oft von jenem bewegten, verrückten Tag vor einem Monat und betrachten ihn jetzt als eine letzte Sicherung vor Bitterkeit und Kummer ...«

Ich ging die Briefe noch einmal durch und machte mir nach und nach ein Bild vom Verlauf ihrer Liebesaffäre, davon, dass sie durch ihre Stellung und durch das Ehrgefühl an der Erfüllung ihrer Liebe gehindert waren. Nie äußerte sich meine Mutter negativ oder kritisch über meinen Vater, nie beklagte sie sich. Es war unverkennbar eine dieser leidenschaftlichen Beziehungen, die nicht so sehr zum Scheitern verurteilt als vielmehr tot geboren sind, bei denen beide Seiten insgeheim wissen, dass nichts daraus werden kann, aber einen kurzen Augenblick der Erfüllung wahrnehmen und festhalten als ein vergebliches Symbol dessen, was hätte sein können.

Dann, am 21. Juli 1898:

Liebe Faye,
ich bin wieder schwanger. Ich brauche Dir nicht zu sagen, wie sehr sich die Furcht in die Freude mischt. Innes ist ent-

zückt, aber außer Dir habe ich niemandem etwas gesagt, nicht einmal Donald …

Nicht einmal Donald. Warum nicht? Ich betrachtete den Prozess meines pränatalen Wachstums mit entsetzter Faszination. Es war makaber, von der Vorfreude meiner Mutter (sie betete darum, dass ich ein Mädchen sein möge …) und von den ahnungsvollen Befürchtungen um ihre Gesundheit zu lesen, die sie beschlichen, nachdem sie bei Thompsons Geburt mit knapper Not davongekommen war. Doch ihren letzten Brief, zwei Wochen vor meiner Geburt datiert, konnte ich nicht zu Ende lesen. Er begann:

Liebe Faye,
heute fühle ich mich ein bisschen besser. Vielleicht wird am Ende alles gut …

Ich wusste, dass ich die schreckliche, schicksalhafte Ironie dieser Worte nicht aushalten würde. Ich legte die Briefe wieder in den Ordner zurück. Mir war nach Weinen zumute, aber ich war zu erschöpft, um Tränen zu vergießen. Ich hatte zu viel erfahren, und unablässig gingen mir Folgerungen und Vermutungen durch den Kopf. Ich war zu sehr mit meinen neuen Erkenntnissen beschäftigt, um meiner toten Mutter nachweinen zu können. Wenn ich mich nicht sehr täuschte, schien alles auf einen Schluss hinauszulaufen. Jetzt wusste ich es genau, auch wenn ich es tief in meinem Herzen seit Jahren geahnt hatte. Mein wirklicher Vater war, wenn man den Briefen glauben konnte, offenbar Donald Verulam … Ich fuhr mir mit der Hand übers Gesicht. Ich brauchte eine zusätzliche Bestätigung. Im Augenblick war es einfach zu viel für mich.

Faye kam zurück.

»Entschuldige, dass ich dich so lange allein gelassen habe, du solltest sie ungestört lesen können.«

Sie betrachtete mich mit einem scharfen und, so schien es mir, prüfenden Blick.

»Ich danke dir sehr«, sagte ich zögernd. »Ich weiß, es sind persönliche Briefe … aber ich musste etwas über sie herausbekommen. Ich hoffe, du hast nichts dagegen.«

»Nein, ganz und gar nicht. Ich habe wirklich kein Recht, sie dir vorzuenthalten. Auch wenn …«

Sie wusste nicht, was sie sagen sollte. Sie wich meinem Blick aus.

»Schon gut«, sagte ich, immer noch ein bisschen vorsichtig. »Komisch, aber ich habe es immer schon fast vermutet. Bloß durch Gespräche mit Donald.«

Sie wurde merklich gelöster, dann errötete sie. »Ich bin froh«, sagte sie.

»Aber ich verstehe es vollkommen, jetzt. Und ich finde nichts daran auszusetzen«, sagte ich kühn. Nun war ich es, der ihren Arm berührte. »Danke. Es war für mich sehr wichtig, dass ich sie gelesen habe.«

Sie schaute mir in die Augen, fasste mich an den Schultern und küsste mich auf die Wange.

»Du bist ein ungewöhnlicher Junge, John James Todd. Donald hat es mir gesagt. Ein ganz ungewöhnlicher. Ich bin froh, dass du sie gelesen hast. Ich … ich habe heute Morgen mit Donald telefoniert. Er kommt an diesem Wochenende heraus.«

Ich war nicht ganz sicher, wie ich das aufnehmen sollte. Mir war klar, um was es ihr ging, aber für mich war es eine gute und zugleich eine schlechte Nachricht. Ich wusste sofort, dass es an diesem Wochenende unausweichlich zu einer Konfrontation und möglicherweise zu einer Anerkennung kommen würde, aber es bedeutete auch das Ende meines kurzen Aufenthalts bei Faye. Nach dem gespannten Gespräch über die Briefe kehrte wieder eine gelöste Freundlichkeit zwischen uns ein. Aber im Laufe der Woche wuchs meine Erregung beim Gedanken an Donalds Kommen, denn daraus, wie sie über ihn sprach, entnahm ich, dass sie und Donald jetzt mehr als nur befreundet waren. Und das ärgerte mich. Können Sie das verstehen? Ich fühlte mich wie ein Besitzer. Törichterweise (das war mir klar) war ich noch immer von ihr fasziniert. Die Briefe hatten uns einander nähergebracht. Ich betrachtete *mein* Interesse an ihr als gerechtfertigt. Donald gehörte zu einem anderen Bereich meines Lebens, mit dem ich ebenfalls ins Reine kommen musste. Dass beide sich überschnitten, war mir höchst unangenehm.

Vielleicht, vielleicht wäre ich mit allem klargekommen, wenn ich mir nicht erneut selbst ein Bein gestellt hätte.

Ich freute mich auf den letzten Tag, den ich mit Faye allein sein würde. Es war weiterhin warm, und am Vorabend hatten wir uns zu einem Picknick entschlossen (die kleinen Mädchen würden wir mitnehmen müssen, aber, streng genommen, waren sie für mich keine Menschen). Wir wollten nach Oxford fahren, einen Kahn mieten und den Cherwell hinaufstaken, um eine einsame Uferstelle zu finden. Wir saßen beim Frühstück und malten uns die Freuden des bevorstehenden Tages aus, als Peter Hobhouse durch die Tür trat, einen Tag früher als erwartet.

Mein Vetter war ungefähr ein Jahr älter als ich, aber in seiner Uniform – Khakijacke, Reithose, Knobelbecher, Schirmmütze – wirkte er erheblich älter. Peter war ein hochgewachsener, freundlicher, hellhaariger Bursche mit rundlichen, unfertigen Gesichtszügen und ständig rosigen Wangen. Zusammen betrachtet bildeten wir einen starken Kontrast, praktisch zwei verschiedene ethnische Typen: der typische Kelte und der rötliche, frische Angelsachse. Er war durchaus freundlich, aber ich empfand eine instinktive Abneigung gegen ihn, trotz all der Hilfe, die er mir später gewährte. Warum, weiß ich nicht; es war ein offenes, besser gesagt: ein schlichtes Vorurteil. Vielleicht war es seine ruhige, stämmige Art, seine ungerechtfertigte Lässigkeit, so als wolle er sagen: »Mich kann nichts im Leben überraschen«. Doch wir reichten uns die Hand und tauschten Höflichkeiten aus. Faye erklärte ihm, ich wolle in ein Public-School-Bataillon eintreten, und es bereitete mir einige Verlegenheit, als er mir noch einmal energisch die Hand schüttelte und »Gratuliere!« sagte.

Er lehnte es Gott sei Dank ab, zum Picknick mitzukommen, trotz der inständigen Bitten seiner Mutter. Ich hätte jedoch erkennen müssen, dass mit seiner Ankunft alles anders wurde. Jetzt war ihr Sohn da; meine Rolle als »Neffe« wurde förmlich wiederhergestellt, ebenso wie die ihre als »Tante« und »Mutter«. Von alledem merkte ich nichts – so bin ich.

Wir mieteten unsere Kähne bei dem Bootshaus am Ende von Bardwell Lane. Der Himmel war bedeckt, aber die Luft war angenehm und kühl. Es wehte eine schwache Brise. Drosseln und Amseln sangen in den Rosskastanien, riesige grüne Kontinente von Blättern.

Es kostete mich rund zehn Minuten und etwa die gleiche Anzahl von Kollisionen mit beiden Flussufern, bis ich das Staken einigermaßen begriffen hatte. Schließlich kamen wir vorsichtig und nicht allzu unregelmäßig voran. Meine Ungeschicklichkeit hatte Faye und den Mädchen großen Spaß bereitet, und als wir losfuhren, waren wir, wie ich fand, in einer rundum fröhlichen Stimmung. Sie lachten erneut, allerdings zurückhaltender, als wir von einem Kahn überholt wurden, den ein einarmiger Soldat mit kraftvollen und geschickten Stößen vorwärtsstakte (Oxford war ein einziges großes Genesungsheim).

Wir stakten eine halbe Stunde den stillen Cherwell hinauf, der sich durch die Felder und Rieselwiesen von Kidlington schlängelte. Wir entdeckten eine Stelle, die uns zusagte, und machten den Kahn fest. Zwei Reisedecken wurden am Ufer ausgebreitet, der Weidenkorb mit unserem Picknick ausgepackt. Wir aßen kaltes Huhn und Wildpastete, Stiltonkäse und Äpfel. Die Mädchen tranken Brauselimonade, Faye und ich eine Apfelbowle. Das Wetter besserte sich, es wurde milder, wir bekamen ein bisschen Sonne. Der Tag wirkte sommerlich, aber es blieb eine gewisse Frühjahrsfrische, durch die er belebend wirkte und Fliegen und Wespen fernhielt. Ich trank absichtlich zu viel von der Apfelbowle.

Nach dem Essen spielte ich mit Alceste und Gilda auf eine wilde Art Nachlaufen, während Faye ein Buch las. Ich rannte und schrie, drehte und wendete mich so, dass ich und die Mädchen müde wurden. Bald merkte ich, dass ich erhitzt war und vor Schweiß klebte. Ich überredete die Mädchen, ein Stück am Ufer hinunterzugehen und eine Schar Enten zu füttern, die dort schwammen. Ich ging zurück zu Faye. Sie saß, den Rücken gegen einen Weidenstumpf gelehnt, unter einem kleinen elfenbeinfarbenen Sonnenschirm, den sie aufgestellt hatte. Sie trug einen sandfarbenen ausgestellten Golfrock und eine korallenrote Bluse mit Langettenkragen. Neben ihr auf der Decke lag ein breiter Strohhut. Sie wirkte gelassen und heiter. Ich betrachtete sie. Die dunklen Schatten unter ihren Augen. Ich trank gierig von der Apfelbowle. Ein mildes Feuer von Alkohol flackerte in meinem Blut. Jetzt oder nie.

»Ist es nicht wunderschön?«, sagte sie. »Seit Ewigkeiten habe ich das nicht mehr gemacht. Ich bin so froh, dass wir hierher gefahren sind.«

Leicht keuchend ließ ich mich neben ihr nieder.

»Du bist erhitzt«, sagte sie.

»Ich glaube, ich spring mal schnell ins Wasser. Kommst du mit?«

»Keine Angst, was?«, lachte sie. »Du bist aber tapfer. Meinst du's ernst?«

»Ja.«

Es war mehr eine Geste als ein Anzeichen ernsthafter Absichten, dass wir Badeanzüge mitgenommen hatten. Faye versuchte es mir halbherzig auszureden, doch ich schnappte meinen (Peters) Badeanzug und ging in der den Mädchen entgegengesetzten Richtung ein Stück das Ufer hinauf. Hinter einem Weißdorngebüsch streifte ich meine Kleider ab und zog den Badeanzug an. Er war ein bisschen weit, die Träger rutschten mir dauernd von den Schultern. Von einem Kopfsprung sah ich ab, weil ich die Mädchen nicht vom Entenfüttern ablenken wollte, und watete ins Wasser. Es war eisig und nahm mir fast den Atem. Der Cherwell floss an dieser Stelle träge dahin, eine Strömung war kaum zu erkennen. Ich ließ mich bis ans Kinn ins Wasser gleiten und spürte, wie die Kälte meinen Schädel wie mit Stahl umspannte. Von der Flussmitte schaute ich zu Faye hinüber. Sie sah mir zu. Ich winkte.

»Wie ist es?«

»Eiskalt!«

»Hab ich dir gesagt!«

Ich fühlte, wie mir der Schreck die Kehle zuschnürte angesichts dessen, was ich zu tun im Begriff war. Ich verschwendete keinen Gedanken daran; es gab für mich nur einen Weg, den ich gehen konnte. Ich schwamm ans Ufer und zog mich hinauf. Hinter dem Weißdorn streifte ich meinen Badeanzug ab. Ich blickte an mir herab. Die schwarzen Haare auf der Brust und dem Bauch klebten nass an meiner Haut. Mein Schwanz und die Eier waren durch die Kälte so geschrumpft, dass ich sie kaum sah. Mein Kopf war gänzlich leer. Ich bestand nur noch aus Drüsen und Instinkten.

Ich hörte einen Vogel trillern, das ferne Schnattern von Enten, die schwachen Freudenschreie von Alceste und Gilda. Ich massierte mich, bis ich wieder einem Mann ähnelte, und fühlte, wie das warme Blut in mir aufwallte. Ich musste ihr zeigen, dass ich kein Junge mehr war.

»Tante Faye, könntest du mir bitte ein Handtuch bringen?«

Durch die Blätterwand sah ich, wie sie aufstand, ein Handtuch aus einer Leinentasche holte und lächelnd herüberschlenderte. Ich hielt den nassen Badeanzug vor mich. Sie kam um das Gebüsch herum. Das Erstaunen rief schlagartig einen gespannten Ausdruck in ihr Gesicht. Sie reichte mir das Handtuch.

»Da hast du es.«

Während ich danach griff, ließ ich den Badeanzug fallen. Nur eine Sekunde lang war nichts da. Sie sah es. Ich wickelte das Handtuch um mich.

»Faye, ich …«

Sie schlug mir ins Gesicht. Nur einen Schlag, sehr fest, der meinen Kopf zur Seite fliegen ließ.

»Idiot … *Dummkopf* …«, sagte sie mit gepresster, zitternder Stimme und ging fort.

Mein Mageninhalt kam mir hoch. Ich musste mich ein- oder zweimal übergeben. Ich warf das Handtuch ab und zog die Kleider über meinen feuchten Körper. Verzweifelt quälte ich mich mit meinem betäubten Gehirn, so etwas wie eine einleuchtende Erklärung zu Stande zu bringen. Während ich hinüberging, rieb ich mir das Haar mit dem Handtuch, um mein Gesicht zu verbergen. Die Wange, auf die sie mich geschlagen hatte, pochte und brannte. Ich zitterte, aber nicht vor Kälte.

»Tut mir leid«, sagte ich. »Ich … ich war einfach gedankenlos. Es war ein schrecklicher Fehler. Verstehst du, in der Schule sind wir … Es ist mir einfach aus den Fingern gerutscht. Mir war kalt. Es war ein Versehen, Tante Faye. Ehrlich, ich schwöre.«

Sie blickte nicht von ihrem Buch auf.

»In Ordnung. Reden wir nie mehr davon, John. Es ist vergessen. Es war nichts.«

Aber es war nicht vergessen – wie wäre das auch möglich gewesen? Zum Glück kamen die Mädchen. So konnten wir zu einem gewöhnlichen Gesprächston übergehen, uns mit ihnen und ihren Ansprüchen befassen. Faye wirkte sehr bald so normal wie immer, und ich wohl auch, in dem Bemühen, die Entschuldigung glaubhaft zu machen. Doch der Zwischenfall stand wie eine Mauer zwischen uns. Was noch schlimmer war: Sie richtete es von nun an so ein, dass sie nie mehr mit mir allein war. Ich hatte keine Gelegenheit, mich über die dürftige erste Erklärung hinaus zu entschuldigen, mich zu rechtfertigen.

Warum haben Sie das gemacht?, höre ich Sie fragen. Was haben Sie in Gottes Namen geglaubt, würde passieren? Ich weiß, ich weiß. Es hat keinen Sinn. Ich führe diesen entsetzlichen Fehltritt auf den erwähnten gefährlichen Charaktermangel und auf meine Naivität zurück. Ich hatte doch nur den verzweifelten Wunsch, sie körperlich zu lieben, und die Zeit wurde knapp. Aber ich kann mich nicht völlig verurteilen. Wenn ich ein Narr gewesen bin, so zumindest ein ehrlicher. Ich glaube, ich kann getrost sagen, dass diese unselige Verknüpfung für mein gesamtes Leben gültig geblieben ist.

Heute denke ich, dass ich die Schmach und die Demütigung überwunden hätte, wenn ich genügend Zeit gehabt hätte, die ursprüngliche Basis unserer Beziehung wieder zur Geltung zu bringen. Schließlich war ich mit ihr verwandt, der Sohn ihrer toten Schwester, und sie hatte mich wirklich gern. Ich bin sicher, dass sie, schon um ihres Seelenfriedens willen, meine Erklärung am Ende unbesehen akzeptiert hätte. Menschen machen nun mal Fehler. Und Heranwachsende sind bekanntlich von Natur aus fehlbar, wenn es um Herzensangelegenheiten geht. Vielleicht hat sie über die offensichtliche Vernarrtheit ihres Neffen im Stillen sogar geschmunzelt und so etwas wie weiblichen Stolz empfunden. Vielleicht hat sie in einem intimen Augenblick sogar versucht, sich den Zwischenfall selbst ins Gedächtnis zu rufen. Meinen schlanken, muskulösen Körper mit seiner schimmernden Behaarung, die dunkel glitzernden Lenden, die blassen, herabhängenden, triefenden Genitalien … Aber ich brauchte Zeit. Ich brauchte wenigstens Tage, um eine solche *Wiederannäherung* in die Wege zu leiten, aber gerade die hatte ich nicht. Donald Verulam kam.

An diesem Abend erzählte Peter Hobhouse mir wieder von dem Eintritt in die Armee (Peter war ein Erzlangweiler, ein gutmütiger, zugegeben, aber trotzdem ein Langweiler, der, erstaunlich bei einem Neunzehnjährigen, uneingeschränkt über die einschläfernden Fähigkeiten eines backenbärtigen Klubmitglieds verfügte). Ich muss gestehen, dass meine Begeisterung für die Idee jetzt entschieden am Nachlassen war. Ich dachte stattdessen vage daran, nach Edinburgh zurückzukehren. In Anbetracht meiner Verlegenheit gegenüber Faye, der Enthüllungen über Donald Verulam und seiner baldigen Ankunft kam Charlbury mir plötzlich als ein nicht mehr so einladender Zufluchtsort vor. Ich empfand ein ungewohntes Verlangen, wieder daheim zu sein – daheim bei Oonagh. Dennoch hörte ich mit halbem Ohr zu, was Peter mir zu sagen hatte. Er hatte anscheinend einen verbissenen Drang, nach Frankreich zu kommen, weniger aus einem glühenden Verlangen als vielmehr aus Pflichtgefühl; im Übrigen seien auch alle seine Freunde gegangen, und es sei eine Schande, nicht dabei zu sein. Er sagte, eigentlich müsste man ein Offizierspatent haben, aber dazu müsste man ins Offiziersausbildungskorps, falls man dafür ausgewählt würde. Er und seine Kumpels hätten sich freiwillig als einfache Soldaten in einem der Public-School-Bataillone gemeldet. Die Grundausbildung sei kürzer, man käme schneller nach Frankreich, und man sei praktisch sicher, innerhalb von Monaten zum Unteroffizier befördert zu werden. Angesichts der hohen Verluste greife man ständig auf die Public School-Bataillone zurück und hole aus ihnen neue Offiziere für andere Regimenter. Sein Fall sei typisch. Ihn habe man nach zwei Wochen befördert, und jetzt sei er auf Urlaub, bevor er als Leutnant zum Loyal-North-Lancashire-Regiment gehe.

Ich stellte ihm ein paar höfliche Fragen. Wohin sollte man sich zur Aufnahme wenden? Marlborough, sagte er, oder Windsor. Frage nach dem 13. P.S. Bataillon der South Oxfordshire Light Infantry, und melde dich bei Oberst O'Dell. Er war Peters Schulleiter gewesen. Fein, sagte ich, vielleicht nächstes Jahr. In Wirklichkeit verlangte es mich nicht sehr danach, in den Krieg zu ziehen. 1914 war es sehr viel verlockender erschienen; ich dachte, es könne »lustig« oder »aufregend« sein, aber ein Fanatiker war ich nicht. Mehrere größere Jungen von der Academy, die ich von ferne gekannt hatte, waren getötet worden; im Übrigen hatte Mintos schwermütige Skepsis Spuren bei mir hinterlassen, und außerdem hatte nichts und niemand während meiner Erziehung einen stärkeren Sinn für

Patriotismus oder selbstlose Pflichterfüllung bei mir geweckt. Ich wollte, um ehrlich zu sein, für mich leben und nicht für mein Land sterben. Wenn es möglich war, in den Krieg zu ziehen und sich starken neuen Erfahrungen auszusetzen *und* unversehrt davonzukommen, dann war ich ganz dafür. Ich hatte jedoch kein Verlangen danach, meinen Hals oder sonst einen Teil meiner Anatomie zu riskieren.

Nach dem Dinner ließ Faye Peter und mich beim Port allein. Peter bot mir eine Zigarre an, und ich nahm an. Wir pafften drauflos, wobei Peters schwache Augen ein wenig tränten, und führten recht krampfhaft eine Art Männergespräch. Peter erzählte einen unanständigen Witz über einen englischen Pfarrer, der nach Paris kam und versuchte, in einem Pissoir im Stehen zu scheißen.

»Ich spiele mit dem Gedanken, mir einen Schnurrbart wachsen zu lassen«, sagte Peter. »Was hältst du davon?«

»Klingt nicht schlecht.«

»Man wirkt dadurch Jahre älter, verstehst du. Du solltest dir einen wachsen lassen, für den Werbeoffizier. Wie alt bist du übrigens?«

»Siebzehn ... Ich hatte gedacht, bis nächstes Jahr zu warten.«

»Würde nicht zu lange warten. Könntest was verpassen.«

»Hast du recht.«

»Sag, du wärst neunzehn. Mit einem Schnurrbart dürftest du keine Schwierigkeiten haben.«

Er quasselte weiter. Plötzlich wünschte ich, ich hätte mir schon in der Schule einen Schnurrbart stehen lassen. Wenn ich mir vorstelle, ich wäre mit einem Schnurrbart an Fayes Tür erschienen! Was für einen Eindruck von Reife das vermittelt hätte ... Ich beschloss, mir vom nächsten Tag an einen stehen zu lassen.

Donald Verulam kam vor dem Mittagessen an. Er trug einen Tweedanzug. Ich hatte erwartet, ihn in Uniform zu sehen. Als ich ihn fragte, was er im Kriegsministerium mache, sagte er, er sei bloß ein »besserer Beamter«. Offenbar war er froh, mich zu sehen, und er rügte mich sanft, weil ich von der Schule ausgerissen war. Er riet mir, wieder heimzufahren, und versprach, sich bei meinem Vater für mich zu verwenden. Instinktiv freute ich mich, ihn zu sehen, aber zunächst war ich ziemlich zurückhaltend, teils aus Nervosität, teils wegen der neuen Erkenntnis, die ich den Briefen meiner Mutter zu entnehmen glaubte. Er spürte das wohl und war verwirrt. Mehrmals fragte er mich, ob alles in Ordnung sei. Ich beruhigte ihn.

Ich war in Aufruhr. Gewagte Theorien und Hypothesen stürmten unablässig auf mich ein. Ich beobachtete aufmerksam, wie er sich gegenüber Faye verhielt, fand aber nichts, was auf mehr als eine Freundschaft hätte schließen lassen. Den überwiegenden Teil des Samstagnachmittags verbrachte er in der Stadt beim Anwalt der Familie Hobhouse, der den Nachlass von Vincent Hobhouse ordnete. Am Abend gab es ein kleines Diner mit zwei langweiligen Ehepaaren, von denen eines eine hochgewachsene, kurzsichtige Tochter namens Nellie oder Flossie mitbrachte, die es spürbar auf Peter abgesehen hatte. Zu meiner Erleichterung hielt Faye sich an ihr Versprechen. Von dem Zwischenfall beim Picknick ließ sie sich nichts mehr anmerken. Vielleicht glaubte sie, es sei wirklich ein Versehen gewesen. Sie war wieder die nette Tante Faye. So wandte ich mich der anderen Beziehung zu, die mich beschäftigte. Wie sollte ich mich gegenüber Donald Verulam verhalten?

Sonntag. Kirche. Irgendwann während einer unverständlichen Predigt (der Vikar hatte einen Sprachfehler; es klang, als hätte er den Mund voll Wasser; ich hörte nur ein Plätschern und Schlürfen, wie von einem unterirdischen Bach) drehte ich mich um und bemerkte, dass Donald mich betrachtete. Er zwinkerte mir zu, und ich grinste zurück. Es war wie in den alten Zeiten in Barnton oder Drumlarish. Nach dem Mittagessen (Suppe, Fisch, Wild, Braten, Süßspeise, pikante Nachspeise – ob Krieg oder nicht, chez Hobhouse aß man gut) fragte er, ob ich nicht Lust zu einem Spaziergang hätte. Ich sagte zu.

Wir holten uns einen Stock aus dem Schirmständer in der

Halle und schritten munter aus, die Oxford Road entlang. Wir verließen sie, kletterten über einen Zauntritt und gingen an einem grünen Kornfeld entlang einen Hügel hinauf, der von einem kleinen Buchenhain gekrönt war. Von dort oben sahen wir die bescheidenen Täler und Hügel von Oxfordshire sich gemächlich bis zum Horizont erstrecken. Es war ein trüber, ziemlich kalter Nachmittag, der wolkige Himmel mausgrau, nur hier und da eine Spur von Gelb. Wir gingen weiter und legten mit munterem Schritt einige Meilen zurück. Auf einem solchen Ausflug hätten wir normalerweise unsere Kameras mitgenommen; jetzt hatten wie sie nicht dabei und machten uns einen Spaß daraus, uns auf Motive hinzuweisen, die wir aufgenommen hätten. Ich fühlte, wie all meine Vorbehalte und Verdächtigungen gegen Donald dahinschmolzen, und während wir dahinschritten und gelegentlich ein Wort wechselten, spürte ich in mir eine Liebe wachsen, die ich nur als Sohnesliebe bezeichnen konnte. Eine Mischung aus starker Zuneigung, Achtung und einer glücklichen Unterordnung. Was die Liebe zwischen Vater und Sohn auszeichnet, ist eine klare hierarchische Struktur, wobei der Sohn gewissermaßen immer nach oben blickt. Und der Vater erhebt dann seinen Sohn aus freien Stücken in eine Stellung der Ebenbürtigkeit. Bei Innes Todd habe ich das nie empfunden. Aber während wir an diesem Tag die Hügel über dem Evenlode-Tal abschritten, spürte ich, dass dieses feine Geflecht gegenseitiger Gefühle uns unausgesprochen umgab. Ich bin sicher, dass auch Donald es spürte, dass er diese Intimität zwischen uns spürte, die ihm den Wunsch eingab, mit mir über Faye zu sprechen. Wir hielten an einem Tor und betrachteten die Aussicht.

»Ich mag deine Tante sehr gern, weißt du, Johnny?«

»Ja, äh … ich konnte es irgendwie sehen.«

»Sie ist ein großartiger Mensch. Ganz wie deine Mutter.«

»Ja.« Ich kriegte jetzt kaum etwas heraus.

Er blickte mich an und lächelte.

»Ich will sie bitten, meine Frau zu werden. Was meinst du?«

Ich fühlte, wie meine Tränendrüsen brannten. Dankbarkeit überflutete mich.

»Ich könnte nicht glücklicher sein.« Ich machte eine Pause.

»Vater.«

»Was hast du gesagt?«

»Vater.«

»Wie bitte?«

»Vater … Du bist mein Vater.«

Nervöses Lachen. »Wie meinst du das?«

Tränen traten in meine Augen.

»Ich weiß von dir und meiner Mutter«, sagte ich zögernd. »Ich weiß alles über die Liebesaffäre.«

»Johnny, alter Bursche, halt mal 'n Augenblick an. Ich komme nicht ganz mit.«

»Alles. Ich habe ihre Briefe an Faye gelesen. Ich weiß, dass du mit ihr …« Ich wusste nicht mehr recht weiter. »Du weißt nichts davon, aber nach jenem Nachmittag in den Trossachs wurde sie schwanger. 1898 … Das war *ich*. Sie hat es dir nicht gesagt. Aber in dem Brief an Faye steht alles drin. Du bist mein wirklicher Vater.«

Ich konnte mich nicht mehr beherrschen. Ich heulte los. Ich schluchzte und schrie vor Glück.

Er packte mich an den Armen und schüttelte mich stumm.

»John! John! Was redest du da? Woher hast du diesen Unsinn?«

Mein Kopf wurde klar. Auf wundersame Weise. Meine tränennassen Augen trockneten. Ich wischte mir den Rotz von Nase und Lippen. Ich spürte eine kräftige kalte Brise, die sich einzig gegen meine schmerzenden Augäpfel zu richten schien.

»Ich habe es gelesen, in dem Brief an Faye«, wiederholte ich. »Du hattest eine Liebesaffäre mit meiner Mutter …«

Donald wand sich wie ein Wahnsinniger hin und her. Er presste seine Fäuste gegen die Schläfen.

»John, hör mal! Das stimmt nicht. Niemals.« Er sprach ruhig. »Deine Mutter war die beste Freundin, die ich je gehabt habe, aber ich hatte nie eine Liebesaffäre mit ihr. Glaub mir, in Gottes Namen!« Er machte eine Pause. »Es war Faye, die ich liebte. Ich habe sie immer geliebt. Als sie Vincent Hobhouse heiratete, lief ich weg, nach Edinburgh. Hätte ich nicht die Freundschaft und die Hilfe deiner Mutter gehabt, ich hätte mich sicher umgebracht.«

Eindringlich und mit beredten Worten fuhr er fort, mir alles zu erklären, all die Dinge, die ich in meiner idiotischen Verblendung falsch interpretiert hatte. Ich hatte das Gefühl, als sei etwas in mir zersprungen, als sei ich von Schwärze erfüllt. Voller Schwermut betrachtete ich sein freundliches, vornehmes Gesicht. Ich hatte nichts von diesem noblen Charakter. Mein Schicksal war besiegelt, alle Hoffnungen auf ein Entrinnen zerschlagen. Ich war wirklich der Sohn von Innes McNeil Todd.

Villa Luxe 16. Mai 1972

Mein jüngeres Ich erfüllt mich wahrhaft mit Bewunderung. Der Schneid und die Verwegenheit, die ich besaß, haben eine fast tragische Würde. Man muss sich das vorstellen: Da möchte einer jemanden vom anderen Geschlecht für sich einnehmen und zeigt seine Ausstattung vor. Aber ich bin sicher, dass ich diese Handlungsweise so nicht vorausgeplant habe; ich wollte an jenem Tag *irgendetwas* tun, je nachdem, wie es die Umstände erlaubten. Ich hätte sie vielleicht berührt, oder wenn sie sich an dem Nachlaufen beteiligt hätte, hätte ich sie vielleicht gefangen und einen Augenblick an mich gedrückt. Irgendetwas, um ihr zu zeigen … Aber stattdessen entschied ich mich fürs Schwimmen. Es sollte nicht sein.

Was war ich damals für ein Kerl! Ich muss verrückt gewesen sein, wenn ich denke, was ich für Dinger gemacht habe. Nie auch nur einen Augenblick nachgedacht. Ein Wesen aus purem Trieb und Instinkt – wie ein Tier. Nichts erschien unmöglich oder unklug. Manchmal bin ich fast neidisch, wenn ich an meine jugendliche Unerfahrenheit zurückdenke.

Heute kann ich es Ihnen sagen: Diese letzten Tage in Charlbury hätten mich beinahe erledigt. Eine Zeit lang habe ich ernsthaft erwogen, mich umzubringen. Sie mögen denken, ich sei überempfindlich gewesen, aber erst eine solche Zurückweisung zu erleben und dann die Wahrheit über Donald zu erfahren – das zusammen hat mein Selbstvertrauen gründlich erschüttert. Wer wie ich eine übertriebene Selbstachtung besitzt, leidet entsprechend, wenn dieser einmal Gefahr droht. Erst hatte ich mir voller Phantasie eine Fiktion zusammengebraut und sie gepflegt, und dann war sie als genau das enthüllt worden, und die harten Wahrheiten über mich, die anzuerkennen ich gezwungen wurde, waren nicht tröstlich.

Alles änderte sich für mich an diesem Wochenende, als sich erwies, dass meine Selbsttäuschungen unhaltbar waren. Eine tiefe Niedergeschlagenheit setzte sich in mir fest. Ich kam mir wie ein Fremder in diesem Haus vor, wie ein einsprachiger Ausländer in dieser Gegend. Auf mich wartete eine andere Welt, eine andere Identität, und ich war dazu verurteilt, ihnen für immer anzugehören. Doch meine Phantasien über Faye und über Donald Verulam und meine Mutter waren ein Anzeichen dafür, wie heftig ich mich danach gesehnt hatte, ihnen zu entrinnen. Ich konnte nicht zurückkehren in unsere dunkle, leere Wohnung und zu meinem mürrischen Vater, zumindest nicht in meiner gegenwärtigen Gemütsverfassung. Ich war zu einer kartesianischen Folgerung gezwungen: Da es nichts gab, dessen ich sicher sein konnte, beschloss ich, nur auf mich zu zählen.

Wachstum und Zerfall. Irgend etwas in mir war zerfallen, und ich musste erneut wachsen. Hamish sagte später, ich hätte die Differenzialrechnung auf meine Probleme anwenden sollen. Er meinte es halb im Ernst. »Die Differenzialrechnung«, sagte er, »ist die Erforschung des stetigen Wandels.« Aber in jenen Tagen war ich für seine Theorien nicht recht aufgelegt. Die schönen Mysterien von Mathematik und Physik – ihre tiefen Geheimnisse – wiesen mir keine bestimmte Richtung, der ich damals hätte folgen sollen. Hamish, das wusste ich, ahnte, dass er auf eine Erleuchtung zusteuerte, doch ich war noch ein ungebildeter Novize. Instinktiv konnte ich *fühlen,* dass da etwas war; ich konnte die Tragweite und das Potenzial erahnen, die Potenz der Zahlen erkennen, doch ihre Wahrheiten waren mir noch verschlossen. Der folgende Abschnitt meines Lebens sollte mich lehren, sie besser wahrzunehmen.

Wenn ich darüber nachgedacht hätte, dann hätte ich Hamish vielleicht entgegnet: Die Differenzialrechnung handelt von Wachstum und Zerfall, aber nur entsprechend den eleganten, exponentiell steigenden oder fallenden parabolischen Kurven. Womit sie nicht fertig wird, das ist die Diskontinuität, die plötzliche, zufallsbedingte Veränderung, und das ist, was unser Leben im Grunde prägt. Zu gegebener Zeit gab Hamish mir darauf eine Antwort. Was mich angeht, so sollte ich die Diskontinuität in aller Härte und Brutalität kennenlernen.

Meine Villa liegt vollkommen abgeschieden am Fuß eines Hügels, der mich von dem nahe gelegenen kleinen Dorf trennt. Wenn ich diesen Hügel ein paar Schritte hinaufgehe und mich vorsichtig auf einem großen Felsvorsprung vortaste, der über das Meer hinausragt, kann ich seitwärts gut auf das Haus meines Nachbarn hinabblicken. Er hat eine große Terrasse mit einem (gefüllten) Schwimmbecken.

Der Besitzer ist ein Deutscher, Herr Gunter. Jahrelang hatte die Villa leergestanden. Vor anderthalb Jahren hat er sie gekauft und ein Schwimmbecken gebaut. Er hat einen recht ansehnlichen Anhang, erwachsene Kinder, die im Sommer mehrere Wochen zu Besuch kommen. Zwei unverheiratete Töchter, zwei verheiratete Söhne, Schwiegertöchter, die Freunde der Mädchen und vier oder fünf Enkelkinder.

Von meinem Felsvorsprung aus sehe ich sie alle ganz deutlich, wie sie sich um das Schwimmbecken tummeln – lärmende, gesunde junge Menschen. Die Mädchen sind attraktiv (für mich ist heutzutage allein schon das Wort »Mädchen« attraktiv), aber da sie Deutsche sind, rühren sie unbehagliche alte Erinnerungen auf. Letzten Sommer habe ich es beinahe geschafft, ihnen ganz aus dem Wege zu gehen. Sie sind neugierig auf mich. Sie haben mich anzusprechen versucht, als wir uns im Dorf trafen, aber für mich kommt dann die Vergangenheit herauf, drängt sich hinter unserem Rücken wie eine feindselige Menge oder eine Meute herrenloser Hunde ... Es ist alles ziemlich belastet. Ich murmele ein paar kurze Höflichkeiten und gehe.

Um diese Villa herum gibt es viele Eidechsen. Es sind schmale, schlangenartige Wesen von einem dunklen Olivgrün, mit einem kreideweißen Streifen. Vor einigen Monaten, als noch Wasser in meinem Schwimmbecken war, fiel eine dieser Eidechsen – eine kleine, zehn Zentimeter lange – am tiefen Ende hinein. Ich sah sie auf dem Grund und fischte sie mit dem lang gestielten Netz heraus, mit dem ich Blätter und Insekten von der Wasseroberfläche hole. Ich war überrascht, dass sie noch lebte und mit dem Maul kleine schnappende Bewegungen machte. Ich setzte sie auf die Beckeneinfassung und legte ein großes Blatt über sie, damit sie etwas Schatten hatte. Nach etwa einer halben Stunde hatte sie sich vollständig erholt und huschte davon, ins Gestein.

In der Eidechsenwelt, im Sauriersystem der Dinge, muss diese Errettung und dieses Überleben wie ein höchst wunderbarer und unerklärlicher Eingriff Gottes erschienen sein. Solche phantastischen Dinge geschehen auch in unserer Welt, ich weiß es. Aber in jener Phase meines Lebens, im Mai 1916, fühlte ich mich wie diese Eidechse. Ich war hineingefallen und sank auf den Grund. Bis zu meiner Befreiung musste ich noch einige Zeit warten.

Es ist immer noch unerträglich heiß. Gestern ist Herr Gunter mit seiner Familie angekommen. Ich denke, ich hole mein Fernglas und schaue zu, wie sie ihre starken weißen Körper bräunen.

L'homme de l'extrême gauche

Ich war der erste Mann an der Westfront. Wortwörtlich. Als ich im August 1916 nach Frankreich kam, erstreckte sich die Linie der Schützengräben von der Kanalküste bis an die Schweizer Grenze. Die Westfront begann bei Nieuwpoort-Bad in Belgien an der Küste. Erst kam das Meer, dann der Strand mit seinem Minenfeld und Stacheldraht, und dann begann in den Dünen die Linie der Schützengräben.

Ich stand gegen das befestigte Ende der Alliiertenfront gelehnt und blickte nach Osten zu den Deutschen hinüber. Links von mir waren der Strand und die See, rechts ein Grabensystem von sechshundert Meilen Länge. Ich stand am äußersten Ende einer dünnen Schlange, die sich biegsam quer durch Europa entrollt hatte. Hier zu stehen, löste eine eigenartige, fast körperlich spürbare Empfindung in mir aus. Meine linke Körperseite fühlte sich zum Beispiel ungewöhnlich leicht an, körperlos und ungebunden. In der rechten Seite hatte ich dagegen das Gefühl, als laste auf ihr das ungeheure Gewicht dieser Kette, deren Anfang ich bildete. Alle Heere, von Belgien, von Frankreich und Britannien, gingen wie der Schweif eines Kometen von meiner rechten Seite aus. Die Belgier nannten diese Position *L'homme de l'extrême gauche.* Das war nicht bloß eine Beschreibung, es war, als sei man Teil einer Metapher. Oft habe ich mich dabei ertappt, wie ich mir gedankenlos die rechte Schulter massierte. Und seltsamerweise fühlte sich meine linke Seite immer kalt an, so als stünde ich in einem scharfen Luftzug, der von der See herüberwehte.

Die deutschen Gräben lagen etwa neunhundert Meter entfernt bei Lombartsijde, nach Ostende zu. Zwischen uns lagen freundliche Dünen und mächtige Stacheldrahtverhaue. Es war ein ruhiger Abschnitt – so ruhig, dass fast nichts geschah. Eigentlich gehörte dieses nördliche Ende der Westfront zum Bereich der belgischen Armee, aber aus irgendeinem Grund hatte man uns hierhergeschickt, um eine ihrer Einheiten abzulösen. Tatsächlich wusste keiner so recht etwas mit dem 13., von den Public Schools gestellten Kampfbataillon der Duke of Clarence's Own South Oxfordshire Light Infantry anzufangen.

Bei Kriegsausbruch war eine Brigade ausschließlich aus Freiwilligen der Universitäten und der Public Schools aufgestellt worden. Aus den vier Bataillonen bildete man das einundzwanzigste, zweiundzwanzigste, dreiundzwanzigste und vierundzwanzigste Bataillon der Royal Fusiliers. Wegen des starken Andrangs von Freiwilligen ließ das Armeekommando jedoch zu, dass weitere Regimenter aus privaten Mitteln entsprechend zusammengesetzte Kampfbataillone aufstellten. Im Middlesex-Regiment gab es zum Beispiel ein Bataillon, das sechzehnte, das aus ehemaligen Angehörigen der Public Schools bestand. So war es auch bei der Duke of Clarence's Own South Oxfordshire Light Infantry. Ihr 13. Bataillon wurde bei Kriegsausbruch aus Jungen aufgestellt, die von den Public Schools im weiteren Bereich des Themsetals kamen – Eton, Marlborough, Radley, St. Edwards –, und aus solchen, die nicht mehr in der Public School Brigade untergekommen waren. Als dann jedoch im weiteren Kriegsverlauf die Verluste unter den Offizieren höher waren als der Nachschub, griff man gern, wie Peter Hobhouse es mir geschildert hatte, auf die unteren Dienstgrade des Bataillons als potenzielles Offiziersmaterial zurück. 1916 waren nur noch wenige Bataillone übrig, und die waren weit unter ihrer Sollstärke, denn der anfängliche Zustrom von Rekruten war verebbt. In England wurden zwar noch einige Ersatzkompanien aufgestellt, aber in Wirklichkeit war die Zeit der Public-School-Bataillone vorüber. Ich denke sogar, dass ich zu den Letzten gehörte, die noch aufgenommen wurden. Danach war es für die Jungen aus den Public Schools, wenn sie es darauf anlegten, nicht schwer, in einem der bestehenden Regimenter unterzukommen.

Ein weiteres Problem war, dass ständig Leute von uns abgeworben wurden. Zuerst gingen unsere Offiziere, dann die Unteroffiziere, und schließlich wurde jedem einigermaßen tauglichen Gefreiten ein Offizierspatent angeboten. Die übrig blieben, mussten notgedrungen die Stelle derer einnehmen, die gegangen waren. Unsere soldatische Tätigkeit blieb daher durchwegs auf einem niedrigen Stand. Als ich hinzukam, waren wir ein zusammengeschmolzener Haufen von unwissenden, antriebslosen Außenseitern, und alle waren wir aus unbedeutenden Public Schools (die alte Schulverbindung funktionierte auch in der Armee: Beziehungen waren alles). Als Soldaten waren wir nicht sehr gefragt.

Ich selbst wurde, was die Schulbildung angeht, praktisch als unterdurchschnittlich eingestuft. Wieder einmal spielte mir der absonderliche Lehrplan der Minto Academy einen Streich. Ich gab mein Alter falsch an (19) und besaß keine Zeugnisse. Ich sah, wie der argwöhnische Feldwebel in der Meldestelle NOM in mein Formular eintrug: Not Officer Material – kein Offiziersmaterial. Es bedurfte sogar einiger Überredungskunst, bis dieser ekelhafte Mensch akzeptierte, dass die Minto Academy eine Public School war. Nachdem er im Jahrbuch der Public Schools vergeblich nach ihr gesucht hatte, konnte ich ihm einreden, es gebe eine eigene schottische Ausgabe, in der die Academy bestimmt zu finden sei.

Für das 13. Bataillon in seiner jetzigen Zusammensetzung war ich das ideale Material. Da Minto vormilitärische Übungen an der Schule untersagt hatte, besaß ich nicht einmal die elementarsten Kenntnisse. Außerdem war ich damals in einer sehr niedergedrückten Stimmung, und ich war im Allgemeinen störrisch und unansprechbar. Die Grundausbildung bestand ich nur deshalb, weil Peter mich an Oberst O'Dell empfohlen hatte.

An unser Ausbildungslager kann ich mich kaum noch erinnern. Ich weiß nur noch, dass es in der Nähe von Oswestry lag. Es war ein trostloser, nichtssagender Ort, wo ich zusammen mit Tausenden weiterer Rekruten lernte, zu exerzieren, ein Gewehr abzufeuern und mit Bajonett und Gasmaske umzugehen. Immer wieder übten wir den Angriff eines Zuges auf Schützengräben und Stützpunkte, wobei die Ausbilder Donnerschläge warfen und uns anbrüllten. Ich gab mir keine besondere Mühe und schloss keine Freundschaften. Innerlich meinem Kummer und meiner Schmach hingegeben, wollte ich bloß alles hinter mich bringen und fort.

Es fällt mir schwer, mich an die schrecklichen Stunden zu erinnern, nachdem Donald Verulam mich darüber aufgeklärt hatte, was die Anspielungen in den Briefen meiner Mutter bedeuteten. In solchen Augenblicken tiefster Verzweiflung funktioniert das Gehirn nicht normal. Das ist quälend, aber auch eine Wohltat für den Organismus. Von dem einstigen Kummer, der Schmach, dem Neid, können wir uns einiges in Erinnerung rufen, aber nicht alles. Es wäre einfach unerträglich. An die fieberhaft sich jagenden Empfindungen, die ich damals durchlebte, möchte ich mich nicht wieder erinnern. Plötzlich stumpfte ich dann ab an jenem Tage, lächelte höflich und machte, wenn ich gefragt wurde, unverbindliche Bemerkungen, während ich in stiller Wut meine Vorstellungen über mich selbst korrigierte und mich von romantischen Vorstellungen verabschiedete, an deren Stelle die fade, enttäuschende Realität trat. Donald und ich setzten unseren Marsch fort, er beunruhigt und betroffen, während ich unaufrichtige, nicht überzeugende Beteuerungen abgab. Irgendwie brachte ich den Abend hinter mich. Die Nacht über erging ich mich in grausamen Selbstkasteiungen. Am nächsten Morgen kündigte ich an, nach Edinburgh zurückzufahren. Ich packte, verabschiedete mich und bestieg einen Zug nach London. In Oxford stieg ich aus, nahm einen anderen Zug nach Marlborough und begab mich dort zur Rekrutierungsstelle. Einige Tage später, in Oswestry, schrieb ich allen und teilte ihnen mit, wo ich war und dass sich meine Absichten geändert hatten.

Mein Vater, mein richtiger Vater, schien nicht sonderlich bestürzt zu sein. Er schrieb mir: »… Es ist nicht das, wozu ich dir geraten hätte, aber wenn du dich dazu berufen fühlst, deinem Land zu dienen, will ich dir nicht im Wege stehen. Um das zu erreichen, hättest du nicht von der Academy auszureißen brauchen. Du hättest wenigstens daran denken können, mich in deine Pläne einzuweihen. Aber lassen wir das auf sich beruhen. Im Grunde sind die Motive, die dich zu diesem bedauerlichen Handeln bewogen haben, in Ordnung …« In diesem Ton ging es dann weiter. Von Donald Verulam oder Tante Faye hörte ich nichts.

In dem Trupp frisch ausgebildeter Rekruten, die Oswestry verließen, um sich zum 13. (Public-School-)Kampfbataillon der SOLI zu begeben, waren zwei, die mit mir zum gleichen Zug gehörten. Nominell waren wir der Handgranatengruppe des zweiten Zuges der Kompanie D zugeteilt. Bei einem geplanten Angriff würden Eierhandgranaten an diese Gruppe ausgegeben werden, und beim Sturm auf die feindlichen Linien würden wir die Vorhut bilden. Besondere Fähigkeiten im Granatenwerfen hatte keiner von uns. In Oswestry hatten wir mit Kartoffeln geübt. Davon abgesehen, hatten wir keine spezielle Ausbildung genossen. Wenn ich mich recht erinnere, verbrachten wir die meiste Zeit damit, Zündkapseln in Eierhandgranaten einzusetzen.

An die Front kamen wir nicht so schnell. Zunächst wurde das Bataillon als Arbeitskommando einem Regiment der Marinedivision zugeteilt, das Dünkirchen bewachte. Nach zwei Monaten ließ man uns dann die Küste hinauf nach Koksijde-Bad marschieren, wo wir weiterhin als Arbeitskommando dienten, diesmal für die Belagerungsbatterien der königlichen Marineartillerie bei De Panne. Hier wurden wir von Zeit zu Zeit in die Schützengräben bei Nieuwpoort geschickt. Es war nicht besonders aufreibend oder gefährlich. Der Krieg bestand hier aus Artillerieduellen über große Entfernungen. Wir hörten die Kanonen und sahen gelegentlich die Explosionen – ferne Rauchwolken –, aber es geschah hoch über unseren Köpfen. Nach ein oder zwei Tagen waren die Kanonen nicht beunruhigender als ein fernes Gewitter in einem anderen Land: Es regnete auf jemand anderen.

Das 13. Bataillon war erheblich unterbesetzt. Zu der sogenannten Bombenwerfergruppe gehörten neun, und in Dünkirchen und in Koksijde-Bad schliefen wir alle in einem großen Rundzelt. Die drei, die neu zu den Bombenwerfern hinzukamen, waren ich, Julian Teague und Howard Pawsey. Die anderen Bombenwerfer, die wir hier trafen, waren, wenn ich im Uhrzeigersinn durch das Zelt gehe (wir drei lagen auf Zeltplanen am Eingang) links von mir Leo Druce, Tim Somerville-Start, Noel Kite, der ehrenwerte Maitland Bookbinder und zwei andere, deren Namen ich vergessen habe. Sie machten keinen Eindruck auf mich. An einen kann ich mich erinnern, es war, glaube ich, ein langweiliger Kerl, der immer las – Floyd hieß er, glaube ich. Unser Kompanieführer war ein älterer Mann, ein Leutnant namens Louis McNeice. Er war grauhaarig und wirkte bekümmert, und alle nannten ihn »Louise«. Louise hatte das Offizierspatent eines Majors bei der Mashonaland Light Horse. Bei Kriegsausbruch schiffte er sich unverzüglich von Afrika nach England ein, aber der beste Posten, den er bekommen konnte, war die Führung dieser Kompanie im 13. Bataillon und der entsprechend niedrigere Dienstgrad. Er hatte keinerlei Aussichten auf Beförderung und wahnsinnige Angst davor, in Schwierigkeiten zu geraten. Seine Autorität bei der Kompanie war gering, doch fand er Nachsicht bei Oberst O'Dell, der ihn, wenn auch irrtümlich, für einen ordentlichen Soldaten hielt, wie es der Oberst selbst war.

Tatsächlich verdankte das Bataillon seine Existenz O'Dell und dem Vater von Noel Kite, Findlay Kite. Beide waren reiche Männer (Kite hatte mit Farben ein Vermögen gemacht), und 1914 hatten sie die Aufstellung und den Unterhalt des Bataillons (Verpflegung, Uniformen, Transport, Sold) mehrere Monate lang aus der eigenen Tasche bezahlt, bis der Army Council es offiziell als Kampfbataillon der New Army anerkannte. Unsere ersten Uniformen – marineblaue Serge – waren in Selfridges hergestellt worden. Wir hatten sogar unsere eigene Dudelsackkapelle.

Findlay Kite war entschieden der Ansicht, jedes Bataillon müsse eine Kapelle haben, und hatte acht junge Leute aus Glasgow für das Bataillon angeworben und bezahlt. Da der Army Council die Kosten dafür nicht übernehmen wollte, wurden sie weiterhin von der Familie Kite getragen, sehr zum Ärger von Noel Kite. Die Dudelsackpfeifer waren sich ihrer Vorzugsstellung voll bewusst und lehnten jede andere Betätigung ab. Sie lebten getrennt von uns in gepflegten Unterkünften (in Übersee erhielten sie einen Zuschlag für Verpflegung und Kleidung). Der Anblick der Dudelsackpfeifer, die in Hemdsärmeln um ihre Kohlenpfannen herumlungerten, war das einzige, was Noel, den normalerweise nichts aus der Ruhe bringen konnte, zu ärgern schien. »Arbeitsscheue Bauernlümmel!« pflegte er sie zu nennen, und in Briefen an seinen Vater forderte er immer wieder die Auflösung der Kapelle. Doch sein Vater und Oberst O'Dell lehnten das regelmäßig ab. Die Idee, dass ein englisches Bataillon eine schottische Kapelle hatte, gefiel ihnen. Das 13. erhalte dadurch einen nagelneuen Schimmer von Tradition, meinte O'Dell.

Einige Tage nach meiner Ankunft in Dünkirchen meldete mir eine Ordonanz, der Oberst wünsche mich zu sprechen. Ich begab mich zum Bataillonsstab und dachte schon, mein Vater hätte es sich anders überlegt und verlange nun, dass ich zurückkehre. Aber nichts davon. Der Oberst war ein fröhlicher, glatzköpfiger Mensch mit einem krausen blonden Schnurrbart.

»Willkommen an Bord, Todd. Ein Vetter von Peter Hobhouse, nicht wahr? Er schrieb mir.«

»Jawohl, Sir.«

»Todd … Todd … Sie müssen damals in Fetters gewesen sein. Im Haus von George Armitage.«

»Verzeihung, Sir?«

»Nein, nein. Jetzt hab ich's. Gallways. Vergesse nie ein Gesicht. Großartig, dass Sie da sind. Könnte noch ein paar mehr Leute aus Stanbury gebrauchen, das kann ich Ihnen sagen.«

Ich ließ ihn bei seiner Meinung.

»Wissen Sie noch das Motto? *Plutôt fort que piquant.* Das ist die richtige Gesinnung.«

»Jawohl, Sir.«

In Dünkirchen wurden wir, wenn wir nicht gerade als Arbeitskommando Dienst bei der Marinedivision hatten, mit Louise zu Übungsmärschen durch die heiße, staubige Gegend geschickt. Maithland Bookbinder nannte sie »Übungsbummel«. Wir waren erleichtert, als wir nach Koksijde-Bad verlegt wurden, um dort das Ende der belgischen Linie zu übernehmen. Das Heulen der Dudelsäcke begleitete uns, als wir durch wiederholt beschossene belgische Dörfer marschierten, unter den teilnahmslosen Blicken der wenigen Bewohner, die herauskamen, um uns zu sehen. Wenn wir uns diesen Dörfern näherten, belebte sich unsere Stimmung merklich. Hatten wir uns vorher dahingeschleppt, so nahmen wir nun eine straffe Gangart an, und fesch saßen unsere Mützen über den Ohren. Louise kam auf dem Fahrrad angeradelt und flehte uns an, unsere Zigaretten fortzuwerfen. »Keine Zigaretten, Jungs«, sagte er mit seinem südafrikanischen Tonfall. »Unsoldatisch. Na, macht schon, Glimmstängel aus.« Unbekümmert pafften wir weiter. Louise gab bald auf. Louise hatte keine Public School besucht – nicht, dass wir darauf Wert gelegt hätten! –, und ich glaube, dass er sich uns gesellschaftlich unterlegen fühlte. Es war merkwürdig, aber immer, wenn wir durch ein Dorf kamen, schien sich ein Gefolge von vier oder fünf Hunden an uns zu heften, die uns schwanzwedelnd beschnüffelten und um uns herumsprangen, bevor sie uns nach etwa einer Meile wieder verließen.

Den eigentlichen Beginn meiner militärischen Laufbahn verlege ich an die Front bei Nieuwpoort. In Dünkirchen waren wir als Arbeitskommando bei der hochnäsigen Marinedivision kaum mehr als Diener oder Hilfsarbeiter gewesen. Als Reserve bei Koksijde oder in den Schützengräben von Nieuwpoort kamen wir uns mindestens etwas mehr wie Soldaten vor. Schließlich standen wir ja dem Feind gegenüber, wenn auch unter recht angenehmen Umständen. Hier begann ich auch den Trübsinn und den Selbstekel abzuwerfen, in den ich mich seit dem düsteren Wochenende von Charlbury eingehüllt hatte. Langsam kam ich wieder auf die Beine. Ein gewisses Selbstvertrauen stellte sich ein. Ich begann, mit Hamish zu korrespondieren, und so erfuhr ich einiges von den Ereignissen, nachdem ich die Schule verlassen hatte.

Unser Plan hatte gut funktioniert. Erst am nächsten Tag wurde entdeckt, dass ich fehlte. Angus wurde zum Bahnhof nach Galashiels geschickt und fuhr anschließend die Strecke in beiden Richtungen ab, um nach Spuren von mir zu suchen. Die Beteiligung von Hamish flog rasch auf, und er steckte gehörige Prügel ein. Er schrieb: »... Es war so schlimm, wie es alle gesagt hatten. Ich kann wohl sagen, dass ich niemals zuvor solche Schmerzen empfunden habe. Trotzdem war es eine nützliche Erfahrung. Jetzt weiß ich, wie es ist, wenn man erbarmungslos geschlagen wird. (Minto ist vollkommen bekloppt, das steht fest.) Es ist eine Bereicherung der eigenen Erfahrung.« Es klang fast so, als sei er dankbar dafür, dass ich eine verschlossene Tür in seinem Leben geöffnet hatte. Aber es verursachte mir Schuldgefühle.

Unser routinemäßiger Dienst in Nieuwpoort war unkompliziert. Abwechselnd hielten jeweils zwei Kompanien eine Woche lang die vorderste Linie. Danach gingen sie in die Reservestellung des Bataillons (eine Obstplantage) bei Koksijde-Bad zurück und stellten gelegentlich Arbeitskommandos für die

Belagerungskanoniere der königlichen Marine. Nachdem alle Kompanien insgesamt einen Monat in vorderster Linie gestanden hatten, wurden wir in die Reservestellung der Brigade bei Wormstroedt zurückverlegt, einige Meilen hinter dem britischen Abschnitt der Westfront. Für uns war die Stadt Sperrgebiet, nicht aber für die belgischen Truppen. Dort lag ein größeres Kommando in Garnison, da König Albert sein Hauptquartier im nahe gelegenen De Panne hatte. Etwas näher gab es ein kleines Dorf, St. Idesbald, zu dem wir Zutritt hatten; es gab dort zwei Cafés, eines für Offiziere und eines für die übrigen Dienstgrade, aber an Abwechselung wurde dort nicht viel geboten. Um die Zeit totzuschlagen, ließ man uns die Reservestellungen verschönern (aus grauen Klinkersteinen und weiß getünchten Randsteinen legten wir Wege an, außerdem kleine Gärten, und für die Offiziersmesse bauten wir einen festen Tennisplatz); daneben gab es Übungsmärsche, Exerzieren in feldmarschmäßiger Ausrüstung, Schießübungen und endlose Veranstaltungen mit allerlei Truppenunterhaltung. Etwa zwei Meilen entfernt in der Nähe von St. Idesbald gab es ein großes belgisches Feldlazarett. Ein- oder zweimal kamen wir dort vorbei, beim Marsch oder beim Querfeldeinlauf, und wir sahen die Krankenschwestern, die dienstfrei hatten, mit einem roten Kreuz auf ihren gestärkten Schürzen; außerdem gab es dort belgische Ordensfrauen – jedenfalls hielt ich sie dafür – mit ausgefallenen Kopfbedeckungen, die steifen, weißleinernen Sombreros ähnelten, deren breiter Rand kompliziert gefaltet war. Einige der sinnlicheren Typen unter uns, insbesondere Leo Druce und Noel Kite, wurden von diesem Anblick erregt, und sogleich wollten sie Bekanntschaft schließen. Viel erreichten sie nicht, bloß dass sie im Vorbeilaufen, ohne eine Antwort zu erhalten, ihre Namen hinüberriefen, sehr zum Verdruss von Louise.

Mein Hauptvergnügen in Koksijde-Bad bestand darin, am Strand spazieren zu gehen, so oft ich dazu Gelegenheit hatte. Wenn man aus der Obstplantage kam und hinter einem

Bauernhof einen Pfad entlang ging, kam man bald in die Dünen. Sie riefen Erinnerungen an Schottland in mir wach, und bei Ebbe erinnerte mich der breite flache Strand an die West Sands bei St. Andrews in Fife. Mal ging ich westwärts in Richtung Dünkirchen, dann wieder ostwärts in Richtung Nieuwpoort, wo die Front war. Ich machte halt, wenn ich gerade die Befestigungen und Sandsäcke an der Mündung der Yser bei Nieuwpoort sehen konnte, jene Stellung, in der ich mich so oft als *l'homme de l'extrême gauche* befunden hatte. Bei Niedrigwasser lag öfter das Ende des Drahtverhaues frei, und oft spürte ich die dunkle Versuchung, weiterzugehen, um den doppelten Drahtverhau herumzuwaten, dann die Meile Niemandsland zu durchqueren und möglicherweise auch noch die Stellung der Deutschen zu umgehen. Vielleicht hätte ich dort mein deutsches Pendant gefunden: einen jungen Gefreiten, ein bisschen unglücklich, unsicher, was seine Zukunft betraf, der sich seine dienstfreien Stunden damit vertrieb, mürrisch über den Strand von Ostende-Bad zu schlendern. Vielleicht hätten wir einander bloß mit einem Kopfnicken gegrüßt und wären weitergebummelt. Oder ich hätte ihn vielleicht auf Deutsch angesprochen: *Hast Du Feuer?* Es war eine angenehme Vorstellung …

Eines Tages ging ich in einer solchen sinnlichen Stimmung zum Strand hinunter. Die Hände hatte ich in den Taschen vergraben, den Kragen hochgestellt gegen den Wind. Da erblickte ich, durch die Spiegelungen auf dem feucht schimmernden Sand leicht verzerrt, etwas, das ich für einen Menschen hielt, der an der Wasserkante entlang lief: Sofort kam mir die absurde Idee: Ob das mein deutscher Doppelgänger war, der mir entgegenkam? Ich spähte zu der undeutlichen dunklen Gestalt hinüber und versuchte, den hüpfenden Körper und die hüpfenden Reflexe auseinanderzuhalten. Ein Mensch? Ein kleinwüchsiger Mensch? Auf jeden Fall hatte er einen merkwürdigen Gang. Ich hatte offenbar einen Krüppel vor mir, schrecklich zusammengekrümmt und bucklig, der sich hinkend und hoppelnd rasch vorwärts bewegte.

Während ich weiter hinschaute, klärte sich das Rätsel auf: Es war ein Hund, ziemlich groß, der dort herumsprang, in einer Art von lockerem Halbgalopp, und gelegentlich haltmachte, um an Seetang oder an Strandgut zu schnüffeln, um danach weiterzulaufen. Ich sah ihn näherkommen. Da erblickte er mich und wechselte die Richtung. Aus dem lockeren, geschmeidigen Lauf wurde ein rasender Galopp. Erst wurde mir unbehaglich, dann bekam ich Angst. Verdammt noch mal, schoss es mir durch den Kopf, wenn das nun eine Geheimwaffe der Hunnen war? Hinter den feindlichen Linien ausgesetzte Mörderhunde? Ein toller – ein tollwütiger Hund?

Ich blickte auf meine schweren Stiefel hinunter. Ich werde ihm in die Schnauze treten, dachte ich mir, nicht besonders zuversichtlich. Der Hund war dreihundert Meter entfernt und näherte sich rasch. Ich warf meine Zigarette fort, drehte mich um und rannte auf die Dünen zu. Der Mantel und die schweren Stiefel waren sehr hinderlich. Ich blickte mich kurz um. *Herrgottnochmal!* Wie ein Gepard, den Kopf gesenkt, den Schweif gestreckt, kam er auf mich zu. Ich konnte das rasende Trommeln seiner Pfoten auf dem Sand hören.

»Hilfe!« Ich brüllte ziellos in die ruhig daliegenden Dünen hinein. *»Miststück!«*

Während ich mich vergebens weiterzuschleppen versuchte, hatte der Hund mich erreicht. Mit hängender Zunge sprang er hin und her, sprang mich an, schnellte vor und zurück, kauerte sich nieder, so als sei er ein Beutetier, wie es die Hunde machen, wenn sie spielen wollen. Ich blieb stehen und schnappte nach Luft, die Hände in die Seiten gestützt.

Jetzt sah ich, dass der Hund ziemlich groß war; er hatte ein struppiges graues Fell und ein stumpfes, dummes Gesicht. Er sah aus wie eine Kreuzung aus irischem Wolfshund, Setter und Bullterrier. Schweifwedelnd kam er auf mich zu und stieß mir die Nase in die Leiste.

»Hau ab, dreckiger Köter!«

Ärgerlich stieß ich seinen Kopf fort. Mir war heiß, und von dem hektischen Lauf juckte es mich überall. Ich wischte mir den Schweiß von Stirn und Oberlippe. Mein friedlicher, besinnlicher Bummel war durch diesen blöden Hund verdorben worden, der jetzt, wenn ich es recht sah, Sand fraß. Mühsam stapfte ich durch die Dünen zurück zu den Kompaniestellungen, den Hund hinter mir. Heftig redete ich auf ihn ein (ist es nicht merkwürdig, dass wir uns in dieser Weise an stumme Geschöpfe wenden?).

»Wenn du mich nicht in Ruhe lässt, gehe ich zum Lager zurück, hole mein Gewehr und schieße dich tot.«

Der Hund wurde von der Bombenwerfergruppe als Maskottchen adoptiert. Bookbinder und Pawsey machten viel Aufhebens darum, dass er mehrmals täglich mit MacConnachie-Doseneintopf gefüttert wurde. Wie er heißen sollte, wurde durch Los bestimmt (ich nahm daran nicht teil), und der Hund erhielt den Namen Ralph – ein Vorschlag von Tim Somerville-Start. Ich wollte mit dem Tier nichts zu tun haben. In Wirklichkeit war ich diesbezüglich ziemlich abergläubisch – schließlich war es ja aus Richtung der deutschen Linien gekommen. Ich lehnte es ab, den Hund »Ralph« zu rufen, streichelte ihn nie, und jedes Mal, wenn er in das Zelt geschissen, jemandem in die Schuhe gepinkelt oder Gewehrstapel, Kaffeekannen und Essgeschirr umgestoßen hatte, erhob ich laut meine Stimme und forderte seine sofortige Erschießung. Doch das Tier wich nicht von meiner Seite. Es kam zu mir, es saß bei mir, es schlief so nahe bei mir, wie es nur durfte. Das löste bei den anderen erhebliche Eifersucht aus.

»Todd, gibst du Ralph heimlich zu fressen?«, wollte Pawsey wissen.

»Komm her, Junge, komm, komm«, rief Teague immer wieder. Der Hund rührte sich nicht von der Stelle.

»Ich glaube, Todd hat einen speziellen Hundegeruch an

sich«, sagte Kite. »Seht doch, wie Ralph dauernd versucht, an seinen Eiern zu schnuppern.« Darüber wurde viel gelacht.

»Ich vermute eine gewisse Scotch Affinität zu den Tieren des Feldes«, sagte Bookbinder.

»Wenn schon, dann schottisch. Scotch ist Whisky«, sagte Druce.

»Danke, Druce«, sagte ich. »Hört mal, ich möchte das verdammte Ding töten. Ich hasse es.«

»Oh, oh! Da meldet sich das Temperament des Pikten«, sagte Somerville-Start. »Wir sollten vielleicht mal probieren, wie Ralph auf die Dudelsack-Kapelle reagiert. Hier, Ralph. Hier, Ralphie-boy. Keks.«

Ralph ging zu ihm. Von Futter ließ er sich immer anlocken.

Mein Akzent, der damals sehr ausgeprägt war und von dem der anderen im Zelt stark abwich, war Zielscheibe eines ermüdenden, wenn auch gutmütigen Spotts. Nicht nur in dieser Hinsicht war ich so etwas wie ein fünftes Rad am Wagen. Teague und Somerville-Start waren auf derselben Schule gewesen. Die meisten im Bataillon kamen aus Schulen im Süden Englands. Die meisten kannten die Schulen der anderen, hatten Freunde auf diesen Schulen und standen in sportlichem Wettstreit mit ihnen. Von der Minto Academy wusste keiner etwas.

Auf ihre Fragen antwortete ich ausweichend. Außerdem waren sie alle älter als ich. Pawsey, der jüngste nach mir, war neunzehn. Druce und Teague waren die ältesten, beide vierundzwanzig. Im Übrigen waren sie alle Engländer, und für meine ungeübten Ohren schienen sie zunächst alle mit einer Stimme zu sprechen, wie eine Horde Chinesen. Howard Pawsey war groß und dünn, und sein glattes Haar war in der Mitte gescheitelt. Wenn er sich bückte, fielen ihm immer zwei Strähnen in die Stirn. Zu meinem wachsenden Verdruss hatte er die Gewohnheit entwickelt, nur eine davon zurückzustreichen und die andere hängen zu lassen. Er hatte ein fliehendes Kinn.

Tim Somerville-Start war blond und rosig, breitschultrig und unglaublich dumm. Er und Julien Teague sehnten sich nach dem Kampf. Sie waren die selbst ernannten Krieger unter uns. Der Eifer von Teague war allerdings vielschichtiger. Er hatte sehr lockiges Haar, das, nach hinten gepresst, ebenmäßige, mit der Brennschere erzeugte Wellen bildete. Er hatte ein breites Gesicht, einen massigen Hals, einen kleinen Schnurrbart und kleine, ruhelose Augen. Er war ganz unglücklich darüber, dass man uns in einen ruhigen Abschnitt gesteckt hatte.

Noel Kite hatte blondes, sich lichtendes Haar und ein hübsches, schmales Gesicht. Er besaß die lockere Unbekümmertheit der sehr reichen Leute. Frei von materiellen Problemen, legte er gegenüber allem eine matte Interesselosigkeit an den Tag. Die heftigste Gemütsregung in seinem Repertoire schien der Zynismus zu sein.

Maithland Bookbinder war ein komischer Kauz: füllig, träge, freundlich, ein ehemaliger Eton-Schüler – eigentlich wäre das Garderegiment für ihn der richtige Platz gewesen. Auf die Frage, was er im 13. Bataillon machte, sagte er bloß, er habe sich verändern wollen.

Leo Druce war der einzige, den ich instinktiv mochte, und zugleich der rätselhafteste von allen. Seine braunen, straff zurückgekämmten Haare glänzten von einer speziell zubereiteten duftenden Pomade. Seine feinen, beinahe zarten Gesichtszüge passten nicht zu seiner tiefen Bassstimme. Er war gescheit, gescheiter als wir alle, und das machte ihn für mich anziehend. Druce war Obergefreiter und für unsere Gruppe verantwortlich. Die übrigen waren Gefreite. Was uns von allen anderen Angehörigen der britischen Armee unterschied, waren zwei Buchstaben vor unserer Armeeidentifikationsnummer. PS: Public School. Ich war PS 300712.

»Wo wollen Sie hin, Todd?«

Es war Louise.

»Zum Strand hinunter.«

»Vergessen Sie nicht, um sechs Uhr zurück zu sein.«

»Könnten Sie Ralph bitte fünf Minuten lang festhalten, Louise? Nur bis ich außer Sicht bin.«

Louise griff nach Ralphs Halsband.

»Leute, ihr dürft mich um Gottes willen nicht ›Louise‹ nennen!«

Er wirkte gekränkt, während er sich hinunterbeugte, um den keuchenden Ralph festzuhalten, der sich losreißen wollte.

»Wenn das der Oberst hören würde! Seid nicht so verdammt selbstsüchtig.«

»Tut mir leid, Sir.«

»Ist schon in Ordnung. Ziehen Sie los. Ich halte den Hund fest.«

Es war Ende März 1917. Der Tag war kalt und windig, aber klar. Die Bäume waren unbelaubt, nur die Hecken, an denen entlang ich zu den Dünen hinüberging, hatten bereits Knospen. Seit über fünf Monaten lagen wir in Koksijde-Bad. Das verhängnisvolle Wochenende von Charlbury lag fast ein Jahr zurück. Mein achtzehnter Geburtstag war, von allen unbemerkt, vor einer Woche vorübergegangen. Der Krieg schien ewig weiterzugehen, und was mich betraf, schien es, als würden wir auch ewig in Koksijde liegen und unseren Dünenabschnitt bewachen.

Den Feind hatte ich durchs Fernglas gesehen, wenn ich abends an den Wällen ihrer Schützengräben entlangschlenderte. Niemand nahm in diesem ruhigen Abschnitt Deckung. Unsere Gräben waren tadellos: sauber, versehen mit schön gezimmerten Feuerleitern und getäfelten Unterständen. An jeder Ausweichstelle standen rote Eimer mit Sand und Wasser, und wegen der korrodierenden Wirkung des Salzes, das der Wind vom Meer herübertrug, war unsere gesamte Ausrüstung eingeölt und eingefettet. Wir, die Mannschaften, waren in gutem Zustand, wohl genährt und ausgeruht. Nur Teague und Somerville-Start waren unzufrieden. Bei Teague hatte man sogar den Eindruck, dass er die Frustration nicht mehr aushielt. Wiederholt bat er Oberst O'Dell, ihn für einen Offiziersposten in einem anderen Regiment vorzuschlagen, aber O'Dell schlug ihm das stets mit Bedauern ab. Jahrelang hatte er mit angesehen, wie immer wieder Leute aus dem Bataillon herausgezogen wurden, und wollte weitere Abgänge nicht mehr hinnehmen. Ich selbst war recht zufrieden. Ich befand mich in einem angenehmen Schwebezustand, unter Leuten und an einem Ort, der keine lästigen Ansprüche an mich stellte. Ich hatte keine Ahnung, was die Zukunft mir bringen würde, und es interessierte mich auch nicht. Ich hatte sogar meinen ersten Toten gesehen, einen Feldwebel aus der Kompanie A, der von einem Lastwagen überfahren worden war, mit dem zwei Tonnen Kartoffeln zur Feldküche gebracht wurden. Auch körperlich hatte ich mich verändert. Ich hatte, wie ich später feststellen sollte, meine ausgewachsene Größe erreicht – ein Meter fünfundsiebzig –, und ich war fülliger geworden und besaß jetzt einen stämmigen, muskulösen Körperbau. Der Schnurrbart, den ich mir seit jenem Wochenende, als ich Charlbury verließ, hatte wachsen lassen, war mir beim morgendlichen Blick in den Rasierspiegel zu einem vertrauten Bild geworden: dicht, sauber gestutzt und glänzend. Ich sah älter aus, als ich in Wirklichkeit war. Was mich am meisten störte, war der Hund Ralph. Es war unnatürlich, aber er schien mich je länger, desto mehr zu lieben. Nie hatte jemand so wenig Gefühl für ein Tier gezeigt wie ich, aber gerade meine Gleichgültigkeit schien seine Liebe anzustacheln. Selbst wenn er Teague ein Butterbrot aus der Hand fraß, schaute er sich mampfend um, um festzustellen, ob ich auch da war.

Ich ging den Pfad zu den Dünen entlang. Hinter mir hörte ich den Kies rascheln und ein vertrautes heiseres Keuchen. Ich blickte mich um. Diese dumme Terrierschnauze, diese idiotischen feuchten Augen. Louise hatte ihn offenbar zu früh losgelassen. Ich las ein paar Steine auf und warf sie nach ihm. Einer traf seinen Körper, und er jaulte auf. Voll masochistischer Lust wedelte er mit dem Schwanz. Ich ging weiter. Er trottete mir nach, im Abstand von drei Metern.

Ich stieg einen sandigen Weg hinauf, der zum Kamm der Dünen führte. Der Himmel war bedeckt, und das diffuse, silbrige Licht warf keine Schatten. Es war Ebbe. Ich ließ mich nieder, zündete mir eine Zigarette an und starrte auf die schimmernde See hinaus. Mein Leben war geregelt, geordnet, Routine – aber ich war durcheinander. Ich hatte mich wieder verliebt. In ein Mädchen namens Huguette.

Während unserer ersten Schicht in den Schützengräben von Nieuwpoort waren wir zweimal in die hintere Brigadestellung bei Wormstroedt zurückverlegt worden. Wormstroedt war ein großes Dorf oder eine Kleinstadt und lag etwa dreißig Kilometer hinter der Front. Vor dem Krieg hatte es sich eines bescheidenen Wohlstands erfreut, denn dort gab es eine Tabakfabrik. Sie stand jetzt leer, und ein Flügel war während des deutschen Vormarsches im Jahr 1914 durch Bomben zerstört worden. Hier wurden wir einquartiert, in hohen, stickigen Räumen, in denen es stark nach Tabak roch. Wir schliefen auf niedrigen Holzbetten, von denen sechzig in einem Raum standen, wie in einem riesigen Schlafsaal. Der Urlaub in Wormstroedt war schon deshalb den dienstfreien Stunden in St. Idesbald vorzuziehen, weil wir ungehindert umherstreifen konnten. Auf dem zerstörten Marktplatz hatte man in einem Zelt ein Kino geschaffen, und es gab ein gutes Dutzend Cafés und Restaurants. Die Männer vom 13. Bataillon hielten sich überwiegend in einer größeren Kneipe auf, die von der Fabrik aus bequem zu erreichen war. Betrieben wurde sie von einer belgischen Familie, die am Krieg gut verdiente. Rasch hatte sie sich auf den Geschmack der britischen Soldaten eingestellt. Das Hauptangebot bestand in Spiegeleiern und Pommes frites, und nicht selten bestellten wir sechs Spiegeleier auf einmal. Außerdem gab es Brot und eingelegte Makrelen oder Schinken, Presskopf, Margarinebrot mit Marmelade oder Käse, Reisauflauf oder Pudding mit Marmelade. Sogar Tee boten sie an – und das war Huguettes Aufgabe. Der Tee wurde in großen Kupferbottichen gebraut und großzügig gesüßt. Um Milch hinzuzutun, wurden mehrere Kondensmilchdosen aufgemacht und in den viel zu starken Tee hineingeworfen. Die Papieretiketten, die sich von den Dosen lösten, bildeten auf der Oberfläche einen ungewöhnlichen bunten Schaum.

Huguette war die Tochter oder die Cousine oder die Nichte des Besitzers. Ich glaube, sie war sechzehn oder siebzehn. Sie war dicklich und hatte trotz ihres Alters schon ein zartes, feuchtglänzendes Doppelkinn. Sie war dunkelhaarig, und die feinen Härchen auf ihrer Oberlippe bildeten einen deutlich erkennbaren Schnurrbart. Trotzdem war ihr Gesicht hübsch, wie das eines verzogenen, schmollenden Kindes. Ich sehe sie noch vor mir, wie sie gleichmütig mit einem Instrument, das einem stählernen Marlpfriem ähnelte, Löcher in die Kondensmilchdosen bohrte und diese ohne sich umzusehen über die Schulter in den sandfarbenen, leicht vor sich hinkochenden Tee warf.

Der Schankraum war geräumig und immer voll. Er konnte ohne Weiteres über hundert Gäste aufnehmen. Als ich das erste Mal da war, stand ich an der Spitze der Warteschlange, während Huguette eine neue Ladung Tee mit Milch versah. Sie hatte den ganzen Tag gearbeitet. Ihr formloses, lindgrünes Kleid, das in den Achseln spannte, war nass von frischem Schweiß. Klar und scharf roch ich ihn aus all den im Raum wogenden Gerüchen – Rauch, Fett, Eier, Tee – heraus. Ich stand neben ihr, taxierte, wie groß ihre Brüste wohl sein mochten, und sog diesen scharfen Geruch ein. Wie ein Stock stach er mir in die Lunge. Sie rührte mit einem meterlangen Holzlöffel in dem Teebottich. Die Kondensmilchdosen schlugen in der braunen Flüssigkeit dumpf aneinander.

»*C'est formidable …*«, sagte ich. »*Le thé. Pour le soif.*«

Sie schaute mich ungläubig an.

»*Vous pensez?*«, sagte sie. »*C'est pas vrai.*«

»Oh doch – *oui*«, sagte ich. »*Votre thé …*« Ich führte meine zusammengebogenen Fingerspitzen an den Mund und deutete einen Kuss an – so, glaubte ich, machte es ein Feinschmecker.

Sie drehte sich um und sagte irgendetwas zu ihrem Vater

oder Onkel, und sie lachten beide. Ich lachte mit. Immerhin hatte dieser Dialog zur Folge, dass sie sich an mich erinnerte. Ich aß dort täglich – Spiegeleier und Pommes frites, die ich literweise mit ihrem ekelhaften Tee herunterspülte.

»Oh, voilà monsieur Thé«, sagte sie, wenn ich mir zum dritten Mal nachschenken ließ. »Tee. Serr gutt. Du mögen«, lachte sie.

»John. John James Todd … Mein Name …«

Und nach einer Pause: *»Votre nom?«*

»Huguette«, sagte sie und drehte den Hahn an dem Bottich auf. Gelbbrauner Tee schäumte in meinen Emailbecher.

Während ich auf der Düne saß und mein Blick über den teefarbenen Sand schweifte, dachte ich an sie. Es würde fast zwei Monate dauern, bis ich wieder nach Wormstroedt kam. Ich hatte Zweifel, ob ich es so lange aushalten würde, ob mein sorgfältig gehorteter Vorrat an Erinnerungsbildern mir für zwei Monate der Selbstbefriedigung reichen würde. Vielleicht konnte ich Louise dazu bringen, mich mit irgendeinem Scheinauftrag zum Brigadequartier zu schicken … Vielleicht … Zu meiner Überraschung bemerkte ich, dass ich meine Hand in Ralphs Nackenfell hatte und ihn Gott weiß wie lange geistesabwesend gekrault hatte. Seine feuchten Augen waren auf mich gerichtet. Von seiner Schnauze hing ein Speichelfaden herab. Ich versetzte ihm einen mächtigen Stoß, und er purzelte die Düne hinunter zum Strand. Er kam auf die Füße und schüttelte sich den Sand aus dem Fell. »Verpiss dich!«, rief ich ihm nach. Ich rutschte die Düne hinunter und ging auf den fernen Saum des Wassers zu. Ich blickte hinunter auf meine Stiefel und Wickelgamaschen und spürte, wie die raue Serge der Khakihose an der Innenseite meiner Oberschenkel scheuerte. Aus einer meiner Brusttaschen zog ich eine ziemlich zerknickte Zigarette hervor und stellte mich mit dem Rücken gegen den Wind, um sie anzuzünden. Ich ging weiter. Alles war flach: der Himmel, der Sand, die See. Das einzig Aufrechte in meiner Welt war ich. Alles ganz einfach. Ich fühlte mich erstaunlich gut. Ich fühlte mich stark, mit einem Mal. Endlich war ich erwachsen, ein Soldat, mit meinem großen Schnurrbart und mit den Träumen von meinem Mädchen Huguette. Ich grinste … Wo war dieser verdammte Hund? Ich suchte nach einem Kieselstein, den ich nach ihm werfen könnte.

Ralph war nicht die üblichen drei Schritte hinter mir. Er lief, etwa zweihundert Meter entfernt, am Wasser entlang in Richtung der Front und der deutschen Linien, dorthin zurück, woher er gekommen war, und abwechselnd verschwamm sein Spiegelbild mit seinem Körper und löste sich wieder von ihm.

»Hau ab!«, rief ich ihm nach. »*Verräter!* Ich wusste es ja, verdammt, ich wusste es!«

Den bin ich Gott sei Dank los, murmelte ich, endlich hat er es kapiert. Es war ein ruhiger Tag, eine schwache Brandungswelle überschlug sich und lief auf dem welligen, feucht schimmernden Sand aus. Ich kehrte Ralph und dem Osten den Rücken und wandte mich weiter nach Westen, in Richtung der fernen winzigen Umrisse der zerstörten Villen und Badehütten von Oostduinkerke.

Ich muss wohl eine Meile gelaufen sein, als ich sie erblickte. Ich wollte schon umkehren, denn es wurde Abend, als ich etwas bemerkte, was mir zunächst wie ein Haufen von glatten, hellen Steinen vorkam, an denen die Wellen sich brachen. Aber dann sah ich, dass sie von den Wellen hin- und hergeschoben wurden. Ich ging näher heran. Ich hatte das Gefühl, als laste eine seltsame Drohung auf mir … Waren es Ladungsteile, die ein Sturm über Bord gespült hatte? Von schrecklicher Neugier erfüllt, trat ich in dem perlmutterartigen Licht des Spätnachmittags heran.

Es waren acht ertrunkene Männer, die die steigende Flut wie zum Trost zusammengetrieben hatte. Die meisten waren nackt oder fast nackt. Einer trug ein Hemd, ein anderer hatte noch seine Stiefel an. Ich war beeindruckt von ihrer regungslosen Ruhe. Ich empfand keinen Schock. Ich zählte sie. Acht. Es schien, als lägen sie in tiefem Schlaf: ausdruckslos, ungerührt, unbefleckt von dem schrecklichen Erlebnis, das sie an diese Küste gespült haben mochte. Ich sah einen tätowierten Unterarm, Falten in einem Bauch, den dunklen Fleck der Schamhaare auf bläulich weißen Lenden. Einer wurde von den Wellen umgedreht und schleuderte seinen Arm auf den Sand, so als suche er einen festen Halt.

»Oh, Gott!«, sagte ich laut. Ich schaute mich auf dem verlassenen Strand um. Ich war gleichweit von den Villen von Oost-Dünkirchen und von der Mündung der Yser entfernt. Die drückende Dämmerung des Spätnachmittags schien um mich herum noch dichter zu werden. Plötzlich wurde das Gewirr von bleichen Körpern geschlossen emporgetragen und kroch ein Stück weit den Sand hinauf.

Ich lief in Richtung der Dünen. Eine Seeschlacht? Eine Mine? Ein Schiff, das zerrissen wurde, Männer, die in der Wachstube schliefen und in die Nordsee geschleudert wurden? Ich spürte ein Kratzen im Hals. Ich räusperte mich und spuckte aus.

Hier waren die Dünen von Stacheldraht versperrt. Ich fand den gewundenen Weg und stolperte hinauf zum Dünenkamm. Ich rannte zwischen den Ginsterbüschen hinunter und am schlammigen Rand eines Kohlfeldes entlang. Der Küchengeruch des Kohls verursachte mir Übelkeit. Plötzlich assoziierte ich den üblen Geruch mit diesen sauber gewaschenen toten Männern ... Durch eine Weißdornhecke kam ich auf einen Feldweg. Ich lief weiter. Vor einer halbzerstörten Bauernkate saß ein alter Mann. Ich blieb stehen. Wie sagte man auf Französisch für ertrunken?

»Mort«, sagte ich, heftig keuchend, »acht, *huit morts.*«

»L'hôpital.« Er deutete die Straße hinunter. Eines seiner Augenlider rührte sich nicht, so als sei es mitten in einem endlosen Zwinkern stehen geblieben.

Ich erinnerte mich. Das Feldlazarett in St. Idesbald. Ich machte kehrt und lief weiter.

Ich gelangte irgendwo von der Seite auf das Gelände des Lazaretts. Was ich vor mir sah, war die Rückseite von, so schien es, lose verstreuten Schachteln; ich ging um sie herum und traf auf einen sauberen Platz, um den ein Dutzend großer olivgrüner Zelte herumstand. Aus dem Ersten trat eine Krankenschwester.

»*Huits morts … dans la mer!*«

»I speak English«, sagte sie gelassen, in untadeliger Aussprache, die mir aber sofort irgendwie fremd vorkam.

»Acht ertrunkene Männer«, sagte ich. »Am Meeresufer.« Es klang wie ein Kindervers.

Ich führte diese Schwester und drei Nonnen zum Strand hinunter. Ein Rettungswagen mit Sanitätern und Tragbahren folgte. Die Flut war weiter gestiegen, aber unsere Gruppe hing noch immer zusammen. Zwischen den schwarzen Wolken hindurch schien zitronengelb die Abendsonne. Der Sand wirkte grün und blau gesprenkelt. Wir gingen den Strand entlang, und die Nonnen murmelten irgendein Gebet oder eine Anrufung Gottes.

»Wir holen sie besser raus«, sagte die Krankenschwester, sie nahm ihre Armbanduhr ab. Ihren Mantel hatte sie nicht mitgenommen. »Können Sie sie für mich aufbewahren, dass sie nicht nass wird?«, sagte sie. Ich tat sie in eine Tasche und sah einigermaßen erstaunt zu, wie die Schwester beherzt ins Wasser watete, das ihr bis zur Hüfte schlug, und einen Mann herauszuziehen begann. Die Nonnen taten es ihr nach. Ihre schwarzen Obergewänder und die lächerlichen Kopfbedeckungen, die wie Schaumgebäck aussahen, wirkten unpassend, während sie gebückt im Wasser standen und an den nackten Männern zerrten. Nackte Männer … Nichts gegen das, was sie im Feldlazarett zu sehen bekamen. Ich stapfte ins Wasser hinein, zu ihnen. Dass es sich um Leichen handelte, entzog sich meinem empfindsamen Blick. Es ging darum, einen Fuß oder einen Arm zu packen. Ich sah eine Hand, schlaff, elegant – wie ein Teil einer klassischen Statue –, und ergriff sie. Sehr kalt. Aber nicht abstoßender, als eine Lammkeule oder ein gerupftes Huhn in die Hand zu nehmen. Ich zog ihn auf den Strand. Ich griff auch nach seinem anderen Handgelenk. Auf dem Sand war er schwerer, die Fersen zogen eine Furche. Die Nonnen schafften zu zweit eine Leiche heraus. Ich hörte Rufe und sah die Sanitäter mit ihren Tragbahren den Strand entlanglaufen.

Als der Strand geräumt war, war es fast dunkel. Ich stand neben der Krankenschwester. Sie hatte ein breites rundes Gesicht und eine ziemlich große Nase, die mit auffallenden Sommersprossen bedeckt war. Ihr Haar war unter einer reinlichen Kopfbedeckung verborgen.

»Was mag der Grund gewesen sein?«, fragte ich.

»Wer weiß? Jedenfalls machen sie einen friedlichen Eindruck. Verletzt sind sie offenbar nicht.« Sie schaute mich an. »Ich wusste nicht, dass es hier auch englische Truppen gibt.«

Ich erklärte ihr das mit der Marineartillerie.

»Haben Sie eine Zigarette für mich?«

Ich reichte ihr eine und gab ihr Feuer. Gierig sog sie den Rauch ein.

»Die Nonnen erlauben es nicht. Ich kann nur dann und wann rauchen.« Sie stieß den Rauch durch die Nase aus. »Herrlich. Englischer Tabak!«

Plötzlich fiel mir die Zeit ein. »Herrje, ich werde eins aufs Dach kriegen. Hören Sie, kann ich Ihren Namen angeben?«

»Natürlich. Ich bin Schwester im Lazarett. Dagmar Fjermeros.«

Sie musste mir den Namen mehrmals wiederholen.

»Können wir Sie mitnehmen?«

»Über den Strand geht es schneller.« Ich verabschiedete mich und ging.

Louise war wütend und erstattete Meldung über mich. Zwei Stunden später wurde meine Darstellung nach einigen Telefonanrufen bestätigt. Das ganze Erlebnis hatte mich verstört und aus dem Gleichgewicht gebracht. Was mir zu schaffen machte, war das Gewirr von Leichen und der friedliche Ausdruck auf ihren Gesichtern. Es schien, als hätten sie sich willig ihrem Tod gefügt, so als fühlten sie sich sehr wohl. Dennoch empfand ich zum ersten Mal Angst, seit ich bei der Armee war. Ich hatte Angst um meine eigene Haut. An diesem Tag fasste ich den Entschluss, alles zu tun, um keinen Schaden zu nehmen. Nicht wie diese Männer zu sterben.

Während meine Unruhe sich verstärkte und alles sich um meine Selbsterhaltung drehte, bemerkte ich, wie sich allmählich ein anderes Bild ins Zentrum meiner Aufmerksamkeit schlich. Dagmar, die Krankenschwester ... Ihr sanftes rundes Gesicht im Schein der Streichholzflamme, die ich an ihre Zigarette hielt. Die Fülle ihrer gespitzten Lippen, während sie an der Zigarette zog ... Gleich nach meiner Rückkehr hatte ich ihren Namen notiert. Dagmar Fjermeros. Irgendwo aus Skandinavien. Ich hatte immer noch ihre Armbanduhr in der Tasche.

Nach dieser Aufregung kehrte wieder das normale Leben ein. Das einzige bemerkenswerte Ereignis war eine Inspektion des Bataillons, bei der wir unsere alten Gasmasken abgeben mussten. Sie waren scheußlich und glichen einem Leinwandsack mit einer gläsernen Sichtscheibe, und man musste sie unterhalb des Kragens festmachen. Man sagte uns, in den nächsten Tagen würden neue Gasmasken an uns ausgegeben. Im Vorgriff darauf sollte Hauptmann Tuck, der Adjutant, uns im Laufe des Vormittags einen Vortrag halten über Maßnahmen bei Gasangriffen und über die richtige Verwendung der neuen Gasmaske.

Um halb eins versammelte sich die Kompanie D zum Gasvortrag von Hauptmann Tuck. Beim Betreten des Zelts wurde jedem so etwas wie ein rechteckiges Wattekissen ausgehändigt, an dessen Enden etwa 45 Zentimeter lange Baumwollbänder befestigt waren, und dazu eine Schutzbrille für die Augen.

Hauptmann Tuck, ein Oxfordabsolvent, war ein lebhafter, fröhlicher Mensch, der die meiste Zeit damit verbrachte, durch den Feldstecher Vögel zu beobachten. Seine merkwürdig geschürzten Lippen sahen aus, als spiele er ein unsichtbares Instrument – zum Beispiel eine Oboe oder Klarinette. Zunächst erzählte er uns etwas über die verschiedenen Arten von Giftgas – Phosgen, Chlor und Senfgas – und ihre Wirkungen. Chlor ließ das Gesicht blau anlaufen, und man ertrank in dem Wasser, das die eigenen gequälten Lungen produzierten. Phosgen bewirkte, dass die Lungen stündlich zwei Liter gelben Wassers absonderten. Von Senfgas schwollen die Augenlider an und schlossen sich, die Haut verbrannte und bildete Blasen, und man hustete sich die Schleimhaut heraus. Tuck sprach noch von weiteren grässlichen Symptomen – Kehlkopfbluten, Lungenkollaps, Leberschwellung. Ich war ganz entsetzt.

Ein Muster der neuen Gasmaske wurde unter uns herumgereicht, und wir probierten sie auf. Tuck erklärte, wie sie funktioniert. Er teilte uns mit, innerhalb von Tagen würde das ganze Bataillon damit ausgestattet.

»Bis dahin«, sagte er, »sind wir auf den behelfsmäßigen Atemschutz angewiesen, der Ihnen beim Eintreten ausgehändigt wurde.«

Ich betrachtete das Wattekissen, das ich in der Hand hielt. Ich fragte mich, wie es wohl verhindern würde, dass ich innerhalb einer Stunde zwei Liter gelber Flüssigkeit würde aushusten müssen. Plötzlich überkam mich eine verzehrende Furcht. Ich sah die toten Männer am Strand vor mir. Ich schaute verstohlen nach links und rechts. Alles schien zu lächeln, sogar Tuck hatte ein Grinsen auf den Lippen.

»In dem sehr unwahrscheinlichen Fall, dass es in diesem Abschnitt zu einem Gasangriff kommt, müssen Sie Folgendes tun.« Er schlug ein Heft auf und las daraus vor: »Wenn Gasalarm ertönt, setzen Sie zunächst die Schutzbrille auf. Dann tauchen Sie die Mullbinde – es kann auch ein Taschentuch oder eine Socke sein – in frischen Urin, um sie dann auf das Gesicht zu legen, wobei Sie darauf achten sollten, dass Mund und Nase bedeckt sind.«

Er machte eine Kunstpause. Die Zuhörer blieben einen Augenblick stumm, um das Gehörte zu verarbeiten – dann brach ein höhnisches Gejohle aus, in dem sich Zweifel und Ekel äußerten.

»Bitte, meine Herren!« Tuck brüllte, um den Lärm zu übertönen. »Ein letzter Rat … Wie es in dieser Unterlage heißt, ist der Urin von älteren Männern besonders wirkungsvoll! Weggetreten!« Tuck schritt aus dem Zelt, sehr zufrieden mit seiner Vorstellung. Die Kompanie D hatte sich köstlich amüsiert.

Am nächsten Tag suchte ich Louis auf und bat um die Erlaubnis, zum Feldlazarett hinüberradeln zu dürfen, um Schwester Fjermeros die Uhr zurückzugeben. Widerstrebend willigte er ein und unterschrieb einen Schein, mit dem ich mir beim Quartiermeister ein Fahrrad holte. Ich radelte los und fuhr in einem feinen Nieselregen die grauen Wege entlang. In meinem Hinterkopf verspürte ich ein sonderbares Prickeln. Ich erkannte die Symptome einer milden Euphorie.

Nach zwanzig Minuten hatte ich St. Idesbald erreicht. Die belgische Wache schickte mich zu einem Büro in einer Holzbaracke, wo ich auf Dagmar warten musste. Sie kam, in voller Uniform. Ich übergab ihr die Uhr.

»Das ist sehr nett von Ihnen.«

»Nicht der Rede wert … Ich habe mich gefragt, was mit den Männern war, ob Sie etwas wissen.«

»Wir vermuten, es sind Holländer. Ein Fischerboot, das wahrscheinlich auf eine Mine gefahren ist.«

Sie zuckte die Schultern, dann lächelte sie. »Kann ich Ihnen etwas zu essen anbieten, Mr. …?«

»Todd. John James. Ja, gern.«

Wir gingen durch das Lazarett. Ursprünglich war es ein ziemlich großes Bauernhaus mit zahlreichen Nebengebäuden gewesen. Auf jeden freien Platz hatte man große Zelte gestellt, die durch Laufbretter verbunden waren. Bei einem Blick in eines der Zelte sah ich ordentlich aufgereihte niedrige Feldbetten, auf denen die Patienten lagen. Wir überquerten den Rasen eines kleinen, umfriedeten Gartens und traten auf die kiesbestreute Vorfahrt des Haupthauses hinaus. Vor der Tür standen drei Ambulanzautos. Man half einigen Männern hinein, die dreckige Uniformen und saubere, fast unanständig weiße Verbände trugen.

»Im Augenblick ist nicht viel los«, sagte sie. »Wir warten auf die Frühjahrsoffensive.«

Ich nickte und folgte ihr über die Vorfahrt zu einem Stallgebäude. Es gab dort eine Reihe von Boxen, und für einen Augenblick war ich wieder in der Minto Academy. Ich war unwillkürlich stehen geblieben und Dagmar stand jetzt an der Tür einer alten Scheune und wartete auf mich. Ich trat mit ihr hinein.

Der Gesprächslärm war ungeheuer. Man hatte die Scheune in eine Kantine umgewandelt und aufgebockte Tische hineingestellt, an denen Dutzende von verwundeten Soldaten saßen, manche in Uniform, andere in Pyjama und Morgenmantel, und sie aßen, tranken oder spielten Karten, und soweit ich hören konnte, redeten sie alle aus vollem Halse. Der Rauch ihrer Zigaretten zog zu den offen sichtbaren Dachbalken hinauf. In der Mitte des Raums stand ein großer, dicker Eisenofen, und am Ende gab es eine behelfsmäßige Küche mit Essensausgabe, die mit Nonnen besetzt war. Dort erhielt ich einen Teller Eintopf, drei Scheiben grobes graues Brot und einen Blechbecher Kaffee.

Dagmar und ich fanden zwei freie Plätze und setzten uns. An manchen Tischen saßen Schwestern und Nonnen zwischen den Soldaten. Plötzlich empfand ich Neid auf diese verwundeten Belgier, ihre laute Geselligkeit, ihre reichliche Verpflegung und ihre weibliche Gesellschaft. Ich schaute zu Dagmar – sie stopfte gerade ein paar Haare unter die Haube zurück. Sie hatte blondes, leicht rötliches Haar.

»Essen Sie nicht?«

»Nein«, sagte sie. »Ich habe schon gegessen. Lassen Sie sich nicht stören.« Ich aß meinen Eintopf. Merkwürdig schmeckte das Fleisch – teils nach Schwein, teils nach Wild (es war Maultierfleisch, wie ich später erfuhr). Wir plauderten über dies und das. Sie sagte, sie sei Norwegerin und 1915 zum Roten Kreuz gegangen. Ich weihte sie ein wenig in meine Vergangenheit ein, wobei ich allerdings krass die Wahrheit verdrehte, denn ich sagte, ich habe einen Studienplatz an der Universität verlassen, um zur Armee zu gehen.

»Sie hätten besser an der Universität bleiben sollen.«

»Da haben Sie wohl recht«, sagte ich spontan, von meiner neuen furchtsamen Stimmung getrieben. Ich strich mir mit Daumen und Zeigefinger über meinen Schnurrbart. Ich holte eine Dose Zigaretten – Trumpeters – aus der Tasche und bot ihr eine an, aber sie lehnte mit einem gequälten Lächeln ab. Ich zündete mir eine an und schob ihr die Dose über den Tisch.

»Nehmen Sie«, sagte ich. »Ich habe Unmengen davon.«

Sie lächelte und ließ die Dose rasch in eine Tasche ihrer Uniform gleiten. Durch diese beinah unerlaubte Handlung wurden wir zu Verschworenen. Ich spürte, wie mir heiß im Gesicht wurde, und fühlte mich einen Augenblick lang merkwürdig aus dem Gleichgewicht gebracht. Ich betrachtete ihr ehrliches Gesicht, ihre zahlreichen Sommersprossen ... Ihre Hände lagen auf dem Tisch, und mit einem Finger klopfte sie leicht auf die Platte. Ich sah die feinen, rötlichgoldenen Haare auf ihrem Handrücken. Ich wollte sie fragen, ob wir uns wiedersehen könnten, aber ich hatte das Gefühl, als bildeten sich die Worte nicht in meiner Kehle, sondern im Magen, so als könnten sie nur heraus, indem ich mich übergab.

»Ich muss dauernd an diese Ertrunkenen denken«, stieß ich hervor. »Es sind die ersten richtigen Toten ... Ich meine – Kriegsopfer.«

»Sie sollten einen Tag hierbleiben. Seit ich in St. Idesbald bin, haben wir zwei Friedhöfe gefüllt.«

»Natürlich. Ich verstehe. Es ist nur, dass ich zum ersten Mal ...« Ich versuchte ein schwaches Lächeln. »In diesem ruhigen Abschnitt kann man sich sehr täuschen.«

Sie blickte mich an. »Ich weiß, Ihnen passiert nichts«, sagte sie ernst. »Ich spüre so etwas.« Sie lächelte. »Ich habe fimmer recht.«

»Wie bitte?«

»Ich habe fimmer recht.«

»Oh, gut, gut.«

So klang es in meinen Ohren: »fimmer«. War es ein Sprachfehler? Oder meinte sie, dass es dieses Wort wirklich gibt, diese Zusammenziehung von »fast immer«? Meinte sie »fast« oder »immer«? Ich beschloss, das Letztere anzunehmen. Ich spürte, wie sich von meinen Eingeweiden her eine wohlige Entspannung in meinem Körper ausbreitete, eine Art von erotischer Erschlaffung. Ich zweifelte nicht an ihren Worten. Ich würde es überstehen.

»Hoffentlich«, sagte ich. »Ich meine: Hoffentlich haben Sie recht.«

Sie blickte auf die Uhr. »Ich muss gehen.«

Sie begleitete mich zum Tor. Ich setzte meine Mütze auf und stieg aufs Rad. Sie beugte sich vor zu mir.

»Danke für die Zigaretten«, sagte sie leise. Ihr süßer Atem streifte meine Wange.

»Gehen Sie manchmal am Strand spazieren, in Koksijde-Bad?«

»Ich? Nein ...«

»Ich ja, so oft ich kann.«

»Vielleicht sehen wir uns mal wieder.«

»Ja, fein ... Also, auf Wiedersehen.«

Es war das Beste, was ich tun konnte. Ich radelte zum Lager zurück. Meine Stimmung war dumpf und bedrückt, so dumpf, dass ich mich nicht einmal über mich selbst ärgern konnte. Im Lager spielten Mannschaften aus den Kompanien A und D Fußball, dreißig Mann auf jeder Seite.

Ich ging in unser Zelt. Teague lag da und hatte einen Fuß – ohne Socke – auf einen Stapel Decken gelegt.

»Hab mir meinen verdammten Knöchel verstaucht«, sagte

er, »beim verdammten Fußball.« Sein dickes Gesicht war rot und verschwitzt. Seine sonst so makellosen Locken waren durcheinander.

»Wo zum Teufel bist du gewesen?«

Ich erzählte es ihm und schilderte ihm noch einmal, wie ich Dagmar kennen gelernt hatte.

»Verdammt klasse«, sagte er. »Man hat uns hierhergeschickt, um gegen die Hunnen zu kämpfen. Ein Teil spielt Fußball, ein anderer geht mit seiner Freundin essen. ›Was hast du im Krieg gemacht, Papa?‹ ›Ich? Oh, ich habe mir bei einem Spiel gegen Kompanie A den Knöchel verstaucht.‹ Das *widert* mich an.«

Er war wirklich böse. Aber es machte mir nichts aus, denn ich hatte ihn schon zu oft in dieser Verfassung erlebt.

»Du solltest mal in das Lazarett gehen, dann wärst du nicht mehr so scharf drauf.«

»Was weißt du denn schon, du schottischer Bauernrüpel?«

Damit konnte Teague mich nicht beeindrucken.

»Ich weiß, dass ich an deiner Stelle meine Zunge hüten würde, sonst verdreh ich dir auch noch den anderen Knöchel.«

»Verpiss dich!«

»Verpiss du dich, fette Visage!«

So ging es etwa eine Minute weiter, bis ich hinausging, um mir das Ende des Spiels anzusehen. Ich weiß, es klingt bedrückend kindisch, aber Sie müssen bedenken, dass wir einfach Primaner waren, und wir haben oft in dieser Weise miteinander gestritten. Mit der Zeit wurden unsere Schimpfworte immer übler. Unser Vorbild waren die Dudelsackpfeifer, die mit unflätigen Beschimpfungen nur so um sich warfen und über ein phantastisches Repertoire verfügten.

Zwei Tage später lösten wir die Kompanien B und C an der Front ab. Ich sah die tadellosen Schützengräben jetzt mit anderen Augen. Ihre Ordentlichkeit und Korrektheit hatte etwas Unheilvolles, geradezu Verletzendes. Die Begegnung mit den Ertrunkenen hatte mich ungeheuer vorsichtig gemacht. Ich schlenderte nicht mehr wie früher bei Dämmerung an der Brustwehr entlang. Ich steckte meinen Kopf nicht mehr über die Sandsäcke hinaus. Ich beobachtete die fernen deutschen Linien durch ein Periskop. Ich sah ganz deutlich die kleinen Gestalten des Feindes, die von unserer Anwesenheit ebenso unberührt schienen wie wir von der ihrigen. Zum ersten Mal rechnete ich mir aus, was herauskam, wenn ich mich, mein Gewehr und das tausend Meter entfernte Ziel in eine Gleichung brachte. Dann übertrug ich das Ergebnis auf die andere Seite. Es deckte sich. Meine Unruhe verstärkte sich.

Eines Abends saßen wir in unserem Unterstand, als Teague und Somerville-Start auf Druce einredeten, er solle bei Louise die Erlaubnis für ein Stoßtruppunternehmen erwirken.

»Was soll das, verdammt nochmal?«, sagte er. Wir hörten alle gespannt zu.

»Damit endlich etwas passiert«, sagte Teague.

»Wir drehen durch vor Langeweile. Lasst uns doch einen Gefangenen nehmen. Ihn ausquetschen.« Somerville-Start grinste und entblößte seine großen Zähne. »Lasst uns ein bisschen Spaß haben.«

»Nein«, sagte ich, ganz erschrocken. »Das ist das Dümmste, was ich jemals gehört habe.«

»Euch scheint tatsächlich was zu fehlen«, sagte Bookbinder. »Ich kann mich nicht beklagen.«

»Ist doch gut, wenn man seine Ruhe hat«, sagte Kite. »Wer möchte denn im Dunkeln herumschleichen?«

»Vielleicht werdet ihr verwundet«, sagte Bookbinder.

»Ihr habt verdammt Schiss«, sagte Teague zu mir.

»Ich habe keinen Schiss, aber Verstand habe ich.«

»Louise erlaubt es sowieso nicht«, sagte Druce gelassen. »Er fragt O'Dell, und der sagt nein. Dies ist doch ein belgischer Abschnitt und nicht unserer.«

»Sie sind verrückt«, sagte ich zu Druce, als die anderen gegangen waren. »Total verrückt.«

Druce lächelte. »Stoßtruppunternehmen – sie wissen nicht, wovon sie reden.« Er gab mir einen Klaps auf die Schulter. »Mach weiter so, Schotte, du wirst uns noch den Hals retten.«

Das war es, weshalb ich Druce mochte; er wirkte so viel älter als wir, er war gelassener, skeptischer, nicht so leicht aus der Fassung zu bringen.

Doch trotz der Anwesenheit von Druce nahm meine Besorgnis im Laufe unserer Sechs-Monate-Schicht im Nieuwpoort-Abschnitt ständig zu. Die ertrunkenen Männer hatten mich aus dem Gleichgewicht gebracht. Ich wusste jetzt, dass der wirklichkeitsfremde Alltagsbetrieb und die Erträglichkeit unseres Lebens an der Front nicht ewig dauern konnten. Irgendwann würde es mit dem ruhigen Abschnitt vorbei sein. Mit jedem Tag rückte die Möglichkeit näher, dass wir abkommandiert wurden. Ich begann, mir in allen erdenklichen schrecklichen Versionen meinen eigenen Tod auszumalen. Doch außer dieser Furcht nagte noch eine andere tiefe Unruhe in mir. Ich war noch immer jungfräulich und hatte, abgesehen von Oonagh, noch nicht einmal ein Mädchen geküsst. Ich empfand es als eine empörende Ungerechtigkeit, dass ich nach einem Leben, das ich so wenig gelebt und in dem ich kaum Erfahrungen gesammelt hatte, sterben sollte. Die Begegnung mit Dagmar hatte diese Leere in mir natürlich nur noch verschärft. Dagmar oder Huguette? Huguette oder Dagmar? Für welche sollte ich mich entscheiden? Mit solchen Anwandlungen von eitler Selbsttäuschung vertrieb ich mir die Zeit. Das war umso ärgerlicher, als es in den Schützengräben nicht leicht war, unauffällig zu masturbieren. Meistens wartete ich, bis ich Wachdienst hatte, in einem kleinen Beobachtungsunterstand, der zehn bis fünfzehn Meter vor unserer Linie im Niemandsland lag; dort sollte ich vier sinnlose Stunden lang darauf achtgeben, ob die Deutschen angriffen. (Als es dann im Juli dieses Jahres – 1917 – tatsächlich dazu kam, waren wir längst fort.)

Aus meinem Tagebuch:
23. April 1917. Druce hat mir eben gesagt, ich hätte von zwei bis sechs Uhr früh Wachdienst. Versuchte im Unterstand zu schlafen, hatte aber großen Krach mit Teague und S. Start über den »Kitzel des Kampfes«. Teague warf mir offen vor, Ralph getötet zu haben. Sogar Bookbinder und Kite haben mir meine Darstellung nicht geglaubt. Noch acht Tage und ich bin wieder in Wormstroedt und bei Huguette.

An dieses Datum kann ich mich lebhaft erinnern. Während meines ganzen nächtlichen Wachdienstes beschossen die deutschen Batterien bei Wilskerke die Brücke über den Kanal bei Wulpen. Ich konnte das ferne Mündungsfeuer der Kanonen jenseits der Sandhügel sehen, aber ich konnte nicht sehen oder hören, wie die Granaten landeten. Durch das unregelmäßige Flackern und den schwachen Knall blieb ich die ganze Zeit wach und nervös. Gegen fünf Uhr tauchte der Umriss des zerstörten Leuchtturms an der Mündung der Yser aus der Dunkelheit auf. Es war eine warme Nacht gewesen, die wärmste seit Anfang des Jahres.

Ich pinkelte in die Ecke des Grabenkopfes und schaute dabei zum hellerwerdenden Himmel hinauf. Noch immer funkelten die schwachen Sterne vor einem unermesslichen Hintergrund von zartestem Blaugrau. Ich rieb mir das Gesicht und schaute auf die Uhr. Noch eine halbe Stunde. Mich erwartete ein Frühstück, bestehend aus Tee, einer Büchse Sardinen und Margarinenbrot. Ich zog die Nase hoch, spuckte aus, gähnte, dehnte meine Finger und ließ meinen Blick über das Niemandsland schweifen.

Auf einmal sah ich das Gas, das von Lombartsijde her dick, weiß und schwer durch die Dünen heranrollte. Von der See wehte eine Brise, die einen Flügel der Wolke links von mir rascher vor sich hertrieb, direkt auf mich zu. Er wirkte dicht geballt, wie der Rauch, wenn man frisches Laub verbrennt, und löschte im Vordringen alles aus. Ich rannte zum Schützengraben zurück. Aus der Abstützung ragte das glänzende Ende eines Eisenträgers hervor, und daneben stand eine Eisenstange.

Ich packte die Stange und schlug damit wie rasend auf den Träger, bis meine Finger von den Schlägen ganz betäubt waren. Der klare, scharfe Klang von Metall auf Metall setzte sich durch den ganzen Graben fort.

»GAS!«, brüllte ich. *»GASANGRIFF!«*

Ich hörte, wie weitere Alarmvorrichtungen betätigt wurden, Sirenen, Gongs und Rasseln, und ich hörte verzweifelnd fragende Rufe. Ich zerrte meine Schutzbrille aus der Tasche und setzte sie auf. Ich durchwühlte die Taschen nach meinem Atemschutz. Er war nicht da! Ich durchsuchte nochmals meine Taschen. Nichts. Nichts. Liter von gelber Flüssigkeit, schaumgefüllte, berstende Lungen, verheerende Senfgasverbrennungen stiegen vor mir auf … Ich stürzte in den Unterstand. Aus verschwommenen Gesichtern scholl mir Unverständliches entgegen.

»Gas!«, brüllte ich. »Gas!«

Ich wühlte in meiner Ausrüstung, fand den Atemschutz und taumelte wieder nach draußen. Das Gas war noch fünfzig Meter entfernt. Unser Zug kroch aus den Unterständen. Die Luft war erfüllt von Alarmsignalen, von irrwitziger Panik. Ich sah, wie Noel Kite, der ebenfalls auf Wache gewesen war, verwirrt seinen Atemschutz aufzusetzen versuchte. Trocken.

»Urin, Kite!« Ich schrie ihn an, und ebenso die anderen, die sich jetzt in wildem Durcheinander aus dem Unterstand drängten, Stahlhelme auf, Gewehre bereit.

»Piss auf den Mull. Schnell!«

Heftige Angst versetzte sie in Aktion. Die volle Morgenblase wurde dampfend auf den Mull entleert. Ich legte meinen Atemschutz auf die Feuerleiter und tastete mit abgestumpften, aufgeregten Fingern nach den Knöpfen meines Hosenschlitzes. Ich sah Teague eine triefende Maske um das Gesicht legen, während Kite, der etwas heikler war, seine auswrang, bevor er sie anlegte. Somerville-Start hockte sich hinter den Sandsäcken auf die Feuerleiter, um das Bajonett aufzustecken, und sein herabhängender Schwanz stach leuchtend weiß von der Khakifarbe seines Kampfanzuges ab. Ich versuchte verzweifelt zu urinieren, aber ich hatte Minuten vorher meine Blase geleert. *Nichts.* Nicht ein Tropfen. Durch den sauren Uringestank hindurch, der den Graben erfüllte, konnte ich das Gas riechen. Die ganze Gruppe hatte jetzt den Atemschutz auf und war bereit – außer mir und Pawsey, der seinen triefend nassen Schutz hochgezogen hatte, um zu kotzen. Louis kam halb angezogen aus seinem Unterstand herangestolpert.

»Was ist los?«, brüllte er. »Wer hat diesen Alarm gegeben?«

»Gas, Louise!«, rief ich ihm mit gellender Stimme zu.

»Nennen Sie mich nicht Louise!«, brüllte er zurück.

Jetzt fiel mir Tucks Vortrag ein. *Der Urin eines alten Mannes ist besonders wirksam.*

»Ich kann nicht pinkeln!«, brüllte ich. Ich grabschte nach den Knöpfen seines Hosenschlitzes.

Louise sah seine Männer mit Atemmaske und geriet in Panik. Er legte sein Mulltuch neben meines auf die Feuerleiter, riss sich die Hose auf und durchnässte die beiden Masken mit einem wilden Strahl von Urin.

»Schnell«, schrie ich und trommelte ihm mit den Fäusten in die Nieren. »Schneller!«

Es war zu spät. Das Gas hatte uns erreicht und trieb dick und weiß über die Sandsäcke der Brustwehr. Kühl, feucht, geradezu erfrischend, und leicht salzig. Der erste Seenebel in diesem Frühjahr.

Zum Glück ließ sich nicht zuverlässig feststellen, wer die Panik ausgelöst hatte. Ich für meinen Teil behauptete, ich hätte zuvor von den belgischen Linien rechts von uns einen Alarm gehört. Unter uns gab es etliche Schnittverletzungen und Prellungen, aber in Kompanie A hatten sie zwei gebrochene Arme und eine gebrochene Hüfte. Louise war wütend und schickte mich zur Disziplinarbestrafung nach Koksijde-Bad. Für eine ganze Kompanie von belustigten Marinesoldaten musste ich in De Panne Latrinen ausheben. Anschließend kam ich zu einem Arbeitskommando der Kompanie C und füllte drei Tage lang Sandsäcke. Die Anklage lautete auf unsoldatische Führung: unziemliches Verhalten, das unter den Kameraden zu Verwirrung und Disziplinlosigkeit führte. Sie können sich vorstellen, wie beliebt ich bei den Bombenwerfern war, denen der enge Kontakt mit den eigenen Ausscheidungen nicht gerade willkommen war. Ich konnte sie kaum davon überzeugen, dass es nicht als übler Scherz gemeint war. Hauptmann Tuck – Offizier vom Dienst, als ich mich in Koksijde-Bad meldete – tadelte mich scharf wegen meines Verhaltens und fügte hinzu, ich habe nicht nur das 13. Bataillon, sondern auch die Angehörigen der Public Schools von ganz Großbritannien blamiert.

»Aber wenn es nun wirklich Gas gewesen wäre, Sir?«

»Es war aber kein Gas, und deshalb ist Ihre Bemerkung unerheblich. Auf welcher Schule waren Sie, Todd? Harrow? Charterhouse?«

»Minto Academy.«

»Das erklärt alles.« Er ließ mich wegtreten.

Das einzige greifbare Ergebnis meines Fehlalarms war die prompte Ausgabe der neuen Gasmasken zwei Tage später. Doch dafür erfuhr ich keinen Dank.

Eines Tages, während meiner Disziplinarstrafe, marschierte ich, Schaufel und Pickel geschultert, nach Koksijde-Bad zurück, begleitet vom diensthabenden Feldwebel, der mich beim Latrinenausheben beaufsichtigt hatte.

Er war ein recht angenehmer Mensch, ein kurzsichtiger Zwanzigjähriger, der ein Semester in Cambridge studiert hatte und sich für Fotografie interessierte. Wir erörterten die relativen Vorzüge der Platte gegenüber dem Rollfilm; ich eher lustlos – ich war verdreckt und mir taten Kreuz und Schultern weh. Wir befanden uns auf der Straße, die von De Panne nach Oostduinkerke führt, und durchquerten gerade einen kleinen Weiler, der seit dem Vormarsch von 1914 vollkommen zerstört war, als wir auf einen liegengebliebenen Fiat-Lastwagen stießen, der voll mit Krankenschwestern besetzt war. Während der Fahrer sich am Motor zu schaffen machte, standen einige der Schwestern in der milden Sonne des Spätnachmittags am Straßenrand.

»Mr. Todd.«

Ich drehte mich um. Dagmar. Ich stellte ihr den diensthabenden Feldwebel vor, der so diskret und anständig war, sich ein paar Schritte zu entfernen.

»Miss Fjermeros …« Zu meinem Ärger bemerkte ich, wie ich rot wurde. Ich nahm meine Dienstmütze ab, ließ klirrend meine Geräte fallen. Der dumme Bauernlümmel grüßt die Gutsherrin.

»*Fjermeros*. Das ›j‹ wird nicht ausgesprochen.«

»Verzeihung. Natürlich. Wie geht es Ihnen?«

»Was machen Sie? Sie sind so schmutzig. Haben Sie Schwierigkeiten?«

»Nein, nein. Ich habe Latrinen ausgehoben. Nichts Ernsthaftes.« Überflüssigerweise fuhr ich mir mit den Fingern durch die kurzen Haare und fasste mir an den Schnurrbart, so als ob er unecht wäre und abzugehen drohte.

»Wo fahren Sie hin?«, sagte ich. Das weiche Sonnenlicht, das in diesem Augenblick auf ihrem Gesicht lag, ließ sie fast unerträglich schön erscheinen. Mir war nach Weinen zumute. Gern hätte ich meinen Kopf an diese gestärkte Schürze gelehnt und geweint.

»Wir werden verlegt.«

Ich nickte. Sie nannte einen Ortsnamen. Eigentlich hätte ich ihn mir einprägen müssen, aber in meinem Kopf trommelte es, wie wenn heftiger Regen auf ein Blechdach schlägt.

»Schade, dass wir keine Gelegenheit hatten, am Strand spazieren zu gehen.«

»Ja«, sagte ich.

»Danke, dass Sie mir damals meine Uhr gebracht haben. Das war nett.«

»Nicht der Rede wert.« Mein Feldwebel räusperte sich. »Ich

glaube, ich muss gehen. Ich hoffe, er hat den Wagen bald wieder in Stand.«

»Ach, das macht nichts. In der Sonne ist es angenehm.« Sie streckte ihr stilles Gesicht den niedrig einfallenden Strahlen entgegen und schloss die Augen. Ich sah die golden schimmernden Wimpern und die feinen blauen Äderchen auf ihren Lidern pulsieren.

»Ist es nicht … Also, auf Wiedersehen.«

Sie schlug die Augen auf. »Denken Sie daran, was ich Ihnen gesagt habe, Mr. Todd.«

Der Rückmarsch zum Lager nach Koksijde-Bad hätte unter Wasser stattfinden können, so verschwommen und tränenüberströmt waren meine Augen. Ich hatte mich nicht mehr in der Gewalt und schnupfte und schnäuzte mich den ganzen Weg über in mein Taschentuch.

»Heuschnupfen«, erklärte ich dem skeptischen Feldwebel.

An diesem Abend schrieb ich in mein Tagebuch:

Dagmar ist fort, und mit ihr welche wunderbaren Gelegenheiten?

Das Leben ist, so scheint es mir, im Grunde nichts anderes als ein langer Prozess der ständigen Verbitterung.

23. Mai 1917. Wieder in Wormstroedt im Lager der Brigade. Meine ganze Lust auf Huguette ist wieder da, gefördert und verstärkt durch den Verlust von Dagmar. Ich verbringe meine ganze Zeit in der Kneipe.

Es ist eigenartig, wie das verliebte Auge die Dinge verwandelt. Huguette erschien mir jetzt als der Inbegriff der Schönheit. Jede Einzelheit trug zu der harmonischen Gesamtwirkung bei. Die dunklen Flaumhaare auf ihrer Lippe, die dicken fleischigen Oberarme, die rundlichen Wangen, die drei oder vier Falten am Hals. Das alles machte, dass ich sie noch mehr liebte. Sie grüßte mich wie immer knapp, aber wenigstens wusste sie, wer ich war. Seit unserem letzten Aufenthalt in

Wormstroedt war sie eindeutig dicker geworden, aber in meinem erregten Zustand erschien mir die Vorstellung von dicken runden weichen Schenkeln, einem runden dicken weichen Bauch und dicken weichen runden Brüsten weit verlockender als alles, was schlanker und geschmeidiger gewesen wäre. Die jugendliche Fettleibigkeit, bei der das Übergewicht Schwung und Festigkeit hat und nichts lose oder schlaff geworden ist, hat doch auch etwas Verführerisches an sich, oder nicht?

Ich war so absorbiert, dass ich nicht recht wahrnahm, wie der Verkehr in Wormstroedt zugenommen hatte. Die großen Geschütze, die ständig durch die Stadt fuhren, die Lastwagenkolonnen, die Häufung von Stabsoffizieren in stotternden Autos, die Militärpolizei, die häufige Ankunft neuer Einheiten – das alles entging mir. In der Tabakfabrik hatten wir aufgestockt, um Platz zu machen für andere, und zum ersten Mal wurde der Tabakgeruch überdeckt von den Gerüchen heißer, dicht zusammengedrängter menschlicher Leiber.

Es gab Gerüchte, dass wir von Nieuwpoort woandershin verlegt werden sollten. Teague und Somerville-Start ergingen sich in hitzigen Spekulationen über eine mögliche Abkommandierung. Was von solchen Mutmaßungen zu mir drang, ließ mich nur noch verstärkt an Huguette denken. Nur ein Gedanke beherrschte mich jetzt: Ich durfte nicht sterben ohne geschlechtliche Erfahrung. Ich beteiligte mich an einigen Fußballspielen, ich ging in die Badehäuser, ich bekam eine neue Ausrüstung, ich machte bei einem Kurs in Granatenwerfen mit, ich exerzierte, und das alles, als wäre ich ein Automat. In meinen Freistunden saß ich in der Kneipe, trank Huguettes abscheulichen Tee, aß Eier mit Pommes frites, sah zu, wie sie Löcher in Kondensmilchdosen bohrte oder mürrisch zwischen den Tischen umherging und Teller und Besteck auf ein Tablett warf, das sie gegen ihren nachgebenden Schenkel presste.

Am 3. Juni befahl man uns, nach Nieuwpoort zurückzukehren, wo das 13. Bataillon weitere Anweisungen abwarten sollte. Unsere Tage im ruhigen Abschnitt waren gezählt. Teague strömte über vor Freude. Ich begriff, dass wir vielleicht nie wieder nach Wormstroedt kommen würden. An diesem letzten Abend blieb ich so lange wie möglich in der Kneipe sitzen. Die meisten vom 13. Bataillon waren gegangen. Es gab noch drei lärmende Tische, an denen australische Pioniere Bier tranken. Tee wurde kaum verlangt. Huguette stand mit gesenktem Kopf neben der matten kupfernen Teemaschine, mit sich beschäftigt, denn sie knibbelte an einer Schwiele ihrer Hand. Die Abendsonne, die durch die kleinen Fenster drang, ließ den Rauch, der in der Luft hing, milchig erscheinen und übergoss die schartigen Tischplatten und die gekrümmten Stuhllehnen mit einem ungewöhnlichen glänzenden Schimmer. Ich ging durch eine Wand von Licht auf sie zu. Sie schaute hoch.

»Voila, Tommy; encore du thé?«

»Nein, danke.« Ich deutete nach draußen. *»Une minute. Parier?«*

Sie schaute mich spöttisch an. Dann warf sie einen gelangweilten Blick durch den Raum, wobei sie ihre Oberlippe zwischen den Zähnen einzog. Es gab ihr ein leicht äffisches Aussehen.

»Pourquoi pas?«

Durch eine Seitentür gingen wir hinaus und kamen in einen kleinen, verkommenen Hof, in dem ein paar magere Hühner scharrten. Wir gingen um eine Ecke und befanden uns auf einem schmalen, sonnenbeschienenen Weg, der unbenutzt und zugewuchert war. Jenseits einer Backsteinmauer erblickte ich die geflieste Rückwand der Tabakfabrik und ihre schmutzigen Fenster. Huguette führte mich auf diesem Weg zu einem Schuppen, und wir traten hinein. Mein Blick fiel auf eine alte Maschine, einen Rübenhäcksler, der verrostet und unbrauchbar war. An der Wand hing eine schön geschwungene Sense. An der Rückseite lag ein modriger Haufen Rüben. Ein Stapel

Jutesäcke lag auf dem Boden. Ein erdiger Geruch von Wurzelgemüse hing in der Luft – feucht, organisch, dunkel. Huguette lehnte sich an die Wand. Ich versuchte sie zu küssen. Ich zitterte und schwitzte. Sie stieß mich fort.

»*Baiser, c'est dix francs!*«

Ich leerte meine Taschen und gab ihr zehn Francs. Ich nahm ihr großes Gesicht in die Hände. Langsam und zärtlich näherte ich meine Lippen den ihren.

Fast hätte ich vor Schreck aufgeschrien, als ich ihre flinke, sich windende Zunge spürte. Es war, als hüpfte ein lebender Aal in meinem Mund herum. Ich hatte das Gefühl, dass mir ein Kolben in der Brust die Luft in den Lungen zusammenpresst. Es war erstaunlich. Dann stieß sie mich erneut fort.

Ich hatte noch sechs Francs und ein paar Sous übrig. Mein ganzes Geld war für ihren ekelhaften Tee und für Eier mit Pommes frites draufgegangen. Auf einer zittrigen, feuchten Handfläche streckte ich ihr das Geld entgegen. Sie strich die Münzen ein.

»*C'estpas beaucoup*«, sagte sie, während sie mit einem leichten Schmollen nachzählte. Sie zuckte mit den Achseln, griff nach meiner Hand und schob sie unter ihren Rock. Ich fühlte ihre Schenkel – warm, weich – und schob meine Hand hinauf. Die Fingerspitzen berührten Haare – lockig, federnd, trocken –, genau wie meine eigenen. Sanft schob ich meine gewölbte Hand über ihre Leiste. Es schien, als hätte ich aufgehört zu atmen. Wie eine Hand voll Wuschelhaar einen ängstigen kann. Mein Blick war auf einen Astknoten in der Bretterwand vor mir fixiert. Huguette wechselte ein wenig die Stellung.

»*Finis?*«

»Ja. *Oui.*«

Ich trat einen Schritt zurück. Sie blickte ein wenig erstaunt.

»Ich liebe dich, Huguette«, sagte ich heiser.

»*Oh, poff, oui …* ›ich liebe dich‹, *ça marche pas!*« Sie drohte mir mit dem Finger. »*C'est une question d'argent.*«

Sie öffnete die Tür. Ich trat in die zitternde Dämmerung

hinaus. Die Sonne schien in die großen Fenster der Tabakfabrik und verwandelte sie in märchenhafte goldene Spiegel.

Endlich hatte ich es *gesagt.* Ein Mann zu einer Frau. Ich hatte geküsst, ich hatte diese verborgene Stelle berührt. Ich fühlte mich seltsam ruhig und von Kraft erfüllt. Als wir zum Kopfbahnhof von Koksijde zurückfuhren, saß ich auf dem Boden des Güterwagens neben Leo Druce. Er hatte seine Mütze abgenommen – sie balancierte auf einem seiner Knie. Von seiner Haarpomade ging ein schwacher süßlicher Duft aus. Seine vornehmen, zarten Gesichtszüge schienen mit dem groben Schnitt und Tuch seiner Felduniform nicht zusammenzupassen. Er ließ die Mütze auf seinem Knie herumwirbeln.

»Was meinst du, wo kommen wir hin?«, fragte ich.

»Weiß nicht. An die Somme? Nach Arras? Louise hat es mir nicht gesagt.«

»Gibt's dort 'ne Offensive?«

»Sieht ganz danach aus.«

Ich spürte ein beunruhigendes Pochen im Magen.

»Ich würde mir keine Gedanken machen, alter Knabe. Wahrscheinlich vergessen sie uns.«

Ich war ihm dankbar für die beruhigenden Worte, mochten sie auch noch so unrealistisch sein. Ich wollte ihm begreiflich machen, warum ich so furchtsam war, wollte ihm andeuten, was der eigentliche Gegenstand meiner Befürchtungen war.

»Ich mache mir bloß Sorgen, dass ich, verstehst du, nicht genug *gemacht* habe.« Ich versuchte ein Lächeln. »In meinem Leben sozusagen.« Ich hielt inne. »Ich meine, ich war noch nicht einmal richtig verliebt. So mit allem.«

»Stell dir vor, du wärest es: Wahrscheinlich ginge es dir schlechter.«

»Ich nehme es an. Ich …«

»Kennst du das Mädchen aus der Kneipe?«

»Die den Tee macht oder die, die spült?«

»Die den Tee macht.«

»Was ist mit ihr?«

»Was hältst du von ihr?«

»Ich weiß nicht … Recht entgegenkommend. Ziemlich billig. Dreißig Francs fürs Bumsen ist nicht schlecht.«

»Huguette?«

»Heißt sie so?« Er wandte sich an Kite. »Heh, Noel, dieses Weib in der Kneipe – Todd sagt, sie heißt Huguette.«

»Aha … Huguette«, sagte Kite und ließ sich den Namen auf der Zunge zergehen. »Hast du sie gebumst, Todd?«

»Ja … O ja.«

»Sie ist Bookbinders Liebling«, sagte Druce. »Noel und ich ziehen die Tellerwäscherin vor.«

»Aha.«

»Ich muss sie mal probieren, wenn wir wieder dorthin kommen.«

»Gute Idee. Werd ich auch machen.«

Es muss wohl um diese Zeit gewesen sein, da es mit meiner Gesundheit bergab ging. Plötzlich fühlte ich mich ständig krank und apathisch. Vielleicht war es nicht so sehr meine Gesundheit als vielmehr mein Wohlbefinden. Ich verachtete mich und ärgerte mich über meine Naivität, nicht so sehr, weil ich einem so banalen romantischen Irrtum erlegen war, sondern weil er mir meine Eitelkeit enthüllte. Das machte mich noch weniger geneigt, mich mit unserer Verlegung anzufreunden, und steigerte meine Furcht vor dieser »Offensive«, von der alle redeten. Ich war entschlossen, mich irgendwie aus der vordersten Linie herauszuhalten. Wenn man mich doch bloß in die Etappe zurückschicken würde, und sei es auch nach Dünkirchen. Gern hätte ich bis zum Ende des Krieges in Arbeitskommandos gewerkt.

Ich entwarf wilde Desertionspläne und dachte sogar an Selbstverstümmelung, wusste aber, dass mir dazu der Mut fehlte. Das war die Ursache meiner Apathie. Ich wollte etwas tun, hatte aber nicht den erforderlichen Mumm. Eigentlich brachte mich Pawsey auf die Idee. Seit er während des falschen Gasalarms gekotzt hatte, wirkt er blass und spitz. Der Alarm hatte ihn aus dem gewohnten Gleis gebracht. Er behauptete, ihm sei von dem Urin übel geworden, aber es war die Angst. Alle hielten ihn für einen Simulanten, besonders Teague und Somerville-Start. Ich beobachtete ihn genau, und nach einer Weile kam mir der Verdacht, dass er es fast darauf anlegte, sich zu vergiften. Sobald wir draußen waren, kaute er ständig Gras, und nie sah ich ihn den Brei ausspucken. Er wirkte anämisch und dünn und kam überhaupt nicht von der Latrine herunter.

Dann erfuhren wir, dass unsere Verlegung in drei Tagen erfolgen sollte – das Ziel war geheim. Was aber für meine Absichten noch wichtiger war: Das gesamte Bataillon sollte am Tag vor der Abfahrt kompanieweise antreten, um sich vom Sanitätsoffizier der Brigade untersuchen zu lassen. Irgendwie kam mir aus der Tiefe meines Unterbewusstseins ein alter Drückebergertrick in den Sinn (ich weiß nicht mehr, wer ihn mir verraten hat, möglicherweise war es Hamish), der im Wesentlichen darin bestand, dass durch starkes Rauchen auf leeren Magen der Puls gefährlich in die Höhe getrieben wurde. Ich aß so wenig wie möglich und fing an, so viel zu rauchen, wie ich nur ertragen konnte.

Diese Diät schlug bei mir in der Tat bemerkenswert an. Zunächst erlebte ich eine deutliche Euphorie. Ich schwebte wie auf Wolken und fühlte mich irgendwie größer. Nach vierzig Zigaretten bekam ich dumpfe Kopfschmerzen und begann mich elend zu fühlen. Am Morgen vor der Untersuchung war ich bleich und gereizt. Gleich nach dem Aufwachen steckte ich mir eine Zigarette an, und ich schaffte es, drei weitere zu rauchen, bevor meine Übelkeit nach einer Tasse Tee verlangte.

Druce äußerte sich über meine Tabaksucht.

»Reg' dich ab!«, sagte er. »Ich bin sicher, dass wir wieder in die Etappe geschickt werden. Wir sind Material für einen ruhigen Abschnitt.«

Ich lächelte schwach und entzündete eine weitere Zigarette.

Kompanie D musste um elf Uhr zur Inspektion antreten. Beim Betreten des Zelts bemerkte ich ein Schild mit der Aufschrift »FFI-Inspektion«. Ich fragte Druce, was die Abkürzung bedeuten solle.

»Free From Infection – frei von Infektionen«, sagte er.

»Aber was bedeutet das genau?«

Er sagte, er habe keine Ahnung.

Vor uns stand ein mürrisch blickender, fahlgesichtiger Doktor. Unter einem Arm trug er ein Offiziersstöckchen. Ich legte meine Hand aufs Herz. Ganz gewiss pochte es ungewohnt heftig. Auch meine Kopfschmerzen machten sich verschwommen klagend an meinen Schläfen bemerkbar. Ich war käsebleich, und der Schweiß stand mir auf dem Gesicht. Die Haare hingen mir durchgeschwitzt in die Stirn. Einen Mann in meinem Zustand können sie ja wohl nicht in den Kampf schicken, sagte ich mir. Etwas weiter entdeckte ich Pawsey, jadegrün und mit unablässig mahlenden Kiefern.

»Prima«, sagte der Doktor. »Lassen Sie die Hose runter. Und die Unterhose.«

Verblüfft kamen wir zögernd dem Befehl nach, einige mit einem lüsternen Grinsen. Die Hemdschöße wahrten unser Schamgefühl. Der Doktor trat auf die erste Reihe zu. Mit seinem Offiziersstöckchen hob er das Hemd des ersten Mannes vorne hoch, schaute hinunter und fragte: »Alles in Ordnung?«

»Jawohl, Sir.«

So machte er es bei allen und kam auf diese Weise rasch in der Reihe vorwärts. Er kam zu mir und hob mein Hemd an.

»Alles in Ordnung?«

»Sir, mein Herz …«

Er war schon beim nächsten Mann. Louise, der ihm folgte, starrte mich wütend an. Ich fühlte Tränen des Zorns brennend in mir aufsteigen. Ich warf einen schnellen Blick zu Pawsey hinüber. Er war offenbar über meine pauschale Abfertigung entsetzt.

Der Doktor kam zu ihm. Hob sein Hemd hoch.

»Alles in Ordnung?«

»Nein, Sir«, sagte Pawsey kühn und schluckte seinen durchgekauten Grasklumpen hinunter.

Der Doktor ging weiter zum nächsten Mann.

Er brauchte nicht einmal eine Stunde, um das gesamte Bataillon zu untersuchen, und wir wurden bis auf den letzten Mann für »Frei von Infektionen« erklärt. Frei, uns abschießen zu lassen und nicht das Schlachtfeld anzustecken, sagte Pawsey bitter, als wir uns später über unsere Empörung ausließen.

»Ich fühle mich *fürchterlich*«, sagte Pawsey. »Wirklich fürchterlich. Ich bin krank, um Himmels willen. Dieser verdammte Quacksalber …« Es zuckte um sein Kinn, während er versuchte, seine Tränen zurückzuhalten.

Was mich anging, so war ich nur verdrossen und resigniert. Ich hatte das Gefühl, vor einer hoch aufragenden, drohenden Felswand der Verzweiflung zu stehen. Am Nachmittag dieses Tages entzog ich mich einem weiteren Fußballspiel und ging durch die Dünen in Richtung des Deiches. Hoch am Himmel standen massige graue Wolken, dicht aneinandergepackt wie Pflastersteine. Weit draußen auf dem Meer lag ein Nebel, der das Wasser am Horizont in den Himmel übergehen ließ. Es herrschte ein gleichmäßig trübes Licht. Es war Ebbe, und ein matt schillernder feuchter Glanz lag auf dem breiten Strand.

Ich durchquerte eine Lücke im Drahtverhau, stieg die Stufen des Deiches hinab, wandte mich, auf dem Strand angekommen, nach Osten und ging in Gedanken verloren eine Weile vor mich hin. Ich war bemüht, meinen angeborenen natürlichen Optimismus wiederaufleben zu lassen, wieder ein Selbstwertgefühl zu entwickeln. Ohne Selbstachtung kann man nichts erreichen, und ich wusste, dass ich die beiden Enttäuschungen mit Dagmar und Huguette überwinden musste … Ich dachte an Dagmar: Wäre ich doch nur kühner gewesen bei ihr. Ihren Namen wusste ich noch: Dagmar Fjermeros. Nach dem Krieg kannst du nach Norwegen gehen, sie finden, sie heiraten, eine Familie gründen. Was hatte sie zu mir gesagt?

»Sie werden überleben. Ich habe immer recht.« Fimmer. Hätte sie doch nur »immer« gesagt …

Ich blieb stehen. In der Ferne konnte ich Nieuwpoort-Bad sehen, und jenseits der beiden Piers glaubte ich, den zerstörten Sockel des Leuchtturms auf der anderen Seite der Grabenlinie auf dem rechten Ufer der Yser zu erkennen. Plötzlich fühlte ich mich, zu meiner eigenen Überraschung, wie ein Grundherr. Das war meine Position: *l'homme de l'extrême gauche.* Ein ganz spezieller Posten. Der erste Mann an der Westfront. Andere hatten ihn innegehabt, und zweifellos hatte ihn auch jetzt jemand inne, aber ich hatte das Gefühl, als hätte ich ihn diesem anderen verpachtet. Teagues höhnische Bemerkung kam mir in den Sinn: »Was hast du im Krieg gemacht?« Ich brauchte mich durchaus nicht zu verstecken. Ich wandte mich um und trat den Rückweg an. Ich war *l'homme de l'extrême gauche.* Je länger ich darüber nachdachte, desto besser gefiel mir die Vorstellung. Sie erschien mir passend und bedeutsam. Dies würde, das erkannte ich nun, meine Rolle im Leben sein.

Ein mächtiger Stoß ins Kreuz warf mich zu Boden. Sand stob mir ins Gesicht. Ich erhob mich auf alle viere, japste nach Luft und versuchte, mir den Sand aus den brennenden, tränenden Augen zu wischen. Ich vernahm ein Bellen, das mir traurig bekannt vorkam. Ralph.

Das hirnlose Vieh hüpfte und tollte um mich herum wie ein Lamm. Es ging in eine halb geduckte Stellung, Hinterteil nach oben, schwanzwedelnd, die Vorderbeine flach auf dem Sand ausgestreckt.

»Lass das!«, kreischte ich. »Lass mich in Ruhe!«

Die Rückkehr des Hundes weckte eine irrationale Furcht in mir. Ralph war, zumindest für mich, ein schlechtes Omen: bestenfalls jemand, der mir großen Ärger einbringen würde, schlimmstenfalls so etwas wie ein Vorbote böser Ereignisse. Ich ging über den Strand zurück und beschleunigte meinen Schritt. So weit hatte ich nicht gehen wollen. Vor mir erglänzte der feuchte Strand in einem strahlenden, schuppigen Silber, wie ein Fisch. Ich blickte mich um. Ralph hoppelte hinter mir her.

»Geh weg!«, schrie ich. Er spitzte seine Ohren und kam näher. Ich nahm eine Hand voll Sand auf und bewarf ihn damit. Mit freudigem Bellen begrüßte er dieses neue Spiel. Ich drehte mich um und fing an zu laufen. Eine erregte, labyrinthische Verwirrung bemächtigte sich meiner. Das selbst auferlegte Fasten und die riesige Menge Tabak machten meinem Organismus noch immer zu schaffen. Plötzlich war ich erschöpft, mir war übel, und ich blieb stehen. Ich setzte mich auf den Hintern. Neben mir auf dem riesigen Strand Ralph, idiotisch keuchend. Meine Einsamkeit übermannte mich – ein widerstrebender Schauspieler auf einer riesigen verlassenen Bühne, schwindelig vor Angst und Furcht.

Ralphs glückliche Heimkehr verhinderte, dass die anderen meinen Kummer bemerkten. Der Marschbefehl war eingetroffen. Wir sollten am nächsten Tag um sechs Uhr in Koksijde-Bad den Zug besteigen.

»Wo geht es hin?«, fragte ich Leo Druce.

»Der Ort heißt Ypern«, sagte er.

Villa Luxe 27. Mai 1972

Emilia hat heute frei. Ich gehe zu einem kleinen Imbiss ins Dorf. Die Cafébar ist schlicht und nackt, aber sie geht sehr gut. Ein dunkler Innenraum, mit Fliesen und Fensterläden, kaum beleuchtet. Draußen eine große L-förmige Terrasse. An Gittern ranken Weinreben und Bougainvilleen empor. Viele fleißig begossene Blumentöpfe prunken mit ihrer Pracht – Zinnien und Geranien. Wenn die Luft sich bewegt, sollten Sie draußen sitzen. Wenn Sie den kühlen Schatten suchen, setzen Sie sich hinein. Rasch werden sich Ihre Augen an das ruhige Dämmerlicht gewöhnen.

Der Besitzer der Bar ist Ernesto, ein dunkelhäutiger, liebenswürdiger Flegel, aber betrieben wird sie von seinen betagten

Eltern. Tage können vergehen, ohne dass Ernesto sich zeigt – er fährt mit seinem alten Simca in die Stadt, wann immer er Lust dazu hat. Der alte Mann Feliz und seine Frau Concepcion übernehmen die Arbeit mit stiller Geduld. Sie begrüßen mich als einen geachteten Kunden. Ich habe miterlebt, wie aus ihrem Sohn, der einmal ein schlankwüchsiger, eifriger Junge war, dieser lächerliche Schwerenöter wurde (ständig lässt er sich einen schmalen Schnurrbart wachsen und rasiert ihn wieder ab). Sie wissen, dass ich weiß, was sie leiden. Wir lächeln und zucken die Achseln. So sind die Kinder – was kann man machen? Zwischen älteren Leuten gibt es ein wohltuendes Zusammengehörigkeitsgefühl: Wir helfen einander, mit den Dingen zurechtzukommen. Ich bestelle ein Bier und einen Teller Oliven. Feliz schlurft in die Küche, um mir ein zähes Steak zu braten. Ich freue mich auf den Nachmittag und die vergnügliche Betätigung, in den Löchern meiner Zähne nach Fleischfasern zu schürfen.

Ich habe mein Steak halb gegessen, als die beiden deutschen Mädchen hereinkommen. Es sind die Zwillinge, die Töchter von Herrn Gunter. Sie dürften Anfang zwanzig sein. Sie tragen Shorts und T-Shirts. Ihre Beine sind schon rosig von ein paar Tagen Sonnenbaden. Es sind hübsche Mädchen, diese Zwillinge, mit offenen, gewinnenden Gesichtern. Sie sind gut gebaut, wie Schwimmerinnen, mit breiten Schultern und vollem dunkelblondem Haar. Die eine, die ein wenig hübscher ist, hat sich eine Strähne mit einem helleren Blond gefärbt.

Sie sitzen draußen mit ihren Getränken und einem Teller Pistazien und zünden sich Zigaretten an. Ich kaue weiter an meinem Steak herum – Feliz hat sich selbst übertroffen: Von der anstrengenden Zerkleinerungsarbeit tun mir die Kaumuskeln weh.

Die Mädchen schauen ständig zu mir herein. Dann kommt die weniger Hübsche herein, um noch etwas zu trinken zu holen. Sie setzt eine Brille auf und tut so, als betrachte sie die bunten Kalender, die Ernestos Lieferanten ihm aufgedrängt haben und mit denen er die ansonsten kahlen Wände der Bar schmückt. Ich weiß, was sie eigentlich will: mich näher betrachten.

Feliz' Kartoffeln triefen von Öl. Mit einem Stück Brot sauge ich es auf.

»*Guten Tag.*«

»*Tag*«, sage ich gedankenlos.

»Sprechen Sie Deutsch?«

»Ein bisschen ... Früher – also, es ist lange her. Aber leider vergesse ich es ...«

»Englisch?«

»Ja, das ist einfacher.«

»Das wussten wir nicht. Wir haben gedacht, Sie könnten Italiener oder Spanier sein.«

»Ich lebe hier seit Jahren.«

»Sind Sie Engländer? ... Darf ich Platz nehmen?«

»Schotte ... Bitte sehr.«

»Möchten Sie eine Zigarette?« Sie setzt sich. Eine zerdrückte Packung steckt im Ärmel ihres erbsgrünen T-Shirts. Als sie sich hinsetzt, erzittern die Brüste unter dem grünen Baumwollstoff.

»Nein danke.«

Sie hat immer noch die Brille auf. Schildpatt. Modisch geformte Rechtecke ...

»Mein Name ist Ulrike Gunter«, sagt sie und zündet sich die Zigarette an. Ihre Schwester kommt herein. »Das ist meine Schwester Anneliese.«

Wir geben uns die Hand. »Todd«, sage ich. »John James Todd.«

Ulrike Gunter runzelt die Stirn. »Todd?«

»Ja«, sage ich.

Wir sprechen von unseren Villen, von Problemen mit der Wasserversorgung, dem Personal, dem Strom. Ich erzähle ihnen, dass mein Schwimmbecken in diesem Sommer leer ist. Sie bestehen darauf, dass ich zum Schwimmen zu ihnen kommen solle. Sie sprechen gut Englisch, diese hübschen starken Mädchen. Meine Verwirrung lässt geringfügig nach.

Anneliese zerreißt sich an einer widerspenstigen Pistazie den Nagel. Ich zeige ihr, wie man eine Halbschale als Hebel ansetzt, um die Nuss zu öffnen. Sie sind voller Bewunderung. Ob ich diese unfehlbare Methode erfunden hätte, Pistazien zu öffnen, die besten Nüsse der Welt? Sie brauchen sich keinen Nagel mehr an ihnen zu zerreißen, Sie brauchen sich nicht mehr über diese Nüsse zu ärgern, die einen mit ihrem feinen Lächeln verrückt machen, Sie brauchen sie nicht mehr ungeöffnet auf dem Boden der Schale liegen zu lassen.

Ulrike ist von der Wirkung meines einfachen Tricks entzückt.

»Ach ja«, sagt sie. »Es ist wie – wie heißt es? – wie bei *muskels.*«

»Muscheln«, sage ich. »Dasselbe Wort.«

»Ich sollte es wissen«, sagt sie und erklärt mir, sie sei Meeresbiologin und schreibe eine Doktorarbeit über Weichtiere.

Nach den Drinks gehen wir den Rückweg zu unseren Villen, inzwischen Nachbarn geworden, gemeinsam. Vor ihrem Tor angekommen, bleibt Ulrike mit einem fragenden Ausdruck stehen.

»Sind Sie schon in Deutschland gewesen, Mr. Todd?«

Ich bin schon ein Stück weiter und kann so tun, als hätte ich es nicht gehört.

»Sie müssen alle mal auf einen Drink vorbeikommen. Sehr bald!«, rufe ich.

»Tschüs!«

Neue Geometrien, neue Welten

Wir verpassten die Schlacht um die Höhe von Messines um einige Tage. Mit der Zündung der riesigen Minen unterhalb dieser Höhe begann am siebten Juni die dritte Schlacht von Ypern, die sich bis Mitte November hinzog. Eigentlich kam alles kurz nach Messines für einige Monate zum Stillstand, bis Ende Juli die Offensive wieder aufgenommen wurde. In der Zwischenzeit wurde das 13. (Public School) Kampfbataillon der Duke of Clarence's Own South Oxfordshire Light Infantry in den Frontbogen von Ypern verlegt.

Wir hatten gehofft – und Oberst O'Dell hatte es uns versichert –, wieder mit dem Regiment vereint zu werden, aber dazu war es nicht gekommen. Am 17. Juni befanden wir uns, der Corpsreserve hinter Bailleul zugeschlagen, rund zwanzig Kilometer von Ypern entfernt. Wir wurden in einen Bauernhof einquartiert; auf der anderen Straßenseite lag ein Bataillon australischer Pioniere. Die Bombenwerfergruppe von Kompanie D schlug ihr Zelt auf, und damit begann der vertraute Ablauf von Gewehrreinigen, Arbeitskommandos und Sport. Herrgott, wie mir dieser Sport inzwischen zum Hals heraushing! Fußball, Federball, Rugby, Kricket, alles – sogar British Bulldog in Bataillonsstärke!

Wir konnten die Geschütze an der Front deutlich hören. Sie klangen irgendwie anders als der weithin hallende Donner der Belagerungsartillerie bei Nieuwpoort – unheilvoller und gefährlicher, wie das Rumpeln einer Kugel beim Kegelspiel, die alles umwirft. Eine Woche lang legten wir einen Knüppeldamm aus frischen, saftigen Ulmenholzbohlen für eine Batterie von schweren Haubitzen – flachen, starren Geschützen mit faustgroßen Nieten –, aus denen dicke Granaten von dreißig Zentimeter Durchmesser abgeschossen wurden. Diese Geschütze wurden von der Straße aus von Zugmaschinen in ihre Stellung geschleppt. Im Abstand von fünfzig Metern beobachteten wir, die Finger in die Ohren gestopft, ihre erste Salve. Die Erde bebte, die Geschütze verschwanden in einer Rauchwolke. Das Laden dauerte fünf Minuten; die Granaten wurden auf einer Feldbahn herbeigeschafft und dann mit einigen Schwierigkeiten mit einem primitiv wirkenden Flaschenzug, der an einem hölzernen Dreibein befestigt war, in den Verschlussblock gehievt.

Wieder machte sich Langeweile breit, aber es war nicht mehr dieselbe wie früher: Unter ihrer Oberfläche lag eine gewisse Erregung. Eine Offensive war im Gange; bestimmt würden recht bald wir mit unserer »Nummer« an die Reihe kommen. In unserem Zelt herrschte echte Begeisterung, die von allen geteilt wurde, außer von Pawsey und mir. Selbst Noel Kite sagte, er sei scharf darauf, »sich mit den Deutschen zu messen«. Der Hund Ralph, den wir von Nieuwpoort mitgenommen hatten, wurde zum Maskottchen der Bombenwerfergruppe. Ich habe ein Foto mit uns allen, das mit der Box von Somerville-Start aufgenommen wurde. Da sitzen sie: Kite, Bookbinder, Somerville-Start (Ralph japsend zwischen seinen Knien), Druce, Pawsey, Teague und die anderen, deren Namen mir nicht mehr einfallen – grinsend, Glimmstängel im Mund, die Mütze zurückgeschoben, in Hemdsärmeln, offenem Kragen, Teague hält in beiden Händen eine Eierhandgranate. Man könnte meinen, wir seien ein normaler, fröhlicher und geselliger Haufen von »Kumpels«. Aber der Schein trügt. Die Monate in Nieuwpoort hatten uns kaum aneinander geschmiedet. Um ehrlich zu sein, wir alle gingen einander ziemlich auf die Nerven. Wir waren wie Schuljungen am Ende des Schuljahres und brauchten nach der unmittelbaren Nähe einen gewissen Abstand.

Ende Juni marschierten wir von Bailleul über Loker und Dikkebus nach Ypern. Die Landschaft erinnerte an bestimmte Gegenden Englands. Sanfte Hügel, Katen und Bauernhäuser mit roten Ziegeldächern, hier und da Waldungen und längs der Wege eine Fülle von Flieder-, Weißdorn- und Goldregenbüschen. Wir umgingen die zerbombte Stadt und bezogen Reservegräben am linken Ufer des Yser-Kanals. Hier geriet das Bataillon zum ersten Mal unter Beschuss durch einige verirrte Granaten. Wir alle meinten, nach den Artillerieduellen bei Nieuwpoort ließe uns der Beschuss kalt, aber schließlich erlebten wir hier zum ersten Mal wirklich Explosionen. Ich weiß noch, wie die Erdfontänen in den Feldern jenseits des Kanals hochschossen und in sich zusammenfielen und ich ihnen eine zerbrechliche, vergängliche Schönheit zuschrieb: *»Erdbäume, die für den Bruchteil einer Sekunde leben«*, schrieb ich in mein Tagebuch. Einige Granaten landeten in unserem Rücken, aber mich beunruhigte das nicht. Besonders gefährlich schienen sie nicht zu sein, nicht bedrohlicher als die Rauchwölkchen, die unverfänglich im Sonnenschein schwebten, nachdem die Erdklumpen wieder zu Boden gefallen waren.

Als Ablösung für ein Bataillon des Royal Sussex-Regiments gingen die Kompanien A und B in die vorderste Linie. Zwei Tage später ging ich selbst mit einem Verpflegungskommando nach vorn; in Benzinkanistern trug ich achtzehn Liter Tee.

Was kann ich Ihnen über die Front bei Ypern Anfang Juli 1917 sagen? Später erklärte ich es den Leuten für gewöhnlich folgendermaßen:

Stellen Sie sich ein idealisiertes Bild der englischen Landschaft vor – ich denke in diesem Zusammenhang immer an die Cotswolds (in Wirklichkeit denke ich, um genau zu sein, immer an Oxfordshire in der Umgebung von Charlbury, aus naheliegenden Gründen). Stellen Sie sich vor, Sie gehen eine Landstraße entlang. Sie gelangen auf die Kuppe einer sanften Anhöhe, und vor ihnen liegt ein kleines Tal. Sie kennen die Aussicht, die sich von dort bietet, genau. Eine Straße, einige heckenbestandene Wege, ein buntes Mosaik von Feldern, einige kleine Dörfer – Hütten, ein Postamt, eine Wirtschaft, eine Kirche –, dort ein Taubenschlag, ein Bauernhof und eine alte Mühle, hier ein Bahndamm; links ein Wald, hier und da Unterholz und Gestrüpp. Der Blick gleitet fraglos über diese freundlichen und unverbindlichen Eindrücke hinweg.

Verlegen Sie nun auf beide Seiten dieses Tals je eine Armee. Lassen Sie die beiden sich eingraben und ein System von Schützengräben errichten. Alles, was dazwischenliegt, bekommt plötzlich eine neue, unheilvolle Bedeutung. Der gepflegte Bauernhof dort, der gefällige Entwässerungsgraben, das Dorf an der Straßenkreuzung werden zu entscheidenden Faktoren der Strategie und des Überlebens. Stellen Sie sich vor, Sie laufen über diese Felder, die dazwischenliegen, um auf dem gegenüberliegenden sanften Abhang Stellungen zu erobern, damit Sie in das Tal jenseits der Anhöhe vorstoßen können. Welchen Weg wählen Sie? Wo suchen Sie Deckung? Wie rasch werden Ihre Beine Sie diese plötzliche Steigung hinauftragen? Ob dieser Bachdurchlass Schutz vor Flankenfeuer bietet? Befindet sich in der Scheune dort vielleicht ein Beobachtungsposten? Probieren Sie es, wenn Sie das nächste Mal auf dem Lande spazieren gehen: Sie werden sehen, auf einmal ist die friedlichste Szene von Gewalt erfüllt. Es bedarf nur eines veränderten Blickwinkels.

Natürlich wird sich das Tal mit der Zeit allmählich verändern: Die Gewächse, die die Landschaft prägen, verschwinden mit der Bodenkrume; von den Gebäuden bleiben nur die Fundamente; Bäume werden zu Stümpfen. Die Farben vergehen unter dem dauernden Beschuss, und am Ende haben Sie bloß noch eine gleichförmige braune Vertiefung in der Landschaft zwischen zwei Anhöhen.

Aber ich dachte, als ich durch eine schmale Schießscharte zwischen den Sandsäcken hinausspähte, während unser Tee in den Schützengräben ausgeteilt wurde, nur an meine idyllische Aussicht. Gewiss ist das Land in diesem Teil Belgiens flacher, und es gibt keine richtigen Heckenraine, aber als ich durch unseren Drahtverhau hindurch meinen Blick über eine grasbedeckte Wiese schweifen ließ, die sich mit einer sanften Steigung bis zur gegenüberliegenden Anhöhe erstreckte, dachte ich, dass ich mich genauso gut in einem Tal in Oxfordshire befinden könnte. Dort, wo die Felder aneinanderstießen, standen Weißdornbüsche und struppige Hecken. Ich sah eine ungepflasterte Landstraße, kleine Feldgehölze (etwas herumgestoßen), eine Gruppe von Hofgebäuden (dito), aber im Grunde war es nichts anderes als ein Ausschnitt aus einer durchschnittlichen Landschaft. Wären da nicht der feindliche Drahtverhau und die dunklen Umrisse der Erdwälle ihres Grabensystems gewesen, hätte ich vielleicht ein Gähnen nicht unterdrücken können. Die Abendsonne war angenehm warm, und ich konnte von ihren Linien schmale Rauchfahnen aufsteigen sehen. Niemandsland. Es war nicht besonders beeindruckend.

Wir lagen eine Woche am Kanalufer und davon zwei Tage und zwei Nächte im Graben. Dort entdeckte ich zu meiner Genugtuung, dass mich trotz des gelegentlichen Sperrfeuers keine Panik überkam. Es wich noch nicht so sehr von meinen Erfahrungen in den Schützengräben von Nieuwpoort ab, dass ich deswegen die Nerven verlor.

Die ärgerlichste Folge unseres ersten Aufenthalts in den Schützengräben des Frontbogens war, dass wir Läuse bekamen. Ich probierte alles aus, was man normalerweise dagegen tut: Pulver; stundenlange emsige Suche nach Nissen, wie ein Affe; mit einer Kerzenflamme die Nähte entlangfahren – aber es half alles nichts. Schließlich gewöhnte ich mir an, die Innenseite des Hemdes nach außen zu kehren und es so einige Tage zu tragen, um es dann wieder umzudrehen, und so weiter. Zumindest das Jucken schien dadurch gelindert zu werden. Ich kratzte mich ständig, aber es war nicht mehr ganz so unerträglich.

Nachdem wir unsere Zeit an der Front abgedient hatten, wurden wir vorschriftsmäßig nach Bailleul zurückverlegt, und die Routine stellte sich von selbst wieder her. Saubermachen, Exerzieren, Sport, Arbeitskommandos und gelegentlich ein

Besuch in den Cafés der Stadt. Ich gewann außerdem einen unmittelbaren Eindruck von dem riesigen Organismus, den eine Armee ja darstellt: Feldzeugwesen, Transport, Bekleidung, Verpflegung, Tiere, Meldetruppen, Pionierwesen, Straßenbau, Feldpolizei, Fernmeldewesen, Gesundheits- und Sanitätswesen ... Auf den Feldern um Ypern kampierte eine unsichtbare Stadt, und damit sie funktionierte, brauchte sie Beamte, Zahlmeister, Verwalter, Arbeitskräfte und Unternehmer. Die Rolle, die das 13. Bataillon in ihrer Organisation spielte, bestand darin, Kabelgräben für die Fernmeldetruppen auszuheben, offene Stallungen an den Transportverbindungen der Brigade auszumisten, Schienen für Feldbahnen zu verlegen, Nachschubdepots zu bewachen und Gräber und Latrinen bei einem Feldlazarett auszuheben. Wir waren nichts anderes als Ameisen in einem Ameisenhaufen. Doch gleichzeitig gab ich in diesen Wochen des Wartens einen entsetzlichen Torhüter für die Fußballmannschaft der Kompanie D ab (wir verloren 11:2 gegen die australischen Pioniere); ich erkrankte an einer gehörigen Grippe, ich schrieb einen Brief an meinen Vater und drei an Hamish; fast hätte ich mich mit Teague geschlagen, als er mich des Diebstahls bezichtigte; ich war gelangweilt, sexuell frustriert, müde und bisweilen unglücklich, und eines Nachts träumte ich deutlich meinen eigenen Tod – ein Deutscher riss mir mit einem Schanzwerkzeug die Gedärme heraus. Ich schwankte zwischen der Rolle des seelenlosen Funktionärs und des einmalig wertvollen menschlichen Individuums, zwischen dem Wegwerfgegenstand und dem *sine qua non.*

Das alles endete am 16. Juli, als die Geschütze erneut ernsthaft loslegten. Dann wurde das einwöchige Sperrfeuer, das dem Angriff vorausging, auf zwei Wochen verlängert, da die erneute Offensive ständig hinausgeschoben wurde. In den ersten Nächten war das Feuerwerk am Horizont ungeheuer beeindruckend, aber als es dann Nacht für Nacht weiterging, war es bloß noch eine Lärmquelle. Bei der Großoffensive am 31. Juli gehörte das 13. Bataillon noch nicht einmal zur Reserve.

Am Tag, als die eigentliche Schlacht begann, wurden wir zur Entlausung in eine Zuckerfabrik bei Loker geführt.

Als wir am Abend dieses Tages zu unseren Unterkünften zurückmarschierten, regnete es stark. Vier Tage und Nächte lang ließ der Regen nicht nach. Mit einem Mal schien die düstere, nasse Landschaft voller böser Vorzeichen zu sein. Es schwirrten Gerüchte über einen Angriff herum, und alle waren verheerend. Eine Kompanie der Australier, die eine Nacht draußen war und neue Leitungen verlegte, erlitt schwere Verluste (»schwere Verluste« – ein milder, beschönigender Ausdruck). Ich fragte einen Mann, wie es gewesen sei. »Ein verdammtes Schlachthaus«, sagte er.

Am 7. August wurden wir wieder in die Brigadereserve am Kanalufer verlegt. Bevor wir in die Gräben gingen, wurde auf einem Feld ein Appell abgehalten, und Oberst O'Dell hielt eine Ansprache. Das Bataillon habe den Befehl bekommen, Verstärkungen für andere Einheiten der Brigade zu stellen. An Einzelheiten kann ich mich nicht erinnern; zwei Kompanien gingen, glaube ich, zu den Royal Welch. Kompanie D sollte einem Bataillon der Grampian Highlanders angegliedert werden.

Ich hielt uns bereits für das »unglückliche« 13. Bataillon, und diese neueste Maßnahme erschien mir als eine weitere Wendung zum Schlimmeren. Doch Teague und Somerville-Start jubelten. Erregt sprachen sie über die Schotten und ihren Kampfgeist, und sie ergingen sich in Spekulationen über die Kampfauszeichnungen dieses ehrwürdigen Regiments.

Am nächsten Tag brachen wir auf, nachdem wir den größten Teil unseres Gepäcks im Depot des Bataillons zurückgelassen hatten. Ralph wurde dem Quartiermeister anvertraut. Die »Bombenwerfer« machten großen Wirbel um ihren Abschied, man hätte meinen können, sie verabschiedeten sich von ihrer Großmutter. Mich berührte das nicht – ich war froh, das Tier endlich los zu sein.

Es dauerte Stunden, bis wir bei unserer neuen Einheit ankamen. Hinter der Front gab es ein gewaltiges Hin und Her. Auf

Laufstegen und verwurzelten Wegen bewegten wir uns durch die schlammigen Felder und wurden oft auf dem gleichen Weg wieder zurückgeschickt. Als wir endlich das Grabensystem erreichten, mussten wir ständig haltmachen, um Verpflegungs- und Waffenkommandos, Pioniere und Fernmelder durchzulassen. Schließlich fanden wir den richtigen Verbindungsgraben, in dem wir uns mühsam durcharbeiteten. Von vorne hörte ich, wie Louise sich bei einem Offizier der Grampians meldete. Wir wurden rasch für die Nachschubverbindungen eingeteilt.

Es war sofort klar, dass diese Gräben nicht das waren, was wir gewohnt waren: keine Unterstände, ja nicht einmal Vorsprünge zum Schlafen. Ich breitete meinen wasserdichten Umhang auf dem Boden aus, setzte mich darauf und lehnte mich an die Rückwand. Druce ging durch und sah nach, ob alles in Ordnung war. Ich schob meinen Helm nach vorn und versuchte zu schlafen. Der Geruch von feuchter Erde füllte meine Nase, und von rechts kam Bookbinders Körpergeruch, wahrhaft entsetzlich, ein scheußlicher Gestank. Zu meiner Linken kackte Pawsey in seinen Helm – er war zu ängstlich, um zum Latrinengraben zu gehen.

Aus meinem Tagebuch:
9. August 1917. Unser erster Morgen bei den Grampians. Durch ziellosen Beschuss aufgewacht. In Bereitschaft versetzt. Frühdunst. Vor uns, auf der anderen Seite unseres Drahtverhaus, eine niedrige Anhöhe und zwei zerstörte Bauernhöfe. Rechts von uns die Straße von Frezenburg nach Zonnebeeke, meint Druce. Ich kann keine Spur davon entdecken.

Viel geht daraus nicht hervor, zugegeben. Was mich am meisten schockierte, war nicht der Granatenbeschuss, sondern die Veränderungen in der Landschaft. Es schien, als sei der gesamte Boden bis hinauf auf die Anhöhe schwer umgepflügt worden. Das hohe Gras und die Sträucher, die ich vor fünf Wochen noch gesehen hatte, waren fast gänzlich verschwunden. Was hinter mir war, konnte ich nicht sehen, und auch rechts und links nicht viel, aber das, was ich sah, war von einem ziemlich eintönigen Dunkelbraun. Kaum zu glauben, dass wir Hochsommer hatten. Was mich außerdem – zu meiner Überraschung, denn ich bin nicht besonders heikel – ziemlich störte, war der Unrat überall. Im Graben lag alles Mögliche herum – leere Konservendosen, zurückgelassene Ausrüstungsgegenstände, Kisten und Teile von Kisten –, und wenn ich durch Lücken zwischen den Sandsäcken ins Niemandsland hinausblickte, schien es, als lägen dort überall Haufen von zersprungenen Matratzen herum. Ich schwöre, dass ich fünf Minuten brauchte, um zu begreifen, dass es sich um Leichen handelte.

Druce schickte mich, Kite und Somerville-Start zu den Gräben der Grampians, wo wir die Wasserration für unsere Gruppe abholen sollten. Wir gingen durch die Nachschublinien unserer Kompanie und suchten nach dem Stichgraben zum Verpflegungsdepot des Bataillons. Wir kamen an eine Ausweichstelle.

»Wo geht es zu den Grampians?«, fragte Kite.

»Zehn Meter weiter.«

Wir verließen die Ausweichstelle. Fünf sehr kleine Männer, wirklich sehr kleine Männer, saßen um einen Schnellkocher und brauten sich Tee. Sie betrachteten uns mit unverhohlener Feindseligkeit. Sie trugen Kilts und darüber Leinwandschürzen. Ihre Gesichter waren schwarz von Schlamm, Dreck und einem Fünftagebart. Zwei von ihnen standen auf. Sie reichten mir bis zur Brust. Keiner von ihnen konnte größer als ein Meter fünfzig sein. Bantams … Es waren die 17./3 Grampians, ein Bantambataillon, und alle blieben hinter der von der Armee geforderten Mindestgröße von ein Meter sechzig zurück. Kite und Somerville-Start waren beide größer als ein Meter achtzig.

»Was zum Teufel sucht ihr Arschlöcher hier?«, sagte einer der Männer mit starkem schottischen Akzent.

»*Was?*«, sagte Kite, der sein Staunen nicht verbergen konnte.

»Verpflegung«, sagte ich. Wenigstens ich konnte ihn verstehen. Er erklärte mir, wo wir hin mussten.

Zaghaft machten wir uns auf den Weg durch den Nachschubgraben und fanden schließlich das Proviantlager. Ein Dutzend von den Bantams holte sich dort gerade ihre Verpflegungsration ab. Während wir warteten, bis wir an der Reihe waren, fühlten wir uns unbehaglich, wie schlaksige Anthropologen unter einem Pygmäenstamm. Wir überragten diese winzigen, schmutzigen Männer um mehr als Haupteslänge. Man konnte meinen, Kobolde oder Trolle vor sich zu haben, und nicht Menschen, die der gleichen Rasse angehörten wie wir. Die Bantams schienen sich durch unsere Anwesenheit nicht stören zu lassen, aber wir fühlten uns alle nicht wohl in unserer Haut und grinsten verlegen, so als argwöhnten wir, dass man uns einen abgefeimten Streich spielen wollte, ohne recht zu wissen, worauf es hinauslief. Wir waren froh, als wir unsere mit Wasser gefüllten Benzinkanister entgegennehmen und abziehen konnten.

Die Bantams mochten uns nicht. Es kann nicht bloß an unserer Größe gelegen haben, obwohl man sagen muss, dass wir als ehemalige Angehörige von Public Schools durchschnittlich größer waren als die übrigen Mannschaften in den meisten Regimentern. Ich denke, dass alles ein bisschen dazu beigetragen hat, sie gegen uns einzunehmen: unsere Größe, unsere Art zu sprechen, unser Verhalten und unsere englische Eigenart. Dass Kite auf dem Rückweg an diesem ersten Tag die lustige Bemerkung machte: »Ich finde, sie sind ganz reizende kleine Kerle. Stimmt es, dass sie speziell gezüchtet werden?«, änderte nichts daran, dass zwischen unserer Kompanie und den Bantams rasch eine unsichtbare Barriere entstand, und zwar auf beiden Seiten. Die Situation war so gespannt, dass wir schließlich verlangten, unsere Verpflegung getrennt von ihnen abzuholen, was Louise dann auch auf irgendeine Weise bewerkstelligte. Dadurch kam es zu den ersten Verlusten in unserer Kompanie.

Die Dudelsackpfeifer schleppten gerade Gulaschkanonen herbei, als »es sie erwischte«, wie man damals sagte. Vier wurden getötet, drei wurden verwundet. Wir waren alle tief verstört, denn wir hatten gemeint, die Dudelsackkapelle sei unzerstörbar. Ich weiß noch, dass es Louise besonders schwer traf.

Der Routinebetrieb im Schützengraben ging in den folgenden Tagen wie gewohnt weiter. In meinem Tagebuch ist der Tagesablauf festgehalten:

Morgens 4 bis 6 Uhr Wachdienst. Bereitschaft. Frühstück: Tee, eingelegte Makrele, Zwieback. Gräben repariert. Verpflegung geholt. Mittagessen: Rindfleischsuppe, Zwieback. Geschlafen. Abends 6 bis 8 Uhr Wachdienst.

Es regnete von Zeit zu Zeit, und ich wurde immer dreckiger. Meine Uniform nahm jenes eigentümliche Aussehen an, das man bei allen stark verschmutzten Kleidern beobachten kann und beispielsweise bei Landstreichern und Flüchtlingen findet. Der Dreck scheint sich mit dem Stoff zu verbinden, und schließlich sieht es so aus, als seien Jacke und Hose aus dickem, groben Filz geschneidert. Die Falten an den Achseln, den Ellbogen und den Knien entwickeln einen permanenten Ziehharmonikaeffekt – steif und fest. Das Haar wird stumpf, dann fettig und ähnelt schließlich einem verfilzten Seilende. Die Fingernägel sind schwarz von Erde, die Hände werden hart und schwielig wie die eines Bauern. Die Bartstoppeln werden immer länger. Der Kopf juckt den ganzen Tag.

Wir wussten, dass wir bald mit unserer »Nummer« dran waren, denn die Anhöhe vor uns lag zunehmend unter Beschuss. Die Spannung wuchs, und die routinemäßige Vorsicht, die wir von früh bis spät übten, wich einer gereizten, neurotischen Unruhe. Wir hofften immer noch, dass man uns vor dem Angriff von der Front abziehen würde, damit wir uns ausruhen konnten, aber wie es schien, hatte man uns vergessen. Sogar Teague und Somerville-Start waren zahm. Was mich betrifft, so hatte ich eine neue Betrachtungsweise entwickelt. Um zu überleben, wollte ich so weit wie möglich meiner eigenen Vernunft, meinem Denken folgen, auch wenn ich dabei Befehle missachten musste.

Um halb fünf, eine Stunde vor der Morgendämmerung, wurden wir in Bereitschaft versetzt. Unser Ziel waren die beiden zerschossenen Bauernhöfe. Kompanie D sollte den rechten einnehmen, und die Bantams sollten unsere rechte Flanke decken. Wir sollten den Hof besetzen, sichern und etwaige Gegenangriffe zurückschlagen, bis die zweite Welle an uns vorüber war. Die Anhöhe hatte während der ganzen Nacht unter Trommelfeuer gelegen. Während wir uns im vordersten Graben sammelten, ging der Beschuss noch immer weiter. Weiß im Gesicht, ging Louis durch unsere Reihen und murmelte etwas, das wohl als Aufmunterung gedacht war. Bei dem Lärm der Einschläge konnte ich ihn nicht verstehen. Neben mir stand Pawsey. Auf der anderen Seite war Somerville-Start. Er hielt eine Leiter, genau wie ich. Ich war in höchster Bereitschaft.

Doch ich hatte den Rum vergessen. Der Furier ging von einem zum anderen und schenkte aus dem großen Steinkrug den Schluck aus. Der Rum sah übel aus, schwarz und dick wie Melasse. Ich trank meine Portion – ein halbes Weinglas, glaube ich – in zwei Schlucken und war innerhalb einer Minute schwer betrunken. Ich sah, wie Pawsey seine Zuteilung erbrach und würgend an der Grabenwand lehnte. Das Gesicht von Somerville-Start war zu einer starren, eifernden Grimasse verzerrt – er atmete heftig durch die Nase, beide Hände an der Leiter.

Dann waren alle am Pinkeln, vermutlich war ein entsprechender Befehl ergangen. Ätzender Urindunst erfüllte den Graben. Mir war schwindelig. Ich kam mir vor, als fiele der Graben steil nach links ab, und ich könnte jeden Augenblick hinunterrutschen. Ich hielt mich an meiner Leiter fest und verlagerte das Gewicht des Beutels mit den Handgranaten. Den Pfiff habe ich nicht gehört, aber plötzlich sah ich, dass die Leute auf ihren Leitern hochkletterten. Somerville-Start und ich kletterten gleichzeitig los. An den ersten ungeschützten Blick auf das Niemandsland, diese verblüffende erste Sekunde, kann ich mich nicht erinnern, weil Somerville-Start einen Schuss in den Mund erhielt. Sein Gesicht ragte gerade über die Brustwehr hinaus, als ich sah, wie seine Zähne, von der Kugel getroffen, zertrümmert wurden, und aus dem Nacken sprang, wie ein Pferdeschwanz, eine Fontäne von Blut hervor. Mehrere Zähne oder Bruchstücke davon trafen mich im Gesicht und stachen, als hätte man mir Kies entgegengeschleudert, und ein Bruchstück verletzte mich böse über dem rechten Auge. Warmes Blut rann mir ins Auge, und ich stolperte blindlings über die Sandsäcke hinweg und wischte mir das Auge mit dem Ärmel frei. Ich spürte, dass Pawsey neben mir war. Als ich wieder klar blicken konnte, sah ich, dass er auf die Anhöhe zurannte. Von der Anhöhe selbst war nichts zu sehen – die Feuerwalze, die etwa fünfzig Meter vor uns lag, verdeckte alles. »Denk nach«, sagte ich laut. Ich kauerte mich nieder und hüpfte, fast auf allen vieren wie ein Pavian, vorwärts.

»Steh auf, Mann!«, brüllte jemand.

Ich ignorierte ihn.

Ich bemerkte, dass wir jetzt ebenfalls mit Granaten beschossen wurden, und von irgendwoher muss es wohl Maschinengewehrfeuer gegeben haben, denn rechts von mir sah ich einige Bantams sanft zu Boden fallen. Das Gewehr am Boden nachziehend, kroch ich mühsam hinter der Feuerwalze her. Für meine Wahrnehmung hatte die Welt noch immer ein Gefälle nach links, und ich stürzte immer wieder schwer auf meine linke Seite und schlug mir dabei das linke Knie blau.

Dann explodierte in meiner Nähe eine Granate, und die Druckwelle riss mir das Gewehr aus der Hand und fegte mir den Helm vom Kopf. Warme Erde schlug mir ins Gesicht, und brennend spürte ich den Sturmriemen an meiner Kehle. Einige Sekunden lang war ich wie gelähmt. Dann flüchtete ich mich wie ein Krebs in den rauchenden Krater.

Ich traf auf Kite, der auf dem Rücken lag, verwundet. Er hielt den Stumpf seines rechten Armes in die Höhe – er war fransig wie ein Besen und blutete nicht, sondern war mit Erde verklebt.

»Da hat mir doch tatsächlich einer den verdammten Arm abgeschossen!«, brüllte er.

Ich blinzelte. Ich kniff die Augen zusammen, um klar zu sehen.

»Verdammt unangenehm«, sagte Kite. Er schien völlig gelassen zu sein. Mir fiel ein, dass ich ihm eigentlich helfen müsste.

»Kann ich dir 'ne Hand reichen?«, brüllte ich, vollkommen arglos. »Sehr witzig, Todd«, sagte er gereizt. »Nicht gerade angebracht.« Er begann sich zu rühren. »Ich komme schon allein zurecht.« Er kroch zu unseren Linien zurück.

Ich schaute mich um. Nicht eine Menschenseele war zu sehen. Der Lärm war so allgemein verbreitet, dass er als etwas völlig Normales erschien, wie der Boden in einer Eisengießerei ... Ich hatte immer noch meinen Beutel voll Handgranaten. Ich fragte mich, wohin ich sie werfen sollte. Ich glitt vorwärts, an einigen toten Bantams vorüber. Ich entdeckte etwas, das nach einer entsetzlich zerstückelten Rinderseite aussah, die ein wahnsinniger Metzger mit der Axt ausgeweidet hatte. Oben war ein Ohr, etwas Haar und ein Teil der Wange. Unten ein entblößtes Knie und darauf ein Schmutzfleck.

Ich kroch weiter, bis ich an ein Drahtgewirr kam. Die deutsche Linie? Ich blickte zurück. Ich konnte nichts erkennen. Ich drehte mich um: War das dort oben das Bauernhaus? Die Entscheidung hätte mir eigentlich leichtfallen müssen – schließlich sollten wir ja bergan laufen –, aber meine nach links abfallende Welt hatte mir den Sinn für Steigungen geraubt. Mit einem Mal hatte ich den überwältigenden Eindruck, dass ich mich tatsächlich parallel zu unserer Front bewegte. Mit einiger Mühe machte ich also kehrt, rechtsum, der Neigung des Hanges entsprechend, und merkte, wie ich stürzte. Ich stieß direkt auf Pawsey und Louise. Pawsey war durch die Brust geschossen worden. Er hatte trockenen kirschfarbenen Schaum auf den Lippen. Er versuchte zu sprechen, aber in seinem Mund bildeten sich nur rosa Blasen und zerplatzten. Louise war vermutlich zu ihm gegangen, um ihm zu helfen, und war, wie es schien, von einer konzentrierten Garbe Maschinengewehrfeuer am Hals erwischt worden, der böse zerfetzt war. Er war mausetot. Eine Kugel hatte ihm sauber wie ein Rasiermesser die Nase abgetrennt.

Ich blickte auf. Das Sperrfeuer war eingestellt worden. Das eintönige Rattern des MG-Feuers war nicht mehr zu hören. Ich sah Bantams zu unseren Linien zurücklaufen. Zwischen Pawseys Lippen bildeten sich noch mehr Blasen und platzten. Ich packte ihn unter den Armen, um ihn zurückzuschleifen, in Sicherheit. Ich war noch keine zehn Meter weit gekommen, als er starb. Bei Toten tritt eine unverkennbare Schlaffheit auf, die ein Lebender nicht nachahmen kann. Der Instinkt sagt einem, wann sie eingetreten ist. Aber ich war ja nicht auf den Instinkt angewiesen, denn ich hatte bei Croxyde Bains tote Männer aus der Brandung geschleift. Genauso fühlte sich der arme Pawsey an.

Ich legte ihn nieder. Es hatte keinen Sinn, einen Toten zurückzuschleppen. Ein Stück weiter weg wurde jetzt heftig gefeuert, und auf der Anhöhe zerplatzten einige Granaten, mehr ein Eingeständnis, dass der Angriff fehlgeschlagen war, als ein Versuch, die deutschen Geschütze zum Schweigen zu bringen. In dem Abschnitt des Niemandslandes, wo ich mich befand, war es jetzt merkwürdig still. Trotzdem lief ich im Zickzack zu unseren Linien zurück und nutzte jeden Granattrichter aus. In einem besonders großen Trichter sah ich einige Bantams Leichen ausplündern. Ich wechselte auf die andere Seite und ging weiter.

In den Graben halfen mir Männer, die ich nicht kannte. Es musste wohl die zweite Angriffswelle sein, deren Anwesenheit nicht nötig gewesen war. Man schickte mich weiter zu den Nachschubgräben. Schließlich fand ich meine Siebensachen und setzte mich hin. Ich fühlte mich elend. Mein empfindliches Gehirn hatte eine Prellung abbekommen. Mir war übel. Mein Mund war ausgedörrt und stank. Meine Beine zitterten sichtlich, und meine Gelenke schmerzten. Das ist also die Schlachterschöpfung, dachte ich. Heute weiß ich, dass ich an einem schweren Katzenjammer litt. Meinem Ersten.

Nach einiger Zeit gelang es mir, eine Zigarette anzuzünden. Ich setzte meine Grabenmütze auf und wartete auf die anderen. Dann begann ich mich Stück für Stück zu erinnern. Kite ohne Hand. Louise und Pawsey tot …

Ein Unteroffizier von dem anderen Zug kam herüber. Er sah sehr müde aus.

»Irgendein Lebenszeichen von Leutnant McNeice?«

Ich erzählte ihm von Louise. Und von Kite und Pawsey. Ich fragte ihn, ob die anderen in Ordnung wären.

»Ich weiß es nicht«, sagte er. »Von meinem Zug finde ich nicht eine Menschenseele.«

»Von meiner Gruppe haben Sie wohl niemanden gesehen, oder?«

»Ich habe gesehen, wie einer … *explodierte.* Muss wohl ein Bombenwerfer gewesen sein. Der ganze Beutel mit Handgranaten ging in die Luft. Hat ungefähr fünf Burschen mitgerissen.«

»Du lieber Himmel!«

»Bei Ihnen alles in Ordnung?«, sagte er. »Ihr ganzes Gesicht ist voll Blut.«

»Bloß ein Kratzer«, sagte ich reflexartig, und mir wurde heiß vor Stolz über meine Lässigkeit. Ich fasste mir an die Stirn. Über der Augenbraue steckte ein merkwürdiger Brocken. Er ließ sich bewegen. Mit einem Ruck zog ich ihn heraus. Es war ein Zahn. Einer von Somerville-Starts Schneidezähnen. Die Narbe habe ich immer noch.

Der verzögerte Schock trat etwa eine Stunde später ein. Was mich überwältigte, war nicht so sehr das, was ich miterlebt hatte, als vielmehr die nachträgliche Erkenntnis der schrecklichen Gefahr, in der ich mich befunden hatte. Ich stellte mir vor, wie ich töricht auf dem Schlachtfeld herumgelaufen und irgendwie den Tausenden von schwirrenden heißen Metallteilen entgangen war. Ich war nicht dankbar für mein Glück. Ich war vielmehr entsetzt, dass ich so viel davon verbraucht hatte. Im Leben kommt es immer wieder vor, dass wir mit knapper Not einer Gefahr entgehen, und manchmal merken wir es überhaupt nicht. Was mich entsetzte, war die Einsicht, dass ich während der wenigen hektischen Minuten im Niemandsland hunderttausendfach der Gefahr entgangen sein musste. Ich hatte – dessen war ich mir sicher – mein Glückskonto überzogen, und wenn das gleichmütige Universum mir unverdient Wohlwollen entgegengebracht hatte, so war es jetzt nahezu aufgebraucht.

Wir gingen in die Reserve zurück, bekamen etwas zu essen und nahmen dann zum Anwesenheitsappell auf einem Feld Aufstellung. Kompanie D hatte entsetzliche Verluste, weit über fünfzig Prozent, und den Bantams war es kaum besser ergangen. Von der Bombenwerfergruppe waren nur Teague und ich beim Appell anwesend. Louise, Pawsey, Somerville-Start und Bookbinder waren gefallen. Es war Bookbinder, der durch die Explosion seiner Handgranaten atomisiert worden war, und zwei weitere Bombenwerfer waren durch die Detonation umgekommen, und einer war verwundet (Floyd). Verwundet waren außerdem Kite und, wie ich erfuhr, Druce.

Am Abend begab ich mich zum Feldverbandsplatz, um mir die Wunde über dem Auge nähen zu lassen. Es war ein merkwürdiger Ort, beherrscht von zwei heftigen Empfindungen: Erleichterung und Schmerz. Man hatte ihn in einem kleinen Steinbruch etwa vierhundert Meter hinter dem Kanal errichtet. Ich war erstaunt, dass der Boden übersät war von abgelegten Stiefeln, und überall stach mir der scharfe Kontrast zwischen den verdreckten, geschwärzten Männern und den neuen, sehr weißen Verbänden ins Auge. Verwundete, die gehfähig waren, saßen in Gruppen zusammen und warteten darauf, zum Feldlazarett gefahren zu werden. Die nicht gehfähigen Verwundeten lagen schicksalsergeben reihenweise in der milden Abendsonne. Ich ließ meine Wunde verbinden und begab mich auf die Suche nach Druce. Jemand rief meinen Namen. Es war Kite.

Er saß bei einer Gruppe von Amputierten und Kopfverletzten. Ein stumpfer, keulenförmiger Verband bedeckte seinen Stumpf. Er blickte finster drein und wirkte angespannt. Ich zündete eine Zigarette an und reichte sie ihm. Er schien bedrückt zu sein, nicht annähernd so unbekümmert wie auf dem Schlachtfeld. Ich berichtete ihm von unseren Verlusten.

»Du bist damit wenigstens draußen aus dem Ganzen«, sagte ich.

Er blickte auf seinen Stumpf. »Es fällt mir ein bisschen schwer, die berühmte alte Gelassenheit zu bewahren«, sagte er mit zitternder Stimme. Er begann zu weinen. »Es ist einfach eine verdammte Gemeinheit. Ich *brauche* doch meine Hand.« Er war laut geworden, andere Männer blickten herüber.

»Ruhig Blut, Noel!«, sagte ich und klopfte ihm auf die Schulter. »Hier hast du ein paar Glimmstängel.« Ich stopfte ihm ein halbes Dutzend in die Tasche. »Bin gleich zurück. Muss mit Leo reden.«

Druce lag ein paar Meter weiter mit verbundenem Bein. Ich berichtete ihm von den entsetzlichen Verlusten der Gruppe.

»Kite ist leicht erschüttert«, sagte ich. »Was ist mit dir passiert?«

»Ich bin die Leiter hochgeklettert, habe ein paar Schritte gemacht und einen Granatsplitter abbekommen, durch den Wadenmuskel. Ich bin hingefallen, und man hat mich in den Graben zurückgezerrt. Ich bin höchstens fünf Sekunden draußen gewesen. Habe nichts gesehen.« Er hielt inne. »Was ist mit dir? … Ich meine, wie war es?«

Ich überlegte. »Sehr seltsam.« Und dann: »Entsetzlich.« Ich

berichtete ihm ausführlicher von Pawsey und Louis. Ich versuchte, mich besser auszudrücken.

»Es ist wie … es ist mit nichts zu vergleichen …« Mir fehlten die Worte. »Es ist einfach wahnsinnig.«

»Ich weiß nicht, ob es richtig war, den ganzen Sack voll hinunterzuwerfen … Ich meine, für einen Unterstand hätten ein oder zwei Handgranaten gereicht. Verdammt! Ich hätte einige behalten sollen. Überleg mal, was …«

»Verdammt noch mal, halt die Klappe!«, sagte ich. Wir waren dabei, Eisenbahnschwellen zu stapeln. Teague hatte während des Angriffs tatsächlich die deutschen Linien erreicht. Er hatte seinen Beutel voll Handgranaten in den Treppenschacht eines Unterstandes geleert und zwei hinterhergeworfen. Es hieß, er habe achtzehn Deutsche getötet und sei für eine Auszeichnung vorgeschlagen worden. Auf dem Rückweg zu unseren Linien hatte er aus dem Hinterhalt eine MG-Besatzung beschossen, und er behauptete, zwei von ihnen getroffen zu haben. Ständig redete er von dem Gefecht. Ich konnte es nicht mehr hören.

»Wie weit bist du genau gekommen? Du sagtest, du bist bis zu dem Stacheldraht gekommen …«

»Ja. Nein … Ich glaube schon. Ich bin an irgendeinen Stacheldraht gekommen. Hör mal. Ich weiß es nicht. Ich habe dir gesagt, dass ich keine Ahnung hatte, was los war.«

»He, ihr Scheiß-Engländer da, quatscht nicht so viel rum, schafft lieber was!«

Diese Worte kamen von Zugführer Tanqueray, einem Bantam, der unser Arbeitskommando beaufsichtigte. Mit dem Scheitel reichte er mir gerade bis zur Achselhöhle. Teague und ich waren, als das Bataillon nach dem Angriff auf die Anhöhe von Frezenburg umgebildet wurde, einer Grampian-Kompanie zugeteilt worden. Kompanie D konnte kaum zwei vollzählige Züge aufbringen, und deshalb war der Rest von uns zeitweilig zu den Bantams abkommandiert worden, um Lücken in deren Mannschaftsbestand aufzufüllen. Halbwüchsige

Kerle und degenerierte Menschen hatten in dem inzwischen erreichten Stadium des Krieges einen mehr als angemessenen Anteil an den Bantam-Bataillonen. Fast täglich wurde etwas aus meinem Gepäck geklaut. Wertsachen trug ich ständig bei mir. Tanqueray schaute zu, wie wir die Schwellen hochwuchteten. Er hasste mich und Teague, und auch seine übrigen Leute hassten uns. Er maß ein Meter achtundfünfzig und blieb damit knapp unter der von der Armee geforderten Mindestgröße. Er war schon recht verbittert darüber, dass er die Möglichkeit, einem regulären Bataillon anzugehören, praktisch um einen Zoll verpasste, dass aber zwei hochgewachsene ehemalige Public-School-Boys zu seinem Zug gehörten, schien ihn fast um den Verstand gebracht zu haben. Tanqueray hatte ein fliehendes Kinn, einen rötlichbraunen Schnurrbart und rötliche, triefende Augen. Er war ein Fischer aus Stonehaven, und ich bildete mir ein, dass er noch immer nach Fisch roch. Kaum zu glauben, aber die Tatsache, dass ich Schotte war, brachte ihn ebenfalls in Rage. Wieder und wieder behauptete er, ich sei Engländer, und ich hatte es satt, dagegen zu protestieren. Ich wurde zu einem Symbol der finsteren genetischen Verschwörung, die es geschafft hatte, dass er klein geraten war.

»Todd, du bist Hundescheiße«, pflegte er zu sagen. »Du und alle deinesgleichen. Hundescheiße.«

Es war unklar, was er mit »meinesgleichen« meinte, aber es war mir gleichgültig. Seit dem Tag des Angriffs auf die Anhöhe schwankte meine Stimmung zwischen stummer Depression und einer gereizten, neurotischen Angst, die ich kaum zu unterdrücken vermochte.

Mein Tagebuch:

Montag, Bataillonsstandort Dikkebus. Heute Morgen ertappte ich drei Männer von meinem Zug, wie sie mein Gepäck durchwühlten. Zwei rannten weg. Den dritten, einen Mann mit Hasenscharte namens MacKanness, packte ich mir. Er ist kaum einsfünfzig groß, aber ziemlich stark. Ich hielt ihn fest und schlug ihm mit der Faust ins Gesicht. Er sagt, beim nächsten Angriff würde er mich umlegen. Tanqueray erstattete über mich Meldung beim Offizier vom Dienst – es war gerade Leutnant Stampe –, der für mich Verständnis, aber keine Wahl hatte. Zwei Tage lang füllte ich Sandsäcke. Es sind zwar meine Landsleute, aber ich habe nichts als Verachtung für sie. Teague sagt, von der Arbeiterklasse könne man nichts anderes erwarten.

Seit dem Angriff auf die Anhöhe von Frezenburg waren wir noch einmal an der Front gewesen, aber in dieser Zeit passierte nichts. Das Bataillon hatte frisch eingezogene Rekruten bekommen, und unsere Ruhezeiten wurden von Reorganisation und Umschulung aufgezehrt. Teague und ich wurden wohl oder übel enger zueinander getrieben. Wir bemühten uns, so oft wie möglich mit den übrigen Angehörigen von Kompanie D zusammen zu sein, aber für Tanqueray war das schon Fraternisieren mit dem Feind.

Einige Wochen später war klar, dass das 13. Bataillon wieder auf volle Mannschaftsstärke gebracht und eine neue Kompanie D gebildet wurde. Einige, die zu ihr gehört hatten, wurden von Grampians zurückgeholt, doch für Teague und mich kam kein Marschbefehl. Ich dachte schon, man hätte uns vergessen. Ich sprach mit Hauptmann Tuck und erinnerte ihn an unsere Existenz. Er sagte, es bestehe noch eine gewisse Verworrenheit, versicherte mir aber, dass man Teague und mich nicht vergessen würde, wenn das Bataillon wieder aufgestellt werde. Bis dahin bleibe Kompanie D des 13. Bataillons der South Oxfordshire Light Infantry den Grampians zugeordnet. Ich solle mich gedulden und mir keine Sorgen machen.

Ende August gingen wir erneut an die Front. Tagelang hatte es Artilleriefeuer gegeben. Es war klar, dass die Offensive im Frontbogen in eine neue Phase trat. Entsetzliche Vorahnungen machten mich fast krank. Ich war mir meines nahen Todes so sicher, dass mir der elende Dreck der Schützengräben und der dumpfe Hass meiner Waffengefährten dagegen bloß wie lästige Ärgernisse erschienen. Anders Teague, dem das Kampffieber förmlich aus den Augen leuchtete. Er wirkte abweisend, in sich gekehrt, wie von einer visionären Eingebung erfüllt. Sein Eifer war mir unverständlich. Ich war schicksalsergeben und verängstigt; Teague dagegen freute sich auf den bevorstehenden Kampf. Ich erzählte ihm von MacKanness' Drohung (die er oft wiederholte: »Dich Arschloch erwische ich, ich baller dir eine ins Rückenmark. Du rührst dich nicht mehr. Elend gehst du vor die Hunde!« So oder ähnlich klang das.). Teague ließ sich davon nicht beeindrucken.

»Halte dich an mich, Todd«, sagte er. »Uns passiert nichts. Schau doch, wie wir Frezenburg überstanden haben, kaum eine Schramme.«

Ich blickte in sein offenes Gesicht mit den kleinen Augen. Er war, nach Dagmar, der zweite Mensch, der mir versicherte, dass ich überleben würde. Es war die Nacht vor dem Angriff, und wir saßen in den Nachschubgräben.

»Ich werde sterben«, sagte ich. »Ich *weiß es.* Dass ich es einmal überstanden habe, sagt doch noch gar nichts.«

»Dir wird's gut gehen. Du bist wie ich, Todd. Wir sind was Besonderes, wir sind anders.«

Ich konnte mir niemand vorstellen, dem ich weniger geglichen hätte als ihm, vielleicht von Tanqueray und MacKanness abgesehen.

»Meinst du *wirklich*, du wirst nicht ...?« Ich ließ die Frage absichtlich unvollendet.

»Ist mir egal. Ich gehe einfach hinein und kämpfe um mein Leben.«

Ich konnte ihn nicht mehr ansehen. Seine Haltung widerte mich irgendwie an. Wir hatten an diesem Abend gut gegessen: Erbsensuppe, gebratenes Rindfleisch, Sardinen. Ich hielt ein Stück Biskuitkuchen mit Konfitüre in der Hand. Ich warf es über die Brustwehr, für die Ratten.

22. August 1917. Ich stehe im vordersten Schützengraben und warte auf die Einstellung des Sperrfeuers. Teague ist rechts von mir, neben der Leiter. Auf der untersten Sprosse steht Leutnant Stampe, unser Kompanieführer. Er ist ein halbes Jahr jünger als ich, gerade achtzehn, ein freundlicher, hellhaariger Mensch. Tanqueray bezeichnet ihn als »Schnösel«. Er geht gerade durch den Graben und teilt Rum aus. Ich lehne ab.

»Ich behalte dich im Auge, Todd«, sagt er. »Sieh dich vor.« Mir geht ein blödes Lied durch den Kopf. Die Melodie kommt mir nicht aus dem Sinn.

Whiter than the snow, whiter than the snow
Wash me in the water
Where you wash your dirty daughter
And I shall be whiter than the snow, holy Joe.

Die eingängige Melodie lässt mich nicht an andere Dinge denken. Diesmal sollen wir eine Schlossruine angreifen, die Überreste eines Waldes einnehmen und durch offenes Gelände bis zur Kreuzung bei S. vordringen. Von unseren Zielen habe ich nur die verschwommenste Vorstellung. Auf sie kommt es ohnehin nicht an, wenn der Pfiff ertönt. Dann gibt es kein Schloss, keinen Wald, kein offenes Gelände, keine Kreuzung.

Teague dreht sich um zu mir. Plötzlich hört das Sperrfeuer für ein bis zwei Sekunden auf.

»Jetzt geht's los, Todd«, sagt er. Irgendwo ertönt eine Trillerpfeife. Stampe setzt seine an die Lippen und bläst kräftig hinein. Doch die Erbse klemmt. Stille. Er lächelt schuldbewusst und klettert die Leiter hinauf, und oben angekommen, winkt er uns, ihm zu folgen. Ich steige die Leiter hinauf, diesmal nüchtern, die Welt ist eben und unbewegt. Detonationen und Rauchwolken verraten, wo die deutschen Linien sind. Ich ducke mich nieder und folge anderen, die sich gebückt durch die in unseren Drahtverhau geschnittenen Lücken zwängen. Schon nach wenigen Metern haben meine

Stiefel eine dicke Kruste von Schlamm und Lehm. Ich habe Teague aus den Augen verloren. Ich halte den Blick gesenkt, um nicht in Schlammpfützen zu treten. Ich bewege mich in möglichst gerader Linie. Nicht weit von uns schlagen jetzt einige Granaten ein. Ich umgehe eine eiskalte, zehn Meter breite Lache. Ich blicke auf, Stampe steht vor mir. »Alles in Ordnung?«, schreit er.

Ich rappele mich auf. Er geht weiter. Zwanzig Meter links von mir legt ein britischer Soldat sein Gewehr auf Stampe an und schießt ihm in den Rücken. Stampe stürzt hin. Der Soldat blickt sich um. MacKanness. Ich werfe mich zu Boden, als wäre ich getroffen. Ich bleibe eine Minute liegen, dann (von MacKanness keine Spur) erhebe ich mich vorsichtig und gehe und suche Stampe. Er liegt mit dem Gesicht im Schlamm. Ich richte ihn auf und wische ihm den Dreck von Mund und Nase. Er lebt noch. Stampe ist fast so groß wie ich. Für einen Bantam sind wahrscheinlich alle hochgewachsenen Männer von der gleichen, ununterscheidbaren Größe.

»Lass schon!«, sagte Stampe. Er stößt mich fort.

Plötzlich ist Teague hinter mir. »Komm mit«, sagt er. Wir rennen los.

»Wo sind wir?«, rufe ich.

»Fast beim Wald!«

Ich frage mich, wo das Schloss wohl war. Durch den dahintreibenden Rauch sehe ich Stümpfe und zerschmetterte Stämme von Bäumen. Holzbrocken springen von ihnen ab und fliegen durch die Luft. Teague und ich lassen uns zu Boden fallen. Teague beginnt, mit seinem Gewehr zu feuern. Ich mache es ihm nach. Ich kann nichts sehen. Teague holt eine Eierhandgranate aus seinem Beutel und wirft sie fort. Sie explodiert – gelb und orange, weißer Rauch, Erde spritzt hoch. Er nimmt noch eine heraus und gleitet zwischen den schwarzen Stämmen hindurch ein paar Meter nach vorn. Wieder wirft er. Diesmal scheint die Granate zu platzen, kaum dass sie seine Hand verlassen hat. Ich höre ihn aufschreien.

Dann, Sekunden später: »*Todd! Todd!*«

Ich krieche zu ihm hin.

Teague hat an seiner Wurfhand zwei Finger verloren, und die Detonation der schadhaften Granate hat sein Gesicht schwer mitgenommen. Das Haar ist zum größten Teil versengt, ebenso wie die oberste Schicht seiner Haut, die teilweise in langen dünnen Fetzen wie steifes Reispapier von seinen Wangen herabhängt. Er hat keine Oberlippe und, soweit ich sehen kann, keine Augenlider mehr. Aus den durchlöcherten Augäpfeln blutet es in die Augenhöhlen hinein.

Ich helfe ihm auf die Beine, und wir stolpern los. Daumenbreite blutige Tränen laufen ihm übers Gesicht. Plötzlich sind wir nicht mehr von den schwarzen Stümpfen umgeben, aber ich habe absolut keine Ahnung, wo es langgeht. Es ist, als sei ich von einem höllischen Lärm eingekreist. In der Ferne hasten und kriechen Männergestalten in alle möglichen Richtungen. Ich weiß nicht, ob wir beschossen werden.

Teague sinkt auf die Knie. Er stöhnt jetzt. Auf seinem Gesicht bildet sich ein sahniger, brauner Schaum, wie auf einem Glas dunklem Bier. »*Whiter than the snow, whiter than the snow*«, summt es in meinem Kopf.

»Ich hole einen Krankenträger«, sage ich zaghaft. Zwischen dem Schlamm und den aufgeworfenen Erdklumpen bemerke ich Spuren von zerdrücktem Gras. Wir müssen ziemlich weit gekommen sein.

Ich stehe auf. Der Explosionslärm hat sich ein Stück weit verlagert. Noch immer schießt keiner auf mich. Ich lege Teague hin und renne los, hoffentlich in der richtigen Richtung. Die Krankenträger sollten eigentlich nach der zweiten Welle kommen. Ich laufe weiter.

Dann höre ich das Dröhnen eines gewaltigen Motors. Links von mir bewegt sich rumpelnd und stampfend zwischen den Baumstümpfen und über sie hinweg ein Panzer, ein riesiges, dreidimensionales metallisches Parallelogramm, zwei Meter vierzig hoch, und seine Ketten schleudern in einem hohen

Bogen Erdklumpen und Schlamm auf. Auf die Vorderseite ist ein Name aufgemalt: »*Oh I say!*« Das Maschinengewehr im vorderen Turm dreht sich und beginnt auf mich zu schießen.

Zum zweiten Mal an diesem Tag werfe ich meine Arme hoch, lasse mich fallen und stelle mich tot. Der Panzer rattert weiter. Ich stehe auf und, so lächerlich es ist, drohe ihm fluchend mit der Faust. Dann laufe ich wieder los, auf der Suche nach Krankenträgern.

Plötzlich entsteht in meinem Kopf eine entsetzliche Vorstellung, und ich bleibe stehen. Ich spüre eine brennende Übelkeit im Hals. Ich mache kehrt und laufe zu Teague zurück. Vor mir in dem dahintreibenden Rauch höre ich den laut röhrenden Motor von »*Oh I say!*«

Wash me in the water
Where you wash your dirty daughter …

Der Panzer ist über Teagues Beine gerollt. Er lebt noch, ist aber bewusstlos. Seine Beine sind jetzt merkwürdig formlos, wie Seesäcke, die nur zum Teil gefüllt sind. Ein Stiefel ist ziemlich zugespitzt, wie bei einer Balletttänzerin.

Ich jage dem Panzer nach. Seine Kettenspuren sind in dem schlammigen Gras deutlich zu sehen. Ich komme zu einem kleinen Geländerücken und bleibe verwundert stehen. Vor mir liegt, in der Morgensonne glänzend, die belgische Landschaft. Straßen, Bäume, Felder, Dörfer, ein Kirchturm, Rauch aus Schornsteinen. Etwa eine Meile entfernt sehe ich die Befestigungen der dritten deutschen Linie und eine Marschkolonne, die sich auf mich zu bewegt. Verstärkung.

»Eh, bist du die britische Armee?«

Ich drehe mich um. Der Panzer hat etwa fünfzig Meter weiter haltgemacht. Einer von der Besatzung pinkelt gegen die Seitenwand. Ich beiße mir auf die Unterlippe, um nicht in Tränen auszubrechen. Ich gehe hinüber. Der Mann schüttelt den letzten Tropfen ab und fängt an, sich den Hosenschlitz zuzuknöpfen. Er kommt mir entgegen. Er ist klein, fast so klein wie ein Bantam.

»Schätze, wir sind 'n Stück zu weit gefahren, Kamerad.« Er geht um die Vorderseite des Panzers herum. »Direkt mitten durch, wie ein heißes Messer durch Butter.«

Ich folge ihm nach.

»Keine Schützengräben hier, wie ich sehe, nur Blockhäuser.«

Hinter dem Panzer sitzt die Besatzung in der Sonne, in Hemdsärmeln. Sie trinken Whiskey – Johnny Walker – aus der Flasche und essen Schinkenbrot. Ein Mann ist dabei, Scheiben von einem Schinken runterzuschneiden. »Hier kommt die britische Armee«, sagt mein Mann, um mich vorzustellen. »Besser spät als nie.«

»Hello, hello«, sagt ein anderer. »Ha'm sicher Kohldampf.«

»Leute«, sage ich und kann das Zittern in meiner Stimme nicht unterdrücken, »ihr habt eben meinen Freund überrollt.«

»Unmöglich«, sagt einer. »Nicht wir, Kamerad.«

»Einen Verwundeten«, sage ich langsam. »Ihr habt ihm mit euren Ketten die Beine zermalmt.«

»Nein, nein«, sagt der, der gepinkelt hat. »Das wüsste ich. Ich bin der Fahrer, müssen Sie wissen. Oder hast du einen gesehen?«, sagt er zu einem anderen.

»Nee. Können wir nicht gewesen sein, alter Junge. Solche Fehler machen wir nicht. Wir überrollen die Hunnen. Nicht unsere Jungs.«

»Seine Beine sind plattgewalzt!«

»Oh ... ekelhaft. Trotzdem, wahrscheinlich 'ne Granate. Machen komische Sachen, diese Granaten.«

»Stimmt. Ich hab mal so einen gesehen. Tot. Platt wie ein Pfannkuchen. Hätte ihn wie 'nen Teppich zusammenrollen können.«

»Ja, muss 'ne Granate gewesen sein.«

»*Mistkerle!* Ich werde euch melden. Verdammte Mistkerle!«

»Langsam, Süßer. George hat dir doch gesagt, dass er keinen überrollt hat.«

»Und ich muss es wissen, denn ich bin der Fahrer, Schotte.«

»Ja und gib acht, wen du beschimpfst, du schottischer Idiot.«

Ich überlasse sie ihrem Schinken und ihrem Johnny Walker und laufe zurück. Tatsächlich gibt es hier, wie der Fahrer gesagt hat, keine deutschen Gräben. Nur zerfetzten Stacheldraht und zerschossene Blockhäuser. Anscheinend haben sie ihre Stellungen hier vorübergehend geräumt. An der Stelle, wo ich Teague am Rand des sogenannten »Waldes« zurückgelassen habe, stoße ich auf eine kleine Gruppe von schwarzen, erschöpften Männern von der Durham Light Infantry, die sich daranmachen, sich zu verschanzen. Von ihnen höre ich, dass Teague zurückgetragen wurde, noch am Leben, aber in einem schlimmen Zustand. Ich frage sie, ob sie die Grampians gesehen hätten. Keiner weiß etwas.

Wieder beginnen Granaten in den Wald einzuschlagen. Große Teile von Baumstämmen fliegen durch die Luft. Ein Gegenangriff. Ich gehe mit einem Melder von den Durhams zurück. Er zeigt mir die Richtung, und wir trennen uns. Ich komme auf eine kleine Anhöhe, und vor mir liegt das wellenförmige Niemandsland mit seinem Durcheinander, und dreihundert bis vierhundert Meter entfernt sehe ich, gerade noch erkennbar, die kleinen Hügel der weit auseinandergezogenen britischen Befestigungslinie mit dem feinen Gewirr von Stacheldraht. Ich kann nichts erkennen. Ich raste eine Weile. Offenbar ist eine Art Gefechtspause eingetreten. Das Krachen und Dröhnen der Geschütze geht weiter, und eine Anhöhe, die etwa eine Meile entfernt ist, wird wieder und wieder mit Sperrfeuer belegt. Links und rechts von mir wimmelt es von kleinen Gestalten, die über die aufgeweichten, klumpigen Äcker kriechen, hüpfen, schlurfen oder getragen werden. Vier-Mann-Teams von Krankenträgern suchen die Ränder von stinkenden Schlammpfützen nach Verwundeten ab. Noch immer scheint die Sonne durch die aufgerissenen Wolken und wärmt mir das Kreuz. Ich setze mich für eine Minute hin. In fünfzig Meter Entfernung humpelt ein Offizier, auf das Gewehr gestützt, zu den Linien zurück. Er beachtet mich nicht.

Ich gehe wieder los, dabei halte ich mich an solche Stellen, die zerklüftet sind wie ein umgepflügter Acker, und meide solche, die wie dünner Brei aussehen. Ich gehe nur langsam voran. Ich komme vorbei an einem wirren Haufen liegen gebliebener Ausrüstungsgegenstände, einer Gruppe von etwa zwanzig blutleeren toten Männern, an Leuten, die sich jämmerlich in Granattrichter gekauert haben und auf Krankenträger warten. Unsere Befestigungen kann ich jetzt nicht mehr sehen. Man braucht nur zehn Meter weiter zu gehen, und die Aussicht ändert sich vollkommen. Ich stoße auf einen wohl organisierten MG-Stand, die Munitionskisten sind ordentlich aufgestapelt, gegen eventuellen Regen ist eine Plane aufgespannt. Die Männer sind auf der Hut, bereit, einen Gegenangriff zurückzuschlagen. Sie scheinen von meinem Auftauchen überrascht zu sein. Ich stapfe an ihnen vorüber.

»He!«, ruft der Offizier, ein Leutnant. »Woher kommen Sie?«

»Deutsche Linie.«

»Ist es weit weg?«

»Kann man sagen.«

»Verflucht! Also, Männer, zusammenpacken. Tut mir leid, Jungs, verkehrte Stelle.«

Ich überlasse sie dem Abbau ihres sauberen MG-Stands und rutsche den abbröckelnden Hang eines tiefen Geländeeinschnitts hinunter. Ein früherer Weg oder eine Straße, durch den dauernden Beschuss nicht mehr wiederzuerkennen. Mühsam klettere ich auf der anderen Seite wieder hoch und bekomme für kurze Zeit erneut unsere Linie in den Blick. Noch zweihundert Meter.

»He, du! Hilf mir! Hier!«

Der Mann steckte bis zu den Achseln in einem Schlammloch am Grunde eines großen, tiefen Granattrichters. Wenn er nicht gerufen hätte, hätte ich ihn nicht bemerkt. Er hat dunkelrotes Blut im Gesicht.

»Bis du Engländer? Ich kann nicht sehr gut sehen.« Er hat einen starken Akzent von Ulster.

»Eigentlich bin ich Schotte … Aber das spielt keine Rolle.«

»Kannst du mich hier rausholen, Kumpel? Ich versinke.«

»Jawohl.«

Vorsichtig lasse ich mich am Hang des Trichters hinuntergleiten. Der Mann ist etwa acht Meter von mir entfernt. Ich sinke bis zu den Knöcheln ein. Der Schlamm ist zäh wie Fondant. Ich halte ihm mein Gewehr hin. Er streckt seinen Arm danach aus. Der Abstand beträgt noch sechzig Zentimeter.

»Ich hab ein Bein ab, verdammt. Bin in die Luft geflogen und direkt in diesen Scheißmorast.«

»Ich komm nicht bis zu dir ran. Tut mir leid.«

»Verdammt … Komm noch ein bisschen näher, Kumpel. Ich gehe unter.«

»Dann versinke ich auch.«

Ich kann sehen, wie er versinkt. Das schlammige Wasser reicht ihm bis an den Hals. Er macht mit den Fingern kleine Flatterbewegungen, so als wären seine Hände Flügel und könnten ihn heraustragen.

»O Gott o Gott o Gott … Ach, Kumpel, erlöse mich von meinem Leiden. Bitte! Ich möchte nicht in dieser Scheiße ersaufen.«

»Das kann ich nicht!«

»Natürlich. Ich würd's für dich, verdammt nochmal, genauso tun!«

Er hebt sein Kinn über die zähflüssige Masse. Ich mache einen letzten, vergeblichen Versuch und strecke ihm das Gewehr hin. Bis zu den Knien stecke ich drin. Er greift nach dem Schaft. Es reicht immer noch nicht – ein halber Meter, der nicht zu überbrücken ist.

»Nun mach schon. Tu mir den Gefallen!«

Plötzlich finde ich seine Bitte vollkommen verständlich. Ich versetze mich in seine Lage. Ich würde genauso darum bitten. Natürlich.

»Schau weg«, sage ich.

Er dreht seinen Kopf weg, und ich lege an. Ich bin so erschöpft, dass das Gewehr schwankt. Ich drücke ab. Daneben. Hinter seinem Kopf spritzt der Schlamm hoch.

»Um Gottes willen!«, schreit er gellend, völlig außer sich.

»Verzeihung.« Ich drücke noch einmal auf den Auslöser, doch das Gewehr hat eine Ladehemmung.

»Ich hol mir ein anderes«, rufe ich. Ich klettere den Abhang hinauf. Ich laufe herum und suche nach einem Toten mit einem Gewehr. Irgendwann laufe ich zu dem Trichter zurück, um nach meinem Mann aus Ulster zu sehen. Er ist nicht mehr da.

Ich schließe die Augen und fahre mir mit der Hand übers Gesicht. Ich bin stumpf und leer vor Müdigkeit. Mein Rücken schmerzt, und irgendwo habe ich mir, ohne es zu merken, das Bein aufgeschunden. Ich schleppe mich in Richtung unserer Linien. Während ich mich ihnen gleitend und rutschend nähere, lassen Schock und Entsetzen nach.

Ich erreiche die britische Front, und man zeigt mir den Weg zu meinem Abschnitt. Offenbar war ich eine Meile zu weit nach rechts geraten. Ich versuche, nicht an Teague und den Mann im Sumpf zu denken. Während ich mich mit den Verwundeten durch die Laufgräben schleppe, summe ich meine Melodie: *»... whiter than the snow ... wash your dirty daughter ... whiter than the snow, holy Joe.«*

Zwei Stunden später finde ich die Bantams. Es ist Mittag. Sie sitzen an der Böschung eines Hohlwegs hinter dem Ypern-Comines-Kanal, stumm, mürrisch, erschöpft. Wir alle sind schwarz, verdreckt, mit trocknendem Schlamm verkleistert. Ich setze mich hin, lege meine Arme auf die Knie und den Kopf auf die Arme. Ein leichter Nieselregen geht nieder, und es wird kühl. Ich höre kurze Gesprächsfetzen. Die Bantams hatten einen guten Tag. Eine Gruppe hat vierzig Gefangene getötet. Es ist ihr besonderer Stolz, dass sie jeden töten: die mächtige Wut kleiner böser Männer. Tanquery geht auf und ab und stellt fest, wer fehlt. Von MacKanness weiß man nichts. Stampe lebt und ist in einem Feldlazarett. Tanqueray rüffelt mich zornig, weil ich mein Gewehr verloren habe. Ich höre seine harte Stimme, und eine schreckliche Furcht beschleicht mich. Jetzt, wo Teague nicht mehr da ist, bin ich mit den Bantams allein. Ich habe keine Kraft mehr, mit ihnen fertigzuwerden. Ich weiß jetzt, dass ich abhauen muss.

Ich blicke auf und biete mein verschmutztes Gesicht dem sanften Regen dar. Es war genug für mich.

»*Johnny?* Großer Gott, bist du das, Johnny?«

Ich schaue mich um.

Vor mir steht, groß und elegant in der Uniform eines Hauptmanns, Donald Verulam.

Villa Luxe 2. Juni 1972

Mein Gott, die Bantams! Jahrelang haben sie mir Albträume verursacht. Immer, wenn ich nach Schottland kam, fürchtete ich, zufällig auf meine Ex-Kameraden zu treffen. Besonders auf Tanqueray. Wenn ich in eine Kneipe ging, schaute ich mich erst einmal genau um, bevor ich etwas zu trinken bestellte. Ich weiß nicht, ob er den Krieg überlebt hat, aber diese Bantams hatten eine Zählebigkeit, die geradezu unmenschlich war, wenn man bedenkt, wie verletzlich wir sind. Sie ähnelten eher einer Insektenart – Silberfischen oder Schaben –, einem kleinen, zähen, gut gepanzerten Käfer.

Über den schrecklichen Tag im Frontbogen will ich nur so viel sagen: Er hat mich für immer verändert. Nicht dramatisch – damals glaubte ich sogar, ich hätte ihn seelisch und körperlich unversehrt überstanden. Aber das stimmte nicht. Er hat mich für immer verändert. Wenn man ein solches Chaos und einen dermaßen grausamen Wahnsinn dieses Ausmaßes erlebt, kann die Lebensanschauung davon nicht unberührt bleiben. Es gibt nichts, was man hinterher genauso sehen würde wie vorher.

Heute morgen habe ich meinen bequemsten Stuhl vom Schwimmbeckenrand auf den Felsvorsprung geschafft. Dort steht eine kleine Pinie, die bis ungefähr elf Uhr vormittags angenehmen Schatten spendet. Sonst habe ich von dort aus immer zum Schwimmbecken hinuntergeschaut, nie aufs Meer hinaus, aber jetzt, wo es leer ist, finde ich daran nicht mehr den gleichen Geschmack. Jetzt habe ich von meinem neuen Hochsitz aus, sechzig Meter über dem Meer, einen herrlichen Blick auf die Bucht, und wenn vom Meer der Wind herüberweht, genieße ich die Frische.

Die breite Bucht unter mir wird von zwei Armen eingefasst, einem langen und einem kurzen. Der lange Arm im Westen ist ein hügeliges Vorgebirge, dessen Umriss einem riesigen, halb ins Meer eingetauchten Krokodilkopf ähnelt. Die beiden Wülste seiner Augen, die lange Rampe seiner Schnauze und der Höcker seiner Nasenlöcher sind ganz deutlich auszumachen. Ich kann die neuen Villen sehen, die jetzt an seinem Ufer errichtet werden, und den kleinen öffentlichen Badestrand mit seinen bunten Sonnenschirmen, seinen Tretbooten und seiner Restaurantbaracke.

Nach Osten hin liegt der andere, kurze Arm. Er bildet ein kleineres Vorgebirge, das in einen beinahe vollkommen kegelförmigen Hügel ausläuft. In den Winkel, den dieser Hügel mit der Landenge bildet, die ihn mit dem Ufer der Bucht verbindet, schmiegt sich mein Strand. Viel Sand ist nicht da. Der Strand besteht überwiegend aus Haufen von trockenem Seetang, der hier von einer anhaltenden Strömung angespült wird. Wenn man barfuß geht, fühlt er sich weich an, wie zerfetzte, einen Meter hoch aufgeschichtete alte Zeitungen. Ich bin schon ewig nicht mehr da gewesen. Solange ich das Schwimmbecken hatte, hatte ich keine rechte Lust. Doch jetzt erscheint mir ein Bad im Meer geradezu unerträglich verlockend. Um hinunterzukommen, muss man jedoch einen beschwerlichen Weg von zwanzig Minuten auf sich nehmen, der durch steil abfallende Pinienwälder und am Felsvorsprung entlang führt.

Und für den Rückweg brauche ich viermal so lang. Solche Wanderungen finde ich mittlerweile ziemlich anstrengend.

Was kann ich Ihnen noch über meinen Besitz – Eddies Besitz, erzählen? Auf der einen Seite des Hauses gibt es ein kleines Feld, bewachsen mit feinem blondem Gras und dürren Büscheln von Kamillensträuchern. Am Felsvorsprung entlang wächst Rosmarin in Hülle und Fülle, wie Stechginster. Auf dem Feld stehen außerdem ein paar Johannisbrotbäume mit hellem Laub, zwei oder drei sterbenden Olivenbäumen und der riesige, ekelhafte Feigenbaum, dessen faule Äste auf hölzernen Stützen ruhen. Die rund um das Haus angepflanzten Pinien sondern einen milchigen, spermaähnlichen Saft ab. Wie Kerzenwachs läuft er am Stamm herunter. Die Luft ist voll von berauschenden Kräuterdüften.

Heute Morgen, als ich auf meinem neuen Aussichtspunkt über der Bucht saß (im Stillen nenne ich ihn meinen »Ausguck«), beobachtete ich ein kleines Motorboot, das vom Liegeplatz neben dem öffentlichen Strand gemächlich zu mir herübersteuerte. Es hielt fast unter mir. Ich holte mein Fernglas.

Es war Ulrike Gunter. Das Boot war ein leuchtend gelber Viersitzer mit einem starken Außenbordmotor, das Gunter und seine Söhne sonst benutzten, um Wasserski zu fahren. Ulrike war allein. Sie verankerte das Boot fünf oder sechs Meter vor dem Fuß der Klippe und zog sich das T-Shirt aus. Sie trug einen dunkelblau-violetten einteiligen Badeanzug. Sie setzte sich Taucherbrille und Schnorchel auf, schnallte sich eine Tasche um und sprang ins Wasser. Sie schwamm zu den Felsen und begann, soweit ich erkennen konnte, mit einem Messer an ihnen herumzustochern. Nachdem sie zwanzig Minuten lang Proben gesammelt hatte, kehrte sie zum Boot zurück.

Als sie hinaufkletterte und dann aufrecht im Boot stand und das Haar auswrang, ihr Körper und Badeanzug nass glänzend, spürte ich in meinen Eingeweiden eine aufheiternde, belebende Munterkeit, in der ich ganz unverwechselbar die sinnliche Begierde erkannte.

Kriegsberichterstatter

Zwei Wochen nach jenem höllischen Tag im Frontbogen wurden Donald und ich in seinem Dienstwagen in den schlammigen Hof eines kleinen Bauernhofs in der Nähe des Hauptquartiers der fünften Armee bei Elverdinghe gefahren. Vor der Tür des Bauernhauses stand eine alte Frau, die uns gleichmütig betrachtete und Donalds fröhliches Winken nicht erwiderte. Ein anderes Auto, ein frisch geputzter Humber, parkte neben einer Scheune. Ein großer, nicht benutzter Schweinestall und ein Lagerhaus bildeten die beiden anderen Seiten des rechteckigen Platzes.

»Zu Hause«, sagte Donald und führte mich in die Scheune.

Man hatte den großen Raum aufgeteilt. Die eine Hälfte enthielt einen Tisch mit Stühlen, eine Anrichte und einen Ofen. Auf einem Fensterbrett stand ein schimmerndes Kurbelgrammofon aus Walnussholz. In dem anderen Raum standen drei Eisenbetten, ein riesiger Kleiderschrank und zahlreiche Schrankkoffer und Koffer.

»Ich bin nicht weit von hier«, sagte Donald. Er gehörte zum Stab des Hauptquartiers und wohnte in einer nicht mehr benutzten Wäscherei in Château La Louvie. »Die beiden anderen werden vor Dunkelheit hier sein, denke ich.« Er lächelte und reichte mir einen Schlüssel an einem Schlüsselring.

»Was ist das?«

»Für deinen Wagen. Der da draußen. Deine Sachen sind im Kofferraum. Ich schaue morgen bei dir vorbei.« Er drückte mir den Arm. »Du bist wieder ganz der Alte, Johnny.«

Gegen Ende 1915 war Donald Verulam von seiner Stelle im Kriegsministerium zum »Wellington House« versetzt worden, der geheimen Propagandaabteilung des Foreign Office, um dort an einem Programm mitzuwirken, das auf die systematische filmische Darstellung des Krieges zielte. Während der beiden ersten Kriegsjahre hatte es, so merkwürdig das klingt, keine offizielle filmische oder fotografische Darstellung des Kriegsgeschehens gegeben. Von einigen unabhängigen Filmfirmen waren Kameraleute an die Front geschickt worden, die aber bei den französischen oder belgischen Streitkräften gearbeitet hatten, da in den britischen Abschnitten jegliches Fotografieren verboten war, so groß war das Misstrauen der Armeeführung. 1915 erhielt das Filmgewerbe in Gestalt des British Topical Committee for War Films endlich die Erlaubnis, entsprechend den Anweisungen von Wellington House zu filmen. Diese Improvisation wurde im Dezember 1916 durch die Schaffung des War Office Cinema Committee (WOCC) abgelöst. Dieses Komitee ernannte offizielle Kameraleute, und es wurde Donalds Aufgabe, deren Aktivitäten im Felde zu beaufsichtigen. Er hatte außerdem dafür zu sorgen, dass der fertige Film seine mühselige Reise von Frankreich zu den Entwicklungslabors und Schneideräumen in London, von dort zum Informationsministerium, von dort wieder zurück nach Frankreich und zum Hauptzensor im Großen Hauptquartier überstand. Erst danach konnte der genehmigte Film als Wochenschau im In- und Ausland gezeigt werden.

Donald war seit Juni 1917 in Frankreich und in dieser Aufgabe tätig. Er stand in engem Kontakt mit seinem unmittelbaren Vorgesetzten im Londoner Informationsministerium, John Buchan. Das Große Hauptquartier blieb äußerst vorsichtig und verfügte, dass nie mehr als drei Kameraleute gleichzeitig an der Front sein sollten. Es war mein Glück, dass drei Tage vor meiner Begegnung mit Donald in dem Hohlweg hinter dem Ypern-Comines-Kanal ein gewisser McMurdo, der an Lungenentzündung erkrankt war, zur Erholung heimgeschickt worden war.

Ich war nur noch einen Tag bei den Bantams, als schon

meine neue Berufung zum offiziellen WOCC-Kameramann durchkam. Bis die erforderlichen Papiere bestätigt und genehmigt waren, ruhte ich mich eine Woche lang in Bailleul aus. Ich wurde entlaust, und meine alte Uniform wurde den Flammen übergeben. Aus Divisionsbeständen wurde ich neu eingekleidet: Hemd und Krawatte, ein gut geschnittenes Jackett, weiche Khakireithosen, glänzende Schnürreitstiefel, ein kurzer, taillierter Mantel, eine Schirmmütze, ein Stock aus Eschenholz. Ich wurde zum Offizier »ehrenhalber«.

So spazierte ich nun in meiner neuen Unterkunft umher und genoss das harte Klappern meiner Stiefel auf dem kühlen Steinfußboden. Der Ofen war eingeheizt, es war warm drinnen. An der Wand hingen zwei bunte Kalender. Die alte Frau kam herein mit einem Arm voll Feuerholz und kochte Kaffee. Ohne zu fragen, briet sie mir vier Eier und servierte sie mit Margarinebrot. Ich verspeiste sie, trank Kaffee und rauchte eine Zigarette. Ach, so ließ es sich leben! Ein leichter Regen hatte eingesetzt, und so verschob ich die Besichtigung meines Wagens. Ich betrachtete ihn durchs Fenster und fragte mich, ob ich ihn fahren könnte. Donald hatte mir die Grundbegriffe des Autofahrens erklärt, und es schien recht einfach zu sein. Damit Donalds Plan klappte, hatte ich nicht nur vortäuschen müssen, dass ich Autofahren kann, ich hatte außerdem behaupten müssen, mit der Funktionsweise einer Filmkamera vertraut zu sein. Er hatte mir einige der vom WOCC produzierten Filme gezeigt, und wir hatten an einigen Nachmittagen mit der gängigen Aeroscope-Kamera geübt. Sie war praktischer und robuster als die Alternative, eine Moy-Bastie-Kamera.

Die Aeroscope sah aus wie ein kleiner hölzerner Aktenkoffer mit einer Drehkurbel an einer Seite und einem Loch an einem Ende für die Linse. Man brauchte nur einen einfachen Schnappverschluss zu öffnen, um ihr Innenleben kennenzulernen, und das Einlegen und Herausnehmen des Films war eine relativ unkomplizierte Sache. Die Kamera selbst war nicht besonders schwer, aber ihr Stativ war eine wahre Bürde.

Donald erzählte mir, dass es den Kameraleuten manchmal gelänge, die Bataillone oder Kompanien, bei denen sie filmten, dazu zu bringen, einen Burschen abzustellen, der die Ausrüstung herumschleppte, aber in der Regel würden wir sie selbst tragen müssen.

Dies war der beschwerlichste Aspekt eines Daseins, das sich ansonsten als überaus angenehm anließ. Ja, nach den Bantams kam es geradezu einem paradiesischen Traum gleich. Wir waren wie Offiziere, theoretisch wie Leutnants, eingekleidet, trugen aber keine Rang- oder Truppenabzeichen, und wir waren unbewaffnet. Das WOCC bezahlte die alte Dame im Bauernhaus dafür, dass sie uns bekochte und versorgte, und zweimal wöchentlich wurde vom Divisionsquartiermeister Verpflegung und Brennstoff angeliefert. Unser wichtigstes Dokument war unser Pass. Er verschaffte uns Zutritt zu allen Frontabschnitten und forderte vom jeweiligen Truppenführer, uns in jeder erdenklichen Weise behilflich zu sein. Man fuhr zu dem betreffenden Abschnitt, meldete sich beim Adjutanten oder wer immer Offizier vom Dienst war, informierte ihn darüber, was man filmen wollte, und ging ans Werk. Donald meinte, die Aussicht, dass von ihrer Einheit ein Film gemacht würde, sei für sie unwiderstehlich. Alle Türen stünden einem offen.

Das alles hatte ich in den zwei Tagen erfahren, die ich mit Donald in Bailleul verbrachte. Zu meiner Freude kann ich sagen, dass es zwischen uns keine Peinlichkeiten gab. Über die grässliche Wanderung durch die Umgebung von Charlbury fiel kein Wort. Ich konnte sogar, ohne zu erröten, nach Faye fragen. Donald war wie immer liebenswürdig und fürsorglich. Ich war es, der sich verändert hatte. Seit wir uns das letzte Mal gesehen hatten, war nur etwas mehr als ein Jahr vergangen, aber die Erfahrungen, die ich durchgemacht hatte, hatten aus dem leidenschaftlichen, dummen Schuljungen, der ich gewesen war, einen abgestumpften, vorzeitig desillusionierten Erwachsenen gemacht. Über den letzten Tag mit Teague und den

Angriff auf die legendäre Kreuzung bei S. ließ ich mich nicht weiter aus, doch aus dem Zustand, in dem ich mich befand, hatte Donald eindeutig entnehmen können, dass ich sehr viel mehr nicht hätte ertragen können.

Wie dem auch sei, mein Wesen ist von einer solchen angeborenen Unverwüstlichkeit, dass ich über meine unangenehme Erfahrung mit den Bantams nicht länger nachgrübelte, sondern vielmehr den Komfort genoss, der mich jetzt umgab. Ich ging auf die Latrine (es war eine Wonne, keine Verstopfung mehr zu haben – ein fester Bestandteil des Lebens im Schützengraben); ich schenkte mir noch eine Tasse Kaffee ein. Dann hörte ich ein Auto kommen.

Der erste meiner Kollegen, der jetzt heimkehrte, war Harold Faithfull, der berühmte Harold Faithfull. Kurz nach der Schlacht an der Somme 1916 angekommen, war er einer der ersten Filmfotografen an der Westfront gewesen. Sein größter Augenblick war ein Jahr später mit dem Angriff auf die Anhöhe von Messines gekommen. Faithfull war dort gewesen und hatte – sicher durch puren Zufall – im Film festhalten können, wie eine der schweren Minen unterhalb der Anhöhe hochging. Der daraus entstandene Fünfzig-Minuten-Film *The Battle of Messines* (Donald hatte ihn mir in Bailleul gezeigt) war in England und Amerika über drei Monate lang vor voll besetzten Kinos gelaufen. Faithfull hatte den Beifall für sich eingestrichen (obwohl ich inzwischen sicher weiß, dass der Film das Werk von mindestens einem, wenn nicht zwei weiteren Kameraleuten war); er hielt zahlreiche Vorträge und hatte soeben ein Buch – *How I Film Battle and War* – herausgebracht, das sich, wie Donald sagte, sehr gut verkaufte.

Faithfull, den Donald vorher über meine Ankunft informiert hatte, begrüßte mich leutselig und nur mit einer Spur von Herablassung, aber ich empfand sofort eine instinktive Abneigung gegen ihn. Er war Mitte zwanzig und hatte ein hübsches, rundliches Gesicht und feines, schütter werdendes blondes Haar. Seine Stimme klang überraschend tief, voller salbungsvoller Klugheit und ich war überzeugt, dass er dadurch Reife vortäuschen wollte. Das Problem war, dass ich Faithfull als hinterlistig empfand. Ich gestehe, dass dies zum damaligen Zeitpunkt ein reines Vorurteil war (ich bin bereit, eine gewisse Eifersucht zuzugeben – ich beneidete ihn bereits wegen seines Erfolges mit *The Battle of Messines*), doch unabhängig davon war mir der Mann irgendwie zu glatt. Er war immer allzu sehr auf sich selbst und auf den Eindruck bedacht, den er auf andere machte – ein untrügliches Merkmal von Angebern und Schwindlern.

Bald kam auch sein »Spezi« Almyr Nelson hinzu, sodass wir vollzählig waren. Nelson war offizieller Standfotograf. Man nannte ihn »Baby« Nelson, vielleicht wegen seiner lockigen hellbraunen Haare. Ich habe es jedoch nie über mich gebracht, ihn so zu nennen. Bei Nelson hatte ich, was das Berufliche betraf, festeren Boden unter den Füßen, und ich sprach öfter mit ihm über fachliche Dinge, besonders wenn Faithfull es hören konnte. Faithfull war mir gegenüber argwöhnisch und wusste nicht recht, wie ich in die WOCC-Einheit gekommen war, die, wie er sagte, elitärste Einheit der britischen Armee. Ich war vor dem Krieg kein leidenschaftlicher Kinogänger gewesen, und bei näherem Nachfragen wäre sicher herausgekommen, dass ich nur wenige Stunden in die Aeroscope eingewiesen worden war. Deshalb lenkte ich, sobald das Filmen zur Sprache kam, das Gespräch in eine allgemeine Richtung – Bildaufbau, Porträtieren, die Vorteile der gestellten Aufnahme im Vergleich zur natürlichen –, und ich glaube, dass keiner meiner wirklichen Unbedarftheit auf die Schliche gekommen ist. Faithfull besaß eine gewisse listige Intelligenz. Nelson war angenehmer, aber was den Grips anging, war er, wie Feldwebel Tanqueray gesagt hätte, »so schwerfällig wie Scheiße in der Flasche«.

Rasch stellte sich eine gewisse Routine ein. Donald kam einen um den anderen Tag mit einer Liste von möglichen Themen, die nach Ansicht des WOCC Nachrichten- oder Propagandawert hatten. Faithfull hatte die erste Auswahl (er war ganz scharf auf Würdenträger, die die Front besuchten; er behauptete, zwei Könige, drei Premierminister und ganze Kabinette von Politikern beim Frontbesuch gefilmt zu haben) und nach einem gemütlichen Frühstück zog er los, oft in Begleitung von Nelson. Nicht selten blieben die beiden die Nacht über fort. Offenbar war Faithfull in jeder Regimentsmesse ein gerngesehener Gast. Seit *The Battle of Messines* war er zu einer Berühmtheit geworden. Alle seine neuen Filme waren sehr langweilig.

Anfangs ließ Donald mich an einer Serie mit dem Titel »Great British Regiments« arbeiten – eine recht einfache Aufgabe, mit dem Vorteil, dass ich mich in der Handhabung der Aeroscope üben konnte. Ich filmte ein Bataillon der King's Own Yorkshire Light Infantry, wie es bei einer Feldküche Proviant empfing, Fußball spielte, einem Gesangsvortrag lauschte und über eine mit zerschossenen Pappeln gesäumte Straße an die Front marschierte. Ich belichtete vier Filmspulen und schickte sie nach London, und ein namenloser Cutter in den Labors der Topical Film Company in Camden Town zerschnipselte sie und flickte sie wieder zusammen.

Eine Woche später war der Film zurück und vom Zensor abgenommen, und wir führten ihn dem Obersten des Bataillons und seinen Offizieren in ihren Unterkünften vor.

Ich werde diesen Abend nie vergessen. Es war November. Wir fuhren bei anbrechender Dämmerung hinüber. Ein leichter Schneeregen hing in der Luft, der wie Spucke auf der Windschutzscheibe zerschmolz. Ein »Ding« war im Gange, und eine Batterie von Sechzigpfündern, die eine Meile entfernt in einem Feld lag, feuerte während unseres gesamten Besuchs pausenlos. Wir nahmen einen Drink in der Offiziersmesse und gingen dann in eine Scheune hinüber, wo man ein Bettlaken an der Wand festgemacht hatte. Ich stellte den Projektor auf, startete den tragbaren Generator, und der Lichtstrahl flackerte auf, um leicht zitternd, aber randgenau auf der behelfsmäßigen Leinwand zur Ruhe zu kommen.

Ich kann mich genau an alles erinnern: den schwachen, muffigen Geruch von altem Heu, den Duft von Pfeifentabak, das Geratter des Generators, den rollenden Donner der Geschütze, das Lachen und die Bemerkungen der Offiziere, das Herunterdrehen der Laternen, von denen ein schmutziges Licht ausging.

GREAT BRITISH REGIMENTS NO. 23
THE KING'S OWN YORKSHIRE LIGHT INFANTRY.

Sonst kein Name, kein Vorspann (natürlich kein Ton), aber es war meiner. Zu Anfang die Schwarzweißaufnahme von lächelnden, marschierenden Männern, die in die Kamera winken (vergebens hatte ich gerufen: »Nicht winken! Nicht in die Kamera schauen!«), dann der alberne Scherz irgendeines Werbetexters im Kriegsministerium ... Das alles sah ich vor mir ablaufen, und ich war hingerissen. Ich kann nicht sagen, dass mich eine künstlerische oder ästhetische Vision heimgesucht hätte – ich war eher in der Stimmung eines, wie soll ich sagen? – eines Eigentümers. Dies war *mein* Werk. John James Todd *fecit*. Donald stand, an seiner Pfeife paffend, neben mir, und ich dachte an jenen Tag im Zug von Barnton zurück, als er mich ans Fenster geschoben und ich mein erstes Foto gemacht hatte. »Häuser bei schneller Fahrt«. Ich empfand eine Anwandlung von Zuneigung zu ihm und seiner gleichbleibenden Großmütigkeit mir gegenüber.

Als der Film zu Ende war, gab es lauten, begeisterten Applaus. Wir kehrten zu weiteren Drinks in die Messe zurück, wo mir viel schmeichelhafte Anerkennung ausgesprochen wurde. Mein erstes Publikum, mein erster Beifall. Ich fühlte mich eingehüllt in eine strahlende Wolke von Glück und unschuldigem Stolz.

Ich fuhr mit Donald zurück, die beiden silbrigen Filmbehälter warm auf meinem Schoß.

»Prima«, sagte Donald. »Übermorgen die ›Inniskilling Fusiliers‹.«

Aber ich hörte ihm nicht zu. »Warum«, sagte ich, »haben sie bloß die Aufnahme von dem Hauptfeldwebel in Hemdsärmeln nicht genommen, du weißt, wo er sein Lieblingseichhörnchen mit Marmelade füttert? … Das war bei Weitem das Beste.«

Prophetische Worte. Prophetische Klage. Jetzt wusste ich, was ich wollte: Kontrolle, totale Kontrolle. Auf diesen Augenblick – und nicht auf die ersten zögernden Umdrehungen der Handkurbel der Aeroscope eines Morgens in einer Dorfstraße an der Chaussee von Abeele nach Poperinghe – datiere ich den Beginn meiner Karriere, meiner Berufung, meiner Arbeit, meines Niedergangs.

In den beiden nächsten Wochen filmte ich die Inniskilling Fusiliers und die Oxfordshire und Buckinghamshire Light Infantry. Die fertigen Filme waren von dem ersten praktisch nicht zu unterscheiden. Aber während ich sie drehte, entwickelte sich nach und nach eine Vorstellung in mir. Ich beschloss, vollkommen unabhängig meinen eigenen Film zu machen, einen Film, der nicht bloß eine Montage von locker verbundenen Fragmenten war, sondern der eine ganz bestimmte Form hatte, der eine Geschichte erzählte. Ich glaube, der Titel ist mir fast vor allem anderen eingefallen: *Aftermath of Battle.* Ich sah ihn schon vor mir, auf Werbeplakaten und auf den Reklametafeln über den Kinos. Es würde ein Film sein, der die Schlachterfahrung eines Soldaten genau wiedergab, eine Erfahrung, die der Regisseur selbst gemacht hatte.

Donald hatte mir in Bailleul einiges WOCC-Material gezeigt. Danach war mir klar, dass die meisten Filme über Offensiven ausführlich die Vorbereitungen zum Angriff darstellten. Anschließend kamen ein paar Aufnahmen von Männern, die aus dem Schützengraben klettern, und wenn man Glück hatte, ein langes Bild von den unter Beschuss liegenden feindlichen Linien. Am Ende gab es eine Collage von bedrückten deutschen Gefangenen und von lächelnd umherwandelnden Verwundeten auf einem Truppenverbandsplatz. Die stillschweigende Botschaft lautete, dass Tapferkeit und innere Stärke zum Endsieg führen würden. Der Film, der mir vorschwebte, würde völlig anders sein.

Donald gegenüber verschwieg ich, was ich vorhatte. Er hätte mich vermutlich sanft getadelt, ich solle mich nicht übernehmen und nicht laufen, bevor ich gehen kann. Ich sagte bloß, ich wolle die »Great British Regiments« nicht mehr fortsetzen, sondern lieber etwas Interessanteres über die vielfältigen Aktivitäten hinter den Linien machen. Zum Glück hatte er nichts dagegen.

Eines Morgens verließ ich weit vor Tagesanbruch den Bauernhof und fuhr hinauf zum nördlichen Abschnitt des Frontbogens. Beim Bataillonsstab des 107. kanadischen Pionierbataillons erhielt ich die Genehmigung, ein Drahtlegekommando beim Verlassen des Grabens zu filmen. Ein verschlafener Adjutant führte mich über einen Laufsteg zum Ausgang eines Verbindungsgrabens. Ich stellte mein Stativ auf, montierte meine Aeroscope darauf und wartete.

Um halb sieben tauchten die Männer auf. Es war gerade hell genug. Ich filmte ihre erschöpften, hageren Gesichter, während sie an mir vorbeizogen, ohne einen Blick auf die Kamera zu werfen. Einige waren verwundet und stützten sich auf andere. Krankenträger trugen die Schwerverwundeten und drei Tote heraus.

Mit dem Burschen, der das Stativ trug, lief ich den Laufsteg hinunter und überholte die sich dahinschleppenden Pioniere. Am anderen Ufer des Kanals neben einer Pontonbrücke stellte ich mich erneut auf. Aus dem trägen braunen Wasser stiegen Nebelschwaden auf. Die Männer stapften über die Brücke, die Pontons neigten sich, Rüttelwellen liefen durch ihr schwankendes Spiegelbild, ein Schimmer der Morgensonne fiel auf das Wasser.

Am Vormittag filmte ich sie dann, wie sie sich Tee kochten und Brot mit Corned beef rösteten. Ich machte lange, lange

Nahaufnahmen, bei denen sie ausdruckslos in die Linse starrten. In der letzten Aufnahme, die ich von ihnen machte, schliefen sie, in Zeltplanen gehüllt, regungslos wie Tote. Danach blendete ich hinüber zu wirklichen Toten, zwei Tage später, auf einem Friedhof in der Nähe eines Feldlazaretts. Ich hatte die Aeroscope auf ein halbes Dutzend Leichen gerichtet und ließ das Bestattungskommando ins Bild treten und das, was sie auf ihren Bahren trugen, neben diesen Leichen ablegen. Später filmte ich noch die merkwürdig starren Gesichter eines chinesischen Arbeitsbataillons, das Gräber für tote Europäer aushob. Danach fing ich die unglücklichen Gesichter der halbwüchsigen Burschen des Bestattungskommandos ein, die sich lange Gummihandschuhe überzogen, bevor sie die Toten aufhoben und in ihre schmalen Gräber legten.

In meiner Naivität ging ich beim Filmen mehr oder weniger chronologisch vor und schoss die Szenen in der Reihenfolge, in der sie später im Film erscheinen sollten, und auf diese Weise brachte ich im Laufe der nächsten Woche meinen Film zusammen, mit einem absoluten, beinahe nachtwandlerischen Vertrauen in die Gestalt, die er dabei annahm, und ich war mir seiner Wirkung absolut sicher. Ich filmte einen Offizier, der Briefe an seine Verwandten schrieb; Krankenschwestern, die Verwundete bandagierten; Zimmerleute beim Anfertigen von Holzkreuzen; Amputierte, die ihre neuen Krücken entgegennahmen; Stapel von blutbefleckten Uniformen, die eingeäschert wurden; und die ruhigen, stillen, sonnendurchfluteten Räume der Stationen für die Sterbenden in einem Basislazarett. Das letzte Bild war dann wieder das klassische: frische Truppen, die an die Front marschierten, grinsend, mit ihren Stahlhelmen in die Kamera winkend.

Ich schrieb für *Aftermath of Battle* kein Script, aber ich hatte von der Form dieses Films eine so klare Vorstellung, als hätte ich alles in einer übersichtlichen Darstellung auf Papier vor mir. Mein nächstes Problem war, wie ich es hinkriegte, dass der Film in der von mir gewünschten Weise geschnitten wurde. Ich fragte Faithfull, wie ich dieses Problem lösen könne.

»Weißt du, da sitzt so ein armseliger Kerl irgendwo in Islington oder Clerkenwell, der jede Woche Meilen von Wochenschaumaterial schneiden muss, der langweilt sich zu Tode, denkt nur an das Bier, das er in der Mittagspause trinken wird, aber er muss dieses ganze Zeug zusammenkleben. Er wird froh sein, wenn du ihm hilfst. Schreib ihm alles auf, in einfachen Worten, und pass auf, dass deine Spulen richtig nummeriert sind. Brauchst du Untertitel?«

»Nein, glaube nicht.«

»Keine Untertitel?« Missbilligend schaute er mich an. »Das macht die Sache noch einfacher ... Was hast du vor, Todd?«

»Ach, so 'ne Sache ›hinter den Linien‹.«

»Verstehe ... Hm. Ich glaube, ich steck mir mal 'ne Zigarette an. Wie ist es mit dir? Baby, schmeiß mal die Dose rüber, für einen netten Menschen.«

Während ich *Aftermath* filmte, kam es zu zwei interessanten Begegnungen. Zuerst traf ich Teague wieder, im Basislazarett in St. Omer. Ich hatte meine Kamera in einer Station für Sterbende aufgestellt und meinen Film belichtet. Da fiel mir plötzlich ein, dass Dagmar hier vielleicht arbeiten könnte, und um es herauszubekommen, ging ich auf die Suche nach einer Oberschwester. Ich fand sie in einer anderen Station, die voll war von schwer bandagierten Männern – Verbrennungsfälle. Sie sagte mir, von einer Dagmar Fjermeros unter den Schwestern wisse sie nichts, und als ich mich zum Gehen wandte, hörte ich von einem der Betten her eine Stimme. Es klang wie »Hodd! Hodd!«

Die obere Hälfte von Teagues Kopf war umhüllt von einem feuchten Mullverband voller Salbe, aus dem ein triefendes rotes Auge hervorspähte. Dort, wo seine Oberlippe gewesen war, befand sich ein Baumwollschnurrbart, durchtränkt von einer nach Kampfer riechenden Flüssigkeit. Ich spürte, wie mir aus

Mitleid mein eigener Kopf zu schmerzen begann. Seine beiden Beine endeten an den Knien, die Decke ruhte auf einem Gestell aus Korb. Wir reichten uns freundlich die Hand – die linke –, denn seine rechte war bandagiert, eine runde, weiße Faust.

Ich hatte Teague nie richtig gemocht, aber jetzt war ich wirklich froh, ihn zu sehen. Schließlich hatten wir den größten Teil dieses entsetzlichen Tages miteinander verbracht. Wir sprachen über dies und das – ich erklärte ihm meinen neuen Job und meine Uniform. Während ich ihn betrachtete, wie er so zerschmettert und zerstört dalag, spürte ich so etwas wie ein Kitzeln in meinem Gehirn, unwiderstehlich, wie wenn sich ein zerebraler Niesreiz bildet.

Ich versuchte, ihm zu widerstehen. »Ich habe diese Schweine in dem Tank angezeigt, weißt du, aber ob daraus etwas geworden ist, weiß ich nicht.« Ich machte eine Pause. »Wie geht es dir, alles in allem?«

»Nicht schlecht, denke ich. Werde allerdings ein bisschen sonderbar aussehen. Zum Arbeiten ist mir nicht viel übriggeblieben. Wenigstens habe ich noch ein Auge.«

Ich musste ihn einfach fragen: »Wie denkst du nun über das Ganze?«

»Um alles in der Welt hätte ich es nicht missen mögen.«

»Ist das dein Ernst?« Der Zweifel ließ meine Stimme lauter werden. »Verzeihung«, fügte ich hinzu. »Ich habe einfach nicht erwartet, dass du das sagst.«

»Man geht eben ein Risiko ein und muss dafür bezahlen. Immerhin bin ich noch am Leben.«

Ich glaube dir nicht, dachte ich bei mir. Aber du kannst wohl nicht anders, als so zu denken. Sonst würdest du verrückt werden. Nimm zum Beispiel Kite, dachte ich, er ist zusammengebrochen, und dabei hat er nur eine Hand verloren. Ich wäre wie Kite, bitter und wütend, voller Groll …

Später habe ich Teague gefilmt. Ich dachte, es könnte ihn vielleicht aufheitern. Er saß in einem Rollstuhl und wurde über einen langen, stickigen Korridor auf die Kamera zugeschoben, während durch die Fenster die Strahlen der Herbstsonne auf ihn fielen.

Die zweite Begegnung war nicht so ereignisreich, aber merkwürdigerweise bedeutender für mich. Der Offizier, den ich filmte, wie er Briefe an die Verwandten schrieb, war nämlich Hauptmann Tuck. Das 13. Bataillon war wieder aufgestellt worden, Gerüchte über eine Verlegung an die italienische Front hatten sich als haltlos erwiesen, und das Bataillon hatte wieder seine übliche Rolle übernommen, Arbeitskommandos für die Artillerie zu stellen. Ich erkannte kaum ein Gesicht wieder.

Nachdem Tuck mir den Gefallen getan hatte, ein paar Zeilen hinzukritzeln und dazu das passende melancholische Gesicht aufzusetzen – ich brauchte ihn nicht zu überreden, die Aeroscope war eine unfehlbare Verführerin –, begleitete er mich zu meinem Auto zurück.

»Eine Sekunde«, sagte er. »Da ist noch jemand, den Sie sehen müssen, bevor Sie fahren.«

Er führte mich um einen Kuhstall herum zu der Stelle, wo die Feldküche war. Auf dem Boden lag, an einem Knochen nagend, Ralph, der Hund. Langsam erhob er sich und bummelte zu Tuck hinüber. Er war ungeheuer fett.

»Der Quartiermeister verwöhnt ihn ziemlich.«

Ich schnippte mit den Fingern. »Komm, Ralph, komm her.«

Der Hund rührte sich nicht von der Stelle. Er sah mich an, gähnte und leckte sich das Maul.

»Er erinnert sich nicht mehr an Sie«, sagte Tuck. »Merkwürdig.«

Ich spürte, wie mein Herz vor Freude und Erleichterung pochte. »Er war immer ein ziemlich blödes Tier«, sagte ich und ging in Hochstimmung zu meinem Auto zurück. Ich habe Ralph nie wieder gesehen.

»Sie haben ihn zensiert«, sagte Donald Verulam. Er blickte ernst. »Was?«

»*Aftermath of Battle.*«

»Nein! *Mist* ... Welche Teile?«

»Den ganzen Film. Das ganze Ding. Der Oberzensor ist wütend. Du kannst von Glück sagen, dass du nicht unehrenhaft entlassen wirst. Ich war zu der Erklärung genötigt, dass hier ein entsetzlicher Schnitzer passiert sein muss. Dass Aufnahmen versehentlich zusammengeschnitten worden sind. Aber es hat nicht richtig gezogen. Er war nicht überzeugt.«

Ich schluckte. »Wo ist er?«

»Ich habe ihn zurückbekommen.«

»Gott sei Dank!« Nach einer Pause fragte ich ihn: »Wie findest du ihn?«

Er schaute mich an und lächelte verlegen.

»Hm ... Es ist starker Tobak. Ziemlich grausam und morbide für meinen Geschmack. Aber wir können sicher etwas davon verwenden. Die ersten Teile sind gut. Wir könnten sie in Faithfulls Film hineinschneiden.« Er blickte mich an. »Du hättest mir sagen sollen, was du machst, Johnny.«

»Was ist das für ein Film von Faithfull?«

»Er heißt *Ypres* oder vielleicht auch *Wipers.* Was wir brauchen, ist noch so ein Schlachtenfilm wie *Messines.* Noch ein Schlachtenfilm von Harold Faithfull. Deinen können wir nicht gebrauchen.«

Ich überlegte kurz. »Donald, gib mir bitte den Film zurück. Ich werde daran herumbasteln. Ein paar weitere Szenen aufnehmen. Ihm eine andere Stimmung geben.«

Wir stritten uns eine Weile, aber ich wusste, dass er am Ende nachgeben würde. Ich sah eine wunderbare Chance vor mir. Die Entscheidung des Oberzensors war für mich kein Hindernis. Was ich jetzt vorhatte, würde ihn zwingen, seine Ansicht zu ändern.

Ich bekam *Aftermath* zurück und ließ ihn, als Faithfull und Nelson nicht da waren, mehrmals für mich laufen. Während ich mir überlegte, was ich als nächstes tun würde, erkannte ich deutlich die Vorzüge meines Films: Er zeigte die *Wahrheit,* er zeigte, wie es wirklich nach einer Schlacht aussah. Diese Tatsache durfte ich nicht vergessen, gleichgültig, was ich als nächstes tun würde. Unbewusst formulierte ich einen Grundsatz, der meine ganze spätere Arbeit prägen sollte. Die Wahrheit, darauf kam es an, die vor nichts zurückschreckende Darstellung der Wahrheit. Das war es, wodurch sich mein Film so sehr von all den anderen unterschied, und das war es, was in Zukunft gelten sollte.

Eines Morgens saßen Nelson und ich im Bauernhof beim Frühstück, als Donald mir durch einen Melder ausrichten ließ, ich solle so schnell wie möglich Faithfull ein paar zusätzliche Filmspulen bringen.

»Du bringst sie ihm«, sagte ich zu Nelson. »Ich weiß nicht, wo er ist.«

»Geht nicht, alter Knabe. Ich habe heute Mittag Ordensverleihung durch Marshall Foch. Ich schaffe es nicht bis Étaples.«

»Étaples? Was tut er dort?«

»Er dreht seinen Film.«

Widerwillig startete ich nach Étaples. Ich kam dort gegen elf Uhr an. Von der Höhe aus erblickte ich die Stadt und in der Ferne einen grauen Schimmer vom Ärmelkanal. Nelsons Angaben folgend, kam ich an ein Lager, ein riesiges, zertrampeltes Feld, das von einem Drahtzaun umgeben war. Dahinter befanden sich unübersehbare Reihen von Zelten und ein staubiger Exerzierplatz, auf dem Rekruten gedrillt wurden.

Faithfull zu finden war nicht schwer – jeder hier wusste offenbar von dem Film –, und man zeigte mir einen Weg zu den Schießständen. Als ich näherkam, hörte ich die Schüsse und aridere Explosionen. Ich ließ das Auto stehen, schulterte die Sandsäcke mit den Filmspulen und begab mich auf die Suche nach dem berühmten Kameramann.

Als ich ankam, wurde alles still. Ich ging an zwei Kompanien in Rührt-euch-Stellung vorüber. Vor mir lagen sanfte grasbewachsene Hügel und ein Hundertmeter-Abschnitt eines tadellosen Schützengrabens – mit Splitterschutzwand, zickzackförmig, mit genau abgewinkelten Feuernischen, sauberen Sandsäcken und straff gespanntem Draht davor – es erinnerte mich stark an Nieuwpoort.

Faithfull war im Graben, die Kamera auf einen Zug Männer mit aufgepflanzten Bajonetten gerichtet.

»Ah, Todd, Gott sei Dank bist du da. Ich habe nur noch zwei Spulen.« Er stellte mich einigen strahlenden Offizieren vor und rannte anschließend herum, um sich mit diesem und jenem zu besprechen und Einzelheiten anhand seiner Notizen zu überprüfen.

»Was ist los?«, sagte ich.

»Das ist der Angriff der Rifle Brigade auf den Wald von Glencorse im August … Oder so ähnlich«, sagte Faithfull. Er drehte sich um. »Hauptmann Frearson? Jetzt bitte Rauch.« Er hockte sich hinter seine Kamera.

»Männer, vergesst nicht eure Nummern! Leutnant Hobday, bitte fertigmachen … *Rauch*, Hauptmann Frearson.«

Faithfull begann an der Kurbel seiner Aeroscope zu drehen. eine kleine Rauchbombe wurde gezündet, und weißer Rauch begann über den Rand des Schützengrabens zu quellen. Leutnant Hobday trat einen Schritt vor und blies in seine Trillerpfeife – »nicht in die Kamera schauen, Hobday!« –, und der Zug stieg schneidig die Sturmleitern empor.

»Eins! Zwei!«, rief Faithfull. Zwei Männer rissen ihre Arme hoch und fielen zurück. Hobday stand mit gezogenem Revolver auf der Brustwehr und winkte seine Männer herauf.

»Drei!«, brüllte Faithfull. *»Drei!* Verdammt noch mal!« Nummer 3 sackte zusammen und fiel herunter.

»Nicht bewegen!«, brüllte Faithfull. »Nicht rühren!« Die toten Männer blieben regungslos liegen, während der Rest des Zuges ausschwärmte und, die Gewehre im Hüftanschlag, in auseinandergezogener Formation durch den wandernden Rauchvorhang vorrückte.

Ich blieb lange genug, um zu beobachten, wie Faithfull den

»Angriff der zweiten Welle« inszenierte. Dazu benutzte er seine zwei Kompanien, sehr viel mehr Rauch und eine Menge Sprengladungen. Ich musste zugeben, dass die Inszenierung der Schlacht eindrucksvoll war. Meine höchst unwillige Bewunderung blieb seinem letzten Trick vorbehalten: Zwei Männer hoben vor seiner Kamera ein Gewirr von Stacheldraht hoch, während er die vorrückenden Männer von hinten filmte. Ich hatte heimlich *How I film Battle and War* gelesen und konnte mir vorstellen, wie Faithfull diese Szene untertiteln würde: »Aus einem Granattrichter im Niemandsland filme ich die zweite Welle, die unter schwerem Beschuss den Wald von Glencorse angreift.«

Inzwischen hatte ich mich ein Stück weit zurückgezogen. Zunächst erfüllte mich eine ungläubige Wut darüber, wie Faithfull den Angriff nachstellte, und – ich kann es nicht anders ausdrücken – ein Gefühl der moralischen und ästhetischen Empörung. Faithfulls einfache, saubere Darstellung des Angriffs auf den Wald von Glencorse würde, das wusste ich, bald das ungeheuerliche, chaotische Grauen des realen Geschehens verdrängen. Was mich aufbrachte, war nicht so sehr die Kluft zwischen Film und Realität als vielmehr der Schock, den ich empfand, als ich sah, wie leicht es war, die Wahrheit zu verfälschen. Nur Leute, die tatsächlich in den Schützengräben gekämpft hatten, würden erkennen, welch eine groteske Irreführung Faithfull hier produzierte – eine winzige Minderheit, deren protestierende Stimmen mit der Zeit schwächer werden und verstummen würden. Nachdem ich aber gesehen hatte, wie Faithfull an *Wipers* arbeitete, in welcher Größenordnung und mit welcher eklatanten Künstlichkeit er das Unternehmen aufzog, wusste ich, was ich mit *Aftermath* zu tun hatte. Das WOCC benötigte einen Schlachtenfilm – gut, sie sollten meinen haben, und er würde Faithfulls Film als das entlarven, was er war, nämlich ein billiger Schwindel.

Bisher hatte *Aftermath of Battle* eine Länge von zweiundzwanzig Minuten. Jetzt wollte ich eine wirkliche Schlachtensequenz filmen, von zehn oder fünfzehn Minuten Dauer, die als eine Art Prolog dienen würde. Sie würde den schon vorhandenen Sequenzen nicht nur eine veränderte Tönung geben, sondern sie würde sie rechtfertigen. Wenn ich das, was vorausgegangen war, in seiner ganzen Grausamkeit zeigte, würde man mir keine »Morbidität« in *Aftermath* vorwerfen können.

Das bedeutete aber auch, dass ich wieder an die Front musste, doch hatte diese Aussicht jetzt aus irgendeinem Grund jeden Schrecken für mich verloren. Die vor mir liegende Aufgabe nahm mich völlig in Anspruch. Ich wollte Kampfszenen filmen, die *Wipers* wie einen Spaziergang im Park erscheinen lassen würden.

Um das zu erreichen, musste ich vor allem beweglicher werden. Meine Kampfszenen sollten anders sein als alles, was bis dahin in WOCC-Wochenschauen zu sehen gewesen war. Auf einem Feld in der Nähe des Bauernhofs machte ich Versuchsaufnahmen, bei denen ich die Aeroscope auf der Schulter trug. Im Laufen versuchte ich, so gut es ging, an der Kurbel zu drehen. Eine Kopie dieser Versuche kam mit dem Vermerk: »Mangelhaft« zurück, und das traf zu. Ich konnte nicht so schnell kurbeln, dass der Film richtig belichtet wurde. Die Kamera brauchte eine statische Grundlage.[2] Ich plante meine Vorhaben sorgfältig im Voraus. Ich lieferte weiterhin Filme für das WOCC, aber was ich damals filmte, kann ich nicht mehr sagen – es ist jedenfalls belanglos (wenn ich mir alte Wochenschauen ansehe, kommt mir manches plötzlich bekannt vor, beispielsweise eine Reihe von Männern, die mit Gasvergiftungen auf einem Verbandsplatz liegen), denn meine Aufmerksamkeit galt jetzt meinem Schlachtenfilm.

Leider muss ich gestehen, dass ich Donald auch weiterhin über meine Absichten im Unklaren ließ. Ich erzählte ihm, mein Stativ sei kaputtgegangen, und ich brauchte ein neues. Er beschaffte mir eins, und ich verkürzte seine Beine auf fünfundvierzig Zentimeter. So konnte ich die Aeroscope auf dem Stativ befestigen und beides zusammen tragen (es war zwar schwer, aber doch zu handhaben), und wenn ich es absetzte, konnte ich sofort von der erforderlichen statischen Grundlage aus zu filmen beginnen. Der Blickwinkel, aus dem sämtliche Aufnahmen entstanden, war dadurch niedrig, aber dieser Nachteil würde durch die verblüffende Unmittelbarkeit des Geschehens aufgewogen werden.

Das nächste Problem war, eine Einheit zu finden, die es mir erlauben würde, mit den vorrückenden Truppen ins Niemandsland zu gehen. Das war bisher nicht erlaubt oder gar vorgeschlagen worden. Faithfull behauptete prahlerisch, er habe in *The Battle of Messines* aus Granattrichtern heraus gefilmt, die vor unserer Front lagen, aber das war gelogen. Sein Stacheldrahttrick sagte alles.

Nach einiger Überlegung schloss ich mich einem australischen Bataillon an. Sie hatten ihr Quartier in Relinghelst, waren relativ ausgeruht und rechneten jederzeit damit, nach vorn geschickt zu werden. Es war Anfang Oktober, und die Erstürmung der zerstörten Dörfer Poelkapelle und Paschendaele stand unmittelbar bevor. (Davon wusste ich damals nichts. Ich hatte von der dritten Schlacht um Ypern eine völlig schattenhafte Vorstellung. Mir kam es so vor, als gingen die Kämpfe und das Artilleriefeuer einfach Woche um Woche weiter, von kurzen Pausen unterbrochen. Allerdings konnte man sagen, dass im Frontbogen immer irgendjemand irgendwo unter Beschuss lag.)

Ich wählte die Australier aus, weil sie eine sehr nachlässige Disziplin hatten. Sie salutierten nicht vor ihren Offizieren, und in englischen Regimentern hatte ich mehrfach erlebt, wie australische Rekruten die Offiziere mit wüsten Beschimpfungen belegten. Um mich bei ihnen beliebt zu machen, filmte ich sie einige Tage lang bei ihren üblichen Etappenaufgaben und -vergnügungen, und ich lernte ihre Offiziere kennen, besonders einen jungen Kompanieführer namens Colenso, ein anständiger Mann mit kleinem Gesicht, aber merkwürdig großen Nasenlöchern, was ihm ein Aussehen verlieh, als wolle er gleich loslachen oder niesen. Es war damals elend kalt und nass, der Sturm trieb den Regen vor sich her. Im passenden Moment fragte ich den Adjutanten, ob ich sie, wenn der Befehl kam, an die Front begleiten dürfe. Er war entzückt.

Am 10. oder 11. Oktober erfuhr ich, dass die Australier an die Front gegangen waren, um auf der Anhöhe von Bellevue ein Bataillon des East Lancashire-Regiments abzulösen. Man sagte mir, wie ich sie finden könnte, und bei Anbruch der Dunkelheit erreichte ich sie.

Ich erinnere mich noch sehr lebhaft, was ich empfand, als ich wieder an die Front kam. Ich fuhr nach Ypern hinein und parkte meinen Wagen hinter einer zerstörten Kirche in der Nähe der Nachschubwege einer Versorgungseinheit. Dann trug ich meine Aeroscope auf ihrem kurzen Stativ die Landstraße hinunter, die von Ypern nach Zonnebeeke führt. Es wurde dämmrig, und mit Anbruch der Dunkelheit nahm der Verkehr auf der Landstraße zu. Von einem richtigen Sonnenuntergang konnte keine Rede sein. Ich ging ostwärts, und hinter mir färbte sich der Himmel ungesund fahl. Von der Kamera abgesehen, hatte ich kaum etwas zu tragen. In einer kleinen Provianttasche befanden sich vier Filmspulen, ein Butterbrotpaket mit Fischpaste, zwei Riegel Schokolade, einige Tafeln Malzmilch und zweihundert Zigaretten der Marke Three Castles – damals mein Bedarf für einige Tage. Ich hatte eine Gasmaske im Lederetui und eine Feldflasche, die drei Teile Whiskey auf einen Teil Wasser enthielt. Ich hatte meinen zweireihigen Mantel angezogen und trug statt der Schnürstiefel schenkellange Wasserstiefel. Ich hatte Handschuhe und Schal an und trug einen Stahlhelm.

Die Landstraße nach Zonnebeeke wirkte bei diesem schwefelgelben Licht düster und bedrückend. Auf beiden Seiten standen Geschützbatterien, um sie herum das übliche Durcheinander. Hier und da gab es Nachschublager; hier und da lagerten Gruppen besorgter Männer auf Zeltplanen und warteten auf ihren Befehl. Hin und wieder kam von den deutschen Linien eine Sondierungsgranate herüber und wühlte den Schlamm auf. Ab und zu säumte ein zerschmetterter Baumstamm meinen Weg. Zum Glück war es zu düster, um allzu viel von den Leichen zu sehen. Sie wurden langsam zu einem Bestandteil des Bodens und hatten etwas Pflanzliches oder Knollenartiges an sich, wie ein schwammiger oder pilzartiger Auswuchs. Weiße Bänder zeigten an, wo früher die Straße gewesen war. Der Schlamm stand etwa drei Zoll hoch, aber darunter hatte man festen Grund.

In Zonnebeeke, das einige Tage zuvor eingenommen worden war, bog ich an einer Stelle, die ich für die richtige hielt, von der Straße ab und folgte einem mit Laufbrettern ausgelegten Weg, der sich durch die Schuttberge zerschossener Häuser und anschließend durch Felder bahnte, oder besser gesagt, durch das, was einmal Felder gewesen waren. (Wie kann man das beschreiben? Sie kennen sicher solche Winkel auf Bauernhöfen, solche Einfahrten oder Durchlässe, die immer wieder von landwirtschaftlichen Fahrzeugen befahren und von Viehherden passiert werden. Genauso sah es aus, Meile um Meile, ab und zu durchbrochen von dem schimmernden Wasser, das in tiefen Granattrichtern stand.) Jetzt, wo es etwas sicherer war, setzten sich Verpflegungskommandos in Marsch, und zur Verstärkung wurden Ersatztruppen herangeführt. Stürmische Regenschauer plagten uns, während wir uns durch die Dunkelheit vorantasteten.

Über einen schmalen Ziegelsteinpfad kam ich zu einem weiten, mit Band markierten Gelände, das zwei Tage zuvor ein Ausgangspunkt gewesen war. Ich war auf dem richtigen Weg. Links sah ich den Umriss eines verlassenen deutschen Blockhauses. Es war ungewöhnlich, inmitten dieser Masse von weichen, organischen, flüssigen Dingen auf etwas Festes und Hartes zu stoßen. Dies war der Bataillonsbefehlsstand der Australier.

Hier blieb ich und konnte ein wenig schlafen, bevor mich um vier Uhr morgens ein Meldegänger an die Front brachte. Es gab keine Schützengräben. Das Stück, das die Australier hielten, bestand abwechselnd aus den Rändern von Granattrichtern und aus Schützenlöchern, vor denen ein paar durchnässte Sandsäcke lagen. Ich fand Leutnant Colenso und seine Kompanie und erläuterte mein Vorhaben.

Das Sperrfeuer begann um 5 Uhr 15. Ich glitt aus meinem Granattrichter und kroch etwa zwanzig bis dreißig Meter ins Niemandsland hinein, die Aeroscope auf den Rücken geschnallt. Ich hatte mir die Ohren mit Baumwolle zugestopft. Das Krachen der Granaten, die irgendwo vor mir in dem zerstörten Dorf niedergingen, wurde dadurch zu einem dumpfen, manischen Donner. Bei fast totaler Dunkelheit bewegte ich mich mit pedantischer Langsamkeit vorwärts und tastete mit den Fingern die Beschaffenheit des Schlamms vor mir ab. Nach etwa zwanzig Minuten fand ich ein geeignetes Loch, kroch vorsichtig hinein, stellte fest, dass es nur dreißig Zentimeter hoch mit Wasser gefüllt war, und stellte meine Kamera auf – in Richtung unserer eigenen Linie.

Als ich um sechs Uhr bei einem trüben, silbrigen Licht durch den Lärm des Sperrfeuers hindurch die Signalpfeifen hörte, begann ich zu filmen. Durch die Linse sah ich, wie die Männer von Leutnant Colensos Kompanie sich mit greisenhafter Trägheit erhoben und mit glucksenden Lauten durch den Schlamm auf mich zukamen. Keiner unternahm den untauglichen Versuch zu laufen. Von den deutschen Stützpunkten im Dorf aus setzte MG-Feuer ein, und einige Männer fielen. Sie brachen nicht theatralisch zusammen wie die Männer in Faithfulls Film. Die meisten blieben plötzlich stehen, sanken auf die Knie, fielen tot vornüber, den Kopf auf dem Boden wie Mohammedaner beim Gebet. Der Anschein einer geschlossenen Linie zerstob, und jeder versuchte, sich so gut es ging von Deckung zu Deckung durchzubeißen. Ein Dutzend Männer zog platschend an meinem Trichter vorbei. Ich nahm die

Aeroscope und watete zum gegenüberliegenden Rand. Hier erfüllte das verkürzte Stativ vollkommen seinen Zweck. Das Abbauen und Aufbauen dauert normalerweise fünf Minuten, aber ich konnte jetzt innerhalb von Sekunden weiterfilmen. Während ich an der Kurbel drehte, spähte ich durch die Linse den dunklen, vorwärtsstolpernden Gestalten nach. Ich machte einen langsamen Schwenk von rechts nach links, von links nach rechts. Kleine Männer, die sich mit beinahe narkotischer Langsamkeit bewegten, einige aufrecht, einige geduckt, einige zu Boden sinkend. Ein unebenes, ziemlich flaches Gelände, einige weiße Rauchwölkchen. Das hier war die Schlacht. Es war die beste und authentischste Schlachtensequenz, die während des ganzen Ersten Weltkriegs gefilmt wurde – durchsuchen Sie Ihre Archive nach etwas Besserem. Es war ruhmlos, vollkommen chaotisch und, wenn es nicht die Wahrheit gewesen wäre, unbegreiflich und unbestreitbar fade.

Kurz danach hörte ich auf zu filmen. Die Kurbel meiner Aeroscope wurde durch einen Granatsplitter weggerissen. Ich trug eine weitere Verletzung davon, nach der durch den Zahn von Somerville-Start – eine tiefe, klaffende Wunde an meiner Handkante. Ich wickelte ein Taschentuch darum und schleppte die Kamera zu unserer Linie zurück. Wäre sie nicht beschädigt worden, hätte ich das Vorrücken der zweiten Angriffswelle gefilmt. Aber so schleppte ich mich mühsam atmend zum Befehlsstand des Bataillons im Blockhaus zurück, trank etwas Whiskey, rauchte ein halbes Dutzend Zigaretten und beruhigte mich erst, bevor ich den gefahrvollen Rückweg nach Ypern antrat.

Die neugedrehten Meter und die zweiundzwanzig Minuten von *Aftermath* schickte ich zur Topical Film nach Camden Town, mit genauen Anweisungen, wie sie zusammengeschnitten werden sollten. Ich erzählte Donald, ich hätte erhebliche Veränderungen am Film vorgenommen, und der Oberzensor werde jetzt nichts mehr dagegen einwenden können.

Zehn Tage später kam ich abends zum Bauernhof zurück, wo Donald schon auf mich wartete.

»Ist er zurückgekommen?«

»Ja.«

»Nun, wie findest du ihn?«

»Ich finde ihn großartig. Eine außergewöhnliche Leistung.«

Freude durchrieselte mich.

»Ich habe den Befehl, ihn zu zerstören.«

Er wirkte angespannt, irgendwie traurig und zugleich streng. Lange ließ er sich Zeit mit dem Stopfen der Pfeife. Schließlich rückte er mit den weiteren Neuigkeiten heraus. Nur mit größter Mühe hatte er verhindern können, dass man mich zum 13. Bataillon zurückschickte. Er hatte auf mein jugendliches Alter hingewiesen und zu verstehen gegeben, dass meine eigenen Kampferfahrungen im Frontbogen mich verbittert hätten und der Film für mich so etwas wie eine Sühne sei. Schließlich hatte der Oberzensor ein gewisses Einsehen gehabt. Mein Pass wurde mir jedoch entzogen. Innerhalb einer Meile von der vordersten Linie würde ich mich künftig nicht mehr aufhalten dürfen. Alles, was ich filmte, war von Donald zu überprüfen und musste vollkommen neutral sein. Noch ein »hetzerischer« Film (so der Zensor), und ich käme vors Kriegsgericht und würde bestraft.

»Was soll ich jetzt machen?«, sagte ich verbittert. »›Great British Regiments‹?«

»Kommt nicht infrage. Was ich dir anbieten kann, ist das Army Veterinary Corps oder eine Balloneinheit des Fernmelderegiments.«

Tiere oder Ballons? Ich entschied mich für Ballons.

Danach bat ich Donald aufrichtig um Entschuldigung. Er nahm sie an und warnte mich, dass er einen weiteren Fehler unmöglich würde decken können.

»Übrigens«, rief er, während er aus dem Hof fuhr, »im Kofferraum deines Wagens liegt etwas für dich.«

Ich ging hinüber und sah nach. Ein Sandsack, in dem ein zylindrischer Gegenstand steckte. Ich schaute hinein: sechs silberne Filmbüchsen. Schlagartig wurde mir klar, dass Donald in meinem Herzen wie in einem offenen Buch lesen konnte. Es gab wenigstens eine Kopie von *Aftermath of Battle* auf der Welt.

Faithfull und Nelson hatten von meiner Missetat erfahren und gehört, dass ich beim Zensuramt im Großen Hauptquartier als äußerst verdächtig galt. Sie zeigten sich mir gegenüber deutlich reservierter, besonders Faithfull. Er ahnte vermutlich, dass ich versucht hatte, seinen *Wipers*-Film in den Schatten zu stellen. Ich war jetzt misstrauisch, was seine Motive anging, und versteckte die Büchsen mit *Aftermath* getrennt von meinem Gepäck. Am 10. November wurde die Anhöhe von Passchendaele endlich eingenommen, und die Dritte Schlacht von Ypern war offiziell beendet, 156 Tage nachdem sie mit Faithfulls Minen begonnen hatte (bei mir hießen sie immer so, jene Minen, die zu Beginn des Sommers unter der Anhöhe von Messines hochgegangen waren).

Davon wusste ich, wie immer, nichts, als ich ein paar Tage später auf einem durchweichten Feld hinter Ypern stand und zuschaute, wie die Beobachter ihre mit Silber überzogenen Leinwandballons entrollten und aufbliesen. Ich fand meine neuen Aufgaben nicht so übel, wie ich erwartet hatte. Mein Ballonfilm *Eyes in the Sky* war fast fertig. Jetzt filmte ich das Aufpumpen des Ballons, der zunächst eine aufgeblähte Fischgestalt annahm und sich schließlich mit einer rauschenden Bewegung so weit erhob, wie es die Halteseile zuließen, sodass der darunter aufgehängte geräumige Weidenkorb gerade über dem Boden schwebt. Die Beobachter legten ihre Fallschirme an, nahmen ihre Ferngläser, stöpselten ihre Telefondrähte an und bestiegen den Korb. Erstaunlich schnell stieg der Ballon bis zu einer Höhe von etwa dreihundert Metern auf.

Ich hatte alles, was ich brauchte. Ich kauerte mich hinter den Lastwagen, der Schutz vor dem scharfen Westwind bot, und trank Tee mit den Männern, die die Winde bedienten. Unser Ballon diente als Feuerleitstelle für eine Gruppe von sechzehn Sechs-Zoll-Haubitzen, die vierhundert Meter entfernt in einem zerstörten Dorf lagen. Ungefähr alle zehn Minuten brach der laute, sich lang hinziehende Donner der Kanonade los.

Nach einiger Zeit stellten die Geschütze das Feuer ein, und der Ballon wurde heruntergeholt. Wir machten uns Tee und hatten ein überraschend wohl schmeckendes Mittagessen aus Rindfleischstücken und McConnachie-Eintopf, das wir auf einem Primuskocher bereiteten. Wir saßen da und plauderten, und ab und zu warfen wir einen Blick auf den Ballon, der an seinen Verankerungen zerrte.

Ich weiß nicht, was mich dazu gebracht hat, aber plötzlich sagte ich: »Was meint ihr, ob ich nicht mal für fünf Minuten mit meiner Kamera rauf kann? Nicht allzu hoch – nur um einmal die Welt aus der Sicht eines Artilleriebeobachters zu sehen.«

Die Beobachter fanden meine Idee fabelhaft. In Wahrheit dachte ich nicht an *Eyes in the Sky.* Mir war klar, dass sich hier die ideale Einleitungsszene für *Aftermath of Battle* ergeben würde.

Ich kletterte in den knackenden Weidenkorb und stellte die Aeroscope mit ihrem Stativ auf, das an der Seite festgezurrt wurde. Man erklärte mir die einfache Handhabung des Feldtelefons. Den angebotenen Fallschirm lehnte ich ab. Ich versicherte ihnen, dass ich nicht vorhatte, hinauszuspringen. Schnell war alles bereit. Die Halteseile wurden losgemacht, und der Ballon stieg langsam empor.

Bis zu einer Höhe von etwa dreißig Metern empfand ich Unruhe, Schwindelgefühl und eine leichte Übelkeit. Mein Blick folgte dem schwindelerregenden Bogen, den das Ballonkabel beschrieb, hinunter auf das schrumpfende Feld, wo ich zu Mittag gegessen hatte, hinunter zu dem Lastwagen, der Mannschaft und meinem Auto, die immer kleiner wurden. Zur

Linken lag die Batterie, umgeben von dem üblichen Durcheinander. So sieht das also ein Vogel, dachte ich naiv, als die Landschaft sich wie eine Karte unter mir ausbreitete. Die Straßen, die Bauernhöfe, die Depots, die Unterkünfte, die Fahrzeugbestände und Transportkolonnen, die Felder und Gehölze ... Von oben wirkte alles geordneter, rückte in einen Zusammenhang, den man vom Boden aus nicht erkennen konnte. Dass die Straße dort abbog, hatte plötzlich einen Sinn: Sie wich einem Wasserlauf aus. In dem Durcheinander der zerstörten Häuser wurde das Netz der Straßen und Gassen sichtbar, an denen sie gestanden hatten. Die verstreut stehenden Bäume dort hinten säumten einen Kanal ... Nur aus heutiger Sicht erscheinen diese Beobachtungen banal. Für mich war es das erste Mal, dass ich von oben auf die Welt hinunterblicken konnte. Es war wie eine Offenbarung, und erst recht, als die Front in mein Blickfeld kam.

Auf den ersten Blick glich sie einer breiten, quer durch Europa gestampften Bahn. Ich dachte an eine tausend Kilometer lange durchgehende Straße für Riesen, die von den Alpen an die Nordsee herunterstapften. Auf beiden Seiten die triste grüne winterliche Landschaft, zerschnitten durch diesen braunen frei gemähten Raum, der sich im Dunst der Ferne verlor. Ich war überrascht, wie begrenzt er war. Im Frontbogen schien das gesamte Universum braun und schlammig zu sein. Hier oben wurde einem klar, wie schmal diese Schlammwelt war.

Die grüne Landschaft ging nach und nach ins Braune über. Es gab so etwas wie einen zerstampften und zertrampelten Saum, bevor die geschlängelten Linien der alten Grabensysteme auftauchten – Kopf und Quergang, Kopf und Quergang –, und dahinter die erratische Spur von Laufbrett- und Buschwegen durch den Schlamm, die Tümpel in den Trichtern flach und glanzlos wie abgegriffene Münzen. Menschen konnte ich aus dieser Höhe nicht erkennen, aber ich wusste, dass sie da unten waren, zu Hunderttausenden, verborgen.

Was war das doch für ein kläglicher, magerer Streifen Land, um den man kämpfte, um den man drei Jahre lang gekämpft hatte … Ein Schmutzfleck, der sich quer durch das Land zog. Eine Riesenschnecke, die ihre Schleimspur quer durch Europa hinterlassen hatte. Eine schäbige Stelle, an der zwei Kräfte aufeinandergeprallt waren.

Unterschiedliche Horizonte, dachte ich und kurbelte an der Aeroscope, unterschiedliche Perspektiven. Ich empfand es als ein eigentümliches Privileg, dass ich beides erleben durfte: erhöht und erniedrigt. Ich schwenkte die Kamera an der ungeheuerlichen Furche entlang. Was für eine Eröffnungsszene, dachte ich, was für eine Vision für meinen Film. Die gottähnliche Sicht. Und dann die Sterblichen, die in den Schlammpfützen herumkrabbelten und sich zankten.

Ich hörte ein seltsames Geräusch, so ähnlich wie *»pam pam pamperipam pam«*. Ich blickte mich um. Durch eine Ansammlung von schwarzen Staubwölkchen kam ein kleines Flugzeug auf mich zugeflogen. Was dann geschah, lässt sich nur schwer rekonstruieren. Einige deutliche Bilder sind mir in Erinnerung geblieben. Zunächst schien das Flugzeug sehr langsam zu fliegen. Auf eine komische Weise wurde es von Zeit zu Zeit durch ein schwarzes Staubwölkchen von seinem Kurs abgebracht. Ich spürte einen heftigen Ruck, als die Winde den Ballon herunterzuholen begann. Dann erinnere ich mich an ein beinahe menschlich klingendes Keuchen, das vom Ballon ausging. Als das Feldtelefon zu summen begann und ich automatisch danach griff, schien es auf einmal, als flögen Brocken des Weidenkorbs durch die Luft. Dann ein starkes Schlingern, ein Taumel in meiner Magengrube, als der Ballon mitsamt dem Korb plötzlich frei emporstieg und davonschwebte. Ich hielt mich krampfhaft an dem hin- und herschwankenden Korb fest. Ich erhaschte noch einen flüchtigen, irren Blick auf das seitwärts verkantete Ypern, dann war ich in den Wolken, die mich grau und feucht umfingen.

Vermutlich haben die Wolken mich gerettet – und der Umstand, dass das Drahtseil zufällig von einer Kugel oder von Kugeln aus den Waffen des Flugzeugs durchtrennt wurde. Ich schätze, dass ich etwa drei oder vier Minuten lang in diesen Wolken umhertrieb. Als ich aus ihnen herabsank, befand ich mich über einer friedlichen grünen Landschaft. Da fiel mir der scharfe Westwind ein, und mit pochendem Herzen blickte ich mich um. Hinten, weit fort, lag der braune Streifen der Westfront. Unter mir lag das besetzte Belgien.

Villa Luxe 10. Juni 1972

Emilia bringt mir meinen Salat. Ich frage mich, wie alt sie ist. Sie arbeitet jetzt seit zwei Jahren für mich. Ihre Vorgängerin war ein uraltes Weib, das schließlich an purer Altersschwäche dahingegangen ist. Emilia hat fünf Kinder und elf Enkelkinder. Ihr jüngstes Kind ist vierundzwanzig, und dabei sieht sie nicht viel älter als fünfzig aus. Es ist durchaus möglich, auf dieser Insel werden die Mädchen oft mit sechzehn verheiratet und schwanger ...

Emilia hat dichtes, lockiges kastanienbraunes Haar mit grauen Einsprengseln. Sie hat ein dunkelhäutiges, markantes und wohl proportioniertes Gesicht und eine Menge Gold in ihren Zähnen. Sie strömt einen milden und zugleich kräftigen, säuerlichen Körpergeruch aus. Sie ist breithüftig und behände. Fährt ihr kleines Moped mit Schwung. Während sie den Salat vor mich auf den Tisch stellt, gleitet mein verstohlener Blick über die lockeren blassgrünen Falten ihres ausgebleichten grünen Kleides, und ich versuche, den Umfang ihrer Brüste abzuschätzen ...

Warum mache ich das? Was ist los mit mir? Seit zwei Jahren pflegen wir ein mustergültiges, höfliches, respektvolles Arbeitgeber-Arbeitnehmer-Verhältnis. Ich kaue an einem Salatblatt herum. Es liegt daran, dass ich Ulrike nachspioniert habe. Und es hat meiner verborgenen Eitelkeit geschmeichelt, dass die Zwillinge in der Bar sich so offenkundig für mich interessierten.

Als Emilia zur Küche zurückschlendert, folgt ihr mein Blick. Ich kann nichts dafür, aber plötzlich habe ich ein mächtiges Verlangen, ihr auf das nackte Gesäß zu schlagen. Nicht stark, nur zum Spaß ... In meiner Phantasie habe ich Emilia über die Knie gelegt. Diese großen, blassen Gesäßbacken, dieser tiefe, dunkle Spalt. Viel fröhliches Gelächter.

Das ist ganz sonderbar! Nie habe ich diese Phantasievorstellung gehabt. Was ist los? Doch, ich erinnere mich. Es stimmt nicht. Ich *habe* schon solche Begierden gehabt. 1929, mit ... Ich kann es nicht glauben. Mein Gott, dass man so etwas nicht vergisst. Nach all den Jahren, wer hätte das gedacht?

Ich stehe auf und wandere herum, unter der Hose eine spürbare Altmännererektion. Wie schaffe ich es bloß, sie nackt zu sehen?

Hinter der Küche ist ein Raum, in dem Emilia das Bügelbrett, Besen und die verschiedenen Geräte und Reinigungsmittel aufbewahrt, die sie für die Hausarbeit braucht. Dort ist auch ein kleines WC für sie allein. Wenn sie fort ist, muss ich es untersuchen. Es gibt dort ein Fenster, mit Bolzen verschraubt und mit Fensterladen versehen. Wenn ich im richtigen Winkel ein winziges Loch durch den Rahmen bohre, müsste es möglich sein, dass ich sehe, wie sie ihren Rock hochhebt, um sich auf die Schüssel zu setzen.

Eine fünfminütige Suche in den Schränken der Villa fördert einen durchaus brauchbaren handbetriebenen Bohrer zu Tage.

Die Bekenntnisse

Es war offenbar mein Schicksal, dass sich bestimmte Melodien für Tage, ja sogar für Wochen in meinem Kopf festsetzten. Seit fünf Tagen hatte ich nichts anderes gehört als »If you were the only girl in the world«. Immer wieder, ununterbrochen. Ich versuchte sie zu vergessen, aber diese schwungvolle Melodie ging mir nicht aus dem Sinn. Es verschlimmerte meine Einzelhaft – ist das vielleicht eine der heimlichen Strafen für den Einzelhäftling? Es war auch ein Anzeichen dafür, wie verarmt meine Welt war. Ich hatte gehört, wie ein Wächter diese Melodie pfiff, vermutlich ein neuer Wächter, denn von den alten hatte keiner einen Ton von sich gegeben, und seither ging sie mir wie ein Echo im Kopf herum, wie eine endlose Grammofonplatte.

Ich wandte mich meiner einzigen Ablenkung zu. Ich zog den Stuhl unter das Fenster, stieg hinauf und schaute hinaus. Die beiden oberen Scheiben waren aus normalem Glas, kein Milchglas wie die anderen. Die Aussicht: ein Streifen mit hochstehendem Gras vor einer steil abfallenden Schlucht, auf deren Grund die Lahn floss. Jenseits der Schlucht erhoben sich die mit Buchen und Ulmen bestandenen Berge des Taunus. Zur Rechten das mit einer Palisade umgebene Rechteck des Hofes, auf dem wir »Einzelhäftlinge« Bewegung machen durften. Dahinter die langweiligen, rechtwinkligen Gebäude der tierärztlichen Akademie, in der hundertfünfzig russische, zwanzig französische und vier belgische Offiziere gefangengehalten wurden. Die vier Belgier waren alle Generale außer Dienst, die die Deutschen bei der Einnahme von Brüssel gefangengenommen hatten. Sie hatten keine Zeit gehabt, sich umzuziehen, und nach ihrer Verhaftung hatte man keine Uniform an sie ausgegeben, und so waren sie noch immer in Zivil, drei in Tweedanzügen, einer in einem grauen Kammgarnanzug.

Die Einzelzellen befanden sich über der Turnhalle der Akademie. Von den Gefangenen wurde die Turnhalle nicht benutzt, doch gelegentlich spielten die Wärter dort Volleyball, und dann drangen die dumpfen Schläge des Balles und die Anfeuerungsrufe durch die Fußbodendielen meines kahlen Raumes zu mir herauf. Ich saß jetzt seit über zwei Monaten in den Einzelzellen, in denen sich sonst kein Gefangener befand.

Für eine Zelle war mein Raum nicht gerade unkomfortabel. Ein Tisch aus Kiefernholz, ein primitiver Holzstuhl, der aus einem Bild von Van Gogh hätte stammen können, ein Bett mit einer dünnen, mit Stroh und Hobelspänen gefüllten Matratze, zwei graue Decken und ein weißer, emaillierter Nachttopf mit einem graublauen Deckel, der nicht passte. Die Dielen meiner Zelle waren nackt, die Wände weißgetüncht. Es war kalt.

Mein Tagesablauf war stets derselbe. Ich schlief, wenn ich konnte, bis acht; dann weckte mich ein Wärter und brachte mir das Frühstück, das aus dünnem Kaffee und zwei Scheiben Graubrot bestand. Um neun führte man mich in einen kleinen Waschraum, wo ich mich rasierte und meine Notdurft verrichtete. Von zehn bis elf war ich, wenn das Wetter es zuließ, draußen in dem umzäunten Hof, wo ich mir nach Belieben Bewegung verschaffen durfte. Um zwölf gab es Mittagessen – Suppe und einen Teller Gemüse. Drei Uhr nachmittags – nochmals Kaffee und Brot. Von vier bis fünf – Hofgang. Sechs Uhr – Notdurft verrichten. Acht Uhr – Abendessen: Suppe und ein Teller Gemüse, bisweilen angereichert durch eingelegten Fisch oder Sauerkraut. Alle vierzehn Tage bekam ich eine Tüte Zucker. Ich litt eigentlich keinen Hunger, und im Laufe des Tages kam immer wieder jemand zu mir. Menschliche Gesellschaft wurde mir nicht verweigert. Die Wächter in der Turnhalle langweilten sich wahrscheinlich genauso wie ihr einziger Gefangener. Ich konnte kein Deutsch, und wir verständigten uns durch Zeichen oder durch kurze Worte, in der Hoffnung, verstanden zu werden. Ich kann es gut ertragen, allein zu sein, und die ersten Wochen waren für mich keine sonderliche Belastung. Doch als der zweite Monat anbrach, fand ich die Maßnahme schon drückender. Nichts änderte sich, und genau das machte mir allmählich Sorgen. Hätten sich die Verhältnisse verschlechtert oder verbessert, dann hätte ich sie vielleicht nicht infrage gestellt, aber nach vierzig Tagen wuchs meine Überzeugung, dass man mich vergessen hatte. Und diese zusätzliche Sorge machte meinen beengten Zustand plötzlich unerträglich. Was ich brauchte, war das Gefühl, dass meine Einkerkerung irgendwann enden würde. (Ich denke, wir alle brauchen die Endlichkeit, irgendwelche Grenzen, das steckt in unserer menschlichen Natur. Wir brauchen die Gewissheit, dass die Dinge irgendwann enden werden.) Zwei Monate dieser langweiligen Einzelhaft gaben mir einen unerfreulichen Vorgeschmack auf die Ewigkeit. Bald konnte ich die einzelnen Tage nur noch danach unterscheiden, welche Suppe mir vorgesetzt wurde. Wenigstens die Suppe änderte sich dauernd. Graupensuppe, Kohlsuppe, Erbsensuppe, eine sogenannte Sagosuppe, Ölkuchensuppe, Fischsuppe, Reissuppe, Makkaronisuppe, Steckrübensuppe … Der Zeitablauf wurde für mich zusehends zu einer Sache von Kohl- oder Erbsentagen. Hatte ich nicht am letzten Fischsuppentag morgens Zahnschmerzen verspürt? Am Reissuppentag war das Wetter ungewöhnlich milde gewesen. Am vorletzten Steckrübentag hatte ich Durchfall gehabt, und so weiter. Wenn ich mir morgens beim Rasieren ins Gesicht schaute, erkannte ich den chronologischen Zeitablauf an der Länge meiner Haare. Nach der Gefangennahme war ich geduscht und entlaust worden, meine Kleider hatte man – vollkommen unnötig – ausgeräuchert, und man hatte mir den Kopf kahl geschoren. Damals wuchs mein Haar in einem Monat um fünf Zentimeter. Nach acht Wochen steckte ich es mir nach Art der Künstler hinter die Ohren. Mein Haar ist nie so lang gewesen wie in jenen Monaten der Gefangenschaft in den Jahren 1917–18. Auch den Schnurrbart rasierte ich mir ab.

Nach zwei Monaten dieses unerbittlichen Einerleis fiel ich allmählich auseinander. Vier Dinge nahmen mich in Beschlag. Erstens: »If you were the only girl in the world«. Zweitens: die beinahe hysterische Angst, mein »Fall« sei vergessen worden. Drittens: ein wahnsinniges Verlangen nach einer Zigarette. Und viertens: eine überwältigende Sehnsucht nach geistiger Zerstreuung – nach irgendetwas, was mich beschäftigen könnte außer den oben angeführten drei Obsessionen. Alle meine Einfälle waren mittlerweile vollkommen abgenutzt, schlaff, weich und durchscheinend wie ein allzu oft gewaschenes Hemd. Ich musste auf andere Gedanken kommen. Ich brauchte etwas zum »Lesen«. Bleistift und Papier, eine musikalische Darbietung oder ein lebhaftes Gespräch hätte ich wahrscheinlich ebenso begrüßt, aber in meiner Verzweiflung sah ich mein Heil in einem Buch. Irgendein Buch. Ich brauchte eine Zerstreuung, einen angenehmen Zeitvertreib, vor allem aber wollte ich mich mit jemand unterhalten und mich nicht nur mit meiner eigenen Phantasie beschäftigen. Ich hatte aufgehört zu träumen; ich hatte aufgehört zu masturbieren. Ich war leer, eine Hülse. Ich brauchte ein wenig Befruchtung. Einen Tropfen Kraftstoff, um die Maschine wieder in Gang zu bringen.

Mein erster Flug über die Front und nach Belgien hinein war trotz meiner gefährlichen Situation seltsam berauschend. Mein langsam schrumpfender, grauer, wurstförmiger Ballon schien den ganzen belgischen Himmel zu erfüllen. Der Wind trieb mich still nach Osten, die einzigen Geräusche waren das Knacken des Weidenkorbs und das gelegentlich vernehmbare Zischen des aus dem Ballon entweichenden Wasserstoffs. Ganz allmählich und, so schien es, vollkommen sicher sank ich tiefer. Als ich in einer Höhe von etwa sechzig Metern über einen kleinen Marktflecken hinwegschwebte, löste ich Verwirrung in den Straßen aus. Der Verkehr kam zum Stillstand, aus den Häusern und Geschäften stürzten die Menschen auf die Straße und starrten und deuteten zu mir empor. Ich winkte. Die Kinder winkten zurück.

Aber mit dem Entweichen der Luft nahm natürlich die Sinkgeschwindigkeit zu. Bald ließ sich das Gefühl, dass ich am Fallen war, nicht mehr verdrängen. Zum Glück hatte der Wind zugenommen, und der seitliche Abtrieb minderte den senkrechten Fall. Als mich weniger als dreißig Meter vom Boden trennten, überlegte ich mir, wie ich mich am besten auf die Landung einstellen sollte. Ich warf das Stativ über Bord und zurrte meine Aeroscope an der Korbwand fest.

An einem geisterhaften Gehölz von Silberbirken kam ich mit knapper Not vorbei – der Korbboden wurde von den obersten Zweigen gestreift –, und es schien, als würde ich mitten in einem gepflügten Acker landen. Während ich wartend auf dem Korbrand saß, bemerkte ich zu meiner Rechten einen Mann, der mit dem Fahrrad einen schlammigen Weg entlangfuhr und sich heftig abstrampelte, um mit mir Schritt zu halten. Der Ballon schwebte über den Acker hinweg, etwa drei bis fünf Meter über dem Boden, und ich wusste nicht, was ich tun sollte. Ich dachte schon daran, abzuspringen. Ich trieb auf einen Entwässerungsgraben zu, der auf beiden Seiten von hohen, unregelmäßigen Weißdornhecken und sechs oder sieben jungen Pappeln gesäumt war. Bei dem stürmischen Wind rückten die Bäume bedrohlich näher. Bei einer Höhe von anderthalb Metern sprang ich ab und verstauchte mir den Knöchel an den harten, aufgeworfenen Schollen. Außer Atem, beobachtete ich, wie mein runzliger Flugapparat sanft mit den Bäumen kollidierte. Zweige und einige tote Blätter fielen zu Boden. Ich stand auf und humpelte zum Korb hinüber, zwängte mich durch den Weißdorn hindurch und holte mit einiger Mühe die Aeroscope heraus. Ich schaute mich um. Ödes, flaches, winterliches belgisches Land. Der verrückte Radfahrer, der sein Fahrrad am Ackerrand zurückgelassen hatte, spurtete mühsam über die Furchen. Als er näherkam, sah ich, dass er Uniform trug, marineblau mit roten Paspeln, und eine hohe

Mütze mit drei Messingknöpfen darauf. Wir standen einander gegenüber. Ich wusste nicht, was ich sagen sollte, und war ohnehin verblüfft durch das hochgerötete Gesicht des Mannes, von dem der Schweiß troff, während er wortlos nach Luft japste. Ich nahm an, dass ich verhaftet war.

Ich hätte die Gelegenheit wahrnehmen und die Aeroscope verstecken oder vergraben sollen, denn mit ihr wurde ich sofort als ein Agent mit einem teuflischen Spionageauftrag betrachtet. Meine Uniform ohne Rangabzeichen steigerte den Argwohn noch. Bei den ausgiebigen Verhören, denen ich auf dem Weg nach Deutschland immer wieder unterzogen wurde, wurde meine Darstellung durchwegs abgelehnt und als offenkundiges Märchen bezeichnet. Der erste und schmerzlichste Verlust war für mich die Beschlagnahmung meines wunderbaren Films von den beiden Frontlinien. Natürlich ignorierte man meine heftigen Forderungen, den Film sicher aufzubewahren. Auch förderte der umfassende Zweifel, der meinen Schilderungen entgegengebracht wurde, keineswegs die Bereitschaft, die wenigen Details, die ich ihnen nannte, nachzuprüfen. Ich wolle doch nur Zeit herausschinden, sagten sie, aber sie seien geduldig. Nach und nach geriet ich in einen administrativen Schwebezustand: Ich wurde als Spion betrachtet, aber Spione tragen keine Uniform. Ich war wie ein Offizier gekleidet, trug aber keine Rangabzeichen und war keinem Regiment zugeordnet. Mein Pass und meine Dokumente steckten in der Brieftasche, die ich in meinem Humber zurückgelassen hatte. Man behandelte mich höflich, doch die langwierigen und ermüdenden Verhöre kamen nicht voran, weil ich ihnen die Wahrheit sagte. Sie wollten mir nicht glauben, und irgendwo hatte irgendjemand entschieden, mich schmoren zu lassen. Da ich behauptete, Offizier zu sein, konnten sie mich nicht in ein »gewöhnliches« Lager stecken. Gleichzeitig verlangten aber die verdächtigen Umstände (ich konnte, um gerecht zu sein, ihren Standpunkt verstehen) eine besonders vorsichtige Form der Inhaftierung.

Ich sollte von meinen Landsleuten getrennt in Isolierhaft gehalten werden, bis ich entweder die Wahrheit sagte oder die von mir geschilderten Fakten sich als echt herausstellten, wie mir der freundliche Major sagte, der mich verhörte.

So kam es, dass ich eines frühen Morgens im Februar – es war nasskalt, und in den Bäumen des Taunus hingen noch lange Nebelschwaden – in Weilburg aus dem Zug geführt und an vier Wärter des Offizierskriegsgefangenenlagers 18 übergeben wurde, die mich durch die beinahe menschenleere Stadt und an terrassenförmigen Feldern vorbei den Hügel hinunter zu den grauen Mauern der Akademie und in meine freudlose Zelle über der Turnhalle eskortierten.

Eines Morgens, es war noch vor dem Frühstück, lag ich unter meinen Decken und überlegte fieberhaft, wie ich es erreichen könnte, mit einer maßgeblichen Person zu sprechen. Die Wärter, alle Männer im mittleren Alter, schienen meine wiederholten Forderungen zu verstehen, nickten und murmelten zustimmend zu meinen dringenden Vorstellungen, dass in meiner Sache etwas unternommen werden müsse, aber letzten Endes geschah nichts. Ich fragte mich schon, ob ich durch Gehorsamsverweigerung oder vielleicht durch einen Angriff auf einen Wärter oder einen Fluchtversuch auf mich aufmerksam machen müsse, als sich auf dem Korridor rasche Schritte näherten und ich einen Mann singen hörte. Die Schritte waren schnell verhallt, doch von dem Lied hatte ich immerhin so viel mitbekommen:

She looked so sweet and charming,
When I beheld my darling,
She looked so sweet and charming,
In every high degree ...

Sofort setzte sich das Lied in meinem Kopf fest (und verdrängte tatsächlich »If you were the only girl in the world«), aber erst Sekunden später begriff ich, dass es auf *Englisch* gesungen worden war. Als dann ein Wärter (ein schwerfälliger Kerl mit einer blauen Säufernase) mit meinem Frühstück kam, sang ich ihm eine Passage des Liedes vor – »Dashing away with a smoothing iron, she stole my heart away« – und fragte ihn: »Engländer?« Er schaute mich verdutzt an, dann sagte er mit einem ratlosen Lächeln »schön« und klatschte Beifall.

Zwei Tage später, nicht klüger als zuvor, machte ich langsam meine Hofrunde. Für einen einzigen Gefangenen war der Hof großzügig bemessen, etwa dreißig Meter im Quadrat, und von einer etwa dreieinhalb Meter hohen Palisade umgeben. Auf der anderen Seite befand sich ein erhöhter Laufgang, von dem aus ein Wärter mich überwachen konnte. Diese Praxis wurde bald aufgegeben. Heute jedoch war ein Wärter da und beobachtete mich. Ich tat nichts anderes, als in dem umzäunten Viereck hin- und herzugehen, aber möglichst unregelmäßig. Mich bedrückte der Gedanke, dass ich mich an einen ausgetretenen Pfad gewöhnen könnte. Ich ging mal in diese, mal in jene Richtung, machte auf dem Absatz kehrt und verfolgte dabei kein System, außer dass ich kein System entstehen lassen wollte. Gedankenlos hatte ich ein Löwenzahnblatt abgerissen, und als ich weiterging und über meine aussichtslosen Möglichkeiten nachgrübelte, zerpflückte ich es Stück für Stück. Als mich mein Weg an die Stelle führte, wo über mir auf dem Laufgang der Wärter stand, sprach er mich an.

»Sie liebt mich, sie liebt mich nicht … Oh!«

»Wie bitte?«

»Seien Sie unbesorgt, alter Knabe. Sie wird warten, ich kann es Ihnen versichern, mit einer brennenden Kerze im Fenster.«

Das hatte er auf Englisch gesagt, mit einem deutlichen, aber angenehmen deutschen Akzent. Das musste mein Sänger sein. Das Gewehr übergehängt, stützte er sich auf die Palisade und ließ die Hände herunterbaumeln. Er war jung, sehr viel jünger als die übrigen Wächter, vielleicht in meinem Alter. Er hatte seine runde Feldmütze nach hinten geschoben, sodass die kurze, schwarze Ponyfrisur sichtbar wurde, die bei den deutschen Heeresfriseuren Mode war. Sein blasses Gesicht war lang und schmal, und er hatte einen breiten, schmallippigen Mund. Was an seinem Gesicht hervorstach, waren seine Augenbrauen, die einen scharfen Winkel bildeten und über der Nase zusammengewachsen waren. Sein Blick bekam dadurch etwas Stechendes, Mephistophelisches. Ein Unheilstifter, aber nicht unbedingt bösartig. Vielleicht amoralisch, aber nicht unbedingt verschlagen.

»Ihr Haar gefällt mir«, sagte er. »Meins war früher auch so lang. Aber jetzt …« Er nahm seine Mütze ab. Fast hätte ich gewettet, dass er koboldhafte, spitzzulaufende Ohren mit grünen Zipfeln hat. Er fuhr sich mit den Händen über die Stoppelhaare.

»Lauter kleine Stacheln«, sagte er. »Ich hasse es.« Er lächelte. »Ich darf nicht mit Ihnen sprechen«, sagte er mit gedämpfter Stimme, »aber ich kann verdammt noch mal kein Russisch und kein Französisch und diese alten Knacker« – er deutete zur Turnhalle hinüber – »spielen immer nur Karten und reden über das Essen und ihre ekelhaften Krankheiten.«

»Sie sprechen ausgezeichnet Englisch.«

»Hören Sie, ich war in London, 1912. Ein Jahr lang. Ich male, ich bin ein Künstler. Camden Town. Der Islington Angel. Kennen Sie ihn?«

»Nein, ich bin aus Schottland. Edinburgh.«

»Oh, das schöne Schottland.« Er blickte sich um. »Scheiße, da kommt der dicke Otto. Auf bald.« Er rückte sein Gewehr zurecht und begann, demonstrativ auf dem Laufgang auf- und abzugehen.

Einige Tage sah ich nichts von ihm. Dann brachte er mir eines Abends um acht das Essen. Ich hatte bisher nur den Kopf und die Schultern von ihm gesehen und war überrascht, wie groß und dünn er war – mindestens einsneunzig. Die Uniform passte ihm nicht, und er machte eine ganz unglückliche Figur darin. Es lag an seiner Körperhaltung. Seine ganze Haltung war das genaue Gegenteil von gerade und steif. Er war immer leger, ungezwungen, und wirkte völlig entspannt.

Er setzte das Tablett ab.

»Makkaronisuppe und – oh! – da ist ja ein Stück Fisch. Ein Glückstag.« Er lächelte und entblößte dabei seine scharf wirkenden, unebenmäßigen Zähne. »Sie sollen ja ein gefährlicher Spion sein. Sehr aufregend.«

Ich erzählte ihm meine Geschichte. Zunächst war mir seine freundliche Art ein bisschen verdächtig, aber bald merkte ich, dass er nichts Böses im Schilde führte. Während der nächsten acht Tage sprachen wir mehrmals kurz miteinander, aber nie länger als fünf Minuten, denn bei all seiner Unbekümmertheit schien er ständig mit der Möglichkeit zu rechnen, beim Fraternisieren ertappt zu werden. Er sagte, sein Name sei Karl-Heinz Kornfeld (»Charlie Cornfield«, wie er falsch übersetzte). Er sei zweiundzwanzig Jahre alt und diene als Wärter im Kriegsgefangenenlager, weil er frontuntauglich sei. Er zeigte auf seinen Magen. »Ich habe Magengeschwüre.« Er mimte Magenkrämpfe und tat so, als trinke er aus der Flasche. »Zu viel Trinken«, sagte er und verzog das Gesicht zu einem unbeholfenen Grinsen.

Im Laufe der nächsten vierzehn Tage entstand allmählich eine merkwürdige Bekanntschaft zwischen uns. Er erzählte mir, er habe das Malen aufgegeben und sei Schauspieler geworden, bevor er eingezogen wurde. Er sagte, er habe einen Vetter in Wien, der ein bedeutender Dramatiker sei und ein Stück für ihn schreiben werde. Ich erzählte ihm etwas über meine Vorgeschichte, aber merkwürdigerweise schien das Bedürfnis zu sprechen bei ihm größer zu sein als bei mir. Von ihm erfuhr ich einiges über das Lager und seine Insassen: die Generäle in Zivil und die traurigen russischen Offiziere, die jetzt, nach der Revolution, noch pessimistischer waren und sich für die feinen, schönen Spielsachen, die sie aus Holz anfertigten, bei den Weilburgern Alkohol kauften. Sie tränken alles, sagte Karl-Heinz. Dann und wann verkaufe er ihnen Terpentin, wenn sie verzweifelt seien.

Diese letztere Bemerkung ließ er beiläufig einfließen, um mir, wie ich vermutete, zu verstehen zu geben, dass er bestechlich sei. Ich hatte kein Geld, und ich hatte keine Pakete vom Roten Kreuz erhalten. Ich teilte ihm das mit.

»Sie haben Ihren Zucker«, sagte er. »Sie können tauschen.«

Und damit begann der Tauschhandel. Für meine halbe Zuckerration bekam ich drei Zigaretten und ein Dutzend Streichhölzer. Ich zerlegte die Zigaretten in Stücke von einem Zoll Länge, die ich nachts rauchte, das Fenster einen Spalt weit geöffnet, durch den ich den Rauch ausstieß. Mit einem Mal erschien mir mein Leben unermesslich reich. Ich hatte dann und wann die Gesellschaft von Karl-Heinz, und ich hatte meinen Tabak. Ich verteilte mir die winzigen Zigaretten auf drei Nächte, rationierte meine gierigen Züge und fertigte mir aus dem trockenen Stroh in meiner Matratze einen einfachen Zigarettenhalter an, sodass ich sie bis auf den letzten Tabakkrümel aufrauchen konnte. Jetzt hatte ich etwas, woraufhin ich planen und auf das ich mich freuen konnte, allnächtlich – und es war verboten. Endlich kam eine gewisse Struktur in mein Leben.

Als nächstes bat ich um Fleisch. Ich sagte, ich hätte nichts zum Tausch anzubieten. Karl-Heinz überlegte einen Augenblick. »Geht schon in Ordnung«, sagte er. »Sie können es später bezahlen.« Ich wusste nicht genau, wie er das meinte, aber ich hatte keinen Grund zur Klage, als er mir drei Tage später mein Frühstück brachte und eine Cervelatwurst aus der Jackentasche zog. Sie war trocken und schrumpelig und voller Knorpel. Ich verzehrte sie mit wahrem Genuss.

Dann bat ich ihn, etwas über meine Lage in Erfahrung zu bringen. Er kniff die Augen zusammen. »Schwierig«, sagte er. »Ich werde sehen, was ich tun kann.«

So ging es weiter – zwei Wochen, drei Wochen? Ich weiß es nicht. Die Zeit verging etwas abwechslungsreicher, aber genauso untätig wie sonst. Um dagegen etwas zu unternehmen, bat ich ihn um einen weiteren Gefallen.

»Karl-Heinz?«, sagte ich eines Tages, als er mich zum Waschraum begleitete. »Meinst du, du könntest mir etwas zum Lesen beschaffen?«

»Du lieber Himmel!«, sagte er und tat überrascht. »Ein englisches Buch? Wo soll ich das wohl herbekommen?«

»Ich weiß es nicht. Du scheinst doch fast alles besorgen zu können.«

»Schwierig«, sagte er. Während ich mich rasierte, ließ er sich weiter über die Schwierigkeiten aus. Ich steckte den Rasierapparat und die Seife in den Waschlappen und reichte ihn ihm zurück.

»In Weilburg gibt es einen Lehrer«, sagte er. »Vielleicht kann ich etwas von ihm leihen. Nein. Besser, ich kaufe es.« Er machte ein betrübtes Gesicht. »Aber du hast kein Geld.« Er schaute mich an. »Du gibst mir etwas, und ich beschaffe dir ein englisches Buch.«

»Was möchtest du von mir?«, sagte ich.

»Einen Kuss.«

Karl-Heinz zu küssen war nicht so unangenehm, wie ich es mir vorgestellt hatte. Es war weit angenehmer, als zum Beispiel die Schmalz-und-Popel-Kugeln meiner Schlafsaalgenossen in der Minto Academy zu essen. Anders als Huguette ließ er seinen Mund geschlossen und machte keinen Gebrauch von seiner Zunge. Wir pressten bloß unsere Lippen aufeinander, und das ziemlich lange, manchmal – ich habe immer gezählt – bis zu einer Minute. Wir haben uns vier- oder fünfmal geküsst, meistens im Waschraum, bevor das Buch kam. Er erwartete vermutlich noch mehr. Nach unserem zweiten Kuss fragte er mich sehr höflich, ob ich seinen Penis in die Hand nehmen würde, aber ich lehnte ab. »In Ordnung«, sagte er, ein wenig enttäuscht. »Also nur Küssen.«

Das Buch wurde mir in Loseblattform und abschnittsweise auf dem Ausgangshof geliefert. Karl-Heinz riss zwanzig oder dreißig Seiten heraus, faltete sie zusammen und steckte sie in einen Spalt in der Palisadenwand. Für mich war es ein Leichtes, sie dort herauszuholen, an mir zu verstecken und sie unentdeckt in meine Zelle zu bringen. Nie werde ich vergessen, wie aufgeregt ich war, als ich zum ersten Mal den Stoß gefalteter Seiten zwischen den Bohlen hervorholte. Als ich wieder in meine Zelle eingeschlossen war, stopfte ich alles bis auf die erste Seite in meine Matratze. Falls jemand kam, würde ich noch genügend Zeit haben, die Seite, die ich gerade las, zu zerknüllen und einzustecken.

Ich war bereit anzufangen. Ich setzte mich auf meinen Stuhl und breitete die Seite vor mir auf dem Tisch aus. Die Seite war klein, und klein war auch die Drucktype, so als stamme sie aus einer Taschenausgabe im Oktavformat. Das Papier war dünn, wie Bibelpapier. Meine Hände zitterten merklich, als ich die Falten glattstrich. Ich schloss die Augen und hielt inne, bevor ich den ersten Satz las. Ich war voller Demut und Dankbarkeit. Karl-Heinz hatte mir nur den Text gegeben – ich kannte weder den Titel noch den Verfasser. Der Inhalt des Buches war mir ebenso unbekannt wie das Genre, zu dem es gehörte. Dennoch kam es mir, als ich dort in dieser Zelle saß, so vor, als stünde ich vor einem sagenhaften Abenteuer, und ich hatte das Gefühl, etwas ungeheuer Kostbares in meinen zitternden Händen zu halten. Es war ein weihevoller Augenblick. Er sollte mein Leben verändern. *Erstes Buch.*

Mein Herz pochte heftig vor Erwartung. Die ersten Sätze, der erste Absatz – wie würden sie sein? Ich las.

»Ich plane ein Unternehmen, das kein Vorbild hat und dessen Ausführung auch niemals einen Nachahmer finden wird. Ich will vor meinesgleichen einen Menschen in aller Wahrheit der Natur zeigen, und dieser Mensch werde ich sein.

Einzig und allein ich. Ich fühle mein Herz – und ich kenne die Menschen. Ich bin nicht gemacht wie irgendeiner von denen, die ich bisher sah, und ich wage zu glauben, dass ich auch nicht gemacht bin wie irgendeiner von allen, die leben.«

Ich war dermaßen erregt, dass ich die Seite hinlegen musste.

Das Herz hüpfte und hämmerte mir in der Brust. Oh, ich war betäubt, berauscht, geradezu verzückt.

Ich weiß wohl, dass meine Lebensumstände in jeder erdenklichen Weise beschränkt waren. Ich war wie ein Verdurstender in der Wüste, der auf eine Wasserquelle stößt. Doch nie habe ich eine solche Einleitung zu einem Buch gelesen, nie war ich so machtvoll und so unmittelbar ergriffen. Wer war dieser Mann? Wem gehörte diese Stimme, die mich so direkt ansprach, wer war es, dessen dreiste Unbescheidenheit so freimütig und ehrlich klang? Ich las weiter, wie hypnotisiert. Karl-Heinz hatte mir diesmal nur zehn Seiten geliefert. Ich las sie wieder und wieder. Doch die Spannung war unerträglich, quälend. Zwei rastlose Tage musste ich auf die nächste Rate warten.

Karl-Heinz »fütterte« mich im Laufe der nächsten sieben Wochen mit dem ganzen Buch. Die Metapher trifft genau. Die dünnen, zusammengefalteten Seiten waren für mich wie lebenswichtige Brocken Nahrung. Ich verschlang sie. Ich kaute, schluckte und verdaute dieses Buch. Ich knackte seine Knochen und sog sein Mark ein; jede Fleischfaser, jedes knorpelige Knötchen wurde mit feinschmeckerischer Inbrunst verspeist. Nie habe ich, weder vorher noch nachher, mit so pedantischer Liebe und so gründlicher Konzentration gelesen. Für die Hälfte dieses Buches bezahlte ich mit schmachtenden, keuschen Küssen, doch der Rest wurde auf herkömmlichere Art erworben. Ich bekam mein erstes Rotkreuz-Paket. Einiges war geklaut worden, doch mir blieben ein Schal, ein paar Socken, ein einpfündiger Plum-Pudding und eine Tüte Pfefferminzbonbons. Von nun an kam alle vierzehn Tage ein Paket. Ich gab mein Essen her für ein Buch.

Und was war es für ein Buch? Sie werden gewiss den unverwechselbaren Tonfall von Jean-Jacques Rousseau in den *Bekenntnissen* erkannt haben. Ich war von dieser außerordentlichen Autobiografie dermaßen gepackt und gefesselt, als läse ich über mich selbst. Kaufen Sie sich das Buch, lesen Sie es, und Sie verstehen, was ich meine. Ich wusste nichts von Rousseau, nichts über sein Leben, sein Werk, seine Ideen, und ich wusste herzlich wenig über das Europa des 18. Jahrhunderts, aber was er sagte, klang so unverbraucht, und seine Freimütigkeit war so ungewohnt und so packend, dass es darauf nicht ankam. Dies war die Geschichte des ersten wirklich ehrlichen Menschen. Des ersten modernen Menschen. Hier wurde zum ersten Mal in der Geschichte der Menschheit das Leben eines einzelnen in all seiner Größe und Erbärmlichkeit nacherzählt. Als ich am Ende meiner siebenwöchigen leidenschaftlichen Lektüre die Seiten, die inzwischen Eselsohren bekommen hatten, sinken ließ, weinte ich. Danach fing ich wieder von vorne an. Dieser Mann sprach von uns allen, von uns leidenden Sterblichen, unseren Eitelkeiten, unseren Hoffnungen, unseren Augenblicken der Größe und unserer gemeinen, verderbten Natur.

Jetzt muss ich innehalten und einen Augenblick nachdenken. Wir werden noch auf die *Bekenntnisse* zurückkommen. Nur so viel sei hier gesagt, dass das Buch mich, bildlich gesprochen, aus der Gefangenschaft befreite. Rousseau und seine Autobiografie erlösten mich. Dieses kostbare, außergewöhnliche Geschenk vergesse ich nie. Das Buch sollte, wie Sie noch sehen werden, zu meinem Lebensschicksal werden.

Karl-Heinz konnte meine glühende Dankbarkeit kaum verstehen.

»Wenn du willst, kann ich dir noch ein Buch besorgen.«

»Aber nein! Das genügt mir. Ich brauche nur das eine.«

»Was ist denn an diesem Buch so Besonderes?«

Ich versuchte es ihm zu erklären, aber er konnte es nicht verstehen. Er glaubte wohl, ich hätte durch die Gefangenschaft ein bisschen den Verstand verloren. Vielleicht war ich auch ein bisschen verrückt. Ich muss sagen, dass sich bei mir so etwas wie Liebe zu Karl-Heinz entwickelt hatte – keine sinnliche Liebe, das zu allerletzt, aber auch keine bloß brüderliche.

Irgendwie mochte ich ihn, und zu meiner Überraschung fand ich an seiner faulen Unredlichkeit – später entdeckte ich, dass er es war, der aus meinen Paketen etwas geklaut hatte – und an seinem zwanglosen Versuch, mich zu verführen, nichts Verwerfliches. Unsere langen, trockenen Küsse haben uns wohl einander nähergebracht. Obwohl er einige Jahre älter war als ich, empfand ich für ihn das, was wahrscheinlich der Vater für den verlorenen Sohn empfunden haben mag, als dieser, sagen wir, eine Woche wieder zu Hause war und die letzten Überreste des gemästeten Kalbes verzehrt waren. Die Leidenschaft war erloschen, und es sah ganz danach aus, als würde der Junge wieder auf die schiefe Bahn geraten, doch irgendwie umgab ihn noch immer eine schützende Hülle nachsichtiger väterlicher Zuneigung. Ich glaube, besser kann ich nicht ausdrücken, was ich für Karl-Heinz empfand.

Irgendwann im Mai, als ich gerade meinen regellosen Hofgang absolvierte, tauchte über den Palisaden der Kopf von Karl-Heinz auf.

»Gute Neuigkeiten«, sagte er. »Deine Geschichte ist bestätigt worden. Du wirst verlegt.«

Diese unerwartete Mitteilung brachte mich irgendwie aus der Fassung.

»Wohin?«, fragte ich.

»In ein britisches Offizierslager. Nach Mainz.«

Im Laufe des Tages wurde mir dies durch den Lagerkommandanten amtlich bestätigt, den ich bisher nur einmal gesehen hatte, bei meiner Ankunft, die ein knappes halbes Jahr zurücklag. Er war schmächtig und blass, und der Kragen stand weit von seinem dürren Hals ab. Was er sagte, klang halbwegs wie eine Entschuldigung, und ein- oder zweimal kam darin das Wort »bedauerlich« vor.

Vor meiner Abfahrt traf ich noch einmal mit Karl-Heinz zusammen. Er eskortierte mich zu meiner morgendlichen Rasur in den Waschraum der Turnhalle. Es schien ihn gänzlich unberührt zu lassen, dass ich fortging, und das machte mir wiederum einigermaßen zu schaffen. (Vermutlich traf es meine Eitelkeit; ich wollte mir einfach nicht eingestehen, dass er mit seinem sexuellen Interesse an mir bloß eine Gelegenheit wahrgenommen hatte.) Er musste sich meinen Namen und meine Adresse notieren und mir versprechen, sich gleich nach dem Krieg bei mir zu melden.

»Selbstverständlich«, sagte er höflich. »Mit dem größten Vergnügen.«

»Gib mir deine Adresse.«

»Ich habe noch keine.«

»Wie soll ich das verstehen?«

»Ich weiß bloß, dass ich nach Berlin gehe, sobald ich diese Uniform los bin.« Das sagte er mit ungewohnter Heftigkeit. Dann lachte er. »Wenn du nach Berlin kommst, brauchst du nur zu fragen, wo Karl-Heinz Kornfeld ist. Man wird es dir sagen.«

Ich habe ihn nicht wiedergesehen. Einen Tag später wurde ich wieder zum Bahnhof geführt, den Berg hinauf zur Stadt, durch die mit Kopfsteinen gepflasterten Straßen, und in den Zug nach Mainz gesetzt.

Das neue Lager befand sich in einer Kaserne auf einem Hügel über der Stadt. Von unserem Fenster aus hatten wir eine hübsche Aussicht auf den Dom und den Rhein. Verglichen mit der düsteren Stimmung und dem Mangel in Weilburg, war das Lager in Mainz wie ein Hotel. Sechshundert englische Offiziere wurden dort gefangengehalten. Wir waren zu zehnt in einem Raum untergebracht, und die Atmosphäre war halb wie im Internat – joviale Freundlichkeit – und halb wie im Pfadfinderlager – man kam auf alle mögliche Ideen, um sich das Leben zu erleichtern. Die Offiziere durften einmal im Monat bei einer Schweizer Bank in der Stadt einen Scheck über fünf Pfund Sterling einlösen, und mit diesem Geld konnten wir unsere Verpflegung (praktisch die gleiche wie in Weilburg) durch Zukäufe in einer kleinen Kantine ein wenig aufbessern

(Fisch- und Leberpaste, Pflaumenmus, Trockensuppe). Dank des Bildungseifers, den die Briten offenbar immer dann entwickeln, wenn sie eingesperrt sind, gab es mehr Bildungsmöglichkeiten als an einer durchschnittlichen Universität. Es gab Kurse, Seminare und Studiengruppen zu praktisch jedem Thema, vom Aramäischen bis hin zum Zoroastrismus. Es gab einen Theaterclub, eine Operettenvereinigung und einen Diskussionswettbewerb, an dem sich Dutzende von Teams offenbar monatelang beteiligten. Es gab eine gut bestückte Bücherei und natürlich eine literarische Gesellschaft für jene, die über das, was sie gelesen hatten, sprechen wollten.

Ich ging von Zeit zu Zeit in die Bücherei. Man riet mir zu Maupassant, Turgenjew und Walter Pater, und ich versuchte sie zu lesen, konnte mich aber nicht für sie erwärmen. Nachdem die Flamme der *Bekenntnisse* mich versengt hatte, fand ich alles andere blass und lau. Ich verzichtete auf die Bücherei. Mein Kopf war noch immer voll von Rousseau, seinem Leben und seinen Worten. Die Erinnerung an die letzten Wochen in Weilburg ließ mich nicht los, und merkwürdigerweise ging mir auch das Bild von Karl-Heinz nicht aus dem Sinn. Ob dort in Mainz, an den langweiligen, schwülen Sommerabenden, eingesperrt in unsere stickigen Schlafräume, die ersten Ansätze jenes Unternehmens in mir aufkeimten, das später mein Leben beherrschen sollte? Wenn ich ganz ehrlich sein soll, nein. Ich hatte keine Idee, was ich später tun würde. Ich war so leer und schicksalsergeben, dass ich überhaupt nicht daran dachte, was »nach dem Krieg« sein würde, ganz zu schweigen von einem Beruf oder von Zukunftsplänen. Ich lebte ganz in der Gegenwart. Ich löste meine Schecks ein, trieb mit dem Inhalt meiner Lebensmittelpakete Tauschhandel, spielte Kabuki-Theater, Scharade und Rommé. In was für einer exotischen Verfassung ich war, mag man daran ermessen, dass ich lernte, Banjo zu spielen, mit recht gutem Erfolg. Anderthalb Jahre später war ich in London auf einer Party, und jemand hatte ein Banjo mitgebracht. Ich nahm es, die Leute scharten sich erwartungsvoll um mich (ich hatte mich mit meinem Können gebrüstet), aber zu meiner peinlichen Überraschung musste ich feststellen, dass ich nicht einen Ton spielen konnte. Es war, als hätte ein Zwilling, eine geisterhafte Ausgabe von mir, das Instrument erlernt. Die Fähigkeit war zeitlich und historisch fixiert und begrenzt auf Mainz 1918, danach verschwand sie.

Ich war fünf Monate in dem Mainzer Lager, und irgendwie hat mich diese Zeit mehr abgestumpft als der Aufenthalt in Weilburg. In Mainz wurde ich wie die Russen – verdrossen, trübsinnig, weit entfernt von Mut und Fröhlichkeit. Es geschah nichts, was es mit meinen Erfahrungen in der Einzelzelle über der Turnhalle hätte aufnehmen können. Meine Mitgefangenen waren recht nett, doch mir, der ich mich daran gewöhnt hatte, mich mit mir allein, mit Rousseau und mit Karl-Heinz zu vergnügen, kamen sie unerträglich fade vor. Ich entwickelte ein sonderbares Heimweh nach Weilburg und seinen melancholischen Absurditäten – den trübsinnigen, alkoholsüchtigen Russen und den senilen Generälen im Tweedanzug. Unter den grobschlächtigen Briten in Mainz kam ich mir überflüssig vor (immer wieder *l'homme de l'extrême gauche*). Ich zog keine Aufmerksamkeit auf mich, nahm kaum an den Geselligkeiten im Lager teil, war in keiner Weise eine Persönlichkeit oder ein Charakter. Ich möchte wetten, dass sich keiner von meinen Mitgefangenen einige Jahre später auch nur an mein Gesicht erinnern konnte. »Todd? Todd?«, höre ich sie sagen und stirnrunzelnd in ihren Erinnerungen forschen. »War das der mit den roten Haaren und einem Holzbein? Nein? Dann kann ich Ihnen leider nicht helfen.«

War es vielleicht ein psychologisches Problem? Die Tatsache, dass ich mich wieder in der Gesellschaft von Männern befand, mit all ihrer stinkenden, plumpen Vertraulichkeit, muss sich nach der Einzelhaft in Weilburg dämpfend auf mich ausgewirkt haben. Wer weiß? Der Krieg endete im November, und einen Monat später war ich wieder in Edinburgh, gerade rechtzeitig zu Silvester.

Villa Luxe 13. Juni 1972

Während ich mich heute Morgen rasierte, ertappte ich mich bei der Überlegung, wie oft ich mich wohl schon in meinem Leben dieser prosaischen Verrichtung unterzogen habe. Nehmen wir an, dass es im Durchschnitt jeden Tag einmal war, seit meinem achtzehnten Lebensjahr. Das sind etliche tausend Mal …

Ich spüle die Stoppeln aus meinem Rasierapparat. Sie sind jetzt alle grau. Weißbart. Noch immer beschäftigt mich diese Vorstellung. Nur einmal angenommen, ich rasiere mir jede Woche einen Viertelzoll Bartstoppeln ab. Das ergibt im Monat einen Zoll, entsprechend zweieinhalb Zentimeter, und dreißig Zentimeter im Jahr. Im Laufe des Lebens ergibt das einen Bart von fünfzehn Metern, mehr oder weniger. Ich versuche mir vorzustellen, wie ich mit einem fünfzehn Meter langen Bart aussehe. Stellen Sie sich all das Haar vor, das wir Männer im Laufe eines Lebens entfernen. Stellen Sie sich all das Haar vor, das das Menschengeschlecht durch Schneiden und Rasieren, Auszupfen und Enthaaren von den Köpfen, aus den Achselhöhlen, von den Beinen und der Lende entfernt. Stellen Sie sich all diese Locken und Härchen, diese Barthaare und diesen Flaum vor, der im Laufe der geschichtlich erfassten Zeit zusammengekommen ist. Wo ist das alles geblieben? Dass die Welt das alles geschluckt hat, ist doch erstaunlich!

Wenig später kommt Emilia und beginnt mit dem Reinemachen. Ich greife demonstrativ nach einem Buch und begebe mich zu meinem Ausguck. Dort sitze ich eine halbe Stunde, um anschließend unbeobachtet auf einem Umweg über das Feld durch eine kleine Gruppe von Bananenbäumen zur Rückseite des Hauses zu gelangen. Hinter dem Jasmin, der sich in zuvorkommender Weise dicht an der Hauswand emporrankt, verbirgt sich das kleine, von einem Fensterladen verschlossene Fenster von Emilias WC.

Ich blinzle durch das winzige Loch, das ich mir gebohrt

habe, und richte mich aufs Warten ein. Mein Herzschlag ist beunruhigend stark, und ich atme tief und heftig. Mir geht der Gedanke durch den Kopf, dass dieser voyeuristische Kitzel eigentlich kaum die Belastung wert ist, die er dem Kreislauf auferlegt.

Das Warten kommt mir endlos vor. Mir ist heiß, der Jasmin kratzt, die Fliegen belästigen mich … Endlich kommt Emilia herein. Ich atme ruhig durch den Mund. Das kleine Loch hat genau den richtigen Winkel. Ich kann den Deckel des Spülkastens sehen und, so wie sie jetzt steht, Emilias Beine von den Knöcheln bis zu den Knien … Sie rührt sich nicht. Sie summt vor sich hin. Offenbar schaut sie in den Spiegel. Dann nähert sie sich der Toilettenschüssel. Sie schlägt den Rock hoch, fährt mit den Daumen hinter den Rand ihres Schlüpfers und setzt sich mit einer raschen, zügigen Bewegung hin.

Nichts. Ich habe nichts gesehen. Ich lehne mich an die Wand. Die Spülung wird betätigt, und ich höre, wie die Tür sich schließt.

Ich empfinde das genaue Gegenteil von Erregung. Ich fühle mich schmutzig und unanständig. Plötzlich widert mein ekelhaftes Altmännerbegehren mich an. Was hat mich nur dazu getrieben, mich so verächtlich aufzuführen? Ich weiß es. Die deutschen Mädchen. Ulrike. Alte Erinnerungen sind hervorgekrochen wie Eidechsen, die unter ihren Steinen herauskommen. Die Vergangenheit holt mich ein.

Superb-Imperial

London. Juni 1922. Ich gab meiner schwangeren Frau einen Abschiedskuss und ging die Treppe zur Haustür hinunter. Sonia stand oben und schaute mir nach.

»Denk daran. Sei vernünftig. Benutze deinen Kopf.«

»Sei unbesorgt.«

Ich trat hinaus auf die Dawes Road in Fulham. Ein Rollwagen lieferte Bier für die Wirtschaft, das »Salisbury«, über dem unsere Wohnung lag. Der Himmel war bedeckt, und es war schwül, aber nicht zu heiß. Ich nahm meinen Hut ab und setzte ihn wieder auf. 10 Uhr 30 auf dem Weg zur Arbeit – kein schlechter Zeitpunkt. Ich war recht gut gelaunt. Ich ging über die Straße zum Zeitungshändler und kaufte mir die *Morning Post.* Ich schlenderte die Straße hinunter zur U-Bahn-Station Walham Green. Ich arbeitete in Islington und hatte von Fulham aus eine lange Fahrt durch die City. Wir wohnten in Fulham, weil Sonia dort geboren worden war und nicht weit von ihren Eltern fortziehen wollte (beide waren recht angenehm; er war Vertreter für pharmazeutische Artikel gewesen und lebte jetzt im Ruhestand; an Medikamenten hatten wir nie einen Mangel).

In Walham Green kaufte ich mir eine Erste-Klasse-Fahrkarte nach King's Cross. Ich verdiente über 600 Pfund im Jahr und konnte es mir leisten, Erster Klasse zu fahren – einer der Gründe, warum ich die U-Bahn der mehr egalitären »tube« vorzog, die keinen Erste-Klasse-Wagen hatte.

Während ich auf den Zug wartete, rauchte ich eine Zigarette. Ich fühlte mich ruhig und auf angenehme Weise gesichert, denn endlich hatte mein Leben jene Stabilität erreicht, nach der ich immer gestrebt hatte.

Als ich Ende 1918 von Mainz nach Edinburgh zurückkehrte, war ich nicht so ausgeglichen. Ich muss allerdings sagen, dass das Kriegserlebnis und die Gefangenschaft keine körperlichen Auswirkungen hinterlassen hatten. Meine Hände zitterten nicht, ich fuhr nicht zusammen, wenn irgendwo eine Tür zuschlug, und ich schlief recht gut und ohne Albträume. Die unmittelbare psychologische Nachwirkung – außer der schon erwähnten, dauerhaften – war eine merkwürdige verwirrende Mattigkeit. Anfangs kam ich ganz gut damit zurecht und war dankbar dafür, dass dies die einzige Folge der beiden traumatischen Jahre war, die ich zu ertragen hatte. Als dieser lethargische Zustand jedoch im Laufe des Jahres 1919 nicht nachließ, begann ich mir Sorgen zu machen.

Aber ich eile den Dingen voraus.

War jemand auf dem Waverley-Bahnhof, um mich abzuholen, nachdem ich von London aus meine Heimkehr aus dem Krieg telegraphisch angekündigt hatte? Die Antwort: Nein. Mit einem schwachen, bitteren Lächeln auf den Lippen überquerte ich die Brücke in Richtung High Street. Es war ein kalter, stählerner Morgen, und wie immer fegte ein eisiger Wind durch Edinburgh. Ich trug eine flache Filzmütze, einen gebrauchten Anzug, der mir in einem Hospital in Portsmouth zur Verfügung gestellt worden war, und einen Armeemantel. Wieder einmal war ich wegen meines ungewöhnlichen Status als lediglich ehrenhalber ernannter Offizier mit der gängigen Verfahrensweise kollidiert. Ich sah nicht wie ein heimkehrender Held aus. Ich hatte mir vorgestellt, meinen gut geschnittenen Mantel, meine Reithosen und meine glänzenden Stiefel zu tragen, eine fesche Mütze auf dem Kopf. Jetzt sah ich so aus, als hätte man mich gerade aus einer Herberge der Heilsarmee entlassen.

Ich stapfte die ausgetretene Wendeltreppe zu unserer Wohnung hinauf und klopfte an die Tür. Oonagh öffnete. Zweieinhalb Jahre war es her, seit ich sie zuletzt gesehen hatte. Sie war ein bisschen dicker geworden, aber sonst unverändert.

»Ach du lieber Himmel, du bist das!«, sagte sie, ein wenig überrascht. »John James … Ach du meine Güte!«

»Ja, ich bin's«, sagte ich gierig und trat ein.

»Dein Vater sagte, du kämest im Laufe des Tages. Aber ich habe kein Mittagessen für dich. Du kommst zu spät.«

»Ich will verdammt noch mal kein Mittagessen!«

Ich warf meine Mütze auf einen Stuhl im Flur.

»Liebling, mein Liebling. Was für eine Aufregung!«

Ich hatte mich wieder beruhigt, als mein Vater nach Hause kam. Er sah älter aus, die Augen saßen tiefer in ihren Höhlen, die Falten auf seinem Gesicht traten deutlicher hervor, und sein Backenbart war ergraut. Er war ein wenig verlegen, deutlich erkennbar an seinem halbherzigen Bemühen um die üblichen Begrüßungsschritte. So legte er mir die Hände auf die Schultern und sagte in grässlich theatralischem Tonfall:

»Lass dich anschauen!«

Er schaute mich an.

»Du bist älter geworden«, sagte er schließlich.

»Nun, es sind zweieinhalb Jahre vergangen. Natürlich bin ich älter geworden«, sagte ich wütend. »Du bist älter geworden, Oonagh ist älter geworden. Alle sind älter geworden.«

»Du brauchst nicht sarkastisch zu werden, John. Der Ton, den man heutzutage anschlägt, ist sehr unangenehm.« Er wandte sich ab. »Als wir jung waren, kam Sarkasmus für uns nicht infrage.«

Ich beachtete die Lüge nicht.

»Minto hat das Schulgeld für das gesamte Schuljahr verlangt, damit du Bescheid weißt.«

»Was?«

»Als du ausgerissen bist. Ich musste für das ganze Schuljahr bezahlen. Du hättest dir einen besseren Zeitpunkt aussuchen können.«

Als ich später über seine Reaktion nachdachte, habe ich ihm zugute gehalten, dass er vielleicht versucht hat, seine wahren

Gefühle nicht zu zeigen. Thompson dagegen war vollständig ehrlich und versuchte nicht zu verbergen, dass er unsicher und nervös war. Er hatte sich vollkommen verändert. Er war jetzt sehr dick und besaß fast das gemessene Auftreten eines Mannes im mittleren Alter. Seine Züge waren weicher geworden, er hatte jetzt ausgesprochene Hängebacken. In der Bank hatte er einen guten Posten bekommen, und in dem üblichen Nadelstreifenanzug des Bankers sah er schmuck aus.

Niemand war besonders neugierig darauf, wie es mir ergangen war. Thompson hatte kein Verlangen danach, sich von meinen Abenteuern berichten zu lassen – meine bloße Anwesenheit war schon Tadel genug an seinem glatten Erfolg. Mein Vater hatte noch immer zu viel zu tun, und Oonagh war zwar eine bereitwillige Zuhörerin, ließ sich aber so wenig beeindrucken, dass es mich fast verrückt machte.

Ich war oft bei ihr in der Küche, wie schon als kleiner Junge. Damals hatten meine Geschichten sie amüsiert, jetzt nickte sie viel und machte Bemerkungen wie »ach du meine Güte!« oder »also nein«. Nur das Gefangenenlager machte Eindruck auf sie.

»Wie furchtbar für eine Familie, dass der Sohn im Gefängnis war. Was für eine Schande!«

Der einzige, der echtes Interesse zeigte, war Hamish. Wir trafen uns kurz nach Neujahr, als er an die Universität zurückkehrte, wo er Mathematik studierte. Er hatte zwei Jahre früher als normal seinen Honours Degree gemacht.

Wir verabredeten uns auf seinen Vorschlag hin in einem Pub am Grassmarket. Ich kam ein bisschen zu spät. Draußen war es dunkel, und drinnen war es auch nicht viel heller. Im Kamin brannte schwach ein qualmendes Kohlenfeuer, und die Theke war voll mit Männern, die ihre Mäntel an- und ihre Hüte aufhatten. Ich brauchte ein paar Minuten, bis ich Hamish entdeckte. Er trug einen grauen Homburg und stand am äußersten Ende der Theke, den Blick zur Decke gerichtet. Er hatte eine Zigarette im Mund und ein Bierglas in der Hand. Ich versuchte herauszufinden, was er anstarrte, aber der Deckenwinkel, der seinen Blick anzog, schien nichts Ungewöhnliches zu bieten.

»Malahide«, sagte ich.

Er nahm die Zigarette aus dem Mund, wobei er darauf achtete, dass keine Asche herunterfiel. Die Pickel waren zum größten Teil verschwunden, nur um die Ohren herum und am Kragenrand hielten sich noch einige. Das Gesicht war frei von Pickeln, aber die Akne hatte, wie er vorausgesagt hatte, furchtbare Narben hinterlassen, die in allen Rottönen schimmerten.

»Todd! Ausgezeichnet, ausgezeichnet!«

Herzlich schüttelten wir uns die Hände. Er war größer geworden – er überragte mich jetzt um einige Zentimeter. Und dünn. Er lächelte und entblößte dabei seine weichen unebenmäßigen Zähne. Endlich jemand, der sich wirklich freute, mich zu sehen. In der Nähe des Kamins fanden wir zwei freie Plätze und setzten uns. Ich berichtete Hamish sehr ausführlich, wie es mir ergangen war. Er hörte still zu. Er rauchte ununterbrochen und behielt dabei die Zigarette im Mund. Er war ängstlich darauf bedacht, dass keine Asche herunterfiel, und beförderte die Zigarette zum Aschenbecher, so als wäre sie eine zerbrechliche Kristallphiole, wobei er vorsichtshalber die andere Hand darunterhielt, um dann durch ein leichtes Antippen die Asche in den Becher zu schnippen.

»Ich habe alle deine Briefe aufbewahrt«, sagte er. »Hast du meine noch?«

»Ja. Sie waren in meinem Gepäck. Es wurde zurückgeschickt, als ich …«

»Gut.«

Ich lächelte. »Was macht die Mathematik?«

»Unglaublich«, sagte er bloß. »Ich finde nachts kaum Schlaf. Es ist unheimlich was los.«

Er fing an zu erläutern, womit er sich gerade beschäftigte. Er sprach, glaube ich, von Relativitätstheorien. Ich verstand nichts davon, aber seine Leidenschaft berührte mich eigenartig. Einen Augenblick lang empfand ich heftige Eifersucht. Ich beneidete ihn um die seltsame Welt, in der er zu Hause war. Ich sagte es ihm auch, ganz ohne Arg.

»Es ist nicht so schwer«, sagte er. »Du würdest die Begriffe verstehen. Du warst gut in der Schule.«

»Ich *war* gut.«

»Du hast mich erst richtig in Gang gebracht, musst du wissen.« Er nahm die Zigarette aus dem Mund und legte sie behutsam in den Blechaschenbecher.

»Tatsächlich?«

»Weißt du noch? Wer ist denn auf die Primzahlen gekommen? Ich konnte rechnen. Aber ich habe mir nie Gedanken darüber gemacht, was es bedeutete.« In seinen schlammgrünen Augen erkannte ich deutlich ein heimliches Feuer. Einen Augenblick überlegte ich, ob er ein bisschen verrückt war – oder eine Art Genie.

Dann sagte er schüchtern: »Es geschehen erstaunliche Dinge, John. Es ist unglaublich. Alles ändert sich. Die Wissenschaft ändert sich. Wir sehen die Welt jetzt mit ganz anderen Augen. Wir haben gedacht, wir hätten die Welt und ihre Gesetze verstanden, aber wir haben uns getäuscht, so sehr getäuscht.«

»Verstehe.«

»Ich halte dich auf dem Laufenden.«

»Prima.« Ich wusste nicht, was ich sagen sollte. »Noch ein Bier?«

»Ja, bitte.«

Ein- bis zweimal in der Woche traf ich mich mit Hamish, und das waren während vier Monaten, die ansonsten öde und nichts sagend waren, die einzigen interessanten Augenblicke. Ich trieb mich in Edinburgh herum, saß in trostlosen Kneipen oder spielte Golf, dieses komische Spiel. Thompson – das muss ich allerdings sagen – machte mich mit seinem Freundeskreis bekannt, eifrigen jungen Schotten, strotzend vor Ehrgeiz, voll von Einnahmen und Ausgaben. Ich war nicht die richtige

Gesellschaft für sie; nach ein bis zwei Monaten blieben die Einladungen aus. Eine Woche lang entwickelte ich eine verrückte Leidenschaft für ein Mädchen, das in der Modewarenabteilung bei Jenners arbeitete, und pflegte ihr in der Mittagspause und auf der Heimfahrt nach Davidson's Mains diskret zu folgen.

Im Sommer verbrachten wir wie üblich zwei Monate in Drumlarish. Der alte Sir Hector war jetzt über achtzig, konnte seine Gedanken nicht mehr zusammenhalten und sabberte. Ganze Nachmittage lang schob ich ihn in seinem Rollstuhl durch die blühenden Gärten, hin und her, auf und ab, und mein Kopf war wahrscheinlich noch leerer als seiner, während der Kies der Gartenwege unter den Holzrädern seines Rollstuhls knirschte.

Während der letzten vierzehn Tage kamen Donald und Faye Verulam mit Peter Hobhouse. Peter hatte bei Arras eine schwere Gasvergiftung erlitten und brachte kaum ein halbes Dutzend Worte heraus, bevor er wieder pfeifend und gurgelnd nach Luft schnappte. Das Geräusch seiner Lungen klang wie Gummistiefel im Sumpf. Ich versuchte, nicht an die Einzelheiten aus Hauptmann Tucks Gasvortrag zu denken, aber das tapfere Lächeln von Peter zusammen mit seinen leichenhaft starrenden Augen waren für mich einfach zu viel, und deshalb nahm ich oft meine Kamera und schützte eine Fotoexkursion vor, um mich vom Haus zu entfernen.

Faye gegenüber gab es, wenn auch nur auf meiner Seite, eine heftige Verlegenheit, die sich bald legte. Als wir uns wiedertrafen, küsste und herzte sie mich mit einer Innigkeit, aus der echte Zuneigung sprach. Sie und Donald waren offenkundig glücklich, gleich nach Kriegsende hatten sie geheiratet. Und es war, wie immer, Donald, der mir zu Hilfe kam. Während ich Sir Hector auf seinem Nachmittagsbummel durch den Rosengarten schob, unterhielten wir uns, und Donald fragte mich, was ich vorhätte. Ich sagte, ich hätte nicht die geringste Vorstellung.

»Hast du schon einmal an den Film gedacht?«, sagte er. »Schließlich bist du ja Kameramann.«

»Nein, habe ich nicht.«

»Ich kenne viele Leute«, sagte er, »seit ich beim WOCC war, und ich werde sehen, was ich tun kann.«

Er brauchte einige Zeit. Der Sommer ging dahin. Auch während der restlichen Monate des Jahres 1919 saß ich ziellos in Edinburgh herum. Mein Vater und ich bekamen mit irritierender Regelmäßigkeit Streit. Eines Tages bot er mir Geld an, mit dem ich mir eine Woche lang nur Pinienkerne und Ziegenmilch hätte leisten können. Ich lehnte ab.

»Bist du denn überhaupt zu irgendetwas zu gebrauchen?«, brüllte er.

»Ich bin doch kein Affe!«, brüllte ich zurück.

»Das glaube ich dir vielleicht, wenn du aufhörst, faul auf dem Arsch herumzusitzen und in die Luft zu stieren!«

Das reichte mir, ich war ehrlich empört und verließ den Raum, nicht ohne ihn daran zu erinnern, was ich für ihn und das Land gelitten hatte. Frieden wurde wieder geschlossen, trotzige Entschuldigungen wurden ausgetauscht, aber schon ein oder zwei Tage später krachte es wieder. Die Nachricht von Donald kam – zufällig – genau ein Jahr nach meiner Heimkehr. Ein zweiter Kameramann wurde gesucht. Am nächsten Montag sollte ich mich zum Einstellungsgespräch bei der Superb-Imperial Film Company im Londoner Stadtteil Islington vorstellen. Der Wochenlohn betrug fünf Pfund.

In Earl's Court stieg ich aus und wartete auf einen durchgehenden Zug nach King's Cross. Ich war immer noch bei Superb-Imperial, jetzt als einer von zwei ersten Kameramännern, und Raymond Maude hatte mir versprochen, dass ich »bald« bei meinem ersten Film Regie führen dürfe. Beim Gedanken an dieses Versprechen verfinsterte sich allerdings mein Gesicht. Das gehörte zu den wenigen Ärgernissen, die mein sonst heiteres Dasein beeinträchtigten. Meine letzten vier Filmentwürfe hatte Maude abgelehnt. »Das ist einfach nichts für Superb-Imperial«, hatte er bedauernd gesagt, und das war aufrichtig gemeint, denn ich wusste, dass er mich mochte. »Schauen Sie, was Harry macht«, sagte Maude immer. »Nehmen Sie sich ein Beispiel an ihm.« Und das war ein weiteres Ärgernis. Alles in allem schien das Leben doch nicht so heiter zu sein. »Harry«, das war Harold Faithfull, Maudes (und Superb-Imperials) erfolgreichster Regisseur ...

Ich schlug meine Zeitung auf. »Viscount Curzon sagte, die Regierung besitze nur neun flugbereite Flugzeuge, während die Regierung der Vereinigten Staaten über fünfundachtzig verfüge.« Ich wollte Maude heute eine andere Idee vortragen, eine von Sonia. »Sei vernünftig«, hatte sie gesagt. Sie hatte recht. Der Film, den ich vorschlagen wollte, trug den Titel – ich brachte es kaum über mich, ihn auszusprechen – *Wee McGregor Wins the Sweepstake.*

Sonia ... Sonia Todd, geborene Shorrold. Ich sehe sie noch vor mir, wie sie damals war, mit ihrem kurzen schwarzen Haar, das von Spangen festgehalten wurde und sich wie ein Vorhang teilte, um ihr ovales Gesicht frei zu geben. Die runde Schildpattbrille ließ sie ein bisschen verlegen erscheinen. Aber dieser Eindruck täuschte. Sonia war damals von einer Bestimmtheit und Zielstrebigkeit, die ich ungeheuer beruhigend fand.

Wir hatten beide in derselben Woche bei Superb-Imperial angefangen. Ihr Vater verkaufte Chemikalien an die dortigen Entwicklungslabors und konnte ihr eine Stelle in der Abteilung verschaffen, wo die Filme gestanzt wurden. Sie war geschickt und gescheit und wurde bald darauf in die Schneideräume versetzt, wo sie als Kleberin arbeitete. Was uns zusammenbrachte, war unsere Position als neue Angestellte. Bald gingen wir ein- oder zweimal in der Woche zum Essen in ein Restaurant, das in der Nähe des Studios lag.

Sonia war in meinem Alter, ein oder zwei Monate jünger. Sie war damals ziemlich füllig und besaß noch, so schien es, pubertären Babyspeck. Sie hatte kleine Brüste, volle Lippen und starke Beine, war aber immer sauber und gepflegt und trug mit Bedacht dunkle Farben, meist Schattierungen von Grün und Blau. Von ihrem weißen, geraden Mittelscheitel fiel das Haar in schimmernden braunen Wellen herunter. Sie war nicht eigentlich hübsch, aber sie hatte etwas an sich, das ich verführerisch fand. Vielleicht war es die Brille, die sie beim Arbeiten und Lesen tragen musste. Für mich ähnelte sie einer herausgeputzten Huguette. Diese Assoziation war es, die mich ermutigte, sie eines Abends auszuführen. Wir gingen ins Comedy Theatre und sahen uns *Secrets* an, und sie amüsierte sich köstlich. Ich brachte sie nach Hause zu ihren Eltern in Fulham, und so nahm unsere Beziehung den höchst üblichen und unausweichlichen Verlauf.

Ich stieg in King's Cross aus und fuhr mit der Piccadilly-Linie bis zur York Road. Sonia liebte das Theater und den Film. Sie war von dem, was sie auf der Bühne und der Leinwand sah, tief bewegt und ließ sich ganz von dem Drama mitreißen. Ich glaube, ich habe keinen Menschen gesehen, der mit solcher Hingabe und so restlos in dem Geschehen aufging. Das war wohl auch der Grund, warum sie in ihrer Arbeit so gut war. Sie verließ die Schneideräume und wurde Verfasserin der Untertitel für die zweispuligen Filme von Superb-Imperial. Sie war sehr gut. Mit unübertrefflicher, instinktiver Sicherheit fand sie das genau passende sprachliche Klischee. Wegen der Schwangerschaft musste sie dann die Arbeit aufgeben, aber Maude sagte ihr, sie könne jederzeit wiederkommen.

Die Studios von Superb-Imperial lagen abseits der Caledonian Road in einer ehemaligen Automobilfabrik. In den früheren Werkstätten befanden sich zwei große Bühnen; dort hatte man die gewellten Asbestplatten vom Dach genommen und durch Glas ersetzt. In Anbauten auf der Rückseite befanden sich Dunkelkammern, Kopier- und Entwicklungslabors, Zimmerwerkstätten, die Werkstätten der Bühnenbildner, Ankleideräume, ein Buffet, ein Künstlerzimmer sowie Verwaltung und Buchhaltung. Alles, was für die Produktion von Filmen erforderlich war.

Als ich zu Superb-Imperial kam, war die Firma auf ihrem Höhepunkt. Raymond Maude hatte (mit der Kapitalhilfe seiner Frau Rosita) vor dem Krieg angefangen, Filme zu machen. Sein Geld und seinen Ruf hatte er mit einer Flut von Zweispulern gemacht, von denen zwei Serien sich als unerschöpfliche Erfolge erwiesen. Das eine war die »Anna«-Serie: *Anna the Milkmaid, Anna Goes on Holiday, Anna Falls in Love* usw. usw., das andere die »Fido«-Serie, die natürlich von einem Hund handelte: *Fido Saves Baby, Fido at Sea, Fido Falls in Love* usw. usw. Ich kann überhaupt nicht ausdrücken, wie jämmerlich schlecht diese Filme waren. Es ist mir heute vollkommen unvorstellbar, dass tatsächlich jemand Geld dafür ausgibt, solche Filme zu sehen, aber die Leute kamen in hellen Scharen, und Maude und seine Firma Superb-Films florierten. 1918 kaufte er Imperial Films wegen der Studiofläche, und Superb-Imperial wurde geboren. Maude produzierte weiter am laufenden Band Zweispuler, aber er hatte den Ehrgeiz, Filme mit Spielfilmlänge zu machen. Er war wirklich gewieft, dieser Maude. Nach dem Krieg heuerte er Harold Faithfull an (für 5000 Pfund im Jahr), kaufte eine Menge Filmmaterial von den WOCC – daher seine Verbindung zu Donald Verulam – und produzierte einen siebenspuligen Action-Abenteuer-Kriegsfilm mit dem Titel *Steady the Buffs.* Als ich achtzehn Monate später zu der Firma kam, lief er noch immer landauf, landab in allen Kinos. Durch diesen Erfolg ermutigt, legte Maude sich eine Schauspielertruppe zu und begann, längere Versionen seiner Zweispuler zu drehen. Gertie Royston, die schon seit Jahren die »Anna« gespielt hatte, wurde ein richtiger Star. Sie spielte unter Faithfulls Regie in *Summer Skies,* einer furchtbar rührseligen Geschichte über Anna, die in den Ferien einen Burschen vor dem Ertrinken rettet, der sich als Sohn von Lord Fortescue entpuppt, und … Es ist einfach unerträglich. Sie werden jedenfalls verstehen, warum meine

Vorschläge abgelehnt wurden. Maude war kein Zyniker: Er war auf seine Schauspielertruppe ungeheuer stolz (von einigen darunter werden Sie gehört haben: Warwick Sheffield, Alma Urban, Alec Neame und Flora de Solla waren die berühmtesten. Es gab noch andere. Um sie einmal festzuhalten: Harry Bliss, Violett Scott-Brown, Ivo Keene und einen schrecklichen alten Säufer namens Elwin Hulcup, einen ehemaligen Varietédarsteller, der geduldet wurde, weil ihm Fido gehörte, der berühmte Hund).

Der erste Film, den ich drehte – Maude selbst führte Regie –, war ein Zweispuler über Fido namens *Fido at the Wheel.* Er war wirklich entsetzlich, aber das war mir egal. Ich war elektrisiert, erregt, ungeheuer dankbar dafür, dass ich arbeiten konnte. Ich liebte das Islington-Studio. Ich verehrte die Schauspieler und Schauspielerinnen. Ich stand glotzend vor Warwick Sheffield mit seiner weltmännischen Art, und Alma Urban war für mich die schönste, sinnlichste Frau, die ich je gesehen hatte. Ich empfand es als ein phantastisches Privileg, dass ich mit diesen Stars verkehren durfte. Aber nicht lange. Als ich zum dritten Mal die Anekdoten von Harry Bliss hörte, kostete es mich schon große Mühe, dazu ein lustiges Gesicht zu machen. Nicht lange, und ich entdeckte hinter dem »französischen« Akzent von Flora de Solla undeutlich, aber unmissverständlich die gutturale Aussprache von Cornwall. Warwick Sheffield borgte sich eines Abends nach dem Filmen fünf Pfund von mir und zahlte sie nie zurück. Egal. Ungefähr ein Jahr lang war ich hingerissen. Ich drehte *Anna learns to Fly, Anna triumphant!, Fido's Fortune* und viele weitere Filme. Dann steckte Maude mich zu Faithfull, und wir machten zwei siebenspulige Filme: *Sanctuary* mit Alec Neame und Alma Urban, und *Taboo* mit Reggie Fitzhamon, Flora de Solla und Ivy Pridelle. Ich erlernte mein Handwerk. Wie man Schwenks macht, wie man mit der Schnellkamera arbeitet. Wie man die elektrische Beleuchtung wirkungsvoll einsetzt, wenn der Londoner Nebel Tageslichtaufnahmen erschwert: die Quecksilberdampflampen, die Jupiterlampen, die Sonnensegel, die Oberlichter und die Punktscheinwerfer. Ich war glücklich. Nicht einmal Faithfull konnte mich stören.

Natürlich war Faithfull über mein Kommen nicht gerade erfreut. »Wir haben uns gefragt, was wohl aus dir geworden ist, Todd«, sagte er. Er blieb immer reserviert, obwohl die Zusammenarbeit zwischen uns ziemlich gut klappte. Als ich jedoch sah, wie selbstgefällig er Regie führte (in den Jahren unmittelbar nach dem Krieg war er auf dem Höhepunkt seines Ruhms), entwickelte ich selbst den Ehrgeiz, Regie zu führen. Ich ging regelmäßig ins Kino, sah mir amerikanische und europäische Filme an und bemerkte bald, wie mangelhaft das Produkt von Superb-Imperial in fast jeder Hinsicht war. Ich entwickelte die Geschichte eines jungen Offiziers, der bei der Heimkehr aus der Kriegsgefangenschaft feststellen muss, dass seine Verlobte seinen besten Freund geheiratet hat. Er versucht tapfer, mit der schockierenden Enttäuschung fertigzuwerden, doch das ehemalige Liebespaar bemerkt zu seinem Entsetzen, dass die Leidenschaft zwischen ihnen wieder aufflammt. Der Held hat am Ende nur die Wahl, seinen besten Freund oder sich selbst zu töten. Er entscheidet sich für den Selbstmord, um das Glück seiner einstigen Verlobten zu bewahren. Ich nannte die Geschichte *Love's Sacrifice.*

Nachdem ich achtzehn Monate bei Superb-Imperial gewesen war, ging ich mit meinem Entwurf zu Maude. Er war ein schüchtern wirkender Mensch mit einem schlaffen, sanften Gesicht und einem weichen, grauen Zahnbürstenbärtchen. Er trug hellbraune Wildlederschuhe und Maßanzüge. Seine Frau Rosita war eine übergewichtige, extravagante Frau mit üppigen Brüsten und einem großen Muttermal auf einer Wange, das ihr merkwürdigerweise einen fremdartigen Reiz verlieh. Sie war, glaube ich, Halbportugiesin – oder ganz, ich weiß es nicht genau. Das Geld, das hinter Superb-Imperial steckte, stammte von Zuckerplantagen in Portugiesisch-Ostafrika. Ich mochte sie eigentlich. Sie sprach schnell und atemlos Englisch und rauchte kleine schwarze knorrige Stumpen in einer kurzen Elfenbeinspitze.

Ein paar Tage später ließ Maude mich in sein Büro über der Zimmerwerkstatt rufen. Rosita stand hinter seinem Stuhl. Ich drehte gerade *Taboo.* Wir hatten einen Regenguss im Dschungel gefilmt. Ich weiß noch, dass ich nasse Haare hatte.

»Wegen *Love's Sacrifice*«, sagte er. Er sah traurig aus. »Ich bin enttäuscht, John, sehr enttäuscht, dass Sie geglaubt haben, mir so etwas anbieten zu können.«

»Wie bitte?« Ich war verwirrt.

»Ist kein Superb-Film«, warf Rosita lautstark ein. »Ist kein Drama. Melodrama ja, vielleicht. Aber Drama, nein. Nicht für einen Superb-Film.«

»Wenn Sie daran denken, John, kann nichts schiefgehen. Wir möchten, dass die Leute lächelnd aus unseren Filmen kommen. Happy-End, bitte.« Sie gaben noch mehr von diesem platten Unsinn von sich. Es war vielleicht der ausführlichste schlechte Ratschlag, der mir je erteilt wurde. Ich ging zurück in die feuchten Dschungel von *Taboo*.

Ich machte noch zwei Vorschläge, die mit ähnlichen Begründungen abgelehnt wurden. Ich berichtete Sonia von meinen Schwierigkeiten, während wir an einem Samstagnachmittag in einer Teestube an der New King's Road saßen. Es muss im Oktober oder November gewesen sein. *Taboo* war fertig. Ich arbeitete gerade an *Fido Saves the Day,* vielleicht auch *Anna Saves the Day.* In ihrem smaragdgrünen Kostüm mit einem Besatz aus schwarzem Samt sah Sonia adrett aus. Sie hatte ihre Brille aufgesetzt, um die Speisekarte zu studieren. Ich bemerkte, dass sie ein wenig Lippenstift aufgelegt hatte. Ich küsste sie gern, wenn sie sich die Lippen angemalt hatte (so weit waren wir schon), ich mochte den süßen wächsernen Geschmack. Sie machte »tam tam tam tam«, während sie die Karte überflog. Mein Blick fiel auf den weißen Scheitel, der sich über ihren Kopf zog, und plötzlich spürte ich eine Schwäche in der Brust, so als sei das Atmen eine Anstrengung, und ich hatte das sonderbare Gefühl, als ziehe sich in meiner Lende etwas zusammen. Die Bedienung kam.

»Ein Kännchen Tee für zwei. Ceylon bitte. Ein Stück Kirschkuchen und ein Plätzchen. Und du, Johnny?« Sie gab sich große Mühe, die harten Knacklaute ihres Londoner Akzents zu vermeiden. In diesem Augenblick wusste ich, dass ich sie liebte.

»Bitte ein Käsebrötchen.«

Wir wurden am 18. Januar 1922 in der St. Peter's Church an der Filmer Road in Fulham getraut. Von meiner Familie war niemand zugegen. Mein Vater schickte 50 Pfund, Oonagh ihre besten Wünsche und Thompson eine Garnitur versilberte Löffel mit Apostelfiguren.

Heute ist mir klar, dass ich Sonia aus sexuellen Gründen geheiratet habe. Ich war fast dreiundzwanzig Jahre alt und noch immer »jungfräulich«. Mein letzter sexueller Kontakt mit einem menschlichen Wesen, bevor ich Sonia kennen lernte, war (abgesehen von mir selbst) der mit Karl-Heinz in Weilburg gewesen. Und mit einer Frau? Huguette in dem dämmrigen Schuppen hinter der Kneipe im Jahr 1917. Ich will Sie nicht langweilen mit den Einzelheiten unserer sexuellen Lehrzeit, den Ungeschicklichkeiten und feuchten Überraschungen unserer Hochzeitsnacht (unsere Hochzeitsreise bestand in einem Wochenende in Hove, weil ich am Montag zu Aufnahmen zurück sein musste), doch dafür, dass wir beide unerfahren waren, machten wir rasche Fortschritte. Sonias ansprechender, rundlicher Körper gefiel mir sehr. Sie hatte kleine, feste Brüste mit merkwürdig gewölbten Warzen und eine bemerkenswert üppige Scham. Unter den Achseln und an den Unterschenkeln benutzte sie Enthaarungscremes. Ich bat sie vergeblich, sich die Haare wieder wachsen zu lassen. Ich gebe zu, dass ich sie auch deshalb mochte, weil sie mir fremd war. Eine Engländerin, eine Londonerin, fast so fremdartig wie Huguette, und eine Angehörige der oberen

Unterschicht mit entsprechend ungebildetem Akzent. Zwei Monate nach der Hochzeit wurde sie schwanger. Es schien, als wolle ich nun nach einer Verzögerung von dreiundzwanzig Jahren Hals über Kopf die Reife nachholen. Ich wünschte mir ein Mädchen. Für einen Sohn und Erben glaubte ich noch nicht bereit zu sein.

Als Maude meine überarbeitete Version von *Love's Sacrifice* ablehnte – der Held will gerade Selbstmord begehen, als er erfährt, dass sein Rivale bei einem Verkehrsunfall umgekommen ist, und wird daraufhin mit seiner einstigen Verlobten vereint –, wollte ich schon alle meine ehrgeizigen Regiepläne aufgeben. Die Superb-Imperial drehte gerade ihren kostspieligsten Film, eine historische Liebes- und Abenteuergeschichte mit dem Titel *The Blue Cockade*, die in irgendeinem fiktiven Land mit abenteuerlichen, verworrenen Verhältnissen spielte. Der Film sollte 18 000 Pfund kosten, Faithfull sollte Regie führen und ich sollte der Kameramann sein. Maude – entweder war es wieder ein gerissener Schachzug von ihm, oder es geschah auf Rositas Geheiß – fuhr nach Amerika und heuerte für tausend Pfund in der Woche Mary Mount als Hauptdarstellerin an. Faithfull hatte zusätzlich zu seinem Gehalt eine Sondervergütung von zweitausend Pfund herausgehandelt. In seiner Herzensgüte gewährte Maude mir ebenfalls eine von fünfhundert Pfund. Mit einem Mal schien ich unnatürlich wohlhabend und etabliert zu sein. Es war Sonia, die mich bedrängte, es mit einer weiteren Idee bei den Maudes zu versuchen.

Ich gebe zu, dass ich es ihr verdanke. Ohne ihre Ermutigung hätte ich nichts mehr getan. Wenn ich heute auf mein Leben zurückblicke, erscheinen mir diese frühen Jahre in London als eine Insel bürgerlicher Trägheit und Selbstzufriedenheit. Wir hatten unsere Wohnung über dem Pub (Wochenmiete 3 Pfund), und wann immer ich Lust hatte, konnte ich mir Bier heraufschicken lassen. Ich hatte eine gut bezahlte, anregende und nicht allzu anstrengende Arbeit. Ich hatte eine hübsche Frau, die mich anbetete. Die Fliege, die es sich im Marmeladentopf wohlsein lässt, empfindet kein Bedürfnis nach einem Ortswechsel.

Maude und Rosita fanden die Idee von *Wee McGregor Wins the Sweepstake* (mit dem Inhalt möchte ich Sie nicht behelligen; der Titel – »Der arme McGregor gewinnt in der Lotterie« – sagt bereits alles) *hinreißend.* Sie fanden sie so hinreißend, dass ich sofort mit *The Blue Cockade* aufhören musste. Sobald das Drehbuch fertig war, konnten die Aufnahmen beginnen. Ich ging unverzüglich ans Werk.

Harold Faithfull empfand die Tatsache, dass ich bei seinem Film ausschied, aus irgendeinem Grund als persönliche Kränkung. Maude gab mir ein kleines Büro neben der Abteilung, wo die Filme gestanzt wurden, und dort arbeitete ich an der Vorbereitung der Produktion. Eines Abends, als die Mädchen nebenan gerade Feierabend machten, stand Faithfull vor mir. Faithfull war seit dem Krieg noch eleganter geworden. Er trug teure Sachen, und in diesem Augenblick ließ ein Sonnenstrahl seine gelbe Kaschmir-Strickjacke vor arrogantem Reichtum aufleuchten. Sein gut aussehendes, jetzt finsteres Gesicht glänzte. Er schwitzte ein wenig, entweder vom Trinken, vor Zorn oder wegen der steilen Treppe.

»Was wird hier gespielt, Todd?«, fragte er. Er stand in der Tür und steckte sich eine Zigarette an. Er schaute sich in meinem Büro um. »Was willst du mit deinem jämmerlichen Filmchen erreichen?«

»Um was geht's?«

»Entweder ist das ein verfehlter Versuch, mich zu vernichten, oder du verfolgst hinter meinem Rücken deine eigenen kleinlich-üblen Ambitionen.«

»Du weißt, dass ich schon immer meine eigenen Filme machen wollte.«

»Aber du bist Kameramann, Todd. Das wirst du immer bleiben. Ich führe die Regie.«

Die hochmütige Verachtung in seiner Stimme machte mich wütend.

»Aber in einer Einbahnstraße wirst du nicht den Verkehr lenken können, Faithfull«, sagte ich mit ruhiger Stimme.

Das war, zugegeben, keine besonders glänzende Erwiderung, aber in der Hitze des Gefechts fiel mir nichts Besseres ein. Faithfull taumelte vorwärts und wollte mir quer über den Schreibtisch seine Faust ins Gesicht schlagen. Er schlug daneben, riss aber mit seinem Schwung ein paar Papiere und ein Tintenfass zu Boden. Tinte spritzte gegen die Stulpen seiner hellen Röhrenhose.

»Du verdammter schottischer Kohlkopf!«, schrie er mit gellender Stimme. »Wenn du diesen Film machst, machst du danach nie mehr einen!« Er stampfte aus dem Raum. Ein paar Mädchen schauten kichernd herein und wollten wissen, was der Lärm zu bedeuten hatte.

Ich keuchte vor Erregung. Ich fühlte mich auf eine seltsame Weise bestärkt. Ich wusste, warum Faithfull sich so aufregte: Es war ein versteckter Tribut an meinen entscheidenden Beitrag zu seinen Filmen *Sanctuary* und *Taboo*. Faithfull brauchte mich und machte sich Gedanken, wie er *The Blue Cockade* ohne mich produzieren sollte. Ich hob die Papiere auf, stellte das Tintenfass wieder auf den Schreibtisch und entfernte die Flecken mit Löschpapier. Mein Glaube an mein Talent und meine Fähigkeit war mir zum ersten Mal bestätigt worden, und das auch noch von einem feindseligen Zeugen. Ein bescheidenes Lächeln der Genugtuung wich während der ganzen Heimfahrt bis nach Fulham nicht von meinem Gesicht.

Es war Vincent, Sonias Vater, der mich auf die Anzeige aufmerksam machte. Jeden Sonntag aßen wir bei Shorrolds. Sie wohnten in einem kleinen braunen Reihenhaus mit einer guten Aussicht auf den Fußballplatz von Fulham Palace. Die Speisenfolge – Fleischbrühe, Hammelkeule, Obsttorte mit Eiercreme – blieb immer gleich, ebenso wie die Atmosphäre erstickender Langeweile. Nach dem Essen gingen Sonia und ihre Mutter Noreen – eine nette, langweilige, seit Langem leidende Frau – Geschirr spülen, damit die Männer rauchen konnten. Vincent Shorrold war ein kleiner, lebhafter Mensch mit dem beeindruckenden, aber letzten Endes schwachen Selbstbewusstsein eines Handelsreisenden. Er pflegte das Gespräch mit Bemerkungen einzuleiten, die zunächst unanfechtbar erschienen.

»Nein. Kommt nicht infrage. Nein, bestimmt nicht. Die Alliierten müssen sämtliche Bergwerke und Waldungen von Deutschland beschlagnahmen. Bis zum letzten Baum.« Er las in seiner Zeitung gerade etwas über die Reparationsverhandlungen. »Das ist der einzige Weg. Nur so kommen wir zu unserem Recht.«

»Aber Vincent«, wandte ich ein, »was wir brauchen, ist Geld. Wenn wir Bergwerke und Wälder beschlagnahmen, kriegen wir kein Geld.«

Einen Augenblick wirkte er ratlos. »Oh … oh ja, vielleicht. Ich verstehe, was du meinst.« Er wandte sich wieder seiner Zeitung zu.

Meistens verliefen unsere Diskussionen in diesem Stil. Aggressive Behauptung, höfliche Entgegnung meinerseits, wortloser Zusammenbruch. Er rauchte eine Pfeife, deren Kopf einen kleinen durchlöcherten Deckel trug. Ich weiß nicht warum, aber dieses Zusatzteil regte mich völlig irrationalerweise auf. Von der Küche her hörte ich Besteck und Geschirr aneinanderklappern und verschwommene Fetzen des Gesprächs zwischen Sonia und ihrer Mutter. Ich spürte, wie eine tiefe Trägheit von mir Besitz ergriff; der ganze Raum schien von Apathie erfüllt zu sein. Ich stierte vor mich hin, und von meiner Zigarette stieg schwankend und flatternd ein schmaler Rauchfaden auf.

»Das war doch dein Haufen, nicht?« Er las vor: »13. (Public School) Kampfbataillon, South Oxfordshire Light Infantry …« Er faltete die Zeitung und reichte sie mir. Es war ein Hinweis auf eine Wiedersehensfeier mit Appell und Festessen in einem

Monat. Ehemalige Angehörige des Bataillons wurden darin aufgefordert, sich um 4 Uhr 30 Nachmittag auf dem Wandsworth Common zu einem kurzen Appell und einer Ansprache von Brigadegeneral Pughe zu versammeln, und anschließend sollte es in den festlichen Räumen des Wirtshauses zum Kap der Guten Hoffnung in der High Street von Wandsworth ein Essen geben (Preis 5 Shilling, 6 Pence). Anmeldungen wurden erbeten an R. J. M. Tuck (Major a. D.).

Ich kam ein bisschen spät in den Park und sah eine Gruppe von mehreren Dutzend Männern, die sich bereits vor einem kleinen Podium aufgestellt hatten, das mit Lautsprechern ausgerüstet und mit dem Union Jack geschmückt war. Ich ging auf sie zu und fühlte mich ein bisschen unbehaglich. Ich hatte nicht gewusst, was ich anziehen sollte, und mich am Ende für gedeckte Farben entschieden, als ginge ich zu einem Begräbnis: dunkelgrauer Dreiteiler und schwarzer Bowler. Ich hatte sogar einen Regenmantel mit. Es war ein milder Septembertag, die Kastanienbäume des Parks begannen sich zu verfärben. Als ich näherkam, bemerkte ich, dass viele der Männer eingerollte Schirme bei sich trugen – Ersatzgewehre, dachte ich und wünschte, ich hätte meinen auch mitgenommen.

Jemand, den ich nicht kannte, strich meinen Namen in einer Liste durch und nahm mir den Regenmantel ab (»mit so etwas auf dem Arm können Sie nicht marschieren«), und ich reihte mich in eine Kolonne von Männern ein. Ich begrüßte einige, die ich wiedererkannte, und fragte mich, warum ich überhaupt hierhergekommen war.

Man ließ uns ein paar hundert Meter marschieren und befahl dann: »Rührt Euch.« Jetzt erblickten wir drei Autos, die über den Rasen zum Podium rumpelten. Einige Männer stiegen aus, darunter einer in Uniform. Ein Mann stolzierte zu uns herüber. Ich erkannte Major Tuck. Er trat vor die Kolonne, ließ uns strammstehen, rief: »Linksum, Abteilung marsch!« Man ließ uns zum Podium hinübermarschieren und haltmachen; wir salutierten und wurden von dem Brigadegeneral inspiziert.

Danach hörten wir uns von ihm eine halbherzige Ansprache an, in der er uns aufrief, die ehernen Bande der Kameradschaft, die in den harten Stürmen des Krieges geschmiedet worden seien, nicht in dem wohltuenden Balsam des Friedens vergehen und zerfallen zu lassen. Man hatte uns versammelt, wie ich feststellte, um den achten Jahrestag der Gründung des Bataillons zu feiern. Zum Abschluss des Appells blies der einzige Überlebende von den Dudelsackpfeifern (die anderen waren, wie Sie sich erinnern werden, 1917 gefallen, als sie Eintopf zu den vordersten Gräben brachten) »The bonnets of bonny Dundee«. Wir begaben uns in die festliche Suite des Kaps der Guten Hoffnung.

Dort war die Atmosphäre ein wenig lockerer. An der erhöhten Tafel saßen der General, Tuck, Oberst O'Dell, Findlay Kite, der Vater von Noel, und neben ihm Noel mit einer primitiven Holzhand. Alles lief durcheinander und suchte nach Freunden, um mit ihnen zusammenzusitzen. Ich hörte, wie mich jemand beim Namen rief, und drehte mich um. Es war Leo Druce, in einem schokoladenbraunen Nadelstreifenanzug. Er trug vier Orden auf der Brust. Wir begrüßten uns mit zurückhaltender, aber aufrichtiger Begeisterung.

»Was bedeutet das Zeug?«, fragte ich und deutete auf seine Auszeichnungen.

»Erinnerungsmedaillen. Warum trägst du deine nicht?«

»Ich wusste gar nicht, dass ich darauf Anspruch habe.«

»Aber du warst doch dabei. Komm, setzen wir uns.«

Wir aßen recht gut: klare Schildkrötensuppe, gekochte Seezunge mit Kapernsoße, Kalbsschnitten, gerösteten Schinken, Fleischpastete und kleingehackten, scharf gewürzten Heringsrogen. (Ich fand, dass wir für unser Geld exzellent bewirtet worden waren. Während die Reden gehalten wurden, erfuhr ich, dass Findlay Kite für die Beschaffung der Lebensmittel verantwortlich war.) Druce machte einen blühenden Eindruck. Sein dichtes braunes Haar war von der Stirn aus nach hinten gebürstet. Sein Hemd schien mir aus Seide zu sein. Ich bemerkte, dass er einen großen goldenen Siegelring trug, den ich zuvor nicht an ihm gesehen hatte. Wir aßen und sprachen über die dazwischenliegenden Jahre. Ich hatte mehr zu berichten als er. Druce war durch seine Verwundung monatelang von der Front ferngehalten worden. Dann hatte man ihn zum Service Corps versetzt, und 1918 hatte er sein Leutnantspatent erhalten. Nach dem Krieg hatte er sich in verschiedenen Tätigkeiten versucht und schon daran gedacht, nach Übersee zu gehen, als eine bescheidene Erbschaft ihm erlaubte, in seiner Heimatstadt Coventry ein kleines Geschäft zu erwerben, eine Automobil- und Busvermietung.

Im Laufe des Abends stieg der Alkoholpegel, und wir wurden, wie vorauszusehen war, sentimental. Wir setzten uns zu Noel Kite, der inzwischen stark betrunken war, und begannen uns mit der unvermeidlichen Nostalgie an die »guten alten Zeiten« in Koksijde-Bad und Nieuwpoort zu erinnern. Wir tranken auf die »Freunde, die nicht mehr unter uns weilen«: Louise, Maithland Bookbinder, Tim Somerville-Start, Julian Teague …

»Teague ist doch hier«, sagte Noel Kite.

»Wo?«

Kite deutete mit seiner Holzhand zum anderen Ende des Raums. »Bei den Krüppeln.«

Für Rollstuhlfahrer hatte man einen Tisch aufgebaut, dessen Platte weit über die Böcke hervorragte. Wir begaben uns dorthin.

Teagues Augenbrauen waren nicht wieder gewachsen, und die rohe Brandverletzung verlieh seinem Gesicht einen gespannten, gereizten, ständig überraschten Ausdruck. Seine abgesengten Kopfhaare wuchsen dicht und lockig wie zuvor. Seine Hosenbeine waren sauber hochgesteckt – wie Servietten gefaltet, dachte ich bei mir. Er rückte der Fleischpastete mit seiner einzigen gesunden Hand zu Leibe. An der anderen, beschädigten Hand schienen die verbliebenen Finger zu einer merkwürdigen arthritischen Spitze verwachsen zu sein, die einem künstlich geschaffenen Schnabel ähnelte. Ich hörte, wie Kite und Druce bei seinem Anblick halblaut »Du lieber Himmel!« sagten. Ich setzte mich.

»Teague«, sagte ich. »Ich bin's, Todd.«

Er schaute mich mit seinem gesunden Auge an.

»Mein Gott«, sagte er. »Dass du es geschafft hast.«

Ich bat Kite und Druce, sich zu uns zu setzen, und das Schwelgen in Erinnerungen ging weiter. Ich erzählte ihnen von dem letzten Tag, den Teague als vollständiger Mensch gelebt hatte. Teague trank auf mein Wohl: »Auf den Mann, der mir das *Leben* gerettet hat.« Ich war schon ziemlich betrunken. Ich weiß noch, dass Teague mir zuflüsterte: »Ich habe es dir nicht gesagt, aber ich habe MacKanness erwischt. Habe es ihm besorgt. Kurz bevor du und ich zusammentrafen.« Dann sagte Kite:

»Wir sind alles, was von den ›Bombenwerfern‹ übriggeblieben ist.« Er schaute mich an, und ich glaubte, offene Feindseligkeit in seinem Blick zu erkennen. »Und nur Todd ist ohne eine Schramme davongekommen.«

Durch die kühle Brise, die von der Themse heraufwehte, und durch die Erinnerung an Kites Bemerkung ein wenig ernüchtert, ging ich schwankend mit Druce über die Wandsworth Bridge zurück. Druce sagte, er wolle an der Station Parsons Green ein Taxi aufgabeln. Wir hatten unsere Adressen ausgetauscht, geschworen, bei der Wiedersehensfeier im nächsten Jahr wieder dabei zu sein, und überhaupt hatten wir die ganze Skala der bei einem Besäufnis üblichen Erklärungen durchgespielt. Wir standen unter der elektrischen Straßenlampe von Parsons Green und verabschiedeten uns. Ich verspürte einen dicken Kloß in der Kehle, als ich ihm die Hand schüttelte und Auf Wiedersehen sagte. Von allen Gefährten, die der Krieg mir aufgenötigt hatte, mochte ich Leo Druce am meisten. Ich dachte an die elenden Wochen bei den Bantams zurück und war überzeugt, dass ich mich besser behauptet hätte, wenn ich mit Druce und nicht mit Teague zusammen gewesen wäre.

»Du musst Sonia unbedingt kennenlernen«, sagte ich heiser. »Irgendwie muss ich es schaffen, nach Coventry zu kommen. Wenn dieser Film fertig ist.«

»Hör mal, Todd«, sagte Druce mit einem Stirnrunzeln. »Wäre es dir möglich, mir einen Zehner zu leihen?«

»Natürlich.« Ich zog meine Geldbörse heraus. Aus irgendeinem Grund hatte ich über 30 Pfund bei mir. Ich reichte ihm zwei Fünf-Pfund-Noten. »Ist mir ein Vergnügen«, sagte ich.

»Könnten es vielleicht auch zwanzig sein?«

Bereitwillig zog ich noch zwei Fünfer heraus. »Du kannst es mir zurückzahlen, wenn ich nach Coventry komme«, sagte ich.

Druce strich mit beiden Händen über das Haar. Es schien, als säße irgendwo tief in ihm ein dumpfer, aber nagender Schmerz.

»Eigentlich …«, begann er. »Alles, was ich heute Abend gesagt habe – zu dir und Kite und Teague –, war dummes Zeug.« Er lächelte nicht. »Ich bin pleite. Total abgebrannt. Meine Autos und meine Garage sind gepfändet. Bei einem Freund stehen noch ein paar Zehnsitzerbusse auf dem Hof, aber ich kann die Zulassung nicht bezahlen. Ich bin heute hierhergekommen, um zu sehen, ob ich nicht den einen oder anderen ›alten Kameraden‹ anpumpen kann.«

Er erzählte mir noch mehr von seinen Schwierigkeiten. Ich hörte mit halbem Ohr zu. Seine Offenheit rührte mich. In dem Zustand, in dem ich war, hätte ich ohne zu fragen meine Geldbörse geleert. Ich erkannte, dass Leo Druce grundanständig war, und er tat mir leid. Seine Erscheinung, sein Auftreten, seine Persönlichkeit ließen so viel erwarten. Doch das, was in ihm steckte, war bisher nicht zur Geltung gekommen. Ich beschloss, alles zu tun, um ihm zu helfen.

Das erwies sich als gar nicht so schwer. Auf mein Betreiben mietete Superb-Imperial von Druce zwei Busse für die Beförderung von Schauspielern und Mitarbeitern bei den Dreharbeiten zu *Wee McGregor Wins the Sweepstake.* Er musste noch einige Monate warten und die Fahrzeuge nach Edinburgh schaffen, aber Maude zahlte ihm die Hälfte der Mietgebühr im Voraus, was ihm über die Anfangsschwierigkeiten hinweghalf und seine Gläubiger in Schach hielt.

Die Dreharbeiten begannen Mitte November in Edinburgh und Umgebung (Harry Bliss spielte *Wee McGregor*, und wir mussten auf ihn warten, bis er mit *The Blue Cockade* fertig war – deshalb die Verzögerung). Ich wies Maude auf die Schwierigkeit hin, bei begrenztem Tageslicht zu filmen, aber er brauchte den Film so schnell wie möglich und bestand darauf, dass wir uns beeilten. Ich hatte meinerseits darauf bestanden, in Edinburgh zu drehen. Außenaufnahmen waren damals der letzte Schrei, aber mein Grund war eher die Vorliebe für das Authentische. Schließlich brauchten wir für die Aufnahmen fast acht Wochen, fast doppelt so lang wie geplant, teils wegen des entsetzlichen Wetters, teils, weil Harry Bliss an Brustfellentzündung erkrankte, und außerdem wegen der Feiertage zu Weihnachten und Neujahr. Für Leo (wir nannten uns inzwischen beim Vornamen) war das ein zusätzlicher Vorteil, weil seine Mietgebühr sich praktisch verdoppelte. Während die frustrierenden Wochen sich hinzogen, kehrte sein altes Selbstvertrauen wieder. Um die Kosten zu drücken, war ich Produzent, Regisseur und Kameramann in einer Person, aber bald trat ich die erste Rolle an Leo ab. Die Erfahrungen, die er beim Service Corps mit der militärischen Logistik gesammelt hatte, erwiesen sich als sehr nützlich. Es gelang ihm, einen kleinen mobilen Generator zu beschaffen, sodass wir bei den Außenaufnahmen Bogenlampen einsetzen konnten. Außerdem kaufte er drei große Platten Spiegelglas, mit denen wir an trüben Tagen das Licht auf die Schauspieler lenkten. *Wee McGregor* ist keineswegs ein Beispiel guter Beleuchtung, und ich wäre der Letzte, das zu leugnen, aber dass es überhaupt eine Beleuchtung gab, grenzte an ein Wunder, und das war fast ausschließlich Leos Verdienst.

Noch ein weiterer Aspekt des Films verdient, hier festgehalten zu werden. An einem entscheidenden Wendepunkt der Geschichte wankt Wee McGregor, der vom Pech verfolgt wird und sich für seine letzten Pennys in einer Kneipe getröstet hat, betrunken in den Regen hinaus und begibt sich dann schwankend auf den Heimweg in seine schreckliche Pension. Er entdeckt auf der Erde ein Stück Papier – das im Titel erwähnte Lotterielos – und steckt es gedankenlos ein. Diesen Moment wollte ich aus der Sicht von Wee McGregor aufnehmen. Ich erinnerte mich meiner Versuche mit einer tragbaren Kamera auf dem Feld bei Elverdinghe und beschloss, es noch einmal zu probieren. Ich nahm einen großen Wecker auseinander, entfernte die Kurbel aus der Kamera und befestigte die Uhrwerksfeder an der Kurbelachse. Aufgezogen und in Gang gesetzt, verschaffte mir diese Vorrichtung etwa dreißig Sekunden Filmzeit mit der regulären Geschwindigkeit von sechzehn Bildern pro Sekunde.

Im fertigen Film blendeten wir über von Wee McGregor, der von den Wänden der engen Gasse zurückprallt, zu einer Einstellung, die seinen verschwommenen Blick wiedergeben sollte (präzise Arbeit mit der Brennweite), der über das Kopfsteinpflaster wandert. Die Kamera macht bei dem Los halt, schwankt, geht näher heran, und eine Hand erscheint im Bild und hebt das Los vom Boden auf. Ich behaupte, dass hier zum ersten Mal in Großbritannien und vielleicht sogar in der Welt eine Kamera mit eigenem Antrieb kommerziell eingesetzt wurde. Als später kleine tragbare Dynamos und Druckluftflaschen als Energiequellen gebräuchlich wurden, benutzte ich für kurze Aufnahmen noch immer meine Uhrwerksvorrichtung. Das Kurbeln an der Kamera war nie mein Fall, und ich habe mich schon früh für den Kraftantrieb ausgesprochen. Ich bedaure nur, dass er mir während des Ersten Weltkriegs nicht zur Verfügung stand. Ich hätte die sensationellsten Aufnahmen machen können.

Sonia war über die Verzögerung bei den Aufnahmen verärgert und wurde bitterböse, als ich ihr sagte, dass ich nach Neujahr wieder nach Schottland müsse, und so hatten wir unseren ersten schweren Ehekrach. Sie war hochschwanger, und wir erwarteten das Kind im Januar. Ich sagte, ich würde versuchen, mich loszueisen. Tatsächlich drehte ich dann in den Pentland Hills, als unser Sohn Vincent, benannt nach seinem Großvater mütterlicherseits, geboren wurde. Ich erinnere mich an das Telegramm:

SOHN GEBOREN 5 JAN 10.30 UHR STOP MUTTER UND VINCENT WOHLAUF STOP VINCENT

Zuerst dachte ich, Vincent Shorrold hätte sich einen billigen Witz erlaubt. Erst als ich zwei Wochen später nachhause kam, erfuhr ich die schockierende Wahrheit, dass mein Sohn Vincent Todd hieß. So war er beim Standesamt eingetragen, und man sagte mir, für Änderungen sei es zu spät. Ich lehnte diesen Namen entschieden ab und geriet mit dem alten Shorrold schwer aneinander, als er wissen wollte, was ich dagegen einzuwenden hätte. Ich musste nachgeben, und ich habe meine Schwäche ewig bedauert. Nun hatte ich einen Sohn, dessen Namen ich nicht leiden konnte. Immer wenn ich »Vincent« sagte, tauchte zu meinem Verdruss das Gesicht von Vincent Shorrold vor mir auf. Wie ich schon sagte, sind Namen für mich bedeutsam. Meine Kapitulation in dieser Frage sollte sich als ein schwerer Fehler herausstellen.

Wee McGregor Wins the Sweepstake erwies sich als ein ansehnlicher Kassenerfolg. Auch die Kritik war nicht unfreundlich. Der *Daily Telegraph* bezeichnete den Film als »ein köstliches Beispiel schottischer Volkskomödie«. Im *Herald* hieß es: »Harry Bliss war noch nie so lustig«. *Bioscope* sprach von einem »lahmen Schwank von entsetzlicher Banalität, der nur durch seine glänzende technische Ausführung gerettet wird«. Doch das Publikum war hingerissen. Der Film spielte innerhalb von zwei Monaten 21000 Pfund ein (die geschlossene Vorführung für Verleiher und Kritiker fand im April 1923 statt). Maude und Rosita waren entzückt. Auf Sonias Veranlassung bat ich Rosita, Vincents Taufpatin zu werden, wozu sie sich gern bereitfand.

Tatsächlich kam der Erfolg genau zur rechten Zeit, denn Maude hatte mit *The Blue Cockade* schreckliche Probleme. Wegen Faithfulls Unfähigkeit dauerten die Dreharbeiten sechzehn Wochen, und die Kosten kletterten auf 29000 Pfund, wobei die Gage von Mary Mount noch nicht berücksichtigt wurde. Wenn ich Faithfull über den Weg lief, ignorierte er mich. Es war offenkundig, dass er und Mary Mount sich hassten. Ursprünglich hatte sie bleiben und noch einen Film für Superb-Imperial machen wollen, doch sobald *Blue Cockade* abgedreht war, ging sie. Der Film war kommerziell eine Katastrophe. Kein amerikanischer Verleiher wollte etwas davon wissen, nicht einmal mit Mary Mount in der Hauptrolle.

Um schnell zu Geld zu kommen, verkaufte Maude die Rechte an *Wee McGregor* für 10000 Pfund an den Filmverleih Ideal Film Renters. Später erfuhr ich, dass Ideal ihm zusätzlich 15000 Pfund gezahlt hatte, damit er zwei weitere *Wee McGregor*-Fünfspuler machte, und ich wurde, wie es sich gehörte, für die Dreharbeiten verpflichtet. Zum ersten Mal galt ich regelrecht als Regisseur. Maude und ich schlossen einen vorläufigen Vertrag. Ich würde vor Ende 1923 für ein Honorar von viertausend Pfund die beiden Filme fertigmachen. Leo Druce sollte bei beiden Produzent sein.

Es war nicht genau das, was ich mir gewünscht hatte, aber ich konnte diese günstige Gelegenheit nicht einfach übergehen. Und ich denke auch, dass dieser Sommer 1923 eine recht glückliche Zeit gewesen ist. Leo war nach London umgezogen, und wir teilten uns gemeinsam ein Büro hinter den Studios von Islington. Sonia und dem Kind ging es ausgezeichnet, und es dauerte nicht lange, bis Sonia das Drehbuch für *Wee McGregor's Holiday* präsentierte, und sie hatte außerdem schon eine vielversprechende Idee für den dritten Film – *King Wee McGregor!*

Dennoch war ich irgendwie aus dem Gleichgewicht geraten und mit meinen Gedanken woanders. Der Ehrgeiz, der mit *Aftermath of Battle* in mir entstanden war, konnte durch die *Wee McGregor*-Filme nicht im Entferntesten befriedigt werden. Ich spielte meine fachlichen Fähigkeiten aus, aber ohne rechte innere Beteiligung. Es war, als sei meine Phantasie auf Patrouille und erkundete die Gegend nach einer ihr angemessenen Aufgabe. In der zurückgelassenen Garnison ging der Betrieb gewissermaßen weiter, aber das Leben dort war fade und eintönig. Ich kam mir irgendwie erniedrigt vor. Ich war doch ein Künstler, hatte hochfliegende Pläne und phantastische Konzepte. Die *Wee McGregor*-Filme ließen mir eine gewisse Freiheit für technische Experimente, aber ich ekelte mich immer mehr vor ihnen und vor mir selbst, weil ich sie machte. Meine innere Unzufriedenheit äußerte sich in einem bitterbösen Krach, der sich an einer belanglosen Kleinigkeit entzündete, weil ich den stets fidelen Harry Bliss nicht von der Rolle, die er spielte, trennen konnte und ihn deshalb ebenso sehr verabscheute. Es fehlte nicht viel, und wir wären handgreiflich geworden. Leo riet mir zur Geduld – bald würde ich genau das machen können, was ich wollte. Ich sah jedoch nichts als eine endlose Folge von *Wee McGregors* vor mir. Erfolg kann einen ebenso leicht fesseln wie befreien. Die entsetzlichen, nicht endenden *Anna*- und *Fido*-Serien waren mir eine düstere Warnung.

In diesem Sommer kam Hamish kurz in London vorbei. Er hatte gerade ein Forschungsstipendium in Oxford erhalten. Wir gingen in ein Steakhaus am Strand, und ich berichtete ihm von meinen Sorgen. »Was ich vor mir sehe, ist ein ausgetretener Weg«, sagte ich, »und ich gerate immer tiefer hinein.«

Schweigend blickte er mich eine Weile an, und ich habe nie vergessen, welche Klarheit und Kraft in seinem Ausdruck lag.

»Geh deinen eigenen Weg«, sagte er. »Das ist die einzige Möglichkeit.«

Er hatte recht, und seine Worte munterten mich auf. Ich fasste den Entschluss, dass *King Wee McGregor!* mein letzter Kompromiss sein würde. »Geh deinen eigenen Weg« sollte zu meinem Motto werden.

Vielleicht hätte ich die Vorzeichen rechtzeitig erkennen sollen. Raymond Maude fragte, ob er mir mein Honorar in Raten zahlen könne. Ich war einverstanden, und zu meinem Erstaunen gab er mir einen Wechsel über nur hundert Pfund. Im September, mitten während der Dreharbeiten in Great Yarmouth, sagte der Besitzer eines Strandrestaurants, ein von Leo ausgestellter Scheck sei geplatzt. Leo stellte ihm einen weiteren aus. Wir beendeten die Dreharbeiten in fünf Wochen und kehrten nach London zurück, um mit dem Schneiden zu beginnen. Am 3. Oktober 1923 gab Maude vor versammelter Belegschaft bekannt, dass Superb-Imperial bankrott sei.

Villa Luxe 16. Juni 1972

Es liegt neuerdings etwas in der Luft, und es ist nicht bloß der Duft der Yucca-Blüten. Zwischen Emilia und mir knistert es. Ich kann nicht genau sagen, was es ist, aber etwas hat sich verändert. Die Art, wie sie mich ansieht. Es ist wie damals bei Oonagh. Äußerlich ist alles wie immer, aber unter der Oberfläche bahnt sich etwas Neues an. Es gibt zwischen uns etwas Unausgesprochenes, und ich kann zwar nicht sagen, was es ist, aber es macht mich kribbelig.

Ich bin den ganzen Tag leicht gereizt und versuche, ihr aus dem Wege zu gehen. Als ich ihr Moped davonfahren höre, gehe ich in ihr WC. Ich schaue mir genau den Fensterladen an. Ich habe das Gefühl, als stecke mir eine Billardkugel im Hals. Das kleine Loch, das ich gebohrt habe, ist sauber mit einem Kügelchen Klopapier verstopft.

Julie

Der Regen prasselte auf die Jägerstraße nieder. Ich hielt mit der einen Hand die Autotür auf und mit der anderen den breiten Schirm für das mit Pelzen behängte alte Weib, das unter lächerlichen Verrenkungen in das wartende Taxi stieg. An dem glänzenden Schirm meiner Mütze bildeten sich Tropfen und fielen herab. Ich fühlte, wie die Feuchtigkeit bis zu meinen Schulterblättern durchsickerte. Mit einem gefrorenen Lächeln auf dem Gesicht schloss ich die Tür hinter ihr. Es dauerte eine Ewigkeit, bis die Fensterscheibe herunterging. Ihre mit Juwelen geschmückte Hand reichte mir ein schändlich niedriges Trinkgeld heraus.

»Vielen Dank«, sagte ich.

Dankbar begab ich mich wieder unter das Vordach des Hotels Windsor. Ich war Türsteher. Es war Februar 1925. Berlin. Ich ging meinen eigenen Weg.

Ich habe ein trostloses Jahr übersprangen. 1924. All die ermüdenden Frustrationen im Zusammenhang mit dem Bankrott von Superb-Imperial, der mich selbst zahlungsunfähig machte, nahmen mich monatelang völlig in Anspruch. Raymond Maude war ohne Zweifel tief betrübt. Was ihn ruiniert hatte, waren die übermäßigen Kosten von *The Blue Cockade* und der totale Misserfolg dieses Films. Er verkaufte den gesamten Firmenbesitz, einschließlich der ihm verbliebenen Rechte an *Wee McGregor's Holiday.* Die Schlangen vor den Kinos zu sehen, in denen der Film genauso gewinnbringend wie sein Vorgänger lief, und zu wissen, dass von dem ganzen Gewinn, den er einspielte, der Familie Todd nicht ein Pfennig zugute kam, war wirklich ärgerlich. Im Sommer schloss ich mich dann den übrigen Gläubigern an und verklagte Superb-Imperial wegen der restlichen 1900 Pfund, die die Firma mir für den *Holiday*-Film schuldete. (Auf meine Forderung wegen des nicht zustande gekommenen *King Wee McGregor!* verzichtete ich.) Als es schließlich zur Auszahlung kam, erhielt ich magere 187 Pfund, 18 Shilling und 6 Pence. Immerhin etwas. Eine weitere unselige Folge des Bankrotts war, dass die Ehe der Maudes unter der Belastung zerbrach. Rosita machte sich fort nach Beira oder Lissabon, und Vincent sah seine Taufpatin nie wieder.

Um den Juli oder August herum fand ich mich mit dem Unvermeidlichen ab und begann, mich nach einem anderen Job umzuschauen, doch zu meiner Überraschung und Beunruhigung fand sich nichts. Gainsborough Films bot mir an, für eine Woche als Ersatz-Kameramann zu arbeiten. Astro-Biocraft beschied mich, dass vielleicht in einigen Monaten eine Stelle in ihrer Schneideabteilung frei würde. Zwar befand sich die Filmindustrie wohl wieder einmal in einem ihrer regelmäßigen Wellentäler, doch bei mir regte sich bald der Verdacht, dass Harold Faithfull seine bösartige Hand im Spiel haben könnte. Es war mein Fehler oder mein Pech, dass ich in der Filmwelt außerhalb von Superb-Imperial fast unbekannt war. Ich erinnerte mich an die unglaubliche Drohung, die Faithfall gegen mich ausgestoßen hatte, und tat sie als reine Phantasie ab, bis ich in einer Fachzeitschrift las, dass er für Talbot Instructional Films und für die UFA in Deutschland einen Film mit dem Titel *The Sultan and the Temptress* drehte. Wer nach dem fürchterlichen Desaster von *The Blue Cockade* so schnell wieder Arbeit finden konnte, musste eine gewisse Macht und einen gewissen Einfluss haben. Ich glaubte allmählich, Faithfull habe mich tatsächlich auf eine schwarze Liste gesetzt. Er war der erste einer langen Reihe von Feinden, die beharrlich versucht haben, meine Karriere zu zerstören. Ich weiß nicht warum, aber offenbar ziehe ich die Bosheit an, wie die Kühe die Fliegen. Ich bin nicht streitsüchtig, aber letztlich kommt es dann immer mit irgendjemand zum Streit. Was hatte ich Faithfull getan? Wie konnte mein *Wee McGregor*-Film ihn überhaupt in Verlegenheit bringen? Es waren seine eigenen Unzulänglichkeiten, die ihn dazu zwangen, mich zu hassen. So war es immer: Die Unbegabten beneiden die Begabten, und die Erfolglosen beneiden die Tüchtigen.

Ich nahm die eine Woche bei Gainsborough an, das von Superb-Imperial in Islington gerade um die Ecke liegt, und arbeitete als Ersatz-Kameraassistent bei einem Film mit dem Titel *Passionate Adventure.* Danach nichts. Das Jahr verging und unsere Ersparnisse schmolzen dahin. Im August verkündete Sonia, sie sei wieder schwanger. Das hatte mir gerade noch gefehlt. Leo Druce ging es ebenfalls schlecht. Er eröffnete seinen Autoverleih in London wieder, und von Zeit zu Zeit arbeitete ich für ein oder zwei Pfund als Chauffeur oder Busfahrer bei Ausflügen. Zum Lebensunterhalt reichte es nicht, und Leo konnte es sich nicht leisten, einen Mitarbeiter einzustellen. Und außerdem wollte ich Filme machen und nicht Busse fahren.

Und dann im Oktober kam meine Erlösung. Eines Morgens erhielt ich eine Postkarte, die mir von Edinburgh nachgeschickt worden war. Sie trug deutsche Briefmarken. Auf der einen Seite war das Brandenburger Tor abgebildet. Und auf der anderen hieß es:

> Hallo Johnny!
> Wie geht es Dir? Gut? Ich bin in Berlin und mache eine Menge Filme und Stücke. Besuch mich doch. Warum nicht? Mit besten Grüßen von Deinem ehemaligen Gefängniswärter
>
> Karl-Heinz

Als Adresse hatte er angegeben: Berlin, Stralauer Allee 129b … Ich kann mich ganz genau an diesen Morgen erinnern. Sonia war ausgegangen und hatte mich mit dem kleinen Vincent zu Hause gelassen. Ich saß in Unterhemd und Hose am Küchentisch und trank eine Tasse starken Tee. Vincent schrie kräftig in seinem Bettchen. Mir war leicht übel von dem Geruch von abgestandenem Bier, der von dem Pub unter uns durch die Fußbodendielen drang. Ich war unrasiert. Ich dachte, dass ein moderner Hogarth dieses Bild zu würdigen gewusst hätte: »Arbeitsloser Mann«, oder vielleicht »Des Künstlers Traum zunichte«. Ich hörte, dass Briefe durch den Schlitz geschoben wurden, und ging hinunter, um sie zu holen. Es waren zwei Rechnungen – eine von meinem Anwalt und eine von einem Schneider – und die Postkarte von Karl-Heinz. Ich las sie, während ich langsam wieder die Treppe hinaufstieg, dem irritierenden Gekreisch Vincents entgegen. Und dann spürte ich so etwas wie einen Rippenstoß, diese schlagartige Belebung, die mit einem glänzenden Einfall einhergeht. Natürlich! Natürlich. Wie engstirnig und borniert von mir! In Amerika, in Frankreich, in Deutschland wurden auch Filme gemacht, und sehr viel kühnere und inspiriertere Filme als bei uns. Es gab keinen Grund, wie angenagelt dazusitzen und in Selbstmitleid zu vergehen. Ich würde nach Berlin gehen, zu Karl-Heinz. Wir würden zusammen Filme machen …

Meine Gedanken überstürzten sich. Ich würde so bald wie möglich losfahren – und zwar allein. Sobald ich Boden unter den Füßen hatte, würde ich Sonia und Vincent nachkommen lassen. Mit einem Mal sah ich all die glänzenden Möglichkeiten, die in der Idee steckten. Es war doch unendlich verlockender, sich im Ausland, in einer der Hauptstädte des Films, einen Namen zu machen. Keine seichte Unterhaltung mehr, kein Kitsch. Keine *Wee McGregors* mehr. Das Gefühl, frei zu sein, beflügelte mich. Ich war Raymond Maude fast dankbar dafür, dass er pleitegegangen war – und Harold Faithfull für seine rachsüchtige Gehässigkeit.

Ende Oktober ging ich von zu Hause fort und versprach Sonia, ich würde sie und Vincent vor Weihnachten nachkommen lassen. Ich fuhr mit dem Schiff, einem Frachtdampfer, von London nach Bremerhaven und von dort mit dem Zug nach Berlin. Als wir in London ablegten, goss es in Strömen, und ich hatte keine Lust, an Deck zu gehen. Ich saß in der engen, staubigen, getäfelten Kabine und trank einen Becher lauwarmen, ungesüßten Kakao. Ein- oder zweimal warf ich einen kurzen Blick auf die im Regen verschwindende City und kostete die Erregung aus, die mich wie ein Schauder überlief. Ich hatte sehr wenig Geld bei mir, nicht ganz fünfzig Pfund (was sonst noch von unseren Ersparnissen übrig war, hatte ich natürlich Sonia lassen müssen, die, um weitere Ausgaben einzusparen, die Wohnung über dem Pub aufgegeben hatte und zu ihren Eltern gezogen war), aber ich fühlte mich ganz ähnlich wie in jener Nacht, als ich von der Minto Academy abgehauen war und den Nachtzug nach London genommen hatte. Die Zukunft lag vor mir wie ein leeres Blatt Papier. Alles, was ich zu tun hatte, war, ihr meinen Stempel aufzudrücken.

Ich hatte Karl-Heinz geschrieben und ihn telegraphisch von meinem Kommen informiert, aber keine Antwort erhalten. Der Zug von Bremerhaven kam um sechs Uhr morgen auf dem Lehrter Bahnhof in Berlin an. Es wurde gerade hell und es war entschieden kalt. An einem Kiosk vor dem Eingang kaufte ich mir eine Tasse Kaffee und zwei Brötchen und überlegte mir, was ich tun sollte – es war wohl noch ein bisschen zu früh, um bei Karl-Heinz aufzutauchen. Ich verließ den Bahnhof und spazierte eine Zeit lang an der Spree entlang (ich hatte nur einen Koffer bei mir). Das träge dahinfließende Wasser des Flusses war dunkel, flaschengrün. Hier und da waren Schleppkähne vertäut. Ich ging über die Marschallbrücke auf die andere Seite und bummelte zum Stadtzentrum.

Berlin … Ich will versuchen, mich nach all diesen Jahren an meine ersten Eindrücke zu erinnern, an die Bilder, die durch die Vertrautheit ihre Frische verloren haben, wie alte

Münzen. Berlin war an diesem kalten Oktobermorgen sehr sauber, ungewöhnlich sauber. Großzügige, breite Straßen. Bäume, Statuen, überall Statuen und Brunnen. Es wirkte modern, fast wie neu und machte einen frischen, geschäftigen Eindruck. Über mir spannte sich ein Gewirr von elektrischen Straßenbahnoberleitungen. Straßenbahnen überall, selbst zu dieser frühen Stunde. Ich bummelte durch die Straßen – Friedrichstraße, Behrenstraße, Unter den Linden (mit ihren enttäuschend spindeldürren Linden) – an den düsteren Palästen, den palastartigen Geschäften und den sagenhaften Hotels vorbei. Es war wie … Stellen Sie sich ein blühendes britisches Stadtzentrum der viktorianischen Zeit vor, etwa Bradford, Manchester oder Glasgow. Polieren Sie die düstere, überladene Architektur auf und rücken Sie dann die Gebäude weit auseinander, sodass offene Fluchten und breite Prachtstraßen entstehen. Setzen Sie nun, wo immer der Platz es zulässt, junge Bäume und weiße Statuen hinein. Fügen Sie schließlich all das hinzu, was zu einer modernen Stadt gehört: die Autos, die Straßenbahnen, die Reklametafeln, die Neonreklamen, die gelben Omnibusse, die grünen Taxis mit ihren weiß bemützten Fahrern und eine drängende, hastende, geschäftige Bevölkerung. Das war das Berlin, das ich an jenem Morgen sah. Mein bleibender Eindruck war der einer neuen Stadt, die nur so alt zu sein schien wie ihre Einwohner, so als besäße sie keine Vergangenheit, die weiter zurückreichte als das Gedächtnis der Generationen, die zwischen all dem Funkelnagelneuen lebten und arbeiteten.

Es gab natürlich auch andere Berlins, die aussahen wie Amsterdam oder wie mittelalterliche französische Kleinstädte, es gab beengte Elendsviertel und nichtssagende Industrielandschaften, die ich im Laufe des Tages noch kennenlernen sollte, aber was mich an diesem Morgen beeindruckte, während ich zwischen den geschäftigen Pendlern und Fußgängern unterwegs war, war das Neue an dieser Stadt. Von der erdrückenden Wirkung der Tradition war auf den offenen Plätzen und den makellosen Prachtstraßen nichts zu spüren. Ich wusste, hier konnte ich Großes erreichen.

Die Stralauer Allee 129b war nicht so leicht zu finden. Schließlich erhielt ich von einem freundlichen Bahnbeamten, der Englisch sprach, die nötigen Auskünfte und nahm die Stadtbahn in Richtung Osten bis zum Bahnhof Stralau-Rummelsburg. Die Stralauer Allee verlief am Nordufer der Spree, und die Stadt erinnerte hier streckenweise ein wenig an London, an das Themseufer in Chelsea, bevor das Embankment errichtet wurde. Alte Gebäude mit Läden und Cafés im Untergeschoss, hölzerne Anlegestellen und unsichere, wackelige Stufen, die zu dem trägen Fluss hinunterführten, an dessen Ufern sich untereinander vertäute Schleppkähne drängten.

Nummer 129 war ein schmales fünfstöckiges Haus, das um einen kleinen gepflasterten Hof herumgebaut war. Die Wohnung von Karl-Heinz lag im 1. Stock. Ich trat in den Haupteingang, entdeckte keine Concierge und stieg die steinerne Haupttreppe zur Wohnung »b« empor. Über der Türklingel stand der Name Pfau.

Ich wollte gerade zum dritten Male läuten, als die Tür aufging und ein großer, ungepflegter Mensch im Hemd ohne Kragen vor mir stand. Er hatte glatte, kurze graue Haare und ein breites, grobschlächtiges Gesicht, dessen Falten und Hautlappen einen eher an bestimmte Hunderassen – etwa einen Basset oder einen Boxer – als an einen Menschen gemahnten. Er hatte feuchte, glanzlose Augen und eine stumpfe Nase mit großen Löchern, aus denen Haarbüschel hervorstanden, die nach einer Schere verlangten. Er rauchte eine Zigarre.

»Karl-Heinz Kornfeld?«, fragte ich.

Der Mann, Herr Pfau, wie ich annahm, rief nach Karl-Heinz, der kurz darauf an die Tür kam. Sein Haar war länger geworden, sonst hatte er sich nicht verändert. Groß, schmal, dunkel, vital.

»Ach, Johnny«, sagte er gelassen. »Schön, dass du da bist.«

Ich trat ein, und wir schüttelten uns die Hände. Er erblickte meinen Koffer.

»Was führt dich nach Berlin?«

»Hast du meinen Brief nicht bekommen? Mein Telegramm?«

»Was für einen Brief?«

»Du wusstest nicht, dass ich komme?«

»Nein, natürlich nicht. Aber es ist eine herrliche Überraschung. Komm rein, komm rein.«

Er machte mich mit Pfau bekannt, Georg mit Vornamen, der Guten Tag sagte und in einem der Zimmer verschwand. Karl-Heinz führte mich durch ein Wohnzimmer, ein Esszimmer und die Küche zu seinem eigenen Zimmer. Die Wohnung war sehr schlecht angelegt. Es gab keinen Flur und keinen Korridor. Die Räume reihten sich aneinander um den Innenhof herum. Das Badezimmer machte den Abschluss. Ich war durch die Tatsache, dass mein Brief nicht angekommen war, so verstört, dass ich die einfache Ausstattung und die abgenutzten Möbel nicht recht wahrnahm. Ich bemerkte jedoch, dass in fast allen Räumen die Wände vollgestopft waren mit Holzkisten, wie Schließfächer, und dass Käfige mit feinem Maschendraht übereinandergestapelt waren. Auch war es in der Wohnung sehr warm. Die Luft war erfüllt von einem schwachen elektrischen Summen, so als liefen im Keller mächtige Dynamos.

Die Türsteher des Hotels Windsor mussten die typischen lächerlichen Uniformen tragen. Es war der übliche Aufzug eines Operettenhusaren: goldene Knöpfe überall, breite Epauletten, hohe Schirmmütze, meterweise Schleifen von Vorhangkordel mit Glockenzugquasten, die über die Schultern herunterhingen, und das Ganze war, mit Rücksicht auf die englische Note im Namen des Hotels, in einem glänzenden Beefeater-Rot und Gold gehalten. Ich kam mir in den eintönig grauen Straßen wie ein farbiger Aufschrei vor, ein Leuchtturm in Menschengestalt, der wohl bei den meisten Passanten den Wunsch auslösen musste, ihre Augen abzuschirmen. Außerdem war meine Uniform etwas zu weit. Sie gehörte dem Neffen von Georg Pfau, Ulrich, für den ich eingesprungen war. Bei seiner Familie in Breslau war irgendetwas Ernstes vorgefallen, sodass er für zwei Monate heimfahren musste, und ich hatte nicht gezögert, den Posten zeitweise zu übernehmen, als Georg ihn mir freundlicherweise anbot.

Es war ein sonderbares Gefühl, Türsteher zu sein. Ich fand es unangenehm, in Uniform zu arbeiten, nicht nur, weil es mich vage an die Armee erinnerte, sondern auch, weil zivile Uniformen etwas Protziges haben, das mir nicht behagt. Das Windsor hatte vier Türsteher, die sich schichtweise ablösten, und als Jüngster bekam ich immer die Schicht, die am wenigsten abwarf, von zehn Uhr morgens bis vier Uhr nachmittags. Von der Masse, die morgens abreiste und abends anreiste, hatte ich nichts. Da das Restaurant des Hotels keinen besonderen Ruf hatte, war auch mittags das Geschäft flau. Also schritt ich untätig auf der Jägerstraße auf und ab, beobachtete den Verkehr und die Passanten, versuchte, mich warmzuhalten und möglichst dem Regen und Schnee zu entgehen (der Winter 1924–25 war besonders unwirtlich). Um vier ging ich in die im Untergeschoss gelegene Personalkantine, wo ich etwas zu essen bekam – Schweinebauch mit Karotten, Ochsenschwanzsuppe mit Rüben, jedenfalls etwas Herzhaftes. Ich hatte viel Zeit zum Nachdenken und Überlegen.

Meine Unterbringung war kein Problem gewesen. Karl-Heinz brachte Georg dazu, mir für zwei Pfund im Monat ein Zimmer seiner Wohnung zu vermieten. Doch meine anderen Ziele waren schwerer zu erreichen. Es gab durchaus die »Menge Filme und Stücke«, die Karl-Heinz auf seiner Postkarte erwähnt hatte, und Karl-Heinz wirkte auch darin mit, aber zumeist als stummer Komparse. Die in der Nachkriegszeit beliebten Historiengemälde waren ihm zugute gekommen, und er nahm mich mit in Filme wie *Anne Boleyn, Julius Cäsar* oder *Der Trojanische Krieg*, fest überzeugt, dass ich sein Gesicht in der wimmelnden Menge erkennen müsse. Zur Zeit hatte er »eine Pause eingelegt«, wie er sagte, und beschäftigte sich damit, in der Kostümbildnerei des Schillertheaters Nord Kleider zu bügeln und Knöpfe anzunähen.

Ich gewöhnte mich rasch in den Haushalt Pfau ein. Er bestand nur aus uns Dreien. Nachmittags kam Frau Mittenklott, eine alte Frau, die sauber machte und das enorme Abendessen kochte. Wie beschäftigte ich mich? Ich schrieb fleißig an die Studios und Filmgesellschaften. Ich bummelte in der Stadt umher. Ich trank Bier und Kaffee, aß Kuchen, saß in kalten Parks und hörte den Orchestern zu. Von den Studios und Filmgesellschaften erhielt ich höfliche Absagen, die Karl-Heinz für mich übersetzte. Ich fing an, Deutsch zu lernen. Nach einem Monat telegraphierte ich Sonia, sie möge mir weiteres Geld schicken. Sie schickte zehn Pfund und einen kurzen Brief – darin fragte sie, wann sie und Vincent nachgeholt würden, und sie erinnerte mich an mein Versprechen, Weihnachten zu Hause zu sein. Im März, so fügte sie hinzu, werde das neue Baby erwartet, und dann möchte sie doch, bitte sehr, in ihrer neuen Wohnung eingerichtet sein. Ich schrieb ihr zurück, es sei alles in Ordnung und ich käme gut voran, nur ziehe sich die Verwirklichung meiner Pläne etwas länger hin, als ich erwartet hatte. Ich grüßte sie und den kleinen Vincent herzlich und bat sie, von ihrem Vater noch einmal zehn Pfund zu borgen.

Wenn ich ehrlich sein soll, fühlte ich mich wie im Urlaub. 1924 war ein so enttäuschendes Jahr gewesen – ständig ohne Geld, Vincent zahnte, keine Arbeit –, dass ich froh war, fort zu sein. Ich wohnte gern in Georg Pfaus unbequemer Wohnung. Ich genoss es, im Ausland zu sein, in einer fremden, faszinierenden Stadt. Ich bummelte durch die sauberen, breiten Straßen, ein glücklicher Fremdling unter den Berlinern, die sich nicht um ihn kümmerten. Ich vertrieb mir die Nachmittage in Geschäften und Museen. Ich spielte den Bohemien. Ich hatte ein wenig Geld, ich hatte ein Dach über dem Kopf, und ich hatte meine berauschenden, phantastischen Träume. Sonia, Vincent, die Shorrolds, *Wee McGregor*, Faithfull, Superb-Imperial, Armut und Frustration – das alles hatte jetzt nichts mehr mit mir zu tun. Und es gab Karl-Heinz. Die starke Zuneigung, die in Weilburg zwischen uns entstanden war, stellte sich rasch wieder her. Wenn er nicht arbeitete, nahm er mich mit in Bars und Cafés, in Kinos und Theateraufführungen. Er nahm mich mit in die westliche City, zum Kurfürstendamm, wir verkehrten im Bluebird und im El Dorado, im Westend, im Café Wien und im Romanischen Café. Hier war das lebendige, künstlerische Zentrum von Berlin, und hier gehörte ich meiner Überzeugung nach eigentlich hin. Die soliden, behäbigen Straßen, die ich am Morgen nach meiner Ankunft gesehen hatte, waren etwas für die ältere Generation und die reiche Bourgeoisie. Das eigentliche Leben fand im Westen statt. Im Grunde war die Stralauer Allee ungünstig gelegen, wenn man zum Westend wollte. Um zum Kurfürstendamm zu gelangen, musste man eine längere Fahrt mit der S-Bahn in Kauf nehmen, und nachdem sich meine erste Begeisterung gelegt hatte, beschloss ich, Geld zu sparen und zu Hause zu bleiben. Doch Karl-Heinz fuhr jede Woche drei- oder viermal hinüber und brachte – der Weg zu seinem Zimmer führte durch meins – immer irgendeinen Otto, Klaus oder Heinrich mit. Ich stellte mir einen Nachttopf unters Bett, um ihn nicht stören zu müssen, wenn ich zur Toilette musste, und ich gewöhnte mich schnell daran, dass mir beim Frühstück immer wieder neue Bekanntschaften vorgestellt wurden. Georg hatte gegen diese wechselnden Besucher offenbar nichts einzuwenden, und nach einer Weile kam mir der Verdacht, dass er und Karl-Heinz »etwas miteinander hätten«. Behutsam versuchte ich, von Karl-Heinz etwas zu erfahren.

»Ja, natürlich«, sagte er. »Georg liebt mich. Er lässt mich hier umsonst wohnen. Weißt du, einmal im Monat oder alle sechs Wochen bittet er mich, ihn – wie sagt ihr? – zu wichsen.« Er machte mit der Hand eine eindeutige Bewegung.

»Aha.«

»Ja, das ist eine niedrige Miete.«

Eigentlich fand ich die Vorstellung ziemlich abstoßend, nicht so sehr wegen der Handlung selbst, sondern vielmehr, weil Georg mich abstieß. Ich mochte ihn, und ich war ihm für seine Gastfreundschaft sehr dankbar, aber ich kam einfach nicht daran vorbei, dass er entsetzlich aussah.

Ich versuchte zum Beispiel nach Möglichkeit, nicht mit Georg zusammen zu frühstücken, seit ich eines Morgens, als ich mir gerade ein frisches Brötchen bestrich, über den Tisch geschaut hatte und mein Blick unwiderstehlich von Georgs großen dicht bewachsenen Nasenlöchern gefesselt worden war. Wie zwei verlassene Höhlen, dachte ich bei mir, voller Dornengesträuch, Moos und Farnkraut ... Genau in diesem Augenblick hatte er die Zigarre aus dem Mund genommen, und während der Rauch noch hervorquoll und sich vor seinem Gesicht kräuselte, hatte er krachend ein gewaltiges Stück von einer Salzgurke abgebissen. Mir kam das Essen hoch, der Speichel strömte mir im Mund zusammen, ich musste würgen und verließ fluchtartig das Zimmer.

Außerdem machte mir sein Beruf zu schaffen, und die damit zusammenhängenden Verrichtungen hingen an ihm wie ein Zwiebelgeruch. Georg war Insektenzüchter – deshalb all die Kisten und Maschendrahtkäfige in seinen Zimmern, deshalb auch das unheimliche Summen von unsichtbaren Dynamos und die hohe Temperatur in der Wohnung (dicke Öfen und Ölheizgeräte, die ständig brannten). Er züchtete Köder für Angler (Maden), Seidenraupen für die Seidenindustrie und Schmetterlinge für Schmetterlingssammler. Er versorgte das Reptilienhaus und die Schlangengrube der zoologischen Gärten mit einem stetigen Strom von knackigen Heuschrecken. Doch seit einiger Zeit war er auch bei der Filmindustrie gefragt. Wenn man eine Waldlichtung brauchte, die von Schmetterlingen wimmelte, musste man sich an Georg Pfau wenden. Brauchte man Hummeln, die auf einer Bergwiese von Blüte zu Blüte fliegen, so stellte Georg Hunderte der flaumbedeckten kleinen Arbeiter zur Verfügung. Überwiegend arbeitete er für ein bestimmtes Studio, den Realismus Film Verlag, der auf grausame Melodramen aus dem niederen Milieu spezialisiert war und regelmäßigen Bedarf an vollgeklebten Fliegenfängern, summenden Kothaufen und verwanzten Löchern hatte. Voller Stolz berichtete Georg mir, dass er für einen Realismus-Film tausend Schmeißfliegen bereitgestellt habe. In der Branche war er bekannt als *Der Fliegenmann.*

Georg war ein verschlossener, aber friedlicher Kerl, der mit seinem Leben offenbar ganz zufrieden war. Sein Beruf nahm ihn völlig in Anspruch. Seine Freuden bestanden in Zigarren (wenn er aufstand, steckte er sich die Erste an, und seinen letzten Stummel drückte er aus, wenn er die Nachttischlampe ausmachte), im Essen – die gewaltigen Abendmahlzeiten von Frau Mittenklott – und darin, sich einmal im Monat von Karl-Heinz wichsen zu lassen. Eine Zeit lang habe ich, als mir das Geld allmählich ausging, als Assistent bei ihm gearbeitet. Ich packte tote Schmetterlinge ein und schickte sie an Sammler, oder ich trug Kästen, die von Maden wimmelten, in Geschäfte für Anglerzubehör. Eines Tages kamen wir in die riesigen UFA-Studios in Tempelhof. In einer Szene sollte die Heldin (sie wurde, glaube ich, von Nita Jungman gespielt) von einem Schmetterling geweckt werden, der auf ihrer Nase landete. Georg trug ein großes Marmeladenglas voller Kohlweißlinge, während ich eine schwere, mit Zink ausgekleidete Holzkiste schleppte, die einen in Stroh gehüllten Eisblock enthielt. Seine Methode war wirklich bewundernswert. Georg brachte seine Insekten dazu, ihre Rolle zu spielen, indem er sie gewissermaßen bis auf die Knochen abkühlte. Die Geschicklichkeit, das fachmännische Können lag darin, genau zu wissen, wie kalt ein Schmetterling oder eine Schmeißfliege sein musste, damit sie das taten, was sie sollten. Waren sie nicht kalt genug, würden sie einfach fortfliegen, waren sie zu kalt, würden sie einfach sterben oder betäubt zu Boden fallen.

Es war wirklich faszinierend, Georg bei der Arbeit zuzuschauen. Nita Jungman schlief, während die Kameras in neunzig Zentimeter Abstand von ihrem Gesicht liefen. Georg griff in seine Eiskiste, in der er einen Schmetterling hatte abkühlen lassen. Das von der Kälte benebelte Insekt saß auf seiner plumpen Fingerspitze und entfaltete ganz langsam seine Flügel und schloss sie wieder. Georg tat einen Zug an seiner Zigarre, schürzte seine Lippen und blies den Schmetterling sanft mit einem dünnen Strahl Rauch an. Damit reizte er das Tier, das gerade zu einem torkelnden Flug von sechzig Zentimetern imstande war. Alle hofften natürlich, es würde auf die verlockende Spitze von Nita Jungmans hübscher kleiner Stupsnase zufliegen. Es war alles eine Frage genauer Berechnung. Der Schmetterling musste richtig gekühlt und dadurch kraftlos sein, und der Ansporn, die Richtung und die Geschwindigkeit des Zigarrenrauchs mussten stimmen. An diesem Tag probierte Georg es mit fünf Schmetterlingen und schaffte es dreimal. Das ganze Studio brach in Beifall aus. Georgs größter Stolz war eine Szene, an die Sie sich vielleicht aus Heinrich Berns *Enttäuschung* erinnern werden. In diesem Film brachte Georg eine fette Stubenfliege dazu, über das ganze Gesicht des Schurken (Rex Ermeram in seiner größten Rolle) zu laufen, indem er den Eistrick anwendete und mit einer Nadelspitze eine winzige Honigspur auslegte, von den dämonischen Augenbrauen über die Hakennase und die höhnisch grinsenden Lippen bis zu dem Schmiss. Georg hat mir einmal mit tief bewegtem Ernst erzählt, das Allerwichtigste im Leben eines deutschen Mannes sei die Freiheit, in jedem Winkel seines Hauses ungestört rauchen zu können.

So endete das Jahr 1924, und ich war immer noch in Berlin, ärmer und mit meiner Karriere nicht weitergekommen. Im neuen Jahr kam ein Brief von Sonia, in dem sie mich anflehte, zur Geburt unseres zweiten Kindes heimzukehren, und mir die schockierende Mitteilung machte, ihr Vater habe mir in seiner früheren Firma für pharmazeutische Artikel eine Stellung als auszubildender Handelsreisender verschafft. Der

Brief kam gerade, als ich meine Arbeit beim Hotel Windsor aufnahm. Ich schickte den größten Teil meines ersten Wochenlohns nach Hause und schrieb, die Aussichten besserten sich (nähere Angaben machte ich nicht) und das Kind solle, wenn es ein Junge sei, Adam, und wenn es ein Mädchen sei, nach meiner Mutter Emmeline heißen.

Ich war nicht ganz untätig geblieben. Karl-Heinz und ich hatten mein Drehbuch von *Love's Sacrifice* übersetzt, und bislang waren nur zwei ablehnende Antworten eingegangen. Karl-Heinz sagte, er würde gern die Rolle des Helden übernehmen, und ich stimmte sofort zu. Auf so einfache Weise trat eine professionelle Verbindung zu unserer Freundschaft hinzu, die die gefährlichsten Erschütterungen und Zerreißproben überstehen sollte.

Auch bei Karl-Heinz stellte sich der Erfolg ein. Er hatte seine erste größere Rolle bekommen, in der er als schlauer Detektiv das Verschwinden eines Untermieters aus einer Pension aufklärte (sonst weiß ich nichts mehr von diesem Film, der nur als Debüt von Karl-Heinz bemerkenswert ist). Man wurde von seiner Darstellung irgendwie in den Bann gezogen. Von ihm ging etwas latent Aufsässiges aus, eine Art Wohlanständigkeit, die gerade noch unter erheblichen Anstrengungen aufrechterhalten wurde. Das *Jahrbuch der Filmindustrie 1925* bezeichnete ihn als »eine höchst interessante Entdeckung«. Es kamen weitere Arbeitsangebote. Karl-Heinz lieh mir Geld, und einen Teil davon schickte ich Sonia.

Dann kamen, kurz bevor ich die Arbeit als Stellvertreter von Georg Pfau beendete, die Dinge in Bewegung, und mein Leben begann sich zu ändern. Es war März, und ich wartete ungeduldig auf den Frühling. Ich war seit über vier Monaten in Berlin, und die neue, graue Wuchtigkeit dieser Stadt bedrückte mich. Karl-Heinz' bescheidener Erfolg brachte mir meinen frustrierenden Stillstand zu Bewusstsein. Ich war in einer trübsinnigen Stimmung und obendrein verärgert durch einen Brief, der am Morgen gekommen war und in dem Sonia mir mitteilte, mein zweiter Sohn sei zehn Tage zu früh geboren worden, und er werde Hereford heißen. Anscheinend hatte es in der Familie Shorrold seit »Jahrhunderten« Träger dieses Namens gegeben (ich zitiere: »Du hast von Hereford the Wake gehört«, sagte Vincent Shorrold mir später voll Stolz, »wir stammen direkt von ihm ab«). Während ich vor dem Windsor auf und ab ging, wurde ich immer schwermütiger. »John James Todd«, sagte ich mir, »in Begleitung seiner Söhne Vincent und Hereford.« Nein, es war wirklich zu grässlich! Wieder hatte ich den Verdacht, dass Vincent Shorrold sich klammheimlich gegen mich durchgesetzt hatte. Kurz vor vier, als meine Schicht fast zu Ende war, hielt ein Taxi vor dem Hotel. Ich öffnete die Tür, und heraus stieg Karl-Heinz. Er trug einen grau-braunen Mantel mit Pelzkragen. Er setzte sich eine Sonnenbrille auf und wärmte sich die Hände an meiner grellen Uniform.

»Sehr lustig«, sagte ich.

»Wenn du fertig bist, trinken wir einen«, sagte er. »Ich habe ein Geschenk für dich. Wir treffen uns in der Englischen Bar.«

Die Englische Bar war in einer Passage Unter den Linden. Nichts an ihr erinnerte an ein englisches Wirtshaus, aber Karl-Heinz glaubte, mir damit ein Vergnügen zu bereiten. Als ich eintrat, war er gerade beim Essen. Er hatte noch seinen Mantel an. Ich bestellte einen halben Liter Pilsner.

»Der Mantel gefällt mir«, sagte ich.

»Möchtest du etwas?« Er zeigte auf seinen Teller. »Ich bezahle.«

»Was ist es denn?«

»Geräucherter Schinken, in Champagner gekocht. Köstlich. Mit Rettichsoße.«

»Klingt verlockend, aber nein, danke. Was feiern wir?«

»Ich habe einen Job. Phantastisch. Bei Realismus-Film. A. E. Groth ist Regisseur. *Tagebuch einer Dirne.* Ich kriege ...« – er überlegte – »500 Dollar.«

»Bist du die Dirne?«

»Und ich habe ein Geschenk für dich.« Lächelnd reichte er

mir ein in Packpapier gehülltes Buch. »Es ist von demselben Kerl wie das in Weilburg. Du weißt – Rousseau.«

Ich las *Julie oder Die neue Héloïse* in zwei Tagen, und die Mühe, die es mich kostete, entsprach direkt meiner wachsenden Bestürzung und Enttäuschung. Nach der unvergesslichen, erhebenden Wirkung der *Bekenntnisse* waren die schwülstigen Phrasen, das weinerliche Gehabe und der endlose Wortschwall eine herbe Ernüchterung. Für einen Meilenstein in der Geschichte des künstlerischen Bemühens der Menschheit und als das Startsignal für alles, was wir unter Romantik verstehen, war das Buch ungemein schwer verdaulich.

Ich kann heute nicht recht erklären, warum ich damals bestimmte Dinge gemacht habe. Ich war erst sechsundzwanzig Jahre alt, aber der Krieg hatte mir ein Vielfaches der Erfahrungen beschert, die man sonst in einem ganzen Leben macht. Ständig stand ich kurz vor glänzenden Einfällen, jedenfalls hatte ich das Gefühl, und dieses Gefühl kann manchmal genauso wichtig sein wie die Einfälle. Warum habe ich dann, nachdem ich so auf das Buch reagiert hatte, beschlossen, einen Film daraus zu machen? Ich kann es ehrlich nicht erklären. Ich hielt es einfach für das Richtige, und deshalb tat ich es.

Ich schrieb das Drehbuch von *Julie* in siebzehn Tagen. Ich verlegte die Handlung in die Gegenwart, behielt aber den unkomplizierten Aufbau bei. Saint-Preux – empfindsam, melancholisch, impulsiv – ist Hauslehrer bei der schönen jungen blonden Julie, die in einem idyllischen Schloss lebt. Sie verlieben sich ineinander. Unabhängig voneinander schütten die beiden Julies Freundin Claire (lebhaft, dunkelhaarig) ihr Herz aus, und sie sorgt dafür, dass die beiden bald von ihrer gegenseitigen Leidenschaft erfahren. Von ihren Gefühlen überwältigt, gibt Julie sich Saint-Preux hin. Sie schlafen miteinander. Julie bekommt Gewissensbisse und Schuldgefühle. Sie zieht sich von Saint-Preux zurück und heiratet in ihrer Verzweiflung einen komischen alten Kauz namens Baron Wolmar (den ihr Vater ihr ursprünglich zugedacht hatte). Saint-Preux, voller Selbstmordgedanken, entflieht in den Sündenpfuhl. Trotz seiner Verzweiflung beschließt er, sich nicht das Leben zu nehmen, als er von Julie einen Brief erhält, in dem sie ihm versichert, sie sei zwar verheiratet, doch er werde stets ihrem Herzen nahe sein.

Wolmar – umsichtig, klug, ein Kenner der menschlichen Natur – weiß von Julies früherer Beziehung zu ihrem ehemaligen Hauslehrer und lädt Saint-Preux ein (dieser steht kurz vor einem Nervenzusammenbruch), bei ihnen in ihrem Haushalt zu leben. Es ist eine herzzerreißende, quälende Prüfung, doch Julie und Saint-Preux bleiben tugendhaft. Schließlich verkündet Baron Wolmar, er werde eine lange Reise antreten, und lässt die beiden allein zurück. Julie und Saint-Preux sind einer schrecklichen Zerreißprobe von Versuchung und Frustration ausgesetzt, doch Julie erliegt ihr nicht, sie bleibt treu. Tragischerweise fällt sie aber einem tödlichen Unfall zum Opfer. Auf dem Sterbebett gesteht sie Saint-Preux, sie habe ihn immer geliebt. Schnitt: das gramvolle Gesicht von Saint-Preux. Julie stirbt. Ende. Es war, glaube ich, eine gute Arbeit, und was die Handlung anging, so war sie nicht unmöglicher als die irgendeines anderen Stückes, das man damals drehte. Karl-Heinz fand das Drehbuch hinreißend und schlug vor, es bei der Realismus-Film vorzulegen. Ich hielt das für reine Zeitverschwendung, doch Karl-Heinz bestand darauf, dass einiges für seine Idee spreche. Er habe gerade eine Rolle im *Tagebuch einer Dirne;* Realismus habe ein bestimmtes Interesse an seiner Karriere, und er habe Zugang zum Chef des Unternehmens, Duric Lodokian. Ich war bereit, es auf einen Versuch ankommen zu lassen, und er nahm das Drehbuch mit.

Duric Lodokian war ein ungeheuer reicher Armenier, der im Jahr 1896, kurz nach Beginn der ersten türkischen Massaker und Pogrome an der armenischen Bevölkerung, aus seinem Heimatland nach Russland geflohen war. 1918, nach der Russischen

Revolution, war er erneut geflohen und gehörte zu den Ersten der Tausenden russischen Emigranten, die in Berlin Zuflucht fanden. Lodokian hatte sein Vermögen mit Nüssen gemacht. Sich selbst bezeichnete er mir gegenüber als »Nuss-Importeur«. Er sprach Russisch, Deutsch, Französisch und ein passables Englisch. Nach England habe er, sagte er, eine Menge Nüsse verkauft, aber nur von einer Sorte: Brasilnüsse. Hunderte von Tonnen von Brasilnüssen. »Was machen die mit Brasilnüssen?«, fragte er. Ich sagte, ich hätte keine Ahnung. Ich kann mir ein auf Nüssen begründetes Vermögen schwer vorstellen, aber das war Lodokians Machtbasis (»jedes Mal, wenn ich eine Pistazie aufmache, sage ich ›Dankeschön‹«, hat er mir einmal gesagt). Bei den wenigen Höhepunkten und den zahlreichen Tiefpunkten, die er mit seiner Filmleidenschaft erlebte, hielt das Geschäft mit den Nüssen ihn aufrecht. Die Realismus-Film-Verlags AG war identisch mit Duric Lodokian, und es wurden nur Filme gemacht, die der im Firmennamen angedeuteten Philosophie entsprachen. Sein größter Erfolg war 1920 ein Film über die Schrecken und Gefahren der Geschlechtskrankheiten mit dem Titel *Der Lohn der Sünde* gewesen, und ich denke, dass man das Programm von Lodokian und der Realismus AG treffend mit den Worten »Schonungslose Sozialkritik« charakterisieren kann. Im Berlin der zwanziger Jahre schwamm dieses Programm durchaus gegen den Strom, doch auf drei Misserfolge kam ein bescheidener Erfolg, der Lodokian in seinen Grundsätzen bestätigte und ihn weitermachen ließ. Es gab tatsächlich so etwas wie eine »Schule« des Realismus, die sich namentlich gegen die UFA-Filme wandte, die Expressionisten, die Bewegung der *Neuen Sachlichkeit* und all die anderen künstlerischen »Ismen« und Gruppierungen, die damals aufblühten. Zwei der regelmäßig für Realismus arbeitenden Regisseure waren Werner Hitzig und Egon Gast. Lodokian hatte gerade den berühmten schwedischen Regisseur A.E. Groth für sich gewonnen, und das Ergebnis war *Tagebuch einer Dirne.*

Lodokian war ein kleiner, eleganter, braunhaariger Mann

in den Sechzigern. Braun wie eine seiner Nüsse, dachte ich, als ich ihm in den Geschäftsräumen der Realismus AG an der Ecke Französische Straße und Friedrichstraße zum ersten Mal begegnete. Sein Gesicht und seine Hände waren mit Leberflecken übersät. Er rauchte eine russische Zigarette mit Pappmundstück, und die Hand, in der er sie hielt, zitterte leicht. Wenn er sprach, klang es wie durch eine Brandung von pfeifenden und gurgelnden Tönen hindurch, so als litte er an einem Emphysem. Hinter seinem Schreibtisch standen ein Rollstuhl und eine Sauerstoffflasche. Er machte mich zunächst mit seinem Sohn Aram bekannt, der neben ihm stand.

Aram, in meinem Alter, war ebenso klein und elegant wie sein Vater und neigte zur Dicklichkeit. Er hatte dunkle, leicht zusammengekniffene Augen und eine ausgeprägte Kinnspalte. Sein Kopf hatte durch die Pausbacken etwas von einem Globus. Wir schüttelten uns die Hände, und er lächelte. Es war ein strahlendes Lächeln. Charme entströmte ihm wie ein Parfüm. Seine Wirkung auf mich war genauso unmittelbar, wie es bei Karl-Heinz gewesen war. Bei beiden war es so, dass man sie sofort mochte, und was wichtiger war, man wünschte, dass sie einen ebenfalls mochten. Nur gab es bei Aram Lodokian eine geringfügige Begleiterscheinung. Etwa eine Minute, nachdem ich seinem Charme erlegen war, kam mir ein kurzer Zweifel, ob ich auch gut daran tat. Nur ein flüchtiger Augenblick, dann war es vorbei. Bei Karl-Heinz hatte es, auch wenn er in mancher Hinsicht sehr zwielichtig war, diesen Nachgeschmack nicht gegeben.

Ich setzte mich.

»Was wissen Sie über mein Land?«, wollte Lodokian wissen.

Ich beschloss, ehrlich zu sein. »Absolut nichts.«

Unter ungeheuren Anstrengungen erhob er sich, schlurfte mühsam zum Fenster und winkte mich zu sich. Wir schauten auf die Menschenmassen in der Friedrichstraße hinunter.

»Meinen Sie, die wissen etwas von den zwei Millionen? Natürlich nicht.«

»Was für zwei Millionen?«

»Die zwei Millionen Armenier, die 1915 von den Türken umgebracht wurden. Der größte Völkermord der Weltgeschichte.«

Ich wusste nicht, was ich sagen sollte.

»Keiner will die Wahrheit wissen. Deshalb mache ich diese Filme.«

Er legte seine fleckigen Hände aneinander und schwenkte sie mit einer seltsamen Geste vor meiner Nase. Das tat er immer, wenn er etwas betonen wollte.

»Wenden Sie sich nicht von der Realität ab«, sagte er beschwörend. »Lassen Sie die Menschen nicht zu viel träumen. Es ist gefährlich.«

Eine Zeile aus einem modernen Gedicht kam mir in den Sinn. »Die menschliche Natur kann zu viel Realität nicht ertragen«, zitierte ich falsch.

»Es ist die einzige Medizin«, sagte er. »Die einzige Medizin.«

Wieder wusste ich nichts zu sagen.

Er brauchte zwei Minuten, um wieder seinen Stuhl zu erreichen, wo er sich eine weitere Zigarette ansteckte.

»Deshalb gefällt mir Ihr Drehbuch«, sagte er zu meiner Verblüffung. »Sehr gute Philosophie, Jean-Jacques Rousseau. Das ist genau das Richtige für Realismus. Sprechen Sie mit Aram, er macht die Verträge.«

Ich fühlte, wie es in meinem Körper zu schäumen begann – mein Blut verwandelte sich in Selterswasser. Ich schüttelte dem alten Mann die Hand, und dann führte mich Aram Lodokian in ein anderes Büro. Wir haben dann wohl über Verträge gesprochen. Ich weiß noch, dass Aram mir ein Honorar von 10 000 Dollar vorschlug. Er sagte, wegen der Inflation zahlten sie in Dollars. Er lächelte entschuldigend. Ich versprach, für den Nachmittag einen Anwalt aufzutreiben. Er ließ Kaffee und Kuchen bringen und bot mir eine russische Zigarette an. Sein Charme und sein Lächeln umhüllten mich wie ein Schal.

»Haben Sie schon an die Besetzung gedacht?«, sagte er und

beugte sich vor, um mir Feuer zu geben. Sein Englisch war perfekt und akzentfrei, und gerade deshalb kam es mir irgendwie umso fremder vor. Er setzte sich wieder und fuhr mit dem Knöchel seines Zeigefingers in der Kinnspalte auf und ab. Das tat er oft. Plötzlich kam mir der Gedanke, die Furche könnte sich durch die ständige Reibung eingegraben haben.

»Hm, Karl-Heinz Kornfeld für den Saint-Preux.«

»Ausgezeichnet! Und was halten Sie von Monika Alt für die Julie?«

»Denkbar ...«

»Oder Lola Templin-Tavel?«

Wir plauderten noch eine Weile und genossen dieses Phantasiestadium des Filmprojekts, in dem absolut alles möglich ist. Beim Hinausgehen fragte ich, ob er mir auf das Honorar einen Vorschuss von 500 Dollar geben könne. Ohne zu zögern stellte er einen Scheck aus. Ich ging direkt auf ein Postamt und schickte Sonia ein Telegramm: GELD UNTERWEGS STOP KOMME SCHNELLSTENS NACH BERLIN GRUSS JOHN JAMES.

Ich kann mir immer noch nicht recht erklären, warum Duric Lodokian in *Julie* einen Film sah, der in sein Realismus-Programm passte. Heute glaube ich, dass Aram mehr Einfluss hatte, als er zugab. Damals stritt er das ab und behauptete, es läge sowohl am Namen Rousseau als auch daran, dass ich aus dem extrem langen Buch ein verhältnismäßig kurzes Drehbuch gemacht hatte. Sein Vater sei sehr beeindruckt gewesen, dass es mir gelungen sei, aus einem so zähen Stoff eine Story zu machen.

»Es gibt Narren«, sagte er, »die tatsächlich meinen, auf die Story komme es nicht an. Aber eine gute Story stellt *alle* zufrieden. Eine schöne Beleuchtung, ein schöner Szenenaufbau, schöne Kostüme, eine ausgefallene Kameraarbeit und ein intensiver Stil, das ist etwas für einen erlesenen Zirkel.« Ich gab ihm halbherzig recht. Doch woran es auch immer lag, dass *Julie* angenommen worden war – ich wusste jetzt, dass ich auf dem richtigen Weg war. Endlich zeichnete sich deutlich die vor mir liegende Strecke ab. Und außerdem finde ich es sinnlos, allzu lange über Gründe nachzugrübeln. Den Gang der Ereignisse können wir im Grunde nicht beeinflussen. Was wissen wir denn schon über den Zusammenhang von Ursache und Wirkung? Die Kugel, die die Zähne von Somerville-Start zerschmetterte – warum traf sie nicht mich? Warum hat Karl-Heinz mir die Postkarte geschickt? Man könnte noch weiter fragen. Man braucht nur ein bisschen zu überlegen, um zu erkennen, dass die sogenannte »Gesetzmäßigkeit« eines Lebens nichts anderes ist als eine Ansammlung von Zufällen. Wir meinen, Glück und Pech unterscheiden zu können, wenn es uns trifft, aber in Wirklichkeit ist *alles* Glücksache. So gesehen, war der Realismus-Vertrag überhaupt kein Zufall.

Ich besorgte einen Rechtsanwalt, die Dokumente wurden aufgesetzt und unterzeichnet, und die Hälfte meines Honorars wurde auf ein neu eröffnetes Bankkonto überwiesen. Plötzlich war ich wieder wohlhabend. Ich begann, mich nach einer möblierten Unterkunft für mich und meine Familie umzuschauen, und ich bezog ein Büro in den Realismus-Studios in der Nähe des riesigen Gaswerks am Grunewald.

Ich fand eine möblierte Wohnung am Rudolfplatz, von der Stralauer Allee nur ein paar Straßen entfernt. Es widerstrebte mir irgendwie, in einen anderen Bezirk zu ziehen, und Karl-Heinz ging es ebenso. Am Abend vor meinem Auszug (Sonia und die Kinder sollten in etwa einer Woche kommen) gab es ein letztes festliches Essen. Ich gab Frau Mittenklott zusätzlich Geld und sie bereitete ein riesiges Essen, das sogar Georg den Atem verschlug. Es gab Grünkernsuppe, in Essig marinierten Karpfen mit Meerrettichsoße, gedünsteten Hammel mit Paprika und heißen Schokoladenpudding. Es war ein angenehmer Abend in dieser warmen, miefigen Wohnung, umgeben vom Summen der Insekten, und wir tranken alle viel zu viel. Ich versprach Georg, dass in keinem Film jemals so viele Insekten eingesetzt würden wie in *Julie*. Es war ein großartiger Abend. Und ein prophetischer Abend. Zum ersten Mal registrierte ich, wie viel Karl-Heinz trank – bei dieser Gelegenheit zum Abschluss drei Wassergläser Kognak. Und dann sprachen wir über die Besetzung der *Julie*. Ich sagte, im Augenblick hätte Monika Alt die größten Aussichten. Karl-Heinz verzog das Gesicht.

»Ich kann mir schon vorstellen, dass sie gut ist«, sagte er, »aber bevor du ihr die Rolle gibst, solltest du noch jemand sehen.«

»Wen?«

»Doon Bogan.«

Doon Bogan, Doon Bogan. Selbst heute noch fällt es mir schwer, den Namen richtig zu schreiben.

Villa Luxe 18. Juni 1972

Der alte Bus, mit dem wir aus der Stadt kommen, setzt uns bei dem Nonnenkloster am Dorfrand ab. Heute war keine Post für mich da – die Fahrt war praktisch umsonst. Ich gehe durch das Dorf auf den Pfad zu, der zu meiner Villa führt. Als ich an der Kirche vorbeikomme, tritt Ulrike, das deutsche Mädchen, aus dem Schatten eines der massiven Strebepfeiler.

»Mr. Todd?«

»Was? … Hallo! Verzeihung, Sie haben mich erschreckt.«

»Darf ich Ihnen einen Drink anbieten?«

»Eigentlich bin ich ein bisschen …«

»Bitte, ich möchte Sie etwas fragen.«

Wir gehen zu Ernestos Bar. Es ist erstaunlich, aber er ist wirklich da, ich höre, wie er in der Küche seine Mutter anschnauzt. Wir sitzen auf der Terrasse, und Feliz bringt uns zwei Bier. Es ist jetzt angenehm, die Tageshitze ist vorüber, vom öffentlichen Strand schleppen sich rot gebrannte Badegäste herauf, und bald werden die ersten Fledermäuse zwischen den Pinien umherschwirren. Ich proste Ulrike zu. Ohne ihre Brille und mit der gleichmäßigen Bräunung, die sie inzwischen angenommen hat, ist sie wirklich recht hübsch.

»Mr. Todd, haben Sie früher Filme gemacht?«

Fast hätte ich es verneint. »Woher wissen Sie das? Ja, das stimmt.«

»Ich wusste es!« Sie strahlte.

Ihr Freund, so erklärte sie mir, sei Lehrbeauftragter an der Universität München und befasse sich sehr intensiv mit Filmforschung.

»Als Sie mir Ihren Namen nannten, kam es mir vor, als hätte ich ihn schon einmal gehört. Ich habe meinem Freund von Ihnen geschrieben. Gestern kam sein Brief.« Sie schaute mich aufmerksam an. »Er sagte, Sie seien sehr berühmt.«

»Ich war es vielleicht. Vor vierzig Jahren.«

Dann erzählte sie mir, ihr Freund bereite ein Filmfestival in Berlin vor. Eine Retrospektive: Stummfilme des deutschen Kinos. Sie entfaltete ein Blatt Papier.

»Er möchte, dass ich Ihnen ein paar Fragen stelle. Darf ich?«

»Schießen Sie los.«

»Schön. Frage Nr. 1: Wissen Sie etwas über den Verbleib eines Filmstars namens Doon Bogan?«

Leidenschaften

Ich wusste, von wem Karl-Heinz sprach. Doon Bogan war ein amerikanischer Filmstar, und sie war in Deutschland ungeheuer populär durch den unwahrscheinlichen Erfolg eines unwahrscheinlichen Films mit dem Titel *Mephistophela,* den Alexander Mavrocordato 1922 gedreht hatte, eine Version des *Faust,* in der – jawohl – Mephistopheles eine Frau war. Doon trug in dem ganzen Film nur Schwarz. Ihr Gesicht war kalkweiß, mit tief liegenden Augen und bleichen Lippen, und war ständig von einer eng anliegenden schwarzen Kapuze umrahmt. Sie war die ideale Verkörperung von Schicksal, Sex und Tod, und der ganze, in einem etwas schwerfälligen expressionistischen Stil gehaltene Film war bedrückend und grell und auf eine wirre Art stark. Doon Bogan wurde berühmt, heiratete ihren Regisseur Alexander Mavrocordato, ließ sich ein Jahr später von ihm scheiden und blieb in Berlin, wo sie weitere erfolgreiche Filme mit Leuten wie Pabst, Murnau und Kluge machte. Ich fragte Aram, was er von Karl-Heinz' Idee hielte. Er war fasziniert und schlug vor, wir sollten sie aufsuchen und bei ihr vorfühlen. Einschränkend meinte er nur, die Kosten für *Julie* würden beträchtlich steigen, wenn sie die Rolle übernehmen sollte.

Wir schickten ihr das Drehbuch und verabredeten ein Essen im Hotel Adlon oder Metropol. Vielleicht war es auch das Bristol … Wie dieser Tag im Einzelnen ablief, ist mir nicht mehr genau in Erinnerung. Ich weiß noch, dass ich durch die dünnen Sohlen meiner teuren neuen Schuhe den weichen Flor des kastanienbrauen Teppichs in der Hotelbar spürte. Drinnen in der luxuriösen Bar war es dämmrig. Draußen war es trübe. Dicke, regenschwere Wolken hingen über der Stadt, und ein nervöser, böiger Wind zerrte an den Mänteln und Röcken der Passagiere, die gegenüber aus dem Bahnhof Friedrichstraße kamen (es muss doch wohl das Hotel Metropol gewesen sein). Ich war früh da, weil ich vorher noch wegen irgendeiner bürokratischen Schwierigkeit mit den Fahrkarten für Sonia und die Kinder bei einem Reisebüro gewesen war. Ich hatte mich mit dem Angestellten herumgeschlagen, aber es war nichts dabei herausgekommen, und verärgert ging ich direkt in die Hotelbar auf einen Drink. Nachdem ich einen großen Gin Tonic bestellt hatte, beruhigte ich mich etwas.

In einem Ledersessel saß eine Blondine im jadegrünen Kleid und musterte mich. Ihre blassblonden, elfenbeinfarbenen Haare waren kurz geschnitten und liefen vorn in einen scharfkantigen Pony. Ein breiter Mund, dünne, aber wohlgeformte rote Lippen, eine schmale, leicht hakenförmige Nase. Ich hatte sie doch schon irgendwo gesehen … Sie stand auf. Sie war hochgewachsen und selbst in den flachen, ballettschuhähnlichen Pumps, die sie an ihren langen, ein wenig breiten Füßen trug, war sie so groß wie ich. Sie kam zu mir herüber und bewegte sich dabei mit einer eigentümlichen Eleganz, mit großen Schritten, wie eine muskulöse, aber schlanke Meisterschwimmerin, mit einer robbenartigen Geschmeidigkeit.

»Mr. Todd?«

Ich bejahte. Ich musste zu ihr aufschauen – ein komisches Gefühl.

»Ich bin Doon Bogan.«

Wir gaben uns die Hand. Meine Handfläche war plötzlich feucht. Nur kurz spürte ich ihre trockenen Finger, den knöchelartigen Druck eines großen Rings.

»Ich bitte um Verzeihung. Ich wusste nicht … Ich dachte, Sie hätten schwarzes« – ich musste mich plötzlich räuspern – »schwarzes Haar.«

»Das stimmt. Aber Julie ist doch blond, nicht wahr?«

In diesem Augenblick kam Aram Lodokian. Alex Mavrocordato, ihr »Berater«, einige Minuten später.

Wir gingen mittagessen, und diese Zeit reichte aus, um mich bedenkenlos und rettungslos in sie zu verlieben. Mein körperliches Verlangen war glühend heftig, aber rasch war ich ihr auch seelisch verfallen. Ich glaube, es war ihr Lachen. Es war ein sorgloses, tiefes, sich steigerndes Lachen. Bei manchen wirkt diese Unbekümmertheit nur albern. Bei Doon schien sie mir jedoch auf eine großzügige, freimütige Haltung hinzudeuten. Ihr Lachen war ein Geschenk für andere, es tat einem wohl – jedenfalls empfand ich es so in meinem neuen phantastischen Zustand.

Wir tranken, wir aßen. Ich war nur eine leere Hülse, ich fühlte mich schwerelos. Ich stocherte in meinem Essen herum, aber ich trank so viel, dass Aram zusätzlich zwei Flaschen Wein bestellen musste.

Nachdem sie gegangen waren, saßen Aram und ich bei Kaffee und Zigarren im Rauchsalon des Metropol. Meine Kehle war ausgedörrt, und ich hatte jämmerliche Kopfschmerzen.

»Mein Gott, du hast gesoffen wie ein Loch«, sagte Aram.

»Sie spielt die Julie«, sagte ich heiser. Meine Zigarre schmeckte ekelhaft.

»Wir können nicht fünfundzwanzig zahlen. Es ist wahnsinnig. Zwanzig, vielleicht. Mehr nicht.«

»Ich kann den Film nur mit ihr machen.«

Aram blickte mich spöttisch an. Er trug einen blauen Anzug mit einem aquamarinblauen, metallischen Schimmer. Was Kleider betraf, hatte er einen kostspieligen schlechten Geschmack.

»Du kannst fünftausend von meinem Honorar abziehen«, sagte ich. »Du kannst es mir als Prämie wiedergeben, wenn wir rechtzeitig fertig werden.«

»Bist du noch ganz bei Trost?«

»Ich habe es noch nie so ernst gemeint.«

»Keine so schlechte Idee.« Er lächelte. »Es wird dich mächtig anspornen.«

Aram mochte mich, aber er war nicht dumm. Er sparte fünftausend und bekam Doon Bogan. Er sagte mir, er sei beeindruckt von meiner künstlerischen Integrität. Ich nahm das Kompliment an.

Kennen Sie das Gefühl? Wenn Sie jemand kennenlernen, und Sie *wissen* es? Auf einmal fühlt man sich hohl, entleert, so als ob die Lungen, das Herz und die Eingeweide nicht mehr da wären, und die Rippen scheinen zu knarren, wie Fassdauben bei überhöhtem Druck. Andeutungsweise hatte ich das, was ich jetzt fühlte, vorher bei Faye Hobhouse, bei Dagmar, ja sogar bei Huguette empfunden. Es hat wohl etwas mit Angst zu tun, einer Angst vor der Impotenz – nicht der sexuellen, sondern dass einem die Kraft oder die Fähigkeit fehlen könnte, das Objekt der leidenschaftlichen Begierde für sich zu gewinnen. Man ist von der Furcht besessen, dass die Chance nie wiederkommen wird, dass der richtige Moment für immer vorbei ist.

Ich saß mit Aram herum, leer und ausgehöhlt von dieser Furcht.

»Reg dich ab«, sagte Aram und klopfte mir aufs Knie. »Ach ja, ich habe es vergessen. Dies ist für dich im Studio eingetroffen.«

Es war ein Telegramm von Sonia: Sie und die Kinder kämen in vier Tagen …

Plötzlich empfand ich eine Übelkeit. Einen inneren Überdruss, eine fast hoffnungslose Verzweiflung.

Ich sah Doon noch einmal, bevor Sonia eintraf. In den Geschäftsräumen der Realismus-Film, wo wir uns trafen, um die Verträge zu unterschreiben. Karl-Heinz war da, und auch, zu meinem Verdruss, Mavrocordato. Er war vorzeitig ergraut, und mit seinen breiten Schultern und seiner fleischigen Figur war er eine stattliche Erscheinung. Anscheinend lebte Doon mit Unterbrechungen weiterhin mit ihm zusammen und benutzte ihn als eine Art inoffiziellen Manager. Aram fuhr seinen Vater im Rollstuhl aus dessen Büro herbei. Champagner wurde aufgemacht, und wir tranken auf den Erfolg von *Julie*.

Ich hatte an diesem Tag einen verdorbenen Magen und spürte die sauren Blasen des Champagners in meiner ganzen Speiseröhre. Es schien, als müsse meinen Begegnungen mit Doon immer etwas Körperliches beigemengt sein. Ich litt unter verworrenen Empfindungen und Gefühlen: Ein Brennen im realen und im übertragenen Sinne; einen säuerlichen Abscheu vor dem bärenhaften Mavrocordato; eine flüchtige, stolze Hochstimmung wegen *Julie.* Und eine hartnäckige Unruhe wegen der bevorstehenden Ankunft meiner Frau und meiner Kinder.

Unter all dem Geschnatter und den Trinksprüchen winkte Duric Lodokian mich zu seinem Rollstuhl heran und ergriff meine Hand. Er zog mich zu sich herunter, sodass mein Ohr an seinem verrauchten Mund lag.

»Ein phantastisches Mädchen«, sagte er hustend. »Einmal möchte ich sie haben, bevor ich sterbe.«

»Ich auch«, sagte ich und schlug mir an die glühende Brust. »Ich auch.«

»Ich liebe Doon Bogan. Ich liebe Doon Bogan« war der unpassende Refrain, der in meinem Kopf hämmerte, als ich Sonia, Frau Shorrold und meine beiden Kinder über den Bahnsteig auf mich zukommen sah. Mit meiner Schwiegermutter hatte ich nicht gerechnet, aber es war ja eigentlich klar, dass Sonia die Reise allein nicht bewältigt hätte. Ich versuchte, mir das Bild von Doon aus dem Kopf zu schlagen, als ich meine Frau küsste. Sonia trug ein austernfarbenes Kostüm und wirkte so hübsch wie immer, wenn auch ein bisschen müde. Vincent schreckte ängstlich vor mir zurück, so als sei ich ein bedrohlicher Fremdling. Frau Shorrold trug Hereford auf dem Arm. Er wirkte dick und vergnügt und schüttelte mir energisch seine Faust entgegen, zum Gruß, wie ich hoffte. Er muss drei Monate alt gewesen sein. Ich kümmerte mich um das Gepäck und besorgte zwei Taxis, die uns zum Rudolfplatz bringen sollten. Es war ein sonniger Tag, und während der Fahrt durch die Stadtmitte machte ich auf dies und jenes aufmerksam. Sonia war sichtlich beeindruckt. Berlin wirkte aufgeräumt und weltstädtisch. Als wir jedoch erneut die Spree überquerten und die Stralauer Straße in Richtung der Wohnung entlangfuhren, machte Sonia ein langes Gesicht. Die prächtigen Gebäude wichen eintönigen Wohnquartieren. Dann und wann erhaschten wir rechts einen Blick auf den Fluss, auf dem die Schleppkähne ein wirres Durcheinander bildeten, und auf die Hafenanlagen, wo sich neben Stein- und Sandhaufen Säcke und Gemüsekisten stapelten.

»Wieso wohnen wir hier?«, fragte Sonia mit klagender Stimme, als wir am Rudolfplatz ausstiegen.

»Es ist sehr billig«, sagte ich.

»Aber sagtest du nicht, wir seien gut situiert?«

»Sind wir auch.« Ich versuchte, mir meine Verärgerung nicht anmerken zu lassen. »Wir ziehen um, sei unbesorgt, morgen ziehen wir um.«

»Du brauchst dich nicht über mich lustig zu machen, Johnny.«

Ich war mir bewusst, dass die Wohnung in ihren Augen manches zu wünschen übrig ließ. Ich war kein Innenausstatter, doch zumindest hatte ich Frau Mittenklott gebeten, zweimal in der Woche vorbeizuschauen, um ein bisschen Ordnung zu machen und zu kochen, soweit ihre Pflichten gegenüber Georg Pfau es zuließen. Das Unbefriedigende unseres Wiedersehens wurde noch dadurch gesteigert, dass ich in der Nacht außer Stande war, mit Sonia zu schlafen. Schuldgefühle wegen Doon verhinderten eine Erektion.

»Was ist los?«, fragte Sonia freundlich. Sie war immer so rücksichtsvoll.

»Ich weiß es nicht … Ich bin wohl übermüdet. Zu viel Arbeit. Der Film …« Ich plapperte weiter, flüchtete mich in einen Monolog, und bald war Sonia eingeschlafen.

Und bald kamen am Rudolfplatz eine Alltagsroutine und ein scheinbares Familienleben auf, erleichtert und erträglich gemacht – zumindest für Sonia – durch den Umstand, dass eine gewisse Summe auf der Bank lag. Ein Kindermädchen wurde angestellt, das sich um die Jungen kümmerte, und Sonia machte sich mit ihrer Mutter emsig daran, Vorhänge, Teppiche, Möbel und all die tausend Kleinigkeiten zu besorgen, die zu einem richtigen Haushalt gehören und die ich nicht hatte beschaffen können. An den Wochenenden gingen wir am Wannsee baden, machten ein Picknick im Grunewald oder fuhren mit dem Dampfer nach Potsdam. In Berlin gab es damals eine ansehnliche Kolonie britischer Filmleute, wegen der beträchtlichen Zahl deutsch-englischer Koproduktionen, und Sonia entdeckte unter den Mädchen, die in den Studios arbeiteten, einige Bekannte. Sogar Vincent Shorrold kam für einen Monat herüber. Auf einmal war mein früherer Lebensrahmen wieder da, was mich nach den Monaten des Junggesellenlebens und der Freiheit beunruhigte. Ich konzentrierte mich auf meinen Film.

Der Juli verstrich, der August, und Karl-Heinz war noch immer nicht mit dem *Tagebuch einer Dirne* fertig (A. E. Groth war als pedantisch verschrien und ließ sich nicht drängen). In der Zwischenzeit taten sich all die unzähligen praktischen Probleme der Dreharbeit auf, deren Lösung einige Mühe kostete. Nachdem wir bei Arneburg an der Elbe das ideale Schloss für unsere Aufnahmen gefunden hatten, mussten wir es wieder aufgeben, als der Besitzer seine Geldforderung verdoppelte. Wir fanden ein anderes Schloss. Nachdem eine riesige Nachbildung der Pariser Skyline (für den Blick aus Saint-Preux' Mansarde) fertig war, wurde sie bei einem mittleren Brand in den Grunewald-Studios zerstört. Monika Alt, für die Rolle der Claire vorgesehen, hatte erst eine Fehlgeburt und dann einen Nervenzusammenbruch und wurde ersetzt durch Lola Templin-Tavel. Und so weiter, und so weiter.

All die kleinen Erschwernisse zermürbten mich zusehends. Aram Lodokian konnte sich nur begrenzt mit Julie befassen, da die Leitung der Realismus-Film ihn ganz in Anspruch nahm (dem alten Duric ging es offenbar immer schlechter).

Ich schlug vor, einen Koproduzenten anzustellen, und Aram war einverstanden. Ich schrieb an Leo Druce in London und bot ihm den Job an. Leo verkaufte seinen Autoverleih und war Ende August in Berlin. Damit war das alte Gespann wieder zusammen.

Leos Dankbarkeit war fast peinlich. »Du hilfst mir immer wieder aus der Verlegenheit«, sagte er. Ich erwiderte, dass er *mir* einen Gefallen täte, und es zeigte sich tatsächlich, dass seine Anwesenheit von unschätzbarem Wert war. Bald konnte ich mich wieder etwas freier bewegen, und unter dem Vorwand, dass das Drehbuch überarbeitet werden müsse, begab ich mich zu Doon Bogan.

Sie lebte im Westend, an der Schlüterstraße, einer Seitenstraße des Kurfürstendamms, nicht weit vom Café Palmenhaus entfernt. Ihre Wohnung war eng und vollgestopft, und von einem Versuch, sie hübsch zu machen oder einzurichten, war nichts zu bemerken. Die Dinge, an denen man ablesen konnte, dass sie reich und berühmt war – ein Stutzflügel aus Walnuss, auf dem etliche silbergerahmte Fotos herumstanden, und ein langes, rechtwinkliges Sofa aus Chrom und Leder –, standen in deutlichem Kontrast zu ihrer Schlampigkeit. Auf einer Sessellehne häufte sich ein halbes Dutzend Kleider. Im Flur stapelten sich, wenn mich mein Eindruck nicht täuschte, politische Flugschriften.

Sie führte mich ins Wohnzimmer. Über Hemd und Krawatte trug sie eine kobaltblaue Strickjacke. An ihrem Rock aus Seidenkrepp war hinten der Saum aufgegangen. Sie hatte ihre flachen Lederschuhe an, die sie, wie ich noch erfahren sollte, ständig trug. Doon war eine Frau, der es nicht an Selbstbewusstsein fehlte, doch wegen ihrer Größe war sie merkwürdig gehemmt. Was sich mir eingeprägt hat, ist die Erleichterung, mit der sie sich, wenn sie in ein Zimmer kam, in einen Sessel fallen ließ, so als sei sie stundenlang gelaufen. Wenn sie, etwa auf einem Empfang oder bei einer Cocktailparty, stehen musste, suchte sie immer geradewegs einen Pfeiler oder eine

Wand auf, um sich anzulehnen. Das geschah nicht aus Höflichkeit, mit Rücksicht auf Männer, die kleiner waren als sie; bei Mavrocordato, der größer war als sie, machte sie es auch.

Jetzt setzte sie sich prompt auf das Ledersofa und steckte sich eine Zigarette an. Ich machte ihr die üblichen, unaufrichtigen Komplimente wegen ihrer Wohnung. Über dem Kamin hing ein unscharfes Foto von einer Frau mit markanten Gesichtszügen, deren dunkle Haare altmodisch hochgesteckt waren.

»Ihre Mutter?«, fragte ich.

»Rosa Luxemburg.«

»Rosa wer?«

»Mein Gott!« Sie schien erstaunt zu sein. »Haben Sie nicht von ihr gehört?«

»Nein, wer ist sie?«

»Diese verdammten Freikorpsleute haben sie ermordet. 1919.«

»Oh … Politik.« Ich erinnerte mich, dass es damals einen fehlgeschlagenen kommunistischen Umsturzversuch gegeben hatte. Ich nahm eine Zigarette aus der mit Einlegearbeit verzierten Schachtel auf dem Tisch.

»Darf ich um Feuer bitten?«

»Was meinen Sie mit ›oh … Politik‹? Interessieren Sie sich nicht für Politik?«

»Eigentlich nicht.« Ich zielte mit meiner brennenden Zigarette auf sie. »Politik ist Eigennutz, verhüllt durch Phrasen.« So etwas hatte Karl-Heinz einmal gesagt. Ich fand, es klang nicht schlecht.

»Das kann doch nicht Ihr Ernst sein.« Ihre Stimme klang gepresst und ernst, und plötzlich drang ihr amerikanischer Akzent deutlich durch. Ich spürte, dass ich im Begriff war, einen unwiderruflichen Fehler zu machen.

»Natürlich nicht.« Ich zwang mich zu einem Lächeln. »Es war nur ein Scherz. Ich ziehe gern die Leute auf.«

Zweifelnd schaute sie mich an.

»Ich gebe zu, ich bin ein Zyniker«, fuhr ich fort, verzweifelter als ich – hoffentlich – ausgesehen habe. »Aber ich mache Ausnahmen.« Ich nickte zu dem Foto hinüber. »Bei Leuten wie Rosa zum Beispiel.«

Ich hielt den Atem an. Sie entspannte sich.

»Bestimmt hat Alex Sie dazu angestiftet. Hat er Ihnen nicht gesagt, dass Sie mich damit auf die Palme bringen können?«

»Was für ein Alex?«

»Mavrocordato. Er kann es nicht ertragen, dass ich Kommunistin bin. Dieser Schwachkopf.«

»Nein, wirklich, es war meine Idee. Ein blöder Einfall von mir.« Ich machte eine beschwichtigende Handbewegung. Ich musste mich hinsetzen, mein ganzes linkes Bein zitterte, ich weiß nicht warum. Was zum Teufel war in mich gefahren? Warum hatte mich niemand gewarnt? Die ganze Wohnung war voll von Büchern, die jetzt etwas Gewichtiges, Ernstes, Linkes hatten …

Ich wechselte das Thema, und wir sprachen über das Drehbuch und die Rolle von Julie. Sie sagte mit vollem Ernst, sie sei scharf auf die Rolle, weil sie am Begriff der Tugend interessiert sei, und sie sei es leid, »Huren und Dirnen« zu spielen. Das Gespräch zog sich hin. Sie war intelligent und hatte sich eine Menge Gedanken über den Film gemacht. Der Abend rückte näher, und in der Wohnung wurde es dämmrig. Schließlich stand sie auf und machte das Licht an.

»Möchten Sie einen Drink, John?« Zum ersten Mal hatte sie meinen Namen genannt. In meiner Brust setzte das altvertraute Pochen ein.

»Wie soll ich Sie nennen, John oder James?«

»Das liegt ganz bei Ihnen.«

»Wie finden Sie James? Oder Jamie?«

»*Hrrrm*. Hah! … Verzeihung. Ja, sehr schön.«

»Gut, Jamie, wie war das mit dem Drink?«

»Gin und Wasser, bitte.«

»Du lieber Gott!«

(Warum habe ich diesen Drink damals getrunken? Es war nur Getue, aber er war stark.) Sie ging in ein anderes Zimmer, um die Getränke zu holen. Lange Schritte, der Rock, der um die Waden wirbelt. Das Rascheln ihrer Lederschuhe auf dem Parkettfußboden. Oben auf dem Kopf bemerkte ich eine kleine Stelle, wo unter der blonden Färbung die dunklen Haare nachgewachsen waren. Auf einmal war mir klar, warum sie in Europa ein so großer Star war: Sie war anders als die europäischen Frauen, zumindest wurde sie anders wahrgenommen. Sie kam aus der Neuen Welt und ließ sich von der Alten nicht beeindrucken. Man konnte nicht sagen, was es war, aber dieser berückende Eindruck des Andersseins schien sie wie eine Folie zu umgeben.

Sie reichte mir das Glas. Ich trank es in einem Zug aus. Sie stand unter der Lampe, und ihr elfenbeinfarbenes Haar schimmerte orange. Ihre schmale Hakennase warf einen dunklen Schatten über ihr Gesicht.

»Hat Alex Sie wirklich nicht zu diesem Scherz mit Rosa angestiftet?«

»Bestimmt nicht. Ich habe ihn seit der Vertragsunterzeichnung nicht gesehen.«

»Es hätte ihm ähnlich gesehen …«

Pause.

»Sind Sie und er …? Nicht, dass es mich etwas angeht. Aber ich …«

Es war mein zweiter Fehler. Sie blickte mich scharf an. Sie hatte gespürt – davon bin ich überzeugt –, dass die heißen, feuchten Fangarme meiner Begierde sich an sie herantasteten, an ihrem Rock fummelten.

»Wieso? Was geht Sie das an?«

»Nichts … Aber ich bin nun einmal sehr neugierig.«

Sie schluckte es.

»Zwischen Alex und mir ist es mal so, mal so … Alex und ich? Mehr kann ich dazu nicht sagen.«

Kurz darauf ging ich. Ich spürte einen reißenden Schmerz

in der Brust. Ich ging den Kurfürstendamm hinunter, vorbei an den hellerleuchteten Geschäften und den funkelnden Cafés, den neonbeleuchteten Kinos, den eleganten, überladenen Häuserreihen. Der Schmerz wollte nicht vergehen. Ich weiß, woher er rührte: aus einer Mischung von heftigem Verlangen und der traurigen Überzeugung, dass gerade dieses Verlangen mein Leben, oder sagen wir, die meisten Dinge, die mich betrafen, verändern, verletzen oder zerstören würde.

Ich ging in ein Café, bestellte ein Getränk, ging dann auf das WC und masturbierte in mein Taschentuch. Das hatte den gewünschten Effekt, diese quälenden Gefühle und diese quälenden Befürchtungen zu zerstreuen. Danach fühlte ich mich nur noch deprimiert und elend. Ich winkte ein Taxi herbei und fuhr heim zu Frau und Familie.

Immer wieder bemühte ich mich tapfer, Doon zu vergessen. Genauer gesagt, denn ich würde sie ja bald jeden Tag sehen: Ich bemühte mich, dem unbarmherzigen Drang meiner Gefühle eine andere Richtung zu geben. Es nützte nichts. Wenn man jemanden liebt und nach jemandem verlangt, erliegt man einer heimtückischen Kraft, gegen die man sich nicht wehren kann. Nicht nur selbst wird man zu ihrem Opfer, sie wendet sich auch gegen andere, die nichts mit ihrem Wirken zu tun haben. Wie zum Beispiel Sonia. Früher hatte ich sie wirklich anziehend gefunden, aber jetzt verdampfte dieser Reiz langsam wie eine Pfütze in der Sonne. Ihre schlichte Eleganz, ihr gerader Scheitel, ihre Breithüftigkeit – das alles wurde jetzt zu einem Ärgernis, zu einem Makel.

Ich denke an einen Tag im August zurück. Wir waren an den Wannsee gefahren, zu dem großen Strand. Ich, Sonia, Vincent und Noreen Shorrold, Vincent junior und der kleine Hereford. Der Strand war voll von rosigen und braungebrannten Berlinern. Ich saß in Badeanzug und Bademantel da und trank unablässig kühlen Weißwein aus einem Bakelitbecher. Mein Sohn Vincent (er war dunkelhaarig wie ich, sah aber ganz wie ein Shorrold aus) saß zwischen seinen Großeltern. Sonia kniete über Hereford, eine Sicherheitsnadel im Mund, und war damit beschäftigt, ihn abzuwischen und sauber zu machen (ich kenne kein Kind, das sich so vollgepinkelt und vollgeschissen hat wie er: Er hatte einen vandalischen Drang, saubere Sachen zu beschmutzen, dieser Hereford). Ich spürte und begrüßte geradezu – in einer solchen Verfassung war ich – die Vorboten der Kopfschmerzen, die sich langsam an mich heranschlichen. Ich machte den schwachen Versuch, mich in eine Stimmung der Selbstzufriedenheit zu versetzen, mir selbst zu gratulieren. Ich hatte doch meine glückliche Familie, meine Frau, meine Söhne. Ich war relativ reich, und ich hatte große Aussichten, weitere Reichtümer zu erwerben. Und als Künstler war ich im Begriff, meinen ersten richtigen Film zu machen. Weshalb dann dieses Gefühl, dass die Luft um mich geladen war von meinem eigenen Überdruss, dass sie vor Verärgerung knisterte? Warum habe ich, als Hereford sich aufbäumte und seinen Kopf mühsam zu mir umdrehte, dem kleinen Kerl nicht zärtlich unter sein Doppelkinn gefasst oder ihm mit stolzer väterlicher Hand über sein dickes Bäuchlein gestreichelt? Warum? Weil ich an Doon dachte und mich fragte, ob sie heute mit diesem verdammten Mavrocordato zusammen war. Das konnten sie doch sein in dem weißen Rennboot dort, das eben vorbeibrummte und quer über den See auf eine angemietete, birkenumstandene Villa am anderen Ufer der Havel zusteuerte … Ein Mädchen schwamm mit energischen Stößen zu einem verankerten Holzfloß hinauf und zog sich mit einer gewandten, fließenden Bewegung hinauf. Der kirschrote wollene Badeanzug klebte nass an ihren Brüsten und ihrem Bauch. Ich versuchte, mir Doon in einem Badeanzug vorzustellen. Und auch als das Mädchen die Badekappe abnahm und ihre dunklen Haare ausschüttelte, dachte ich an Doon, die ihre langen dunklen Haare hatte schneiden und färben lassen, für *Julie*. Für mich.

Ein leichter Klaps auf meinen Unterarm. Klein-Vince (wie

ihn seine Großeltern zu meinem Entsetzen riefen) bot mir unter dem lauten Beifall der übrigen Erwachsenen ein Butterbrot mit Rinderzunge und Kresse an. Seine Augen waren schreckgeweitet. Warum hatte der Junge Angst vor mir? Grausam sagte ich nein, danke. Er brach in Tränen aus, ließ das Butterbrot in den Sand fallen und flüchtete sich in den weiten Schoß seiner Mutter.

»Johnny, aber wirklich!«

»Großer Gott! Ich kann mich doch nicht seinetwegen vollstopfen!«

Ich stand auf und warf zornig meinen Bademantel ab. Ich ging zum Wasser hinunter und warf mich mit einem Kopfsprung hinein. Ein kühler Schock, sanftes Gleiten, mit einem Mal Ruhe. Ich hasste mich.

Ich will Sie nicht mit den Einzelheiten der Dreharbeiten zu *Julie* langweilen. Ich begnüge mich mit dem Hinweis, dass ich schon sehr früh wusste, dass alles hervorragend laufen würde. Karl-Heinz war großartig. Wir schminkten sein Gesicht weiß und gaben ihm hohle Wangen und tief liegende Augen, um das Zerrissene, das Gequälte seiner Persönlichkeit zu unterstreichen. Was den Film so spannend machte, waren zwei Momente genussvoller Erwartung. Der Erste ging dem Vollzug der Liebe zwischen Julie und Saint-Preux voraus. Spannend war außerdem, ob ihr Ehrgefühl so stark war, dass ihre Tugend bewahrt blieb. Einen zusätzlichen Effekt bekam der Film durch Doons Liebreiz und ihre unwiderstehliche erotische Anziehungskraft. Sie strahlte auf der Leinwand eine naive Sinnlichkeit aus, die in der zweiten Hälfte des Films, als sie sich bemühte, Wolmar treu zu bleiben, mit der enttäuschten Erwartung des Zuschauers ein quälendes Spiel trieb. Die beiden Liebenden hatten ein schreckliches Verlangen nacheinander. Nur die abstrakten, körperlosen Fesseln der Moral standen ihrer körperlichen Vereinigung entgegen. Nachdem der alte Baron Wolmar abgereist war, hatten sie alles – Platz,

Gelegenheit, Neigung –, doch ein höheres Gesetz stand zwischen ihnen.

Gegen Ende des Films gab es eine Szene, die uns, als wir uns die Schnellkopien ansahen, alle von den Stühlen riss und uns wilde Anfeuerungsrufe für Karl-Heinz entlockte.

Es ist später Abend. Baron Wolmars Schloss liegt im bleichen Mondschein. Auf der Terrasse ringt Saint-Preux mit seinem Gewissen, während er eine Zigarette raucht (Sie erinnern sich, das Ganze ist in die Gegenwart verlegt). Nachtfalter umflattern die Lichter (Danke, Georg). Da tritt Julie, ein Stückchen weiter die Terrasse hinauf, aus ihrem Boudoir ins Freie. Sie trägt ein verschwenderisches, zartes Negligee, das sich dann und wann im nächtlichen Lufthauch bauscht. Sie geht auf Saint-Preux zu, beider Augen fest aufeinander gerichtet. Einen halben Meter vor ihm bleibt sie stehen. Untertitel: *»Ich liebe diese Zeit des Abends. Dürfte ich eine Zigarette haben?«* Mit einer Bewegung holt Saint-Preux sein silbernes Zigarettenetui aus der Tasche. Nahaufnahme von Julies Fingern, wie sie eine Zigarette herausnimmt – ihre lackierten Fingernägel auf dem schlanken weißen zylinderförmigen Stäbchen. Saint-Preux, die Zigarette im Mund, will aus einer anderen Tasche sein Feuerzeug hervorholen, doch ein leichtes Zögern bei Julie lässt ihn innehalten. Sie steckt sich die Zigarette in den Mund (Nahaufnahme: diese geöffneten roten Lippen, dieses weiße Papier). Sie beugt sich zu ihm vor. Zigarettenspitze trifft auf Zigarettenspitze. Funken, Flammen, Rauch kräuselt sich empor. Sie entfernen sich voneinander, die Blicke starr aufeinander gerichtet. Sie ziehen an ihren Zigaretten, stoßen den Rauch aus. Dichter Rauch umhüllt sie, bildet Schlingen und Schleifen, auf die das Mondlicht fällt …

Diese Szene ist oft nachgeahmt worden, mal offenkundig, mal indirekt. Hier wurde meines Wissens nach zum ersten Mal die Zigarette als erotisches Symbol in einem Film verwendet. Die Szene war ungeheuer wirkungsvoll und so eindringlich, dass sie fast dem Zensor zum Opfer gefallen wäre.

Aram berichtete mir, was dieser dumpfe Bürokrat daran ausgesetzt hatte: »Er sagt, was sie dort auf der Leinwand trieben, sei Unzucht.« Wir setzten uns schließlich durch, indem wir stur darauf beharrten: »Aber sie rauchen doch nur. Sie berühren sich ja nicht einmal!« Nicht ein Bild wurde herausgeschnitten.

Natürlich war Doon in dem Film ebenfalls großartig. Das soll nicht heißen, dass sie einer weiteren Erhebung bedurft hätte, nachdem sie sich bereits in kosmischen Höhen bewegte. Ihr letzter Drehtag war zwei Wochen vor Beendigung der Aufnahmen. Es war die Szene, in der sie auf dem Sterbebett erklärt, sie habe Saint-Preux immer geliebt. In den beiden letzten Wochen sollte es um Saint-Preux in Paris gehen, der sich der Verlockungen dieser Stadt tapfer erwehrt, bestärkt durch den Glauben Julies an ihn. Ich hatte Champagner und Blumen in Doons Garderobe schicken lassen. Aram Lodokian hatte für den späteren Abend eine offizielle Abschiedsparty angesetzt. Ich hatte ein gutes Gefühl. Wir hatten hervorragend zusammengearbeitet, und es hatte keine Meinungsverschiedenheiten gegeben. Sie konnte erkennen, dass ich wusste, was ich wollte (selbst wenn man nicht weiß, was man will, muss man als Regisseur den Schauspielern dennoch den unzweifelhaften Eindruck vermitteln, als wüsste man es), und es hatte, was auch wichtig ist, keine Andeutung einer Intimität zwischen uns gegeben. Von ihrer Seite sowieso nicht, und ich war vorsichtig genug gewesen, meine Begierden in Zaum zu halten. Ich hatte den Eindruck, endlich eine gewisse Selbstbeherrschung zu üben. Sogar als Mavrocordato, was einige Male vorkam, bei den Dreharbeiten erschien. Wenn es mir auch in meiner Unerfahrenheit so vorkam, als verstünden sie sich für geschiedene Leute ungewöhnlich gut. Warum bin ich dann allein zu ihr in die Garderobe gegangen? Ich wollte mich von ihr verabschieden, und ich wollte im persönlichen und vertraulichen Rahmen unserer Beziehung etwas Dauerhaftes geben. Im Sinne einer Freundschaft, mit einem verlockend-quälenden Zusatz von Was-hätte-sein-können-wenn. So ähnlich hatte ich es mir jedenfalls zurechtgelegt.

Doon hatte sich nach der Sterbeszene noch nicht umgezogen und trug immer noch das spitzenverzierte, hinten tief ausgeschnittene Satinnachthemd. Sie hatte einen langen, lose zugebundenen Morgenrock darübergezogen. Im Vorraum war ihre Garderobiere am Bügeln. Doon schenkte mir ein Glas Champagner ein, und wir gratulierten uns zu dem Film.

»Hast du unterwegs Alex gesehen?«

»Welchen Alex?« Das sagte ich immer.

»Herrgott, Jamie! Mavrocordato. Er sollte mich abholen.«

»Nein, keine Spur.«

Die Garderobiere, eine kleine, unangenehm wirkende Frau, kam mit einer kurzen schwarzen Jacke mit Diamantknöpfen herein.

»Ist sie fertig?«, fragte Doon.

»Sie probieren sie besser an.«

Doon legte den Morgenrock ab und zog die Jacke an.

»Ist in Ordnung. Danke, Dora, Sie können gehen.«

Dora ging. Doon streckte die Arme aus, beugte und streckte sich, um zu sehen, wie die Jacke passte, zog sie dann aus und warf sie über die Lehne ihres Sessels. Dabei streifte ein Ärmel ihr halb leeres Glas, es fiel zu Boden und zerbrach.

»Scheiße!«, sagte sie. Sie kniete sich hin, um die Scherben aufzusammeln.

Bei ihrer hochgewachsenen schlanken Figur hätte man vermuten können, dass Doon kleine Brüste gehabt hätte. Das war nicht der Fall. Sie hatte große, flache Brüste, die fast nicht durchhingen, und kleine Warzen. Eine sanfte Wölbung über einer größeren Fläche, wie der Deckel einer Suppenterrine. Jetzt, wo sie vor mir auf dem Boden kniete, konnte ich ihre Brüste sehen, da die schlaff herabhängende Vorderseite ihres Nachthemds mir einen ungehinderten Einblick gewährte.

Ich hatte das Gefühl, als ob meine Zunge anschwillt und mir im Hals stecken bleibt, als ich von meinem Stuhl glitt und vor ihr niederkniete, um mit den Fingern blindlings nach Scherben und Bruchstücken zu tasten. Der erotische Archäologe … Ich verspürte einen Hauch von ihrem Parfüm, etwas wie Lavendel. Sie blickte auf. Gerade noch rechtzeitig schnellten meine Augen hoch.

»Ach, lass doch, Dora bringt es in die …«

Ich küsste sie mit maßloser Heftigkeit und stieß dabei schmerzhaft mit der Nase an ihre Wange, umklammerte dabei ihre Schultern und zog sie mit mir hoch. Mein hartes Glied gegen ihren Schenkel pressend, schob ich sie vor mir her und drückte sie auf das Sofa hinunter. Sie warf ihren Kopf zurück.

»Ich liebe dich, Doon«, sagte ich. »Ich liebe – *MNAAAAO!!!*«

Der Schmerz war teuflisch, gleichsam außerirdisch. Die harte Scheibe ihres Knies quetschte meine Hoden gegen den starren Boden meines Beckens. Ich hatte ein Gefühl, als sei ich vom Damm bis zum Schädeldach von einer eiskalten Axt zerteilt worden oder als sei ich sitzend von einem gewaltigen eisigen Horn aufgespießt worden. (Meine Herren, Sie wissen sicherlich, wovon ich rede. Meine Damen, Sie können mir glauben, eine teuflischere Qual gibt es nicht.) Mir wurde schwarz vor den Augen, blau, rot, orange, weiß. Ich schlug die Augen auf. Ein gellender Überschallschrei hallte durch den Raum, als wäre es ein eingesperrter wahnsinniger Geist. Ich lag zusammengekrümmt auf dem Boden, Glassplitter funkelten vor meinen Augen. Meine Hände lagen schützend über den klirrenden Bruchstücken meines zerstörten Geschlechts.

Ich drehte meinen Kopf um. Doon stand an der Tür, fertig angezogen (wie viel Zeit mochte inzwischen vergangen sein, um Himmels willen?). Durch den Schrei hindurch, der in meinem Kopf nachhallte, hörte ich sie mit ruhiger Stimme sagen:

»Ich will dich nie wiedersehen, du Arschloch.«

Ich spürte, wie es mir hochkam. Ich begann, zum Badezimmer hinüberzukriechen. Hinter mir klopfte es an der Tür, dann hörte ich Mavrocordato sagen: »Was ist?« Doon sagte:

»Nichts«, und die Tür ging zu. Ich meine, ein Gelächter gehört zu haben.

Ich schaffte es nicht bis zur Toilettenschüssel. Ich erbrach mich auf das Linoleum – kastanienbraun mit einem hübschen Lilienmuster –, einen Meter davor. Ich überließ es Dora, am Morgen sauber zu machen.

Julie war ein ungeheurer Hit. Ein internationaler Erfolg. Die Realismus-Film machte in Deutschland, Frankreich, England und Amerika über eine Million Dollar. Ein bis zwei Jahre lang war Doon Bogan die am meisten umschwärmte und gefeierte Schauspielerin in Europa. Karl-Heinz Kornfeld wurde als eine »wirklich hochmoderne Spitzenkraft« gelobt. Doch davon später mehr. Gerade als mein Glück seinen Zenit erreicht hatte, begann in meinem persönlichen Leben eine seltsame, verworrene Phase. Meine »Auseinandersetzung« mit Doon – wenn das nicht ein zu absurder Euphemismus ist – hat mich wohl tatsächlich ein bisschen um den Verstand gebracht. Selbst nach einer so brutalen, so unzweideutigen Zurückweisung konnte ich die Gefühle, die ich für sie empfand, nicht auslöschen oder übergehen. Was kann man unter solchen Umständen tun? Wenn man besessen ist, ist man einfach besessen. Zwei Tage nach dem Zwischenfall rief sie mich an.

»Bist du wieder in Ordnung?«

»Was? Ja. Ich hinke ein bisschen, aber sonst … Hör mal, Doon, ich …«

»Ich hätte dich nicht so hart schlagen sollen. Aber ich war sauer. Und nicht bloß auf dich. Ich war ziemlich durcheinander an diesem Tag.«

»Gott, es tut mir so leid. Schrecklich leid. Ich hätte niemals …«

»Du bist ein Narr, John James Todd. Ein ganz gewaltiger, unwissender Narr.«

Sie hängte ein. Ich hatte keine Idee, was sie meinte. Das heißt, ich hatte schon eine bestimmte Idee, aber es kam mir so vor, als meinte sie etwas anderes … Doch ich konnte mir keine größeren Gedanken darüber machen, denn ich musste mich darum kümmern, dass der Film fertig wurde, und wir schafften es auch ohne größere Probleme und rechtzeitig. Aram Lodokian zahlte mir anstandslos die Prämie von 5000 Dollar. Die Premiere des Films fand am 16. Februar 1926 im Kino-Palast am Kurfürstendamm statt, mit der musikalischen Begleitung eines vollzähligen Symphonieorchesters, und der Rest ist Geschichte.

Wir zogen vom Rudolfplatz in den Westen, in eine neue Villa in Charlottenburg. Es war ein Neubaugebiet: An allen Ecken und Enden entstanden neue Häuser, und an den Straßen wurden zarte junge Linden gepflanzt, umgeben von festen Pfählen, die mit eisernen Dornen bewehrt waren. Frau Shorrold verließ uns, und Sonia heuerte für die Jungen ein englisches Kindermädchen an (Lily Maidbow, ein einfaches, tüchtiges Mädchen, das nahezu stumm war). Es roch neu in unserem Haus – nach Wachs vom Holzfußboden, nach Farbe, nach Leder und Stoffen, und der weitläufige, mit Birken und Lärchen bestandene Garten war umgeben von einem weißen Weidenzaun. Es gefiel mir nicht. Ich fühlte mich wie einer der jungen Lindenbäume. Ich konnte mich mit einer so festen Umzäunung nicht anfreunden. So statteten sich typischerweise die wohlhabenden Leute im mittleren Alter, die reichen Bürger aus. Ich empfand das Haus als bedrückend und bedrohlich, aber wahrscheinlich hätte ich mich damals in jedem Haus so gefühlt. Ich hatte keine Lust, mich irgendwo häuslich niederzulassen und meine Kleinen auf den Knien zu schaukeln. Doon hatte meine Ordnung durcheinandergebracht, ich lag irgendwie schief, wie damals, als ich zum ersten Mal betrunken und über den Grabenrand gestiegen war. Für Sonia war alles stabil, ruhig und geordnet. Ich lebte in einer anderen Geometrie.

Im Herbst und Winter 1925 verbrachte ich zusammen mit Leo Druce viele Stunden damit, *Julie* zu schneiden und immer wieder neue Untertitel zu formulieren. Sonia beklagte sich nicht darüber, dass ich so wenig zu Hause war. Sie fand immer etwas zu tun, und sie genoss den neuen Wohlstand der Familie Todd mehr als ich. Leo ahnte vermutlich, dass etwas nicht stimmte, doch sein Feingefühl verwehrte es ihm, mich danach zu fragen. Er hatte sich schnell in Berlin eingelebt und vertrieb sich die Zeit mit einer vergnüglichen Liebesaffäre mit Lola Templin-Tavel. Wenn ich von der Arbeit genug hatte und der Gedanke, nach Hause zu gehen, mir unerträglich war, traf ich mich öfter mit Karl-Heinz in einer Bar in der Uhlandstraße, gleich neben dem Kurfürstendamm. Diese Bar, das Dix, hatte nichts Verruchtes oder Lasterhaftes an sich, auch wenn die Konkurrenz in der Nachbarschaft sich ernsthaft um einen solchen Eindruck bemühte. Unsere Bar bestand aus zwei Räumen, einem kleineren mit einer zinkbeschlagenen Theke und einigen Tischen und Stühlen und einem größeren mit zwei Billardtischen. Gerade wegen ihrer Schlichtheit war sie nie überfüllt. Karl-Heinz und ich saßen meistens in dem kleineren Raum und tranken etwas, und von Zeit zu Zeit gingen wir hinüber und spielten eine Runde Billard. Mit der Zeit fühlte ich mich dort richtig heimisch; es war warm, die Luft war von Zigarrenrauch vernebelt, gedämpfte Unterhaltung erfüllte den Raum, die Zeitungen (sie hingen eingespannt an der Wand) raschelten, und von den Billardtischen klang das feste, beruhigende Klicken der Elfenbeinkugeln herüber. Es gab nur wechselnde Besucher, und man war anonym. Der Besitzer und seine große, rötlichblonde Frau taten nichts, um sich Stammgäste warmzuhalten. Das war mir in jener schwierigen Zeit gerade recht.

Ich erzählte Karl-Heinz die ganze Geschichte mit Doon, und er war so aufmerksam, mir sein Mitgefühl anzudeuten. Er sagte, er sei nicht überrascht. Er hätte damit gerechnet, dass irgendetwas passiert, was mein Leben auf den Kopf stellt. Wieso denn, fragte ich ihn, aber er wollte nicht damit herausrücken. Später sagte er, dass er nicht verstehen könne, wieso ich Sonia geheiratet hatte. Als ich ihm den wahren Grund nannte – wegen des Sex –, wuchs seine Verwunderung noch mehr. Ich glaube, er hielt mich – als typischen Heterosexuellen – für unverbesserlich naiv, was sexuelle Dinge anging.

Aber als ein echter Freund hörte er sich meine endlosen Wehklagen geduldig an. Wenn ich heute an diese einseitigen Zusammenkünfte zurückdenke, bin ich beschämt. Solange wir dort zusammensaßen, ist es mir nicht einen Augenblick eingefallen, ihn danach zu fragen, wie es ihm ging. Bis über die Ohren steckte ich im Sumpf meiner Selbstbezogenheit. Ich dachte an den Mann aus Ulster (ich dachte damals viel an den Krieg), der im Schlamm des Frontbogens versank: »Ich gehe unter!« … Kein Wunder. Ich konnte Doon nicht entrinnen. Den ganzen Tag über sah ich ihr Bild auf den Schneidemaschinen an mir vorbeilaufen. Karl-Heinz wusste: Alles, was ich brauchte, war ein Zuhörer, und er stellte sich selbstlos zur Verfügung. Zum Glück konnten wir dann und wann hinübergehen und Billard spielen (er war ein furchtbarer Spieler und konnte nicht die einfachsten Stöße vorausberechnen; ich gewann immer).

Es war Anfang des neuen Jahres. Der Film war fertig, und wir sahen seiner Uraufführung entgegen, als seine Geduld schließlich platzte. Wie gewöhnlich saßen wir in der Bar Dix. Karl-Heinz trank Bier und dazu einen Schnaps. Ich trank Moselwein. Ich war ein bisschen angetrunken, wie immer bis oben hin voller Selbstmitleid, und schwärmte davon, wie schön Doon doch sei und wie sehr ich mich nach ihr sehnte. Als ich schwieg, ergriff Karl-Heinz zu meiner größten Überraschung meine beiden Hände und starrte mich unentwegt an. Ich schaute in seine dunklen Augen. Er drückte mir die Hände.

»Johnny«, sagte er, »ich will dir etwas sagen, etwas ganz Einfaches.« Sein dünnes Lächeln ließ Böses ahnen. »Jungs sind besser als Mädchen.«

»Hör mal, Karl-Heinz«, erwiderte ich mit einem entschuldigenden Lächeln. »Du weißt, dass ich einfach keine Lust dazu habe.«

»Du hast es doch nie richtig versucht. Ich kann es dir zeigen. Es macht Spaß.«

»Nein, ehrlich …«

»Aber ich mag dich, Johnny, wirklich.«

»Nein, ehrlich. Ich weiß, dass du mich magst. Ich mag dich auch.« Ich war gerührt.

Er ließ meine Hände los.

»Es ist wegen Doon«, sagte ich. »Sie ist die Einzige … Ich bin besessen. Ich bin besessen von ihr.«

»Na schön!« Es klang ungeduldig. »Wenn es so ist, gibt es nur eins: die eine Obsession durch eine andere vertreiben.«

Als er gegangen war, ließ ich mir seine Worte durch den Kopf gehen. Er hatte recht. Ich würde Doon nie vergessen (tatsächlich hatte ich sie seit Monaten nicht gesehen), aber eigentlich müsste doch in meinem Leben noch Raum sein für etwas anderes als dieses zerstörerische unerwiderte Verlangen. Ich musste mich mit den Tatsachen abfinden. Mein Leben konnte nach dieser Zurückweisung nicht einfach aufhören.

Im Haus war noch Licht, als ich unseren neuen Wagen – einen Packard, den Sonia ausgesucht hatte – abstellte. Sonia war im Bett, aber sie schlief noch nicht. Ihr Gesicht war sauber geschrubbt, und sie hatte sich das Haar hinter die Ohren gesteckt. In letzter Zeit hatte sie etwas zugenommen, ihr Gesicht war rundlicher geworden, wodurch ihr kleines, spitzes Kinn betont wurde. Ich fand, dass sie hübsch aussah. Mochte Karl-Heinz mir auch keine Lösung geboten haben, so hatte er mir mit seinem Antrag offenbar doch einen Anstoß gegeben, die Grammofonnadel aus der Rille, in der sie sich festgefahren hatte, herausgestoßen. Ich machte das Licht aus und kuschelte mich an Sonia, und die Hand, die ich in ihr Nachthemd gleiten ließ, umspannte eine mädchenhafte Brust … Ich bin sicher, dass unser drittes Kind in dieser Nacht gezeugt wurde.

Natürlich hatte ich eine andere Obsession, aber sie ruhte, zeitweilig überschattet von der Doon-Krise. Diese Obsession war ich selbst, meine künstlerische Entwicklung, meine

Träume, meine Ambitionen. Am nächsten Tag entstaubte ich sie, ganz buchstäblich.

In meinem Büro in den Grunewald-Studios der Realismus-Film hatte ich einen alten Schrankkoffer stehen, der einige kostbare Besitztümer enthielt, darunter meine Spulen von *Aftermath of Battle*, meine Fotoalben, meine Tagebücher (die ich in der letzten Zeit vernachlässigt hatte), Briefe von Hamish und dergleichen. Es mag ein Aberglaube von mir gewesen sein, aber ich wollte sie nicht im Haus bei mir haben. In der Nacht hatte es geschneit, und von meinem Fenster aus konnte ich die drei riesigen Gasometer der Berliner Gasanstalt sehen, die eine weiße Kappe trugen, Stahlkuchen, die großzügig mit Puderzucker überstreut waren.

Absichtslos, fast geistesabwesend, öffnete ich den Koffer und betrachtete diese Zeugnisse meiner Vergangenheit, wie ein Schamane, der auf einen Haufen Knochen herunterblickt und den Versuch macht, die Zukunft zu erraten. Diese Relikte, diese kostbaren Totems meiner Jugendträume ... Ich nahm ein zerschlissenes, mit Bindfaden zusammengehaltenes Bündel Papier heraus. Seiten eines Buches. Ich las:

»Ich plane ein Unternehmen, das kein Vorbild hat und dessen Ausführung auch niemals einen Nachahmer finden wird ...«

Innerhalb von Sekunden war der Anfall vorbei. Es war ein Anfall. So körperlich habe ich es nur dieses eine Mal erlebt. Eine Eingebung, eine Inspiration, eine Heimsuchung durch die Muse, gleichgültig, wie man es nennt. Es war eine pfingstliche Bekräftigung dessen, was ich zu tun hatte. Meine Aufgabe war mir jetzt klar. Ich würde den größten Film machen, den die Welt je gesehen hatte. Er würde ohne Vorbild sein und keinen Nachahmer haben. Ich wollte einen Film von Jean-Jacques Rousseaus *Bekenntnissen* machen.

Villa Luxe 20. Juni 1972

Ich sitze mit meinem Fernglas auf meinem »Ausguck« und versuche zu erkennen, was auf dem öffentlichen Strand los ist. Ein Polizeiauto ist gekommen, und jemand ist festgenommen worden, denke ich, aber es liegt gerade außerhalb meiner Sichtweite. Vielleicht ein Nudist? Meine Hand zittert doch sehr stark. Ich werde mir wohl ein Stativ kaufen müssen.

Vom Haus her ruft Emilia mir zu, es sei Besuch für mich da. Ich gehe hinüber. Es ist Ulrike. Sie fragt, ob sie auf meinen Strand hinunter dürfe. Natürlich, sage ich.

Wir stehen auf der Terrasse neben dem Schwimmbecken, im Schatten, und betrachten das heiße, leere Becken.

»Es ist ein Jammer mit Ihrem Becken.«

»Es ist der Feigenbaum dort drüben. Die Wurzeln, sie drücken gegen den Beton, auf der Suche nach Wasser. Sehen Sie die Risse?«

»Aus der Entfernung, und dann eine solche Kraft. Es ist unglaublich.«

»Offenbar gehen sie sogar durch dreißig Zentimeter Beton. Es kommt dauernd vor, bei Zisternen und Senkgruben.«

»Ach, die Natur!« Sie sagte es ohne Zynismus, eher mit einer gewissen Ehrfurcht.

Ich deutete auf ihre Tasche.

»Wollen Sie wieder Proben sammeln? Ich sah Sie neulich in Ihrem Boot.« Ich spürte, wie ich rot wurde, und versuchte es zu überspielen. »Woran arbeiten Sie?«, fragte ich rasch.

»Bestimmte Krabbenarten.«

»Ach ja.« Was konnte man noch über Krabben sagen? »Eine Menge Krabben an diesen Felsen.«

Sie schaute mich an, als spürte sie, wie gleichgültig mir das war.

»Ich habe einen Aufsatz über die Winkerkrabbe geschrieben. Sie wissen, die, bei der die eine Schere größer ist.« Sie schwieg einen Augenblick. »Wussten Sie, dass das Winkerkrabben-Männchen vor und nach der Begattung das Weibchen besänftigt, indem er es ganz zart mit seiner Schere streichelt?«

»Nein, ich …«

»Und außerdem – das ist das Verblüffende – lieben sie sich von Angesicht zu Angesicht.«

»Ach wirklich?«

»Verstehen Sie? Ich sagte, sie lieben sich, als ob es Menschen wären. Außer uns sind es die einzigen Tiere, die es so machen. Von Angesicht zu Angesicht, so.« Sie machte es mit ihren Händen nach. »Nur wir und die Winkerkrabbe. Was das wohl zu bedeuten hat?«

»Ich weiß es nicht.«

Ein Windstoß fuhr in den Baum, unter dem wir standen. Die Lichttupfer tanzten auf ihrem Gesicht und auf dem himmelblauen Frotteehemd, das sie trug. Wir standen etwa einen halben Meter voneinander entfernt.

»Bemerkenswert«, sagte ich.

Sie nahm ihre Tasche auf.

»Mein Freund sagt, dass man Ihren Film zeigen wird – *Julie.* Vielleicht kann ich ihn sehen, wenn wir zurück sind. Er sagt, er sei sehr gut.«

»Er ist sehr gut. Aber was er sehen sollte, ist mein –« Gerade noch rechtzeitig hielt ich inne. »Ich war sehr zufrieden damit. Ich freue mich sehr, dass er gezeigt wird. Doon … Doon Bogan ist wunderbar.«

Genossen

Bevor ich mit meinem neuen Plan zu den Lodokians ging, wartete ich nach dem Anlaufen von *Julie* klugerweise noch einige Zeit ab. Aram hatte mich seit Wochen gedrängt, einen neuen Vertrag mit Realismus zu schließen, aber ich hatte ihn hingehalten, weil ich dachte, sie würden die Verwegenheit meines Vorschlags leichter schlucken, wenn *Julie* laufend Geld einspielte. Wann immer Duric und Aram die Frage anschnitten, was wir als nächstes machen würden, wich ich aus.

Ohnehin war ich mit dem Erfolg von *Julie* ausreichend beschäftigt, denn ich war bei Galapremieren in München, Hamburg und Frankfurt zugegen, und ich gab unzählige Pressekonferenzen und Interviews. Ausführliche Besprechungen erschienen in *UFA-Magazin, Film-Photos, Illustrierter Film-Courier* und *Kino.* Bis zur Premiere von *Potemkin* Ende April war es der erfolgreichste Film, und ganz Berlin sprach von ihm. Aram schickte Karl-Heinz und Doon auf eine internationale Werbetour nach England, Frankreich und Italien, aber beide weigerten sich überraschenderweise, mit dem Film in die USA zu gehen – Doon, glaube ich, aus dem perversen Gefühl heraus, sich im Exil zu befinden, und Karl-Heinz mit der sonderbaren, aber schlichten Begründung, das Land sei nicht sein Fall.

Für mich war der Erfolg von *Julie* höchst befriedigend. Er beruhigte mich mit einem neuen, starken Selbstbewusstsein; ein Grund, warum ich in zahlreichen Zeitungs- und Zeitschriftenartikeln, die über mich veröffentlicht wurden, mehrfach als »verschlossen« oder »grüblerisch« bezeichnet wurde. Tatsächlich grübelte ich, nämlich darüber, was ich als nächstes tun sollte, und ich ging mit ruhiger Entschlossenheit vor. Karl-

Heinz hatte mir einen klugen Rat gegeben: Meine neue Obsession hatte mich gerettet. Ich hatte Doon nicht vergessen (wir trafen uns hin und wieder auf Empfängen, aber dann waren immer Dutzende von Leuten da; ihre Haltung mir gegenüber lässt sich am besten als »freundlich« bezeichnen), aber es fiel mir jetzt leichter, damit fertigzuwerden.

Im Juni waren die Ergebnisse von *Julie* so hoch, dass die Realismus mir eine Prämie von 75 000 Dollar zahlte, damals ein ungeheurer Betrag. Für die Regie in zwei weiteren Filmen bot Aram mir 50 000 Dollar an: *Friedrich der Große* mit Karl-Heinz und *Johanna von Orléans* mit Doon. Ich bat ihn um Bedenkzeit.

Wieder und wieder las ich die *Bekenntnisse,* und meine Pläne für den Film änderten sich von Tag zu Tag. Der gewaltige Umfang meines Projekts wurde mir nach und nach klar. Nach einem ersten Entwurf schätzte ich, dass der Film acht bis neun Stunden dauern würde. Eine Woche lang war ich verzweifelt, bis ich plötzlich begriff, dass gerade seine Länge sein größter Trumpf sein könnte. Ich würde aus den Büchern nicht einen, sondern *drei* jeweils dreistündige Filme machen, einen wahrhaft epischen Film und ein angemessenes Denkmal für den Mann, der ihn inspiriert hatte.

Im März verkündete Sonia, sie sei wieder schwanger, und gleichzeitig mietete ich, unabhängig von dieser Mitteilung, für meinen persönlichen Bedarf ein kleines Holzhaus auf dem Lande, etwa eine Stunde von Berlin entfernt, in den Wäldern der Jungfernheide. Werktags hielt ich mich dort allein auf und arbeitete heimlich am ersten Entwurf der *Bekenntnisse,* und an den Wochenenden kehrte ich nach Hause zurück. Ich war einigermaßen überrascht, als ich an einem Freitag nach Charlottenburg zurückfuhr und mich dabei ertappte, dass ich mich tatsächlich darauf freute, meine Familie wiederzusehen. Vincent hatte keine Angst mehr vor mir, und Hereford entpuppte sich als ein Baby, das man einfach lieb haben musste. Ich war viel mit ihm zusammen, als er Laufen lernte, und dabei stürzte er oft entsetzlich, rannte gegen Tische, fiel die Treppen hinunter und prallte gegen die Wände. Wenn er hinfiel, wirkte er für einen Augenblick ganz verblüfft, so als müsse er sich überlegen, wie er auf dieses Missgeschick reagieren soll. Man brauchte nur demonstrativ zu lachen – »hahaha, Hereford, hohoho!« –, und er stimmte sofort ein, mochte er sich auch noch so wehgetan haben.

Ich beging in diesem Sommer einen Fehler, der später noch bittere Folgen haben sollte. An einem Mittwoch im Juni fuhr ich in die Stadt, um an der Hochzeit von Leo Druce teilzunehmen. Er heiratete Lola Templin-Tavel. Die Trauung fand in der hübschen englischen St. Georgs-Kirche in den Gärten von Schloss Montbijou statt, und anschließend gab es einen Empfang im Palast-Hotel. Sonia fühlte sich nach dem Gottesdienst nicht wohl und ließ mich allein auf den Empfang gehen. Das Aufgebot an Gästen im Palast-Hotel war beeindruckend, und ich weiß noch, dass ich mich gefragt habe, wie Leo Druce, ein Anfänger als Koproduzent, es geschafft hatte, so viel Prominenz zu seiner Hochzeit einzuladen – Pola Negri war da, Emil Jannings, Walter Ruttmann, Tilly de Garmo, Michael Bohnen, der Bariton, Conrad Veidt, Lil Dagover und viele andere. Es war ein spontaner Gedanke, ich hatte nichts gegen Leo, aber ich weiß noch, wie ich mich – in prophetischer Weise – darüber geäußert und ihm ironisch zu seiner Fähigkeit gratuliert habe, in der Welt voranzukommen. Er sagte mit der ihm eigenen Bescheidenheit, sie seien nur wegen Lola gekommen. Ich hätte hinzufügen können, dass ich genau das gemeint hatte, aber ich hielt mich zurück.

Es war ein heißer Tag, und obwohl alle Fenster des Palast-Hotels offenstanden, wehte nicht ein Lüftchen. Ich fühlte mich beengt in meinem Stresemann und meinem steifen Kragen, und zum Ausgleich trank ich etwas zu viel kalte Bowle. Allmählich fand ich Spaß an mir und an der nicht abreißenden Flut von Komplimenten, die mir wegen des Erfolgs von *Julie* gemacht wurden. Ich hatte das Gefühl, als ginge eine Macht von mir aus, die weiter gesteigert wurde durch das Geheimnis, das mich umgab.

Ich sprach gerade mit Leo, als Aram auftauchte. Er trug eine maisgelbgoldene Brokatweste und Gamaschen in der gleichen Farbe. An jedem anderen hätten sie absolut lächerlich ausgesehen, aber selbst die gröbste Geschmacklosigkeit stand Aram irgendwie. Noch einmal gratulierten wir Leo zu seinem Glück (ein bisschen unaufrichtig, denn Lolas berühmte Lebhaftigkeit hatte einen deutlichen Anflug von Neurasthenie), und uns zu der Nachricht, dass *Julie* an RKO verkauft worden war.

»Nächste Woche fahre ich nach New York«, sagte Aram. »Sie sind ganz versessen auf *Julie*. Sie nehmen jeden neuen Realismus-Film.« Er machte eine bedeutungsvolle Pause. »Sie schmeißen mir das Geld nach für *Friedrich der Große*.«

»Ich bin beschäftigt«, sagte ich.

»Was machst du um Himmels willen in diesem Landhaus?«

»Ich werde es dir bald sagen. Sehr bald.«

»Aber wann wirst du *Friedrich* machen? Wir müssen diesen Sommer anfangen.«

»Ich will dir was sagen«, sagte ich. »Lass Leo es machen.«

Beide schauten mich überrascht an.

»Du kannst es, Leo«, sagte ich. »Natürlich kannst du es.«

»Aber der Film ist doch ausdrücklich für dich vorgesehen, für Karl-Heinz und ...«

»Es ist mein Hochzeitsgeschenk an dich.« Ich legte meine Arme um die beiden. Normalerweise neige ich nicht zu solchen Gesten, aber ich war ein bisschen beschwipst. »Los, Aram, gib ihn Leo. Er kann es.«

Aram machte einen nachdenklichen Eindruck, ein Auge leicht zugekniffen, die Unterlippe eingezogen.

»Reden wir darüber, wenn du von der Hochzeitsreise zurück bist.«

»Hör mal, John, bist du sicher ...?«

Wieder umarmte ich ihn gefühlsselig. »Natürlich. Ich sitze sowieso an etwas anderem.«

Es standen mir noch weitere Überraschungen bevor. Während ich mir mein Bowleglas nachfüllen ließ, rief jemand meinen Namen, und als ich mich umdrehte, erblickte ich einen kleinwüchsigen, vollkommen kahlköpfigen jungen Mann, dessen freudiges Grinsen trottelhaft wirkte.

»Almyr Nelson«, sagte er. »›Baby‹. Weißt du noch?«

»Natürlich. Wie geht's dir, Baby?«

Er fuhr sich über seine imaginären Haare auf seiner schimmernden rosa Glatze. »Bisschen schütter oben, ansonsten prima.« Wieder lächelte er. »Dir geht's natürlich ausgezeichnet … Hör mal, Harold ist da. Ich finde, du solltest ihn begrüßen.«

Faithfull, der noch dicker geworden war, stand zu nah bei einer Person, die ich kannte – Monika Alt, die sich heftig mit einer Speisekarte fächelte. Sie begrüßte mich, als wären wir alte Freunde, obwohl wir nur Bekannte waren. »Gott sei Dank«, flüsterte sie, während sie mich küsste. »Ein furchtbarer Mundgeruch.«

»Schau mal, wen ich aufgegabelt habe, Harry«, sagte Nelson und zog mich weiter. »Den alten Todd, den unerschrockenen Ballonfahrer. Ist es zu glauben?«

Faithfull brachte ein schwaches Lächeln zustande.

»Todd … gratuliere!« Schweiß stand ihm auf dem Gesicht. Als er sprach, drang mir der Geruch seiner faulen Zähne in die Nase.

Ich nahm seine Glückwünsche entgegen. »Was machst du hier in Deutschland?«, fragte ich.

»Habe gerade mit einem Film begonnen.«

»Er heißt *The Tip-Top Twins go Sailing*«, sagte Baby Nelson fröhlich. »Teil einer Serie.«

»Klingt lustig«, sagte ich. »Übrigens, Faithfull, du solltest etwas wegen deiner Zähne machen. Dein Atem stinkt widerlich.«

Ich nahm Monikas Arm und wir drehten uns um, und während wir durch die Menge davonschritten, zuckten Monikas

Schultern vor stummem Lachen. Ich weiß, es war kindisch von mir, aber solche Gelegenheiten ergeben sich selten genug, und man darf sie sich nicht entgehen lassen. Man muss sie wahrnehmen, sie auskosten, sie bieten einen gewissen Trost, wenn es einem dreckig geht.

Monika und ich holten uns noch ein Glas, und ich erzählte ihr von meinen früheren Begegnungen mit Harold Faithfull. Wir haben vielleicht gelacht! Monika Alt war, glaube ich, Mitte Dreißig, vielleicht zehn Jahre älter als ich. Sie war eine schmale, sehnige Blondine und eine berühmte Theaterschauspielerin gewesen, aber nach der Unterbrechung, die der Krieg mit sich gebracht hatte, war ihre Karriere nicht wieder richtig in Gang gekommen. Sie war drei- oder viermal verheiratet gewesen und trank ziemlich viel. Während wir miteinander sprachen, lehnte sie sich beiläufig an mich, und ich spürte an meinem Oberarm den Druck ihrer Brust. Es mag Zufall gewesen sein, aber ich bin überzeugt, dass eine Frau genau weiß, wann ihre Brüste mit irgendjemand oder irgendetwas, sei es belebt oder unbelebt, in Berührung kommen. Die Wärme, der Alkohol, die grobe Art, in der ich Faithfull abgefertigt hatte, und das neue Selbstbewusstsein, das mich durchdrang – das alles machte, dass ich sie plötzlich anziehend fand. Ich spürte ein wohliges Prickeln in meiner Lende. Dennoch habe ich große Zweifel, ob ich an diesem Nachmittag mit ihr ins Bett gegangen wäre, wenn ich nicht gerade in diesem Augenblick Doon und Mavrocordato am anderen Ende des Raumes erblickt hätte.

»Puh! Ist das heiß hier drinnen!«, sagte Monika und blies diskret an ihrem Kleid herab. »Oh, schau mal, dort ist dein Star.«

»Lass uns doch abhauen hier«, sagte ich. »Komm, wir machen einen Ausflug zu meinem Landhaus.«

Bis zum Ende dieses Sommers besuchte Monika mich einoder zweimal wöchentlich in meinem Landhaus. Wir liebten uns und aßen zusammen zu Mittag. Nach dem Mittagessen ging sie gern in den hinter dem Haus gelegenen Garten, um sich dort nackt zu sonnen, was ich durchaus befürwortete, da das Fenster meines Arbeitszimmers nach hinten hinausging. Wenn es nachmittags kühler wurde, fuhr sie nach Berlin zurück. Ihr schmächtiger, heißer, eingeölter brauner Körper und die kleinen, merkwürdig eingeschrumpft wirkenden Brüste verbinden sich unausweichlich mit der Entstehung meiner *Bekenntnisse*-Filme. Ich mochte sie schließlich, und sie mochte mich wohl auch, obwohl wir nie über unsere Gefühle sprachen. Vielleicht ist sie deshalb wiedergekommen. Sie hatte ein halbes Dutzend Narben am Bauch, alte und frische. Eine war wohl von einer Blinddarmoperation, eine andere von einem Kaiserschnitt, aber aus den anderen wurde ich nicht schlau. Ich fragte sie, woher sie sie hätte.

»Zu viele Männer, Schatz«, sagte sie. »Zu viele Männer.«

Eines Tages kam unverhofft Aram vorbei, während sie da war. Er war aus den USA zurück, und die Dreharbeiten für *Friedrich der Große* sollten beginnen. Der Anblick Monikas schien ihn nicht sonderlich zu überraschen. Wir standen am Fenster meines Arbeitszimmers und blickten auf ihren ausgebreiteten, von Sonnenöl glänzenden Körper hinab.

»Ich habe nichts gegen Monika«, sagte er gedankenvoll. »Aber nach meiner Ansicht ist es für einen Mann in deiner Position ein großer Fehler, sich mit einer Schauspielerin einzulassen.«

»Ich habe mich nicht mit ihr eingelassen«, sagte ich. »Keine Bange!«

Ich blickte ihn an. Er trug einen taubenblauen Leinenanzug, den er wohl in Amerika erstanden hatte, ein rotes Hemd und eine große, flache Golfmütze aus Segeltuch. Er sah lächerlich aus.

»Wie auch immer«, sagte ich. »Was führt dich her? Du weißt, dies ist mein geheimes Refugium.«

»Mein Vater liegt im Sterben. Er möchte dich sehen.«

In diesem Sommer 1926 war es in Berlin ungeheuer heiß. Aus einem diesigen Himmel, der die Farbe von Arams Anzug hatte, fuhr die Hitze bleischwer auf die Stadt herunter. Jetzt war man froh über die sauberen, großzügigen Straßen. Wenigstens auf den breiten Alleen und Ringstraßen konnte die Luft sich ein wenig bewegen. Es muss wohl ein Feiertag gewesen sein, als ich an diesem Nachmittag mit Aram in die Stadt zurückfuhr, denn die Bürgersteige wirkten merkwürdig menschenleer, und die großen Kaufhäuser in der Leipziger Straße waren geschlossen und dunkel. Ich erinnere mich, dass wir auf der Fahrt durch den Tiergarten ein halbes Dutzend Kapellen spielen hörten. Ich habe nie erfahren, was los war.

Was Aram mir von seinem Vater berichtete, bedrückte mich. Ich hatte den alten Duric schätzen gelernt. Er hatte mir verziehen, dass ich dem Realismus-Stil abtrünnig geworden war, nachdem der Erlös aus *Julie* zu fließen begann. Er sagte, er gedenke das Geld für eine Serie von Filmen über das Ungeziefer in unseren Städten zu verwenden. »Meinen Sie Leute, die sich an Kindern vergehen, Perverse, so etwas?«, fragte ich. »Nein, nein!«, rief er. »Ratten und Flöhe!« Ich hatte ihn nur krank gekannt und mich törichterweise an die Vorstellung gewöhnt, dass sein Keuchen und Pfeifen, sein Schneckentempo und die allgegenwärtige Sauerstoffflasche ebenso zu ihm gehörten wie seine Leberflecken und seine grauen Haare. Diese Eigentümlichkeiten entpuppten sich auf einmal als Gebrechen, und das schockierte und dämpfte mich.

Vater und Sohn Lodokian wohnten in einem schmalen, prachtvollen Haus in der Kronenstraße. Drinnen war es dunkel, Rollos und Vorhänge waren zugezogen, und man wurde gezwungenermaßen noch einmal an die sommerliche Hitze erinnert. Ein Butler ließ uns hinein, und ein Krankenpfleger führte uns die Treppe hinauf.

Duric Lodokian saß aufrecht im Bett, genauer gesagt, er lag, gestützt auf einem weichen Kissenberg, in der einen Hand seine Sauerstoffmaske, in der anderen eine russische Zigarette.

Wenn er sprach, stieß er in wenigen Sekunden atemlos ein paar Worte hervor, um anschließend an seiner Sauerstoffmaske zu saugen oder einen schwachen Zug an seiner Zigarette zu machen. Seine braune Haut war schweißbedeckt und schlammfarben, und seine Leberflecken traten dadurch deutlicher hervor. Seine Hautfarbe erinnerte an eine bestimmte Art von gesprenkelten Eiern (von einer Möwenart oder einem Jagdvogel, welcher es war, weiß ich nicht mehr, aber sie waren in den dreißiger Jahren auf Partys als Hors d'œuvre beliebt; ich konnte sie nie anrühren – sie erinnerten mich an den sterbenden Duric). Aram und ich setzten uns zu beiden Seiten des Bettes nieder. Die Decke war um den Aschenbecher herum mit Asche bedeckt. Er war zu gebrechlich, um seine Zigaretten richtig abstreifen zu können. Nach den üblichen Höflichkeitsfloskeln fragte ich vorsichtig:

»Sind Sie sicher, Duric, dass Sie die rauchen sollten?«

»Reden Sie keinen Quatsch! Hat mir nie geschadet. Warum sollte ich jetzt aufhören?«

»Einverstanden, einverstanden! Halten Sie sich nicht zurück! Könnte ich eine haben?«

Ich steckte mir eine an. Aram ebenfalls. Wir beide rauchten, während Duric Sauerstoff nachtankte.

»Hören Sie«, sagte er schließlich, »kommen Sie näher!«

Ich beugte mich weiter vor.

»Was ist das für ein Film, den Sie machen wollen? Warum machen Sie solche Schwierigkeiten?«

Ich warf einen kurzen Blick zu Aram hinüber. Er wirkte ein bisschen erstaunt. Ich beschloss, es ihm zu sagen.

»Ich möchte einen Film von einem Buch mit dem Titel *Bekenntnisse* machen.«

»Von wem?«

»Rousseau.«

»Wieder Rousseau? Das ist gut, gut. Es gefällt mir. Und dir, Aram?«

»Er wollte mir nichts davon verraten.«

Sie wechselten schnell auf Armenisch ein paar Worte.

»Sind Sie bereit anzufangen?«, fragte Duric.

»Ich arbeite an dem Drehbuch.« Ich fing Arams Blick auf. »Es ist, hm, sehr lang.«

»Das ist mir egal. Realismus muss den Film machen.« Er legte seine Hand auf mein Knie. »Das muss ein Realismus-Film sein, John. Aram wird Ihnen helfen.«

»Wenn ich sage ›lang‹«, sagte ich vorsichtig, »dann meine ich sehr lang. Extrem lang.«

»Was ist ›extrem‹?«, sagte Aram.

»Ich möchte drei Filme machen, von jeweils drei Stunden.«

»*Was?*«

»Ist eine gute Idee«, sagte Duric. »Phantastisch. Wir machen ihn bei Realismus, natürlich. Versprich mir das, Aram. Ich meine wirklich *versprechen*.«

Aram machte ein Gesicht, als müsse er ein Gefühl der Übelkeit unterdrücken.

»Ja, Papa – wenn es überhaupt möglich ist.«

»Kein ›Wenn‹. Ein Versprechen ohne Wenn und Aber.«

»Ich verspreche es dir.«

Duric sank zurück. Er wirkte erschöpft, seine schmächtige Brust hob und senkte sich beängstigend schnell. Ich hatte das Gefühl, sie mit meiner Faust durchschlagen zu können, so als wäre sein Körper aus Balsaholz und Papier, wie ein Modellflugzeug. Unter seinen Atemzügen vernahmen wir hin und wieder hinter seiner Brustwand ein sirupartiges Glucksen. In seinen Augen schimmerten Tränen, aber es ist auch möglich, dass es nur wässrige Augenflüssigkeit war. Noch einmal zog er mich zu sich heran.

»John, Sie müssen mir auch etwas versprechen.«

»Natürlich, alles.«

»Sie dürfen nicht zulassen, dass Aram das Geschäft verkauft. Passen Sie auf ihn auf!«

»Was für ein Geschäft?« Ich schaute zu Aram hinüber. »Die Realismus? Die würde er nie verkaufen, keine Sorge.«

»Nein«, sagte er im Einschlafen. »Die Nüsse.«

»Ich werde auf ihn aufpassen«, sagte ich. »Ich verspreche es.«

Aram klingelte nach dem Krankenpfleger, und wir standen auf. Der Pfleger kam herein und hielt Duric die Sauerstoffmaske vors Gesicht. Das schien ihn wiederzubeleben, und er winkte uns zurück. Wir hockten uns an seiner Seite nieder. Seine Augen waren nur noch einen Spalt weit geöffnet und ließen einen braunen, friedlichen Schimmer erkennen.

»Gib keinesfalls die Nüsse auf«, sagte er. Das waren seine letzten Worte. Er schlief ein, und drei Tage später war er tot.

Bei seiner Beerdigung vergossen Aram und ich reichlich Tränen. Ich hatte versucht, sie zurückzuhalten, aber als ich Arams Beispiel sah, beschloss ich, mir keinen Zwang anzutun. Ich habe mich »gehörig ausgeweint«, wie Oonagh zu sagen pflegte. Ich war überrascht, dass ich mich danach besser fühlte, und ich glaube, dass Aram gerührt war. Es war merkwürdig, Aram weinen zu sehen. Während wir die Grabstätte verließen, schnieften wir, wischten uns die Augen und schnäuzten uns in große Taschentücher.

»Er war ein durchtriebener Alter«, sagte Aram. »Ein Neunstundenfilm, mein Gott!«

»Er wird phantastisch«, sagte ich. »Warte nur ab. Es gibt nichts Vergleichbares.«

»Normalerweise würde ich es nicht machen«, sagte Aram. »Wir wollen doch ehrlich miteinander sein. Ich finde es wahnsinnig, verheerend.«

»Aber du hast es versprochen.«

»Ich weiß, ich weiß.«

»Ich habe auch etwas versprochen«, sagte ich. »Gib diese Nüsse nicht auf!«

Aram lachte. »Zu spät, John, tut mir leid. Ich habe Lodokian-Nüsse vor vier Monaten verkauft.«

Ich kam mir ein bisschen angeschmiert vor, aber da war nichts mehr zu machen. Später habe ich mich öfter gefragt, ob Aram mich angelogen hat, einfach um mich aus seinen Geschäften herauszuhalten ... Ich konnte nicht dahinterkommen. Doch ich pries den alten Duric dafür, dass er seinem Sohn das Versprechen am Sterbebett abgerungen hatte. Ich nahm an, dass armenische Blutsbande und Schwüre gegenüber Sterbenden etwas Unverletzliches seien, und hatte damit in einem gewissen Sinne recht. Aram hielt sein Versprechen dem Buchstaben, wenn nicht dem Sinne nach. Einige Tage später wurden die Verträge unterzeichnet. Für die (zurückdatierte) Zeit, in der ich an dem Drehbuch schrieb, erhielt ich ein monatliches Gehalt von tausend Dollar, und die Realismus zahlte mir für das Drehbuch eine Option von 10000 Dollar, die mit einer noch auszuhandelnden Entschädigung für die Abtretung der Weltrechte verrechnet werden sollte. Zusätzlich wurde festgelegt, dass ich Regie führen und am Gewinn beteiligt werden sollte. In der Fachpresse erschienen nüchterne Ankündigungen. Ich weiß noch, dass ich mir eine ausgeschnitten und über meinem Schreibtisch im Landhaus an die Wand gepinnt habe. »Die Realismus-Film teilte gestern mit, dass John James Todd die *Bekenntnisse* von Jean-Jacques Rousseau verfilmen wird. Die Außenaufnahmen werden 1927 in der Schweiz und in Frankreich stattfinden. K.-H. Kornfeld wird die Hauptrolle spielen.« Einigen Journalisten, die sich dadurch zu Spekulationen verleiten ließen, gab ich, wie ich glaubte, aufreizend unklare Auskünfte. Nichts ist so sehr geeignet, Neugier zu erregen, wie die Verweigerung eindeutiger Auskünfte.

Der erste Entwurf der *Bekenntnisse: Teil I* war über 600 Seiten lang. In einem Monat angestrengter Arbeit konnte ich ihn um etwas mehr als 100 Seiten zusammenstreichen. Im Herbst begann ich mit Teil II, kam aber schlecht voran. Ständig war ich mit Teil I beschäftigt – der Regisseur in mir hatte den Drehbuchautor abgelöst. Es gab viele technische Probleme, die zu lösen waren oder ein gewisses Experimentieren erforderten; je länger ich darüber nachdachte, desto mehr praktische Fallgruben taten sich auf. Erst als ich weitere 200 Seiten geschrieben hatte, beschloss ich, Teil II für eine Weile ruhen zu lassen. Wie auch immer, der Winter nahte, und das Holzhaus war ungeheizt. Außerdem kam Monika jetzt nicht mehr heraus, da es mit dem Sonnenbaden vorbei war. Wir kamen ein- oder zweimal in ihrer Wohnung zusammen, aber es war nicht mehr dasselbe. Unsere eigenartige Affäre ging stillschweigend in den Winterschlaf, ohne dass es beide sonderlich bedrückt hätte, und wartete auf die Wiederkehr einer günstigeren Witterung.

Ich gab also das Landhaus in der Jungfernheide auf und kehrte in unser Haus in Charlottenburg zurück. Sonia war hochschwanger, das Kind wurde im Dezember erwartet. Ich begab mich zur Arbeit in mein Büro in den Realismus-Studios, und gegen Ende des Jahres hatte ich eine endgültige Fassung der *Bekenntnisse: Teil I* fertig, die 350 Seiten lang war. Mir war natürlich klar, dass das fast das Doppelte des eigentlichen Umfangs war, aber darüber machte ich mir keine Sorgen. Lass uns mit den Aufnahmen beginnen, versicherte ich Aram, und du wirst sehen, wie es schrumpft. Er schien nicht sonderlich beunruhigt zu sein. Er wollte im neuen Jahr wieder in die USA fahren und hoffte, dort Geld für den Film aufzutreiben. Für *Friedrich der Große* von Leo Druce waren hohe Vorauszahlungen geleistet worden, und der Wirbel um *Johanna von Orléans* war ebenfalls groß.

Aram war, was mir heute klar ist, allzu gelassen, und diese Ruhe übertrug sich auf mich. Wir stellten einen Fahrplan auf. Die Vorproduktion wird im Januar 1927 beginnen, die Dreharbeiten im Juni. Ich würde im Juni 1928 einen vollständigen dreistündigen Film abliefern, der im Herbst dieses Jahres in den Verleih gehen würde. Alles schien durchaus realisierbar zu sein. Diese aus den verschwommensten Überlegungen hervorgezauberten Daten und Pläne erschienen als etwas vollkommen Unumstößliches, wie die Bewegungen der Sterne am Himmel oder die kalendarischen Vorhersagen des Hoch- und Niedrigwassers. Wir hatten einen Zeitplan geschaffen und damit eine Art Realität. Abgesehen von unserer Entschlossenheit besaß er keinerlei reale Existenz, aber wir verhielten uns so, als besäße er sie.

»Mit Teil II fangen wir 1929 an«, sagte ich zu Aram. »Ein Jahr für jeden Teil. Das Ganze wird 1931 fertig sein. Wir führen sie alle zusammen vor. Einen einzigen Neunstundenfilm.« Ich schwieg, um dann mit allergrößter, absoluter Selbstgewissheit fortzufahren: »Es wird fabelhaft. Du wirst sehen, was ich schaffen kann. Erstaunliche Dinge. Einen Film wie diesen wird es nie wieder geben.«

»Ausgezeichnet«, sagte er. »Aber machen wir erst einmal Teil I fertig.«

Anfang Dezember brachte Sonia Zwillinge zur Welt, Mädchen. Zum ersten Mal war ich meiner Frau nahe, als es so weit war. Ich war von der Neuigkeit sehr überrascht. Sonia meinte, sie hätte es mir einen Monat vor der Entbindung gesagt, aber wenn das so war, hatte ich es nicht zur Kenntnis genommen. Ich kann es beschwören. Es erinnert mich auf unangenehme Weise daran, wie sehr ich mit Teil I der *Bekenntnisse* beschäftigt gewesen war. Mein Familienleben war für mich vollständig in den Hintergrund getreten und nahm meine Aufmerksamkeit nur dann in Anspruch, wenn ich es wünschte. Ich war wie betäubt. Mit einem Mal hatte ich vier Kinder! Eine gewisse Panik regte sich in mir. Was zum Teufel machte ich da bloß? Bei uns ging es in diesem Dezember wie in einem Tollhaus zu. Sonia und Lily waren vollauf mit den Mädchen beschäftigt – sie hießen Emmeline und Annabelle –, und ich hatte eine Zeit lang die beiden Jungen zu beaufsichtigen. Aus irgendeinem Grund hatte man Frau Mittenklott, die uns seit dem Rudolfplatz treu geblieben war, die Verantwortung für den Weihnachtsschmuck übertragen. Im Salon stand ein riesiger grüner Tannenbaum, an dem echte Kerzen brannten und der mit echten Keksen und einer Art Ziergebäck behängt war. Kleinere Ausgaben davon standen in der Halle und im Esszimmer. Außerdem hatte man Zweige von anderen Nadelbäumen abgehauen und an allen möglichen Stellen aufgehängt, über Türen, Fenstern und Treppen. Die Luft war erfüllt von harzigen Kieferndünsten, die mir in den Augen brannten und mich an die antiseptischen Experimente meines Vaters erinnerten. Wuchtige Girlanden aus rotem Samtband verzierten die Kamine, und auf jedem vorspringenden Sims, jedem Bilderrahmen und jeder Tischkante hatte die gute Frau kleine Geschenke aufgestellt oder aufgehängt – in buntes Papier gewickelte Streichholzschachteln, die mit Rosinen oder Nüssen gefüllt waren und die die Kinder aufmachen durften, wann immer ihnen die Spannung zu groß oder die Wartezeit zu lang wurde. Dieser drollige Brauch, erklärte mir Frau Mittenklott, stamme aus ihrem Heimatdorf. Unser Haus schien geradezu ein Musterbeispiel an festlicher Stimmung, ein strahlendes Symbol der Weihnachtszeit zu sein. Ihren Höhepunkt erreichten die Unannehmlichkeiten, auch wenn meine Pflichten sich dadurch verminderten, als Vincent und Noreen Shorrold aus London eintrafen, um an unserer Freude teilzuhaben.

Am Weihnachtstag 1926 waren alle im Wohnzimmer versammelt: John James Todd, der Filmregisseur, seine Frau Sonia, ihre vier Kinder Vincent, Hereford, Emmeline und Annabelle, das Kindermädchen Lily und die Schwiegereltern, Herr und Frau Shorrold. Frau Mittenklott war in der Küche dabei, eine Gans, drei Kaninchen und ein Spanferkel zu braten, alles von einem Bauernhof, soweit ich weiß. Ich hatte gerade mein Geschenk von Sonia ausgepackt. Eine Pfeife. Eine entsetzlich geschwungene Meerschaumpfeife, mit einem gelben geschnitzten Kopf von der Größe einer Kaffeetasse, von der – wahrhaftig – rote und grüne Troddeln herabhingen.

»So etwas kann ich nicht rauchen«, sagte ich entsetzt zu Sonia.

»Aber Johnny, natürlich kannst du«, sagte Vincent Shorrold. »Für einen Mann geht nichts über eine Pfeife.«

»Soll das vielleicht eine Anspielung sein? Aber mal ernst, ich kann dieses Ding nicht in den Mund stecken. Ich würde mich ja lächerlich machen.«

»Gib mal her, ich steck sie dir in Brand, Junge«, sagte Vincent Shorrold und nahm sie mir ab. Er machte sich daran, sie aus seinem eigenen Tabaksbeutel zu füllen, und es schien, als gingen mehrere Hand voll hinein.

»Das ist allerdings 'ne gehörige Portion«, sagte er, während er den Tabak mit seinem Daumen feststopfte. »Da gehen anderthalb Dosen Krüll rein.« Er nahm sie in den Mund. Ich sah, wie seine Kaumuskeln sich unter der Belastung anspannten.

»Ganz schönes Gewicht«, bemerkte er. »Kann man einen steifen Hals von kriegen.«

Er brauchte fünf oder sechs Streichhölzer und ebenso viele Minuten, um die zusammengepresste Tabakmasse zu entflammen. Bald war das Zimmer blau von sanft schwebenden Rauchschichten. Die Zwillinge begannen zu weinen, weil ihnen ihre unschuldigen neuen Augen brannten. Ich saß, mit starrem Gesicht, ganz still in meinem Sessel. Die Frauen schauten bewundernd zu, während Vincent Shorrold qualmte und blies und anscheinend aus allen Öffnungen seines Kopfes dicke Rauchwolken ausprustete.

»Hervorragend kühler Zug«, sagte er, während er saugend und blasend zu mir herüberkam. »Die brennt noch ein paar Stunden.« Er hielt mir das scheußliche Ding hin, dessen kleine Troddeln hin- und herschwangen und dessen Stiel von Shorrolds Speichel schimmerte.

»Mach mal einen Zug, John«, sagte Sonia.

»Los, Johnny«, sagte ihre Mutter.

Das Telefon klingelte.

Ich sprang auf und schritt eilends in die Halle, um abzunehmen (warum stand das Telefon bei uns und bei den Leuten überhaupt damals in der Halle?). Ich riss den Hörer von der Gabel.

»Ja?«

»Jamie?«

»Ja.« Es war Doon. Ich spürte, wie mein ganzer Körper zitterte. Ich setzte mich ganz langsam hin.

»Hast du …?« Sie unterbrach sich. Sie klang aufgeregt. »Hast du das ernst gemeint, was du an dem Abend gesagt hast?«

»Was für ein Abend?«

Sie hängte ein. Mir war natürlich klar, welchen Abend sie meinte. Ich verfluchte mich, dass ich nicht schneller geschaltet hatte. Aber konnte man in dieser lachhaften Weihnachtshöhle von einem Haus überhaupt einen Gedanken fassen? Ich zog mir den Mantel über, setzte einen Hut auf und ging in den Salon zurück. Shorrold war gerade dabei, die Pfeife erneut anzuzünden.

»Ich muss weg«, sagte ich. »Probleme … Karl-Heinz. Er ist krank.«

»Aber das Abendessen!«

»Lasst mir etwas übrig. Ich weiß nicht, wann ich zurück bin.«

Innerlich frohlockend trat ich vor die Tür. Ein paar Tage vorher hatte es geschneit, aber der Schnee war weggetaut. Es war ein kalter, trüber Nachmittag, als ich in Richtung Kurfürstendamm fuhr. Zur Schlüterstraße und zu Doons Wohnung.

Niemand gab Antwort. Ich klopfte noch einmal. Ich drückte mein Ohr an die kalte Tür und lauschte, ob sich drinnen etwas regte.

Ein geschniegelter junger Mann kam mit einer neuen Aktentasche die Treppe herauf.

»Wollen Sie zu Fräulein Bogan?« fragte er.

»Ja«

»Sie haben sie knapp verpasst. Ich bin ihr auf dem Weg hierher auf der Straße begegnet. Vielleicht holen Sie sie noch ein. Sie geht in Richtung Norden. Zum Knie hinauf.«

Ich entdeckte sie, als sie gerade die verkehrsreiche Kreuzung Schiller- und Grolmannstraße überquerte. Sie trug einen Ledermantel und einen schmalrandigen braunen Filzhut, der ganz und gar nicht zu ihr passte. Ich dachte, sie wolle zum

Schillertheater, aber sie ging daran vorbei. Sie fragen, warum ich mich ihr nicht auf der Straße genähert habe? Warum ich nicht zu ihr hingelaufen bin und sie angetippt habe? Weil ich mich plötzlich schwach und unsicher fühlte, als ich sie mit ihrer hochgewachsenen Figur so zielstrebig dahinschreiten sah. Warum hatte sie mich nach monatelangem Schweigen angerufen? Was hatte sie mit ihrer Frage bezweckt? Ich wusste, was ich an jenem Abend gesagt hatte, aber warum wollte sie es jetzt von mir bestätigt haben? Ich konnte mir auf diese Fragen keine überzeugenden Antworten geben, nur solche, die meinem Wunschdenken entsprangen, und folgte ihr deshalb unauffällig durch die kalten, stillen Straßen, die jetzt, da wir uns vom Westend entfernten und in das Industriegebiet am Lützowufer kamen, immer menschenleerer wurden. Am Landwehrkanal, dort, wo sich auf der anderen Seite das weite Gelände der elektrotechnischen Werke Siemens erstreckte, bog sie rechts ab und trat in ein Gebäude ein, das auf mich den Eindruck eines Versammlungshauses oder eines protestantischen Gotteshauses machte.

Ich blieb stehen. Das granitfarbene Nachmittagslicht schwand dahin. Der Kanal wirkte fest und sehr kalt, so als sei das Wasser zähflüssig, kurz vor dem Gefrieren. Ich stand unentschlossen da, und die Kälte kroch an mich heran. Es kamen noch ein paar Leute, die in das Gebäude hineingingen. Ich hatte weder Handschuhe noch Schal an. Sollte ich warten? Es konnte Stunden dauern ... Ich ging hinein.

Am Ende eines schmalen Vorraums saß ein junger Mann hinter einem Tisch. Er trug einen Mantel, einen Rollkragenpullover und einen weichen braunen Hut von recht guter Qualität. Vor sich hatte er irgendwelche Papiere ausgebreitet.

»Tag«, sagte ich.

»Bist du Mitglied?« Er hatte ein vierschrötiges, stoppelbärtiges Gesicht.

»Ich möchte beitreten«, sagte ich, ohne zu überlegen. »Ich wollte mich hier mit Fräulein Bogan treffen.«

Der Name machte Eindruck. »Ah, gut. Ausgezeichnet. Kein Problem.«

Er kramte in der Tischschublade und zog ein Formular hervor. »Das macht 200 Mark«, sagte er. »Füll das aus. Ich kann dir jetzt einen vorläufigen Ausweis geben. Den richtigen bekommst du später.«

Was mochte das für ein Club sein, fragte ich mich, während ich ihm das Geld reichte. Aus dem Saal hörte ich undeutliche Gesprächsfetzen. Die Umgebung war so trist, zu trist für Pornografie. Ich hatte das Formular – Name, Adresse, Beruf – schon halb ausgefüllt, als es mir in den Sinn kam, nach der Bedeutung der Buchstaben in der obersten Zeile zu fragen.

Der Mann sah mich plötzlich argwöhnisch an.

»Das heißt ›Revolutionärer Künstlerverband der KPD‹.«

»Ach natürlich.« Ich quälte mir ein Lachen ab. »Wo habe ich nur meine Gedanken?«

Er trug meinen Namen auf einer Pappkarte ein, die er auf der Rückseite sorgfältig abstempelte und unterzeichnete. Er stand auf und schüttelte mir die Hand.

»Willkommen«, sagte er und deutete dann auf die Tür. »Die Versammlung fängt gerade an.«

Im Saal waren wohl über zweihundert Menschen, überwiegend Männer, aber doch ein ansehnlicher Anteil Frauen. So viele Künstler, dachte ich. Von Doon war nichts zu sehen. Ich schob mich zögernd hinein, drückte mich an eine Wand und wartete. An einem Rednerpult stand ein schmächtiger Mann, der voller Pathos abgedroschene Phrasen verbreitete. Im Handumdrehen war es mit meinem Interesse vorbei. Politik, Weltanschauungsfragen und Dogmen waren mir damals gleichgültig. Besonders die Politik – ich war noch nicht zu einem ihrer unglücklichen Opfer geworden. Ich wollte, wie es bei Tschechow heißt, nichts anderes als ein freier Künstler sein. Also verlegte ich mich darauf, die Gesichter der Anwesenden zu studieren, die teils aufmerksam und ernst, teils gleichmütig und unbeweglich waren, und ich bemerkte, dass einige von ihnen wohlhabend waren, sodass es sich nicht nur um Arbeiter oder Studenten handeln konnte. Ich fragte mich, was sie wohl an sich haben mochten oder was der Grund war, der Doon hergezogen hatte.

Die Sprecher wechselten, ohne dass sich an der Tonart oder an dem begrenzten Vokabular etwas geändert hätte. Nach jeder Rede gab es heftigen Beifall. Und dann trat Doon ans Rednerpult. Ich war gespannt, was sie zu sagen hatte. Sie griff die Institution des Weihnachtsfestes an, und da ich an die Karikatur denken musste, zu der mein eigenes Heim geworden war, ertappte ich mich dabei, dass ich all den konventionellen ideologischen Einwänden heftig applaudierte. Am Schluss bat Doon um Spenden für die Partei. Sie sagte, sie würde durch unsere Reihen gehen und das Geld einsammeln.

Ich wartete darauf, dass Doon zu mir käme. Während der schmächtige Mann, der das Ganze eröffnet hatte, die Versammlung mit salbungsvollen Worten beschloss, gingen vier Leute mit Holzschachteln durch das Publikum. Ich wechselte wiederholt meinen Standort und spendete auf diese Weise zweimal, bevor ich endlich mit Doon zusammentraf.

Ich hatte das Gefühl, dass eine quälende Hilflosigkeit mich durchströmte, als ich ihr die Geldscheine in die Schachtel stopfte. Das machte sie verlegen, und zu meiner Freude errötete sie. Andere äußerten sich bewundernd über meine Parteigesinnung und meine Großzügigkeit.

»Danke, Genosse«, sagte sie. Dann fuhr sie mit gedämpfter Stimme fort: »Was machst du hier?«

»Ich bin dir gefolgt. Nachdem du angerufen hast. Ich musste dich sehen.«

»Bist du Mitglied?«

»Ja.«

»Seit wann? Ich dachte, du bist ein Zyniker.«

»Ach, noch nicht so lange … Man darf ja wohl seine Meinung ändern.«

»Warte am Schluss auf mich.«

Ich hatte gedacht, es sei zu Ende, aber ich hatte mich getäuscht. Die Versammlung ging noch drei Stunden weiter. Als sie schließlich endete, war ich vor Hunger fast ohnmächtig. Mein Magen knurrte, dass man es auf drei Meter hörte, und das Wasser lief mir im Mund zusammen, als ich verzweifelt an den Weihnachtspunsch von Frau Mittenklott, an ihr Kaninchen mit Paprika und an ihren Schokoladenstrudel dachte.

Als Doon und ich schließlich gingen, war es Nacht. Wir gingen in Richtung ihrer Wohnung, und sie sprach mit übertriebenem Eifer von der Zelle, von der Sache, von dem Kampf, von den Genossen. Ich ließ sie schwatzen – sie hatte sich bei mir eingehakt, und sie war mir so nahe, dass ich ihr Lavendelparfüm riechen konnte. Schließlich hielt ich es nicht länger aus und bugsierte sie in ein kleines Kellercafé hinein.

Ich bestellte zwei Kaffee mit Kirsch und Schlagsahne und aß zwei große, allerdings recht fest gewordene Stücke Datteltorte vom Vortag. Dann legte ich meine Hand auf die ihre.

»Doon«, sagte ich, »warum hast du angerufen?«

»Ich hätte es nicht tun sollen.«

»Aber du hast es getan.«

»Herrgott, ich weiß es nicht. Ich war deprimiert. Scheiß Weihnachten. Ich hasse es … Ich habe Alex verlassen. Vor zwei Wochen. Ich saß da und wartete, dass die Versammlung anfängt, und ich dachte, ich könnte – Scheiße. Es war dumm von mir.«

Mein Mund war trocken. »Ich liebe dich immer noch.«

Sie zündete sich eine Zigarette an. Sie schien unsicher zu sein.

»Es ist lieb von dir, mir das zu sagen, Jamie.« Sie versuchte, gelassen zu sein. »Aber von mir aus brauchst du es nicht zu sagen. Kann ich noch einen Kaffee haben?«

»Aber es ist wahr. Ich weiß es, seit ich dich zum ersten Mal im Metropol gesehen habe.«

Sie schlug die Augen nieder und blies den Rauch nervös zur Seite fort. »Aber du bist verheiratet. Du hast zwei Kinder …«

»Vier inzwischen.«

»Oh Gott! Vier?«

»Sonia hat vor drei Wochen Zwillinge bekommen.«

»Mein Gott! Siehst du, es ist zwecklos. Wir sollten gar nicht davon sprechen. Ich hätte nicht anrufen sollen.«

Sie fuhr fort, Einwände aufzuzählen. Ich hatte das Gefühl, dass es mir an Sauerstoff mangelte, wie Duric Lodokian. Obwohl ich durch Mund und Nase atmete, lechzten meine Lungen nach Luft. Ich musste sie von dem Thema »Frau und Kinder« abbringen. Sie hielt inne, um sich den Hut abzunehmen.

»Schau, ich habe es blond gelassen. Erinnerungen an *Julie*.«

Die Idee schien mir entgegenzufliegen, wie ein Stück Federwild, das aus dem Heidekraut aufgescheucht wird.

»Ich wollte mich sowieso mit dir in Verbindung setzen«, sagte ich langsam. »Ich möchte, dass du in meinem neuen Film mitmachst. Wieder mit Karl-Heinz.«

»Ach ja. Ich las davon. Aber was für eine Rolle gibt es dort für mich?«

»Eine gewisse Madame de Warens.«

»Ich weiß nicht ...«

»Du wärst phantastisch.«

»Ich finde die Idee nicht so toll. Wie heißt der Film noch mal?«

»*Bekenntnisse*.«

Villa Luxe 22. Juni 1972

Emilia verhält sich in letzter Zeit merkwürdig. Das hängt natürlich mit dem Loch im Fensterladen zusammen. Einen ganzen Tag lang sagte sie kein Wort. Gestern kam sie schließlich mit angemalten Lippen und unschönen Holzohrringen. Ich habe auch das Gefühl, dass sie Ulrike nicht mag. Es ist eigenartig, wie besitzergreifend Frauen werden können. Als ich ihr sagte, dass Ulrike den Strand benutzen dürfe, war sie offensichtlich irritiert. Ich kann mich nicht damit abgeben, herauszufinden, was hier los ist. Könnte es sein, dass sie, so lächerlich es auch klingt, eifersüchtig ist? Mein Gott!

Es ist an der Zeit, dass ich Ihnen etwas über Jean-Jacques Rousseau sage, für diejenigen unter meinen Lesern, die nicht mit ihm vertraut sind. Zunächst möchte ich Ihnen eine offizielle Darstellung vorführen, eine, die man sofort vergessen kann. Leider ist meine Bibliothek hier etwas unvollständig. Ich kann nur aus einem 1934 erschienenen *Student's Guide to European Philosophy* von einer gewissen Dr. Ida Milby-Low (MA, Dr. phil., Oxford-Absolventin) zitieren. Ich bitte um Entschuldigung, aber dies ist bloß die äußere Hülle des Mannes, um den es uns geht. Üben Sie Nachsicht mit mir.

»*Jean-Jacques Rousseau* (1712–1778) wurde am 28. Juni 1712 in Genf geboren. Sein Vater reparierte Uhren *[tatsächlich war er Uhrmacher]*, und seine Mutter starb unmittelbar nach seiner Geburt. Er erhielt keine reguläre Schulbildung, aber das, was er an Bildung erfuhr, wurde ergänzt durch die Lektüre französischer Romane, die sich in der Bibliothek seines Vaters fanden. Während seiner Kindheit war sein Vater infolge eines Streits genötigt, Genf zu verlassen, und der junge Jean-Jacques wurde zunächst bei einem Landpfarrer und anschließend bei einem Onkel in Pflege gegeben. Nach einer turbulenten Jugendzeit wurde er zu einem Graveur in die Lehre gegeben, der sich vergebens bemühte, ihm Disziplin beizubringen. Zutiefst unglücklich, machte sich Rousseau bei diesem Arbeitgeber aus dem Staube und floh aus der Schweiz nach Annecy in Savoyen, wo er alsbald die Bekanntschaft einer gewissen Frau von Warens machte, einer Frau von leichten Sitten *[dies ist die Stimme von Fräulein Milby-Low, einer altjüngferlichen Dozentin, die, ich möchte wetten, einen Oberlippenbart hat und deren einzige Laster darin bestehen, dass sie dann und wann eine Zigarette raucht und sich heimlich einen Schluck aus der Sherryflasche in ihrer Schreibtischschublade genehmigt]*. Frau von Warens schickte Rousseau nach Turin, wo er zum Katholizismus übertrat und bei zwei wohlhabenden Adelsfamilien als Hausdiener beschäftigt war. Er hätte es in einem der

Häuser zum Haushofmeister bringen können, wäre er nicht wieder wegen seiner chronischen Unbeständigkeit ausgerissen. Erneut ließ er seine Pflichten im Stich, floh zurück nach Annecy und zu Frau von Warens, die, wie Rousseau sich selbst ausdrückt, seine ›*Maman*‹ wurde.

Die Folgezeit war ausgefüllt mit Gelegenheitsarbeiten und Wanderungen. Rousseau verlegte sich auf die Musik als Hauptberuf und war dann und wann als Chorsänger tätig. Während dieser unsicheren Zeit flüchtiger Verbindungen mit abenteuerlichen Gestalten komponierte er sogar eine Oper, die ihn nach Lausanne und Paris führte. Doch unausweichlich kehrte er immer wieder zu Frau von Warens zurück, mit der er zunächst in Chambery und anschließend in Les Charmettes gelebt hatte, einem reizenden Landhaus in der Nähe. Hier fand er für eine gewisse Zeit Ruhe und vervollständigte seine Bildung, indem er sich dazu zwang, gierig alles zu verschlingen, was ihm an Lesbarem in die Hände fiel. Doch in emotionaler Hinsicht war sein Leben nicht so ruhig. Frau von Warens hatte sich einen Mann namens Vintzenried ins Haus geholt. Rousseau war außer Stande, seine ›Maman‹ mit einem anderen zu teilen, und verließ Les Charmettes, um bei verschiedenen Familien als Hauslehrer zu arbeiten. Er hatte bisher kaum etwas geschrieben und ahnte nichts von seiner Begabung.

1742 beschloss er, mit einem neuen, von ihm entwickelten musikalischen Notationssystem sein Glück in Paris zu versuchen. Dieses System setzte sich indes nicht durch, und Rousseau blieb weiterhin unbekannt. 1744 ließ er sich mit einer gewissen Thérèse Levasseur ein, einem ungebildeten Mädchen von niederem Stand *[hier meldet sich wieder die Stimme der Oxforder Dozentin]*, die die Mutter seiner Kinder wurde.

Rousseau verdiente sich seinen Lebensunterhalt als Notenkopist, durch Tätigkeiten als Sekretär und durch den sehr begrenzten Erfolg seiner Opernlustspiele. 1749 lud Diderot (siehe dort) ihn ein, an der *Französischen Enzyklopädie* (siehe dort) mitzuarbeiten, und Rousseau verfasste dazu die Artikel über Musik und politische Ökonomie. So geriet er in die Gesellschaft französischer Intellektueller wie d'Alembert und F.M. Grimm, eines Deutschen von grober Gottlosigkeit.

Die ersten achtunddreißig Jahre seines Lebens hatte Rousseau in völliger Anonymität zugebracht. Er hatte eine Reihe von untergeordneten Stellungen inne, und er wäre wohl zufrieden gewesen, zur Clique der ›Enzyklopädisten‹ zu gehören (die es fertigbrachten, die liebenswürdige Zivilisation des monarchischen Frankreich für ihren Geschmack allzu despotisch zu finden), wäre er nicht mit seinem *Diskurs über die Künste und Wissenschaften* zu Ruhm und Ansehen gelangt. Darin behauptet er – mit einer unglaublichen Eloquenz, die das Paradoxon verdunkelte –, dass der Mensch im wilden Naturzustand glücklicher sei als in einem gehobenen, zivilisierten Zustand. Er wurde zum gefeierten Mittelpunkt von Paris, und sein *Diskurs* erwies sich als der von ihm erstrebte Schlüssel zur besseren Gesellschaft. [*Gerade das hat er nicht erstrebt.*]

In der Zwischenzeit hatte Thérèse Levasseur ihm fünf Kinder geboren, die er alle nacheinander ohne Skrupel vor der Tür des Findelhauses von Paris aussetzte.

Der Ruhm mit seinen Begleiterscheinungen passte jedoch schlecht zu dem Mann, der den ›edlen Wilden‹ zum exemplarischen Vorbild der Menschheit erhoben hatte. 1754 kehrte Rousseau nach Genf zurück, entsagte umgehend dem Katholizismus und wurde wieder Calvinist und Bürger. Sein Rückzug war nicht von langer Dauer. Die Gesellschaft und ihre reichen Gönner erwiesen sich als eine allzu starke Verlockung, und Rousseau nahm das Angebot von Madame d'Épinay an, in der Hermitage zu wohnen, einem freundlichen Landhaus auf ihrem Gut im Wald von Montmorency. Er war entzückt von der ländlichen Stille und Abgeschiedenheit, aber nicht lange. Madame d'Épinay wünschte seine Gesellschaft; Diderot und Grimm flehten ihn an, wieder in die Salons von Paris zurückzukehren; und schließlich verliebte sich Rousseau in die Schwester von Madame d'Épinay, die Comtesse d'Houdetot, die die Geliebte des edlen Soldatenpoeten Saint Lambert war. Das führte zunächst zu Komplikationen, dann zu Spannungen und gegenseitigen Beschuldigungen und schließlich zu scharfer Verbitterung der Beteiligten.

Mit erstaunlicher Leichtigkeit fand Rousseau einen anderen Gönner, den Maréchal de Luxembourg. Ihm fiel jetzt die Ehre zu, dem Philosophen und seiner Mätresse ein Heim zu verschaffen [*hier erreicht die akademische Gehässigkeit ihren Höhepunkt*]. Doch auf Rousseau warteten neue Höhen des Ruhmes. Innerhalb von achtzehn Monaten (1761/62) erschienen drei große Werke: *Die Neue Héloïse, Emile* und der *Gesellschaftsvertrag.* Sie enthielten revolutionäre Ansichten über alle Themen, die für Menschheit und Gesellschaft von höchster Bedeutung sind: die Regierung, die Erziehung, die Religion, die Sexualmoral und das Familienleben, die Quelle unserer tiefsten Empfindungen und unserer größten Liebe.

Dies war Rousseaus *annus mirabilis,* aber wie so oft bei diesem Mann zog es nur Unheil nach sich. Die im *Emile* (einer Abhandlung über die Erziehung in Form eines Romans) dargelegten unorthodoxen Ansichten über die Religion erregten Anstoß bei der Obrigkeit. Das Buch wurde beschlagnahmt, und gegen seinen Verfasser wurde ein Haftbefehl erlassen. Man gab ihm jedoch genügend Gelegenheit zur Flucht, und Rousseau begab sich eilends in die Schweiz. Hier wollte man jedoch nichts mehr von ihm wissen, und so begab er sich nach Neuchâtel, das damals zu Preußen gehörte. Dort lebte er still in ländlicher Abgeschiedenheit, begann seine *Bekenntnisse* zu schreiben und empfing gelegentlich Besucher, darunter den jungen Schotten James Boswell, den späteren Biografen von Dr. Samuel Johnson (siehe dort).

Eingedenk seines gefährdeten Exils in Neuchâtel akzeptierte Rousseau die großzügige Einladung des Philosophen David Hume (siehe dort), nach England zu übersiedeln. Er ließ sich in Wotton Hall bei Ashbourne nieder. Der Verfolgungswahn, an dem er seit jeher gelitten hatte, bemächtigte sich seiner nunmehr immer stärker und artete in eine chronische Form wahnhafter Geisteskrankheit aus. Er entwickelte die Überzeugung, dass Hume, sein Wohltäter, sich in Wahrheit gegen ihn verschworen habe und ihn um seinen Ruhm beneidete. Rousseau warf ihm vor, seine Briefe abzufangen, und nach einem heftigen Streit kehrte Rousseau mit Fräulein Levasseur auf den Kontinent zurück. Es folgte eine nomadische Zeit kurzer Aufenthalte in der französischen Provinz, bis Rousseau sich schließlich in Paris niederließ, geduldet und unbelästigt von einer nachsichtigen und vergebenden Regierung. Er schloss die *Bekenntnisse* ab (die posthum veröffentlicht wurden), und er verfasste die berühmten *Dialoge: Rousseau urteilt über Jean-Jacques* und die heiteren *Träumereien eines einsamen Spaziergängers.* In den *Bekenntnissen* gehorcht er dem bizarren Zwang, schonungslos die ganze Wahrheit über sich selbst zu erzählen, ein Unternehmen, das eher originell als erquicklich ist, wohingegen die beschaulicheren Träumereien ein Gefühl des Mitleids mit einem Mann erwecken, der, das muss man einräumen, sein eigener schlimmster Feind war. Er war ein Mann, bei dem erstaunliche Begabungen beeinträchtigt und untergraben wurden durch schwere Mängel des Charakters und des Urteilsvermögens. Selbstsucht und Paranoia, Eitelkeit und rücksichtsloser Opportunismus, niederträchtige Undankbarkeit, Leidenschaft und Vorurteil beherrschten diesen schlichten Denker, der dann und wann kluge Einfälle hatte. Es stimmt zwar, dass Rousseau und seine Werke das europäische Denken und Empfinden unwiderruflich verändert haben, aber man muss hinzufügen, dass das nicht immer zum Besseren war. Er starb am 2. Juli 1778 in Ermenonville an einem Schlaganfall.«

Ein Schlaganfall ist die einzige angemessene Reaktion auf diesen letzten Absatz, der wohl die niederträchtigste und schändlichste Nachrede darstellt, die jemals einem der größten Genies der neueren Geschichte gewidmet wurde. Ich gebe ihn hier nur als ein kleines Beispiel dessen wieder, was Jean-Jacques während seines ganzen, an Qualen reichen Lebens und noch darüber hinaus von den Kleinkarierten zu erdulden hatte und hat. Die üblen Anspielungen, die zahlreichen Ungenauigkeiten und Auslassungen von Dr. Milby-Low verdienen es nicht, durch weitere Bemerkungen aufgewertet zu werden. In groben Umrissen liegt das Bild des schwierigen, einzigartigen Lebens von Jean-Jacques vor uns – wir werden später genauer darauf eingehen. An dieser Stelle seien nur zwei Dinge angemerkt.

Erstens: Sie können versichert sein, dass nichts von dem, was Milby-Low hier nacherzählt, in den *Bekenntnissen* ausgelassen wurde, wie Sie vielleicht – verzeihlicherweise – angenommen haben (aufgrund des Tonfalls selbstgefälliger Enthüllung, den sie gelegentlich anschlägt). Rousseau selbst war und ist die Quelle all der Verleumdungen, die ihm von Kleingeistern und prüden Menschen nachgesagt wurden. In furchtloser Offenheit hat er alles in diesem herrlichen Buch und in den Begleitbänden *Rousseau urteilt über Jean-Jacques* und den *Träumereien* niedergelegt. Keines seiner Vergehen lässt er aus, weder die großen noch die belanglosen, weder die Aussetzung seiner Kinder noch die Nichtigkeit, dass er einer streitsüchtigen Nachbarin, als sie gerade nicht hinschaute, heimlich in den vor sich hinkochenden Suppentopf gepinkelt hat. Rousseau wird beurteilt von Jean-Jacques – und nicht von den Milby-Lows dieser Welt.

Zweitens: Ist es nicht merkwürdig, dass ein von Pech verfolgtes, von Groll, Bitterkeit und Enttäuschung zerrissenes Leben vom Rest der Menschheit irgendwie als das eigene Verschulden des unglücklichen Dulders wahrgenommen wird? Gewiss, es gibt Leute, die »ihr eigener schlimmster Feind« sind, Leute, die Hals über Kopf ihrer Selbstzerstörung entgegeneilen. Aber kann man nicht andererseits zugeben, dass es Männer und Frauen gibt, auf denen wie ein Fluch das Missgeschick lastet, denen die Chancen, die andere erhalten, verwehrt bleiben, die von falschen Freunden und trügerischen Schmeichlern umgeben sind? Warum will man das nicht wahrhaben? Man kann doch nicht sagen, dass so etwas nicht vorkommt oder dass, wenn es vorkommt, immer der eigene fehlgeleitete Wille daran schuld ist. Es gibt keine Glücksgarantie, und Sie können sich nicht darauf verlassen, dass Ihre Verbündeten immer treu zu Ihnen halten oder dass Unredlichkeit und Gleichgültigkeit auf keinen Fall siegen werden. Warum also schreien die Leute in diesen Fällen (in Jean-Jacques' Fall) »Paranoiker, Wahnsinniger, Misanthrop, Undankbarer, Egomane«?

Ich will Ihnen sagen, warum. Weil die Leute sich dadurch besser fühlen, sicherer. Ein *verzaubertes* Leben können sie, widerstrebend zwar, noch hinnehmen – in dem Falle besteht Hoffnung für uns alle –, aber angesichts eines *verwunschenen* Lebens wird ihnen bange ums Herz. Wenn sie alles dem Opfer selbst in die Schuhe schieben können, scheint das Schicksal irgendwie unter Kontrolle zu sein, denn dann sind wir eben selbst an unserem Untergang schuld. In irgendeiner Weise sind wir dann Handelnde, von denen das Geschehen abhängt. In Wirklichkeit ist es dann nicht der Zufall, die blinde Willkür, das Unvorhersehbare, wovon der Lauf der Welt bestimmt wird.

Die Bekenntnisse: Teil I

Mit den Aufnahmen zu den *Bekenntnissen: Teil I* begannen wir im Juni 1927, einen Monat später als geplant. Teil I sollte das Leben Rousseaus von seiner Geburt im Jahr 1712 bis zum Jahr 1739 umfassen, als er sich, widerstrebend und schweren Herzens, entschließt, seine innig geliebte ›Maman‹, die seine Geliebte und Wohltäterin ist, mit seinem Nebenbuhler, dem verabscheuenswerten Vintzenried, zurückzulassen und sein Glück anderswo zu suchen. Teil II sollte seinen Aufstieg zum Ruhm behandeln und mit dem Skandal des *Emile* und der Flucht in die Schweiz enden. Teil III sollte – ich gebe zu, dass ich mir darüber kaum Gedanken gemacht hatte – seine letzten Jahre behandeln: das kühle Exil in England, den bitteren Streit mit Hume, die Rückkehr nach Paris und das friedliche Botanisieren seiner letzten Jahre. So sah in groben Umrissen der von mir entworfene Gesamtplan aus. Teil I war so weit, dass wir mit den Aufnahmen beginnen konnten, Teil II war zum größten Teil als Entwurf fertig, und Teil III würde sich, dessen war ich sicher, fast von selbst schreiben, wenn wir in drei Jahren so weit sein würden. Ich fühlte mich berauscht, voller Kraft und Enthusiasmus, vor Antritt eines großen Abenteuers.

Was Doon und mich betrifft, so passierte in jener Nacht nach der Versammlung überhaupt nichts. Wir tranken unseren Kaffee und Kirsch aus, und ich begleitete sie nach Hause. An ihrer Wohnungstür durfte ich sie auf die Wange küssen. »Ich glaube, die Rolle der Madame de Warens wird dir gefallen«, sagte ich. »Ich hoffe es«, sagte sie aufrichtig.

Nichts konnte mich nach dieser Versammlung dazu bewegen, direkt nach Hause zu gehen. Ich begab mich zunächst zur Stralauer Allee, um Karl-Heinz zu überreden, gegenüber Sonia meine Ausrede zu bestätigen, aber Georgs Wohnung war dunkel. Aus irgendeinem Grund fuhr ich dann zum Tiergarten und ging hinein, um – wohl aus Aberglauben – die Rousseau-Insel anzustarren, eine kleine, mit Bäumen bestandene Insel inmitten eines der zahlreichen Seen, die über den riesigen Park verstreut lagen. Karl-Heinz hatte mir von diesem Inseldenkmal erzählt. Ich hatte es ein- oder zweimal aufgesucht, mehr aus Pflichtgefühl als aus Begeisterung. Auch an diesem Abend hatte es nichts sonderlich Begeisterndes. Die Bäume waren kahl, und durch die Dunkelheit schimmerten vereinzelte Schneereste, wie Blätter einer Zeitung, die der Wind verweht hatte. Ich sah, wie mein Atem in der kalten Luft Wolken bildete, die sich anschließend auflösten, und versuchte, ernsthaft an die Arbeit zu denken, die in den nächsten Jahren vor mir lag, doch meine Gedanken kehrten unausweichlich zu Doon zurück … An das warme Gewicht ihrer Hand in meiner Armbeuge. An den Schnurrbart aus Schlagsahne, der sich auf ihrer Oberlippe bildete, als sie ihren Kaffee mit Kirsch trank. Daran, wie schnell die feuchte Spitze ihrer Zunge ihn abgewischt hatte. Würde sie die Madame de Warens spielen? … Wegen der Entzweiung, zu der es nach *Julie* zwischen uns gekommen war, hatte ich nicht daran gedacht, dass sie diese Rolle spielen könnte, aber jetzt wunderte ich mich, warum ich so lange gebraucht hatte, um diese Möglichkeit zu erkennen. Sie würde zwar nur in Teil 1 vorkommen, aber auch das würde bedeuten, dass wir monatelang einander nahe waren. Ich atmete tief aus. War ich mir darüber im Klaren, was ich an diesem Weihnachtsabend meiner Frau und meinen vier Kindern antat, die gewiss ungeduldig auf meine Heimkehr warteten? Nein. Ja. Vielleicht … Ich machte kehrt und ging zu meinem Wagen zurück.

Während der ersten sechs Monate des Jahres 1927 war ich unermüdlich damit beschäftigt, den riesigen Apparat, der die

Bekenntnisse produzieren würde, in Gang zu setzen. Mein Hauptziel und meine grundlegende Arbeitsmaxime bestand darin, die Lebenstatsachen eines Menschen mit einer noch nie da gewesenen Detailgenauigkeit im Film wiederzugeben. So wie sich Rousseau mir als Leser in vollkommener Freimütigkeit dargeboten hatte, würde ich nun Millionen von Zuschauern in der ganzen Welt das Porträt eines Menschen in einer solchen Nähe, Genauigkeit und Wahrhaftigkeit darbieten, dass sie ihn so gründlich kennenlernen würden wie sie sich selbst. Nichts würde ausgespart bleiben. Es würde die Lebensgeschichte eines außergewöhnlichen Menschen sein, der aber nur in seiner Menschlichkeit heroisch war. Der Geist des Einzelnen sollte ein großes, unsterbliches Denkmal erhalten.

Ich hatte hochfliegende Pläne, wie das zu erreichen war, und wollte jeden Kunstgriff und jedes Verfahren nutzen, das dem modernen Filmemacher zur Verfügung stand, und noch einige darüber hinaus, die ich selbst entwickelt hatte. Ich wollte die Möglichkeiten des Films bis an ihre Grenzen ausschöpfen.

Ich hatte das Glück, dass es Aram gelungen war, das für diesen Traum erforderliche Budget bereitzustellen. *Julie* war so erfolgreich gewesen, dass eine Gruppe deutscher Financiers, Pathé in Frankreich und Goldfilm, eine amerikanische Kinokette, hohe Summen in den Film investiert hatten. Aus meinem eigenen Land kam nicht ein Penny. Aram war inzwischen aus den Staaten zurückgekehrt, mit einem Hut voll Investoren für die Realismus-Film und, höchst merkwürdig, mit einer neuen Identität für sich selbst.

Es war wirklich bizarr. Am ersten Morgen, als er wieder im Studio war, suchte ich ihn auf. Die Tür zu seiner Bürosuite stand offen, und ein Arbeiter war dabei, das Namensschild auszutauschen. Ich nahm davon keine Notiz und ging hinein. Aram hatte sich in der letzten Zeit angewöhnt, bunte Hemden zu tragen, allerdings mit einem weißen Kragen, unabhängig davon, was für einen Anzug er trug. Heute hatte er einen plumpen braunen Tweed-Anzug an und dazu ein rotes Hemd.

Wir schüttelten uns die Hände. Er berichtete mir von all den guten Neuigkeiten: Leo Druce war mit *Friedrich der Große* fertig (keine erstklassige Arbeit, aber es würde ausreichen; *Johanna von Orléans* wollte Aram Egon Gast geben), und er war bereit, als Produzent an den *Bekenntnissen* mitzuwirken. Das benötigte Geld war da, die ganzen anderthalb Millionen Dollar (»aber nicht mehr, John«, sagte Aram). Doon Bogan war für die Madame de Warens verpflichtet worden. Wir sprachen noch über weitere Einzelheiten, über die neuen Studios, die in ehemaligen Lagerhäusern außerhalb Spandaus eingerichtet wurden, über die Zeit, die wir für die Aufnahmen in der Schweiz benötigen würden, und so weiter. Als wir alles geklärt hatten, stand ich auf und sagte: »Gut, Aram, ich ...«

»Ach ja, da ist noch etwas.« Er überreichte mir eine Visitenkarte.

Ich sah sie mir an. »Eadweard A. L. Simmonette« stand darauf. »Wer ist das?«

»Ich.«

»Wie bitte?«

»Ich habe meinen Namen geändert.«

»Aber so schreibt man doch nicht Edward.«

»Doch, das ist möglich. Es ist anerkannt. Ich möchte aber, dass man ›Eddie‹ zu mir sagt. Eddie Simmonette. Von nun an bitte, John. Auf Aram Lodokian werde ich nicht mehr hören.«

»Aram, um alles in der Welt! Bist du ...?«

Sein Gesicht wurde hart. Er war sonst der ausgeglichenste Mensch, und es war irritierend, eine solche Verletztheit und Wut an ihm zu sehen.

»John, ich flehe dich an, lass das nicht zwischen uns treten. Ich bin jetzt Eddie. Du darfst mich nie mehr Aram nennen.«

Ich beschloss, ihm seinen Willen zu tun. »Schon gut, Eddie. *Eddie.* Aber es ist nicht einfach.«

»Alle in der Firma, alle meine Freunde und Mitarbeiter wissen Bescheid.« Er lächelte. »Du wirst sehen, in ein bis zwei Tagen ist es das Natürlichste von der Welt.«

War er verrückt geworden? »Aber wieso?«

»Ich wollte es schon lange tun. Natürlich musste ich erst den Tod meines Vaters abwarten. Ich möchte kein Lodokian mehr sein.« Er fasste mich am Arm. »Die Zeiten ändern sich, John. Die Welt von morgen gehört den Eddie Simmonettes. Du warst nie in Amerika – dort bin ich auf die Idee gekommen.«

Ich verstand es zwar nicht, aber er hatte wohl das Recht dazu. Also kein Aram Lodokian mehr. Auftritt Eddie Simmonette. Und was das Komische daran ist, Aram/Eddie hatte recht.

Im März fuhr ich mit der ganzen Familie zu Thompsons Hochzeit in die Heimat zurück. Es war beschwerlich, aber ein persönlicher Brief, in dem er mich darum bat, dabei zu sein, hatte mich gerührt. Wir reisten Erster Klasse und verbrachten zwei Tage in London im Claridges. Ich buchte dort zwei Suiten, eine für Sonia und mich, eine für Lily und die Kinder. Genauso hielt ich es im North British Hotel in Edinburgh. Stumm stand ich dort am Fenster unserer Suite und schaute etwa zehn Minuten lang auf das vertraute Bild hinaus. Das Schloss, die Gärten, die Princes Street. Es war wie immer grau und nass. Über den triefenden, windgepeitschten Gärten und der Stadt ragte düster das Schloss auf, und die schlammigen Abhänge glänzten vor Regen. Ich dachte zurück an meinen ersten Aufenthalt vor sechs oder sieben Jahren, bevor wir *Wee McGregor Wins the Sweepstake* machten. Hier war ich nun, achtundzwanzig Jahre alt, wohlhabend, berühmt, mit einer großen Familie, Bediensteten ... Ich hätte mit mir zufrieden sein können, selbstgefällig, erfüllt von einer Ich-habe-es-euch-ja-gesagt-Überlegenheit. Doch je länger ich dort stand und diesen unnachsichtigen Ausblick betrachtete, desto schwerer fiel es mir, Selbstzufriedenheit zu erreichen. Ich wusste, mein Vater würde sich nicht beeindrucken lassen.

Wir hatten einander sechs Jahre lang nicht gesehen. Meine Augen brannten vor Rührung, als er mit Thompson und dessen künftiger Braut in die Suite geführt wurde. Sonia hatte unsere Familie wie zur Gepäckinspektion herausgeputzt. Sie war außerdem ein bisschen nervös, denn es war ihre erste Begegnung mit ihrem Schwiegervater. Die Jungen hatte sie in schicke Golfkleidung gesteckt – lose, von einem Gürtel zusammengehaltene Jacken und Knickerbocker –, die Mädchen lehnten in den Ecken eines Sofas – Engelchen in Spitze –, Lily zwischen ihnen. Mein Vater war, wie er schon immer gewesen war: förmlich, höflich, von Zurückhaltung eingehüllt wie eine Reliquie in einem gläsernen Schrein.

»Hallo, John«, sagte er. Energisch schüttelte ich seine kühle Hand. »Und das ist wohl Sonia ... Du kannst jetzt loslassen, John.«

Es war ein steifes, unbehagliches Wiedersehen. Die Konversation war unsäglich banal. Mein Vater, inzwischen vollkommen ergraut, war so dünn wie eh und je und hielt sich immer noch aufrecht, und für einen Mann von Mitte siebzig wirkte er erstaunlich fit.

Thompson hatte sich mit seiner Wohlbeleibtheit abgefunden. Sie stand ihm. Er war einer von diesen stämmigen Männern, für die ein Gewichtsverlust so etwas wie eine Kränkung, fast etwas Unanständiges gewesen wäre. In der Bank war er unaufhaltsam aufgestiegen, und ich glaube, er sagte mir, dass er gerade in den Vorstand aufgenommen worden war – deshalb sein Entschluss zu heiraten. Ich beneidete ihn um seine junge, lebhafte Frau Heather (die mir schüchtern erklärte, wie sehr sie *Julie* bewundert habe). In einem harmlosen, unaufdringlichen Sinne war sie hübsch. Sie machte sich aufgeregt mit den Kindern zu schaffen, froh, eine Ablenkung zu haben. Verglichen mit ihr hätte man Sonia fast als »matronenhaft« bezeichnen können. Für eine junge Frau hatte Sonia übermäßig breite Hüften, auf denen ihr Oberkörper zu ruhen schien wie eine antike Büste auf einem Sockel. Sie trug kostspielige, geschickt geschnittene dunkle Kleider, die ihre Massigkeit bis zu einem gewissen Grade verhüllten, aber ihre derbe Breitärschigkeit wurde von der schlanken, nervösen Heather neben ihr noch betont. Heather – das sah ich schon – war eines von jenen Mädchen, deren sonniges Gemüt auch durch die grimmigsten Widrigkeiten nicht getrübt werden würde (als ich einige Jahre später auf eine grobe, beschämende Art ihr gegenüber zudringlich wurde, ließ sie mich auf eine ganz reizende Art abblitzen). Ich stand mit meinem Vater und meinem Bruder zusammen, wir rührten in unseren Teetassen, die wir in Brusthöhe vor uns hielten, und wir schauten zu, wie die Frauen sich an den Kindern zu schaffen machten und ihnen etwas einzupauken versuchten. Ich glaube, dies war der Moment, in dem die letzten Reste von Liebe, die ich noch für Sonia empfand, für immer versickerten. Warum? Warum passieren solche Dinge überhaupt? Ich wusste, ich hatte jetzt Doon.

Ich warf Vater einen kurzen Blick zu. Sein Gesicht war ausdruckslos.

»Nun, Innes«, sagte ich, »ist es nicht großartig, dass die Familie wieder zusammen ist?«

Ich sah, wie er zusammenzuckte, als ich ihn beim Vornamen ansprach. Thompson nannte ihn »Daddy«, lächerlich für einen erwachsenen Mann, wie ich fand.

»Sonderbare Namen hast du für deine Jungen gewählt«, sagte er mit einem angedeuteten Lächeln. Der alte Mistkerl. »Vermutlich aus der Tradition der Shorrolds, wenn ich richtig sehe?«

Die Hochzeit. Sie war erträglich. Sonst verabscheue ich Hochzeiten. Die ganze Aufrichtigkeit, die man sich bei dieser Gelegenheit vorheuchelt, widert mich an. Donald und Faye Verulam waren da. Donald war so verbindlich und vornehm wie eh und je. Faye wurde mit Feingefühl und Charme älter. Mein Verhältnis zu ihr war jetzt vollkommen entspannt. Eine Reihe von stämmigen Vettern aus der Dale-Sippe kreuzte auf und ich war erstaunt, dass der alte Sir Hector immer noch am Leben war. Er war womöglich in einer noch besseren Verfassung, als ich es von 1919 in Erinnerung hatte – aus der Zeit, da ich ihn im Rollstuhl durch den Garten von Drumlarish House geschoben hatte. Er nahm gerade einen kräftigen Schluck Sherry und versuchte, sich den zerkrümelnden Hochzeitskuchen in den Mund zu stopfen, als ich auf ihn zukam.

»Großvater!«, rief ich. »Ich bin's, John James!«

Er war furchtbar schlecht rasiert, und Kuchenkrümel hingen zwischen den Stoppeln. Seine feuchten Augen verdrehten sich, unkontrolliert.

»Johnny! Wie geht's dir, Kleiner?«

»Gut, gut.«

»Hast du doch noch eine Stelle gekriegt?«

»Ja, ja.« Ich nahm mir vor, nicht immer alles doppelt zu sagen. Plötzlich spürte ich, wie sich meiner beim Anblick dieses eingefallenen alten Mannes in seinem Rollstuhl eine ungeheure Traurigkeit bemächtigte.

»Phantastischer Tag«, sagte er.

»Wirklich, wirklich.«

»Hol mir noch einen von diesen kleinen Sherrys, bevor mein Pfleger zurückkommt.«

Ich tat es und nahm selbst einige Whiskeys, um mich aufzuheitern, und das erklärt vermutlich, warum ich gegenüber Oonagh so vollkommen die Beherrschung verlor. Natürlich war sie zu der Hochzeit eingeladen worden, hielt sich aber ergeben an ihre frühere Rolle als Dienstmädchen der Familie und saß auf einem harten Stuhl am äußersten Rand der Verwandtenschar. Sie trank Tee und hatte einen Teller mit kleinem Gebäck auf dem Schoß, als ich sie entdeckte. Sie war von Arthritis gebeugt und hatte, da sie die Treppen nicht mehr hinaufkam, die Arbeit bei meinem Vater aufgegeben. An ihrer Stuhllehne hingen zwei Gehstöcke. Ihr Gesicht war weicher und offener geworden, und ihre Haare waren frühzeitig ergraut. Sie trug eine bauschige weiße Bluse, einen dicken Rock und altmodische Schnürschuhe.

»Du bist also nicht zu vornehm, um mit mir zu sprechen?«

»Red keinen Unsinn, Oonagh!« Ich gab ihr einen Kuss.

Meine Stimme zitterte. Ich fühlte, wie mein Kopf anschwoll von den unvergossenen Tränen eines ganzen Jahrzehnts, wie eine reife Melone, die gleich platzt. Hier, an diesem Tag, spürte ich meine Jugend und mein früheres Leben für immer entschwinden. Die Veränderungen, die in meiner sechsjährigen Abwesenheit eingetreten waren, waren so einschneidend, dass ich sie nicht einfach unbewusst in mich aufnehmen konnte. Die Geografie meines früheren Lebens, ihre Fixpunkte und Gewissheiten waren jetzt hoffnungslos veraltet. Alles, womit ich konfrontiert war, war Veränderlichkeit und Verfall, und der Rückblick in die Vergangenheit ließ unsere entsetzliche Gebrechlichkeit nur noch deutlicher hervortreten.

»Das ist eine hübsche Brosche«, sagte ich heiser und deutete auf einen in Silber gefassten Rauchquarz, den Oonagh am Hals trug.

»Die ist doch von dir, du dummer Junge.«

Mein Gesicht verzog sich, und die Tränen stiegen in mir hoch. Meine Schultern zuckten und ich musste das Wasser, das aus mir hervorbrechen wollte, gewaltsam zurückdrängen, als ich einen Scheck über hundert Pfund ausschrieb und ihn der erstaunten Oonagh in die Hände drückte. Später, als ich mich beruhigt hatte, kam es zu einem verlegenen Gespräch mit Thompson. Er wollte mir wohl seine Zuneigung bekunden, aber wieder standen die Jahre zwischen uns wie Anstandsdamen, und wir tauschten nur Plattheiten aus. Näher sind wir einander als Erwachsene nicht gekommen, aber immerhin. Dieser erhitzte, dicke Mann ist mein Bruder, sagte ich mir. Wir können diese Blutsbande nicht verleugnen. Ich versuchte es. Wir sprachen über Geld. Er fragte mich, ob ich ein größeres Kapital besäße. Ich bejahte das. Er schaute sich um und senkte seine Stimme. »Schaff es aus Deutschland heraus, John. Bitte.«

»Wieso? Es geht doch aufwärts. Ich werde sogar in amerikanischen Dollars bezahlt.«

»Das lässt sich hören. Aber ich würde es trotzdem transferieren. Hierher, oder nach Frankreich oder in die Schweiz. Es ist ein vernünftiger Ratschlag.«

»Ich komme dieses Jahr noch zu Aufnahmen in die Schweiz.«

Er trat einen Schritt näher. Einen Moment lang hielt er seine Hand in der Schwebe, so als wollte er sie mir auf die Schulter legen. Er ließ sie leicht meinen Ärmel streifen, wie ein Blatt.

»Willst du mir einen Gefallen tun, John?«, sagte er. »Nimm dein Geld, in bar, und nimm es mit in die Schweiz. Ich werde dir sagen, wo du es hinbringen sollst.«

Ich blickte natürlich skeptisch.

»Bitte«, sagte er. »Lass mich alles arrangieren.« Er war erregt. Sein Lächeln glich nicht mehr dem gewohnten schwachen Grinsen. Ich spürte die geradezu sinnliche Lust, die sein Beruf ihm bereitete, und ich begriff, dass er deshalb so erfolgreich war. Nichts machte Thompson so viel *Spaß* wie das Geld, und ich darf wohl behaupten, dass das auch seine frisch angetraute Frau mit einschloss. Ich erklärte mich einverstanden, und er versprach, mir genauere Anweisungen zu schicken.

»Du wirst mir dafür dankbar sein«, sagte er. »Glaub mir, John, ich weiß, wovon ich spreche.« Er hatte recht. Es war die größte und einzige Gefälligkeit, die er mir je erwiesen hat.

Aram Lodokian – pardon! – Eddie Simmonette hatte die Lagerhäuser und Werkhallen einer ehemaligen Rüstungsfabrik an der Staakener Straße in Spandau gemietet, und sie wurden unverzüglich zu Studios umgebaut. Sie waren ausschließlich für die *Bekenntnisse: Teil 1* bestimmt. Wir hatten dort drei Bühnen von unterschiedlicher Größe einschließlich all der erforderlichen technischen Ausrüstung.

Lassen Sie mich ohne lange Vorrede von dem ersten Drehtag berichten, so wie er sich den Darstellern und dem Aufnahmeteam darbot. Sie werden daraus am besten ersehen, wie ich mir die *Bekenntnisse* dachte und wie ich daraus den ungewöhnlichsten Film der gesamten Kinogeschichte zu machen gedachte. Die folgende Darstellung erschien in der

Augustnummer 1927 der Zeitschrift *Kino.* Ich gebe sie in eigener Übersetzung wieder. »17. Juli 1927. Realismus-Studios, Spandau. 7 Uhr. Regisseur John James Todd versammelt auf der größten der drei Bühnen des Studios alle künstlerischen und technischen Kräfte, die an dem Film mitwirken werden; alle sind da, egal, ob sie heute gebraucht werden oder nicht. Insgesamt sind es 167 Männer, Frauen und Kinder. Todd wendet sich an die Versammlung und heißt sie zu den Dreharbeiten willkommen. Er verlange restlose Hingabe, sagt er. Er steht auf einem Gerüst, das zu der Kulisse gehört, die das Schlafzimmer von Frau von Warens in Annecy darstellt. Seine Stimme ist klar, sein Deutsch ist einfach, aber dennoch voller Fehler. Wegen seiner merkwürdigen Aussprache muss man sehr gut aufpassen. Er ist ein dunkelhaariger, lebhafter Mann von mittlerer Größe, ein wenig untersetzt. Unbändige Kraft und Leidenschaft strahlt er aus. Er erklärt seinen Zuhörern, sie genössen einen unerhörten Vorzug, weil sie – so versichert er ihnen mit atemberaubender Selbstsicherheit – an einem Film mitwirkten, der zum berühmtesten der ganzen Filmgeschichte werden würde. Er ist so überzeugend, und es liegt solcher Stolz und Jubel auf seinem Gesicht, dass seine kurze, bewegte Ansprache brausende Hurrarufe auslöst. Manche weinen. Als Todd sich durch die Menge bewegt, drängt alles zu ihm, um ihm die Hand zu schütteln und ihm auf die Schulter zu klopfen.

7 Uhr 30. Auf einer kleineren Bühne finden wir das Interieur des Hauses von Isaac Rousseau in Genf. Suzanne Rousseau (Traudl Niemöller) liegt mit Jean-Jacques in den Geburtswehen. Neben der Bühne sitzt ein 15-Mann-Orchester und spielt Massenets *Elégie*. Eine ganze Stunde bringt Todd mit Großaufnahmen von Suzanne Rousseaus Gesicht zu – immer wieder fordert er sie auf, zu schreien und zu schreien. Sein Perfektionsdrang treibt ihr die Tränen in die Augen. Hinter der Kamera ist Karl-Heinz Kornfeld zugegen. Todd hat verlangt, dass er bei dieser Szene anwesend ist, im Kostüm, so als sei er Zeuge seiner eigenen Geburt.

Um 9 Uhr kommt ein Krankenwagen und bringt eine stillende Mutter mit ihrem Knaben, den sie buchstäblich wenige Stunden zuvor zur Welt gebracht hat. Man bringt sie in einem Bett unter, das nur wenige Fuß neben dem der Suzanne Rousseau steht. Als der Augenblick der simulierten Geburt von Jean-Jacques naht, wird das Baby von der Brust seiner richtigen Mutter genommen, mit Olivenöl eingeschmiert und schreiend zwischen den gespreizten Beinen der Schauspielerin hervorgezogen. Todd verwendet nochmals dreißig Minuten auf Großaufnahmen vom Gesicht des Kindes, bis die erschöpfte Mutter verlangt, dass sie und ihr Kind auf die Entbindungsstation des nahe gelegenen Krankenhauses zurückgebracht werden.

Am Ende der Dreharbeiten des Vormittags folgt eine einstündige Mittagspause. Karl-Heinz Kornfeld speist zusammen mit Todd in einem privaten Raum.

13 Uhr 30. Als wir zu Bühne 3 zurückkehren, bemerken wir, dass zwei Kameras aufgestellt sind. Die eine ist auf Suzanne Rousseaus Sterbebett gerichtet, die andere auf Karl-Heinz Kornfeld, dessen Standort wieder einen ungehinderten Blick auf das Bett bietet. Während Suzanne Rousseau sterbend nach ihrem kleinen Jungen verlangt, spielt das Orchester eine Fassung von Faurés *Requiem*. Isaac Rousseau schaut zu, Glyzerin-Tränen strömen über sein Gesicht. ›Denkt an eure eigenen Mütter!‹, brüllt Todd die Schauspieler an, während die Kameras laufen. ›Mein Sohn! Mein Sohn!‹, schluchzt Suzanne Rousseau klagend. ›Stell dir vor, deine Mutter stirbt!‹, schreit Todd. Die Musik schwillt an. Todd selbst weint hemmungslos. Vom technischen Stab beginnen einige zu weinen. Beim Schlussakkord ringt Suzanne Rousseau nach Atem, versucht, sich von ihrem Kissen aufzurichten, und sinkt zurück, tot. In diesem Augenblick öffnet sich, auf einen Wink von Todd, eine Tür des Studios, und herein kommt eine verwirrte alte Dame in einem schäbigen Mantel und mit einem Strohhut auf dem Kopf. Karl-Heinz Kornfeld starrt sie einen Augenblick lang

völlig entgeistert an, bevor er schluchzend zu Boden sinkt. Mit dem Ruf ›Karl-Heinz! Karl-Heinz!‹ kommt die alte Dame angeschlurft. Todd ruft ›Aus!‹ Die Hölle ist los.

Es stellt sich heraus, dass die alte Dame Kornfelds Mutter ist, die er seit fünf Jahren nicht gesehen hat. Todd hat sie aus Darmstadt, wo sie als ärmliche Witwe lebt, heimlich hergeschafft, genau für diesen Auftritt.«

Ich muss Ihnen sagen, dass Karl-Heinz mir diesen kleinen Trick fast nicht verziehen hätte. Doch die Gemütsbewegung, die die Kamera auf seinem Gesicht einfing, war erstaunlich. Ich wollte damit erreichen, dass Karl-Heinz auf eine beispiellose Weise ganz in dem Film aufging. Deshalb wollte ich, dass er gewissermaßen Zeuge seiner eigenen Geburt wurde, und deshalb schärfte ich allen ein, in Suzanne Rousseau ihre eigene Mutter zu sehen. Ich wusste, dass Karl-Heinz wegen der Vernachlässigung seiner Mutter Schuldgefühle hatte, und ich wusste, dass ihr plötzliches Erscheinen auf ihn, dessen Kopf von krankhaften Vorstellungen erfüllt war, verheerend wirken musste. Ich hatte vollkommen recht. Er war zerstört, sprachlos, zitterte vor Verwirrung und emotionaler Erschöpfung. Die Musik war ausgezeichnet, und sie war auch wesentlich. Bei allen wichtigen Szenen setzte ich das Orchester ein, das einen Dauervertrag hatte und ständig zur Verfügung stand. Alle gaben ihr Bestes, sogar das Baby ... Das war ein glänzender Einfall! So ein kleines, zerknittertes Ding, noch ganz rot und schrumpelig! Es war ungeheuer beeindruckend, wie es dort im Licht der Bogenlampen schrie. Leider hat es sich trotz unserer größten Bemühungen eine Erkältung zugezogen und wäre beinahe gestorben. Irgendein Verwandter mischte sich ein und überredete die Mutter (ich hatte sie anständig bezahlt), gegen uns zu klagen, und wir mussten uns außergerichtlich mit ihr einigen, um die von ihr angedrohte negative Publizität zu vermeiden. Aram/Eddie war über diese unvorhergesehene Ausgabensteigerung mächtig verstimmt, aber als ich ihm die Aufnahme vorführte, musste er zugeben, dass in der Szene, die sonst vielleicht farblos geblieben wäre, wirklich etwas steckte.

Was mir jedoch die größte Genugtuung bereitete, war die dauerhafte Wirkung auf Karl-Heinz. Während der täglichen Vorproben pflegte er eine gewisse Blasiertheit gegenüber dem Film an den Tag zu legen. Doch sein lässiger Zynismus war das Letzte, was ich brauchen konnte bei dem Mann, der als Jean-Jacques Rousseau die Phantasie der Welt entzünden sollte. An einem einzigen Tag sah er seine eigene Geburt, sah er seine Mutter sterben und anschließend auf wundersame Weise wiederauferstehen. Es war ein Schock, von dem ich wünschte, er würde sich nie von ihm erholen, und von diesem Tag an wurde seine Hingabe für die *Bekenntnisse* nur von der meinen übertroffen.

Er hatte deshalb vollkommenes Verständnis dafür, dass ich nach über einem Monat Dreharbeit den gesamten Drehplan umstellte. Zunächst hatten wir alle Innenaufnahmen abdrehen wollen, bevor wir nach Frankreich und in die Schweiz gingen, um in Annecy und Genf die Außenaufnahmen zu machen. Doch in dem Maße, wie der Tag näherrückte, an dem Doon und Karl-Heinz zum ersten Mal zusammen auftreten sollten, wurde mir immer deutlicher, dass es sich auf die Stimmungsintensität, um die wir so mühsam gerungen hatten, verheerend auswirken musste, wenn wir diese Szenen unabhängig von ihrer chronologischen Folge hier und jetzt abdrehten. Mir war vollkommen klar, dass der entscheidende Moment in der Geschichte des jungen Mannes Jean-Jacques seine Begegnung mit Frau von Warens war, an die sich die Liebesaffäre anschloss. Szenen aufzunehmen, die auf diese Begegnung folgten, bevor es zu ihr (im Zuge der Dreharbeiten) gekommen war, hätte bedeutet, den Schauspielern hinsichtlich der von mir gewünschten Gefühlsintensität allzu viel abzuverlangen. Normalerweise kann ich auf die Einhaltung der chronologischen Folge bei den Dreharbeiten gern verzichten, aber hier, das wusste ich, war sie unabdingbar. Und Karl-Heinz, der ohnehin Zweifel hatte, ob es ihm überzeugend gelingen werde, die Sehnsucht eines Heterosexuellen darzustellen (hier ging es ja um etwas anderes als in dem Melodrama von Saint-Preux und Julie), gab mir recht. Drei Nächte lang arbeitete ich mit Leo und unserem Produktionsleiter einen neuen Zeitplan aus, und dann fuhr Leo nach Annecy, um zu prüfen, ob wir nicht vorzeitig mit unseren Außenaufnahmen beginnen könnten. Wir beendeten den ersten Abschnitt unserer Spandauer Innenaufnahmen mit der berühmten Szene, in der der kleine Jean-Jacques in die Suppe pinkelt. Wir benutzten echten Urin (meinen), ohne der Schauspielerin, die die streitsüchtige Alte darstellte, etwas davon zu sagen. Ihr Husten und Spucken, als sie die Suppe kostete, war wirklich authentisch. Ich sagte ihr, wir hätten einen Schuss Essig hineingetan (ich hatte eine halb leere Flasche zur Hand), aber sie wollte es zunächst nicht glauben, bis ich ihr die Flasche vorzeigte.

Im September fuhren wir nach Annecy, eine gewaltige Karawane aus Schauspielern, Technikern und Ausrüstung, die einen ganzen Zug in Anspruch nahm. Es war erhebend, diese ganze Truppe zu sehen, die auf mein Geheiß zusammengekommen war, doch zugleich war ich beunruhigt. Als Rousseau zum ersten Mal zu Frau von Warens aufbrach, sah er der Begegnung als einem »schrecklichen Besuch« entgegen. Ein wenig von dieser Furcht spürte ich jetzt. Ich verließ Berlin, und ich ließ meine Familie zurück. Waren diese Hindernisse einmal beseitigt, dann, das wusste ich, würde ich meine Gefühle für Doon nicht länger beherrschen können. Jetzt gab es noch ein labiles Gleichgewicht. Doon glaubte, ich sei Sonia treu, und deutete meine ungeheuren Bemühungen um Selbstbeherrschung als ein Anzeichen dafür, dass ich eingesehen hatte, dass zwischen uns nichts als Freundschaft sein sollte. Von Drehbuchbesprechungen, Kostümproben und dergleichen abgesehen, hatte ich sie seit jenem Weihnachtsabend nur dreimal in einem größeren Kreise getroffen, jeweils auf ihre Einladung hin, um an einer

KPD-Versammlung teilzunehmen. Ich ertrug diese endlosen Reden nur, weil ich ihr dadurch physisch nahe war und weil wir anschließend etwas trinken oder essen gehen würden. Aber auch dabei waren wir nur einmal miteinander allein. Doon lud immer andere Genossen dazu, und weil sie es war, gingen sie immer mit. Mein Gott, was waren diese jungen Männer und Frauen von einer tödlichen, humorlosen Ernsthaftigkeit! Während Doon in eine leidenschaftliche Diskussion verwickelt war, saß ich dabei und starrte sie an, und um meine Beteiligung zu bekunden, nickte ich gelegentlich, oder ich ließ eine banale Bemerkung fallen wie »Das ist aber eine faszinierende Konzeption«, oder: »Das entspricht ganz meiner Meinung« oder »Das ist eine Schande!« Doch das lag jetzt alles hinter uns. Einen Monat lang oder länger werden wir in ein und demselben Gebäude wohnen: dem Imperial Palace Hotel am Seeufer in Annecy.

Annecy war damals – 1927 – noch nicht die vornehme Kurstadt wie später einmal, aber ich fand den von Bergen umgebenen Ort mit seiner imposanten Aussicht auf den blauen See reizend. Ich liebte die Altstadt mit ihren Kanälen und Laubengängen, und es erinnerte mich ein wenig an Edinburgh, da so viele der Ansichten dieses Ortes vom Schloss überragt wurden. Ich stellte mir vor, wie Jean-Jacques, sechzehn Jahre alt, hier am entscheidenden Wendepunkt seines Lebens ankam und durch diese engen Gassen ging … und selbst die Kathedrale, die in Reiseführern als ein »unbedeutendes gotisches Bauwerk« bezeichnet wird, hatte für mich einen spezifischen und eigentümlichen Reiz. Jean-Jacques hatte hier als Chorknabe gesungen, und seine Stimme war unter diesem gleichgültigen Gewölbe erklungen.

Leo hatte es irgendwie geschafft, uns alle unterzubringen, aber in getrennten, über die Stadt verstreuten Hotels. Wir gingen sogleich daran, Einstellungen festzulegen, modernes Zubehör aus den Straßen zu entfernen und Ortsansässige als Statisten zu engagieren. Auf einem lustigen Salondampfer, der ein eigenes Restaurant hatte, fuhren wir zwei bezaubernde Tage lang auf dem kleinen See herum und filmten die sanft abfallenden Obstgärten und Wiesen am Ufer, über denen sich majestätisch die Berge erhoben. Die Umgebung, das Wetter und die reine Luft – das alles passte zusammen und stimmte uns auf Rousseau ein. Dieser erste Aufenthalt in Annecy war die glücklichste Dreherfahrung meines Lebens. Wir arbeiteten harmonisch und mit einer eigentümlich gelassenen Effizienz zusammen. Ich konnte Aram / Eddie beruhigende Telegramme nach Berlin schicken. Alles lief glatt – außer bei mir.

Rousseau entfloh seiner unglücklichen Lehre in Genf (das wollten wir später filmen) und ging nach Savoyen, damals ein unabhängiges Herzogtum, in dem häufig Exilanten und Abtrünnige des Calvinismus Zuflucht suchten und von bekehrungsfreudigen Priestern als politische Konvertiten zum Katholizismus mit heiligem Eifer empfangen wurden. Zunächst fand der junge Jean-Jacques für einige Tage bei einem alten Curé Unterkunft, der ihn weiterschickte nach Annecy, mit einem Empfehlungsschreiben an eine Schweizer Baronin, die selbst vor Kurzem konvertiert war und vielfach protestantischen Flüchtlingen Obdach und Beistand gewährte.

Es gab einige Probleme mit Karl-Heinz, der offenkundig nicht wie ein Sechzehnjähriger aussah. Wir verpassten ihm eine Perücke mit dunklen schulterlangen Haaren und einem struppigen Pony, und dadurch wirkte er auf eine seltsame, aber passende Art jungenhaft. Im Jahr 1728 war Annecy so etwas wie ein Konvertitenzentrum, wo es von Exilanten und den dazugehörigen Nonnen und Priestern nur so wimmelte. Die Straßenszene, die man zwanzig Minuten nach Beginn des Films sieht, gehört zu den besten, die ich jemals mit einer Menge Volk gemacht habe, und es ist die erste, in der ich eine bewegliche Kamera voll ausnutzte. Ich hatte Kamera und Stativ auf einen kleinen Karren schrauben lassen, der von einigen starken Burschen gezogen wurde. Wir eröffnen die Szene mit einer Nahaufnahme von den schwingenden Glocken eines

Kirchturms, fahren zurück und schwenken auf Jean-Jacques' Gesicht, der zu ihnen hinaufschaut. Dann entfernt sich die Kamera ein wenig, und wir sehen ihn sich unsicher durch die Menge der Knirpse, Bürger, Priester, Soldaten und Nonnen drängen. Die Kamera scheint sich mühelos zwischen den kreuz und quer laufenden Körpern zu bewegen, so als wäre sie ein unsichtbarer Geist, um sich anschließend geschmeidig durch die Laubengänge zu schlängeln, während Jean-Jacques, sein Empfehlungsschreiben krampfhaft festhaltend, zaudernd dem »schrecklichen Besuch« bei Frau von Warens entgegengeht. Um diese Szene zu filmen, brauchte ich fünf Tage. Ich gestehe, dass ich sie über Gebühr in die Länge gezogen habe, um Doons erstes Auftreten im Film hinauszuzögern und hervorzuheben. Das Team war aber inzwischen so an meinen geradezu fanatischen Perfektionismus gewöhnt, dass niemand mein wirkliches Motiv erriet. Ich ließ Statisten neu kostümieren, Gebäude neu anstreichen. Ich ließ sogar, um den Bildaufbau einer einzigen Einstellung zu verbessern, eine Reihe von sechs Zypressen um fünfzig Meter versetzen. Aber schließlich konnte ich es nicht länger hinausschieben – Doon selbst wurde ungeduldig. Wir waren seit zwei Wochen in Annecy, und sie hatte nichts anderes getan als geprobt.

Wir hatten eine Stelle entdeckt, die fast aufs Haar dem ursprünglichen Standort des Hauses von Frau von Warens glich (man hat es, ob Sie es glauben oder nicht, später niedergerissen, um Platz zu schaffen für ein neues Polizeikommissariat!). Jean-Jacques berichtet in den *Bekenntnissen,* dass er sie nicht antraf und man ihm sagte, sie sei soeben in die Kirche gegangen. Sie pflegte die nahe gelegene Kirche durch eine Hintertür zu betreten, zu der sie auf einem schmalen Durchgang gelangte, der auf der einen Seite von einer Hofmauer und auf der anderen von einem Bach begrenzt war. Hier begegnete ihr Jean-Jacques, als sie im Begriff war, die Kirche zu betreten. Er rief sie an, sie drehte sich um, und – so heißt es bei ihm – »augenblicks war ich einer der ihren«.

In der Nacht, bevor wir diese Szene drehen wollten, schlief ich nicht. Wie kann man diesen Augenblick einfangen, diese brodelnden, zitternden Sekunden, in denen die Liebe zu einem anderen Menschen explodiert? Ich dachte natürlich an die Begegnung in der Bar des Metropol-Hotels in Berlin zurück. Was für ein fader, langweiliger Rahmen – eine leere Cocktailbar in einem feinen Hotel! Wie tölpelhaft und albern waren meine ersten Worte gewesen! Wie konnte ich all das, was ich für Doon empfand, in die Begegnung von Jean-Jacques und seiner »Maman« einbringen? Das war natürlich unmöglich. Die Musik würde nachhelfen müssen, aber auch die Art, wie ich anschließend die Bilder schnitt, und die Glaubwürdigkeit des Ausdrucks auf den Gesichtern der Schauspieler. Ich hatte sogar meine eigene Linse, die Todd-Weichzeichnerlinse – ein außergewöhnlich klares Lanolin-Gel zwischen zwei Glasplatten, das die Gesichter nicht verschwommen erscheinen ließ, sondern ihnen eine strahlende, matt schimmernde Schönheit verlieh. (Ich ließ sie mir vorsichtshalber sowohl in Europa als auch in den USA patentieren, und die Lizenzeinnahmen waren später eine wesentliche finanzielle Stütze für mich.) Mit Glück und harter Arbeit würden wir es schaffen, dass es wunderbar wirkte, aber meine Empfindungen würde ich niemals ausdrücken können.

Frau Baronin de Warens. Louise-Éléonore. Es gibt kein beglaubigtes Porträt von ihr, aber in der liebevollen Beschreibung Jean-Jacques' wird sie lebendig. Sie war achtundzwanzig Jahre alt, als sie sich kennenlernten. Er war sechzehn. Sie hatte Haus und Ehemann der katholischen Religion wegen verlassen, aber in ihrem Leben waren religiöser Eifer und erotisches Verlangen oft nicht voneinander zu trennen. Sie war eine tüchtige Proselytenmacherin. Bezeichnend ist, dass ihre Konvertiten allesamt junge Männer waren, die während ihrer religiösen Unterweisung bei ihr wohnten. »Sie hatte eine wohltuende und zärtliche Miene«, heißt es bei Jean-Jacques, »einen sehr sanften Blick, ein engelhaftes Lächeln, einen dem meinen nicht unähnlichen Mund und aschfarbenes Haar von ganz ungewöhnlicher Schönheit, dem sie einen nachlässigen Fall zu geben wusste, was sie besonders reizvoll machte. Sie war klein, sogar untersetzt, und hatte einen etwas starken, wenn auch nicht missgestalteten Rumpf; aber einen schöneren Kopf, einen schöneren Busen, schönere Hände und schönere Arme hätte man nicht finden können.«

Doons Größe passte nicht zu dieser Beschreibung, doch ihre Haare fand ich sehr passend. Sie waren jetzt länger, als sie in *Julie* gewesen waren, und außerdem hatten wir mehrere Perücken in dem lockeren Stil machen lassen, den Rousseau beschreibt, und damit wirkte sie unglaublich betörend. Ich ließ sie ein jadegrünes, tief dekolletiertes Kleid tragen, mit einem durchscheinenden seidenen Halstuch, das Hals und Brustansatz bedeckte. Ob irgendjemand in diesem Aufzug im Jahr 1728 in die Kirche gegangen wäre, wusste ich nicht, und es war mir auch gleichgültig, denn der Realismus, um den es mir hier ging, war ein Realismus der Gefühle, der nichts mit einer pedantischen Genauigkeit der historischen Kostümierung zu tun hatte.

Wir drehten die Begegnungsszene am Spätnachmittag, als das Licht weich und leuchtend war und die Schatten lang. Es gab genügend technische Probleme, um mich von meiner atemlosen Erregung abzulenken, und dennoch hatte ich den ganzen Tag das Gefühl, als habe mir jemand eine Streichholzschachtel in den Hals gestopft. Ständig irritierte mich die Luftröhre, ständig musste ich husten und nach Luft schnappen. Ich übernahm die Stelle meines Kameramanns Horst Immelmann hinter der Kamera. Die Nahaufnahmen von Doon, wie sie auf den Zuruf von Jean-Jacques reagiert, hatte ich mir selbst vorbehalten. Doons Gesicht, als sie sich umdreht und in die Linse schaut: Frömmigkeit, die in Erstaunen, in anrührende Neugier übergeht. Es war so überwältigend, fast hätte ich es nicht ertragen. Die klare Kurve ihres Kinns, ihres Halses und ihres Nackens bildete vor dem dunklen, körnigen Hintergrund der mit Eisennägeln beschlagenen Kirchentür einen meisterhaften, spannungsvollen Kontrapunkt. Der Schimmer der durchscheinenden Seide über ihren runden bedeckten Brüsten, ihr kaum wahrnehmbares Heben und Senken, die feinen Verschiebungen ihrer blassen Umrisse waren geradezu der Gipfel einer unaufdringlichen, aber leidenschaftlichen Erotik. Und dann ließ ich sie auf Jean-Jacques zugehen. Sie blieb dabei in voller Länge im Bild, da die Kamera auf dem Rollwagen vor ihr zurückwich. Ich saß hinter der Kamera, geschützt von ihr, und beobachtete diesen eigentümlich schreitenden Gang, und ich war wieder zurückversetzt in das Metropol-Hotel, als sie damals über die dicken Teppiche und das schimmernde Parkett, zwischen den Gruppen von Ledersesseln hindurch, deren runde Rücken ihre Schenkel beim Hindurchschlängeln streifte, auf mich zukam. Diese langen, muskulösen Beine einer Schwimmerin. Diese eigenartigen, rührenden, etwas zu breiten, etwas zu großen Füße in ihren unmöglichen Ballettschuhen …

Klingt das wie im Fieberwahn? Klingt das überwältigt, versunken, völlig gebannt? Klingt das nach Verliebtsein? Irgendwie rief ich »Schnitt!« und ließ für diesen Tag Feierabend machen, obwohl noch die Nahaufnahmen von Karl-Heinz auf dem Programm standen. Das Team leistete der Anordnung Folge. Ich verließ den Schauplatz. Ich musste fort. Wortlos zitternd ging ich zum See hinunter, der sich prächtig im Abendlicht vor mir ausbreitete, und spontan betrat ich einen der schmucken Dampfer, die stündlich zu einer Rundfahrt zu den kleinen Erholungsorten am Seeufer ablegten. In Menthon St. Bernard stieg ich aus, setzte mich auf die Terrasse der Pension des Glaieuls, und während ich mit leerem Blick auf die dunkler werdende Aussicht starrte, trank ich im Laufe der nächsten vier Stunden drei Flaschen Wein und zahlreiche Cognacs. Einem Bauerntrampel, der einen Kombiwagen besaß, zahlte ich ein kleines Vermögen dafür, dass er mich nach Annecy zurückbrachte. Nach etlichen kleineren Pannen und einem Umweg gelangten wir weit nach Mitternacht dort an.

Ich ging geradewegs zu Doons Suite und klopfte mehrmals an, bevor sie aufmachte. Offensichtlich hatte ich sie geweckt.

»Jamie? Was zum Teufel ist los?«

»Ich musste es dir sagen: Heute Nachmittag warst du … es war atemberaubend.«

»Hm, danke.«

Sie trug ein kindliches Flanellnachthemd, weiß, mit kleinen blauen Blumen bedruckt, knöchellang. Ich schwankte, und sie streckte eine Hand aus, um mich zu stützen. Mehr brauchte ich nicht, um mich als eingeladen zu betrachten.

Wir haben in dieser Nacht miteinander geschlafen – allerdings weiß ich es nur von Doon, ich selbst kann mich an nichts erinnern. Ein totaler alkoholbedingter Gedächtnisschwund hat mir alle Erinnerungen geraubt – außer die an ihr Nachthemd. Doon sagte später, ich sei »in einer Sekunde gekommen«. Es war wohl der passende impulsive Abschluss für einen impulsiven Tag.

Am anderen Morgen wachte ich früh auf, nackt, in Doons großem Doppelbett. Mein Kopf pulsierte und brummte wie ein Dynamo. Ich hatte das entsetzliche Gefühl, als ob meine Schläfen anschwellen und sich wieder zusammenziehen – wie die Kehle eines bestimmten tropischen Frosches beim Quaken, wenn er in Brunst ist oder sein Territorium behauptet oder was immer er tut. Dann kam Doon aus dem Wohnzimmer herein mit einem großen, klappernden, klirrenden Frühstückstablett, das sie zu meinen Füßen auf dem Bett absetzte. Dann zog sie grausam die Vorhänge auf, und ich hatte das Gefühl, dass meine Augäpfel zusammenschrumpften, als wären sie von einem Strahl Zitronensaft getroffen. Mit geschlossenen Augen spürte ich, wie sie die Fenster öffnete. Ein Luftzug.

»Herrlicher Tag«, sagte sie. »Morgen!«

Sie gab mir einen flüchtigen Kuss auf die Wange. »Na, wer hat sich denn gestern Abend einen angedudelt?« Sie lächelte. Sie schien in guter Stimmung zu sein.

Langsam, ganz langsam ging mir auf, was ich aus unseren gegenwärtigen Umständen folgern musste. Sie saß mit untergeschlagenen Beinen am Fußende des Bettes. Sie hatte immer noch ihr Nachthemd an (blaue Vögel, nicht Blumen), das sich zwischen ihren Knien wie ein Trommelfell spannte. Sie schenkte mir Kaffee ein. Ich nahm die Tasse und setzte sie geräuschvoll auf meinem Brustkorb ab, und ihre wohltuende Wärme drang rasch durch das dazwischenliegende Bettlaken. Sie zündete eine Zigarette an und reichte sie mir.

Nach einigen Schlückchen Kaffee und einem vorsichtigen Zug an der Zigarette fand ich meine Stimme wieder.

»Doon, ich ...«

»Sprich nicht«, sagte sie. »Du brauchst nichts zu sagen.« Sie veränderte ihre Lage, stützte sich auf einen Ellbogen und nippte an ihrem Kaffee oder Tee. Schwer drängte sich eine Brust gegen den Flanellstoff ihres Nachthemds. Ihr elfenbeinblondes Haar war wirr. Über den kleinen dampfenden Krater ihrer Tasse hinweg schaute sie mich an.

»Du warst nett heute Nacht«, sagte sie. »Du bist in einer Sekunde gekommen, aber du warst nett.«

Ihre Lippen waren feucht. Sie langte hinter sich und holte einen Teller, auf den sie Toast, Butter, ein Honigtöpfchen und ein Messer legte. Bei ihren Bewegungen verschob sich ihre Brust, wurde flach oder senkte sich. Ich stürzte meinen Kaffee hinunter und spürte, wie er sich in horizontaler Richtung heiß meinen Eingeweiden näherte. Ich presste meine Arschbacken gegen die zerknitterte Baumwolle des Bettlakens. Ganz langsam scheuerte ich mit dem Hinterkopf am Kissen hin und her. Ich hörte, wie sich die Haare auf meinem Kopf aneinander rieben. Doons Knie schaute unter dem Saum ihres Nachthemds hervor. Messerkratzen auf Toast. Mit einem Mal überall Stoffliches, Konkretes.

»Du kannst dich nicht erinnern?«, sagte sie.

»Oh doch. Jedes einzelne Wort war – äh, ist – ernst gemeint.«

Sie biss hinein. *Knirsch.* Tastende Bewegung eines Fingers

nach einem Krümel im Mundwinkel. Sie drehte den Deckel des Honigglases auf. Metall schabte an Glas. Klarer Honig. Flüssige Sonne in diesem warmen Licht. Sonnenreflexe von ihrem Messer. Dieser Strahl – Hamish spricht von Photonen – gelangt von der Sonne durch den gekrümmten solaren Raum über diese angewinkelte Schneide bis in meine abweisende Netzhaut. Draußen der blaue See und die Berge …

»Was hast du denn gesagt?«

Ich spürte, wie mein anschwellender Schwanz über meinen Schenkel rollte.

»Nun?«

Über meiner Lende bildete das Bettlaken ein Zelt, sackte ein, hob sich wieder.

»Na, komm schon!«

Ich hob meine Kaffeetasse von der Brust, ein erster Ansatz, um sie auf dem Nachttisch abzustellen, doch bevor ich dazu kam, streckte Doon die Hand vor und riss das Bettlaken zurück.

»Mmm, was haben wir denn da?« Ihr Griff schloss sich fest um seine Wurzel. Ich lag in der Mitte des breiten Bettes. Ausgestreckt verfehlte mein rechter Arm mit der Kaffeetasse und Untertasse um etwa fünfzehn Zentimeter den rechten Nachttisch. Meine Zigarette war in meiner linken Hand. Ich musste diese Tasse absetzen. Als ich sie eilig in die linke Hand verlagerte, klirrte es ein bisschen, und einiges wurde verschüttet. Es fehlten noch zehn Zentimeter. Ich fühlte mich gefesselt, gelähmt. Die Arme ausgebreitet, gekreuzigt, angepflockt. Doons Hand an dem Pflock, der mich festhielt. »Doon!«, sagte ich schwach. Sie machte irgendetwas mit ihrem Messer. Der Honig war kühl und erstaunlich – er sieht immer warm aus, wie etwas Geschmolzenes, aber er war kühl. Ich sah zu, wie sie ihn verstrich. Er lief zäh an der Rückseite ihrer Finger herab und sammelte sich schimmernd in meinen Schamhaaren. Mein linkes Bein zuckte, mein Rücken wölbte sich. »Doon, um Himmels …«, klang es schwach, wie unter

Betäubung. Die Kühle verging schnell, wich einer zunehmenden Erwärmung.

Sie schaute mich an, während sie es tat, mit eingesogenen Wangen und mit einem offenen, munteren Blick. Ganz vergnügt. Ich konnte diesem Blick nicht lang standhalten. Mein Kopf sank zurück. Der Druck stieg. Die Zigarette fiel mir aus den Fingern und rollte vom Bett herunter. Dann, kurz danach, fiel die Kaffeetasse klirrend um, und ihr Inhalt ergoss sich über die Laken.

Der Himmel allein weiß, was sich die Zimmermädchen gedacht haben mögen, als sie im Verlauf des Vormittags dieses verwüsteten Bettes ansichtig wurden, das übersät war mit Honigspuren, Toastkrümeln, Kaffeeflecken und der Brennspur einer Zigarette. Als der Höhepunkt kam, stieß mein Fuß gegen das Tablett, und es wurde überflutet von Doons Eisenkraut-Aufguss, in dem Messer und der Inhalt umgekippter Teller herumschwammen. Erst später, am Abend dieses Tages, als ich die makellose Hochebene des frisch gemachten Bettes erblickte, äußerte ich mich darüber zu Doon. Sie lachte. »Was bist du aber auch für ein Schmutzfink«, sagte sie. Sie beruhigte mich. Zimmermädchen hätten schon alles gesehen, sagte sie; sie seien wie Krankenschwestern. Nichts könne sie erschüttern.

Während der Dreharbeiten in Annecy schliefen wir jede Nacht miteinander. Als wir im Oktober nach Chambéry hinüberfuhren, kehrte Doon für zehn Tage nach Berlin zurück. Sie würde doch nicht gebraucht, sagte sie, und ich hätte eine Menge zu tun, um den Rückstand aufzuholen. Sie hatte recht: Wir waren mindestens zwei Wochen hinter unserem Zeitplan zurück. Ich beschwor sie, sich in Berlin nicht mit Mavrocordato zu treffen. »Sei nicht blöd«, entgegnete sie darauf.

Als sie fort war, änderte sich das Wetter: Stürmische Regen- und Schneeschauer ließen uns noch weiter zurückfallen. Nach Doons Rückkehr konnten wir einige Szenen am Bauernhaus von Les Charmettes abschließen, und wir drehten auch die berühmte Landhausepisode.

Inzwischen ist einige Zeit vergangen, Rousseau ist einundzwanzig und verdient seinen Lebensunterhalt als Musiklehrer in Chambéry, wohin Frau von Warens ihren Haushalt verlegt hat. Er ist ein attraktiver junger Mann und für die Mütter der jungen Mädchen, die er unterrichtet, eine große Verlockung. Es ist nur noch eine Frage der Zeit, wann sie ihn verführen werden. Frau von Warens beschließt, selbst aktiv zu werden. Es ist so weit, genauer gesagt, die Möglichkeit wird erörtert, als sie sich in einem Landhäuschen befinden, das ihr gehört und von einem großen Kräutergarten umgeben ist. Rousseau pflegt regelmäßig in diesem Landhaus zu arbeiten, und bei schönem Wetter nehmen er und Frau von Warens dort ihre Mahlzeiten ein. Eines Abends nach dem Essen eröffnet sie ihm ganz unverblümt, es sei an der Zeit, dass er seine Unschuld verliere, und bietet sich als Partnerin dafür an. In feierlichem Ton lässt sie ihm acht Tage Zeit, darüber nachzudenken, und diesen Aufschub greift Rousseau, der einigermaßen bestürzt ist, freudig auf. Acht Tage später kommt es in dem Sommerhäuschen zum Geschlechtsverkehr.

In einem von einer entsprechenden Mauer umgebenen Garten hatte ich ein authentisches Sommerhäuschen nachbauen lassen. Mehrmals waren wir morgens stundenlang damit beschäftigt, den frisch gefallenen Schnee von Wegen und Rasenflächen zu fegen, und um das Sonnenlicht nachzubilden, mussten wir auf unsere mächtigen Bogenlampen zurückgreifen. Diese wichtige, zugleich bizarre und komische Szene gab Aufschluss über die sexuelle Zwiespältigkeit von Frau von Warens, die für den Schluss von Teil 1 von besonderer Bedeutung sein sollte.

Als Regisseur einer Liebesszene zwischen Karl-Heinz und Doon hatte ich ein eigenartiges Gefühl. Ich hatte vor, nach dem ersten Kuss überzublenden zu einer Außenaufnahme des Sommerhäuschens, dessen Fensterscheiben im aufblitzenden goldenen Sonnenschein plötzlich undurchsichtig wurden.

Den Untertitel zu dieser Szene hatte ich direkt dem Buch entnommen: »War ich glücklich? Nein, ich genoss nur der Lust. Ich weiß nicht, welche unbesiegliche Traurigkeit mir ihren Reiz vergiftete.«

Wie gut ich das nachempfinden konnte! Bis zu jenem ersten Morgen mit Doon hatte ich noch keine solche ungehemmte Leidenschaft erlebt. Wir genossen einander, wir waren voneinander hingerissen, wenn wir miteinander schliefen, aber wenn ich ihr sagen wollte, wie gern ich sie mochte, fiel sie mir immer ins Wort. »Das hast du mir doch schon gesagt«, sagte sie dann. »Du brauchst es nicht noch einmal zu sagen.«

Da das Wetter weitere Aufnahmen unmöglich machte, waren wir Mitte November wieder in Berlin zurück. Ich weiß noch, dass ich mich nicht wohlfühlte – mit einer schweren Erkältung und einem schweren Herzen. In Annecy und Chambéry hatte ich mich von allen Gewissensbissen und Verantwortlichkeiten frei gefühlt. Es ist eine Binsenweisheit, aber man braucht nur physisch voneinander getrennt zu sein, und der Ehebruch wird zu einer unbedenklichen und sorglosen Angelegenheit. Jetzt, da ich wieder zu Hause war, wurde die Doppelzüngigkeit notwendigerweise zu meinem Teilhaber. Den Zwang, meine Lügen und Ausreden mit einem Teil der Wahrheit in Einklang zu bringen, empfand ich als enervierend und bedrückend. Und das Haus kam mir wie ein regelrechter Zoo vor mit den allgegenwärtigen Shorrolds, die wieder einmal über Weihnachten und Neujahr für zwei Monate bei uns weilten. War es wirklich schon ein Jahr her? Eigentlich hätte ich Grund zum Feiern gehabt: Mein Film war im Entstehen, und ich war der Geliebte der einzigen Frau, die ich jemals wirklich begehrt hatte. Aber solche Gleichungen gehen nie sauber auf. In unserer Charlottenburger Villa waren wir zu neunt, fünf Erwachsene und vier Kinder, und es gab nur ein Badezimmer. Schon um mich dort herauszuhalten, verbrachte ich die Nächte immer öfter im Spandauer Studio.

Mit dem Film gab es riesige Probleme. Wir schnitten eine Rohfassung des bislang gedrehten Materials zusammen. Dabei kamen vier Stunden und fünfundvierzig Minuten heraus. Ich wusste nicht, wie ich das Eddie auf schonende Weise beibringen sollte (sonderbar, aber erst jetzt kam mir sein Name leicht über die Lippen). Dabei war Teil 1 alles andere als abgeschlossen. Die Genfer Szenen standen noch aus, und wegen des schlechten Wetters, das uns in Annecy und Chambéry einen Strich durch die Rechnung gemacht hatte, würden wir nächstes Jahr noch einmal dort drehen müssen. Andererseits war unbestreitbar, dass das, was wir bereits im Kasten hatten, großartig war. Von der Geschichte, die da vor einem ablief, war man wirklich gefesselt, und Karl-Heinz und Doon waren auf der Leinwand einfach umwerfend.

Anfang Januar zeigte ich Eddie einige sorgfältig ausgewählte Teile unserer Rohfassung, die ich mit einem eigenen Kommentar verknüpfte. Dabei war all meine Vorsicht überflüssig, denn er sagte, er sei überwältigt und zutiefst bewegt. Doch dann hielt er inne.

»Glänzend! Phantastisch! Aber wo ist der Film? Ist das die Arbeit von sechs Monaten?« Es klang eher traurig als zornig.

»Das ist nicht alles«, sagte ich. »Den Rest habe ich dir nicht gezeigt.«

Wir kamen zur Sache. Wir stritten, wir feilschten. Ich war in einer starken Position, denn *Johanna von Orléans* war ein großer Erfolg geworden, der zwar nicht an *Julie* heranreichte, aber trotzdem höchst befriedigend war. In den USA lief *Julie* noch immer. Eddie verlangte, dass Teil 1 bis Juli 1928 fertig würde. Ich versteifte mich auf Ende September, und ich setzte mich durch. Eddie setzte als Bedingung, dass ich meine Abschlussprämie von 25 000 Dollar vergessen könne, wenn ich auch nur einen Tag vom Oktober benötigen würde. Wir sparten einiges Geld dadurch ein, dass wir für zwei Monate – März und April – die Dreharbeiten ruhen ließen. Ich stelle das hier fest, weil mir über die Dreharbeiten zu den *Bekenntnissen* ganz abenteuerliche und unverantwortliche Darstellungen unter die Augen gekommen sind. An einer Stelle heißt es sogar, ich hätte für einen Zwei-Stunden-Film fünf Jahre gebraucht. Um das einmal klarzustellen: die erste Phase der *Bekenntnisse: Teil 1* dauerte von Juli 1927 bis Februar 1928. Die zweite Phase sollte im Mai 1928 in Chambéry beginnen.

Doon und ich waren so oft wie möglich zusammen. Sie verlangte allerdings, dass wir die ganze Nacht zusammenblieben, wenn wir miteinander schliefen. Sie können sich vorstellen, dass mir dieses nicht unverständliche Verlangen das Leben zusätzlich erschwerte. Meine Ausreden gegenüber Sonia wurden immer dreister. Die ganze Heimlichtuerei wurde mir zusehends lästig. Was mich in meiner Nachlässigkeit bestärkte, war Sonias erstaunliche Naivität. Oder Gleichgültigkeit.

Im Februar war ich ein ganzes Wochenende mit Doon zusammen. Freitagnacht, Samstag, Samstagnacht. Am Sonntagabend kam ich nach Hause.

»Wo warst du?«, sagte Sonia.

»Ich sagte es dir doch, im Studio, beim Schneiden.«

»Sie sagten aber, du seist nicht da, du seist am Freitagabend gegangen.«

»Das ist Quatsch. Natürlich war ich da.«

»Ich habe den ganzen Samstag über angerufen.«

»Nun, ich war zwischendurch mal weg.«

»Das könnte die Erklärung sein.«

»Wofür?«

»Jemand sagte mir, man hätte dich am Samstagabend in der Stadt gesehen, in einem Restaurant, am Kurfürstendamm.«

Wilde Symptome einer Panik. »Ja, äh, ich musste mich mit Doon Bogan treffen. Das Drehbuch, verstehst du, Entscheidungen.«

»Wie geht es Doon?«

»Was? Oh, gut, gut. Äh, warum hast du angerufen?«

»Hereford war krank.«

»Ist er wieder in Ordnung?«

»Es sieht so aus. Bloß eine schlimme Erkältung.«

»Bloß weil ein Kind sich erkältet hat, brauchst du mich nicht anzurufen, Sonia.«

Dieses Gespräch brachte mich ganz durcheinander. Ich beobachtete genau ihren Gesichtsausdruck (Sonia spielte gerade Patience), aber sie schien vollkommen vertrauensselig zu sein. Dabei hatte sie mich praktisch bei einer Lüge ertappt. Hätte sie mich wirklich im Verdacht gehabt, dann hätten ein paar gezielte Fragen mich zweifellos überführt. *Hätte sie mich wirklich im Verdacht gehabt …?* Wieso hatte sie überhaupt keinen Verdacht? Diese Frage quälte mich an den folgenden Tagen. Mir fielen nur zwei mögliche Antworten ein. Erstens: Sie war eine vertrauensselige Närrin. Zweitens: Es passte ihr irgendwie in den Kram, dass ich längere Zeit von zu Hause fort war.

Schließlich fragte ich Doon:

»Meinst du, Sonia könnte ein Verhältnis haben?«

»Warum nicht? Du hast doch auch eins. Meinst du, dazu braucht man ein besonderes Talent?«

»Ich nehme es an.«

»Sie ist attraktiv.«

»Sonia?«

»Durchaus. Auf eine wohltuende, nüchtern-mütterliche Art.«

»Im Ernst?«

»Nun, ich weiß nur, dass Alex immer sagte, sie sei irgendwie sexy. Er mochte englische Frauen.«

Das wollte mir gar nicht gefallen. Mir kam Sonia unverändert vor. Sexuell hatte ich mich von ihr nicht sonderlich angezogen gefühlt, seit ich an jenem Weihnachtsabend 1926 mit Doon zusammengetroffen war. Aber nun, da der Keim gelegt war, begann der Verdacht zu blühen. Sie war viel allein; sie war reich; sie hatte Bedienstete, einen Wagen und, wenn es sein musste, einen Fahrer; die Kinder waren versorgt … Was machte sie nur den ganzen Tag?

Im März und April, als unsere Arbeit ruhte, wurden mir diese Verdächtigungen unerträglich. Doon bat mich, sie zu einer Konferenz über den internationalen Sozialismus nach Paris zu begleiten, aber ich redete mich damit heraus, dass die Vorbereitung der zweiten Phase von Teil I meine Anwesenheit in Berlin erforderlich mache. Ich war überzeugt, der Sache hinreichend Zeit und Mühe geopfert zu haben, teils durch meine großzügigen Spenden, teils dadurch, dass ich zahllose Petitionen und Protestbriefe an die Zeitungen unterzeichnete. Die Teilnahme an den Versammlungen habe ich einschränken können, aber ich war doch tatsächlich zweimal mit Doon auf KPD-Demonstrationen durch die Straßen von Berlin marschiert. Ich hatte das Gefühl, es reichte. So sehr ich sie liebte, wollte ich doch diese Liebe nicht den Belastungen einer zweiwöchigen Konferenz aussetzen.

Da mich nun nichts mehr ablenkte, machte ich mir immer mehr Gedanken über Sonia, und schließlich kam ich widerstrebend zu dem Entschluss, sie überwachen zu lassen. Ich fragte Eddie, ob er nicht einen Privatdetektiv wüsste.

»Ja«, sagte er, »wozu?«

Ich log und sagte, ein Freund von Sonia habe sie um Geld angegangen; ich wolle bloß das vorgeschlagene »Geschäft« diskret ausforschen lassen.

Eddie blickte mich scharf an. »Wir haben für die Schuldeneintreibung immer einen Mann namens Eugen benutzt. Ich habe ihn nicht kennengelernt, aber er hatte eine hohe Erfolgsquote.«

»Das scheint genau das Richtige zu sein«, sagte ich. »Wie ist seine Adresse?«

Ich war erleichtert, dass E. P. Eugen in einem nicht sehr vornehmen nördlichen Stadtteil von Berlin wohnte, in Wedding, und zwar in einer schmalen Straße gleich hinter dem Krankenhaus für Infektionskrankheiten, die an ihrem südlichen Ende einen trostlosen Ausblick auf den Schifffahrtskanal bot. Ich fand es irgendwie beruhigend – und ich bin sicher, dass alle Kunden Eugens es so empfanden –, eine so anonyme Adresse aufzusuchen. Ich nahm die Trambahn – das erschien mir passender – und stieg am Bahnhof Putlitzstraße aus. Ich war noch nie in diesem Bezirk gewesen, in dem man sich merkwürdig verloren vorkam – Lagerhäuser, ein neu angelegter Park, der offenbar noch nicht recht bei seiner Umgebung angekommen war, das riesige, moderne, funktional erscheinende Krankenhaus. Ich begab mich rasch in die Fehmarner Straße.

Auf dem Türschild stand »Eugen P. Eugen. Darlehenseintreibung und Leumundsauskünfte«. Ich klopfte, und ein junges bebrilltes Mädchen ließ mich herein. Ein kleiner, fast zierlicher Mann saß mit einer Gesäßhälfte auf, wie ich vermutete, ihrem Schreibtisch. Er wendete die herabbaumelnde, schimmernde Spitze seines Stiefels hin und her und betrachtete sie prüfend.

»Ich bin mit Herrn Eugen verabredet«, sagte ich. »Ich bin Herr Braun.«

»Aha, Herr Braun.« Der kleine Mann erhob sich. »Ich bin Eugen. Kommen Sie herein.«

Ich folgte Eugen in sein Büro. Er war wirklich sehr klein, gerade über einsfünfzig, und tadellos gekleidet. Er hatte sauber gescheitelte blonde Haare und beinahe weiße Wimpern, die seinem Gesicht einen Ausdruck von kindlicher Offenheit verliehen. Wir setzten uns. Eugen entnahm einer Schublade seines Schreibtisches eine lange Zigarre und zündete sie an. Ich fasste das als eine Reflexhandlung auf, die offenbar besagen sollte: Ich mag zwar ein kleiner Mann sein, aber ich habe einen großen Schwanz. Ich fasste auf der Stelle eine Abneigung gegen ihn.

Er nannte mir seine Bedingungen, und ich schilderte ihm mein Anliegen. Ich sagte, ich wünschte unter äußerster Diskretion eine Frau beobachten zu lassen. Ich nannte keinen Namen, sondern gab nur meine Adresse an und eine Beschreibung von Sonia. Ich sagte, ich wünschte zu erfahren, wo sie hinging, wer sich dort aufhielt und was sie dort taten. Es war eine simple Angelegenheit, und in weniger als fünf Minuten war unsere Besprechung beendet. Ich zahlte im Voraus, und er verpflichtete sich, mir in einem Monat einen vollständigen Bericht zu liefern. Ich stand auf und wollte schon gehen, als Eugen wie ein Wiesel hinter seinem Schreibtisch hervorkam und mich an der Tür aufhielt.

»Wären Sie so nett, mir ein Autogramm zu geben, Herr Todd? Für meine Sekretärin. Sie hat *Julie* fünf- oder zehnmal gesehen. Vielleicht fünfzehnmal.« Widerstrebend, aber ohne etwas zu sagen, gab ich es ihm.

»Auch ich bin ein großer Bewunderer«, sagte er auf Englisch, mit einem sanften, einschmeichelnden Ton. Als ich ging, fügte er anzüglich hinzu: »Guten Tag, Herr Braun.«

Schon nach zwei Wochen meldete er sich. Ich war mit dem näherrückenden Wiederbeginn der Dreharbeiten beschäftigt. Leo war in der Schweiz und überwachte den Aufbau einer riesigen Kulisse in der Nähe des Städtchens Grex, das uns als Genf des 18. Jahrhunderts dienen sollte. Ich arbeitete an einer revolutionären technischen Neuerung und überlegte mir, wie ich sie in den Film integrieren könne, als Eugens Anruf mir in die Spandauer Fotolabors durchgestellt wurde.

»Ich habe jetzt nicht mit Ihrem Anruf gerechnet«, sagte ich.

»Ich habe gute und schlechte Nachrichten für Sie«, sagte er. »Ich muss sie mit Ihnen besprechen.«

Wir verabredeten uns für den Spätnachmittag in einem kleinen Café unweit seines Büros. Es entpuppte sich als ein Kellercafé in unbehaglicher Nähe zum Haupteingang des Instituts für Infektionskrankheiten. Eugen saß im Hintergrund des Cafés an einem schmalen Tisch und aß gefüllte Gurken. An der Stirn und am Kinn hatte er eine üble, frische Hautabschürfung; davon abgesehen, war er so adrett wie immer. Als er mich erblickte, hörte er auf zu essen und steckte sich eine seiner dummen Zigarren an. »Kann ich Ihnen etwas anbieten? Bier? Wein? Man kann hier ausgezeichnet essen. Ausgezeichnet – und zu vernünftigen Preisen.«

»Nein, danke. Was ist passiert?«

»Ihre Frau, sie hat mich entdeckt.«

Eugen erzählte mir, er pflege zur Verfolgung von Autos ein kleines Motorrad zu benutzen. Auf diese Weise hatte er Sonia zehn Tage lang unentdeckt beschattet. Vorgestern hatte sie sich nicht des Fahrers bedient, sondern war selbst gefahren. Sie schlug eine ungewohnte Route ein, und Eugen dachte schon, jetzt werde er endlich etwas spitzkriegen. Irgendwo in der Nähe von Dallgow fuhr Eugen in einer stillen Straße um die Ecke und wäre fast auf Sonias Wagen (unseren Packard) aufgefahren, der absichtlich so abgestellt war, um das herbeizuführen. Eugen hatte gebremst, war ins Schleudern gekommen und von seinem Motorrad heruntergefallen. Seine Kleider waren zerrissen, sein Gesicht war abgeschürft, und für einen Augenblick war er bewusstlos gewesen. Sonia trat auf ihn zu, zückte einen Revolver (es war wohl ein Kinderrevolver – ich musste ihre Nerven und ihren Mut bewundern) und wollte von ihm wissen, warum er sie verfolge. Er blickte auf seine Gurke hinunter.

»Ich musste ihr gestehen, dass ich mächtig in sie vernarrt sei«, sagte er. »Tut mir leid, aber das ist die beste Entschuldigung. Sie zieht immer.« Sonia hatte seine Brieftasche überprüft und seine Visitenkarten gefunden (an dieser Stelle war ich dankbar für Eugens beschönigende Berufsbezeichnung).

»Aber ich muss Ihnen noch etwas sagen«, fuhr er fort. »Gute Nachrichten. Sie ist eine ehrbare Frau. Sie tut absolut nichts Unerlaubtes. Sie trifft sich mit ihren Freundinnen, sie geht mit den Kindern in den Park. Sie geht einkaufen. Zweimal in der Woche spielt sie mit anderen Frauen Karten. Das ist alles.«

Eine Weile feilschten wir ergebnislos um sein Honorar. Er sagte, der Schaden an seinem Motorrad, seinen Kleidern, seinem Gesicht und seiner Selbstachtung werde kaum durch den unverdienten Teil seines Vorschusses gedeckt. Ich gab nach und fuhr einigermaßen erleichtert nach Hause. Sonia erwähnte den Zwischenfall mit keinem Wort. Warum? Hatte sie mich in Verdacht? Oder fühlte sie sich von Eugens Ausflucht geschmeichelt? Ich war zwar beruhigt, machte mir aber immer noch unbegründete Sorgen, obwohl es weder in Sonias Verhalten noch in ihrem friedlichen, zusehends rundlicher werdenden Gesicht irgendetwas gab, was mir vernünftigerweise Anlass zur Besorgnis hätte geben können.

Ob an dieser Stelle eine kurze Huldigung an Eddie Simmonette angebracht ist? Ich verdanke ihm so viel (er verdankt mir, wohlgemerkt, auch einiges), und ich werde nie seine Großzügigkeit und Toleranz, seine Hilfe und sein Verständnis vergessen, das er mir bewies, als ich im April 1928 zu ihm ging und ihm erklärte, dass ich an den *Bekenntnissen* einiges vollkommen verändern und einen Teil der im Vorjahr abgedrehten Szenen noch einmal aufnehmen wolle.

So kühn war ich nur – ich wollte mein Glück erzwingen – wegen des Versprechens, das der alte Duric ihm auf dem Sterbebett abgerungen hat. Bei einem anderen Geldgeber wäre ich wahrscheinlich nicht so zuversichtlich und mutig gewesen. Aber wenn man von den sentimentalen Gründen absieht, gab es damals handfeste kommerzielle Gründe, einen Film von John James Todd zu fördern. Ich trat jedenfalls an ihn heran, weil ich mir wegen einiger Sequenzen des Films Sorgen machte und nach Möglichkeiten suchte, sie zu beheben.

Es gab, um es rundheraus zu sagen, 1928 nicht mehr viel, was man nicht schon mit der Kamera erreicht hätte. Alle sogenannten Tricks und Kunstgriffe, die Sie heute auf der Kinoleinwand sehen können, waren schon entdeckt, bevor die ersten drei Jahrzehnte des Jahrhunderts zu Ende gingen. Schneller Schnittwechsel, Mehrfachbelichtung, fahrende Kameras, Schrägaufnahmen, Hintergrundbeleuchtung, mattierte Blenden, selektive Weichzeichner, Vorsatzblenden, Kranaufnahmen, Linsenverbreiterung etc. etc., das alles stand dem

Regisseur schon zur Verfügung. Es war, um einen Vergleich zu wählen, als hätte sich die Geschichte der Malerei von den Schlammklecksereien auf der Höhlenwand bis zum modernen abstrakten Expressionismus innerhalb von fünfundzwanzig Jahren abgespielt. Wir experimentierten damals sogar mit einer Art 3-D-Film, und das war eines der neuen Verfahren, die ich einsetzen wollte. Eine Firma in Frankreich stellte so etwas wie einen erhabenen Film her, der bei der Projektion auf der Leinwand die Schauspieler zwar nicht wirklich dreidimensional, aber doch in einer Art Flachrelief erscheinen ließ. Besonders eindrucksvoll war das bei Nahaufnahmen. Das Filmmaterial war teuer, aber das hatten wir in unserem Budget eingeplant. Ich hatte vor, es in der berühmten Szene mit dem Kirschenpflücken zu verwenden, die wir in diesem Sommer in Chambéry drehen wollten.

Alle Filmtechniken haben nach meiner Überzeugung (und wie bei vielen meiner Theorien bin ich wahrscheinlich auch hier der einzige Anhänger) ihren Ursprung im Traum. In unseren Träumen gab es schon die verlangsamte Bewegung, bevor die Filmkamera erfunden wurde. Im Traum konnten wir zwischen parallelen Handlungen hin- und herwechseln, und wir beherrschten schon längst die Bildmontage, als ein wichtigtuerischer Russe mit dem Anspruch auftrat, uns zu zeigen, wie man das macht. Diesem Ursprung verdankt der Film seine eigentümliche Macht. Er schafft auf der Leinwand nach, was in unserem Unbewussten vorgegangen ist. Ich traf einmal einen berühmten Regisseur (er soll ungenannt bleiben), der behauptete, er sei der Erste gewesen, der über einen längeren Draht eine ferngesteuerte Kamera in Gang gesetzt habe, und er habe uns zum ersten Mal das Gefühl vermittelt, wie ein Vogel zu fliegen. Aber Träumende, erwiderte ich ihm, sind schon so geflogen, seit es ein Bewusstsein gibt. Viele meiner eigenen Erfindungen (die tragbare Kamera, meine Weichzeichnerlinse) sind meinen Träumen entsprungen. Das also war die Lage, in der ich mich damals befand. Nehmen wir noch ein anderes

Bild – eine ruhig brennende Kerze. Sie ist schön, sie leuchtet. Jetzt hauchen Sie sanft gegen die Flamme und beobachten Sie die flackernde, tanzende Verwandlung. Ich sah die Rolle des Regisseurs beim Film darin, der Hauch an der Kerzenflamme zu sein. Ich hatte bei den *Bekenntnissen* alles zu meiner Verfügung, um diese Flamme zum Tanzen und zum Funkeln zu bringen – meine Vision, die Schauspieler, die technische Ausrüstung und die Fähigkeiten meiner Mitarbeiter –, und dennoch fühlte ich mich behindert und eingeengt durch die Beschränktheit der Linse und dessen, was wir mit ihr anfangen konnten, durch dieses starre, unveränderliche Rechteck, das wir auszufüllen hatten. Aber dann, in diesem Frühjahr 1928, träumte ich von Rousseau und seiner Wanderung von Genf nach Savoyen. Ich sah ihn durch die eisige Landschaft schreiten, hinter ihm die gewaltige Kulisse der Berge. Es war, als sähe ich ihn im Abstand von einer Meile vor meinen Augen vorübergehen … Als ich aufwachte, wusste ich, dass es in den *Bekenntnissen* meine Aufgabe sein würde, mich in irgendeiner Weise den Beschränkungen des Linsenrahmens zu entziehen.

Auf die Lösung dieses Problems kam ich so schnell, dass ich mich wunderte, warum nicht schon früher jemand darauf verfallen war. Wenn es mir nicht möglich war, die Dimensionen der Kameralinse und damit die Dimensionen der Leinwand zu erweitern, brauchte ich doch nur die mir verfügbaren Möglichkeiten zu vervielfachen: Ich würde drei Kameras, fünf Kameras verwenden, ihre Bilder synchronisieren und sie auf eine entsprechende Anzahl aneinandergrenzender Leinwände projizieren. Plötzlich hatte ich eine Vision von meinem Kino der Zukunft. Wir würden die Zuschauer in ein rundes Amphitheater setzen, das von einer kreisförmigen Leinwand umschlossen sein würde. Die Wanderung von Jean-Jacques konnte sich über 360 Grad ausbreiten …

Aber das war noch weit entfernt. Ich setzte mich mit meinem Kameramann Horst Immelmann zusammen, um eine praktische Lösung zu entwickeln (über Horst ist nicht viel zu sagen – ein Mann in den Vierzigern, umgänglich, tüchtig, ein *artisan de luxe*). Uns wurde rasch klar, dass die Koppelung von drei Kameras das Höchste war, was wir realisieren konnten; bei allem, was darüber hinausging, würde sich die Synchronisation, die Bildanpassung und die Kontinuität als ungeheuer kompliziert erweisen. Horst meinte, innerhalb eines Monats ließe sich ein Prototyp zusammenbasteln. Ich ging zu Eddie und versuchte ihn davon zu überzeugen, dass wir ihn nutzen sollten. Er erkannte sofort die ungeheuren Vorzüge des Verfahrens, wies aber darauf hin, dass wir dann auch alle Kinos der Welt umbauen müssten, wenn es sich lohnen sollte. Dieser Einwand war gerechtfertigt. Schließlich wurde beschlossen, dass ich einige Szenen mit der Tri-Kamera (so nannte man sie jetzt) aufnehmen würde, und die Realismus – das war Eddies Idee – würde einige große Kinos für Premieren, für Verleiher- und Kritikervorführungen und für Werbeaufführungen umbauen. Er war von meinem Einfall begeistert, aber aus dem falschen Grund. Er sah darin einen spektakulären Werbetrick, während die ästhetischen Möglichkeiten ihm gleichgültig waren. Als wir, Horst und ich, gingen, hatten wir ein neues Budget und einen veränderten Drehplan. Ich würde zwei Szenen – Rousseaus Wanderung nach Savoyen und seine erste Begegnung mit Frau von Warens – nachdrehen und die Tri-Kamera bei zwei weiteren Szenen einsetzen: dem Kirschenpflücken und der verzweifelten Abreise Rousseaus von Les Charmettes mit Ankunft in Paris. Wenn das Verfahren funktionierte und beim Publikum günstige Aufnahme fand, würden wir die Tri-Kamera in den Teilen II und III in weiteren Sequenzen einsetzen.

Wir konnten also wieder loslegen. Der Rest des Jahres lag vor mir, geplant und finanziert. Frühling und Sommer in Genf, Annecy und Chambéry. Der Herbst würde mit den Aufnahmen der Tri-Kamera-Szenen verstreichen. Im Winter wieder zu Innenaufnahmen in Spandau. Mein neues Ablieferungsdatum war der 1. Juli 1929. Teil II würde im Herbst dieses Jahres in Angriff genommen.

Vor der Abreise nach Frankreich bat ich Doon, meine Frau zu werden, aber mit meiner typischen dummen Impulsivität wählte ich genau den verkehrten Zeitpunkt. Ich war in ihrer Wohnung, wir hatten gerade miteinander geschlafen. Ich hatte mich angezogen, um Zigaretten zu holen. Als ich im Flur Mantel und Hut vom Kleiderständer nahm, sah ich dort ein mir unbekanntes feinwollenes Halstuch mit Paisleymuster hängen. Ich nahm es und roch daran. Haaröl und Zigarren … Ich hängte es zurück und ging hinaus. Irgendwie kaufte ich Zigaretten.

Mavrocordato.

Mavrocordato war in der Wohnung gewesen. Ich konnte mir vorstellen, wie das Tuch um seinen dicken Nacken geschlungen war. Auf dem Rückweg vom Kiosk erteilte ich mir selbst eine Reihe von Befehlen, die alle mit Gelassenheit, Logik, Nüchternheit und Selbstachtung zu tun hatten, aber sobald ich die Wohnung betrat, vergaß ich sie prompt.

Doon rief: »Komm endlich mit den Zigaretten rüber!«

Ich nahm Mavrocordatos Halstuch vom Haken und steckte es mir in die Tasche. Ich ging ins Schlafzimmer und warf ein Päckchen Zigaretten aufs Bett. Doon richtete sich auf, um danach zu greifen, und während sie sich vorbeugte, entblößte sie ihre Brüste. Ich ließ das Halstuch vor ihr baumeln. Sie blickte auf.

»Mavrocordato ist hier gewesen, oder?«

»Ja.« Es klang offen und fest.

Ich fühlte mich den Tränen nahe. »Er hat sein Halstuch vergessen. Du solltest besser aufpassen.«

»Nein, das ist es nicht.«

»Was?«

»Nicht sein Halstuch. Der Klempner, der am Montag da war – nein, am Dienstag –, er hat es dagelassen.«

»Der Klempner …«

»Richtig.«

»Aber du sagtest doch, Mavrocordato sei hier gewesen.«

»Ja.«

Ich hatte das Gefühl, dass mein ganzer Zorn mitten in der Luft kehrtmacht und wie ein Bumerang wieder auf mich zukommt.

»Wieso, verdammt noch mal?«, fragte ich. »Ich meine, hat er denn überhaupt ein Recht …? Sind meine Gefühle dir völlig schnuppe?«

»Wir haben miteinander geplaudert. Du weißt doch, dass ich mit ihm verheiratet war.«

Ich setzte mich aufs Bett und ergriff ihre Hand.

»Doon, ich möchte, dass du mich heiratest. Ich bitte dich. Lass uns heiraten.«

»Nein. Ich möchte nicht wieder heiraten. Einmal reicht. Niemanden, nicht mal dich.«

Sie löste ihre Hand aus meiner, steckte sich die Zigarette an und lehnte sich zurück.

»Wieso sollten wir heiraten? Bist du nicht glücklich?«

»Natürlich bin ich glücklich. Deshalb ja.«

»Ach, lassen wir es so, wie es ist.«

»Ich verbiete dir, dieses … dieses große haarige Arschloch noch mal zu sehen.«

»Das tust du nicht. Ich mag ihn. Ich sehe ihn, wann ich will. Du brauchst nicht dabei zu sein. Sei doch nicht blöd, Jamie! Im Übrigen bist du ja schon verheiratet.«

Warum können wir uns nicht damit begnügen, wie es ist? Ist dieses ständige Bedürfnis, unser Leben zu verbessern, eine angeborene menschliche Schwäche? Ist es ein uralter Traum in uns allen, dass unser Leben, mag es auch noch so gesichert und befriedigend sein, noch ein klein wenig besser sein könnte, wenn wir uns nur Mühe gäben? Hirngespinste, Trugbilder, Illusionen – man sollte ihnen nicht trauen. Warum habe ich Doon so bedrängt? Warum habe ich mich selbst so gedrängt? Es war alles in Ordnung, bis ich einseitig zu der Ansicht kam, dass es besser sein könnte. Ich ließ ihr in dieser Nacht keine

Ruhe und brachte mit wachsender Dringlichkeit immer wieder neue Gründe für eine Eheschließung vor. Es ging ihr sehr auf die Nerven. Wir schnauzten uns an, wir stritten uns. Dann entschuldigte ich mich und versuchte, mich zu beruhigen, aber der Abend war verdorben. Ich hatte ihr etwas einreden wollen und dabei nur an mich gedacht. Doon hatte verdammt recht – meine Argumente waren nicht überzeugend.

Kurz nach diesem erfolglosen Heiratsantrag kam ich eines Abends gegen halb neun nach Hause. Sonia war in der Küche und sprach mit Lily. Ohne sie zu grüßen, ging ich nach oben. Es muss gegen halb zehn gewesen sein, als ich über den Korridor ging und Vincent aus der halb geöffneten Tür des Jungenzimmers herausschauen sah.

»Geh ins Bett!«, ermahnte ich ihn. »Papa, Hereford will nicht mit mir reden.«

»Er ist ein vernünftiger Junge. Er ist schlafen gegangen.«

Ich brachte Vincent ins Zimmer zurück und half ihm ins Bett. Dann ging ich zu Herefords Bett hinüber. Er lag auf dem Rücken, einen Arm hinter dem Kopf, und von seiner Nase zogen sich zwei glänzende Rotzspuren herunter. Ich zog mein Taschentuch heraus, um sie ihm abzuwischen. In dem Augenblick, als ich ihn berührte, wusste ich, dass er tot war. Er war schon ziemlich kalt. Ich nahm ihn auf, und sein Kopf fiel zurück. Aus seinem Hals kam ein merkwürdig gurgelnder Laut. Ich küsste sein Gesicht, die Tränen stürzten mir aus den Augen, und ich legte ihn wieder hin. Ich ging zu Vincent hinüber, holte ihn aus dem Bett und brachte ihn aus dem Zimmer.

Herefords Erkältung hatte sich hingezogen, war zu einem bösen Husten geworden, war vergangen und wiedergekommen. Sie machte ihm anscheinend nichts aus. Nase und Mund waren für ihn wohl nur zwei weitere Körperöffnungen, die im Einklang mit den unteren etwas absonderten. Er war drei Jahre alt.

Villa Luxe 23. Juni 1972
Was kann ich über Hereford sagen? Ich denke, ich glaube, ich glaube ernsthaft, dass alles vielleicht anders geworden wäre, wenn er weitergelebt hätte. *Aber ich bin dessen nicht sicher.* Es gibt nichts, dessen ich sicher sein kann. Hamish würde dieser letzteren Feststellung zustimmen. Was mir geblieben ist, ist eine sentimentale Mischung aus zärtlicher Erinnerung und Wunschdenken. Ich weiß nur, dass ich ihn auf eine andere Weise geliebt habe als meine anderen Kinder. Mochte ich auch noch so gereizt und beschäftigt sein – in mir war etwas, das von seiner anarchisch-unbeholfenen Gegenwart angesprochen wurde. Und dann war er tot.

Ist das so ein Anlass, bei dem ein Menschenleben (meines) einen Quantensprung macht? Einen von diesen plötzlichen Sprüngen, einen abrupten Bruch, der alles verändert? Nichts war mehr wie vorher, nachdem Hereford gestorben war, die Welt hatte einen anderen Anstrich, eine andere Struktur. Woher haben wir diese komische Vorstellung, dass in der Welt, in der wir Menschen leben und atmen, unbedingt Ordnung, Kausalität, Sinn und Kontinuität herrschen muss? Ja, dachte ich, ich begreife, wie hier der Zufall und die blinde Veränderung walten, nachdem ich gerade zum Opfer einer besonders brutalen Veränderung geworden war. Heute verstehe ich, dass die Vorstellungen von Diskontinuität und Pluralität besser zu meiner Erfahrung passen als Ideen von Ordnung und Bedachtsamkeit. Es gibt nichts, was wir mit Sicherheit erkennen, nichts, was wir bestimmen können. Was uns allein in Gang hält, ist die hoffnungsvolle Wahrscheinlichkeit. Auf diese Weise hat es bislang geklappt, und vielleicht wird es wieder klappen. Aber verlassen Sie sich nicht darauf.

Ich fahre in den Hauptort der Insel, die Hafenstadt, damit Eddies Rechtsanwalt sich darum kümmert, dass mein Schwimmbecken gefüllt wird. Der zentrale Platz ist von einer heruntergekommenen Eleganz, mit weißen Steinen gepflastert und von duftenden Oleandern umsäumt. Die Gebäude, die ihn umgrenzen, haben hohe Fenster mit Läden und schmiedeeisernen Balkonen, und ihre Stuckatur vergilbt. An einem Ende steht eine erheiternde barocke Skulptur von zwei schwerbewaffneten, federgeschmückten Soldaten, die mit der Fahne der Freiheit ringen. Überall laufen die Touristen herum. Im Büro des Anwalts ist es heiß. Er will sich auf nichts festlegen. Er versucht mich hinzuhalten. Er entschuldigt sich. Was kann er tun? Vielleicht am Ende des Fremdenverkehrs ... Ich gehe und mische mich unter die bunten Besucher unserer Insel. Ich gelange zu meinem Lieblingscafé, das Aussicht auf den Hafen bietet, und nach höchstens zehn Minuten Wartezeit ergattere ich einen Sitzplatz. Ich esse ein Eis – Pistazie, immer Pistazie – und trinke einen Kaffee. Ich denke an Ulrike. Sie ist ein reizendes Mädchen. Die Sonnenbräune steht ihr. Sie strahlt Gesundheit aus und einen zufriedenen Glauben an ihr Leben oder ihre Arbeit. Ich versuche, mir ihren Freund vorzustellen, den Cineasten. Ich sehe einen Bart vor mir, ein kariertes Hemd, einen Namen wie Rudi oder Rolf. Es scheint alles in Ordnung zu sein, Ulrike, aber du musst vorsichtig bleiben. Denke an die Unschärferelation, das Prinzip der Unbestimmtheit. Es beherrscht die Moleküle, aus denen wir gemacht sind. Ein bisschen davon dringt sicher auch in unsere menschliche Welt vor. Wenn schon die Wurzel eines Feigenbaums eine solide Betonwand sprengen kann, was wird dann das Prinzip der Unbestimmtheit aufhalten können? Schau dir mein Leben an, das ich in unbeirrbarer Ergebenheit gegenüber seinen launenhaften Verordnungen gelebt habe. Ich muss jetzt aufhören, ich werde depressiv. Ich blicke auf, und in diesem Augenblick fährt ein Touristenbus vorbei. Am Fenster steht jemand und deutet auf die Attraktionen unseres malerischen Hafens. Ich kenne diesen Mann. Er ist Amerikaner. Ich lasse mich nicht so leicht aus der Ruhe bringen. Immer sachte, sage ich mir, es könnte ein Zufall sein. Es muss ein Zufall sein. Vielleicht ist er es ja gar nicht. Jedenfalls hat er *dich* nicht gesehen, und niemand weiß, dass du hier bist.

Ende einer Ära

Im Sommer 1730 begab sich Frau von Warens für einige Zeit nach Paris und ließ Jean-Jacques in Annecy zurück. Er verbrachte die Zeit ihrer Abwesenheit auf angenehme Weise und liebäugelte mit jungen Frauen, von denen mehrere – jedenfalls behauptet er das in den *Bekenntnissen* – in ihn verliebt waren. An einem besonders schönen Tag zog es ihn zu einem Spaziergang ins Freie hinaus. In einem grünen Bachgrund begegnete er zwei Mädchen, die nicht recht wussten, wie sie ihre Pferde zum Durchqueren des Baches zwingen sollten. Eines der Mädchen, ein Fräulein von Graffenried, hatte Rousseau bereits kennengelernt, und sie stellte ihn der anderen vor, einem Fräulein Galley. Sie waren beide hübsch, besonders aber Fräulein Galley: »Sie war zugleich zierlich und voll, was für ein Mädchen den schönsten Zeitpunkt bedeutet.« Rousseau half den beiden über den Bach, und die Mädchen bestanden darauf, dass er ihnen für den Rest des Tages Gesellschaft leiste. Sie waren auf dem Wege zum Château de la Tour in Toune, einem großen bäuerlichen Anwesen, das der Familie von Fräulein Galley gehörte.

Sie kamen denn auch bei dem Château an und genossen ein spätes Mittagessen in der Küche. Kaffee und Kuchen sparten sie sich für später auf und beschlossen ihre Mahlzeit stattdessen mit Kirschen aus dem Obstgarten. Rousseau kletterte auf die Bäume und warf den Mädchen die Früchte hinab, und diese warfen die Kerne wieder zu ihm herauf. Es entspann sich ein kokettes Spiel. »Einmal stand Fräulein Galley, ihre Schürze vorstreckend und ihren Kopf zurückbiegend, so günstig und ich zielte so gut, dass ich ihr ein Kirschenbündel in den Busen warf; wie lachten wir nicht darüber! Innerlich sagte ich mir:

Warum sind meine Lippen keine Kirschen! Wie gern wollte ich sie nicht zu ihnen hinabwerfen!«

Aber nichts passierte. Es war eine Idylle, die vor sexuellen Andeutungen und unverwirklichten Möglichkeiten bebte. Sie können sich vorstellen, dass sich gerade diese Episode in meine Seele eingebrannt hatte, als ich sie in meiner kahlen Zelle in Weilburg las. Bedenken Sie auch, dass ich noch ›jungfräulich‹ war, als ich sie las (meine beiden Mädchen waren Huguette und Dagmar), und dass auch Jean-Jacques zum Zeitpunkt dieses Vorfalls ›jungfräulich‹ war. Er hat diesen Tag im Kirschgarten nie vergessen. Hier erwies sich für ihn, wie er später erkannte, dass die erotische Sinnlichkeit der Unschuld oft stärker ist als die Fleischeslust der Erwachsenen.

Ich verfilmte den gesamten Tagesablauf genau nach dem Bericht Rousseaus. Um die Rollen der beiden Mädchen zu besetzen, suchte ich bei Wanderbühnen und Varieté-Theatern in Grenoble, Nizza und Lyon nach geeigneten Darstellerinnen. Auf ihre schauspielerischen Fähigkeiten kam es mir nicht an, sondern auf ihre äußere Erscheinung – für ausgefuchste, erfahrene Schauspielerinnen hatte ich keinen Bedarf. Alles, was sie zu tun hatten, war passabel auszusehen, zu kichern und zu flirten. Karl-Heinz war ein von dem Widerstreit zwischen Verlangen und Schüchternheit vollkommen entstelltes, linkisches Monstrum von leidenschaftlicher Frustration. In unserem Obstgarten sägten wir bei einem der Bäume den Mittelteil heraus und brachten dort eine Kameraplattform an. Für den Augenblick, in dem die Brüste von Fräulein Galley das Kirschbündel »auffangen«, benutzten wir einen Relief-Film. Im Laufe dieser Woche erkannte ich, dass in der Tri-Kamera noch eine weitere Möglichkeit steckte. Statt für die Erzeugung eines einzigen breitgestreckten Bildes konnte man sie ebenso einfach dafür verwenden, drei getrennte Bilder aufzunehmen. Einen ganzen erschöpfenden Abend lang saßen Horst und ich daran, mithilfe von Diagrammen eine Sequenz von wuchtigen Nahaufnahmen zu entwerfen, bei denen wir den Relief-Film benutzen wollten. Die Schauspieler waren verwirrt, als wir die Kameras aus allen möglichen Richtungen bis auf wenige Zentimeter an ihre Gesichter heranfuhren und zwischen den Aufnahmen immer wieder Bündel von Notizen und hingekritzelten Zeichnungen zu Rate zogen. So entstand eine Sequenz, die in ihrer latenten erotischen Ausstrahlung atemberaubend ist, was von jenen, die sie auf drei Leinwänden gesehen haben, bezeugt wird. Lassen Sie mich die Sache näher beschreiben.

Die ganze Episode läuft, was die filmische Darstellung angeht, nach gängigem Muster. Die Begegnung am Bach, der Ritt zum Château, die Mahlzeit in der Küche. Als sich das Trio dann in den Kirschgarten begibt, werden im Kino die Vorhänge zur Seite gezogen und geben den Blick frei auf zwei weitere Leinwände, die in einem Winkel zur Hauptleinwand an diese angrenzen. Die beiden zusätzlichen Projektoren laufen an, und mit einem Mal haben wir drei getrennte Bilder. Drei Köpfe sind zu sehen: Jean-Jacques, flankiert von Fräulein von Graffenried und Fräulein Galley. Wir sehen, wie sie sich versteckte Blicke zuwerfen. Als Jean-Jacques auf der mittleren Leinwand den Baum hinaufklettert, schauen die beiden Mädchen auf beiden Seiten hinauf. Dann verwischen sich die Konturen und festigen sich wieder, als der Relief-Film durch den Projektor läuft. Die herabhängenden Kirschbündel scheinen die Form dreidimensionaler Früchte anzunehmen. Gesichter und Schultern der Mädchen, vollkommen bleich, erscheinen vor dem Hintergrund der Blätter wie aus Gips gegossen. Wir blicken mit Jean-Jacques auf die beiden entzückenden Mädchen hinab, die zu ihm heraufschauen. Die Mädchen essen die Kirschen, spucken die Kerne aus und werfen sie zu Jean-Jacques zurück, der dem freundlichen Gruß auszuweichen versucht.

Nun ist die mittlere Leinwand ausgefüllt von Fräulein Galley, die hinaufblickt und ihre Schürze vorstreckt, um weitere Früchte aufzufangen. Auf der einen Seitenleinwand sieht man das Gesicht von Jean-Jacques, wie er seine Revanche plant, auf der anderen seine Hand, die ein Bündel Kirschen pflückt. Mittlere Leinwand: Langsam wandert der Blick zu dem tiefen Ausschnitt von Fräulein Galley, zu ihren Brüsten, die von den ausgestreckten Armen ein wenig aneinandergedrückt werden. Sie heben und senken sich unter ihren heftigen Atemzügen, zwischen ihnen liegt ein sanfter, tiefer Schatten. Jean-Jacques' Hand wirft. Mittlere Leinwand, die Kirschen landen. Lippen, Kirschen, Lippen. Augen, Kirschen, Augen. Dann drei lachende Münder. Wir ziehen uns zurück. In der Mitte das Gesicht von Jean-Jacques, dessen Lachen seinen Schmerz verhüllt. Die Seitenleinwände verdunkeln sich, die Vorhänge werden wieder vorgezogen und verdecken sie.

Die Wirkung ist großartig. Bei der Premiere tobte das Publikum. Das alles zu planen, war ungeheuer mühsam. (Ich muss Fräulein Sadrine Storri Tribut zollen, einer Varietétänzerin aus Lyon, die nach dem Film wieder in der Anonymität versank; sie spielte das Fräulein Galley. Sie bewies bewundernswerte Geduld und Humor, als ich, auf einem Stuhl über ihr stehend, Dutzende von Kirschbündeln auf ihren Busen fallen ließ, während Horsts Kamera dreißig Zentimeter vor ihr surrte.) Natürlich konnte ich erst später das Entzücken und den Stolz auf diese Szene genießen. Wir arbeiteten blind. Erst nach etlichen Monaten sah ich die Sequenz auf drei Leinwänden in voller Größe ablaufen. Für mich – und ich sage das vollkommen ehrlich und unvoreingenommen – ist sie die vollkommenste und gelungenste Vereinigung von Technik und Inhalt, die ich je in einem Film gesehen habe. Der Relief-Film und die Tri-Kamera waren die vollendeten Mittel, um die zarte Erotik dieses warmen Nachmittags in der Nähe von Annecy wiederaufleben zu lassen. Denken Sie sich den kühnen Einsatz wuchtiger Nahaufnahmen von Lippen und Augen, dunkel schimmernden Kirschen und blassen wogenden Brüsten hinzu – die Bilder sind überwältigend. Meine Nahaufnahmen in den *Bekenntnissen: Teil 1* waren die größten, die man bis dahin auf der Leinwand gesehen hatte (bestimmt größer als die von Eisenstein), und was mich besonders stolz macht, ich kam ganz ohne Untertitel aus.

Und so arbeiteten wir den ganzen Sommer hindurch, von mehr als nur den üblichen Verzögerungen und technischen Pannen verfolgt. Das Relief-Filmmaterial war überaus empfindlich, und die Tri-Kamera bescherte uns verständliche Kinderkrankheiten. Die Zahl der Probleme war endlos und ist heute kaum noch von Belang, doch wird es Ihnen eine gewisse Vorstellung von den Bedingungen vermitteln, unter denen wir arbeiten mussten, wenn ich Ihnen sage, dass Horst, Leo und ich nach der täglichen Dreharbeit nach Genf fuhren, wo sich das nächstgelegene Labor befand, das den Relief-Film entwickeln konnte, um uns die Kopien von den Aufnahmen des Vortags anzusehen. Meistens entdeckten wir irgendeinen Mangel, irgendwelche Blasen oder Flocken auf dem Negativ, sodass die Aufnahmen wiederholt werden mussten. Für die Kirschbaumsequenz, im Film etwa zweieinhalb Minuten, brauchten wir fast den ganzen Juli. Am Ende dieses Monats wurde mir klar, dass wir in ernsten Schwierigkeiten waren. Eddie wies in einem Telegramm verärgert darauf hin, dass das Verhältnis von abgedrehtem zu brauchbarem Film fast 80:1 betrug. Um eine Minute auf der Leinwand zu produzieren, drehte ich also achtzig Filmminuten ab. Ein Verhältnis von 30:1 gilt als großzügig. 15:1 ist nicht unmöglich. Irgendwie sickerte diese Nachricht durch, und von da an kamen böse Geschichten in Umlauf über meine Verschwendungssucht, meine Verstiegenheit, meinen manischen Perfektionismus. Nach einem besonders unflätigen und bösartigen Angriff in dem Machwerk *Das große Bilderbuch des Films* fuhr ich sogar nach Berlin zurück, um Eddie zu beruhigen und zu beschwichtigen.

Wir hatten inzwischen unser Budget überschritten. Wir waren hinter dem Zeitplan zurück. Aber das, was produziert wurde, war außerordentlich. Dieses letzte Kriterium kann die beiden anderen – und das ist eine der eigentümlichen Stärken des Films – immer relativieren. Zwischen wahrer Kunst und

Buchhaltung gibt es im Grunde keine Konkurrenz. Bilanzen sind dem Publikum gleichgültig. Eddie wusste das, aber unsere übrigen Geldgeber waren weniger beglückt. *Julie* war 1926 herausgekommen. Jetzt näherten wir uns dem letzten Viertel von 1928, und kein Film war in Sicht. Eddie war, ohne dass ich davon wusste, genötigt gewesen, den Anteil der Goldfilm aufzukaufen, und über den Vertrag mit Pathé stand er in neuen Verhandlungen. Schnell wurden die *Bekenntnisse* schlicht und einfach zu einem Realismus-Projekt.

Wegen der Verzögerungen mussten wir die Szenen in Les Charmettes nochmals verschieben, und so fuhren wir in die Schweiz, um in Grex die Genfer Szenen zu drehen. Die riesigen Aufbauten – die Stadtmauern von Genf – hatten zwei Monate ungenutzt dagestanden, und Leo war vertraglich verpflichtet, sie bis Ende September wieder abzubauen.

Doon war während dieses ganzen aufregenden, aber auch erschöpfenden Sommers bei mir gewesen. Ich war ihr unendlich dankbar. Sie spürte wohl, dass mir Herefords Tod mehr zu Herzen ging, als ich es nach außen hin zeigte, und ich frage mich wirklich, ob ich durchgehalten hätte, wenn ich nicht jeden Abend zu ihr hätte zurückkehren können. In Annecy wurde sie gelegentlich gebraucht (wir verbrachten eine ganze frustrierende Woche damit, ihre erste Begegnung mit Jean-Jacques nachzudrehen, aber ständig fiel die Tri-Kamera aus); in Grex gab es jedoch nichts für sie zu tun, und ich spürte, wie sich Langeweile ausbreitete. Seltsamerweise wurde ich ruhiger, sobald wir in der Schweiz waren, obwohl unsere Probleme in keiner Weise geringer wurden. Vielleicht lag es an der Landschaft. Es gefiel mir, dass jedes Fleckchen anbaufähigen Landes bestellt war – es gab Weingärten, die allem Anschein nach nicht größer waren als zwölf Fuß im Geviert, eingeklemmt zwischen einer Scheune und einer Felswand oder auf einem etwas größeren Gesims an einem Berghang gelegen. Die beruhigende Wirkung ging eher von der Mustergültigkeit dieser Bewirtschaftungsweise als von den imposanten Aussichten aus. Sie ließ auf eine Entschlossenheit und Zielstrebigkeit schließen, die mit meiner eigenen übereinstimmte, und begann mich zu entspannen.

In dieser Verfassung fiel es mir leichter, mir ein freies Wochenende zu nehmen, als ein Teil der Genfer Stadtmauer einstürzte und die Dreharbeit bis zum Wiederaufbau eingestellt werden musste. Grex war nicht weit von Montreux entfernt, und so schlug ich Doon vor, dort ein paar Nächte zu verbringen. Sie wollte aber lieber in die Berge, und so fuhren wir eines der Täler hinauf, die vom Seeufer allmählich ansteigen, und gelangten nach einer kurvenreichen Fahrt durch die Wälder in die dünne Luft der Hochebene. Wir übernachteten in einem kleinen Dorf (den Namen habe ich vergessen) in einem Hotel, das anscheinend gänzlich aus kunstvoll geschnitztem, knorrigem Holz errichtet war. Sogar das Abendbrot, das aus Schinken, Gewürzgurken und Kartoffeln bestand, wurde uns auf geschnitzten Holztellern gereicht. Wir fanden es beide etwas bedrückend. Doon hatte den Eindruck, sich in einem unheimlichen Märchen zu befinden. Wir beschlossen, am Samstagmorgen aufzubrechen und zum Mittagessen wieder am See zu sein.

Der Morgen war sonnig, aber kühl. Eine geschlossene Wolkenbank versperrte die Aussicht auf den See, es war, als wären wir von der Welt darunter abgeschnitten. Wir waren glücklich, als wir unbeschwert die engen Kurven hinunterfuhren, und lachten über das monströse Hotel aus Holz.

Hinter einer Kurve erblickten wir ein liegengebliebenes Auto, und ein Mann, der Fahrer, gab uns ein Winkzeichen, aber wir fuhren zu schnell, um rechtzeitig anhalten zu können.

»Er wirkt so verfroren«, sagte Doon. »Halte doch an.«

Ich trat auf die Bremse, kam rund fünfzig Meter weiter zum Stehen und stieg aus. Ich winkte den Mann zu uns heran. Er war ziemlich klein geraten und setzte sich dankbar in Trab. Doch plötzlich blieb er stehen, warf einen kurzen Blick zu seinem Auto zurück und sprang von der Straße herunter, um durch eine Bergwiese auf ein Tannengehölz zuzulaufen. Jetzt erkannte ich ihn. Zu Doons Verblüffung nahm ich seine Verfolgung auf.

Ich raste durch das dichte, taufeuchte Gras den Abhang hinunter. Rasch kam ich meinem Opfer näher, dessen Stadtschuhe ihm auf dem schlüpfrigen Grund offenbar keinen Halt gaben. Er fiel mehrmals hin, und ich holte ihn ein, als er, das Gesicht nach unten, am Rande des Gehölzes ausgestreckt dalag.

Eugen P. Eugen war vollkommen durchnässt und zitterte. Er erhob sich und klaubte Erde und Tannennadeln von seinem eleganten Anzug.

»Mister Todd«, sagte er, »wie nett, Sie wiederzusehen.«

»Warum verfolgen Sie mich, Eugen?«, fragte ich. Ich war ruhig, denn was für eine tölpelhafte Erpressung jetzt auch kommen mochte, ich wusste, damit würde ich leicht fertig.

»Ihre Frau hat mich engagiert«, sagte er mit einem schwachen Grinsen. Er blickte hinunter. »Meine Schuhe sind ruiniert.«

»Aber Sie dürfen doch nicht für *sie* arbeiten«, sagte ich zornig. »*Ich* hatte Sie doch engagiert.«

»Herr Todd«, sagte er und breitete entschuldigend seine Hände aus. »Von irgendetwas muss der Mensch ja leben.«

Er erzählte mir, Sonia habe sich vor vierzehn Tagen an ihn gewandt (ich habe keine Ahnung, wodurch sie alarmiert wurde – es konnte irgendeine von Dutzenden törichter Ausreden sein), und so war er nach Annecy gekommen und uns in die Schweiz nachgefahren. Er hatte Sonia bereits zwei ausführliche Berichte mit Einzelheiten über die Untreue ihres Ehemannes geschickt. Er erzählte mir das alles mit einem perversen Stolz, so als sei es ein Beweis seiner Tüchtigkeit, eines Talents, wie er mir offenbar zu verstehen geben wollte, das auch ich bezeugen könne. Während er sich über den Inhalt seiner Berichte ausließ, schloss ich die Augen. Irgendein Vogel sang lärmend in den Bäumen. Ich fühlte, wie der Tau langsam durch meine Sohlen drang, so als forsche er nach dem

Ursprung der Erschöpfung und der grundlosen Reue, die sich von oben nach unten in meinem Körper ausbreitete und anscheinend irgendeiner Drüse unter meiner Schädeldecke entsprang. Seit fast zwei Wochen wusste Sonia Bescheid. Was erwartete mich in Berlin?

Doons Rufe von der Straße her rüttelten mich wach. Eugen und ich blickten uns um.

»Ah, Fräulein Bogan. Wunderbare Schauspielerin«, sagte er.

Eigentlich müsste ich ihm feindseliger entgegentreten, dachte ich, und ich versuchte, mich zu einem Wutanfall aufzuraffen, doch ohne Erfolg.

»Schnauze, Sie kleiner Scheißer«, sagte ich ohne Überzeugung. Dann rief ich Doon zu: »Ich komme!« und begann, durch die feucht schimmernde Wiese zur Straße hinaufzusteigen.

»Herr Todd«, hörte ich Eugen hinter mir, der immer wieder abrutschte, »könnten Sie vielleicht ...? Ich wäre Ihnen äußerst dankbar, wenn Sie mich zum See mitnehmen würden. Diese Mietwagen ...«

»Tut mir leid.« Ich setzte meinen Weg fort.

»Keine Sorge, Herr Todd. Ich verstehe das vollkommen.«

Sonia wartete, bis ich im Oktober wieder in Berlin war. In der Zwischenzeit hatten wir keine Verbindung miteinander. Die Sonne schien, und in Charlottenburg hingen noch immer einige herbstlich bunte Blätter an den Birken im Garten. Ich stieg aus dem Wagen, und schwere Schuldgefühle verlangsamten meine Schritte. Das Haus war teilweise ausgeräumt. Die Teppiche waren nicht mehr da, aber die Bilder hingen noch an der Wand.

Sonia trug Schwarz. Sie war wohl noch in Trauer wegen Hereford, aber der Eindruck war angemessen bedrohlich und unheilverkündend. Irgendwie kam sie mir plötzlich viel älter vor als ich, und als ich ihr blasses, aber tadellos geschminktes Gesicht sah, befiel mich eine kindische Angst vor ihr. Ich hatte Unrecht getan. Jedes Auftrumpfen wäre jetzt sinnlos gewesen. Ich hatte meiner Bestrafung ins Auge zu sehen. Sonia beschränkte sich auf einen einzigen Tadel, aber der saß.

»Hereford stirbt, und dann tust du mir das an.«

Lügen und Entschuldigungen drängten sich mir auf die Lippen, aber ich überging sie. »Sonia, ich ... Wo sind die Kinder?«

»In einem Hotel. Wir fahren morgen nach London zurück.«

Ich rieb mir das Gesicht, so als wüsche ich es. Ich sah den langen Weg von Groll und Bitterkeit, der vor mir lag.

»Ich liebe Doon«, sagte ich. »Ich liebe sie seit Jahren. Ich möchte sie heiraten.«

Es war ein Fehler. Wieder verdarb mir meine unbedachte Ehrlichkeit alles. Ich hätte mich damals bloß zu entschuldigen brauchen. Ich sah in Sonias Augen, die bis dahin auffällig trocken waren, Tränen aufsteigen.

»Ach wirklich«, sagte sie mit giftigem Zynismus. »Nun, von mir kriegst du die Scheidung nicht.«

Sie entnahm ihrer Handtasche einen Brief, überreichte ihn mir, verabschiedete sich und ging. Ich setzte mich und las den Brief. Er war von ihrem Rechtsanwalt, und es ging um finanzielle Vereinbarungen zugunsten meiner Frau und meiner Familie; ein bestimmter Betrag sei monatlich auf ein bestimmtes Konto zu zahlen, zugunsten der Kinder solle ein Treuhandvermögen geschaffen werden, die Vereinbarungen seien alljährlich zu überprüfen, usw. usw.

Ich vergoss pflichtgemäß ein paar Tränen des Selbstmitleids und ließ meine Gedanken zurückwandern in jene Zeit kurz nach dem Krieg, die Zeit bei Superb-Imperial, bei Raymond Maude, die Zeit der *Wee McGregors,* der Biere und Steaks in dem Grill von Islington. Damals war Sonia alles gewesen, was ich begehrt hatte, und man konnte es ihr kaum anlasten, dass ich mich in Doon verliebt hatte. 1920 war ich noch unfertig, wenn ich es mir jetzt überlegte. Ich hatte Frontbogen und Kriegsgefangenschaft überlebt, aber emotional war ich nicht über den Stand der Minto Academy hinausgekommen. Ich ging in unserem Haus umher und suchte nochmals einzelne Kapitel meiner Vergangenheit auf. Doch in den Zimmern und Fluren schien der Geist des kleinen Hereford zu spuken: Auf Schritt und Tritt hörte ich das Echo seiner Stürze und Kollisionen, und der Umhang von Schmerz und Trauer, der schwer auf meinen Schultern lastete, trieb mich bald hinaus.

Ich habe dieses Haus nie wieder betreten. Was sich noch dort befand, ließ ich zusammenpacken, und schließlich verkaufte ich es mit einer geringen Einbuße. Das ganze Geld schickte ich Sonia, weil es einige Zeit dauern würde, die in der Schweiz deponierten Gelder nach London zu schaffen. Unsere Trennung entpuppte sich als eine öde, deprimierende Angelegenheit; Sonias Anwalt war ein besonders aggressiver, todernster Mensch und ich fürchtete jedes Mal wieder die Vorladungen in sein Büro, um diese oder jene Panne oder kleinliche Beschwerde auszubügeln.

Während dieser ganzen Geschichte gingen unsere Dreharbeiten natürlich weiter, und zwar in einem mörderischen Tempo, weil wir verlorene Zeit aufholen mussten. Zu meiner Bestürzung war die Rohfassung des Film inzwischen auf über sieben Stunden gediehen, und dabei mussten wir immer noch zwei Szenen drehen.

Ich fragte Doon, ob ich zu ihr ziehen könne, aber sie sagte nein. Ihre Ablehnung war vollkommen verständlich: Sie sagte, wir sollten einige Zeit damit warten. Ich war zu verwirrt, um große Einwände dagegen zu erheben, und zog in der Zwischenzeit zu Eddie in sein düsteres Haus an der Kronenstraße. Eddie war einfühlsam, aber ihm ging es mehr um mein berufliches als um mein persönliches Schicksal.

»Ich habe dir doch gesagt, dass du dich nicht mit Schauspielerinnen einlassen sollst«, sagte er. »Das hast du nun davon: Geldprobleme, kein Haus, keine Familie …«

»Ich habe mich nicht ›eingelassen‹«, sagte ich ernst. »Ich *liebe* sie, kannst du das nicht verstehen? Ich bin jetzt frei. Ich könnte nicht glücklicher sein. Wirklich. Irgendwann wird

Sonia in die Scheidung einwilligen, und dann werden Doon und ich heiraten.«

»Hat Doon das gesagt?«

»Gegenwärtig sagt sie, sie möchte nicht heiraten.«

»Wunderbar!«

»Trotzdem wird sie es tun.«

»Sie wird dich nie heiraten, John. Sie kennt sich. Wenn sie nein sagt, meint sie es auch so.«

»Sie wird es sich anders überlegen.«

»Sie ist hartnäckig.«

»Ich bin hartnäckiger.«

»Da täuschst du dich, mein Freund.«

Er behielt recht. Ich sah Doon häufig, wir arbeiteten zusammen, fast jede Nacht waren wir zusammen, aber ein- oder zweimal in der Woche kam es vor, dass ich anderswo schlief. Es ergab sich einfach so. Entweder hatte ich lange gearbeitet, oder wir hatten uns nicht verabreden können, oder Versammlungen und Termine kamen dazwischen. Wenn ich ihr Vorhaltungen machte oder sie bedrängte, griff sie auf eine vernünftige Argumentation zurück, der ich nicht gewachsen war.

»Sehen wir uns heute Abend?«, sagte ich zum Beispiel.

»Ich habe eine Versammlung, es wird spät.«

»Ich werde aufbleiben.«

»Wann fängst du morgen früh mit der Arbeit an?«

»Um sechs.«

»Ich werde gegen drei zurück sein.«

»Ach ja.«

»Wäre es nicht besser, du schläfst dich mal richtig aus? Ich komme in der Mittagszeit vorbei.«

Was konnte ich dagegen sagen? Es war völlig vernünftig. Aber es gibt Zeiten im Leben, wo man gerade mit der Vernunft nichts anfangen kann. Ich wollte unvernünftig sein, so als könnte das irgendwie meine Liebe zu ihr bekräftigen, meine Schuldgefühle wegen Hereford und Sonia auslöschen. Was ich wollte, waren Bekundungen der großen Leidenschaft.

Ich wollte, dass wir einander versicherten, auch nur ein Moment der Trennung sei für uns unerträglich; ich wollte in drei Stunden Nachtschlaf und einem unausgeschlafenen Anfang am nächsten Morgen einen echten Beweis unsterblicher Hingabe sehen.

Doch ich habe ihn nie erhalten.

Psychisch war ich, nachdem Sonia mich verlassen hatte, in einer ziemlich schlechten Verfassung, aber wenigstens die Arbeit lief ausnahmsweise einmal gut. Beim Nachdrehen funktionierte die Tri-Kamera einwandfrei, und als wir uns zum ersten Mal die Sequenz mit dem Kirschenpflücken anschauten, war es eine Offenbarung.

Kurz nach Neujahr führten wir sie Eddie vor, mit Orchesterbegleitung. Er war überwältigt, umarmte, küsste mich auf beide Wangen – für einen Augenblick kam der Lodokian in ihm zum Vorschein und durchbrach den Simmonette-Firnis. Auf sein Verlangen hin führten wir sie nochmals einigen Geldgebern vor, die ebenfalls hingerissen waren. Weitere Gelder wurden bereitgestellt. In der Branche begann man über den Film zu munkeln, und es hieß, dort würden revolutionäre Verfahren in einem Umfang eingesetzt, der nur vom Ehrgeiz seines Regisseurs übertroffen werde. Ich denke, dass ich Anfang 1929 auf dem Höhepunkt meines Ruhms war. Beeindruckende Leistungen lagen hinter mir, unbegrenzte Möglichkeiten vor mir. Ich wurde gefeiert, umworben, umschmeichelt. Lubitsch schrieb mir aus Hollywood, ich solle doch herüberkommen. Zeitungen aus Frankreich, Italien, England und den USA gab ich Interviews. In Deutschland, in Berlin war ich für einige Monate ein fester Begriff. Wildfremde Menschen sprachen mich auf der Straße an, in Bars gab man Getränke für mich aus, in Restaurants musste ich auf Speisekarten mein Autogramm geben. All das berauschende Drum und Dran einer flüchtigen Berühmtheit. Ein Verleger wollte eine Autobiografie herausbringen. Es wurde erwogen, einen Zeitungsartikel über meine

Kriegserlebnisse zu verfilmen. Die ganze Welt schien vor neugieriger Erwartung zu platzen. In einer Zeitung hieß es, die *Bekenntnisse* würden der beste Film aller Zeiten.

War ich glücklich? Ja und nein. Ich kann mich nur schwer in meine damalige Verfassung zurückversetzen. Ich war dreißig Jahre alt, und ich war im Begriff, alles zu verwirklichen, wovon ich je geträumt hatte, und einiges mehr ... Dennoch war ich nicht zufrieden mit mir. Um mich einigermaßen zu rechtfertigen, pflegte ich eine grobe Gewinn- und Verlustrechnung meines Lebens aufzumachen. Gewiss, ich war reich und berühmt – doch mein kleiner Sohn war gestorben. Gewiss, die *Bekenntnisse* waren im Begriff, die Welt in Erstaunen zu versetzen – doch meine Ehe war gescheitert, Frau und Kinder von mir getrennt. Gewiss, ich liebte eine gefeierte, schöne Filmschauspielerin – doch sie wollte mich nicht heiraten. Und so weiter. Sobald ich allein war, ging mir diese sonderbare, schizoide Litanei durch den Kopf und verhinderte, dass ich mich vorschnell meines Glückes freute.

Ich erwähne das, weil ich mir nur so erklären kann, was ich anschließend tat. Es kann natürlich auch sein, dass ich ein bisschen verrückt war ... Aber ich denke, dass ich mir unbewusst selbst das Leben schwermachen wollte, einfach um das Verlustkonto zu erhöhen. Kommt Ihnen das widersinnig vor? Ich denke, dass wir öfter dazu neigen, als es uns bewusst ist.

Was mich zu dieser Handlungsweise veranlasste, waren zwei Aspekte der *Bekenntnisse*, die im März 1929 auf verhängnisvolle Weise zusammentrafen. Im Jahr 1738 hatte Rousseau sein Erbe angetreten und besaß zum ersten Mal in seinem Leben eine ansehnliche Summe Geld. Doch er fühlte sich nicht wohl – »ich schwand dahin«, schreibt er – und stellte sich selbst die Diagnose, er habe einen Polypen am Herzen. Also beschloss er, einen Arzt in Montpellier aufzusuchen, dem man nachsagte, er habe einen solchen Fall erfolgreich behandelt.

Bezeichnenderweise fiel seine Abreise zeitlich zusammen mit dem Eintreten seines Rivalen Vintzenried in den Haushalt von Frau von Warens. Die große Liebesaffäre ging ihrem Ende entgegen: Zwischen Rousseau und seiner geliebten »Maman« stand es nicht mehr so wie einst.

Auf dem Wege nach Montpellier schloss Rousseau sich einer vornehmen Reisegesellschaft an, zu der eine Frau von Larnage und ein Marquis von Torignan gehörten. Frau von Larnage war attraktiv, stark geschminkt, vierundvierzig Jahre alt und Mutter von zehn Kindern, und es zeigte sich, dass das Auftreten des jungen Jean-Jacques sie weit mehr verlockte als der alte Marquis, der ihr offenkundig den Hof machte. Aus irgendeinem Grund – und das ist es, was mich auf die Episode aufmerksam machte – schien sich Rousseau in dieser Gesellschaft seiner niedrigen Herkunft zu schämen und behauptete ganz überraschend, ein Engländer namens Dudding zu sein. Er hatte das große Glück, dass es niemandem einfiel, den »Herrn Dudding« zu bitten, sich in seiner Muttersprache zu äußern, von der er nicht ein einziges Wort kannte. Frau von Larnage offenbarte ihm ihre Gefühle, und in einer Herberge, in der sie übernachteten, ergab sich Jean-Jacques dieser »sinnlichen und wollüstigen« Frau. Vor Montpellier verabschiedeten sie sich voneinander, und Jean-Jacques, physisch erschöpft, versprach, sie in einigen Wochen aufzusuchen. Dazu kam es nie. Nachdem Rousseau in Montpellier einige englische Wendungen erlernt hatte, um die Rolle des Herrn Dudding weiterspielen zu können, und seine Gesundheit wieder einigermaßen hergestellt war, brach Rousseau auf, um Frau von Larnage in Bourg-Saint-Andéol aufzusuchen. Doch unterwegs befielen ihn heftige Gewissensbisse, dass er seine »Maman« betrog, und so brach er seine Reise ab und kehrte unverzüglich nach Chambéry zurück. Er wurde kühl empfangen. Vintzenried war immer noch da. Jean-Jacques' Platz war besetzt.

Wir filmten die Kutschenfahrt im Staatsforst bei Spandau, mit Monika Alt in der Rolle der Frau von Larnage. Immer wieder las ich die Episode in den *Bekenntnissen* nach, um zu verstehen, was Rousseau veranlasst hatte, mit Frau von Larnage anzubändeln. War es eine vorweggenommene Rache, weil er wusste, dass Vintzenried ihn aus dem Nest verdrängen würde? Oder hatte Frau von Larnage etwas, was er bei »Maman« nicht finden konnte? Im Buch zieht er sogar einen Vergleich zwischen den sexuellen Erfahrungen mit beiden Frauen. Bei »Maman« wurde sein Genuss, wie er schreibt, stets durch ein Gefühl der Traurigkeit getrübt, bei Frau von Larnage dagegen »war ich stolz, Mann und glücklich zu sein, und überließ mich mit Freude und Zuversicht meinem Sinnentaumel«. Was meinte er damit, was war vorgefallen?

Die *Bekenntnisse* sind bemerkenswert freimütig, auch was die sexuellen Neigungen ihres Verfassers angeht. Jean-Jacques ließ sich von frühester Kindheit an gern dominieren. Als er in Bossey bei einem Pfarrer in Pflege war, musste dessen Schwester, Fräulein Lambercier, aufhören, ihn wegen seiner Missetaten körperlich zu züchtigen, als sie bemerkte, wie sehr er das genoss. Später in Nyon sollte ein junges Mädchen, Fräulein Goton, eine strenge Lehrerin spielen und ihn peitschen. Er gibt uns zu verstehen, dies sei das einzige Mal in seinem Leben gewesen, dass eine Angehörige des anderen Geschlechts seine tiefsten sexuellen Sehnsüchte erkannte und befriedigte. Ich fragte mich, ob Frau von Larnage vielleicht genauso gehandelt hatte.

Ich muss zugeben, ich war glücklich, Monika wiederzusehen. Wir fuhren von Spandau nach Falkenhagen hinaus und machten dort drei oder vier Tage Station, um die Szenen mit den Kutschen und Pferden abzudrehen. Monika wusste von dem Verhältnis zwischen Doon und mir und war, was unsere gemeinsamen Erlebnisse anging, auf eine provozierende Art verschwiegen. »Das ist alles vergessen, Johnny«, sagte sie bei mehr als einer Gelegenheit und mimte dabei versiegelte Lippen, was mich natürlich umso nachdrücklicher an alles erinnerte.

Am letzten Abend in dem kleinen Gasthaus in Falkenhagen kam es zu einer derben Diskussion über Rousseau und die Geißelung. Karl-Heinz meinte, er könne sich sehr leicht in Rousseau einfühlen. Gunter Koll (er spielte den Marquis) sagte, für ihn sei es eine Entartung. Monika behauptete, das Gefühl zu verstehen, auch wenn sie selbst keinerlei Neigungen in dieser Richtung habe. Sie sagte, falls ein Mann sie bitten würde, ihn zu schlagen, und es ihm wirklich Lust bereitete, würde sie nicht nein sagen. Ich sagte: »Wenn ich dich also bitten würde: ›Monika, ich möchte, dass du mich schlägst‹, wärest du nicht schockiert?«

»Nicht im Geringsten.«

Im weiteren Verlauf des Gesprächs berichtete Karl-Heinz von einem Mann, mit dem er öfter schlief, und der es gern hatte, wenn Zitrusfrüchte über seinem Körper ausgepresst würden. »Pampelmusen waren ihm am liebsten«, sagte Karl-Heinz. Je mehr wir tranken, desto tiefer sank das Gesprächsniveau.

Als ich später aus dem einzigen Badezimmer des Gasthauses trat, stand Monika da, die ebenfalls ins Bad wollte.

»Oh, Monika«, sagte ich gedankenlos. Wir standen ziemlich dicht beieinander. Ich war in Schlafanzug und Morgenmantel. Sie schaute mich lächelnd an.

»Möchtest du es probieren?«, fragte sie.

»Ich komme in einer halben Stunde rüber.«

Sie war noch angezogen, als ich in ihr Zimmer trat. Es schien, als könne sie ein wissendes Lächeln von ihren Lippen nicht vertreiben.

»Hör mal, Monika …«, begann ich vorsichtig.

»Das ist bloß ein Versuch, ja?«

»Ja.« Die Lüge gefiel mir. »Ausschließlich im wissenschaftlichen Interesse.« Der Vorwand erregte mich und ließ meinen Atem schneller gehen.

»Womit soll ich es machen?«, fragte sie. »Ich habe eine Zeitung. Mein Vater hat mich immer mit einer zusammengerollten Zeitung geschlagen. Oder einer Bürste.«

»Wie wär's mit einem Schuh, einem Hausschuh?«

Nachdem wir einen feinen Wildlederhausschuh ausgewählt hatten, standen wir da und schauten einander an.

»Meinst du, ich sollte nackt sein?«, fragte ich.
»Oh ja, das meine ich.«
Ich zog mich aus.
»Schau, du bist ja schon erregt. Soll ich …«
»Nein, ich finde, du solltest angezogen sein.« Ich hörte das Blut in meinen Ohren rauschen.
Sie setzte sich aufs Bett. Ich kniete mich neben ihr hin und beugte mich über ihre Knie. Ihre Hände glitten über meinen Rücken und meine Gesäßbacken.
»Monika, bitte!«
»Verzeihung, ich vergaß mich. Das ist einfach Literaturkritik. Soll ich anfangen?«
Sie verabreichte mir eine tüchtige, strenge Züchtigung. Meine Gesäßbacken röteten sich, schließlich brannten sie. Die Erektion, die ich gehabt hatte, war völlig verschwunden.
»Härter?«
»Nein! Hör auf, hör auf!«, sagte ich schwach. Ich stand auf. »Au!«, sagte ich und rieb mir meinen schmerzenden Arsch. »Das tut verdammt weh!«
»Und du siehst, dass es nicht funktioniert.« Sie erhob sich. »Vielleicht sollte ich auch nackt sein.«
Ich sah sie an. Sie ließ den Slipper fallen und begann, ihr Kleid aufzuknöpfen.
»Ja«, sagte ich. »Ist vielleicht keine schlechte Idee.«

Nach einer Pause von mehreren Jahren begann ich wieder mit meinen Tagebuchaufzeichnungen.

Chambéry, 15. Mai 1929. Dreharbeiten an unserer Fassung von Les Charmettes. Das Haus ist ideal. Der Obstgarten sehr schön in Blüte. Auf dem rückwärtigen Feld haben wir 400 ausgewachsene Weinstöcke gesetzt. Den vorderen Garten haben wir terrassenförmig angelegt. Was wir jetzt noch brauchen, ist ein sonniger Tag.

Als ich diese Eintragung machte, saßen wir in einem kleinen Zeltdorf neben dem Bauernhaus und lauschten auf den Regen, der auf die gespannte Leinwand herunterprasselte. Die Tri-Kamera war aufgestellt und startbereit. Die Bienenstöcke waren an ihrem Platz und Georg Pfau hielt fünftausend Bienen bereit, die nur darauf warteten, dass die Sonne durchbrach, um auf die grasigen Wiesen und die Obstblüten losgelassen zu werden. Seit vier Tagen warteten wir auf Sonne, die uns das Wetteramt in Grenoble ebenfalls seit vier Tagen in Aussicht gestellt hatte. Alle langweilten sich tödlich. Wir brauchten nur noch eine Szene zu drehen, und die *Bekenntnisse: Teil 1* würden fertig sein.

Es war mir egal, wie das Wetter war, als Rousseau von Les Charmettes fortging, und ich hatte das bereits bei trostlosem Nieselregen abgedreht, doch bei seiner Rückkehr war es absolut unerlässlich, dass – im besten Sinne der traditionellen Vermenschlichung der Natur – strahlender Sonnenschein seine Stimmung widerspiegelte. Bedenken Sie, dass er »Maman« erst vor Kurzem mit Frau von Larnage betrogen hat, und jetzt hat sein Gewissen ihn bewogen, seine Schritte wieder nach Les Charmettes zu lenken, wo er unangemeldet und unerwartet ankommt. Ich hatte gegenüber dem Buch einige Änderungen vorgenommen. Dort trifft Jean-Jacques Frau von Warens in ihrem Ankleidezimmer. Im Film wollte ich ihn die von üppigen blühenden Hecken gesäumte Landstraße entlangwandern lassen, das Gesicht von freudiger Erwartung beseelt. Er klopft an die Tür des Landhauses. Keine Antwort. Von ferne hört er eine Frau lachen. Zögernd begibt er sich zum Obstgarten hinüber (hier sollte man sich der idyllischen Sequenz mit dem Kirschenpflücken erinnern) und entdeckt »Maman« und Vintzenried beim Picknick, er im Gras ausgestreckt, sein Kopf in »Mamans« Schoß. [Nach Rousseaus Beschreibung war Vintzenried »ein großer fader (…) Flachskopf mit flachem Gesicht und ebensolchem Verstand, der (…) das ganze Gehabe und alle Neigungen seines Barbierstandes zu erkennen gab«.] Jean-

Jacques nähert sich ihnen. Wir gehen zu den drei Leinwänden über – die drei Gesichter in Nahaufnahme, alle bemüht, ihre Empfindungen zu verbergen. Es ist das Ende der Affäre. Nach meiner Vorstellung sollte es ein Moment von schmerzlicher Bitterkeit sein, inmitten der duftenden sommerlichen Pracht. Aber wir hatten nur Regen.

Ich war entschlossen, das Ende des Regens abzuwarten. Bislang hatte ich mir den Film nicht durch das Wetter verderben lassen, und ich war nicht gesonnen, jetzt Kompromisse zu machen. Doon saß, kostümiert und geschminkt, in einem Liegestuhl neben mir und las ein Buch. Ich betrachtete verstohlen ihr eindrucksvolles Profil, und die Liebe zu ihr bereitete mir lustvollen Schmerz. Die eine Nacht mit Monika Alt in Falkenhagen war eine momentane Verirrung gewesen, bei der sich die Umstände und die Stimmung (und Monika) gegen mich verschworen hatten. Ich hatte deshalb keine Schuldgefühle, denn bei mir hatte sich nichts dadurch geändert. Doon und ich waren weiterhin praktisch jeden Tag zusammen. Die Nächte verbrachte ich überwiegend in ihrer Wohnung. Einen Großteil meiner Kleider und sonstigen Sachen hatte ich dort. Dann und wann sprach ich davon, eine neue, größere Wohnung für uns beide zu kaufen, und da Doon nichts dagegen einwandte, konnte ich annehmen, dass wir in nicht allzu ferner Zukunft zusammenleben würden. Das Einzige, was mir Kopfzerbrechen machte, war die künftige Filmarbeit. Am Ende von Teil I verschwindet Frau von Warens völlig aus der Handlung der *Bekenntnisse*. In den nächsten drei Jahren, während der Aufnahmen zu Teil II und III, würden wir oft getrennt sein.

Doon langte in ihre Handtasche und holte ein Zigarettenetui hervor. Über den merkwürdig erregenden Anachronismus einer Adligen aus dem 18. Jahrhundert, die eine Lucky Strike raucht, musste ich schmunzeln. Sie drehte sich um und fing meinen Blick auf.

»Verdammter Regen«, sagte ich.

»Jamie, ich habe mir überlegt, ob es nicht besser wäre, die

Szene im Regen zu drehen. Ich meine, es ist ein bedrückender Moment.«

»Absolut nicht.« Ich zählte noch einmal meine Gründe auf. Das Nichtstun ging ihr auf die Nerven. Aber ihr war klar, dass sie mich nicht zu einem Kompromiss würde bewegen können.

»Könnte ich dann vielleicht zum Hotel hinübergehen? Ich habe noch etwas zu erledigen.«

Ich schaute zu den geballten grauen Wolken hinauf. Wenn die Sonne durchkam, würden wir nur Zeit haben für Jean-Jacques' Gang zur Vordertür. Ich willigte ein. Sie ging mit verständlicher Erleichterung.

Was brachte mich dazu, so früh ins Tal hinunterzufahren? Warum habe ich die Schauspieler und das Aufnahmeteam vorzeitig verlassen? Ich weiß es nicht mehr. Ich glaube, Leo brachte ein Telegramm von Eddie, der irgendeine Ausgabe beanstandete, und ich wollte wohl in meinen Produktionsaufzeichnungen nachsehen, bevor ich eine Antwort diktierte. Was es auch gewesen sein mag, ich fuhr jedenfalls selbst hinunter zum Hotel de France am Quai Nezia (ich kann es empfehlen, für den Fall, dass Sie einmal nach Chambéry kommen). Es war eine angenehme Fahrt, trotz des Regens. Ich kann mich daran erinnern, weil meine Stimmung so friedlich und ausgeglichen war. Ich brauchte nur noch eine Szene zu drehen, dann waren die *Bekenntnisse: Teil 1* genau das, was ich mir erträumt hatte. Ich empfand das gelassene Selbstvertrauen eines großen Künstlers – eines Leonardo, eines Rembrandt, eines Monet –, der sein vollendetes Werk betrachtet und sich nur noch überlegt, wo er seine Signatur anbringen soll.

War ich in meinem Zimmer, bevor ich zu Doons Suite hinaufging? (Es gab nur eine in dem Hotel, ziemlich eng, im obersten Stockwerk unter dem Dach, zuvor waren dort Dienstmädchenzimmer gewesen.) Ich glaube ja. Ich meine, ich habe auf Eddies Anfrage eine positive oder negative Antwort gegeben. Dann schlenderte ich den Korridor entlang, stieg die steile Treppe hinauf und ging in Doons Wohnzimmer hinein.

Dort saß Alexander Mavrocordato, rauchte, las in einem Drehbuch, meinem Drehbuch. An seinem Stuhlbein lehnte eine Aktentasche. Er war sportlich gekleidet – *à l'anglais* –, Sportsakko, Baumwollhose, cremefarbenes Hemd und Krawatte. Bei meinem Eintreten blickte er auf. Ohne Überraschung, ohne Schuldgefühl, ohne Gruß.

»Ah, Todd«, sagte er. »Ich höre, Sie haben Probleme mit dem Wetter.«

Einen Augenblick lang dachte ich, ich bekäme einen Herzanfall, so heftig war der Schmerz, der von meiner linken Achselhöhle aus im Zickzack meine Brust zu durchqueren schien. Aber es ging erfreulich schnell vorüber. (Habe ich Ihnen gesagt, dass Mavrocordato Russe war? Jedenfalls behauptete er es. Er sprach Englisch mit einem schwerfälligen mitteleuropäischen Akzent. Ich bin sicher, dass er sich den Namen zugelegt hatte. Irgendjemand hat mir einmal gesagt, sein richtiger Name sei Otto Blač, wobei das »č« wie »tsch« ausgesprochen wird.)

»Ja«, konnte ich sagen, während ich meinen Kopf zwang, stillzustehen und sich nicht zu Doons Schlafzimmertür umzudrehen. »Geringfügige Probleme. Geringfügige, sehr geringfügige … Ja, ganz geringfügige.«

Er warf das Drehbuch auf den Tisch. »Das ist ja ein toller Film, den Sie da machen.«

»Danke.« Ich stand da wie ein Haushofmeister, unnatürlich steif in der Mitte des Raumes, ganz leicht vorgeneigt, so als wartete ich darauf, einen Befehl zu erhalten. Ich hatte das Gefühl, wenn Doon nicht bald hereinkäme, würde ich zerbrechen, so verkrampft war meine Haltung.

Sie trat durch die Tür und bürstete sich dabei das Haar. Eine Sekunde lang sah ich das Bett – glatt, unberührt. Meine Spannung ließ geringfügig nach.

»Hallo, Schatz!«, sagte sie zu mir. »Sieh mal, wer da ist«, sagte sie und deutete auf Mavrocordato.

»Ja«, sagte ich und wandte mich zu ihm. »Was wollen Sie eigentlich?«

»Er macht einen Film«, sagte Doon. »Er möchte, dass ich dabei mitmache.«

»Nein«, sagte ich.

»Was heißt nein?«, sagte Mavrocordato.

»Nein, sie wird bei Ihrem Film nicht mitmachen.«

»Jamie, spinnst du?«

Mavrocordato lächelte müde. »Das haben Sie wohl nicht zu entscheiden, Todd, bei allem Respekt.«

»Vergessen Sie es«, sagte ich. »Bei allem Respekt.«

Doon starrte mich zornig mit weit aufgerissenen Augen an. Sie wandte sich zu Mavrocordato. »Wir reden später darüber.«

Er stand auf, hob seine Aktentasche auf, öffnete sie und legte ein Drehbuch auf den Tisch. Ich nahm es und drückte es ihm in die Hand. Der üble Geruch seines Stumpens stieg mir in die Nase.

»Ich lasse dir das Drehbuch, Doon«, sagte er und legte es erneut hin. Ich nahm es auf und drückte es ihm in die Hand. So ging das dreimal.

»Nehmen Sie es, Blač«, sagte ich.

In seiner lächerlich armseligen Sprache mit ihren zerquetschten, schmatzenden Lauten stieß er einen ausgiebigen Fluch gegen mich aus.

»Verpiss dich, Arsch!«, sagte ich. Stolze angelsächsische Kürze.

»Lass das, Jamie!« Doon war wütend, aber das kümmerte mich nicht. Ich fühlte mich kühl und gelassen, so als würden all meine Arterien und Venen plötzlich von klarer Alpenluft umfächelt. Er stand da, die Hände in die Seiten gestemmt, so als wäre ich ein lästiger Bettler, der sich nicht abweisen lassen will.

»Ist er immer so kindisch?«, fragte er Doon.

Was den Ausschlag gab, war der Blick, mit dem er sie anschaute. Vertraut, besitzergreifend, wissend.

Unwillkürlich musste ich fragen: »Doon, hast du mit ihm geschlafen, seit wir …«

Ich ließ den Satz unvollendet. Ihr Gesicht war angespannt.

Ein höhnisches Lachen von Mavrocordato. »Ach *ja*! Jetzt kommt das. So englisch!«

»Ich höre!«

»Ja«, sagte sie, »ein- oder zweimal.«

»Um alter Zeiten zu gedenken«, sagte Mavrocordato.

Ich legte meine ganze Kraft in den Schlag, einen geschwungenen rechten Haken, der ihn vor dem linken Ohr erwischte. Ich hörte, bevor ich den Schmerz spürte, meine Fingerknochen brechen. Er ging krachend zu Boden und war fast sogleich wieder torkelnd auf den Beinen, ich holte noch zweimal wütend aus, mit der Linken und der Rechten, direkt auf sein Gesicht. Die Linke zerquetschte seine Nase, die Rechte krachte gegen seine Schulter. Ich brüllte vor Schmerz, als meine gebrochene Hand auf sein Schlüsselbein traf.

Mavrocordato schwankte und schnaubte aus der Nase Blut und Schleim auf den Teppich, wie ein sterbender Stier beim Stierkampf. Doon verfluchte uns und schrie uns an, wir sollten aufhören. Meine rechte Hand fühlte sich an, als hätte ich sie in einen Eimer voll scharfer Messer getaucht. Der glühende Schmerz hatte etwas Schrilles, Metallisches.

Sein erster Schlag streifte mich oben am Kopf. Danach wollte er mir das Knie in die Eier rammen, aber da ich zusammengekrümmt war, traf es mich in die Rippen und trieb mir die Luft aus den Lungen. Ich spürte, wie ich langsam zu Boden ging, und sein zweiter Schlag traf mich wie eine Keule am Hinterkopf. Er packte mich am Kragen, öffnete die Tür und zerrte mich hinaus. Ich sah nur noch Sterne, die wie ein Schwarm zuckender Fische vor meinen Augen vorbeirauschten. Ich streckte meine Arme aus, um mich irgendwo festzuhalten – ich dachte, vor mir wäre eine Wand –, aber ich griff ins Leere. Danach schickte mich die tückische Kraft seines Stiefels in meinem Arsch auf die Reise. Ich stürzte kopfüber die Treppe hinunter.

Ich beendete die Aufnahme der Schlussszene der *Bekenntnisse* zehn Tage später mit zwei gebrochenen Fingerknochen, einem schweren komplizierten Bruch meines rechten Arms, drei gebrochenen Rippen und mächtigen Quetschungen am ganzen Körper. Mein Rumpf war überall mit Heftpflastern beklebt, mein rechter Arm und die Hand steckten in Gips, und mein Gehirn war benebelt von Schmerzmitteln.

Doon konnte gar nicht aufhören zu lachen, und so mussten wir die Aufnahmen ständig wiederholen. Aber schließlich klappte es, und alles war genau so, wie ich es wollte.

Ich verzieh Doon mit schuldbewusster Großmütigkeit, als sie sich bei mir dafür entschuldigte, mir nichts von Mavrocordato gesagt zu haben. Sie schäme sich nicht, sagte sie, dieselben Argumente zu verwenden, die ich benutzt hatte, um mein Gewissen wegen Monika zu beschwichtigen. Und sie würde doch in seinem Film auftreten. Das machte mir inzwischen nicht mehr so viel aus. Doch während meiner einwöchigen Genesung war sie reizend zu mir. Sie umsorgte mich mit heiterer, aufrichtiger Anteilnahme.

Eddie Simmonette kam zu den letzten Drehtagen herüber. Er wirkte seltsam bedrückt. Er stimmte nicht in den großen Jubel ein, in den das gesamte Team ausbrach, als ich zum letzten Mal sagte: »Fertig! Ab zum Kopieren!« Meine eigene Hochstimmung war nur von kurzer Dauer. Nach fast zwei Jahren schöpferischen Ringens war ich ausgepumpt, und dabei war mir vollkommen bewusst, dass das Gesamtprojekt erst zu einem Drittel fertig war.

Im Hotel de France ging es an diesem Abend recht munter zu. Weitschweifige Reden gegenseitiger Bewunderung wurden gehalten, Andenken wurden ausgetauscht, viel Champagner wurde getrunken. Als das Singen losging, kam Eddie zu mir und fragte, ob er mich draußen einmal sprechen könne.

Wir gingen hinaus und spazierten an der Leysse entlang in Richtung des *Jardin public*. Es war eine ruhige, milde Nacht, und der Himmel war klar. Wir sprachen über dies und das. Eddie fragte, wie es mit meinem gebrochenen Arm und den gebrochenen Rippen stünde. Schließlich sagte ich: »Was ist los, Eddie? Geldprobleme?«

Er gluckste. »Geldprobleme gibt es immer.«

»Was ist es dann?«

Er blieb unter einer Straßenlampe stehen. Auf der anderen Seite des Flusses sah ich die Kieswege der öffentlichen Anlage und die knotigen, leprösen Äste der gestutzten Linden bizarr in der Dunkelheit.

»Was auch immer passiert, John«, begann er zögernd, »du sollst wissen, dass ich auf nichts so stolz sein werde wie auf die *Bekenntnisse*. Es ist ein Meisterwerk. Ein wunderbarer Film.«

»Danke, Eddie.« Ich spürte, wie die Zuneigung zu diesem anständigen, melancholisch blickenden Menschen mir das Herz zusammenschnürte. »Aber was meinst du mit ›was auch immer passiert‹?«

Er blickte mich an. Ich könnte es nicht beschwören – seine Stimme verriet nichts –, aber ich meine, dass Tränen in seinen Augen schimmerten. Er zog eine zusammengefaltete Zeitung aus der Tasche. Es war ein Branchenblatt, das *Kino-Magazin*. Über die Titelseite zogen die fetten Schlagzeilen:

PATENTKRIEG BEENDET!!!

SIEG FÜR DAS TOBIS-KLANGFILM-SYNDIKAT!!!

Ich hatte zu viel getrunken. Ich war müde.

»Um was geht's denn?«, fragte ich.

»Ich glaube, wir sind zu spät gekommen«, sagte er leise, verzweifelt. »Die *Bekenntnisse* kommen zu spät.«

»Zu spät wofür?«

»Für den Ton.«

Villa Luxe 24. Juni 1972

Ton. Ton … Über den Ton hatte ich mir keine Gedanken gemacht. Ich hatte davon gehört, aber es kam mir wie eine Modetorheit vor. Außerdem würde der Film dadurch auf seine

Ursprünge zurückgeworfen, die im Theater und in der Literatur lagen und die er hatte abschütteln können. Ich betrachtete diese Entwicklung eher in der Weise, in der vielleicht ein Maler von neuen Entwicklungen in der Kaltnadelradierung Kenntnis nimmt. Mit der Reinheit der bewegten Bilder schien das nichts zu tun zu haben. Ich, der ich Untertitel so sehr verachtete, ich, der ich sogar den eingeblendeten Titel erfunden hatte, damit die Leinwand niemals einer Tafel zu ähneln brauchte, was wollte *ich*, was wollte überhaupt ein Filmkünstler vom Dialog, vom »Tonfilm« wissen? Wie konnten Worte bei einem rein visuellen Medium irgendeine Rolle spielen?

Nun, die Geschichte hat mich widerlegt. Aber wir haben ebenso viel verloren, wie wir gewonnen haben. Mit dem Ton ist es zu einfach, Dinge zu *erklären*, zu einfach, genau zu sein. Der gefährliche Balanceakt der Mehrdeutigkeit war für immer vorbei. Die mannigfaltigen, schöpferischen Andeutungen des reinen Bildes wurden dem Geplapper unterworfen. Die eindeutige Argumentation verdrängte die Freiheit, mit der das Bild unter der Ebene des bewussten Denkens operieren konnte … Ich kann das fortsetzen. Im Jahr 1927 oder wann immer es war, dass dieser grässliche, quakende, als Neger geschminkte Sänger erstmals im Film zu vernehmen war, wurde eine Kunst durch die Technik erstickt, und heute, Jahrzehnte später, kämpfen wir noch immer darum, diese herrliche subversive Qualität des ausgereiften Stummfilms wiederzugewinnen.

Jedenfalls zähle ich all diese alten Argumente noch einmal auf, als ich eines Abends bei Ulrike in der Villa ihrer Eltern sitze. Sie ist eine angenehme Zuhörerin – jedem Wort, das ich äußere, pflichtet sie bei.

Herr Gunter ist groß und von ungemein gesunder Farbe. Seine Wangen sind gerötet, als wäre er einen ganzen Tag lang durch eine eisige, stürmische Landschaft gewandert. Er sieht wie ein englischer Landwirt aus. Seine ganze Familie ist auf der Schwimmbeckenterrasse versammelt, und es sind zahlreiche weitere Gäste da, Fremde für mich, die aus den neuen Villen kommen, die rings um unsere Bucht entstehen. Die meisten Erwachsenen haben das Schwimmbecken schon verlassen, aber die Kinder toben noch immer kreischend im Wasser und am Beckenrand umher. Ulrike hat mich gefragt, ob ich nicht schwimmen wolle, aber ich habe abgelehnt und gesagt, ich fühlte mich nicht besonders gut. In Wirklichkeit zögere ich, meinen Altmännerkörper inmitten all dieser braun gebrannten Jugendlichkeit und Sinnlichkeit zu zeigen. Meine Haut ist schlaff und faltig geworden. Mein einst ebener Brustkorb hat sich in zwei schlaff herabhängende Brüste verwandelt. Die drahtige männliche Behaarung meines Körpers ist lang und merkwürdig seidig geworden. Meine Beine sind dünn, meine Gesäßbacken halb eingefallen. All die üblichen Anzeichen. Wenn zwei oder drei da gewesen wären, wäre ich vielleicht ein Stückchen geschwommen, aber nicht in dieser lärmenden lebhaften Gesellschaft.

Ulrike erzählt mir, dass ihr Freund morgen kommt und dass er sich mächtig freut, mich kennenzulernen. Sie sagt, ein oder zwei Filmzeitschriften hätten ihn ersucht, mich zu interviewen. Ob ich etwas dagegen hätte?

»Keine Fotos«, sage ich rasch, und ich denke dabei an den Mann im Bus. »Und er darf meine Adresse nicht nennen.«

»Natürlich nicht.«

Wir setzen unser Gespräch fort. Sie ist eine eifrige Filmkennerin, und ich merke, dass es mir Spaß macht, meine Ansichten zu äußern.

»Aber was halten Sie von der Farbe, Mister Todd? Dagegen können Sie doch nichts sagen.«

»Oh doch, wenn auch nicht so entschieden wie gegen den Ton.«

Der Kinofilm, sage ich, wird durch die Farbe banal. Er unterscheidet sich dann nicht mehr vom natürlichen Sehen; wir sehen die Welt in Farbe. Durch das Schwarzweiß wird der Film zu etwas ganz anderem, zu einem Kunstwerk, wie das Bild des Malers mit seinen zwei Dimensionen, das drei Dimensionen vortäuscht. Der Film, die große Kunstform des 20. Jahrhunderts, würde durch das Hinzufügen des Tons und durch das Aufkommen der Farbe seiner Einmaligkeit beraubt.

»Und außerdem«, fahre ich mit neuem Elan fort – Anneliese ist hinzugekommen –, »außerdem ist Farbe modern, und dadurch wird das Schwarzweiß zur Vergangenheit, zur Farbe der Geschichte. Nehmen Sie den Ersten Weltkrieg. Sie kennen ihn nur in Schwarzweiß. Es gibt keine Farbfotos vom Ersten Weltkrieg, und doch kann ich Ihnen versichern, dass es ein sehr farbiges Ereignis war. Stellen Sie sich ihn in Farbe vor – Sie würden einen ganz anderen Eindruck davon haben. Wenn ich Wochenschauen von damals sehe, erkenne ich ihn kaum wieder – das ganze Schwarzweiß!«

Herr Gunter tritt hinzu und fragt mich nach meinen Erlebnissen im Ersten Weltkrieg. Ich erzähle ihm etwas darüber. Die Leute scharen sich um uns, fasziniert von den Erinnerungen eines alten Mannes. Die Sonne sinkt unter das Krokodilskopfland, und zwischen den Pinien huschen die ersten Fledermäuse.

Das Ende der Affäre

Irgendwann zwischen Adolf Hitlers Ernennung zum Reichskanzler und dem Reichstagsbrand erzählte mir Doon, sie zöge nach Paris. Ihre Argumente waren überzeugend. Acht ihrer Kollegen im Künstlerverband waren innerhalb des letzten Jahres getötet worden. Der Verband selbst war verboten. Sie bezweifelte, dass sie je wieder in einem deutschen Film mitwirken könne. Das Land sei am Boden, sagte sie, sie habe keine Lust, hier zu leben, und so weiter.

Ich bestärkte sie in ihrem Beschluss und sagte, ich würde nachkommen, sobald ich mit der Arbeit an der neuen Tonfilmversion der *Bekenntnisse* fertig sei. Tatsächlich hatte es zu diesem Zeitpunkt, im Frühjahr 1933, den Anschein, als befände sich bereits die Hälfte der deutschen Filmschaffenden im Ausland. Ich begleitete sie zum Lehrter Bahnhof, um sie zu verabschieden. Sie hatte kaum Gepäck bei sich. Wir küssten uns, versicherten einander unserer Liebe, und sie fuhr.

In düsterer Stimmung trat ich aus dem Bahnhof. Überall wehten die unangenehm grellen schwarz-weiß-roten Fahnen. Uniformierte Männer riefen mit lauter, selbstbewusster Stimme Zeitungen aus. Ich winkte ein Taxi herbei und dachte daran, auf einen symbolischen Drink ins Metropol zu fahren, aber dann entschied ich mich doch anders. Es würde meine Stimmung nur noch weiter herabdrücken, und ich hatte ohnehin schon genug Schwierigkeiten am Hals.

Die *Bekenntnisse* waren nicht nur durch das Aufkommen des Tonfilms erledigt worden. Auch der Börsenkrach an der Wall Street hatte dazu beigetragen. Als die Auswirkungen des finanziellen Zusammenbruchs in Amerika im Jahr 1930 das schwankende Gebäude der deutschen Industrie erreichten, geriet die Realismus-Film in bedrohliche Nähe des Bankrotts. Die Spandauer Studios wurden geschlossen, und wir zogen wieder in unsere alten Räume, in der Nähe der Gaswerke im Grunewald. Die Schneideräume waren eng und unbequem, und unsere Maschinen wurden schlecht gewartet. Während ich unter diesen beengten Verhältnissen an den Kilometern von Filmmaterial arbeitete, die wir abgedreht hatten, drängten sich die Massen in die Kinos, um sich Filme wie *Die Nacht gehört uns* oder *Melodie des Herzens* anzusehen und sich das Geschwätz alberner Stimmen anzuhören. Hätten wir über mehr Geld und bessere technische Einrichtungen verfügen können, dann hätten sich die *Bekenntnisse* vielleicht doch noch einen Namen gemacht, denn es gab nur wenige Tonfilme, und sie waren von erbärmlicher Qualität. Doch als der Film im Februar 1931 endlich fertig war, waren die Kinos voll von unerträglichen Operetten, unsäglich schlechten Musicals (in denen kleinbürgerliche Burschen und Mädchen auftraten) und unverhüllten Werbeträgern für überalterte Tenöre wie Kiepura und Neumark.

In der Endfassung dauerten die *Bekenntnisse: Teil 1* fünf Stunden und 48 Minuten. Es war nicht schwer gewesen, Eddie davon zu überzeugen, dass die einzige Erfolgschance des Films darin lag, seinen außergewöhnlichen Umfang und seine bemerkenswerten Eigenschaften herauszustellen. Wir mieteten den riesigen Gloria-Palast am Kurfürstendamm und installierten drei große Leinwände. Ein 60-Mann-Orchester wurde zusammengestellt (Furtwängler verweigerte uns in letzter Minute die Berliner Philharmoniker – seit diesem Tag habe ich kein Wort mehr mit ihm gesprochen). Am 27. Februar fand die Galavorstellung statt. Der große Zuschauerraum war halb leer – nur einige Hundert Menschen sahen die *Bekenntnisse* in der von mir intendierten Fassung. Zu meinem Trost nahm die Presse den Film begeistert auf, aber was sie schrieb, klang nach einem traurigen Abschied. Stellvertretend für alle zitiere ich die *Illustrierte Film-Kunst*:

Es ist, als hätte Todd in diesem Zeitalter des Automobils, des Flugzeugs und des Transatlantikdampfers einen herrlichen Dreimastklipper mit rauschenden weißen Segeln, prunkvollen Salons und den elegantesten Linien vom Stapel gelassen. Phantastisch, aber aus einem anderen Zeitalter als dem unseren.

Der Film lief eine Woche lang im Gloria-Palast bei mäßigem Besuch, dann mussten wir zumachen. Der einzige Gewinn bestand darin, dass die Geschäfte der Realismus-Film durch die Werbung für kurze Zeit Auftrieb bekamen. Leo Druce machte rasch eine musikalische Komödie über drei arbeitslose Fensterputzer, die leidlich erfolgreich war. Bei mir häuften sich die Angebote. Wenn ich gewollt hätte, hätte ich in einem halben Dutzend Länder jede Menge Filme machen können, aber ich lehnte sie alle ab. Ich will mich nicht weiter über meine Gefühle auslassen, doch stürzte mich das, was ich erleben musste, in eine so tiefe Verzweiflung, dass ich sogar an Selbstmord dachte, besonders als Doon gegen meinen ausdrücklichen Wunsch nach Italien ging, um den Film mit Mavrocordato zu machen. Karl-Heinz hatte einen neuen Vertrag bei der UFA und war beschäftigt.

Wie mies es mir ging, kann man daraus ersehen, dass ich nicht einschritt, als Eddie die *Bekenntnisse* auf eine Neunzigminutenversion mit dem Titel *Jean-Jacques!* zusammenschneiden und teilweise mit einer Tonspur von entsetzlicher Qualität unterlegen ließ. Sie sollte Pathé und die französischen Geldgeber beschwichtigen, und sie lief, glaube ich, nur in Frankreich und Belgien. Ich habe sie nie gesehen, ich bestand darauf, dass mein Name aus dem Vorspann entfernt würde, ich will damit nicht das Geringste zu tun haben.

Ich kaufte eine moderne Wohnung im Westend, aber Doon ist dort nie mit mir eingezogen. Ich war so aufgewühlt, dass ich bald jeden Versuch aufgab, sie zu überreden. Wir trafen uns weiterhin wie zuvor, wenn ihre Arbeit und ihre politischen Aktivitäten es zuließen, mal in meiner, mal in ihrer Wohnung, bis sie nach Paris ging. Wir führten wohl ein geselliges Leben, aber ich kann mich an diese schwierigen Monate nach dem Fehlschlag der *Bekenntnisse* kaum erinnern. Unter meinen Papieren befindet sich ein kleiner Terminkalender für 1932. Ich gebe die Eintragungen hier vollständig wieder.

10. Januar: Eddie, KS, B von A bei R.
25. Januar: Abendessen, Leo.
2. Februar: Doons Geb'tag – Café Berlin.
27. Februar: Starker Schneefall, Zahnarzt.

Der Rest ist leer.

Es war Eddie, der mich ermutigte, über eine Bearbeitung der *Bekenntnisse* für eine Tonfassung nachzudenken. Seine Motive waren nicht ganz selbstlos. Der Film hatte annähernd zwei Millionen Dollar gekostet und praktisch nichts davon wieder eingespielt. Mit Teil I konnten wir natürlich nichts anfangen, aber er erinnerte mich daran, dass wir die Teile II und III noch vor uns hatten. Konnten wir nicht anfangen, diese Teile in einer Tonfassung zu drehen und einiges von dem Material von Teil I als Rückblenden benutzen? Allmählich lebte mein alter Schwung wieder auf. Wochenlang ließ ich den Film wieder und wieder ablaufen. Doch, es gab Episoden, die sich nachträglich synchronisieren ließen; doch, es gab Sequenzen, die man nutzen und mit einem Off-Kommentar belegen konnte. Neue Entwürfe und Möglichkeiten taten sich vor mir auf, und gegen Ende 1932 begann ich mit der Nachsynchronisation.

Ich kam dabei nur schrittweise voran, weil Doon und Karl-Heinz mit anderen Filmen beschäftigt waren und die Synchronisation außerdem erst nach etlichen Versuchen perfekt war. Aber ich arbeitete wieder, und zwischen den Synchronisationssitzungen schrieb ich für Karl-Heinz einen berichtenden Monolog, den ich den Szenen unterlegen wollte, und wir begannen mit den Musikaufnahmen für entscheidende Szenen.

Klingt es heute aberwitzig naiv, wenn ich sage, dass ich vom Aufstieg der Nazipartei kaum berührt wurde? Ich hielt sie, um ganz ehrlich zu sein, für einen Haufen von Possenreißern. Ich weiß noch, wie ich im Frühjahr 1932 – widerstrebend und unter Zwang – mit Doon zu einer Versammlung des Künstlerverbandes ging, wo es am Eingang zu einer Rauferei kam und aus der Ferne der Klang von zersplitterndem Glas zu hören war. Hinterher fragte ich, was der ganze Wirbel zu bedeuten hatte.

»Die Scheiß-Nazis!«, sagte Doon.

»Was wollen sie überhaupt?«

Sie blickte mich mit feindseligem Erstaunen an.

»Jamie, um Gottes willen, wo lebst du denn?«

»In Chambéry«, sagte ich.

Doon verstand mich. Aber näher bin ich mit den Nazis nie in Berührung gekommen.

Dennoch bin ich sicher, dass sie mir sehr ausführlich berichtet hat, was im Lande vor sich ging, aber ich ließ es an mir vorbeirauschen. Man kann ganz leicht den Eindruck erwecken, aufmerksam zuzuhören, auch wenn man mit seinen Gedanken ganz woanders ist. Ich weiß noch, dass Doon Mitte 1932, vor den Reichstagswahlen, lautstark die Entscheidung der Kommunisten verteidigte, nicht mit den Sozialdemokraten zu stimmen. Als die Nazis dann all die Sitze gewonnen hatten, behauptete sie immer noch, das sei der richtige Kurs gewesen. Sozialdemokraten, Kommunisten, Nationalisten, Nazis, Hindenburg, von Papen, von Schleicher, Verbot der SS und SA, Aufhebung des Verbots der SS und SA – wer hat sich auf den Partys in Berlin schon für diese Namen und Themen interessiert? Gewiss, ich bemerkte die Uniformen auf den Straßen, und ständig schien irgendwo eine Demonstration, ein Umzug oder eine Versammlung zu sein. Bedenken Sie aber, dass ich nicht zu diesem Land gehörte und dass es für mich sicherlich dringendere Angelegenheiten gab.

Allerdings erinnere ich mich noch an etwas, das Georg Pfau

mir erzählte. Mit betrüblicher Regelmäßigkeit wurde der arme Georg von Parteischlägern angegriffen. Seine Wohnung lag in der Nähe eines Versammlungslokals, das häufig von der KPD benutzt wurde, und Georg, der öfter spät von der Arbeit nach Hause kam, geriet zweimal in die Falle von Nazibanden und einmal sogar in einen Hinterhalt der Kommunisten.

Eines Tages erschien er zu einer Tonaufnahme im Studio (er hatte einen Korb voll Zikaden für mich) mit Ringen um beide Augen und einem großen Bluterguss auf der Stirn. Ich bedauerte ihn.

»Eigentlich«, sagte er bedächtig, »ist es ein bayerisches Problem. Du musst wissen, dass die Bayern uns Preußen *hassen.* Das ist das Bedrohliche. Und sie werden nicht eher zufrieden sein, bis sie uns unter ihre Herrschaft gebracht haben. Darum diese ganzen verdammten Unruhen. Was wir hier erleben, ist ein Bürgerkrieg zwischen Deutschen.«

Er sah die Zukunft in düsteren Farben. Wenn ich zum Essen eingeladen war und das Gespräch auf Politik kam, ließ ich seine Äußerung einfließen, und jedes Mal löste sie eine heftige Diskussion aus, an der ich mich nicht beteiligte – zufrieden damit, sie in Gang gebracht zu haben. Georgs düsterer Pessimismus war jedoch eher ungewöhnlich. Unter unseren Freunden und Bekannten regte man sich auf, aber zugleich war man gelassen. »Es stimmt«, sagten die Leute, »im Augenblick sieht es schlimm aus, aber das ist nur eine Phase. Das legt sich, Sie werden's sehen.«

Dieser Ansicht war auch Doon, die allerdings von der Phase, die auf die gegenwärtige folgen würde, eine vollkommen wirklichkeitsfremde Vorstellung hatte. Ich wies sie darauf hin, dass der Verband eine Splittergruppe einer Fraktion (des Künstlerverbandes) sei, die sich von der KPD getrennt hatte. Das sei wohl kaum eine solide Basis für den Aufbau einer neuen Gesellschaft. Das gab sie zu.

»Aber unsere Prinzipien sind allgemein gültig«, sagte sie dann.

»Was meinst du damit?«

»Auf welcher Seite ist dein Herz?«

»Links.«

Es war ein billiger Trick, sich der Diskussion zu entziehen, und als ich später selbst Opfer politischer Ideologien wurde, habe ich mich öfter daran erinnert.

Doch Adolf Hitler als Reichskanzler mochte sie nicht mehr hinnehmen. Sofort machte sie Pläne, Deutschland zu verlassen. Außerdem – das muss man auch sagen – stand es mit ihrer Karriere nicht zum besten. Sie sprach Deutsch, aber doch nicht so gut, wie es für einen deutschen Tonfilm nötig gewesen wäre. Der Film, den sie mit Mavrocordato gemacht hatte (*The Blonde Nightmare* – muss ich noch mehr sagen?), war, nicht überraschend, ein Misserfolg. Arbeitsangebote erhielt sie jetzt nur noch von britischen oder amerikanischen Koproduktionen (deshalb der Abstecher nach Paris), aber sie bekam nur kleine Nebenrollen – der typische amerikanische Vamp, das kleine Biest, die amerikanische Touristin oder die reiche Erbin. Mavrocordato war schon in Paris und arbeitete mit Pommer und Pabst. Seit Monaten hatte er Doon bedrängt, dorthin zu übersiedeln. Adolf Hitler gab schließlich den letzten Anstoß.

Warum ließ ich sie gehen? Wegen Mavrocordato machte ich mir, so merkwürdig es klingt, keine Gedanken mehr. Wahrscheinlich würde Doon, wenn sie Lust dazu hatte, doch wieder mit ihm schlafen, ob ich es ihr nun verbot oder nicht. Ich fand sogar, dass es uns beiden ganz gut täte, wenn wir uns eine Zeit lang nicht sähen. Seit Sonia fort war, war das Leben mit Doon nicht das ungetrübte Glück, das ich mir erhofft hatte. Wir waren wie diese kleinen Wetterhäuschen, bei denen entweder ein Mann oder eine Frau hervorkommt, um Regen oder Sonnenschein anzukündigen. Der Zufall wollte es, dass unser Schicksal und unsere innere Verfassung sich während der frühen dreißiger Jahre nur selten deckten. Als ich durch das Desaster der *Bekenntnisse* entmutigt war, hatte Doon viel zu tun. Als ich mich aufrappelte und an der Tonfassung zu arbeiten begann, konnte Doon keine vernünftigen Rollen kriegen, und die politische Situation machte sie unglücklich. Ich ließ sie also gehen, traurig, aber doch einigermaßen zuversichtlich. Ich hatte vor, in der nächsten Zeit in Neuchâtel zu drehen, wir würden nicht weit auseinandersein, Doon würde mich dort am Wochenende besuchen können. Nach dem Abschluss der *Bekenntnisse* würde ich gern überall mit ihr hinziehen. In Deutschland würde ich jedenfalls nicht mehr sehr lange bleiben. Eddie war vor Kurzem von Goebbels persönlich ins Propagandaministerium bestellt worden, wo man von ihm wissen wollte, warum er einen Film über den berüchtigten französischen Sozialisten Jean-Jacques Rousseau machte. Eddie entzog sich durch den Hinweis, der Rousseau, den er verfilmen wolle, sei in Wahrheit ein Schweizer. Doch von nun an schwebte die Drohung der amtlichen Zensur über uns. Die Vorstellung, den Film in Paris abzuschließen, fand ich durchaus annehmbar. Sanft versuchte ich Eddie dazu zu bewegen, die Realismus-Film doch in ein anderes Land zu verlegen. Er sagte, er wolle es sich überlegen.

Von den *Bekenntnissen* gab es jetzt drei Versionen. Es gab zum einen den wertlosen, entsetzlichen *Jean-Jacques!*, es gab meine definitive Sechsstundenversion *Teil 1*, und inzwischen hatten wir etwa fünfzig Minuten mit Ton unterlegte Episoden – Bruchstücke, die durch neue Sequenzen, die wir Ende des Jahres und Anfang 1934 drehen wollten, miteinander verknüpft werden sollten.

Karl-Heinz würde im November aus seinem UFA-Vertrag entlassen werden, und dann würden wir die Neuchâtel-Episoden drehen. Diese neue Geschichte würden wir mit den Rückblenden verknüpfen, und anschließend würden wir darangehen, die Jahre des Triumphs und des Ruhms in Paris zu verfilmen. Dieser Teil II würde Teil I enthalten, und das Ganze würde mehr oder weniger mit Ton sein. So hatten Eddie und ich es zumindest geplant. Doch Eddies Zuversicht hielt sich in Grenzen. Die Realismus-Film war zwar aus den größten finanziellen Schwierigkeiten heraus, wie er mir versicherte, aber sie war nicht mehr die Macht, die sie einmal gewesen war. A. E. Groth war nach Schweden zurückgekehrt und hatte dort einen Schlaganfall erlitten. Gast und Hitzig, nach mir sicher die beiden erfolgreichsten Regisseure der Firma, hatten sich dem stetig wachsenden Strom angeschlossen und waren ins Exil gegangen: Gast nach Paris, Hitzig nach London. Leo Druce wurde von mir als Produzent benötigt, und seine beiden Filme waren ohnehin nicht sonderlich erfolgreich gewesen. Selbst der nachsichtigste Freund (also ich) konnte Leo allenfalls »handwerkliche« Fähigkeiten bescheinigen. Außerdem war er von persönlichen Dingen in Anspruch genommen. Lola hatte sich von ihm scheiden lassen, war nach Hollywood gegangen und zurückgekehrt, und jetzt prozessierte sie aus irgendwelchen Gründen gegen ihn. Weitere Regisseure fest unter Vertrag zu nehmen, konnte Eddie sich nicht leisten. Als Chef eines kleinen, vom Pech verfolgten Studios stand er vor der Wahl, entweder gewagten Schund zu machen oder an seinem Star festzuhalten. Eddie wusste, dass ich bei der UFA, bei Terra oder bei Tobis jederzeit Arbeit bekommen konnte. Doch ich war loyal. Irgendwie schaffte er es, genügend Geld zusammenzukratzen, und in der Fachpresse wurde in kleinen Anzeigen die Verfilmung der *Bekenntnisse: Teil II* angekündigt.

Aus meinem Tagebuch:
17. Februar 1937. Hotel du Lac et Bellevue, Neuchâtel. Erfolgreicher Tag. Anny reagierte wundervoll, als die Steine durch das Fenster geflogen kamen. Echtes Entsetzen. Leider wurde sie an einem Arm leicht verletzt, sodass ich beschloss, die englischen Szenen zu verschieben. Ein Schrei ist ein Schrei, in jeder Sprache. Noch keine Nachricht von Doon. Alle meine Telegramme nach Paris blieben unbeantwortet. Gute Atmosphäre im Team. Es steht außer Zweifel,

dass der Ton im Film eine gewisse Bedeutung hat. Das Geräusch des splitternden Glases und Annys Schreie sind wirklich schreckenerregend.

Der Beginn von Teil II verzögerte sich, wie üblich. Anfang Januar kamen wir in Neuchâtel an. Die Abfahrt vom Stettiner Bahnhof bot ein ganz anderes Bild als 1928. Unsere kleine Truppe benötigte jetzt nur einen Personen- und einen Gepäckwagen. Dennoch war es stimulierend, wieder an die Arbeit zu gehen. Trotz der Unterbrechung hatte ich ein starkes Gefühl der Kontinuität, als wir das Hotel bezogen. Wieder saßen wir in einem mittelgroßen Mittelklassehotel an den Ufern eines Sees, der von Bergen umgeben war. Annecy, Genf und nun Neuchâtel. Die Pilgerfahrt der *Bekenntnisse* blieb weiterhin auf den Spuren von Jean-Jacques. Und wir waren alle wieder dabei: ich, Leo, Karl-Heinz, Horst Immelmann, alle ihrer jeweiligen Aufgabe hingegeben. Nur Doon fehlte, aber sie war nicht weit.

Das erste Unglück traf uns, bevor auch nur ein Meter Film gedreht war. Helene Rednitz, die die Thérèse Levasseur spielen sollte, erkrankte an Bronchitis und fuhr, nachdem sie eine Woche im Bett verbracht hatte, nach Berlin zurück. Leo, Karl-Heinz und ich fuhren nach Genf und durchstreiften zwei Tage lang Bars, Theater und Varietés auf der Suche nach einem Ersatz. Wir fanden unsere Thérèse im Théâtre de la Comédie, ein junges Mädchen, das in einer abgedroschenen Posse ein Zimmermädchen spielte. Ihr Name war Anne-Louise Corsalettes. Ich beschloss, sie Anny La Lance zu nennen (nach einem kleinen Dorf am See von Neuchâtel), und ich möchte sagen, ein Star war geboren. Natürlich genoss ich es, dass ich ihr sagen konnte: »Ich möchte, dass Sie in meinem Film spielen«, aber Anny war keine Schauspielerin, sie hatte nur genau das richtige Aussehen. Rousseau beschrieb Thérèse als ein »gefühlvolles Mädchen, dem jede Gefallsucht abging, mit strahlenden sanften Augen«. Anny hatte große dunkle Augen und ein offenes, recht hübsches Gesicht. Sie war ein hochgewachsenes Mädchen mit starken Schultern und Hüften, und gerade ihre staksigen Auftritte und Abgänge in der Posse hatten unsere Aufmerksamkeit erregt und uns in ihre Garderobe geführt. Natürlich war sie von unserem Angebot begeistert.

Wie auch immer, das war Anny La Lance, und sie spielte gut unter meiner Regie. Sie tat alles, was ich ihr sagte, und sie nahm es mir nicht übel, wenn ich sie hochnahm, um die richtige Reaktion herauszufordern (wie bei dem Zwischenfall, den ich in meinem Tagebuch erwähnte, als Jean-Jacques' Haus von feindseligen, argwöhnischen Dorfbewohnern mit Steinen beworfen wurde). Die Dreharbeit lief gut, und ich machte gleichzeitig eine deutsche und eine englische Fassung – das sind die Probleme des Tonfilms. Das Englisch von Karl-Heinz klang entschieden deutsch, und Anny sprach nur Französisch, aber ich konnte ja später nachsynchronisieren. Was mir allein eine gewisse Sorge machte, war das lange Schweigen Doons. Als wir über Weihnachten in Paris zusammenwaren, hatten wir uns beide, an Wiedersehensfeiern nicht gewöhnt, recht unbeholfen angestellt. Wir waren nicht gerade in bester Form. Und da wir beide keine großen Briefschreiber waren, verging ein Monat, bevor ich ein Telegramm an ihre Pariser Adresse schickte, das jedoch unbeantwortet blieb. Ich war überrascht, nahm aber an, dass sie irgendwo an einem Film arbeitete.

Einen Tag nach meinem Tagebucheintrag kreuzte Eddie Simmonette auf. Wir waren gerade mit dem Abendessen fertig, als er ankam. Irgendetwas konnte nicht stimmen, denn seine Kleidung war beschmutzt. Er war unrasiert, und das Grübchen in seinem Kinn war voller Stoppeln. Er war die ganze Strecke von Berlin selbst gefahren, über Österreich, eine anstrengende Reise, für die er fünf Tage benötigt hatte. Er brachte böse Neuigkeiten mit. Der unglückliche Georg Pfau war aus irgendeinem Grund verhaftet und eingesperrt worden. Wegen seiner Verbindung zur Realismus-Film war das Studio durchsucht worden. Kurz darauf hatte man Eddie zum

»Nichtarier« erklärt. Der damit verbundene Skandal hatte die Banken veranlasst, ihm jeden Kredit zu sperren, und die Gläubiger auf den Plan gerufen. Die Studios wurden geschlossen, das Personal ausgezahlt, und Eddies gesamter Besitz wurde beschlagnahmt.

»Alles?«, sagte ich. Eine entsetzliche, kalte Übelkeit wühlte in meinem Körper, wie etwas, das in einer Höhle gefangen ist.

»Alles.«

»Was ist mit den *Bekenntnissen*?« Ich konnte das Wort kaum herausbringen. »Das Negativ.«

»Oh, das liegt hinten im Wagen. Und der alte Koffer, den du bei mir stehen hattest. Nein, ich spreche von meinem Haus, den Studios ...«

Auf der Stelle musste er mich zu seinem Wagen führen, einem großen Audi, und ihn aufmachen. Ich sah die flachen, schimmernden Aluminiumschachteln. Ich zählte sie: vierzehn. Ich presste meine Stirn für einige Sekunden an das kalte Wagendach.

»Hast du etwas von Doon gehört?«, sagte er.

»Nein.«

»Sie hat angerufen, es war ein Ferngespräch, und nach dir gefragt. Ich konnte nicht mit ihr sprechen – die Polizei war da.«

»Wann war das?«

»Vor zehn Tagen.«

Ich verstand das nicht, denn sie musste doch wissen, wo ich war, aber ich hatte keine Zeit, darüber nachzubrüten. Wir riefen die Mitarbeiter auf, sich im Speisesaal des Hotels zu versammeln, und erklärten ihnen, was geschehen war. Eddie sagte, er würde sie am nächsten Tag auszahlen. Vage deutete er die Absicht an, sich in Paris niederzulassen und Ende des Jahres, wenn er wieder auf festen Beinen stehen würde, alle zu sich zu holen. Anschließend sprach ich mit Eddie unter vier Augen. Er erklärte mir, nach Auszahlung der Mitarbeiter und Abdeckung der Filmkosten blieben ihm nur noch rund 2000 Dollar.

»Es ist aus«, sagte er. »Tut mir leid, John.«

»Vorläufig«, sagte ich tapfer. »Es hat den Tonfilm und den Börsenkrach an der Wall Street überlebt. Wir müssen es einfach verschieben.« Eine Hälfte von mir hat wohl tatsächlich daran geglaubt, die andere Hälfte wollte sich hinlegen und sterben.

»Du hast doch Geld hier, nicht wahr?«, fragte er.

Ich hatte Geld, in Genf. Meine Gewinne aus *Julie*, die ich auf Thompsons Empfehlung hin aus Deutschland herausgeschafft hatte, abzüglich gewisser Zahlungen an Sonia.

»Ja. Warum?«

»Ich möchte dir das Negativ der *Bekenntnisse* verkaufen«, sagte er, »für fünfzigtausend Dollar.«

Bis heute beschäftigt mich die Frage, ob Eddie mich reingelegt hat. Manchmal bin ich mir ganz sicher, dann wieder glaube ich, dass es nicht sein kann. Er wusste, dass ich Geld in der Schweiz hatte, weil ich Thompsons Tipp an ihn weitergegeben hatte, aber er hatte ihn nicht befolgen wollen.

In einer düsteren Phase meines Lebens war ich überzeugt, dass er Teil II der *Bekenntnisse* nur deshalb angesetzt hatte, um mich in die Schweiz zu kriegen, zu dem ausdrücklichen Zweck, mir Teil I zu verkaufen. Ihm musste klar sein, dass ich ihn kaufen würde. Am Ende muss ich ihn aber doch von diesem Verdacht freisprechen; selbst für Eddies byzantinische Denkweise war das ein viel zu komplizierter Plan. Er konnte zum Beispiel nicht gewusst haben, dass die Nazis ihn durchsuchen und zum Nicht-Arier erklären würden. Doch bei allem Unglück fielen die Karten günstig für ihn. Ich hatte etwas über 70 000 Dollar auf einer Genfer Bank. Eddie hatte seinen Preis genau richtig angesetzt.

Die Abwicklung unserer Angelegenheiten in Neuchâtel nahm einige Tage in Anspruch. In gedrückter Stimmung nahmen wir voneinander Abschied. Karl-Heinz wollte nach Berlin zurück und sich um Georg kümmern. Ich sagte, ich würde direkt nach Paris fahren, zu Doon, und bedrängte ihn, doch auch dorthin zu kommen. Er sagte, das werde man sehen.

Anny La Lance nahm das plötzliche Ende ihrer kurzen Filmkarriere und die Wiederannahme ihrer alten Identität mit erstaunlicher Gelassenheit hin. Sie hätte immer gedacht, es sei zu schön, um wahr zu sein, sagte sie, und bat lediglich darum, dass Eddie und ich sie bis nach Genf mitnehmen. Wir verbrachten einen Tag bei einem Rechtsanwalt. Zum Glück hatte Eddie alle erforderlichen Unterlagen bei sich. Jetzt hatten wir Anlass, die Existenz von *Jean-Jacques!* zu preisen. Die *Bekenntnisse: Teil I* gehörten ausschließlich der Realismus-Verlags-AG. Das Filmnegativ und alles, was von Teil II mittlerweile gedreht war, wurde nun von Herrn John James Todd für 50 000 Dollar erworben, abzüglich der gesetzlichen Gebühren, die der Anwalt forderte. Ich ging zu meiner Bank und hob das Geld ab, in bar, und zu meinem Erstaunen konnte Eddie es ohne Weiteres in seiner Aktentasche verstauen.

Es war ein milder winterlicher Tag, die Sonne schien auf den See, und wir saßen in einem Café bei einem Abschiedstrunk. Anny war noch bei uns – sie hielt bis zur letzten Minute an ihrer verlorenen Zukunft fest. Nicht weit stand am Randstein Eddies großer Audi, der jetzt mir gehörte – er hatte ihn großzügig in das Geschäft miteinbezogen.

»So«, sagte ich, »das wär's. Wann startest du nach Paris?«

»Gar nicht«, sagte er. »Ich gehe nach Amerika.« Er tätschelte seine Aktentasche. »Mal sehen, was ich dort machen kann.« Er lächelte. »Warum kommst du nicht mit? Wie, Johnny? Dort liegt die Zukunft.«

»Meine Zukunft liegt in dem Auto da«, sagte ich. »Nein, ich gehe nach Paris. Ich muss Doon finden.«

Ich klingelte an Doons Wohnungstür. Sie wohnte in einem ziemlich heruntergekommenen Gebäude an der Rue de Grenelle. Keine Antwort. Ich ging den Concierge suchen. Es war ein bulliger Mann in Unterhemd und Hosenträgern, der das Unkraut in dem feuchten Hof mit Unkrautvertilger begoss. Er sagte mir, Fräulein Bogan sei gegangen.

»Wann wird sie zurück sein?«, fragte ich.

Nein. Ich hätte ihn nicht verstanden. Sie sei fortgegangen. Sie käme nicht zurück.

Ich spürte eine Traurigkeit, die mich wie ein Keim infizierte.

»Hat sie gesagt, wo sie hingeht?«

»Nein«, sagte er. »Sie ist einfach gegangen. Monsieur Mavrocordato kam, und sie gingen zusammen fort.«

Hundejahre

Innerhalb einer Woche war ich wieder in London. Den Audi hatte ich in Paris verkauft und mir einen großen Schrankkoffer aus Blech besorgt, der den Inhalt des alten und die Spulen der *Bekenntnisse* aufnahm. Dies deponierte ich im Gewölbe einer Bank in Piccadilly. Ich mietete eine bescheidene Wohnung in Islington, nicht weit vom früheren Standort der Superb-Imperial-Studios entfernt, und sann über meine Zukunft nach. Es war seltsam, nach einer Abwesenheit von zehn Jahren wieder in London zu sein. Die Stadt war betriebsamer und schmutziger als Berlin, aber davon abgesehen erschien sie meinem teilnahmslosen Blick mehr oder weniger unverändert. Sonia und die Kinder lebten jetzt in einem großen Haus in der Nähe von Parsons Green. Ich wählte meinen Wohnort bewusst möglichst weit vom Shorrold-Territorium entfernt.

Während dieser ersten Wochen in London war ich deprimiert und oft ganz unglücklich. Das Ableben der Realismus-Film und das Ende meiner Träume von den *Bekenntnissen* hatte ich erstaunlich gut verdaut, jedenfalls glaubte ich das. Es lag wohl daran, dass ich nie richtig davon überzeugt war, dass die Tonfilmversion machbar sei. Mehr aus Verzweiflung als aus Begeisterung hatte ich mich darangemacht, aus Trotz, nicht aus Überzeugung. Um wirklich überzeugt zu sein, brauchte ich mehr Zeit.

Im Grunde war der Ehrgeiz praktisch seit 1929 in mir erloschen, so unglaublich das auch klingen mag. Die Planung von Teil II und die Dreharbeit, die ich noch hinter mich brachte, wurden gespeist von einer Energie, die mehr aus nachlassendem Schwung als aus einer sich selbst erneuernden schöpferischen Quelle stammte. Der Ehrgeiz war dahin, und was ich jetzt brauchte, war eine starke tiefe Empfindung, die die hinterlassene Lücke ausfüllte. Deshalb war ich mit so freudiger Erwartung nach Paris gefahren, und deshalb war Doons Betrug für mich eine überaus grausame Erschütterung.

Ich konnte kaum glauben, dass sie mit Mavrocordato fortgegangen war. Angesichts dessen, was sie mir angetan hatte, konnte ich nur Hass und Abscheu empfinden. Um zu vergessen, betrank ich mich eine Zeit lang (ich glaube, man trank damals allgemein mehr). Als ich von dem unmäßigen Alkoholkonsum genug hatte und wieder nüchtern war, überlegte ich mir, was ich nun anfangen sollte. Wieder nach Berlin zu gehen kam nicht infrage. Eddie war nach Amerika gegangen, warum sollte ich ihm nicht folgen? Eine Zeit lang spielte ich mit dem Gedanken. Ich war sogar bei einer Schiffsagentur und erkundigte mich nach der Buchung einer Überfahrt. Aber ich war zu verletzt und traurig, um auf der Stelle einen solchen Entschluss zu fassen. Also begab ich mich mit meinen Filmen, meinen Drehbüchern und meinen Siebensachen nach Hause, um in einer Verfassung, die nicht weit von der Apathie entfernt war, daranzugehen, mein Leben wieder in den Griff zu bekommen.

Erst zwei Wochen nach meiner Ankunft in London kam ich dazu, Sonia und meine Familie in dem Haus aufzusuchen, das ich für sie mietete. Als ich am Samstag in einem Taxi die King's Road hinauffuhr, gingen mir all die Erinnerungen an die ersten Jahre meiner Ehe durch den Kopf. Ich ließ es zu, dass sie von einem wehmütigen Lächeln begleitet wurden. Ich dachte gerührt an mein früheres Ich zurück. Was war ich damals für ein gefühlsbeherrschter, sentimentaler Idiot!

Es traf mich wie ein Schock, als Sonia an die Tür kam. Seit ich sie zuletzt gesehen hatte, war einige Zeit vergangen, und seitdem musste sie an die zwanzig Kilo verloren haben. Sie war so gut gekleidet wie immer, und noch immer wurden ihre Haare rücksichtslos durch einen Mittelscheitel geteilt, aber ihr früher einmal rundes, dickliches Gesicht war jetzt hager und hart. Sie trug eine Brille mit einem Gestell in heller Karamellfarbe, und sie hatte eine Zigarette in der Hand. In all den Jahren, seit ich sie kannte, hatte sie nie geraucht.

»Hallo, John«, sagte sie. »Nett, dass du vorbeikommst.«

Ich trat hinter ihr ein. Ihre runden Hüften waren vollkommen verschwunden.

»Wie geht's deiner Gesundheit?«, fragte ich besorgt.

»Bestens in Form.«

»Was ist mit deiner Stimme passiert?«

Der Londoner Akzent war verschwunden.

»Was meinst du damit?« Sonia – das bemerkte ich jetzt – war durch und durch vornehm geworden. Sie klang wie eine Schauspielerin.

»Ach, nichts.«

Wir gingen ins Wohnzimmer, wo meine Kinder mich erwarteten. Vincent, ein langweiliger, braunhaariger Knabe von elf Jahren, war ein Shorrold bis in die Knochen. Die Mädchen Emmeline und Annabelle waren lächerlich aufgeputzt wie für ein Schauspiel, mit Satinschleifen im Haar und weißen seidigen Kleidern. Sie waren so rundlich, wie ihre Mutter einmal gewesen war, und schüchtern. Ich gab allen einen Kuss, sie waren mir fremd. In der Ecke drückte sich eine vertraute Gestalt herum. Lily Maidbow. Die treue Lily.

»Hallo, Mister Tod«, sagte sie.

Beim Anblick meiner Familie und des Hausmädchens war mir unbehaglich zumute. Was hatte ich mit diesen Leuten eigentlich zu tun? Ich versuchte die schmerzliche Erinnerung an Hereford zu verdrängen.

»Wie nett, euch alle zu sehen«, sagte ich, wie ein Schulmeister die Hände hinter dem Rücken verschränkt.

»Die Mädchen müssen gehen«, sagte Sonia.

»Was für ein Jammer.«

»Sie haben Kostümprobe beim Schultheater.«

»Ah, gut! Ausgezeichnet!«

Sie gingen. Lily verließ das Zimmer mit Vincent. »Auf Wiedersehen, Daddy«, sagten sie schwerfällig, als wäre es ein Fremdwort. Man bat mir Zigaretten an, und ich lehnte ab.

»Wann hast du zu rauchen angefangen?«

»Rate mal! Sherry?«

»Hm, ja, bitte.« Ich fühlte sanfte, vage Schuldgefühle auf mir lasten, wie riesige Kissen. Plötzlich überwältigte mich ein mächtiges Verlangen, aus diesem traurigen Haus zu fliehen. »Die Kinder sehen gut aus«, sagte ich mit einem dünnen, ausdruckslosen Lächeln.

»Ich brauche mehr Geld, John. Tausend Pfund mehr pro Jahr. Vincent ist in einem Internat, das ihn auf die Public School vorbereitet ...«

»Public School!«

»Und die Mädchen will ich auch ins Internat schicken, in der Nähe von Ascot.«

»Ach du lieber Gott!« Rasch überschlug ich meine Möglichkeiten. Ich besaß ungefähr 20000 Dollar und die Wohnung in Berlin. Da ich nicht darauf rechnen konnte, die Wohnung schnell zu verkaufen, machte das bei einem Kurs von 6 Dollar für das Pfund etwas über 3000 Pfund. Wenn davon 1000 an Sonia gingen, blieben mir 2000 zum Leben.

»Einige Hundert könnte ich aufbringen, denke ich.«

Ich will hier nicht die lästerlichen Worte wiedergeben, die Sonia gebrauchte, nachdem ich ihr erklärte, dass ich das Negativ der *Bekenntnisse* von Eddie Simmonette erworben hatte. Was mich dabei beeindruckte: Ihr unterlief kein Patzer, sie blieb bei ihrer neu erworbenen Aussprache. Den Beschimpfungen folgten ruhige, ernste Drohungen. Häufig ließ sie den Namen ihres Rechtsanwalts, eines gewissen Herrn Devize, einfließen. Schließlich versprach ich ihr die tausend Pfund und den Erlös aus dem Verkauf der Wohnung. Damit konnte ich sie einigermaßen beruhigen.

»Du brauchst doch nur wieder eine neue Arbeit«, sagte sie. »Als Regisseur kannst du eine Menge verdienen. Tut mir leid, John, aber ich werde Herrn Devize davon in Kenntnis setzen müssen, dass du diesen Film gekauft hast. Du durftest nicht eigenmächtig über dieses Geld verfügen. Es gehörte uns allen.«

Sie ging Lily rufen, die mich hinausgeleiten sollte. Ich zählte die Zigarettenkippen im Aschenbecher – fünf. Lily erschien, in demütiger Haltung. Während ich auf dem Flur Mantel und Hut nahm, fragte ich sie: »Was tut Frau Todd eigentlich so, Lily?«

»Ach, meistens Kartenspielen. Sie ist mit drei Damen befreundet, die kommen her und dann spielen sie stundenlang, tagelang. Und sie rauchen, ganz furchtbar. Karten, Zigaretten, Kaffee. Manchmal spielen sie bis zum frühen Morgen. Wenn ich aufstehe, sind sie noch immer dabei.«

»Du lieber Gott …« Ich war sehr bedrückt.

»Oh, und dann besucht sie diesen Herrn Devize.«

Damit ging ich. Wie es sich ergab, war es das letzte, was ich je von meiner Familie sah.

Ich bemühte mich ziemlich halbherzig um eine Arbeit. Ich traf mich mit einigen Leuten und sprach über die *Bekenntnisse: Teil II*, stieß aber auf wenig Begeisterung. Herr Devize bestellte mich mehrmals in sein Büro. Er war ein aalglatter, untersetzter Typ mit schütter werdendem pomadigem Haar, der gern einen Kneifer mit Halbgläsern trug. Er war aggressiv und unangenehm. Trotz des altväterlichen Gehabes, das er zur Schau trug, trotz des routinierten, sonoren Klanges, den er seiner Stimme verlieh, hatte ich sofort den Emporkömmling in ihm erkannt. Ich legte ihm meine Dokumente und Rechnungen vor, darunter auch die notariell beglaubigte Verkaufsquittung von Eddie. Er ließ sie überprüfen und meldete Sonia, dass ich tatsächlich so mittellos war, wie ich behauptete.

Der plötzliche finanzielle Einbruch beunruhigte mich nicht. Materieller Wohlstand hat mir nie viel bedeutet. Ich war immer der Meinung, dass Reichtum und Ruhm eine täuschende Verlockung sind.

Anfang Juni fuhr ich, weil ich nichts Besseres zu tun hatte, nach Edinburgh hinauf. Um die Wahrheit zu sagen, fühlte ich mich in London verlassen, und in einer solchen Stimmung wird man leicht zum Opfer sentimentaler Vorstellungen über Familie und Heimat. Ich überließ die Wohnung für den Sommer einem Untermieter und fuhr nach Norden.

Zwei Tage lang hielt ich es mit meinem Vater aus, bis seine bohrenden, spöttischen Fragen mich wieder vertrieben. Er war aus seiner alten Wohnung ausgezogen und hatte in der Neustadt ein vornehmes Haus im georgianischen Stil in der India Street bezogen. Ich begab mich von dort in die Privatpension Scotia, ein bescheidenes, sauberes Etablissement in Bruntsfield. Ich nahm das Frühstück in meinem Zimmer ein, aß zu Mittag in einem Gasthaus und fand mich Punkt sieben Uhr zum Abendessen mit meinen Mitbewohnern ein. Sie waren alle tüchtige Fachleute, hauptsächlich Ingenieure und Architekten, die auswärts arbeiteten und am Wochenende nach Hause fuhren. An manchen Wochenenden war ich ganz allein im Scotia, und Frau Darling, die verwitwete Besitzerin, betrachtete mich als leicht verruchte, exzentrische Person, der sie mit unverhüllter Herablassung begegnete, was sie kundtat, wenn sie mich neuen Gästen als »Herr Todd, unser Filmproduzent« vorstellte.

Wenn ich jetzt daran zurückdenke, muss ich wohl während des ganzen ersten Halbjahres 1934 an einem leichten, aber langwierigen Nervenzusammenbruch gelitten haben. Ich war lustlos und gereizt. Ich fühlte mich von Doon betrogen und im Stich gelassen. Ich sah mich als ein unglückliches Opfer der Technik. Ich vertrieb mir die langen Sommerwochen mit ausgiebigen Spaziergängen in der Stadt oder draußen in den Pentland Hills. Nach und nach suchte ich die Lieblingsplätze meiner Kindheit auf: Anstruther, North Berwick, Cramond. Ich besuchte sogar die Minto Academy, aus der man inzwischen eine Jugendherberge gemacht hatte. In welcher trübseligen Verfassung ich mich befand, ersieht man daraus, dass ich mir in meinen Tagträumen meistens vorzustellen versuchte, wie ich als alter Mann sein würde, für mich ein untrügliches Zeichen, dass die Jugend zu Ende ging. Ich hatte einige Lieblingsvorstellungen. Da gab es den munteren alten Lüstling mit grauem Ziegenbart, einen Gin mit Wermut in der einen und den Hintern einer Revuetänzerin in der anderen Hand; da gab es den lieben, verschrobenen Kauz, den alle anbeteten; und da gab es den stattlichen, asketischen Achtzigjährigen, voll ruhiger Weisheit. Nie habe ich mir auch nur entfernt vorgestellt, dass ich wie mein Vater sein würde. Ich war fünfunddreißig Jahre alt und wurde die Überzeugung nicht los, dass mein Leben zu Ende sei. Mein großes Werk würde ich über den erreichten Stand hinaus nicht vollenden können, und meine große Liebe hatte mich verlassen. Ich hatte die Hälfte meiner siebzig Jahre erreicht, und der Rest breitete sich öde wie eine Salzwüste vor mir aus.

Ach, wie glücklich hätte ich sein können …

Im August wurde ich aus meinem stumpfen Selbstmitleid und meiner Innenschau herausgerissen. Sonia schrieb, sie wolle sich von mir scheiden lassen. Herr Devize würde alles regeln. In der nächsten Zeit würde ein Mann namens Orr sich bei mir melden. Er würde mir genau erklären, was ich zu tun hatte.

Orr erschien eine Woche nach Sonias Brief. Frau Darling brachte mir das Frühstück auf einem Tablett und sagte in einem Ton trauriger Verachtung: »Da ist ein – ein Mann. Ein gewisser Orr. Er möchte zu Ihnen, Herr Todd. Wir haben ihn ins Rauchzimmer geschickt. In sicherer Entfernung.«

Orr war ein kleiner, untersetzter Mann in einem groben, billigen Anzug. Er saß da und rauchte eine Zigarette, so als ob er sie testete, denn nach jedem Zug betrachtete er prüfend das brennende Ende. Mir fiel auf, dass der Nagel und die beiden ersten Glieder des Zeigefingers braun wie Tee waren. Er hatte sich an diesem Morgen schlecht rasiert, sein Gesicht war voller Schnitte und Wunden. Auf einem Nasenflügel prangte ein herrlicher Pickel. Er roch mächtig nach Haarpomade.

»Ian Orr«, sagte er und stand auf. Er war ungefähr einsfünfundfünfzig groß. Ich war überzeugt, dass er als Bantam gedient hatte. Er steckte sich die Zigarette in den Mund, um seine rechte Hand frei zu haben. Wir gaben uns die Hände. Er hatte einen festen Griff. Dann durchsuchte er alle Taschen seines Anzugs und zog schließlich eine abgegriffene Geschäftskarte hervor. »Ian Orr«, stand darauf. »Privates Ermittlungsbüro. Scheidungen und Schuldeneintreibung unsere Spezialität.« Nach Eugen also Orr. Plötzlich hatte ich die trübe Vorahnung, dass Leute wie er mein Leben verpfuschen würden.

»Kommen wir gleich zur Sache.« Ich sah keinen Grund für Höflichkeiten. Doch Orr erklärte mir das, was wir zu tun haben würden, mit einer beinahe ansteckenden Begeisterung. Man hätte meinen können, es ginge um die Organisierung einer Whistrunde oder einer Hetzjagd, nicht aber darum, meine Schuld in einem Scheidungsfall zu inszenieren. Einfach ausgedrückt, würde Sonias Scheidung von mir am schnellsten und einfachsten vonstatten gehen, wenn man mich beim Ehebruch auf frischer Tat ertappen würde. Pfiffige Londoner verbrachten zu diesem Zweck einen Nachmittag mit einem Flittchen aus Mayfair im Metropole Hotel in Brighton. Orr hatte für mich zwei Übernachtungen (wegen der Glaubwürdigkeit, wie er erklärte) im Lauder Temperance Hotel in Joppa bestellt, der westlichen Verlängerung von Portobello, dem Schauplatz meiner ersten Ausflüge an die See. Zu einer verabredeten Zeit würde Orr dann mich und die Frau, mit der ich zusammen war, »überraschen«, und als Hauptzeuge der Klägerin würde er dann vor Gericht entsprechend aussagen.

»Gut«, sagte ich. »Einverstanden. Aber muss ich wirklich zwei Nächte dort verbringen?«

»Ich meine, das ist immer viel überzeugender. Verstehen Sie, das gibt einen richtigen gediegenen Ehebruch. Nicht bloß so einen einmaligen Seitensprung.«

»Wie Sie meinen.«

Orr hatte einen starken, sehr nasal klingenden schottischen

Akzent. Er lächelte mich an. Er hatte kleine, cremefarbene Zähne.

»Wir können hier in der Stadt oder in Joppa eine Hure auftreiben.«

»Besorgen wir sie hier.«

Am Abend gingen Orr und ich zu den Hafenanlagen von Leith hinunter, in eine Kneipe namens Linlithgow. Die Theke war voller Spiegel, die verschwenderisch mit eingeätzten und eingekerbten typischen schottischen Landschaftsbildern verziert waren. Der Schankraum war hell erleuchtet, so sehr, dass ich mir die Hand über die Augen halten musste. Es war voll von Männern und Seeleuten, die anscheinend bewusst die »Mädchen« ignorierten, die – es waren nur drei – hinter einem langen Tisch saßen, den Rücken zur Wand.

Orr spendierte mir zwei Glas Spezial (tatsächlich bezahlte ich; sein Honorar betrug zwei Guinees pro Tag plus »Spesen«). Wir standen an der Theke, tranken und überlegten, wer meine Begleiterin sein sollte.

»Mir ist es egal«, sagte ich. »Ich habe nicht vor, irgendetwas mit ihr anzufangen.«

»Ein bisschen Spaß könnten Sie trotzdem haben, Herr Todd. Schließlich bezahlen Sie ja.«

Er ging hinüber und sprach mit den Frauen und kam mit einer zurück, die er mir als Senga vorstellte. Sie war jung, ziemlich schwer gebaut, und sie schielte leicht. Über einem schmuddeligen Baumwollkleid trug sie eine schäbige Samtjacke. Wir trafen gleich unsere Vereinbarungen. Am nächsten Tag würde ich sie nachmittags um halb fünf unter der Uhr am Bahnhof von Portobello antreffen. Nach der stattgefundenen »Entdeckung« würde sie fünf Pfund bekommen.

Senga erwartete mich zur festgesetzten Zeit, in denselben Kleidern und ohne Gepäck. Ich fragte sie, wie sie zu ihrem sonderbaren Namen gekommen sei.

»Es ist Agnes rückwärts«, sagte sie.

Das Harry Lauder Temperance Hotel war nicht weit vom Bahnhof entfernt. Es war ein schmuckloses, gediegenes, weißgetünchtes Steingebäude, dessen vordere Fenster, die zur See hinausgingen, mit Mittelpfosten versehen waren. Mir war empfohlen worden, einen Decknamen zu verwenden, und so trug ich uns als Herr und Frau Backwards ein. Der Besitzer, ein dicker kleiner Mann mit einem dichten rotblonden Schnurrbart, führte uns zu unserem Zimmer. Irgendetwas an ihm kam mir vertraut vor. Nachdem wir im Zimmer waren, stellte er sich vor.

»Alexander Orr«, sagte er mit einem breiten Schmunzeln. »Nennen Sie mich Eck. Ian hat alles arrangiert. Machen Sie sich keine Gedanken, Herr Todd. Ich kriege alle seine Klienten.« Senga wurde von ihm völlig ignoriert, so als existierte sie nicht.

»Kann ich Ihnen einen kleinen Drink anbieten? Ich kann eine Flasche heraufkommen lassen. Rum oder Whiskey?«

»Was möchtest du, Senga?«

»Ich nehme Rum.«

»Dann also Rum, Herr Todd.«

»Ich dachte, dies sei ein alkoholfreies Hotel«, sagte ich.

»Oh, das ist es auch. Auf diese Weise haben wir keine Schwierigkeiten mit der Polizei.«

Der Rum wurde heraufgeschickt, und ich packte meine paar Sachen aus. Senga nahm eine gehörige Portion, die sie mit Wasser verdünnte. Ich hatte das Zeug seit dem Krieg nicht angerührt, und sein leicht süßliches Aroma erinnerte mich an jenen Tag im Frontbogen, als wir zum ersten Mal aus dem Schützengraben zum Sturmangriff angetreten waren. Ich betastete die Narbe, die von Somerville-Starts Zahn herrührte.

»Hast du nichts bei dir?« fragte ich Senga.

»Nein.«

»Keine Zahnbürste? Kein Nachthemd?«

»Nein.«

Wir gingen hinaus, um ein paar Sachen zu besorgen. Wir

erwischten eine Straßenbahn nach Portobello, und ich kaufte Senga eine Zahnbürste, eine Dose Zahnpulver, einen Kamm, ein Stück Seife, einen Waschlappen und einen Toilettenbeutel. Danach spazierten wir über den langen Strand. Die schweigsame Senga war eine ideale Begleiterin. Wir gingen den Strand entlang, in Richtung Anleger und Restalrig. Aus dem Firth wehte uns eine kalte, steife Brise entgegen, und ich musste mir den Hut tief herunterziehen. Eine Menge Erinnerungen ging mir durch den Kopf: Picknicks mit Oonagh und Thompson, Donald Verulam mit seinem Fotoapparat, der Hund Ralph, die ertrunkenen Männer bei Nieuwpoort, Dagmar … Dagmar brachte mich für kurze Zeit zum Träumen. Vielleicht würde ich nach Norden gehen und sie suchen.

»He, Mister!«

Ich drehte mich um. Senga war ein gutes Stück zurückgeblieben. Ich ging zu ihr zurück.

»Mit diese Schuh kann ich in'n Sand nich gehn.«

»Dann zieh sie doch aus.«

»Wa? Oh je, oh je, bin ich blöd.«

Sie zog sich die Schuhe aus, und wir stapften wieder los. Wir müssen einige Meilen gelaufen sein. Ich glaube, es hat Senga Spaß gemacht. Während wir dahinwanderten, nahm in meinem Kopf eine Idee zu einem Film Gestalt an. Auf dem Rückweg zum Hotel erstand ich ein Notizbuch und hielt sie fest.

Eck Orr ließ uns das Essen im Zimmer servieren – gekochte Makrele mit Kartoffelpüree. Senga nähte sich den losgegangenen Saum ihres Kleides fest und befestigte einen locker gewordenen Knopf an meiner Jacke. Auf meine Bemerkung, wie geschickt sie dabei zu Werke ging, erwiderte sie, sie sei kurze Zeit Hausmädchen in einem der Häuser des Earl of Wemyss gewesen. Nachdem wir gegessen hatten, entwickelte ich meine Filmidee. Es war genau meine eigene Situation: Ein Mann muss, um die Scheidung zu erhalten, einen Ehebruch vortäuschen, mit dem Unterschied, dass der Mann in meiner Geschichte sich leidenschaftlich in das von ihm angeworbene

Flittchen verliebt, wodurch sich die Dinge ungeheuer verwickeln. Ich fand, das könnte ein hübsches ironisches Melodram abgeben. Ich schrieb ein Dutzend Seiten voll, während Senga stumm dasaß und Rum mit Wasser trank. An diesem Abend, während wir darauf warteten, entdeckt zu werden, spürte ich, wie mich eine seltsame Gelassenheit überkam, und zum ersten Mal seit meiner Rückkehr nach Britannien spürte ich, dass meine alten Energien sich wieder regten. Ich warf einen Blick zu Senga hinüber. Ihr Schielen hatte in der Tat etwas seltsam Anziehendes: Es schien auf eine verborgene Schalkhaftigkeit hinzudeuten, ganz im Widerspruch zu ihrer wahren Natur.

Als es elf Uhr war und Ian Orr sich noch nicht gezeigt hatte, bereiteten wir uns mit allem Anstand auf das Schlafengehen vor. Ich ging zum WC, das am Ende des Korridors lag, und schlüpfte dort in Schlafanzug und Morgenmantel. Während ich mir dann aus dem Krug Wasser in die Schüssel goss und mein Gesicht wusch, schlüpfte Senga aus ihren Kleidern und unter die Bettdecke. Ich fragte sie, ob sie nicht ihre Zahnbürste benutzen wolle, aber sie sagte nein.

Sie schlief fast augenblicklich ein. Während ich im Dunkeln lag und auf ihr leises Schnarchen lauschte, dachte ich, dass Ian Orr jetzt jeden Augenblick hereinplatzen könnte. Von unten, vermutlich aus der alkoholfreien Bar, drangen männliche Stimmen herauf. Draußen versank die Sommernacht in Dunkelheit, ich hörte einen Zug vorbeirattern, und auf der Küstenstraße nach Musselburgh kamen ein paar Autos vorüber.

Der nächste Tag war ein regnerischer Samstag. Als ich aufwachte, war Sengas Bett leer, aber ihr Kleid und ihr Jäckchen hingen noch im Schrank. Ich ging ans Fenster und blickte auf die nassen Dächer von Joppa hinaus. Jenseits der Küstenstraße lag der Firth bleiern und still, und auf der anderen Seite lag der Rest von Schottland. Aus der geschlossenen niedrigen Wolkendecke schien es auf das ganze Land herabzuregnen.

Senga kam herein, wahrscheinlich von der Toilette, in meinem Morgenmantel.

»Oh, Sie sind auf. Hab' mir Ihr'n Morg'nmantel geliehen.«

Sie zog ihn aus und reichte ihn mir. Sie hatte in ihrer Unterwäsche und einem baumwollenen Unterrock geschlafen, der arg zerknittert war. Ich konnte sehen, dass sie kleine spitze Brüste hatte, und der Anblick ihrer nackten Beine und der abgetretenen hochhackigen Schuhe hatte etwas Provozierendes an sich. Auf ihren Schienbeinen sah ich dunkle Stoppeln.

»Senga, ich …«

Die Tür flog auf, und herein kam Ian Orr.

»Morgen, Herr Todd, Morgen allerseits.«

Ich musste Eck Orr beide Nächte bezahlen. Ich beglich all meine Rechnungen im Büro des Hotels, auch die von Senga. Wir tranken auf den erfolgreichen Abschluss meiner Scheidung. Eck hob sein Glas.

»Na, dann mal Prost!«

»Tja, Prost allerseits!«, sagte Ian Orr.

Eck wandte sich dann noch an Senga mit dem listigen Vorschlag, sie solle doch noch bleiben, und ich war froh, als sie ablehnte. Wir verabschiedeten uns von den Brüdern Orr und gingen zum Bahnhof.

»Wohin fährst du?« fragte ich, während wir auf einen Zug warteten. »Waverley?«

»Ich nehme den Bummelzug nach Bonnington.«

Wir saßen nebeneinander auf der Bahnhofsbank. Es regnete immer noch. Ich fühlte mich irgendwie um meine zweite Nacht mit ihr betrogen.

»Gehst du öfter in diese Kneipe, das Linlithgow?« Es war die einzige Anspielung, die ich auf ihren Beruf machte.

»Ja, manchmal.«

»Vielleicht sehen wir uns dort mal.«

»Ja, vielleicht.«

Fünf Minuten später kam ihr Zug. Sie stand auf.

»Vielen Dank für den Toilettenbeutel, Herr Todd. Also Tschüs!«

Im August 1935 wurde mein Film *The Divorce* vor Verleihern und Kritikern vorgestellt. *Close-up* bezeichnete ihn als »ein eindringliches und bisweilen schockierendes Melodram ganz in der deutschen Manier«. In *Bioscope* hieß es: »Ein gekonnter und beeindruckender Film, bei dem die mittelmäßigen schauspielerischen Leistungen enttäuschen.« In dem Film endet die unmögliche Liebesaffäre damit, dass der Held die Prostituierte, die sich nichts aus ihm macht, ermordet und anschließend sich selbst tötet. Ich hatte den Film sehr schattig gehalten, in allen Szenen war es ununterbrochen dunkel. Es war ein kleiner, billiger Film, gemessen an der Größenordnung, an die ich mich bei den *Bekenntnissen* gewöhnt hatte, aber ich war mit ihm zufrieden. Er war von meiner eigenen seltsamen Leidenschaft erfüllt. Insgesamt hatte *The Divorce* eine gute Presse, wenn der Kassenerfolg auch nur mäßig war. Das war aber das Ergebnis des verfehlten Verleihkonzepts, das die Filmgesellschaft, für die ich ihn gemacht hatte – Astra-King –, ausgehandelt hatte. Dennoch war ich mit dem Film aus mehreren Gründen zufrieden, nicht zuletzt deswegen, weil er eine Erinnerung an die seltsamen vierundzwanzig Stunden war, die ich in Joppa damit zugebracht hatte, mit Senga einen Ehebruch zu inszenieren. Andere Vorteile kamen hinzu. Die positiven Besprechungen hatten Interesse bei Gaumont, J. Arthur Rank und British Lion geweckt. Die *Bekenntnisse: Teil II* waren wieder im Gespräch.

Mein glühendster Verehrer war der berühmte Courtney Young, auch bekannt als »Mister Film«, als »Vater des britischen Kinos« und unter weiteren schmeichelhaften Beinamen. Young war ungeheuer reich und hatte sein Vermögen als Zulieferer der Filmbranche gemacht. Er begann mit der Vermietung von technischem Gerät – Lampen und Kameras – und verlegte sich dann auf den Kostümverleih. Während der Nachkriegsrezession kaufte er ein Studio, riss es ab und verkaufte das Land an die Elektrizitätsgesellschaft. Mit dem Erlös dieses Geschäfts kaufte er sich die zweitgrößte Kinokette im Norden

Englands. Und so weiter, und so weiter. Er gehörte zu jenen, die mit den gleichen Methoden in jeder Branche Erfolg gehabt hätten – in seinem Fall war es nun mal der Film. Und nun machte er selbst Filme. Seine Firma, die Court Films, hatte zwei kostspielige Flops produziert: *Vanity Fair* und *Sir Walter Raleigh,* aber das hatte ihn nicht abschrecken können. Er war versessen auf die *Bekenntnisse.*

Young war ein großer, fleischiger Mann mit einem schönen Gesicht, das aber durch schwere Tränensäcke verunstaltet wurde. Das dünne rötlichblonde Haar kämmte er aus seinem blassen, sommersprossenlosen Gesicht glatt zurück. Seinem Aussehen nach hätte er eigentlich ein freudloser, finsterer Mensch sein müssen, und dass er es nicht war, beunruhigte mich etwas. Eine Zeit lang fragte ich mich, ob er sich nicht die Haare gefärbt habe, aber einmal sah ich ihn nackt (beim Duschen in seinem Golfclub), und seine Schamhaare waren so bleich wie alte Distelwolle. Ich mochte Young nicht besonders, aber ich brauchte ihn. Er war mit einer stillen, schönen Schauspielerin der Stummfilmzeit verheiratet, Meredith Pershing, und am Wochenende war ich ziemlich oft in ihrem Landhaus bei High Wycombe. Er zahlte mir ein Honorar für eine Neufassung des Drehbuchs, in der die Jahre, die Rousseau in England verbrachte, stärker betont werden sollten (er wollte, dass Hector Seagoe den David Hume spielt), und ich ließ mich verpflichten. Es bedurfte erheblicher Überredungskunst, ihn dazu zu bringen, dass er Karl-Heinz als Rousseau akzeptierte, aber ich erklärte, ohne ihn würde ich nicht die Regie übernehmen. Am Ende musste er zustimmen.

Im Frühling 1936, es war, glaube ich, März oder April, kehrte Leo Druce endlich aus Berlin zurück. Er war ziemlich erledigt, nachdem man ihn nach dem Tod seiner Exfrau Lola Templin-Tavel in einen ekelhaften Prozess hineingezogen hatte. Ihre Leiche hatte man in einem Wäldchen am Wannsee gefunden, mit einem Einschussloch im Kopf, und neben ihr hatte ein Revolver gelegen. In ihrem Zimmer fand sich jedoch ein Abschiedsbrief, demzufolge sie und Leo exakt nach dem Muster von Kleist und seiner Geliebten Henriette Vogel einen Doppelselbstmord planten (Lola war in der Rolle der Henriette Vogel in einem Stück, das lange gelaufen war, berühmt geworden). Leo hatte davon keine Ahnung, und das beteuerte er auch, als man ihn unter Mordverdacht festnahm. Es wurde viel Schauerliches über den Fall berichtet, und die Anklage gegen ihn wurde nur fallengelassen, weil Zeugen bestätigten, dass Lola total verrückt war.

Seit seinem Fensterputzerfilm hatte Leo drei weitere minderwertige musikalische Komödien gedreht, und er galt jetzt wohl mehr als Regisseur denn als Produzent.

Wir trafen uns zum Mittagessen in einem Austernrestaurant in der Nähe des Strandes. Leo war schmaler geworden, und er hatte einen Haarschnitt nötig. Wir schüttelten uns in alter Herzlichkeit die Hände.

»Ich habe einfach alles stehen und liegen lassen«, sagte er. »Ich musste einfach raus. Du hättest diese Gorillas sehen müssen, die mich festgenommen haben … Und der Knast! Was ich nicht ertragen kann, sind die ganzen Uniformen. Plötzlich kann sich jeder verkleiden. Und die Fahnen. Überall Fahnen. Ich habe noch kein Land gesehen, das so scharf auf Fahnen ist.«

Wir bestellten Schildkrötensuppe und drei Dutzend Austern. Zu meinem Erstaunen hatte ich Geschmack an ihnen gefunden. Zur Feier unseres Wiedersehens bestellte ich Champagner.

»Geht's dir gut, Johnny?«

Ich erzählte ihm, dass es mit den *Bekenntnissen* wieder voranginge.

»Wunderbar. Phantastische Neuigkeit. Sah *The Divorce.* Ausgezeichnet. Der Schluss hat mich ganz schön aufgerüttelt, kann ich dir sagen.« Er hob sein Kinn und schlürfte eine Auster hinunter. »Das kannst du sicher verstehen, nach der Geschichte mit Lola.«

Ich fragte ihn, ob er etwas von Doon gehört habe, aber er wusste nichts. Wir sprachen noch über die Besetzung des Rheinlandes, das Leben in Berlin und gemeinsame Freunde. Er erzählte mir, Georg Pfau sei in einer Art Internierungslager gestorben. Karl-Heinz spielte in einem erfolgreichen Stück am Schillertheater, wohnte aber immer noch in Georgs alter Wohnung, die jetzt ihm gehörte.

»Sie ist voller toter Insekten«, sagte Leo. »Ihn scheint es aber nicht zu stören.«

»Ich muss ihm schreiben. Er muss rüberkommen, damit ich ihn Young vorstelle.« Ich schaute Leo an. »Was hältst du davon, wenn wir die *Bekenntnisse* weiter als eine Todd-Druce-Produktion laufen lassen? Ich werde mal mit Young darüber reden.«

Er stellte seine Kaffeetasse ab und machte ein feierliches Gesicht.

»Ich weiß nicht, was ich ohne dich tun würde, John.« Dabei hob er seine Hand, wie zum Schwur. »Ja, ganz ehrlich. Ich kann dir sagen, dass diese Geschichte mit Lola mich beinahe erledigt hätte.«

»Ist doch nicht der Rede wert«, sagte ich. »Wozu hat man denn Freunde?«

Leo zog für ungefähr eine Woche zu mir, bis er eine eigene Wohnung gefunden hatte. Ich stellte ihn Young vor, der sofort bereit war, ihn die *Bekenntnisse* produzieren zu lassen. Bis es so weit war, ließ er ihn an einer musikalischen Version von *Major Barbara* arbeiten, während ich mich daranmachte, mein Drehbuch stark zu überarbeiten. Mit dem veränderten Schwerpunkt, den Young vorgeschlagen hatte, war ich ganz zufrieden. Teil II war für mich jetzt im Grunde ein Film über das Exil. In der Eröffnungsszene sitzt Rousseau auf einem Postschiff, das sich an einem nassen stürmischen Tag dem Hafen von Dover nähert. Er ist allein (Thérèse Levasseur kam später nach, begleitet von Boswell).[3] Seine Gedanken wenden sich der Vergangenheit zu, dem Ruhm und der Schmach, der Verherrlichung und der Schmähung, die er erfahren hat. Er trifft Hume und lebt sich rasch in England ein. Dann, mit der treulosen Thérèse wiedervereint, beginnt er, seine *Bekenntnisse* zu schreiben. Er denkt an seine Jugendzeit zurück, an Genf, an ›Maman‹, an Paris und die Anfänge des Ruhms … Wir lassen in einer Reihe von bruchstückhaften Erinnerungen sein früheres Leben Revue passieren (hier konnte ich manches aus Teil I verwenden). Doch nach und nach gewinnt seine Einsamkeit wieder Gewalt über ihn. Er wird mit England und den kühlen Engländern nicht warm. Er beginnt Hume zu verdächtigen, dass dieser seine Post abfängt … Ich setzte meine Arbeit stetig und mit wachsender Befriedigung fort. Zum ersten Mal, seit ich Berlin verlassen hatte, empfand ich wieder eine gewisse Zufriedenheit. Schließlich fand ich sogar Gefallen an meinem einsamen Junggesellenleben – vormittags Arbeit, Mittagessen im Gasthaus, ein Spaziergang durch die Straßen von Islington, vielleicht ein paar Einkäufe, danach noch mal eine lange Arbeitssitzung bis sieben oder acht Uhr abends. Anschließend ging ich bisweilen aus, ins Theater, ins Kino oder zu einem Abendessen. Oft war ich auch mit Leo zusammen. Er schäkerte jetzt mit einer Tänzerin aus *Major Barbara* (ich tadelte ihn wegen dieses Klischees) namens Belinda, und ich schloss mich den beiden und allerlei Freunden an, sei es in Restaurants, auf Partys oder wo immer an diesem Abend gerade etwas los sein sollte. Ich lernte bei diesen Treffen etliche gescheite, ehrgeizige Mädchen kennen, aber ich muss wohl ein enttäuschender Gesellschafter für sie gewesen sein. In Gedanken war ich jetzt wieder ganz bei Jean-Jacques, und ich hatte kaum ein Ohr für das witzige Geplauder, das zwischen den anderen im Gange war. Im Sommer fuhr ich jedes zweite oder dritte Wochenende zu den Partys der Youngs hinaus. Dort las ich an einem Samstag in der *Times*, dass ich wegen Ehebruchs, begangen mit einer gewissen Agnes Outram im Harry Lauder Temperance Hotel in Joppa, Midlothian, von

Sonia geschieden worden war. (»Irgendwie passt das genau zu Johnny Todd«, meinte Young, als er es las. Darüber ärgerte ich mich.) Ich empfand weder Kummer noch Enttäuschung und ließ die geheuchelten Mitleidsbekundungen der übrigen Gäste mit einem müden Lächeln über mich ergehen. Was mich aber mit einer gewissen Bitterkeit erfüllte, war die Erinnerung an die sonderbare Farce, die wir gespielt hatten – ich und Senga und die tüchtigen Brüder Orr …

Einige Tage später kam ein Brief von Sonia, der mich davon in Kenntnis setzte, dass sie ihren Anwalt, Herrn Devize, heiraten wolle und dass er beabsichtige, meine drei Kinder zu adoptieren. Ich gab ihnen meinen Segen dazu. Ich hatte dort nichts mehr zu verlieren.

Dann bekam ich einen weiteren Brief, der mich wirklich mit Freude erfüllte.

Hallo Johnny!

Ich wünschte, du wärest in Berlin. Wir stecken in großen Schwierigkeiten. Ich habe Riesenerfolg mit einem schlechten Stück. Bin wieder berühmt, wie in *Julie.* Das mit Jean-Jacques freut mich. Ich spare noch ein bisschen Geld zusammen, dann komme ich nach England. Der arme Georg ist tot, wie du weißt. Ich werde dir berichten, wenn wir uns sehen. Sag deinem Mister Young, dass ich für deinen Film tausend Pfund die Woche verlange. Gruß an Leo.

Mach's gut! Ein kräftiger englischer Händedruck von deinem deutschen Freund

Karl-Heinz.

Es war ein warmer, feuchter Mittwoch Ende Juli, als Courtney Young mich anrief und mich bat, zu ihm zu kommen. Ich weiß, dass es ein Mittwoch war, weil ich nach dem Mittagessen ein paar Bananen kaufen wollte und alle Läden verschlossen fand. Ich hatte nicht daran gedacht, dass die Geschäfte nachmittags zu haben. Ich war nach Hause gegangen und hatte gerade begonnen, die Szene zu schreiben, in der Rousseau Hume vorwirft, er habe sich gegen ihn verschworen, um ihn zu verleumden, als das Telefon klingelte. Young wollte mich umgehend sehen.

Es mag sonderbar klingen, wenn ich das heute erzähle, aber in diesem Sommer 1936 hatte ein Roman mit dem Titel *Great Alfred* von einer gewissen Land Fothergill (ein ziemlich unmöglicher Name für eine Frau) sowohl in Britannien als auch in den USA einen gewaltigen Erfolg. Als ich am Nachmittag in seinem Büro am Portland Square erschien, erklärte mir Young, er habe soeben die Filmrechte für 50 000 Pfund erworben, eine ungeheure Summe, und damit MGM und Twentieth Century-Fox ausgestochen. Der Roman handelte von Alfred dem Großen, der auf eine groteske Weise romantisiert worden war (ich kam bis Seite 7, bevor ich ihn in die Ecke schleuderte), aber Young meinte, daraus könne man *das* englische Heldenepos machen, das es mit allem, was die Amerikaner produzieren würden, aufnehmen könne. Als Schauspieler seien Hartley Dale, Laurence Olivier, Merle Oberon, Cecily Dart, Charles Laughton und Felicia Feast vorgesehen. Er habe rund eine Million Pfund als Budget veranschlagt. Es gebe nur einen, der die Regie übernehmen könne – John James Todd.

»Sagen Sie nichts«, fuhr Young rasch fort. »Überlegen Sie es sich. Was die *Bekenntnisse* angeht, so stehe ich unumstößlich und felsenfest zu meinem Wort. Aber dies ist eine Chance, die wir uns nicht entgehen lassen dürfen.«

»Aber was ist mit den *Bekenntnissen*?«, fragte ich. »Karl-Heinz kommt herüber.«

»Großartig, wunderbar. Wir werden für ihn eine Rolle in *Alfred* finden. Die *Bekenntnisse* machen wir danach.« Er ging ans Fenster und sprach zu den Platanen unten auf dem Platz. »Überlegen Sie, John, überlegen Sie. Nach *Alfred* … Alle Welt spricht von dem Buch. Denken Sie nur, was wir dann mit den *Bekenntnissen* machen können.« Er drehte sich um, sein bleiches Gesicht war beinahe gerötet. »Und Sie sind der einzige

Mann, der es machen kann. Sie sind der einzige englische – Verzeihung, britische – Regisseur, der mit einem Projekt von dieser gewaltigen Größenordnung Erfahrungen hat. Ich habe gesehen, was Sie aus den *Bekenntnissen* gemacht haben. Sie bekommen eine Million Pfund für *Alfred* …«

Er überhäufte mich noch mit Statistiken, Prophezeiungen und den plattesten Schmeicheleien. Ich fuhr nach Hause und dachte stundenlang darüber nach. Dann rief ich Leo an und bat ihn um Rat. Wir trafen uns am Abend in einem stillen Restaurant in Bloomsbury.

»Da gibt's doch nur eins«, sagte Leo.

»Was?«

»Du musst an den *Bekenntnissen* festhalten.« Er sagte das mit betonter Aufrichtigkeit.

»Ich weiß.«

»Young versucht dich kaltzustellen. Er hat diesen heißen Titel gekauft. Wenn er dich dazu bringen kann, die *Bekenntnisse* einmal zu verschieben, wird er es wieder versuchen. Wenn er sieht, dass er dich von deinem Versprechen abbringen kann, wird er sich an sein Eigenes nicht mehr gehalten fühlen.«

»Du hast recht.« Er hatte recht. »Ich weiß.« Ich lächelte ihn an. »Ich glaube, ich musste es nur einmal von jemand anderem hören. Danke, Leo.«

»Herrgott, wir haben lange genug gewartet«, sagte er. »Wir werden weiterkämpfen, verdammt noch mal! Wie wär's mit noch 'ner Flasche Rosé?«

So geschah es dann auch. Am nächsten Morgen rief ich Young an. Ich sagte ihm, es sei für mich eine große Ehre, dass er mich gebeten habe, aber ich hätte den *Bekenntnissen* Jahre meines Lebens gewidmet, und diese Arbeit jetzt aufzugeben, wo sie gerade Früchte zu tragen beginne, wäre für mich verheerend. Leider müsse ich zu *Great Alfred* nein sagen. Es sei eine der schwersten Entscheidungen meines Lebens gewesen.

»Danke, John«, sagte er. »Ich bin traurig, ich wünschte, Sie würden es sich noch einmal anders überlegen, aber ich glaube, dass ich Ihre Auffassung verstehen kann.«

Wir verabschiedeten uns. Ich sagte, ich würde mich schon darauf freuen, ihn und Meredith an diesem Wochenende zu sehen.

Am nächsten Tag las ich im *Manchester Guardian,* dass *Great Alfred* von Land Fothergill von Courtney Youngs Court Films verfilmt würde. Als Regisseur sei »der international gefeierte Filmregisseur Herr Leo Druce« vorgesehen.

Am Nachmittag erhielt ich ein Telegramm. Bedauern *Bekenntnisse* für Court Films nicht mehr interessant. Sie wünschten mir alles Gute.

Am Abend dieses Tages stand Leo Druce mitten in meinem Wohnzimmer und versuchte, sich durch Lügen aus der Klemme zu winden. Er war erregt; ständig fuhr er sich mit den Händen durch sein dichtes Haar.

»Du *musst* mir glauben, John. Ich wusste es nicht. Ich *schwöre!* Ich hatte keine Ahnung, als wir miteinander sprachen. Ich hätte nicht im Traum daran gedacht, dass er mich fragen würde.«

»Du verdammter Lügner!« Mindestens zwanzigmal sagte ich das.

»Er rief mich völlig unerwartet an. Wir trafen uns. Er sagte, die *Bekenntnisse* seien abgesetzt. Aus. Ob ich Lust hätte, in *Great Alfred* Regie zu führen. Du hättest es rundheraus abgelehnt, sagte er.«

»Du hättest ihm sagen müssen, dass er sich den *Great Alfred* in den Arsch stecken kann.«

»Was würde das helfen? Sieh mal, ich bin pleite. Ich habe keine Arbeit. Dies ist die Chance meines Lebens.«

»Du dreckiger stinkender Abschaum!«

»Ich schwöre …« Seine Stimme überschlug sich. »Ich wusste es nicht. Mit den *Bekenntnissen* ist es aus, Johnny. Versetz dich doch in meine Lage.«

»Nein danke.«

»Geh noch mal hin zu ihm. Sag, du hättest es dir anders überlegt. Mir ist es egal. Mach *du* es!«

»Du bist ein Dreck, Druce. Ich würde nicht einmal mehr auf Youngs Grab pissen. Er ist ein Schwein. Ihr seid ein ideales Paar. Ich hoffe, ihr werdet sehr glücklich sein.«

»John, ich flehe dich an!«

Ich spürte, wie mein Gesicht hart wurde, so als würde es langsam gefrieren. »Was du bist, Druce, bist du nur durch mich. Ich habe dir jede Chance gegeben. Wenn ich nur daran denke …«

»John, bitte …«

»Wenn ich nur daran denke, was ich für dich getan habe. Wie oft ich dir geholfen habe. Und dann tust du mir das an.«

»Ich sag ihm, dass ich's nicht machen will. Sag, du hättest es dir anders überlegt.«

»Du widerst mich an! Raus!«

»John …«

»RAUS!«

Ich brüllte regelrecht. Der Damm brach. Ich schleuderte ihm alle Schimpfworte, die ich kannte, an den Kopf. Er stand da und ließ es etwa eine Minute lang über sich ergehen, dann ging er. Als er gegangen war, setzte ich mich und sann auf Mord. Ich würde Young mitsamt seiner Frau und seinen Kindern umbringen. Ich würde Druce auf unsägliche Weise foltern, bis er krepierte. Dann würde ich ihre Familien und Verwandten aufspüren und sie in der Dunkelheit anfallen. Ich würde meinen eigenen privaten Pogrom durchführen, die Welt von diesen nichtswürdigen, verächtlichen menschlichen Bazillen säubern …

Ja, das ist es, was man in solchen Augenblicken tut, das sind die Worte, die man sich in solchen Augenblicken sagt. Es war der tiefste Punkt, den mein Leben erreicht hatte. Die schwärzeste Tiefe. Der Nullpunkt. Ich war nur von wüsten Rachegedanken erfüllt. Schließlich begann ich mich zu beruhigen. Das erste, was mir klar wurde, war, dass ich weg musste. Ich musste aus London raus. Wo ging ich also hin? Ich ging zurück nach Schottland.

Ich mietete mir eine kleine, eisig kalte Hütte auf dem Gut des alten Sir Hector Dale in Drumlarish. Irgendwie schaffte es der alte Knabe immer noch, sich mit knapper Not im Reich der Lebenden zu halten. Er war bettlägerig und während der meisten Zeit vollkommen verkalkt. Ein Enkel, mein Vetter Mungo Dale, verwaltete das immer mehr herunterkommende Gut. Mungo war ein großer, blonder Mann Anfang vierzig, der total langweilig war, dessen Gesellschaft ich aber sonderbarerweise tröstlich fand. Ich sah ihn nie etwas anderes tragen als einen Kilt. Dann und wann kam er und fragte mich, ob ich nicht Lust hätte, in der Landwirtschaft mitzuarbeiten – Trockenmauern instand setzen, Schafe und Rinder füttern und dergleichen –, aber ich lehnte immer höflich ab. Ich habe nie Trost in körperlicher Arbeit gesucht. Meine Energien sind rein geistige. Mungo war viel zu schüchtern, um zu heiraten, und war eigentlich ganz zufrieden damit, sich um das Landgut und seinen uralten Großvater zu kümmern. Außer ihm wollte keiner von den Dales in Drumlarish leben, und sie hatten sich alle in verschiedenen angenehmen Stellungen in Glasgow und Edinburgh fest eingerichtet. Nach dem Tod des alten Sir Hector würde Mungo das Haus und den Grundbesitz erben. Mungo lebte mit ihm in dem großen Haus (kälter als meine Hütte) und sagte mit einigem Stolz, er habe seit über vierzig Jahren in dem gleichen Zimmer geschlafen. Ein altes Ehepaar kümmerte sich um ihre Versorgung und bemühte sich, dem Staub und allen möglichen Formen des vordringenden Verfalls Einhalt zu gebieten. Durch den gelegentlichen Verkauf von Aktien, eines wertvollen Bildes oder eines Möbelstücks und durch die Verpachtung von Weide- und Moorland gelang es irgendwie, den Betrieb gerade über Wasser zu halten.

Im Winter 1936/37 ging ich in eine Art geistigen Winterschlaf. Ich ließ mir einen Bart wachsen. Symbolisch arbeitete ich ein bisschen an meinem Drehbuch und war im Übrigen darum bemüht, mich warmzuhalten. Mein gesellschaftlicher Umgang beschränkte sich auf Besuche bei Mungo und Sir Hector und auf die gelegentliche Fahrt nach Glenfinnan, um mich mit Vorräten einzudecken und Geld von der Bank zu holen. Meine Finanzen waren in etwa so gesund wie Sir Hector. Weihnachten verbrachte ich bei meinem Vater, wo auch Thompson und Heather waren, kehrte aber vor Silvester nach Drumlarish zurück. Ich vermied es, Zeitungen zu lesen oder Radio zu hören. Meine einzige Nachrichtenquelle war Mungo.

»In Spanien ist ein Krieg im Gange«, sagte er mir im Januar, während wir nach Glenfinnan fuhren, um Leuchtöl zu kaufen.

»Ach ja? Was ist los?«

»Um ehrlich zu sein, John, weiß ich nix Genaues. Aber es ist, glaube ich, ziemlich schlimm.«

»Verstehe.«

»Bist du schon in Spanien gewesen, John?«

»Nein, kann ich nicht sagen.«

»Soll ein wunderschönes Land sein?«

»Ja, sagt man.«

Das war der Stil unserer Gespräche. Wir konnten uns stundenlang auf diese Weise unterhalten, gewöhnlich nachts in der Küche des großen Hauses, eine Whiskeyflasche und zwei Gläser vor uns. Allmählich wurde ich gesund. Ich rasierte mir den Bart ab. Im Februar wurde ich mit dem Drehbuch der *Bekenntnisse: Teil II* fertig und tippte es anschließend ins Reine.

Eines Tages kam Mungo mit einer Ladung Torf für den Kamin vorbei. Er sah den großen Papierstapel.

»Fertig?«, fragte er. Ich sagte ja.

»Ich erinnere mich an deinen Film da, diese *Julie*. Es war in Perth, ich war dort, um mir einen Hund zu kaufen. Großartiger Film. Schönes Mädchen, was? Prachtvoll.«

Ich spürte, wie es in meinen Eingeweiden wühlte, als ich plötzlich an Doon dachte. Mungo ließ sich weiter rühmend über ihre Schönheit aus. Ich war leicht benommen bei dem Gedanken an meinen Verlust. Mein Atem ging heftig.

»Bin schon gespannt auf den Neuen.«

Um mir Abstand zu verschaffen, erläuterte ich ihm meine Schwierigkeiten, erzählte ihm, wie Leo Druce und Courtney Young mich hintergangen hatten (Mungo hatte nie gefragt, warum ich nach Drumlarish gekommen war). Er hörte geduldig zu und runzelte gelegentlich die Stirn, wenn er nachdachte.

»Mir scheint«, sagte er, nachdem ich mich über die Rolle des Produzenten bei der Filmherstellung ausgelassen hatte, »mir scheint, dass du sehr viel besser dran wärest, wenn du dich selbstständig machen würdest. Warum gehst du nicht zu einer Bank und leihst dir das Geld?«

Meine Lippen verzogen sich schon zu einem wegwerfenden Lächeln, als Mungo hinzufügte: »Warum gehst du nicht zu deinem Bruder und fragst ihn, diesen Thompson?«

Es tat mir leid, von Drumlarish Abschied zunehmen. Ich hatte dort einen gewissen Frieden gefunden, und meine eiskalte Hütte, die wilde, sturmgepeitschte Landschaft, das moosige Gras, die zähen geduckten Bäume und die grauen Linien der Trockenmauern, die sich mäanderförmig an den wuchtigen Bergen hinaufzogen, waren mir ans Herz gewachsen. Mungo fuhr mich in dem uralten schwarzen Humber von Sir Hector bis nach Glenfinnan. Er saß vorgebeugt, so als müsse er mühsam hinausspähen, mit gespreizten Beinen, und seine haarigen narbenbedeckten Knie ragten ebenso unbeugsam unter seinem Kilt hervor wie die Granitblöcke an den Berghängen. Mungo hupte aggressiv, um die schmutzigen zottigen Schafe zu vertreiben, die an den Straßenrändern weideten. Ich hatte heftige Kopfschmerzen, als wir schließlich den Bahnhof erreichten.

Ich kann nicht sagen warum, aber meine Einstellung zu Edinburgh hatte sich seit meinem letzten Besuch verändert. Das Wetter war scheußlich, wie es für den schottischen Frühling, diese alljährliche Verlängerung des Winters, typisch ist.

Unter den niedrigen jagenden Wolken wirkte die Stadt ungemein düster, fast schwarz. Es regnete ständig, kein starker Regen, kein Nieselregen, nur einfach ohne Unterlass. Der Wind jagte durch die Straßen. Vielleicht lag es daran, dass ich etwas wollte, dass ich als Bittsteller kam, nicht als ein Sohn dieser Stadt, aber zum ersten Mal zitterte ich vor ihrer bedrückenden Steifheit, und zum ersten Mal wurde mir angesichts ihrer ernsten Reserviertheit mulmig.

Ich unterrichtete niemanden von meinem Kommen. Ich bezog ein Zimmer im Hotel Scotia und nahm mein früheres Leben zusammen mit meinen anonymen Mitbewohnern wieder auf. Frau Darling war über das Wiedersehen nicht erfreut.

Ich gründete eine Gesellschaft mit beschränkter Haftung und ließ sie im Handelsregister eintragen: Alef-Null Films Ltd. Alef-Null – der Name des Zeichens für das Unendliche – war eine versteckte Huldigung an Hamish. Von den zehn Gesellschafteranteilen zu je einem Pfund gehörten mir neun – einen überließ ich Mungo, aus Dankbarkeit. Ich ließ mir einen Briefkopf entwerfen und Briefpapier drucken: ALEF NỤLL. Es gefiel mir. Ich ließ das Drehbuch drucken und in mehreren Exemplaren binden. Ich stellte ein vorläufiges Budget auf und ließ es in einem Schreibbüro sauber tippen. Erst danach ging ich mit meinem Vorschlag zu Thompson.

Ich vergaß zu erwähnen, dass sich bei Thompson Todd nach seiner Hochzeit im Jahr 1927 Nachkommen eingestellt hatten. Innes kam 1933, Emmeline 1935. Die Namen unseres Vaters und unserer Mutter, selbstverständlich (dass eine meiner Töchter bereits Emmeline hieß, spielte keine Rolle …). Thompson und Heather hatten vor einigen Jahren ein großes neues Haus aus blassbraunrotem Sandstein in Cramond bezogen, mit einem schönen Blick auf den Forth und Cramond Island. Als ich so weit war, rief ich an und fuhr dann mit einem Bus hinaus. Mein Neffe und meine Nichte begrüßten mich mit artiger Begeisterung. Heather wirkte noch immer frisch und mädchenhaft, war jedoch ein bisschen voller geworden, was ihr gut stand. Wieder wunderte ich mich darüber, was ein so nettes, hübsches Mädchen an dem dicken, geschniegelten Thompson gefunden haben mochte, dessen Haare vorzeitig ergraut waren. Er hatte es immer eilig gehabt, älter zu werden, und sein Körper hatte ihm den Gefallen getan. Man hatte eher das Gefühl, er sei mein Onkel – und nicht mein älterer Bruder. Heather war von meinem Kommen sichtlich angetan. Sie meinte, ich hätte hoffentlich nichts dagegen, aber sie habe für diesen Abend einige Nachbarn auf einen Drink eingeladen, damit sie mich kennenlernten. Sie bedrängte mich, so lange zu bleiben, wie es mir gefiel. Mir wurde klar, dass ich, wenn nicht für Thompson, so doch für sie, so etwas wie eine Berühmtheit war. Ich war ihr dankbar. Meine Selbstachtung schwoll und wuchs, so als wäre sie ein inneres Organ aus Schwellgewebe. Heathers sanfte Verehrung wirkte als Katalysator. Ja, sagte ich mir, ja, du bist John James Todd. Du warst der Mittelpunkt von Berlin. Du bist der Schöpfer eines der größten Stummfilme, die je gemacht wurden. Deine Karriere ist zwar etwas ins Rutschen gekommen, aber vergiss niemals, was du erreicht hast und was noch vor dir liegt.

Ich nahm Heathers Einladung an und ließ mir mein Gepäck vom Hotel Scotia schicken. An diesem Nachmittag trug ich Thompson mein Vorhaben vor und bat ihn, dem Vorstand seiner Bank zu empfehlen, in die Alef-Null Films Ltd. zu investieren.

»Ich brauche nicht das gesamte Budget«, sagte ich. »25 000 Pfund würden mir reichen. Wenn ich das habe, ist der Rest kein Problem; damit kann ich zu Astra King, Gainsborough, Gaumont British und jedem anderen Studio gehen.«

Thompson stellte mir einige Fragen. Er schien von meiner Darstellung recht beeindruckt zu sein.

»Ich werde es dem Vorstand vortragen, John«, sagte er. »Das ist das Mindeste, was ich tun kann. Ich muss dich aber warnen, nicht deine ganze Hoffnungen darauf zu setzen.«

»Ganz und gar nicht«, sagte ich. »Offen und ehrlich. Sie sollen es nur als eine Investitionsmöglichkeit betrachten, schlicht und einfach. Wie bei jedem anderen Geschäft.«

Heather schaute zur Tür von Thompsons Arbeitszimmer herein. Sie hatte sich ihr dichtes kurzes Haar frisch gebürstet und einen Hauch rosa Lippenstift und Rouge aufgelegt. Sie ist wirklich hübsch, dachte ich.

»Sie sind alle da, Thompson«, sagte sie. »Sie brennen alle darauf, John kennenzulernen.«

Ich stand auf und knöpfte mein Jackett zu.

»Wir kommen schon«, sagte ich. Ich machte ihr alle Ehre.

In der folgenden Woche speiste ich mit wichtigen Direktoren von Thompsons Bank. In stillen Clubs und in leeren, überheizten Hotelspeisesälen wurde uns schlechtes Essen vorgesetzt. Gewichtigen grauhaarigen Männern, die mich aus irgendeinem Grund alle an meinen Vater erinnerten, erklärte ich meinen Film. Thompson blieb vollkommen neutral und meldete sich nur zu Wort, um von Zeit zu Zeit einen Punkt zu klären. Schließlich sagte man mir, dass auf einer Sitzung, die in zwei Wochen stattfinden würde, eine Entscheidung getroffen werde.

Zwar gab ich mir in den folgenden Tagen immer wieder den Rat, nüchtern und besonnen zu bleiben, aber dennoch stieg die Erregung in mir. Gleichzeitig empfand ich eine tiefere Befriedigung, ein zynisches Behagen. Ich war froh, dass Courtney Young mir einen Korb gegeben hatte. Jetzt würde ich das Vergnügen haben, ihm sein entsetzliches Fehlurteil unter die Nase zu reiben. Auch konnte ich es mir nicht verkneifen, in längerfristigen Phantasievorstellungen zu schwelgen. Ich sah bereits, wie Alef-Null sich als erfolgreiche Filmfirma etablierte und mit größeren Studios Verträge aushandelte – nicht allzu ehrgeizig, nur drei oder vier Filme im Jahr. Vielleicht würde ich Eddie Simmonette einladen, sich als Partner zu beteiligen. Zum ersten Mal seit Jahren begann ich mir Gedanken darüber zu machen, was ich nach *Bekenntnissen* machen würde. Nach den *Bekenntnissen*? Es klang irreal. Seit ich erwachsen geworden war, hatte doch mein ganzes Leben im Banne der Idee dieses Films gestanden, und alles andere war nebensächlich und unbedeutend gewesen. Was würde ich nach den *Bekenntnissen* machen? Ich hatte keine Ahnung.

Es war wohl dieses neu entdeckte Selbstvertrauen, das mich zu meinem Verhalten trieb. Wie Sie wissen, bin ich meinen Begierden hoffnungslos ausgeliefert. Ich kann der Versuchung nicht widerstehen, besonders wenn ich sie selbst erzeuge.

Ich mochte Heather sehr. Innerhalb weniger Tage wurden wir gute Freunde. Sie war eine begeisterte und sachkundige Kinobesucherin. Sie hatte *Julie* und *The Divorce* mehrmals gesehen, und ich bin sicher, dass sie in mir eine erfrischende Ablenkung von dem sturen Thompson sah. Während ich auf die Entscheidung der Bank wartete, waren wir viel zusammen. Wir führten endlose Gespräche miteinander. Wir gingen mit Innes und Emmeline spazieren. Ich erzählte ihr Anekdoten aus der Filmwelt, von den großen Regisseuren und Filmstars, die ich kennen gelernt hatte – A. E. Groth und Fritz Lang, Nazimova, Gast, Emil Jannings und Pola Negri und vielen anderen. Sie war entzückt. Ich erzählte ihr von mir selbst, meinen Träumen um die *Bekenntnisse*, meiner Ehe mit Sonia, meiner langen Affäre mit Doon. Heather erfuhr in ganz kurzer Zeit eine Menge über mich. Öfter fuhren wir nach Edinburgh und gingen in irgendeine Nachmittagsvorstellung, um anschließend in irgendeiner Teestube, die voll war von wohlgekleideten alten Damen mit Hut, leidenschaftlich über den Film zu diskutieren. Heather mochte mich nicht nur, sondern hatte, glaube ich, auch etwas Scheu vor mir. Es ist gefährlich, einem Mann diesen Eindruck zu vermitteln, besonders bei einem so unverbesserlich impulsiven Menschen wie mir, der seine Empfindungen kaum in der Gewalt hat.

Eines Morgens – es muss ein Mittwoch oder Donnerstag Ende April gewesen sein – stand ich in Thompsons Wohnzimmer. Im Kamin brannte ein Feuer, es war behaglich warm im Zimmer, und ich war mit Heather allein im Hause. Thompson war in der Arbeit. Die Kinder spielten mit Freunden in der

Nachbarschaft. Bis zum Mittagessen war noch eine Stunde. Ein schwacher, aber köstlicher Duft von bratendem Fleisch drang aus der Küche, wo Heather damit beschäftigt war, der Köchin Anweisungen zu erteilen. Ich schenkte mir selbst ein großes Glas trockenen Sherry ein und trank zwei große Schlucke davon. Dieser erste Drink am Tag … Ich betrachtete mich im Spiegel. Ich trug einen alten Tweedanzug, sandbraun, ein cremefarbenes Hemd mit weichem Kragen und eine flaschengrüne gestrickte Seidenkrawatte. In dieser alkoholischen Anwandlung fand ich, dass ich erstaunlich gut aussah. Träumerisch fuhr ich mir durch meine dunklen Haare. Mit einem Finger schob ich mir eine Locke in die Stirn. Ich sage Ihnen, ich hatte volle zwei Minuten lang eine angenehme narzisstische Erektion, bis Heather ins Zimmer trat.

»Sherry?«, sagte sie, während sie von der Küche hereineilte. »Trink noch einen!«

»Danke.« Manchmal kann man von einem Schluck betrunken werden. Normalerweise kann ich eine ganze Menge vertragen, aber an diesem Vormittag war ich schon beschwipst.

Heather schenkte mir nochmals ein. Sie trug ein blassblaues Kleid mit einem angedeuteten Matrosenkragen, dessen V-Ausschnitt, wie ich mir ausmalte, einen Zoll über der Falte zwischen ihren Brüsten endete.

»Mensch, freue ich mich aufs Essen!«, sagte sie. »Diese Köchin, wirklich, und dabei ist es bloß Hammel.«

Sie stieß mit mir an.

»Auf dein Wohl!«, sagte sie.

»Prost!«

Wir prosteten uns zu. Wir tranken. Ich rückte bereits an zum Kuss, als sie ihr Glas absetzte. Ich schmeckte Sherry. Ihre Lippen waren kühl. Ihre Brüste pressten sich gegen meine Brust. Schüchtern berührten sich unsere Zungen. Eine Sekunde lang erlebte ich diesen Moment einer unvergesslichen Hochstimmung – eine stille, eine tiefe Ruhe in allem.

Dann stieß sie mich fort. Heftig. Sie trat einen Schritt zurück. Angsterfüllt blickte sie mich an, so als bedrohte ich sie mit etwas Furchtbarem. »Ich wünschte, das hättest du nicht getan«, sagte sie in einem traurigen, grollenden Ton. »Es war nicht nett von dir.«

»Heather ...« Ich legte ihr die Hand auf die Schulter. Sie stieß sie fort.

»Jetzt hast du alles verdorben.« Sie schien ruhig zu sein, es gab keine Tränen. »John, du hättest überlegen sollen! Warum hast du es dir nicht überlegt?«

Fast wünschte ich, sie hätte geweint. Ihr düsterer Ernst warf mich völlig aus dem Gleichgewicht.

»Weil ich es nie tue«, sagte ich aufrichtig.

»Hättest du dich entschlossen, es nicht zu tun, wie ich«, sagte sie. »Hast du denn nicht gemerkt, dass ich mich dazu entschieden hatte? Der Entschluss, etwas nicht zu tun, kann genauso wichtig sein wie ...«

Sie stockte, doch ich hatte begriffen, was sie meinte. Wohin soll man sich wenden, nach links oder nach rechts? Welchen der möglichen Wege soll man einschlagen? Wir möchten das Beste tun, aber immer gibt es eine Handlungsweise, die zur schlimmsten aller möglichen Welten führt. Ich hatte anscheinend ein besonderes Talent, gerade sie zu wählen.

Wir haben uns nie wieder geküsst oder berührt. Und das, was wir vorher gehabt hatten, ging uns in jenen unüberlegten Sekunden verloren. Der Kuss, den ich Heather gab, öffnete uns keine Tür, sondern schloss bloß die anderen Möglichkeiten aus und machte uns beide ärmer. Worum ich die Menschen am meisten beneide, ist ihre Fähigkeit, in einem positiven Sinne Zurückhaltung und Selbstverleugnung zu üben. Ihre Fähigkeit, mit dem Negativen, dem nicht eingeschlagenen Weg, zu leben und zufrieden zu sein. Gemessen an den ungeheuren Enttäuschungen des Lebens, muss man den Dreisekundenkuss mit Heather als bedeutungslos betrachten, aber er erwies sich als ein kleiner, nachhaltiger Schmerz, wie eine ständig, ständig bohrende Blinddarmreizung.

Mein nächster Fehler war von anderem Kaliber. Er kam mich teuer zu stehen, seine weit verzweigten Konsequenzen waren schwerwiegend, aber ich verzieh mir selbst ohne Einschränkung. Jeder Mann an meiner Stelle hätte genauso gehandelt.

Ich ging zum Zahnarzt, Thompsons Zahnarzt, einem netten Mann in Barnton, um mir eine Füllung machen zu lassen. Es war zwei Tage nach meinem – was soll ich sagen? – meinem kurzen Zusammenstoß mit Heather und drei oder vier Tage vor der entscheidenden Sitzung in der Bank. Ich setzte mich ins Wartezimmer und griff nach dem dort aufliegenden *Daily Herald.* Die Zeitung war, wie alle anderen britischen Blätter, voller Berichte über die bevorstehende Krönung. Ich blätterte sie rasch durch und machte bei einer Seite plötzlich halt, weil ich ein Foto von Sonia zu erkennen glaubte, doch es war, wie sich herausstellte, eines von Fräulein Wallis Simpson. Doch dann wanderte mein Blick tiefer und fiel auf eine Überschrift:

20. JAHRESTAG DER DRITTEN SCHLACHT VON YPERN

Hier fand ich tatsächlich ein Gesicht, das ich wiedererkannte. Ich las weiter.

Im Rahmen unserer Serie zum Gedenken an diese bedeutende Schlacht laden wir ehemalige Kämpfer ein, ihre Erinnerungen mitzuteilen. In dieser Woche schildert der bekannte Filmregisseur Herr Leo Druce, der gegenwärtig für Court Films an Great Alfred *arbeitet, wie er die Schlacht erlebt hat.*

Der Artikel trug die Überschrift *Mit Handgranaten auf die Anhöhe von Frezenburg.* Ich las weiter.

Bei Morgengrauen traten wir zum Sturmangriff an. Unser Ziel war der vorderste deutsche Schützengraben auf der berüchtigten und tödlichen Anhöhe von Frezenburg. Ich war Anführer der Bombenwerfergruppe von Kompanie D des 13. (Public School) Kampfbataillons der South Oxfordshire Light Infantry. Die Maschinengewehre der Hunnen ratterten erst los, als wir mitten in dem gefährlichen Sumpf des Niemandslandes steckten. Die Hölle brach los. Kugeln zischten durch die Luft wie toll gewordene Bienen, nur dass diese Insekten einen tödlichen Stachel trugen. Ich sah unseren Zugführer, der bei einem verwundeten Kameraden stehen geblieben war, um ihm Hilfe zu leisten, mit einem Herzschuss niedersinken. Bevor er starb, gab er uns durch Winkzeichen zu verstehen, wir sollten weitermachen, und er rief uns zu: »Vorwärts, Jungs!« Im erbarmungslosen Kugelhagel kämpften wir uns vorwärts. Dann kam es zu meiner Rechten zu einer ungeheuren Explosion: Mein enger Freund, der Adelige Maitland Bookbinder, flog buchstäblich in Stücke, als sein Beutel mit Handgranaten explodierte. Die Felder von Flandern waren zu einem Beinhaus geworden, das von englischem Blut nur so überströmte. Tapfer drangen wir vorwärts, während ringsum die Männer fielen wie die Fliegen. Zum Glück hatte die ungeheure Feuerwalze unserer Artillerie riesige Lücken in die Drahtverhaue der Hunnen gerissen …

Leo Druce warf pflichtgetreu alle seine Handgranaten. Er war aber so vernünftig, sich »nicht nach der grässlichen Wirkung dieser mächtigen Detonation umzuschauen«. Als er dann auf dem Rückweg war – natürlich, um sich erneut mit Granaten zu versorgen –, wurde er von einer Explosion zu Boden geworfen und kam mit einem »brennenden Schmerz« im linken Bein wieder zu Bewusstsein. Irgendwie gelang es ihm noch, bis zu den Linien zurückzukriechen, wo er vor Schmerz und wegen des Blutverlusts in Ohnmacht fiel. Als er auf einem Feldverbandsplatz erwachte, wusste er:

Die Schlacht war für mich vorüber. Doch ich war stolz, dass ich meinen Anteil an einem der erbittertsten und tapfersten Kämpfe, den die Neuzeit gesehen hat, geleistet hatte.

Es folgten weitere abgedroschene Phrasen über »unsere Männer, die wie Löwen kämpften« und über die tapferen Gefallenen, die man nicht vergessen dürfe. An diesem Punkt angekommen, wurde ich ins Behandlungszimmer gebeten. Ich habe nichts gespürt. Ich war rasend vor Wut. Während der Zahnarzt mit seinem Bohrer werkte, setzte ich meinen Leserbrief an den *Daily Herald* auf. Ich schrieb ihn am gleichen Abend nieder und warf ihn am nächsten Tag ein. Leider habe ich den Originalzeitungsausschnitt verloren, doch ich habe einen Entwurf unter meinen Papieren aufbewahrt.

Sehr geehrter Herr,
Herr Leo Druce schreibt mit eindrucksvoller Glaubwürdigkeit über seine dramatischen Erlebnisse während des Angriffs des 13. (PS) Kampfbataillons der SOLI auf die Anhöhe von Frezenburg. Das ist höchst merkwürdig. Ich gehörte der Bombenwerfergruppe an, die vom Obergefreiten Druce geführt wurde, und habe während des ganzen Gefechts nichts von ihm gesehen. Der einzige aus unserer Gruppe, dem es gelang, die deutschen Linien mit Granaten zu bewerfen, war Herr Julian Teague, der für seine heldenhafte Tat später wohl eine Auszeichnung erhalten hat.
Als ich Herrn Druce wiedersah, erklärte er mir seine Abwesenheit vom Schlachtfeld folgendermaßen. Schon wenige Sekunden, nachdem wir unseren Schützengraben verlassen hatten, sei ihm durch die Wade geschossen worden. Über die Vorgänge dieses Tages (an dem unsere Gruppe entsetzliche Verluste erlitt) sagte er – und ich glaube, ihn richtig zu zitieren: »Ich habe nichts gesehen.«
Es ist schlimm genug, wenn selbsternannte Helden wie Herr Druce bei Bataillonstreffen mit Medaillen aufkreuzen, auf

die sie keinen Anspruch haben, aber es ist eine wirklich widerliche, wenn nicht gar unerträgliche Verunglimpfung des Andenkens jener Männer, die in dieser vollkommen sinnlosen Schlacht umgekommen sind, wenn ein Blatt wie das Ihre Schwindlern erlaubt, in verlogener Weise ihren nichtvorhandenen Ruf als »tapfere Soldaten« anzupreisen.

Hochachtungsvoll

John James Todd (ehem. Gefr. 13. (PS) Btn. SOLI)

Ich glaube, ich habe meine wutschäumende Empörung im letzten Satz etwas abgeschwächt und das anstößige Wort »Schwindler« ausgetauscht und Druce als einen »emsigen Phrasendrescher« bezeichnet, aber dies ist im Wesentlichen der Wortlaut, der drei Tage später veröffentlicht wurde. Ich empfinde keine Reue. Es war eine grandiose Gelegenheit zur Rache – ich malte mir aus, wie man auf Youngs Herrensitz bei High Wycombe diese Zeilen mit entsetzlich betretenem Schweigen lesen würde. Keiner von dieser unbedarften Gruppe hatte das Recht, sich wie Druce den Anschein von Tapferkeit und Verwegenheit zu geben, vielleicht abgesehen von Teague – und was war aus ihm geworden! Es war in allererster Linie eine reine Prinzipienfrage, doch ich muss zugeben, dass ich mich an der Vorstellung weidete, wie entsetzlich blamiert Druce dastehen würde, wenn seine Freunde und Kollegen den Brief lasen. Voll spitzbübischer Freude wartete ich darauf, dass er seine Schilderung zurückziehen würde. Wie würde er sich, wie konnte er sich möglicherweise aus der Affäre ziehen? Ich erwog, mich mit Teague und Noel Kite in Verbindung zu setzen, ob sie sich vielleicht an der Sache beteiligen würden, aber ich wurde davon abgehalten und vergaß es vollkommen, als der Tag nahte, an dem die Bank ihre Entscheidung treffen sollte.

Ich ging in die Bank hinein (ein Gebäude an der George Street, das einem riesigen griechischen Tempel ähnelte), so als träte ich vor ein göttliches Tribunal. Die marmorne Kälte ihrer zahlreichen Hallen und Korridore, die Büsten und die dunklen Ölgemälde, die uniformierten Pförtner und Boten, der kalkulierte Verzicht auf Licht und jede menschliche Note (nirgendwo eine Blume, Gott bewahre!) – das alles schien anzuzeigen, dass die Bewohner dieses Baues ihr Geschäft sehr ernst nahmen. Ich saß in einem stickigen Vorzimmer und pfiff gedankenlos durch die Zähne. Heute ging es um Leben und Tod für Alef-Null, und plötzlich wurde mir klar, wie töricht mein optimistisches Pläneschmieden gewesen war.

Dann kam Thompson heraus. Sein Lächeln verriet nichts, die professionelle Maske war bewundernswert. Aber während ich hinter ihm in das Vorstandszimmer ging, flüsterte er mir ins Ohr:

»Nur ruhig! Erfreuliche Nachrichten.«

In dem Raum stand ein langer Tisch, hinter dem drei der Bankdirektoren saßen, mit denen ich gespeist hatte. Ich zögerte die Ereignisse ein wenig hinaus, als ich zur allgemeinen Verwirrung, die aus reiner Höflichkeit ausgesprochene Einladung des Vorsitzenden auf Tee oder Kaffee annahm. Während Thompson sich auf die Suche nach jemandem begab, der mir das eine oder andere dieser Getränke beschaffen könnte (ich hatte keine Wahl getroffen; mir sei beides recht, hatte ich nervös gesagt, was eben am einfachsten sei), ergingen wir uns in verlegener Konversation, bis eine kleine Frau in grüner Kittelschürze auftauchte und mir eine zitternde Tasse Kaffee mit einer dicken Haut und ein zerbrochenes großes Stück Teekuchen auf einem Porzellanteller vorsetzte. Nichts davon rührte ich an.

Ein Mann sprach, und die beiden anderen nickten. Thompson starrte ausdruckslos auf seine zeltartig aneinandergelegten Finger, die vor ihm auf dem Tisch ruhten.

»Wir waren sehr beeindruckt von Ihrem – äh, Ihrem ›Film‹-Projekt. Wir alle, denke ich.« Nicken, zustimmendes Grunzen. »Sie werden verstehen, Herr Todd, dass die ›Film‹-Branche nicht zu denen zählt, in die die Bank normalerweise investiert.« Ich nickte. Dieser Mann hatte einen sehr ausgeprägten superkultivierten schottischen Akzent. »Aber ich bin froh, Ihnen sagen zu dürfen, dass man in Ihrem Fall der Meinung war, dass es sich durchaus lohnen würde, sich auf diesen Bereich einzulassen.«

Warm und wohlig durchrieselte mich die Erleichterung, fast so, als hätte ich mich nass gemacht.

Der Vorsitzende (ich glaube, sein Name war Mclndoe) blickte auf seine Notizen. »Dementsprechend hat die Investmentabteilung beschlossen, Ihrer Gesellschaft 1500 Pfund zum jeweiligen Zinssatz vorzuschießen. Doch auf die eindringlichen Vorstellungen Ihres Bruders hin – und er hat, haha, die Sache überaus eloquent vertreten – haben wir das Darlehen auf 2500 Pfund erhöht.« Mclndoe stand auf und streckte mir über den Tisch seine Hand entgegen.

»Freue mich, mit Ihnen Geschäfte zu machen, Herr Todd.«

Ich brachte es fertig – wie, werde ich niemals wissen – ich brachte es fertig, mich zu beherrschen. Ich zauberte so etwas wie ein Lächeln hervor und schüttelte Thompson die Hand, als er mich zum Hauptausgang begleitete. »Ich weiß, es ist nicht so viel, wie du erwartest hast«, sagte Thompson. »Aber es ist ein Anfang.« Er lächelte. »Du kannst dir nicht vorstellen, wie ketzerisch es dem Vorstand – gewissen Mitgliedern unseres Vorstands – vorkommt, einer Filmgesellschaft Geld zu leihen.« Er gluckste. »Es war nicht gerade eine einmütige Entscheidung, das kann ich dir sagen – im Vertrauen natürlich. Rufe wie ›Vetternwirtschaft‹ und dergleichen wurden laut.«

»Ich bin dir sehr dankbar.«

»Vergiss nicht, John, aus kleinen Eicheln werden große Bäume …« Er klopfte mir auf die Schulter. »Du lieber Gott, regnet es schon wieder?«

Im Grunde war es wohl meine Ohnmacht, die mich bedrückte. Ich konnte nicht gerade toben und gegen Ungerechtigkeit wettern. Ich konnte aber auch Thompson nicht beschimpfen, dass er sich nicht für mich eingesetzt hätte. Ich glaube ernsthaft, dass ich glücklicher gewesen wäre, wenn sie ihre Lakaien gerufen hätten, um mich hinauswerfen zu lassen. Was konnte ich überhaupt mit 2500 Pfund anfangen? Welches Filmstudio würde sich von dieser großzügigen Summe beeindrucken lassen? Ich konnte nicht einen Augenblick länger in Thompsons Haus bleiben. Heathers frostige Manieren waren schon schlimm genug, aber Thompson war so mit sich selbst zufrieden. Seine selbstgefällige Freude über seine gute Tat war unerträglich. Ich glaube, er hatte mir gegenüber immer Schuldgefühle gehabt, und irgendwie machte dieses Darlehen die ganze Gleichgültigkeit seiner Kinderzeit wett. Er war richtig verstört, als ich sagte, ich müsse gehen. Ich zog vorübergehend wieder zu meinem Vater, was sich als ein entsetzlicher Fehler erwies. Er wurde zum Zeugen der letzten Demütigung.

Ich saß in seinem Salon und las mit geteilter Aufmerksamkeit *The Scotsman.* Vater war in seinem Arbeitszimmer auf der anderen Seite des Flurs. Es muss vier oder fünf Tage nach dem Gespräch in der Bank gewesen sein. Ich hatte dort jetzt ein Konto, auf dem 2500 Pfund standen. Gelegentlich fragte ich mich, was ich damit machen sollte. Ich gelangte zu dem Schluss, dass es das beste wäre, das Geld einfach zurückzugeben – ich wusste nicht, ob ich es länger als einige Monate schaffen würde, die Zinsen zu zahlen. Ich hörte die Türklingel. Joan, die Haushälterin meines Vaters, öffnete. Es folgte ein Wortwechsel, dann hörte ich meinen Vater aus seinem Arbeitszimmer kommen. Wieder Gerede, auf das ich nicht weiter achtgab, bis mein Vater ins Zimmer kam.

»John, da ist ein Herr, der dich sprechen möchte.«

Ian Orr trat ein. Er trug seinen alten abgewetzten Anzug und hielt den Hut in der Hand, mit der Innenseite zu mir, sodass ich deutlich sehen konnte, wie sich Jahre des Orr'schen Schweißes und seiner Haarpomade auf das Hutfutter ausgewirkt hatten. Ich stand auf. Was konnte der Mann wollen?

»Hallo, Orr. Was kann ich für Sie tun?«

»Sind Sie John James Todd?«

Ich betrachtete ihn prüfend. War er verrückt? Er schien ein wenig verlegen zu sein. Sein Gesicht war schlecht rasiert wie immer, rot und wund. An einem Ohrläppchen klebte ein Pflaster.

»Was soll der Quatsch?«, sagte ich.

»Ja, natürlich ist er's«, sagte mein Vater eifrig.

Orr überreichte mir einen braunen Umschlag. Ich öffnete ihn. »Tut mir schrecklich leid, Herr Todd. Ich hätte es gern abgelehnt. Aber so geht's einem.«

Es war eine Vorladung. Leo Druce verklagte mich wegen Verleumdung. Mein Vater nahm es mir aus der Hand.

»Darf ich mal hineinschauen? Danke, John.«

Drei Tage später in London erklärte mir mein Anwalt das Problem. Er war ein blasser junger Mann mit langen Handgelenken, jedenfalls war das der merkwürdige Eindruck, den die aus gestärkten Manschetten hervorragenden Hände vermittelten. Er hieß Cordwainer und war Teilhaber der Firma Devize, Broome und Cordwainer. Ich hatte Sonia angerufen und sie fragen lassen, ob Devize mich vertreten würde. Er lehnte ab und reichte mich an Cordwainer weiter.

Cordwainers saubere weiße Hände glätteten überflüssigerweise das fleckenlose Löschpapier seiner Schreibtischunterlage, während ich mir überlegte, was er mir soeben eröffnet hatte. Mein entscheidender Fehler war nicht, dass ich Druce vorwarf, seine Rolle bei dem Angriff auf die Anhöhe Frezenburg erfunden zu haben. Was den Rechtsstreit ausgelöst hatte, war die Behauptung, er trüge Medaillen, auf die er keinen Anspruch habe. Plötzlich fühlte ich mich hilflos. Mein Kopf leerte sich. Alles, was ich wahrnahm, waren Geräusche: der Verkehr in der Ferne, eine Stimme auf dem Flur, das trockene Rascheln von Cordwainers weißen Händen auf seiner Löschunterlage.

»Können Sie beweisen«, sagte er sanft, »dass Druce jemals Medaillen getragen hat, auf die er keinen Anspruch hatte?«

»Also, moralisch ist er ... Nein«, sagte ich.

»Dann haben wir keine Wahl«, fuhr er fort. »Sie müssen für eine Anzeige im *Harold* bezahlen, in der Sie die Behauptungen in Ihrem Brief zurücknehmen und sich entschuldigen.«

»Verdammt noch mal!«

»Und der Anwalt von Herrn Druce teilte mir mit, dass er eine außergerichtliche Zahlung von 2000 Guinees akzeptieren würde.«

»2000 Guinees!«

»Richtig.«

»Aber du lieber Himmel, so viel ... Geld ... habe ich ... doch gar nicht ...«

So diente Thompsons Darlehen der Beschwichtigung von Leo Druce. Nachdem ich die Anzeige (ich hielt sie so zweideutig wie nur möglich) und meine Anwaltsgebühren – Devize erließ mir freundlicherweise zehn Prozent – bezahlt hatte, blieben mir noch 325 Pfund. Es wurde mir zur Gewissheit, dass mir jetzt nur noch eines blieb, das Land fluchtartig zu verlassen. Aber wohin konnte ich gehen?

Villa Luxe 25. Juni 1972

Mit Emilia ist etwas Merkwürdiges passiert. Heute erschien sie zur Arbeit in einem neuen Kleid, scharlachrot mit weißen Punkten, und in geflochtenen Schuhen mit keilförmigen Korkabsätzen. Sie passen überhaupt nicht zu ihren breiten, schwieligen Füßen. Emilia ist sehr freundlich und aufmerksam.

Ich mache ihr ein Kompliment zu ihrem neuen Kleid. Ein schrecklicher Fehler. Sie gluckst albern wie ein naives Mädchen. Der entsetzliche Verdacht verstärkt sich: Offenbar reagiert sie auf das, was sie bei mir als sinnliches Interesse an ihr zu erkennen glaubt ... Doch dann muss ich mich selbst tadeln.

Ihr Leben beschränkt sich schließlich nicht auf die häuslichen Aufgaben in der Villa Luxe. Wer weiß, was sie vorhat, wenn sie mit ihrer Arbeit fertig ist.

Beim Auftragen des Mittagessens sagt sie:

»Ach ja. Meine Freundin hat mir erzählt, in der Stadt hat ein Mann nach Ihnen gesucht.«

»In der Stadt? Nicht im Dorf?«

»Nein, in der Stadt. Sie wissen ja, dass meine Freundin auf der Post arbeitet. Dort hat dieser Mann sich erkundigt.«

Ich trank einen Schluck Wasser. Plötzlich war meine Kehle ausgedörrt.

»Wie sah er aus?«

»Sie hat es nicht gesagt. Sie sagte bloß, ein Mann. Ein Amerikaner.«

»Hat sie ihm irgendetwas gesagt?«

»Natürlich nicht. Diese Information ist vertraulich. Möchten Sie noch etwas Melone?«

»Nein danke.«

»Ich habe sie extra für Sie mitgebracht.«

»Nein, nein. Ich habe keinen Hunger, danke.«

Wieder spürte ich die Vergangenheit, wie einen Nebel, der von der See hereinkriecht, sich um das Haus windet, in die Zimmer eindringt. Ein feuchter, altbekannter salziger Geruch.

Pacific Palisades

Der Tag, an dem in Europa der Krieg ausbrach, war der Tag, an dem mein befristetes Aufenthaltsvisum ungültig wurde. Während Adolf Hitler am 3. September 1939 in Polen einmarschierte, verließ ich mein Haus in Pacific Palisades, Los Angeles, Kalifornien, um in Richtung Süden über die Grenze nach Tijuana, Mexiko, zu fahren. Ich hatte damals einen alten grauen Mercury, Baujahr 1935. Er brachte mich ohne Probleme nach Tijuana.

Ich fuhr weiter nach Rincon, einem kleinen Dorf außerhalb von Tijuana an der Straße nach Tecate, jenseits der Mesa, wo der Flughafen liegt. Damals war Rincon noch eine selbstständige Gemeinde. Es gab eine Hauptstraße, an deren Ende ein kleiner Platz lag, einige Hotels und ein Gerichtsgebäude, nicht besonders attraktiv, aber sehr viel angenehmer als Tijuana und weit billiger als die skandalös überhöhten Preise dort. Geld zu sparen, war der einzige Grund, sich in Rincon aufzuhalten, während man darauf wartete, dass das Aufenthaltsvisum erneuert wurde. Mit »man« meine ich die Europäer, die Emigranten. Rincon wies eine ziemlich konstante Zahl wechselnder Besucher aus Los Angeles auf, zwei bis vier Dutzend Europäer – Deutsche, Österreicher, Tschechen, Polen. Eigenwillige Komponisten, Maler, Musiker oder Schriftsteller, aber vorwiegend Leute aus der Filmwelt. Die beiden Hotels waren das Vera Cruz und das Imperador Maximilian. Das Max, wie wir es nannten, hatte ein sehr kleines Schwimmbecken und ein Restaurant. Das Vera Cruz war billiger. Auf seiner Rückseite gab es sechs verschindelte Hütten für Langzeitbesucher. Zuletzt war ich vor einem Jahr hier gewesen. Es hatte nur eine Woche gedauert, bis ich die neue Einreiseerlaubnis hatte.

Im Besitz dieses Dokuments konnten wir wieder nach Los Angeles zurückfahren und für ein weiteres Jahr unser früheres Leben wieder aufnehmen.

Ich ging ins Max. Es war eine lange Fahrt gewesen. Ich aß ein Hacksteak mit gerösteten Kartoffeln und Bohnen, dazu ein Glas Bier, und ging dann in mein Zimmer hinauf. Im Restaurant hatte ich kein bekanntes Gesicht entdeckt. Ich stand an meinem Hotelfenster und blickte auf die Hauptstraße, die Avenida Emilio Carraza, hinunter, die von staubigen Bäumen mit herabhängenden Wipfeln gesäumt war. Es dunkelte. Die Straßenlampen waren alle an, aber sie waren unregelmäßig verteilt. Zwei davon beleuchteten hell den Vorplatz einer Tankstelle. Eine kleine Ladenreihe und eine Arztpraxis lagen unangenehm im Dunkel. Ein zweimotoriges Flugzeug zog im Landeanflug auf den Flughafen von Tijuana über mich hinweg. Weiter die Straße hinauf schlang sich eine bunte Lichterkette durch die zwei großen Fresnobäume, die die Terrasse der Cerveceria Americana überschatteten. Ein paar mexikanische Jugendliche lungerten vor dem Kino herum, in dem *Los Manos de Orlac* lief. Ein älterer deutscher Schriftsteller und seine Frau kehrten von ihrem verdrießlichen Verdauungsspaziergang zurück. Ein Hund pinkelte gegen die Weißwandreifen eines alten Ford. Die Nacht war warm.

Als ich 1937 in Los Angeles ankam – ich flog von New York in fünfzehn Stunden mit einem UAL ›Sky Lounge‹ Mainliner über Chicago –, war es fast wie eine Heimkehr gewesen. Halb Berlin schien dort versammelt zu sein – Wilder, Reitlinger, Thomas Mann, Lang und viele andere. Für den ersten Monat kam ich bei Werner und Hanni Hitzig unter. Egon Gast wohnte drei Häuser weiter. Die deutschen Emigranten hatten sich zum größten Teil in den billigeren Bezirken um den Santa Monica Canyon niedergelassen, hauptsächlich in Brentwood und Pacific Palisades. Trotz unserer begrenzten Mittel waren wir sehr häufig in unseren kleinen Häusern beieinander zu

Gast. Ich schloss mich der Anti-Nazi-League von Hollywood an und sprach an manchen Tagen mehr Deutsch als Englisch. Die meisten Mitemigranten waren mutlos und deprimiert – aus gutem Grund. Ihr Heimatland hatte sie verstoßen – oder sie hatten umgekehrt ihr Heimatland verstoßen –, und der ganze Ruhm, den sie dort gehabt hatten, zählte in ihrer neuen Heimat wenig. Sie arbeiteten jetzt, von einigen wenigen abgesehen, bei verschiedenen Studios auf aussichtslosen Posten, die man ihnen aus Mitleid gab. Die meisten sprachen schlecht oder überhaupt kein Englisch. Die Zukunft war düster und ihre Aussichten sanken. Ich dagegen war voller Erregung. Zunächst einmal gefielen mir der Sonnenschein und die Nähe des riesigen Ozeans. Außerdem war ich erleichtert, Britannien hinter mir gelassen zu haben. Im Unterschied zu den anderen war ich, bevor ich nach Los Angeles kam, nicht gerade in einer günstigen Lage gewesen. Außerdem hatte ich keine Sprachprobleme. Ich kam nicht aus einer prunkvollen Villa im Grunewald, um nun in einem kleinen Holzhaus irgendwo an einer steilen Straße in einem Vorort unterzukommen. Für mich war Pacific Palisades ein mehr als angenehmer Wechsel gegenüber der Privatpension Scotia, dem Haus meines Vaters oder meiner Wohnung in Islington. Britannien war für mich damals gleichbedeutend mit Arglist, gebrochenen Versprechungen, meiner zerstörten Ehe, durchkreuzten Ambitionen und ungerechter gerichtlicher Verfolgung. Ich war vollkommen glücklich, mich davon in Kalifornien erholen zu können. Regungen eines liberalen Gewissens veranlassten viele der Studios, den Emigranten Jobs anzubieten. Das bedeutete aber in der Regel kaum etwas anderes, als dass man ihnen ein bescheidenes Gehalt dafür zahlte, dass sie fernblieben. Egon Gast war bei Twentieth Century Fox unter Vertrag. Er war seit anderthalb Jahren in Los Angeles und wartete noch immer darauf, seinen ersten Film zu machen. Er verschaffte mir dort einen Job als Drehbuchautor für ein Gehalt von hundert Dollar die Woche. Damals war das wohl ein Lohn, von dem man gerade leben konnte. Ich hörte, dass manche Autoren 3500 Dollar pro Woche erhielten. Aldous Huxley erzählte mir einmal, er bekäme für eine Arbeit von zwei Monaten 15 000 Dollar. Die Studios waren rücksichtsvoll, aber nicht großzügig.

Als ich zum ersten Mal in mein Büro auf dem Gelände der Fox ging, stand auf der Tür »J. J. Todt«. In den übrigen vier Büros auf meinem Flur saßen nur Deutsche – Regisseure und Autoren. Ich hatte das Gefühl, in einem Ghetto oder in der Quarantänestation eines Krankenhauses zu sein. Dass sich zwischen uns ein enger Zusammenhalt entwickelte, war wohl nicht so erstaunlich. Wenn wir beim Mittagessen in der Kantine zusammenhockten, stöhnten und meckerten die anderen über die unfeinen Tätigkeiten, die man ihnen zumutete, über die erniedrigenden Bedingungen, unter denen sie arbeiten mussten. Sie hielten sich alle für hochkarätige Intellektuelle, und sie meinten, es sei unter ihrer Würde, in ständiger Unsicherheit zu leben. Männer – ich will keine Namen nennen –, die vulgäre musikalische Komödien und geistlose Historienschinken produziert hatten, wurden mit einem Mal zu kultivierten Intellektuellen und Künstlern, zu Oberrichtern des guten Geschmacks.

Ich beklagte mich nicht. Es ist unglaublich, aber wahr, dass ich in den Monaten, die ich bei der Fox war, Tausende von Dollars erhielt, ohne einen Finger zu rühren. Da ich nun ein Gehalt bezog, verließ ich die Hitzigs und mietete mir eine kleine Wohnung – 361½ Encanto Drive, eine Abzweigung vom Chatauqua Boulevard. Es war die obere Hälfte eines Hauses, die ein Illustrator namens Ernst Kupfer an mich vermietete. Er war ein sorgenvoller, ernster Mensch, nannte sich jetzt Ernest Cooper und hatte eine Dauerbeschäftigung als Animator bei Walt Disney. Er, seine Frau Utta und ihre vier Kinder bewohnten die untere Hälfte. Utta, klein und dunkelhaarig, war von stämmiger bäuerlicher Statur und hatte einen mächtigen Hängebusen. Sie machte sich unermüdlich im Hause zu schaffen und hielt ihre Kinder (drei Jungen und ein kleines Mädchen) mit Bestrafungen in Schach, zumeist brutale Schläge auf die Rückseite der Beine, genau wie sie Oonagh mir verabreichte.

Oben hatte ich ein Schlafzimmer, ein Bad, ein kleines Wohnzimmer, das von einer Pferdeleder-Couch beherrscht wurde, und daran angrenzend eine kleine Küche mit einem dreiflammigen Herd, einem elektrischen Kühlschrank und einem Spülbecken. Wenn ich die sechs Coopers unten lärmen hörte, bekam ich oft ein schlechtes Gewissen wegen des vielen Platzes, den ich hatte.

Vom Küchenfenster aus konnte man den Pazifik sehen, der immer grau war und niemals blau, selbst bei herrlichstem Sonnenschein nicht. Das Haus war aus Holz und stand auf einer Parzelle, die man aus einem struppigen Hang herausgehauen hatte, und von der mit Fliegendraht geschützten Eingangstür gelangte man über drei Treppenabsätze zur Straße hinunter. Ernest mähte von Zeit zu Zeit den steilen Rasen, aber nicht zu oft, denn sonst hätte sich das Grundstück ungebührlich von den Nachbargrundstücken abgehoben. Der Encanto Drive wirkte ärmlich und heruntergekommen. Und es gab dort eine Menge Kinder. Wenn ich abends von der Arbeit kam und mein Auto abstellte, kam ich mir angesichts der herumlungernden Jugendlichen, der Kleinkinder und der schreienden Gören auf ihren Fahrrädern wie ein einsamer Erwachsener auf einem Schulhof vor.

Bei der Fox lebte ich mich rasch und reibungslos ein. Auch mein Gehaltsscheck war auf J.J. Todt ausgestellt, aber das machte mir nichts aus. Es galt als ausgemacht, dass ich an meinem eigenen Projekt arbeitete, um es schließlich dem Hauptdramaturgen vorzulegen (nach dem ersten Tag habe ich diesen Mann nicht wiedergesehen). Die Wochen gingen angenehm dahin. Was tat ich? Ich lernte Tennisspielen, ich legte mir eine gesunde Bräune und einige Kilos zu. Mit Clancy und Elroy, den beiden größeren Jungen von Ernest (»Sie sind jetzt Amerikaner«, pflegte Ernest zu sagen. »Europa fini.«), ging ich im

Meer schwimmen. Ich war irgendwie gedankenlos und unbekümmert. Einer der Gründe dafür war, dass Europa genauso gut von der Landkarte hätte verschwinden können, ohne dass sich am Leben hier an der Pazifikküste irgendetwas geändert hätte. Bei Abendgesellschaften, beim Picknick am Strand und in Versammlungen der Anti-Nazi-League diskutierten wir heftig über die politischen Ereignisse in Europa, aber wenn wir diese Sitzungen verließen, waren wir wieder in einem sonnigen, blühenden Land, das an diesen Dingen desinteressiert und gleichgültig war. Rasch und unerbittlich wurden Hitler, Mussolini, Chamberlain, die Tschechoslowakei, der Anschluss, zu abstrakten Argumenten einer Debatte im luftleeren Raum. Diese fernen Ereignisse – jedenfalls schien es mir so – gingen mich einfach nichts mehr an.

Der zweite Grund war, dass ich nichts mehr wichtig oder dringlich fand. Das war neu und nicht so leicht zu erklären. Lethargie hat, wenn ich jetzt von mir sprechen darf, mehr mit dem Geist eines Ortes als mit der inneren Verfassung zu tun. Es gibt Orte, an denen ich einfach nicht arbeiten kann. Vielleicht hing es in Los Angeles damit zusammen, dass es keine richtigen Jahreszeiten gibt. Das Thermometer sank um ein paar Grad, man zog sich einen Pullover über, es war bedeckt und regnerisch – so könnte man in England einen durchschnittlichen Tag im Sommer beschreiben, aber nicht im *Winter*! Und die Bäume waren immer grün. Die gewohnten Anhaltspunkte für den Zeitablauf gingen verloren. Es gab keinen Frühling mehr, in dem die Säfte emporsteigen, die Tage wurden nicht mehr kürzer, die Nächte nicht mehr länger … Mein vierzigster Geburtstag rückte näher, die Hälfte meines Lebens war vorüber, und dennoch wirkte ich jünger als je zuvor. Die Pfunde, die ich zugelegt hatte, glätteten die harten Spuren der Reifung in meinem Gesicht. Ich versuchte, Energie aufzubringen, aber ohne großen Erfolg. Zum Trost sagte ich mir, dass meine Zeit noch kommen würde.

Aber vielleicht ist es ja auch so, dass jedes Leben wie ein

Feld seine brache Zeit braucht. In meinem Fall dauerte sie zwei Jahre und endete mit dem Einmarsch in Polen. Aber ich eile den Dingen voraus.

Fast unmittelbar nach meiner Ankunft in Los Angeles tat ich dreierlei. Ich schrieb an Thompson, und ich bemühte mich, Doon und Eddie Simmonette zu finden. Ich hatte England verlassen, ohne irgendjemand etwas zu sagen. Thompson war, wie er sich ausdrückte, »vernichtet«. In seinen Augen kam die ganze Angelegenheit dem schlimmsten Betrug und Verrat gleich. Er erwog schon, das Darlehen von sich aus zurückzuzahlen, kam aber am Ende zu dem Schluss, mich die Folgen meines Handelns selbst tragen zu lassen. Hier ein Auszug aus dem Brief, den er mir schrieb.

Als ich es mir nach dem ersten Schock überlegte, kam mir Dein Verhalten gar nicht mehr so überraschend vor. In unserer Familie hast Du immer alle anderen weit an Egoismus, Eigensinn und Verantwortungslosigkeit übertroffen. Diese unbekümmerte Einstellung gegenüber den ernsten Verpflichtungen mag in Deiner »Welt« als normal gelten, aber ich kann Dir versichern, dass sie im Bankwesen als ein Gräuel empfunden wird. Dass Du Deinen Verpflichtungen aus dem Darlehen der Bank nicht nachgekommen bist, betrachte ich als eine grobe persönliche Beleidigung und als einen kriminellen Akt. Den Kummer und die Peinlichkeit, die Du mir und auch Heather bereitet hast, kann ich Dir nicht verzeihen …

In diesem Stil ging es weiter. Ich sah ein, dass es für ihn ein schwerer Gesichtsverlust war, und das tat mir wirklich leid. Aber was hätte ich sonst tun können? Ich schrieb kurz zurück, entschuldigte mich nochmals und erklärte, ich würde monatlich hundert Dollar schicken – und mehr, falls es die Umstände zuließen –, bis meine Schulden abgetragen seien. Solange ich bei der Fox beschäftigt war, hielt ich Wort.

Ich war sehr überrascht und einigermaßen besorgt, dass es

von Doon nicht ein Lebenszeichen gab. Kaum jemand schien sich überhaupt an sie zu erinnern. »Ist sie nicht in den zwanziger Jahren nach Europa gegangen?« war noch das Beste, was ich herausbekam. Allmählich kam ich zu der Ansicht, dass sie noch in Frankreich sein musste. Willi Gast, der Bruder von Egon, kam nach Los Angeles und erzählte mir, in Sanary in Südfrankreich gebe es eine größere Zahl von Emigranten, unter denen er Mavrocordato erkannt habe. Dort glaubte ich Doon finden zu können, und ich wollte es. Eddie Simmonette war, wie ich herausfand, in New York und machte dort Filme in jiddischer Sprache. Ich schrieb ihm, und er bot mir – typisch für ihn – einen Job an, aber ich lehnte ab. Ich hatte mich inzwischen eingelebt, und es war mir zu anstrengend, in den Osten zu ziehen. Die kalifornische Lethargie steckte bereits in mir, ließ mein Blut träge werden, bremste mich. Außerdem konnte ich nicht Jiddisch – aber Eddie konnte es auch nicht, soweit ich wusste. Ich blieb, wo ich war.

Zusätzlich zu dem Gehalt der Fox verdiente ich mir einiges bei einem Mann namens Smee, Monroe Smee, den ich bei den Versammlungen der Anti-Nazi-League kennen lernte. Er hatte ein bemitleidenswertes Aussehen: eine fliehende Stirn, ein fliehendes Kinn und weit auseinanderstehende gelbe Pferdezähne. Er sagte, er hätte eine kleine Filmproduktion, und ich arbeitete für ihn als freier Drehbuchlektor für 25 Dollar pro Drehbuch. Als ich sieben gelesen hatte, bat ich ihn, von der Tätigkeit entbunden zu werden. Es waren unglaublich schlechte, ganz entsetzliche Drehbücher. Was ich erwartet hatte, waren ernste Arbeiten von offener Gesinnung, aber was er mir schickte, war der übelste Schund – geschwollene Reißer mit knarrenden Verschwörungstheorien und überladenen Romanzen in einem derart rührseligen Stil, dass einem übel werden musste, wenn ich mich recht erinnere. Smee hatte in diese Drehbücher große Hoffnungen gesetzt, und eigentlich widerstrebte es mir, sie so rücksichtslos zu verurteilen, wie sie es nach meiner Ansicht verdienten, aber ich tat es doch. Ich erinnerte ihn daran, dass er mich dafür bezahlte, dass ich ihm meine ehrliche fachliche Meinung sagte.

Einige Wochen lang sahen wir uns recht häufig. Es war nicht so, dass ich Smee nicht gemocht hätte, aber er war einfach nicht mein Typ. Er kannte nur einen Witz, den er ständig wiederholte. Wenn man zum Beispiel aus einem Café ging und fragte: »Kommen Sie?«, pflegte er zu erwidern: »Sagte die Schauspielerin zum Bischof.« Wenn man sagte: »Soll ich drin bleiben?«, tönte er: »Sagte der Bischof zu der Schauspielerin.« Dieser zwanghafte Witz machte mich beinahe verrückt. Es war erstaunlich, wie selbst die harmloseste Frage sich bei Smee in einen Bischof-und-Schauspielerin-Witz verwandeln konnte.

Eines Abends, nach einer Versammlung der League, gab ich ihm das letzte, siebente Drehbuch zurück und erklärte ihm, ich wolle diese Arbeit aufgeben. Ich entschuldigte mich.

»Ich kann einfach nicht mehr«, sagte ich.

»Sagte der Bischof zu der Schauspielerin.«

»Nein, ernsthaft, Monroe, ich weiß nicht, wo Sie diese Drehbuchautoren herhaben, aber ich würde sie fallen lassen. Sie sind unbrauchbar, schlimmer als unbrauchbar. Sie müssen doch bessere finden können. Fragen Sie den Erstbesten, den Sie draußen treffen … Es ist wirklich Scheiße! Und dieses *Promises, Promises* ist wohl das übelste Drehbuch, das ich jemals gelesen habe. Man sollte den Kerl einsperren. Wie heißt er?«

»*Promises, Promises?* Das war – äh, Edgar Douglas.«

»Er sollte sich mal sein Gehirn untersuchen lassen. Diese Geschichte war wirklich widerlich.«

Smee grinste. »Wie auch immer, ich bin Ihnen dankbar, John. Sie sind zumindest ehrlich.« Smee schwitzte leicht. »Aber jetzt, wo Sie aufhören, sollte ich auch ehrlich zu Ihnen sein. Ich bin Edgar Douglas. Ich habe *Promises, Promises* geschrieben. Ich habe sie alle geschrieben.«

»*Himmel noch mal! Monroe!* Warum haben Sie nicht …«

»Nein, nein. Seien Sie unbesorgt. Ich bin Ihnen dankbar.« Sein Grinsen wirkte jetzt richtig kläglich. »Ich hätte es sonst nicht erfahren. Ich kann mein eigenes Zeug nicht beurteilen. Ich brauchte eine ehrliche Meinung.«

»Herrje! Ich muss Ihnen Ihr Geld zurückgeben.«

»Quatsch, Sie haben es verdient.«

»Aber ich fühle mich dabei schlecht.«

»Sagte die Schauspielerin zum Bischof. Nein, ehrlich, John, ich musste es hören. Ich respektiere Ihre Ehrlichkeit. Ich bin also nicht dazu geschaffen, Drehbuchautor zu sein. Jetzt weiß ich es. Einmal Manager für Außenaufnahmen, immer Manager für Außenaufnahmen.«

»Monroe, ich …«

»Macht nichts!«

Wir schüttelten uns die Hände. »Ich bin Ihnen zu Dank verpflichtet«, sagte er. »Ganz ehrlich.«

Mir war die Sache unangenehm, und wenn wir uns bei Versammlungen der League trafen, entschuldigte ich mich immer wieder. Er sagte mir immer wieder, ich solle es vergessen, und schließlich vergaß ich es. Allerdings behielt ich das Geld, das er mir gezahlt hatte. Er hatte recht, ich hatte es wirklich verdient.

So ließ ich mich treiben, das ganze Jahr 1938 und auch noch einen Teil von 39. An meinem vierzigsten Geburtstag (ich wirkte zehn Jahre jünger) war ich bei einem englischen Regisseur namens Cyril Norman zum Tennisspielen und zum Mittagessen in Bel-Air eingeladen. Norman war ein nordenglischer Homosexueller, der seinen Sport ernst nahm, und er hatte für den ganzen Tag ein Turnier mit Einzel- und Doppelspielen vorgesehen. Ich sollte zur Eröffnung ein Doppel bestreiten: Ich und Clive Brook gegen Ronald Coleman und Richard Barthelmass. Da mein Schläger im Büro lag, fuhr ich dorthin, um ihn zu holen.

Ich parkte auf dem nächstgelegenen freien Abstellplatz und rannte die Treppen hinauf. Als ich zwei Minuten später zurück war, stand hinter mir ein großes Chrysler-Coupé, das mir teilweise die Ausfahrt versperrte. Der Fahrer, ein kleiner rotgesichtiger Mann mit hellgrauem Anzug und einem gelben seidenen Ziertaschentuch, stand daneben. Ich trug eine weiße Flanellhose, weißes Hemd und einen dunkelblauen Baumwollpullover. Ich hielt meinen Tennisschläger in der Hand. Es war Mittwoch, elf Uhr Vormittag.

»Verzeihung«, sagte ich. »Kommt nicht wieder vor.«

»Sie arbeiten hier?«, sagte der Mann.

»Ja.«

Er musterte mich von oben bis unten. »Vielleicht wollen Sie mich reinlegen. Was machen Sie?«

»Ich bin Drehbuchautor«, sagte ich. Sein Ton gefiel mir nicht.

»Ach ja! Dann können Sie vielleicht lesen.«

Ich schaute ihn an, dann schaute ich auf meine Uhr. »Hören Sie, ich würde gern bleiben und mit Ihnen plaudern, aber ich habe es eilig.«

Er zeigte auf ein Schild. »Was zum Teufel glauben Sie, steht auf diesem Schild: ›Bitte hier parken‹?«

Dort stand tatsächlich ein Schild: PRIVAT. RESERVIERT und ein Name, den ich aus dieser Entfernung nicht entziffern konnte.

»Wenn Sie ein bisschen vorfahren«, sagte ich geduldig, »können Sie gleich Ihren Abstellplatz wiederhaben. Ich hatte es eilig.«

»Es ist mir scheißegal, ob Sie es eilig haben. Sie haben hier überhaupt nicht zu stehen.«

Ich stieg in meinen Wagen.

»He da! Kommen Sie raus! Sind Sie Engländer?«

»Schotte.«

»Wie heißen Sie?«

»Todd.« Ich ließ den Motor an.

»Todd? Todd? …« Er überlegte. Dann weiteten sich seine Augen. »J. J. Todd! Sie sind der verdammte *deutsche* Autor. Was soll das heißen, Sie sind *Schotte*? Wir haben hier keine *schottischen* Autoren! Es gibt, verdammt noch mal, keine schottischen Flüchtlinge!«

»Fahren Sie lieber Ihren Wagen weg, Sie kleiner Arsch, oder ich ramme ihn.«

»Sie sind gefeuert, Sie Arschloch! Ich werde Sie wegen Betrug verklagen.«

»Dann verklagen Sie mich doch!« Ich überlegte, ob ich aussteigen und ihm mit dem Tennisschläger eine langen sollte. Aber dann setzte ich schnell zurück und trennte die vordere Stoßstange sauber von seinem neuen Wagen ab. Beim Wegfahren fuhr ich zusätzlich noch einmal drüber.

Tatsächlich wurde ich gefeuert. Schon am nächsten Tag. Ich weiß nicht, wer der Mann war, vermutlich irgendein wichtigtuerischer Vizepräsident, aber man munkelte, es sei Darryl Zanuck selbst gewesen. Ich bin sicher, dass er es nicht war, aber das Gerücht war jedenfalls im Umlauf und geriet sogar in die Klatschspalten. »Der glücklose Autor J. J. Todd säbelte letzte Woche auf dem Fox-Gelände D. F. Zanucks Stoßstange ab und wurde umgehend entlassen.« »Autor J. J. Todd ließ auf dem Fox-Gelände seinen Wagen am Randstein stehen und sprang ins Büro, um seinen Tennisschläger zu holen. Der Anfänger hatte jedoch auf dem Platz des Präsidenten geparkt und wurde mit einem As von Zanuck vom Platz gefegt! Nein, nein, J. J.!«

Wie die Leute nun mal sind, trug mir diese Geschichte sogar Einladungen zum Essen ein. Vielleicht war es ja auch ganz hübsch, sie auf einer Cocktailparty zum Besten zu geben, aber sie hatte auch zur Folge, dass es praktisch unmöglich wurde, einen anderen Job zu bekommen.

»Sie sind also der Kerl, den Zanuck gefeuert hat.«

»Nein«, pflegte ich darauf zu sagen, »der war ich nicht. Ich habe ihn nie gesehen.«

»Aber ich habe es doch gelesen. Habe ich es nicht gelesen? Was haben Sie um Gottes willen zu ihm gesagt?«

Meine Proteste blieben wirkungslos. Keines von den großen Studios wollte mich anstellen. Nicht nur das Missverständnis mit Zanuck haftete mir an, sondern ich wurde auch noch unwiderruflich mit den Emigranten in einen Topf geworfen; oft gratulierte man mir zu meinem ausgezeichneten Englisch. Aber es waren zu viele Europäer da, die sich um zu wenige Jobs bemühten. Allmählich wurde mir klar, wie hartnäckig sich erste Eindrücke behaupten. Von nun an war mein Selbstvertrauen erschüttert.

Zwei oder drei Monate lang war ich ohne Arbeit. Von den rund zweihundert Emigranten in Los Angeles hatten wohl dreißig oder vierzig eine feste Anstellung. Unter den anderen herrschte eine wilde Konkurrenz um die verfügbaren Jobs. Ich war jetzt denselben Risiken ausgesetzt wie sie.

Ich ergänzte meine Miete dadurch, dass ich Elroy Cooper in Mathe Nachhilfestunden gab. Elroy war ein begabter Junge, aber faul. Ich nahm ihn schwer ran, und ich merkte, dass es mir ziemlich Spaß machte. Auch die Mathematik machte mir Spaß; sie erinnerte mich an die alten Zeiten mit Hamish an der Minto Academy.

Aber bald war ich knapp bei Kasse, und schließlich akzeptierte ich den erstbesten Job, der mir angeboten wurde. Associated Motion Picture Releasing Corporation – das klang recht imposant. In Wahrheit war es eine der armseligen Filmgesellschaften, die zweitklassige Horrorfilme und – das war ihre Spezialität – Western produzierte. Der Mann, der mir den Job anbot, hieß Brodie McMaster. Er kam aus Illinois, aber er war sehr stolz auf seine schottische Abstammung. Endlich einmal wirkte sich der nationale Zusammenhalt zu meinen Gunsten aus.

Der einzige Haken war, dass die AMPR ihren Autoren nur 50 Dollar in der Woche zahlte. Infolgedessen waren die meisten sehr alt, sehr arm oder schwer drogenabhängig. In der Zeit, in der ich bei AMPR war, arbeiteten dort außer mir zwei Morphiumsüchtige, ein Kokainabhängiger und ein halbes Dutzend Säufer. Es gab einige AMPR-Filme, bei denen ich als Mitautor genannt wurde, aber welche es waren, weiß ich heute nicht mehr. Mein Leben ging also wieder weiter, aber meine Verhältnisse waren noch beschränkter als vorher. Ich hatte praktisch keine Ersparnisse mehr, und ich hatte die Rückzahlung des Darlehens von Thompsons Bank eingestellt. Abgesehen von meinem Gehalt kamen die Einkünfte aus meinen Filmen (*Jean-Jacques!* lief damals im französischsprachigen Afrika) und meinen Patenten nur tröpfelnd. Meine Schicksalskurve verlief weiterhin abwärts.

Dennoch war ich recht glücklich. Wenn ich heute an diese zwei Jahre vor dem Ausbruch des Zweiten Weltkrieges in Hollywood zurückdenke, erscheinen sie mir als die unbeschwertesten und sorglosesten meines Lebens. So ähnlich stelle ich mir ein Universitätsstudium vor: eine begrenzte Zeit der Unabhängigkeit mit wenigen Verpflichtungen und begrenzten Mitteln. Die Sonne schien, ich hatte Arbeit, ein bisschen Geld, Freunde, Geselligkeit, ein Dach über dem Kopf. Was wollte ich mehr? Sex. Sex war schon ein Problem, bis Monika Alt in der Stadt auftauchte. Es klingt vielleicht seltsam, aber seit Doon mich verlassen hatte, hatte ich praktisch wie ein Mönch gelebt. Nach dem Ende der *Bekenntnisse: Teil II* hatte ich in Paris meinen Kummer auf einer Sauftour ertränkt und dabei einen unbefriedigenden Besuch bei einer Prostituierten gemacht, und ich hatte eine grausame Vierzehntageaffäre mit der leitenden Maskenbildnerin während der Dreharbeiten zu *The Divorce* (die mit Drehschluss endete – es war ihre Entscheidung). Sonst gab es nichts, ich schwöre. Nachdem Doon gegangen war, fühlte ich mich sexuell ausgedörrt. Dann und wann kamen die alten Triebe wieder, bei Senga zum Beispiel, oder während einer heißen Woche in Drumlarish, es war wohl eine Art Brunftzeit. Ich fragte Mungo, was es in der Nähe gäbe, und er erzählte mir von einer alten Frau, die in einer verkommenen Schutzhütte an der Straße nach Glenfinnan lebte und mit der man sich für einen Becher Whiskey einigen konnte, aber das verlockte mich nicht. Seit Doons Verrat war ich psychisch verstört. Ich kehrte zu den tröstlichen und hundertprozentig verlässlichen Methoden der Jugendzeit zurück.

Doch Amerika hatte mich erneut stimuliert, und kurz nach meinem Einzug in 361 ½ Encanto Drive umwarb und eroberte ich die Leiterin einer Imbissstube am Pacific Coast Highway. Sie hieß Lorelei, Lorelei Madrazon. Ich glaube, ihr Vater war Türke, und Lorelei war eine Annäherung an ihren türkischen Namen. Sie war in den Vierzigern, geschieden und hatte drei kleine Kinder – Hall, Chauncy und Nora-Lee. Ihre Imbissstube »Lori's« war vom Encanto Drive in einem angenehmen Zehnminutenbummel zu erreichen. Ihr Ex-Mann, ein Filipino mit einem Gartenpflegebetrieb, hatte ihr die Imbissstube verschafft, und sie blieben gute Freunde. Ich habe ihn mehrmals getroffen. Jedenfalls war Lori eine handfeste, fleischige Frau mit drahtigen blonden Haaren – sie war ein Opfer der Dauerwelle – und einem hübschen Gesicht, das immer strahlend geschminkt war. Was mich anzog, war wohl eine Mischung der olivfarbenen Haut und des gesamten Teints, und die damit kontrastierende unglaubliche nordische Blondheit ihrer Haare. Wir hatten ein gut funktionierendes, unkompliziertes, ziemlich regelmäßiges Sexualleben, im Durchschnitt zweimal die Woche, gewöhnlich am frühen Abend, nachdem sie geschlossen hatte, und anschließend gingen wir essen oder sahen uns einen Film an.

Ich war froh, Monika wiederzusehen. Sie war 1934 von Berlin direkt nach Hollywood gegangen und hatte dort in zwei oder drei Thrillern, in welchen sie in der Art von Marlene Dietrich spielte, einen kurzen und bescheidenen Erfolg erlebt. Diese Reise hatte ihr obendrein einen amerikanischen Ehemann und die amerikanische Staatsangehörigkeit beschert. Ein Jahr lang hatte sie sich damit begnügt, Frau Geraldo Berasconi zu sein, aber dann kam die Scheidung und ein erneuter Versuch, auf die Leinwand zurückzukehren. Doch Monika war – so erstaunlich es auch war, wenn ich es mir überlegte – inzwischen in den Fünfzigern, und mit dem Strom der Emigranten war eine Fülle von sinnlichen ausländischen Vamps gekommen. Sie sah immer noch gut aus, das muss ich wirklich sagen – die Haare waren kürzer, sie war so dünn wie früher, aber sie sah gepflegter aus. Leider war ihr neuer Gemahl Harold Faithfull.

Faithfull war immer noch erfolgreiches Mittelmaß – sie haben nie einen durchschlagenden Erfolg, diese Typen, aber sie scheinen auch nie richtig zu scheitern. Er war in Hollywood bei Warners unter Vertrag, und seine Aufgabe war, wie die der meisten europäischen Regisseure dort, für den amerikanischen Bedarf eine kitschige Version des »guten alten Europa« zu servieren.

Ich traf Monika und Faithfull bei einem Kricketwettbewerb in Bel-Air (wiederum organisiert von dem unermüdlichen Cyril Norman, eine abscheuliche, alljährliche Gelegenheit für alle abgetakelten Stars und kleinen Chargenschauspieler und all die herumlungernden Salonlöwen, ihr angelerntes englisches Rollenfach zur Schau zu stellen). Faithfull ignorierte mich, außer, dass er die Bemerkung »Schwere Zeiten, Todd? Pech!« fallenließ und weiterging. Er war sehr dick, machte aber dennoch mit seiner gepflegten, erfolgreichen Ausstrahlung und seinem dichten grauen Haar, das er glatt nach hinten gebürstet trug, einen stattlichen Eindruck, der mich ärgerte. Jedes Mal, wenn ich ihn sah, verspürte ich einen sonderbaren kannibalistischen Drang, aus seinen dicken Hüften ein Schnitzel herauszuschneiden. Ich habe das Gefühl, dass Faithfull gut geschmeckt hätte – wie Schweinebraten, mit einer knusprigen Kruste, dazu Bratkartoffeln, Rosenkohl und Apfelmus. Er hatte einen phantastischen Schneider. In seinen makellos geschnittenen dunklen Anzügen wirkte er überhaupt nicht massig.

Monika wollte ihn nicht meinetwegen verlassen (sie sagte, sie hätte dafür gesorgt, dass seine Zähne in Ordnung kämen), und sie waren zusammen wirklich ein elegantes Paar. Doch gelegentlich kam sie vom Mulholland Drive herübergefahren und besuchte mich in meiner kleinen Wohnung. Ich hatte Monika immer gemocht, und wir kamen gut miteinander aus. Der Sex war nicht der einzige Grund für die Fortsetzung unserer

Beziehung. Sie war kein Snob. Faithfull hätte mich niemals besucht, weil ich ein 50-Dollar-die-Woche-Autor war. Monika besaß einen europäischen Egalitarismus, den die Briten nicht kennen. Schwere Zeiten? Pech. Jemand, der aus Berlin kam, hätte so etwas 1939 nicht gesagt.

Am nächsten Tag fuhr ich nach Tijuana zum amerikanischen Konsulat, um mein Aufenthaltsvisum zu erneuern. Ich musste eine Stunde warten, bis ich zum Konsul vorgelassen wurde, einem Mr. Lexter, ein ruhiger, älterer Mann, der, wie er mir später sagte, baptistischer Laienprediger war. Er hatte einen dichten Schopf widerspenstiger grauer Haare, die ihm immer wieder in die Stirn fielen und ihm ein ziemlich unangemessenes jungenhaftes Aussehen gaben. Er warf einen flüchtigen Blick auf mein Formular und auf mich und sagte, er werde es sofort bearbeiten lassen. Dann ließ er für einen Augenblick seine beamtenmäßige Zurückhaltung fallen und sagte: »Ich denke, Ihr Land handelt vornehm und nobel, Mr. Todd. Ich bete für ein Ende dieses Übels.« Erst jetzt – er reichte mir entgegenkommend eine amerikanische Zeitung – erfuhr ich, dass der Krieg erklärt worden war.

Ich verließ das Konsulat und ging um die Ecke in das Hotel Cuatro Naciones. Ich setzte mich in die Bar und las die Meldungen. Ich trank einige Glas Bier und überlegte mir, was ich jetzt tun sollte. Wie ich mich fühlte? Zunächst merkwürdig gespalten. Dann auf eine rührselige und tränenreiche Weise patriotisch. Dann verärgert und frustriert. Ich dachte an meine Jahre in Berlin und an all meine deutschen Freunde. Dann dachte ich an diese Scheißidioten mit ihren Uniformen und Fahnen. Die Meldung überraschte mich durchaus nicht. Unser Santa-Monica-Zweig der Anti-Nazi-League hatte seit Jahren Krieg in Europa vorausgesagt. Jetzt war er da, und aus abstrakten Argumenten waren plötzlich konkrete Tatsachen geworden. Ich weiß nicht warum, aber ich dachte zunächst an meinen Vater, an Hamish und Mungo, bevor ich an meine drei

Kinder dachte. Diese Umkehrung der Loyalitäten brachte mich aus der Fassung. Plötzlich hasste ich mich, weil ich Vincent, Emmeline und Annabelle so ohne weiteres Devize überlassen hatte. Ich nahm ein einsames Mittagessen ein, bestehend aus Chorizos, Ziegenkäse und einer Flasche süßen Weins, und während die besonderen Befürchtungen – Zerstörung meines Landes, Tod meiner Angehörigen – in allgemeiner Rührseligkeit untergingen, wurde ich immer bedrückter.

Ich dachte an 1914 zurück. Ich dachte an den Frontbogen, die Bombenwerfer, den Tag mit Teague. Es war einfach mein Schicksal, dass sich innerhalb meiner vier Lebensjahrzehnte zwei europäische Kriege abspielen sollten. Wie war es möglich, dass all das *nochmals* passierte? Und so bald danach? Dann – *um Gottes willen!* – Karl-Heinz! Was war mit Karl-Heinz? Dann empfand ich bitteres Mitleid mit mir selbst, allein in dieser lärmenden, widerlichen Grenzstadt. Was zum Teufel tat ich hier? Ich wurde wütend. Ich ging wieder zum Konsulat, aber es war geschlossen. Ich hatte einen bösen Streit mit einem gleichmütigen Hausmeister. Ich hinterließ eine Mitteilung für Lexter, in der ich ihn dringend bat, meinen Antrag so schnell wie möglich zu bearbeiten, da ich umgehend nach Britannien zurückzukehren wünsche.

Es war ein merkwürdiger Tag. Ich fuhr nach Rincon zurück und packte meine Koffer. Dann packte ich sie wieder aus. Am Abend ging ich hinüber zur Cerveceria Americana. Sie war voll von Deutschen mit bedrückten Gesichtern. Während ich auf der Terrasse saß und mit ihnen sprach, begriff ich plötzlich, dass wir theoretisch Feinde waren. Um mit dieser Absurdität fertigzuwerden, trank ich zu viel *tequila añeja* und wettete mit einem liebenswürdigen Mann namens Ramon Dusenberry um hundert Dollar, dass die USA vor Ende November Deutschland den Krieg erklären würden. Als ich um zwei Uhr morgens die Cerveceria verließ, wurde dort immer noch laut und missvergnügt diskutiert.

Ich gestehe, dass es mir sehr schwerfällt, die Ereignisse der folgenden Woche zu entwirren. Meine Tagebucheintragungen sind undatiert.

Mittwoch. Nach Tijuana. Lexter sagt, er will alles in seiner Macht Stehende tun, um die Dinge zu beschleunigen. Zurück nach Rincon. Abends in die Cerveceria. F. sagt, Hitler werde um Frieden bitten, wenn er erst Polen hat …

Freitag. Nach Tijuana. Lexter – nichts Neues. Telegramm Vater wegen Geld.

Telefon Lori, damit sie den Coopers und Monika Bescheid sagt – keine Antwort von AMPR …

Dienstag. Herr und Frau K. kehren nach L. A. zurück.

Samstag. Americana – Dusenberry.

Sonntag. Einpacken. Rechnung bezahlt – 330 Pesos …

Montag. Telegramm AMPR wegen Gehaltsvorschuss.

Lexter, nichts Neues. Kann Verzögerung nicht verstehen. Rückkehr Rincon. Neues Zimmer. Auspacken …

Mittwoch. Dusenberry wettet mit mir, dass Russland sich mit Deutschland gegen Britannien und Frankreich verbünden wird – 50 Dollar … [hier ist eine unerklärliche Lücke von einer Woche]

Mittwoch. Lexter sagt, mein Antrag auf Erneuerung des Visums sei abgelehnt worden.

Das war ein Schlag für mich. Ich war bald drei Wochen in Mexiko und trotz der noch nie vorgekommenen Verzögerung nicht einen Augenblick auf die Idee gekommen, dass man mir die Rückkehr in die Vereinigten Staaten verwehren könnte. Lexter war höflich, aber förmlich. Er wollte keine Erklärung darüber abgeben, warum mir die Einreise verweigert worden war. Seine Sympathie für mich, seine anständigen, proeuropäischen, liberalen Empfindungen verschwanden hinter beamtenmäßiger Zurückhaltung. Als Symbol meiner misslichen Lage wurde er naturgemäß zu meinem Feind. Plötzlich sah ich in seinem Haarwust eine widerwärtige Affektiertheit.

Ich gab ihm zu verstehen, dass ein Mann in seinem Alter doch eigentlich aufhören sollte, den Schuljungen zu spielen. Er rief einen Marinesoldaten herein, um mich hinauswerfen zu lassen. Ich entschuldigte mich, sagte, ich sei überreizt, mein Land befinde sich im Krieg, ich sei nicht mehr ich selbst. Wir setzten uns wieder. Es muss ein schlichter Irrtum sein, sagte er. Er würde weitere Nachforschungen anstellen. Er riet mir, was er jedem frustrierten Emigranten riet: geduldig zu sein und nochmals den Antrag zu stellen.

Ich folgte seinem Rat. Es hätte noch eine andere Möglichkeit gegeben: von einem mexikanischen Hafen aus ein Schiff nach England zu nehmen. Aber inzwischen war ich mit dem anderen ewigen Problem konfrontiert – Geld. Brodie McMasters chauvinistische Loyalität gegenüber einem schottischen Landsmann hatte ihre Grenzen. Er schickte mir einen Wochenlohn und damit die Kündigung. Ich war arbeitslos. Die Coopers schrieben, ohne die Miete könnten sie meine Wohnung nur bis Ende Oktober halten. Bald würde ich obdachlos sein. Ich verließ das Hotel und zog in eine der verschimmelten Hütten hinter dem Vera Cruz. Das kostete mich sechzehn Pesos am Tag, weniger als ein Doppelzimmer im Max. Nach einer Woche dort und weiteren finanziellen Überlegungen zog ich in ein Einzelzimmer im Haupthaus des Hotels, das eine unselige Ähnlichkeit mit meiner Zelle in Weilburg hatte, aber nur elf Pesos am Tag kostete. Eine eigentümliche Routine zog in mein Leben ein. Im Vera Cruz nahm ich ein bescheidenes Frühstück – *pan dulce* und Kaffee. Vormittags schrieb ich Briefe. Zu Mittag aß ich in einem billigen Restaurant (umgeben von misstrauischen Einheimischen, die nur Spanisch konnten; was hatte dieser *Gringo* mit seiner alten Zeitung hier zu suchen, der bei einer Flasche Garci-Crespo-Mineralwasser jeden Tag *refritos*, Eier und Reis aß?). Nach dem Mittagessen hielt ich eine lange Siesta. Abends aß ich ein paar fetttriefende *quesadillas* – Hackfleisch und Käse – an einer Bude, die auf dem Weg zur Americana lag. Dort versuchte ich, meistens mit Erfolg, mir mit weißem Tequila, den ich mit Bier hinunterspülte, einen gelinden Rausch anzutrinken. Ich wurde zum Stammgast. Stets gab es dort einige neue Emigranten, mit denen man reden konnte, aber ich glaube fast, dass man nach einigen Nächten meine Gesellschaft zu meiden suchte. Für mich gab es nur ein Thema, und darüber konnte ich mich endlos auslassen: die Verschwörung, mich an der Einreise in die USA zu hindern. Ich war zu einer Nervensäge geworden. Selbst Monroe Smee, den die Anti-Nazi-League mit ein bisschen Geld zu mir geschickt hatte, blieb nur vierundzwanzig Stunden.

Erst dreimal und schließlich – um Benzin zu sparen – nur einmal in der Woche fuhr ich nach Tijuana hinein. Ich ging aufs Konsulat, um mich nach dem Stand meines erneuten Antrags zu erkundigen und die Bücher umzutauschen, die ich aus der kleinen, schlecht bestückten Bücherei, die sie dort hatten, großzügigerweise entleihen durfte. Lexter war ein rücksichtsvoller, anständiger Mensch, und selbst er musste zugeben, dass diese Verzögerung über die normale bürokratische Unfähigkeit weit hinausging; erklären konnte er sich die Sache aber auch nicht. Anschließend ging ich aufs Postamt, um Briefe einzuwerfen und Post abzuholen, kaufte mir irgendeine englischsprachige Zeitung, die gerade da war, und fuhr nach Rincon zurück in meine trübselige Unterkunft im Vera Cruz.

Am Weihnachtstag des Jahres 1939 fuhr ich nach Tecate, stellte den Wagen in einem Gebüsch ab, überquerte die Grenze und marschierte einige Meilen bis nach Portrero, wo ich wieder zu Verstand kam und den Rückmarsch antrat. Meinetwegen waren so viele amtliche Nachforschungen in die Wege geleitet worden, und meine Personalien waren an so viele amtliche Stellen weitergeleitet worden, dass ich wohl der am besten dokumentierte Möchtegerneinwanderer war, den die USA je gesehen hatten. Wenn ich Glück hatte, würde man mich eine Woche da lassen, bevor man mich wieder nach Tijuana abschob, aber dann hätten sich alle meine Hoffnungen zerschlagen. Und Lexter würde es mir nie verzeihen. Er war meine einzige Hoffnung. Ich musste mich ganz einfach in Geduld üben.

Meine Bettelbriefe hielten mich am Leben, gerade knapp über der Armutsgrenze. Lori, die Coopers, Monika, die Hitzigs, die Gasts und die Anti-Nazi-League unterstützten mich in meinem Exil. All mein kalifornischer Glanz verblich. Ich wurde wieder dünn, meine Haare wurden selten geschnitten, und meine Kleider waren schmuddelig. Meine Freunde schrieben mir regelmäßig, schickten mir Essen, Zeitungen und Zeitschriften. Sogar mein Vater schrieb. Ich hatte ihn telegrafisch um fünfzig Pfund gebeten. Er würde sehen, was er tun könne, schrieb er – und dann kam nichts. Meine Briefe an Eddie Simmonette trugen den Vermerk »an Absender zurück«. Mir kam es verdächtig nach Eddies Handschrift vor, aber beschwören könnte ich es nicht.

Ich hatte das Gefühl, in Quarantäne zu sitzen. Ein Hund, bei dem man Tollwut vermutet. Ich war frei, aber ich war nicht frei. In Mexiko durfte ich machen, was ich wollte, solange es nicht das eine war, was ich ersehnte – ausreisen. Bei einer reizenden Hure in Tijuana holte ich mir etwas Unangenehmes, und es kostete mich zwanzig kostbare Yankee-Dollar, es in Ordnung zu bringen. Aus purer Scham ging ich zwei Wochen lang nicht zu Lexter. Mir war klar, dass seine blassen Baptistenaugen alles sehen würden.

Mein Tagebuch:
Rincon. 1. Februar 1940. Die Fiesta de El Rescante, zu Ehren unseres Erlösers. In der Kirche Unserer Lieben Frau des los Dolores zündete ich eine Kerze an. Es ist allzu angebracht. Die Batterie meines Wagens ist leer, und eine neue kann ich mir nicht leisten. Mein Besitz: ein unbeweglicher 1935er Mercury. Zwei Koffer mit abgetragenen Kleidern. Eine Kamera. 27 Dollar, 55 Cents.

Mich durchfährt der erschreckende Gedanke, dass es endlos so weitergehen könnte. Jahre können vergehen. Genug Geld, um in Rincon herumzuhängen, aber nicht genug, um zu entfliehen. Wenn doch nur Thompson helfen würde! Ich hasse diesen dicken scheinheiligen Mistkerl! Ich glaube, die Armutsfalle zu verstehen. Man hat ein bisschen Geld, ein bisschen Selbstachtung, ein bisschen Respekt vor der Autorität. Das hindert dich daran, zu krepieren, zu betteln oder zu stehlen. Und es hindert dich daran, jemals irgendetwas zu tun.

An diesem Abend ging ich zur Americana hinüber, um meine Kamera zu verkaufen, eine teure Leica, die ich mir 1932 in Berlin gekauft hatte (ich machte immer noch dann und wann Fotos, hauptsächlich Porträtaufnahmen von Leuten, mit denen ich arbeitete). Juan, der Wirt der Americana, hatte mir 200 Pesos dafür geboten.

Die Fiesta war mehr oder weniger vorüber. Über dem Ort lag eine melancholische warme Abenddämmerung. Auf der Plaza Zaragoza am Ende der Hauptstraße spielte eine Kapelle, und einige Leute tanzten. Gott sei Dank hatte man das Feuerwerk eingestellt. Ausnahmsweise war die Avenida Emilio Carraza einmal frei von Autos. Unter den mit Fahnen geschmückten Bäumen sammelten zwei erschöpfte Polizisten die Schilder *No Estacionarse* ein. Man konnte sich kaum vorstellen, dass ganz Europa sich im Krieg befand. Zum ersten Mal begriff ich, wie einfach es ist, neutral zu sein. Die Terrasse der Americana war überfüllt von Familien. Zwischen den Tischen hindurch begab ich mich in den dunklen Schankraum und fragte nach Juan.

»Mister Todd, endlich sind Sie da!«

Ich drehte mich um. Es war Dusenberry, der mich freundlich anlächelte. Ich hatte ihn wochenlang nicht gesehen. Ramon Dusenberry war halb Mexikaner, halb Amerikaner. Er lebte in San Diego, Kalifornien, hatte aber noch ein großes Haus außerhalb von Rincon, wo seine Mutter wohnte. Er war ein schlanker, feingliedriger Mann und trug einen gepflegten Spitzbart.

Er war in der Zeitungsbranche tätig und besaß eine Reihe von Lokalblättern auf beiden Seiten der Grenze. Er war braunhäutig und dunkelhaarig, sprach aber Englisch wie ein Amerikaner.

»Hallo«, sagte ich ohne Begeisterung. Die Fiesta hatte meine Stimmung gedrückt.

»Immer noch da?«

»Wegen meiner Sünden.«

»Sie schulden mir hundert Dollar. Die USA halten stur an ihrer Neutralität fest.«

Ich lachte, aber dann fühlte ich mich sterbenselend. In wenigen, leidenschaftlichen Worten schilderte ich ihm meine Lage. Mit einer seiner schlanken Hände trommelte er leicht auf die Marmoroberfläche der Theke. Es hätte die Hand einer eleganten Frau sein können – hellbraun, unbehaart, mit schimmernden Nägeln, sehr sauber.

»Tja, was sollen wir mit Ihnen machen, Mr. Todd?«

Ich seufzte. »Sagen Sie bloß nicht, das ist Ehrensache … Schauen Sie, ich bin bankrott. Pleite. Total abgebrannt. *No tener un centavo,* Kumpel.« Er ignorierte meine aggressive Bemerkung. Ich entschuldigte mich.

»Es ist wahr. Ich bin sogar dabei, Juan diese Kamera zu verscheuern.«

»Sie sind Fotograf?«

»Ja, natürlich. Ich bin Filmregisseur, verdammt noch mal!«

»Schon mal für Zeitungen gearbeitet?«

»Ich war Wochenschaukameramann im Weltkrieg.« Mit einem Mal fühlte ich mich alt. Ich murmelte: »Sie wissen – 14 bis 18.«

»Haben Sie ein Auto?«

»Ja, natürlich.«

Er lächelte. Er besaß eine etwas unheimliche, allzu raffinierte Schönheit. »Sie sind genau der Mann, den ich suche.«

So wurde ich Fotograf für die Ausgaben des *Clarion* von Tijuana, Tecate, Rumorosa und Mexicali. Im Laufe der Wochen, die ich dort tätig war, wurde ich Zeuge von einem Dutzend Hochzeiten, vier Fiestas, zwei Amtseinführungen von Bürgermeistern, mehreren Viehmärkten, einem Lagerhausbrand in Mexicali, der Verhaftung eines Vergewaltigers in dem Dorf La Hechicera, der Wahl der Miss Baja California 1940 und – mein Knüller – des Zusammenstoßes zwischen einem Güterzug und einem mit Orangen beladenen Lastwagen auf der Strecke zwischen Mexicali und Nueva Leon. Meine Aufnahme von dem Lastwagenfahrer, dessen Leiche auf einem Bett von verschütteten Orangen ruhte, erschien in ganz Mexiko und geriet sogar, wie man mir sagte, in einige amerikanische Zeitschriften. Ramon Dusenberry zahlte mir 25 Dollar die Woche plus Prämien. Ich blieb weiterhin im Vera Cruz, teils aus Anhänglichkeit (für den Heruntergekommenen hat das Heruntergekommene seinen eigenen Reiz), teils um Geld zu sparen. Ich gab die Absicht auf, nach Los Angeles zurückzufahren; irgendjemand oder irgendetwas versperrte mir diesen Weg allzu nachhaltig. Stattdessen beschloss ich, mir Geld zusammenzusparen und dann nach Tampico zu gehen, um dort auf einem Handelsschiff eine Überfahrt nach England zu buchen. Sollte sich das als unrealisierbar erweisen, würde ich weiterfahren nach Britisch-Honduras oder auf die Westindischen Inseln übersetzen, um von dort aus nach Hause zu fahren.

Es ist allerdings erstaunlich, wie sehr meine Angst durch die Tätigkeit gelindert wurde. Ich ließ den Mercury reparieren und fuhr im Grenzland herum, um alles zu fotografieren, was der eine oder andere meiner vier Redakteure für abbildenswert hielt. Ich fand einen merkwürdigen Gefallen an diesen Fahrten, die mich auf der schlecht gepflasterten, parallel zur Grenze verlaufenden Landstraße durch die staubige, dürre Landschaft führten. In Mexicali ließ ich mir schnell ein paar grobleinerne Anzüge zusammenschneiden, und ich entwickelte eine Vorliebe für Mescal. In Rincon wurde ich zu einer allseits bekannten Gestalt, und in Tijuana eröffnete ich in der Zweigstelle des Banco Nacional de Mexico ein Bankkonto, auf dem meine Ersparnisse stetig wuchsen. Man sagte mir, in den Grenzstädten sei es so etwas wie eine Prestigesache geworden, sich zur Hochzeit den Gringo-Fotografen kommen zu lassen. Kurz, ich begann mich einzuleben.

Es war Mitte April, als ich eines Abends die Avenida Emilio Carraza hinabfuhr und meinen Wagen vor dem Vera Cruz abstellte. Ich hatte gerade den Mann fotografiert, der in der Bezirkslotterie 5000 Pesos gewonnen hatte. Elisa, die Tochter des Hotelbesitzers, die als Rezeptionistin tätig war, händigte mir eine Nachricht aus.

»Komm um sieben Uhr in die Bar des Max. Monika.«

Ich rasierte mich, wechselte das Hemd und ging hin. Sie wartete in der Bar. Sie machte einen erhitzten Eindruck. Die ausklingende Hitze des Tages und die Deckenventilatoren des Max brachten es gemeinsam fertig, ihr sorgfältig gewelltes Haar durcheinanderzubringen. In den kleinen senkrechten Falten auf ihrer Oberlippe schimmerte der Schweiß. Während wir uns umarmten, ruhten meine Handflächen auf ihren feuchten, nackten Schultern.

»Mein Gott, was ist mit dir passiert?«

Ich betrachtete mich im Spiegel der Bar. »Nichts.«

»Du siehst nicht … Wir haben uns Sorgen um dich gemacht.«

Da ich mit meiner neuen Situation zufrieden war, hatte ich meinen Freunden nicht mehr geschrieben. Seit Wochen hatte keiner etwas von mir gehört.

Wir gingen in die Americana und tranken unter den bunten Lichtern in den Fresnobäumen ein kühles Bier. Ein Schimmer von Blau, Grün und Rot ruhte auf Monikas Haar. Eine Woge der Zärtlichkeit überflutete mich. Dass man mir Freundschaft oder gar Treue entgegenbringen könnte, war für mich etwas Unerwartetes. Solche Momente, solche Gesten entwaffneten mich. Ich nahm ihre Hand.

»Es ist lieb von dir, dass du gekommen bist, um dich nach mir zu erkundigen. Aber mir geht's gut. Doch, inzwischen geht's mir gut.«

»Eddie Simmonette ist aufgetaucht. Er möchte dich sprechen.«

»Eddie? Wo hat er gesteckt? Ich habe ihm mindestens ein Dutzend Briefe geschrieben.«

»Das weiß keiner. Aber er ist reich, er hat eine Filmfirma gekauft. Werner arbeitet schon für ihn.«

»Was will er?«

»Du sollst einen Film für ihn machen.«

»Ogottogott!«

Während des Essens im Max erläuterte ich Monika meine neuen Reisepläne. Die monatelangen vergeblichen Bemühungen um ein Visum ließen weitere Versuche sinnlos erscheinen, sagte ich. Irgendwie würde ich mich schon nach England durchschlagen.

»Was gibt's Neues vom Krieg?«, fragte ich. »Wir sind hier ein bisschen hinter dem neuesten Stand zurück.«

»Ach, ich weiß nicht ... Nicht viel. Irgendwas ist in Norwegen im Gange, glaube ich.« Sie ergriff meine Hand. »Du musst zurückkommen. Eddie hat Pläne.«

»Großartig. Aber wie?«

Sie lächelte.

»Ganz einfach«, sagte sie. »Wir heiraten.«

Ich heiratete Monika Alt am 23. April 1940 in den Amtsräumen des US-Konsuls in Tijuana. Mister Lexter nahm die Trauung vor. Mein Zeuge war Ramon Dusenberry. Die andere Zeugin war Fräulein Raffaella Placacos Diaz, Lexters Sekretärin. Zwei Stunden später überquerten wir die Grenze in die Vereinigten Staaten. Als Ehemann einer US-Bürgerin kam ich ohne Verzögerung durch.

Villa Luxe 26. Juni 1972

Aus irgendeinem Grund fällt mir heute ein Gespräch ein, das ich während des Nachhilfeunterrichts mit Elroy Cooper hatte.

Plötzlich fragte er:

»Kann Gott alles hören, was wir sagen?«

»Nein«, sagte ich, ohne zu überlegen.

»Warum?«

»Weil ich nicht glaube, dass es einen Gott gibt.«

»So? Woran glaubst du dann?«

Er war ein intelligenter Bursche, dieser Elroy, und er ließ nicht so leicht locker. Er erwartete eine Antwort von mir, und mir wurde klar, dass ich darüber noch nie sonderlich intensiv nachgedacht hatte. Mir fiel ein, was Hamish immer gesagt hatte: »Wer seine Arbeit nicht einem Vierzehnjährigen erklären kann, ist ein Scharlatan.«

Ich klopfte auf den Umschlag von Elroys Mathematikbuch. Wir befassten uns gerade mit Primfaktoren und der Zerlegung in Faktoren. Ich probierte es.

»Ich bin geneigt, an Folgendes zu glauben: an die Wissenschaft, an Mathematik und Physik. Ich glaube lieber, was *sie* uns über die Welt sagen.« Ich machte eine Pause. »Sie sagen, dass die Welt äußerst komplex sei, aber im Grunde, auf der untersten, elementaren Ebene, sei sie ein Reich von zufälligen Ereignissen, regiert von Zufall und Unbestimmtheit. Sie hat keinen Sinn, den wir logisch begreifen können. Sie kann nicht erklärt werden mit Ideen, die du und ich als vernünftig betrachten würden. Das ist es, was allem zugrunde liegt. Aber wir Menschen tun in unserem Alltagsleben so, als hätte sie doch einen Sinn, als hätte alles eine solide Grundlage, die wir eines Tages entdecken werden.«

Ich lächelte. »Wohlgemerkt, ich bin der Ansicht, dass wir in unserem tiefsten Herzen etwas glauben müssen, gleichgültig, was die Mathematiker und Physiker uns erzählen. Es gibt verschiedene Möglichkeiten, so zu tun, als hätte die Welt einen Sinn, und eine davon ist eben, an Gott zu glauben, oder an einen Gott, oder an Götter.«

Elroy war skeptisch. »Könnte Gott es denn nicht so gemacht haben, dass die Welt uns so erscheint? Verstehst du, um uns zu täuschen?«

»Es gibt so eine Theorie, aber sie ist nicht sehr überzeugend. Warum sollte man dann an Gott glauben? Die Menschen möchten gern glauben, dass es im Leben einen Sinn und im Universum eine verborgene Ordnung gibt. Es müsste ein ziemlich komischer Gott sein, der sich dadurch bemerkbar macht, dass er die Dinge so ordnet, dass es aussieht, als gäbe es keinen Sinn, und der das Universum zufallsbedingt und unvorhersagbar sein lässt.«

»Ich weiß nicht. Er kann doch machen, was er will.«

»Ein sehr berühmter Mathematiker hat gesagt: ›Gott ist vielleicht verschlagen, aber würfeln tut er nicht‹ – oder so ähnlich. Ich glaube nicht, dass es einen Gott geben kann, der die Würfel rollen lässt. Es wäre doch sinnlos. Ich bin der Meinung, dass diese Vorstellungen sich gegenseitig ausschließen, Würfel und Gott. Verstehst du, wenn …«

»Können wir mit diesen Primfaktoren weitermachen?«

Da ist noch etwas, was ich Ihnen zu erzählen vergaß. Als ich neulich in der Stadt war, bin ich in einen Buchladen gegangen. In der englischsprachigen Abteilung fand ich ein Buch mit dem Titel *The Movie Encyclopaedia.* Es enthielt einen Eintrag unter meinem Namen. Ich habe ihn abgeschrieben.

> TODD, JOHN JAMES. *Geb. 1899, gest. 1960? Englischer Regisseur der Stummfilmzeit (Julie, Jean-Jacques!), tauchte während des 2. Weltkriegs noch einmal kurz in Hollywood auf, wo er eine Reihe von belanglosen zweitklassigen Western drehte.*

The Kid

Zwischen 1940 und 1943 machte ich elf Western, die alle bis auf einen kürzer als eine Stunde waren. Zu den Titeln, an die ich mich noch erinnern kann, gehören *Gun Justice, Four Guns for Texas* und *Stampede!* Die Namen sagen wie gewöhnlich viel über ihre Qualität. Ich habe sie schnell, zügig und ganz ohne Leidenschaft gedreht. Genauso gut hätte ich Liegestühle machen können. Sie brauchten nur zu funktionieren.

Eddie Simmonette war Anfang 1940 mit einem erheblichen Geldbetrag in Hollywood angekommen. Ich habe nie erfahren, auf welche Weise er wieder so reich geworden ist – seine jiddischen Filme waren es bestimmt nicht. Ich glaube, es hatte etwas mit den kriegsbedingten Währungsbeschränkungen und mit ungemünztem Gold zu tun. Von Zeit zu Zeit reiste er nach Südamerika. Einmal fuhr er auf die Bahamas. Ich fragte ihn nach dem Grund.

»Um den Herzog von Windsor zu besuchen.«

»Oh ja, natürlich, Eddie.«

»Es ist wahr. Du brauchst mir nicht zu glauben.«

Ich lachte und sagte, natürlich glaubte ich ihm nicht. Wahrscheinlich hätte er es mir damals gesagt, wenn ich ihn ein bisschen bedrängt hätte. Aber ich dachte, er hielte mich zum Besten. Er kaufte eine kleine Firma auf, die Lone Star Films, und verdoppelte ihre Produktion. Wir machten billige Westernfilme und ein paar Reißer. Ich habe das Gefühl, dass Lone Star im Rahmen seiner Finanzmanipulationen eine Rolle spielte, aber welche genau, konnte ich nie herausbekommen.

Ich war froh, dass ich Arbeit hatte, und sei es auch auf einem so niedrigen Niveau. Außerdem war es angenehm, wieder ein bisschen Geld zu haben. Ich blieb in Pacific Palisades, ich mochte den Ozean. Ich kaufte ein größeres Haus direkt am Chatauqua Boulevard, und Monika und ich richteten es uns irgendwie gemütlich ein.

Sechs Monate später wurden wir gütlich geschieden. Als Liebespaar waren wir mittelmäßig, als Ehepaar jedoch kläglich. Wir hatten nur dann ein gelungenes Verhältnis, wenn es verboten war. Sobald wir verheiratet waren, verlor jeder das Interesse am anderen. Ich fing wieder an, mich zu Lori's hinüberzuschleichen, und Monika ließ sich mit einem jungen Mann ein. Bald war es offenkundig, dass wir uns trennen sollten.

Allerdings berichtete sie mir von einem Umstand, der die Vorgänge der letzten Zeit etwas aufhellte. Danach hatte sie im angetrunkenen Zustand einen Streit mit Faithfull gehabt und ihm dabei höhnisch unsere Affäre und ihre intimeren Details unter die Nase gerieben – die Größe des Todd'schen Organs im Vergleich zum Faithfull'schen Glied, den Einfallsreichtum bei den Stellungen, das Standvermögen und so weiter. Faithfull warf Monika hinaus und begab sich, Drohungen ausstoßend, zu meinem Haus, um mich zur Rede zu stellen und mir »eine Lektion zu erteilen«, aber er musste feststellen, dass ich nicht da war, sondern in Rincon auf die Erneuerung meines Aufenthaltsvisums wartete. Schnurstracks begab er sich zu einem alten Spezi auf dem britischen Konsulat und stiftete ihn an, die US-Einwanderungsbehörde vor mir zu warnen. Weitere Nachforschungen ihrerseits ergaben, dass ich in Schottland im Schuldnerverzeichnis stand. Das reichte aus, mich all die Monate in Rincon festzuhalten. Eine der Folgen davon war, dass mein patriotisches Gewissen beschwichtigt wurde. Wenn der diplomatische Dienst Großbritanniens sich dazu hergab, meiner Einstufung als unerwünschter Ausländer Vorschub zu leisten, dann konnte man von mir wohl kaum erwarten, dass ich heimeilte, um meinem Land zu dienen. Hollywood war sowieso voll von britischen Schauspielern, Regisseuren und Produzenten – Korda war da, Wilcox, Olivier, Spenser Bellamy, Norman und viele andere. Da fiel ich gar nicht auf. Ich ließ mich nicht mit der britischen Gemeinde ein, sondern hielt mich an die Emigranten, an meine Berliner Freunde. Inzwischen war klar, wer es in Hollywood zu etwas bringen und wer nur gerade durchkommen würde. Eddie hielt, das muss ich sagen, den Realismus-Jungs die Treue. Hitzig, Gast und ich waren mit den zweitklassigen Filmen der Lone Star ständig beschäftigt. Unsere Schicksalskurve verlief jetzt gleichförmig, zumindest sank sie nicht mehr, während die von anderen anstieg. Lang, Glucksman, Wilder, Strauss, Brecht – sie wurden gefeiert, sie waren die Erfolgsmenschen. Wir gönnten es ihnen. Ehrlich.

Ich hatte noch einen Grund, die Briten zu meiden. 1942 kam Leo Druce mit Courtney Young, um *A Close Run Thing* zu drehen, ein lahmes Heldenepos über den Herzog von Wellington und die Schlacht von Waterloo – kaum verhüllte britische Propaganda, die auf die amerikanischen Zuschauer zielte. Eines Sonntags spazierte ich in Malibu am Strand entlang und kam an einem Strandhaus vorbei, auf dessen vorspringendem Dach eine lärmende Gesellschaft tafelte. Ein eiskalter Schock durchzuckte mich, als ich in der Menge das Gesicht von Druce erkannte. Jemand lehnte sich über das Geländer und rief mir zu, ich solle doch hereinkommen. Ich sah, wie der Kopf von Druce herumfuhr, als mein Name fiel. Ich sorgte dafür, dass unsere Blicke sich nicht trafen. Für einen Augenblick verlockte mich der Gedanke an Versöhnung – immerhin waren wir fast zwanzig Jahre lang Freunde gewesen –, doch verflog meine nachsichtige Regung durch die Erinnerung an jenen Tag, an dem er mir so ernsthaft und uneigennützig geraten hatte, *Great Alfred* abzulehnen (es wurde, wie alle seine Filme, nur ein halber Erfolg). Ich wusste, ich würde ihm nie verzeihen können. Seine Gier und sein Ehrgeiz hatten mich um die *Bekenntnisse* gebracht und mich imgrunde aus meinem Land vertrieben. Ich winkte, rief eine Entschuldigung hinauf und ging weiter.

Etwa um diese Zeit kam noch jemand nach Los Angeles, und darüber war ich, so paradox es klingt, glücklicher. Alex Mavrocordato kreuzte, verarmt und arbeitslos, in der Emigrantengemeinde auf. Er sah nicht gut aus: Sein Gewicht schien jetzt eine Bürde für ihn zu sein. Er war immer noch ein großer Mann, aber die Aura des Großen Mannes hatte er verloren, wenn Sie wissen, was ich meine. Früher schien er einen ganzen Raum auszufüllen, so als ob seine Persönlichkeit eine Art Kraftfeld ausstrahlte. Davon war jetzt fast nichts mehr da. Unter Schwierigkeiten hatte er sich durch Vichy-Frankreich und Spanien nach Lissabon durchgeschlagen und dort lange auf ein Schiff warten müssen, und das schien ihn entmutigt zu haben, schien ihm seinen unverwüstlichen Optimismus geraubt zu haben. Er wohnte bei den Coopers, und kurz nach seiner Ankunft besuchte ich ihn dort. Wir gingen zu Lori's hinunter, und ich spendierte ihm ein 400-Gramm-Steak mit zwei Spiegeleiern, Pommes frites und grünem Salat.

Wir ließen uns in dem hell erleuchteten Lokal nieder. Junge Leute an den anderen Tischen lachten und schwatzten. Lori und ihre lächelnden Kellnerinnen patrouillierten durch den Gang. Die fröhlichen Lichter an der Mole von Malibu leuchteten matt in die Dunkelheit hinein. Mavrocordato kaute energisch an seinem Steak. Ich bestellte ihm noch ein Bier.

»Mein Gott«, sagte er bitter, »der Krieg ist die Hölle.« Ungläubig schaute er sich um. »Sie müssten Europa sehen.«

Ich verspürte ein leichtes Schuldgefühl. »Daran gewöhnt man sich«, sagte ich, ein wenig zerknirscht. »Es ist ganz einfach.«

»Immer zur rechten Zeit am rechten Ort«, sagte er. »Sie fallen wohl immer wieder auf die Beine, nicht wahr, Todd?«

»So würde ich es nicht sehen«, sagte ich und fügte in freundlichem Ton hinzu: »Sie wissen offenbar nicht, wovon Sie reden.«

»Nobody knows the troubles I've seen?« Er hatte doch tatsächlich Humor, dieser Mavrocordato.

»So ungefähr.«

»Ich muss mich wohl für das Essen bei Ihnen bedanken. Womit kann ich Ihnen helfen?«

»Wo ist Doon? Was ist aus ihr geworden?«

»Ich habe sie schon ...« – er überlegte – »mein Gott, acht, fast neun Jahre nicht gesehen. 1934, Paris.«

Ein ganz eigenartiges Gefühl durchzuckte mich, eine Mischung aus Sorge und Freude.

»Sie war doch mit Ihnen in Sanary.«

»Nur eine Woche, dann ging sie, sie fuhr nach Neuchâtel, um nach Ihnen zu suchen.«

»Aber wir waren doch abgefahren ...«

Ich war völlig verwirrt. Ich fühlte mich benommen, wie bei einer schweren Erkältung.

Mavrocordato hatte, wie er mir erzählte, Doon eine Woche lang in Paris besucht, im Januar 1934, nach unserem unglücklichen Zusammensein zu Weihnachten. Sie schien sehr bedrückt zu sein, sagte er. Sie war die meiste Zeit betrunken. Sie fuhren zusammen von Paris nach Sanary; er dachte, die Riviera würde ihr guttun. Aber sie haben sich nur gestritten. Sie sprach ständig davon, nach Amerika zu gehen. Sie fuhr nach Neuchâtel, um mich von ihrer Entscheidung zu unterrichten, sagte er. Damals hatte er sie das letzte Mal gesehen.

Wir gingen langsam wieder zum Haus der Coopers zurück. Ständig gingen mir die Neuigkeiten, die ich gehört hatte, durch den Kopf. »Dann muss sie doch ... herübergekommen sein?«

»Ja, das habe ich immer angenommen.«

»Ich dachte ...« Mit einem Mal war ich hilflosen Tränen nahe. »Ich dachte, sie sei mit Ihnen fortgegangen.«

»Ich habe sie darum gebeten«, sagte Mavrocordato, und seine frühere Heftigkeit brach wieder durch. »Ich habe sie sogar gebeten, mich wieder zu heiraten.« Er zuckte mit den Achseln. »Sie kennen Doon. Ich glaube immer, sie ist ein bisschen verrückt.« Er tippte sich an den Kopf.

Ich war noch in Gedanken. »Aber wenn sie herübergekommen ist, wo ist sie dann?«

»Wenn sie weiter so getrunken hat wie in Paris, muss sie tot sein – oder sehr krank.«

Wir blieben an der Treppe stehen, die zum Haus der Coopers hinaufführte. Mavrocordato teilte sich die Wohnung mit zwei anderen mittellosen Emigranten.

»Ich sollte versuchen, sie zu finden«, sagte ich gedankenverloren.

»Grüßen Sie sie von mir.«

Wir schüttelten uns die Hände.

»Hören Sie, Todd, falls Sie einen Assistenten bei Ihrem Film brauchen ... Lassen wir doch das Vergangene ruhen.«

»Natürlich«, sagte ich. »Ich denke daran.« Ich empfand gegenüber Mavrocordato nichts als eine ungeheure Dankbarkeit. Dieser Triumph bereitete mir keine Freude.

Ich ging nach Hause und trank eine halbe Flasche VAT 69, während ich an Doon und diese Neuigkeit dachte. Sie hatte mich nicht betrogen. Sie war einfach davongelaufen. Ich fühlte mich sonderbar: Eigentlich hätte ich jubeln müssen vor Freude, aber ich freute mich nicht. Warum gab es, wenn sie seit 1934 in Amerika gewesen war, kein Lebenszeichen von ihr? Nicht die geringste Spur? All ihre früheren Freunde aus Berlin waren in Hollywood – warum hatte sie sich nicht ein einziges Mal gemeldet?

Eddie meinte, ich sollte mich mit dem Amt für Vermisste in Verbindung setzen.

»Woher stammte sie?«, sagte er. »Du weißt, ihre ›Heimatstadt‹?«

»Gott, ich habe keine Ahnung!«

»Sehr hilfreich.«

Eddie hatte inzwischen geheiratet, eine kleine, schüchterne dunkelhaarige Frau namens Artemisia Parke. Mir fiel auf, dass ich ihn nach all den Jahren unserer Bekanntschaft jetzt zum ersten Mal mit einer Frau in Verbindung brachte. Man hatte irgendwie den Eindruck gehabt, ein Liebesleben oder ein Geschlechtsleben sei etwas, was nicht zu ihm passte, das nicht seinen Bedürfnissen entsprach. Er war wie einer dieser hermaphroditischen Würmer oder Amöben, die sich selbst versorgen können (und das ist nicht unfreundlich gemeint). Wie fast alle Aspekte seines damaligen Lebens schien Eddies Heirat ein Mittel zu irgendeinem geheimnisvollen Zweck zu sein. Das Rätsel um Doon kümmerte ihn offensichtlich nicht.

»Sie war ein seltsames Mädchen, das habe ich dir schon vor Jahren gesagt, Johnny. Vielleicht hat sie sich umgebracht.« Er schnalzte mit den Fingern. »Solche Typen zerbrechen sehr leicht.«

»Nicht Doon.«

»Du musst es wissen.«

Er seufzte. Er war auf dem Weg zum Golfplatz und trug eine Jacke, deren Rautenmuster in den Farben Zitronengelb, Ocker und Kastanienbraun gehalten war. Ich hatte von meinem Angriff auf den VAT 69 leichte Kopfschmerzen, und die Farben stachen mir schmerzlich in die Augen. Ich holte eine grüngetönte Sonnenbrille aus der Jackentasche und setzte sie auf. Wir saßen in seinem geräumigen Haus in Beverly Hills.

»Wie auch immer«, sagte er, »hau nicht ab. Ich habe ein neues Projekt für dich. Das größte bisher.«

»Ach ja? Was denn?«

»Einen Film über Billy the Kid. Aber pass auf, in Farbe!«

Ich fuhr nach San Diego hinunter, um Ramon Dusenberry zu sprechen.

Wir hatten uns, seit er mein Trauzeuge gewesen war, recht eng angefreundet und trafen uns gelegentlich, wenn er geschäftlich in Los Angeles zu tun hatte. Er war ein großer Bewunderer meiner Westernfilme. »Wenn du vom Film genug hast, kannst du jederzeit deinen alten Job wiederhaben«, pflegte er zu scherzen. Ich mochte Ramon, und nicht nur wegen seiner Begeisterung für meine Filme. Er war älter als ich, und ich hatte ihn ersatzweise zu meinem älteren Bruder ernannt, da Thompson diese Rolle aufgegeben hatte. Ich fragte ihn, wie ich Doon finden könne. Er sagte, er habe einen Freund bei der Polizei von San Diego, der mir vielleicht helfen könne.

Wir saßen in Ramons Jachtclub und blickten auf den Bootshafen hinaus. Es war ein klarer Tag, der Himmel war wolkenlos. Ein Flugboot – eine Catalina – flog in niedriger Höhe auf dem Weg zum Flottenstützpunkt vorbei. Drüben in Europa nahm die Rote Armee auf dem Vormarsch zum Dnjepr Charkow ein. Die Royal Air Force bombardierte Köln. Die US Air Force bombardierte St.-Nazaire.

»Was ist denn dein nächster Film?«, fragte Ramon.

»Was? Ach, Billy the Kid«, sagte ich.

»Mann! Dann musst du unbedingt Garfield Barry kennen lernen.«

»Tatsächlich?«

»Ja, der alte Garfield kannte ihn, verdammt noch mal.«

Nach dem Essen fuhr Ramon mit mir die Küste hinauf nach Cardiff-on-the-Sea, zu einem Altenheim namens Bella Vista, das beim öffentlichen Badestrand auf der anderen Seite der Küstenstraße lag. Es bestand aus einer Reihe von dürftigen Bungalows im englischen Stil, die durch überdachte Gehwege miteinander verbunden waren. Hier und da standen ein paar Palmen und uralte Pfefferbäume, unter denen man Holzbänke aufgestellt hatte. Wir fanden Garfield Barry draußen in einem Rollstuhl sitzend, etwas zu nah an einem Rasensprenger. Sein Hinterkopf und seine Schultern waren von dem Sprühregen ziemlich feucht. Wir schoben ihn außer Reichweite.

Barry war ein munterer alter Kauz, nur hatte ihn vor Kurzem ein Schlaganfall an den Rollstuhl gefesselt. Er hatte eine große Nase und helle, wässrige Augen, einen dünnen Flaum weißer Haare über einem unebenmäßigen Schädel. Eine von Ramons Zeitungen hatte vor einigen Monaten, an seinem fünfundachtzigsten Geburtstag, ein langes Interview mit ihm gebracht, mit der Überschrift »Der letzte Mann, der Billy the Kid kannte« (ich denke, das war durchaus zutreffend; es gab noch einige alte Damen, die sich an the Kid erinnerten, aber Barry war bestimmt der letzte Mann). Barry wurde 1857 geboren. Sein Vater hatte einen Saloon in Fort Sumner, New Mexico. Barry war dort vierzig Jahre lang Postmeister gewesen. 1880, als the Kid in Fort Sumner starb, war Barry zweiundzwanzig, ein Jahr älter als der Desperado. Es war sonderbar, mit dem alten Mann zu sprechen. Mir wurde bewusst, dass auch Billy the Kid noch am Leben sein könnte, wenn es anders gekommen wäre. Ich wurde irgendwie melancholisch. Hier saß ich mit meinen 44 Jahren, geboren neunzehn Jahre nachdem Pat Garrett the Kid getötet hatte, und sprach mit einem seiner Zeitgenossen. Unterdessen schien die Sonne auf San Diego, und die Rote Armee drang zum Dnjepr vor. Raum und Zeit, Gegenwart und Vergangenheit gerieten mir rettungslos durcheinander. Die objektiven und die subjektiven Welten, in denen ich mich befand, schienen um mich herumzuwirbeln. Ich zwang mich, meine Aufmerksamkeit dem alten Mann zuzuwenden.

»Wie war er?«, sagte ich, »Billy the Kid?«

»Also zunächst mal hieß er nicht Billy the Kid. Er hieß Henry McCarty, und ich würde sagen ...« Der alte Mann musste Atem schöpfen. Ein Windhauch fuhr durch seine dünnen Haare und durch die Zweige des Pfefferbaums über ihm. Plötzlich dachte ich an den alten Duric Lodokian auf seinem Berliner Sterbebett.

»... ich würde sagen, er war wohl der gemeinste, dümmste, hässlichste, verschlagenste Kerl, den ich je gesehen habe.«

Gestützt auf Barrys Erinnerungen, schrieb ich Eddies saumäßiges Drehbuch um. Der amerikanische Robin Hood flog heraus und wurde durch einen nicht mehr ganz so strahlenden Helden ersetzt. In meiner Version war Henry McCarty ein bösartiger Zwerg, der den reizenden William Bonney erschoss und seinen Namen stahl. Sheriff Pat Garrett, riesengroß (einsneunzig, Barry zufolge), wurde zu einem moralistischen, traurigen Racheengel. Bei der Story nahm ich mir viele Freiheiten, aber die Fakten stimmten. Es war der achtzehnte Billy the Kid-Film, aber der Erste, der ihn darstellte, wie er wirklich war.

»Er war auch kein Linkshänder«, erklärte Garfield Barry. Wir betrachteten das einzige erhaltene Foto von the Kid, das ihn stehend zeigt, ein Gewehr an der Seite. »Irgendein Dummkopf hat das Bild beim ersten Mal seitenverkehrt abgedruckt, und seitdem glauben alle, er war ein linkshändiger Schütze«, sagte Barry, kichernd und hustend.

Ich sah mir das Foto genau an. »Mensch, er hat ja Drei-Zoll-Absätze an seinen Stiefeln«, sagte ich.

»Hab Ihnen ja gesagt, er war ein kümmerlicher kleiner Mistkerl.«

Ich denke, das war einer meiner glänzendsten Einfälle in dem Film. Sonny Pyle, ein erstaunlicher junger Schauspieler, dessen tragischer Tod im Jahr 1944 für das Kino ein gewaltiger Verlust war, spielte the Kid und trug in dem ganzen Film kubanische Stiefel mit Vier-Zoll-Absätzen. Seine ganze Haltung und alle seine Bewegungen wurden dadurch eigentümlich verändert. Pyle hatte ein schmales Gesicht und einen starren Blick, und wir gaben ihm falsche Zähne, um das berühmte, an einen Eselshasen erinnernde Grinsen zu erzeugen. Viele haben sich später über sein Auftreten Gedanken gemacht und konnten doch nicht sagen, was daran so faszinierend war. Es waren ganz einfach die hohen Absätze. Bei mir hat Billy the Kid einen schwankenden Gang; er muss aufpassen, wenn er eine Treppe hinaufgeht; wenn er vom Pferd springt, tut er es mit ungewöhnlicher Vorsicht. Zum ersten Mal seit *The Divorce* arbeitete ich mit einer gewissen Begeisterung an einem Film.

Das war es, glaube ich, was Eddie ansprach. Ich konnte ihn leicht davon überzeugen, dass wir den Film in New Mexico drehen mussten. Das Budget stieg aufs Doppelte, dann aufs Dreifache an.

»Ja, Johnny«, sagte er geduldig. »Ich weiß. Der Schauplatz muss stimmen. Das alles habe ich schon mal gehört, erinnerst du dich?«

Gegen Ende des Jahres flog ich nach Albuquerque, um einen Drehort ausfindig zu machen. Wir ließen uns in Roswell nieder und fuhren in den Pecos Flats herum, auf der Suche nach kleinen Dörfern, die für Lincoln und Fort Sumner im 19. Jahrhundert gelten konnten. Es war auch das erste Mal, dass mich die Möglichkeiten des Farbfilms erregten. Ich war umgeben von roten und purpurnen Bergen, von den rosa und blauen Häusern aus Adobeziegeln, den Heuwiesen und den hügeligen Alfalfaweiden, den Canyonwänden, an denen hier und da Pinien- und Eichenbüsche wuchsen. Dies sollte der Hintergrund für mein Lehrstück sein, in dem Sheriff Pat Garrett der Held und the Kid der Schurke war.

Ich wollte den Film *Alias Billy the Kid* nennen, entschied mich aber am Ende für den Namen, mit dem die Cowboys ihre sechsschüssigen Revolver bezeichneten: *The Equaliser.*

Ich bin stolz auf *The Equaliser.* Er reicht nicht an die *Bekenntnisse: Teil 1* heran, aber er wurde schnell und mit einer Art zorniger Leidenschaft gedreht, und dadurch konnte ich einer ausgelaugten Gattung eine seltene Intensität einhauchen. Wir drehten im Frühling 1944. Padiko war das ehemalige Lincoln; Little Black war das einstige Fort Sumner. Auf den El-Capitan-Bergen lag noch Schnee, und ich nahm sie, wo es nur möglich war, bei den Außenaufnahmen als Hintergrund mit hinein. Wir drehten auch auf einer Obstfarm am Rio Ruidoso. Blühende Pfirsich-, Pflaumen-, Apfel- und Birnenkulturen erstreckten sich hektarweit. Ihre Blüten lagen wie ein flacher rosa und weißer Rauch über der Landschaft. (Sie werden sich an die Szene erinnern, in der Pat Garrett, gespielt von Nash McLure, sich durch die mit Rosa überzogene Pfirsichkultur an the Kid heranschleicht.) Ich setzte die Farbe wie ein Maler ein: Ich trug sie regelrecht auf. Es war mein erster Farbfilm, und wo es nur ging, steigerte ich die Intensität. Ich ließ die Adobehäuser in Padiko neu anstreichen. Das Papier der Zigaretten, die the Kid rauchte, war leuchtend gelb. In die Bäche, die durch die Canyons flossen, ließ ich blaue Farbe kippen. Und alles in der Landschaft stand in frühlingshafter Frische – die Eichendickichte, die Pappeln, die Grasbüschel und die Chicobüschel. Der ganze Film leuchtete.

Woher kam diese Eindringlichkeit, diese zornige Leidenschaft, von der ich gesprochen habe? Warum, so könnten Sie fragen, war sie nicht in *Gun Justice, Four Guns for Texas* und *Stampede!* vorhanden? Es lag daran, dass mir eine Woche vor Beginn der Dreharbeiten Leo Druce über den Weg lief – eine Begegnung, die als ein mächtiger Ansporn wirkte.

Wir trafen uns in der Abflughalle des Flughafens von Los Angeles. Ich hatte eine »Sky Chief« der Transcontinental and Western nach El Paso, von wo ich nach Albuquerque weiterfliegen wollte. Druce wollte nach New York. Unsere beiden Maschinen hatten Verspätung. Druce war in Begleitung einer eleganten Frau (seine Frau?) und zweier Männer. Ich war allein. Es war das erste Mal seit sechs Jahren, dass wir uns Auge in Auge gegenüberstanden. Er hatte nun graue Haare und war dicker geworden. Er sah betucht aus. Ich beschloss, ihn zu ignorieren, und vertiefte mich wieder in meine Zeitung, aber er kam herüber. Er rauchte eine Zigarre, und ich vermute, dass er getrunken hatte. Etwa zwei Meter vor mir blieb er stehen. Ich blickte auf.

»Hallo, Todd. Immer noch hier?«, sagte er.

Ich überging die Anzüglichkeit. »Du ja wohl auch.«

»Ja, aber ich bin auf dem Heimflug, nach England.«

»Bon voyage.« Ich wandte mich wieder meiner Zeitung zu. Sie war voller Spekulationen über eine zweite Front.

»Soll ich den Leuten zu Hause was ausrichten?«

»Du sollst nur abhauen, Druce«, sagte ich. Ich bin überzeugt, dass gerade meine Gleichgültigkeit ihn am meisten aus der Fassung brachte.

»Hast dich ja inzwischen ziemlich lange gedrückt.«

Ich stand auf und ging auf ihn zu. Er wich schnell einen Schritt zurück, dann fing er sich wieder.

»Hör mal, Druce«, sagte ich ruhig, aber voller Gehässigkeit.

»Ich habe es nicht nötig, mich vor dir oder vor irgendjemand zu rechtfertigen. Ich war drei Monate in dem verdammten Frontbogen und sechs Monate in Kriegsgefangenschaft, während du dich erholt und beim Quartiermeister Zahlen zusammengerechnet hast. Also geh bloß und lass mich in Ruhe.«

»Wenn du das nächste Mal im Ballon aufsteigst, solltest du aufpassen, dass der Wind in die richtige Richtung weht.«

»Wenn du dir das nächste Mal ins Bein schießt, solltest du die Pulverspuren auf deiner Hose herausschneiden.«

Ich schwöre, dass es mir bis zu diesem Augenblick nicht in den Sinn gekommen war, dass die Kugel, die durch sein Bein gegangen war, nicht eine deutsche Kugel gewesen sein könnte. Sein entsetzter Blick bestätigte mir, dass ich mit meiner höhnischen Bemerkung die Wahrheit getroffen hatte.

Er schlug mir ins Gesicht.

»Du verdammter Feigling!«

Es war, wie man mir sagte, ein ganz unmenschlicher Schrei, mit dem ich mich auf ihn stürzte. Sehr schnell wurde ich durch eine TWA-Bedienstete von ihm getrennt, aber bis es so weit war, droschen meine Fäuste in dieses selbstzufriedene, unehrliche, feige Gesicht. Eines seiner Augen schwoll zu, und seine Oberlippe sprang auf. Ein stummes, atavistisches Triumphgeheul erfüllte mich, als er stöhnend und vornübergebeugt von seinen Begleitern zu den Waschräumen geleitet wurde.

»Du Verrückter!«, rief er mir mit schwacher Stimme zu. »Das wirst du mir büßen!«

»Fällt dir nichts Originelleres ein!«, brüllte ich zurück. Mit Vergnügen teile ich mit, dass die ganze Abflughalle in Gelächter ausbrach.

Ich war in Albuquerque und Roswell, als die Geschichte in die Zeitungen geriet, und habe deshalb nichts davon gesehen. Ich glaube, es wurde mit einer gewissen plumpen Ironie dargestellt: die »Engländer« bekämpfen einander in L. A., während der wirkliche Feind in Übersee war. Jedenfalls reichte diese Geschichte zusammen mit dem Zanuck-Zwischenfall aus, mich als »Radaubruder« abzustempeln. Noch lange danach pflegten Leute, wenn sie mich begrüßten, in gespieltem Entsetzen vor mir zurückzuweichen, und wenn ich zu einer Party eingeladen war, kam es vor, dass die Gastgeberin mich auf drollige Weise anflehte, ich möge doch bitte die anderen Gäste verschonen. Glauben Sie niemals, was in den Zeitungen steht.

Eine Woche vor Abschluss der Dreharbeiten erhielt ich die Nachricht. Wir drehten gerade auf dem Marktplatz von Padilla eine Szene unter den schattenspendenden Bäumen, als der Bote vom Produktionsbüro in Roswell mit einem Telegramm kam:

DOON BOGAN LEBT IN MONTEZUMA ARIZONA STOP BEI WINSLOW STOP VIEL GLÜCK RAMON

Als die Dreharbeiten beendet waren, mietete ich mir einen Wagen und fuhr hinauf nach Albuquerque und von dort aus durch die Berge nach Arizona. Ich war volle zwei Tage unterwegs, doch ist die großartige Landschaft, durch die ich fuhr, aus meinem Gedächtnis entschwunden. Auch an meine Stimmung kann ich mich nicht erinnern: Ich war wohl stimmungslos. Nach so langer Zeit wollte ich mich nicht mehr von Pessimismus oder Optimismus einnehmen lassen. Was ich vorfinden würde, würde ich eben vorfinden.

Vor Winslow bog ich von der Fernstraße ab und gelangte nach Montezuma, einer Kleinstadt am Rande der Navajo-Reservation. Ringsum war die weite Mesa von fernen Bergen umgeben. Es war heiß und trocken. Ich fuhr die Hauptstraße entlang. Es gab eine Tankstelle, ein Gebrauchtwagengelände, einen Piggly-Wiggly-Supermarkt und ein Textil-Discountgeschäft. Ich parkte vor einer Leichenhalle und schlenderte den riesigen Bürgersteig hinunter bis zu einem kleinen Straßenmarkt. Die Marktstände – Obst und Gemüse – waren hauptsächlich von Navajo-Indianern besetzt. Für jemanden, der sich verstecken wollte, schien Montezuma genau das Richtige zu sein. Ich fragte einen Burschen, der wertlosen Schmuck und bunte Webteppiche feilbot, ob er wüsste, wo Doon Bogan wohnt.

»Miss Bogan? Klar. Fahren Sie zurück zur Tankstelle und dann rechts ab. Nach zwei Meilen kommen Sie an ein altes Ranchhaus – ›The Colony‹. Gar nicht zu verfehlen.«

Ich folgte seinen Angaben. Die Straße führte durch ein staubiges Gestrüpp von Beifuß- und Manzanitabüschen. »The Colony« gab sich durch ein neu gemaltes Schild zu erkennen. Es war ein flaches, hölzernes Ranchhaus mit rostigen Drahtgittern vor den Fenstern und einem baufälligen Hof. Drei Autos waren draußen abgestellt. Zwei hatten kalifornische Kennzeichen. Mein Mund war vollkommen trocken. Meine Bewegungen waren langsam und wohlüberlegt, so als hätte ich eine schwere Krankheit hinter mir.

Ich klopfte an die Tür und erhielt keine Antwort. Ich ging um das Haus herum. In einer Küche stand ein schmächtiger, kahlköpfiger Mann in Shorts und ohne Hemd und spülte in einer Blechschüssel Geschirr.

»Ich möchte zu Miss Bogan«, sagte ich.

»Hallo! Sie sind sicher Wally Garalaga. Sehr erfreut, Wally. Ich bin Morris Drexel.«

Er trocknete sich die Hände an einem Handtuch ab und streckte mir seine Rechte zum Gruß entgegen. Ich ergriff sie.

»Wir hatten uns schon gedacht, dass Sie es nicht so schnell finden würden«, sagte Drexel. Er hatte einen schmalen Brustkorb, der um die Brustwarzen herum mit grauen Haaren bewachsen war.

»Mein Name ist Todd. Ich werde nicht erwartet. Ich bin ein alter Freund von Doon.«

»Oh, Verzeihung. Wir erwarteten einen Mister Garalaga.« Er ging mit mir zur Tür und zeigte hinaus. »Sehen Sie den Arroyo, das Trockental dort. Gehen Sie einfach ein Stück hinunter. Dort ist Doon.«

Ich marschierte los. Du lieber Himmel. Hatte Doon sich etwa mit Morris Drexel hier niedergelassen? Ich konnte es mir nicht denken. Während ich in dem sandigen Bett des Trockenlaufs entlangstapfte, erging ich mich weiter in dieser Vorstellung. Ich begann zu schwitzen. Die Hitze schien sich in dem tiefen Einschnitt zu sammeln. Ich band meine Krawatte auf. Mein Sakko hatte ich im Auto gelassen.

Dann sah ich Doon und blieb stehen. Sie stand mit dem Rücken zu mir vor einer Staffelei. Sie trug ein Jeanshemd über einer weißen Segeltuchhose. Sie hatte einen breitrandigen Strohhut auf. Ich fühlte mich schwach, mein Mund war immer noch so trocken wie das Bett des Arroyo.

»Doon«, sagte ich und trat ein paar Schritte näher.

Sie drehte sich um. Sie trug eine dunkle Sonnenbrille.

»Morris?«

»Nein, *ich* bin's, verdammt noch mal!«

Sie nahm die Sonnenbrille ab und setzte eine Brille auf.

»Du lieber Himmel!«, sagte sie. »Wenn das nicht John James Todd ist!«

Ich saß in dem großen Wohnzimmer der »Colony« und bemühte mich, die widerstreitenden Regungen eines tiefen Entsetzens und einer wachsenden Verstörung zu beherrschen. An den Wänden des schlichten, wohnlichen Raums hingen abstrakte Gemälde, die vielleicht gerade noch als Landschaften gelten konnten. Arbeiten von Doon. In meinen Augen waren sie vollkommen wertlos. Doon war in der Küche, um einen Krug eisgekühlten Tee zu bereiten. Sie kam wieder herein.

»Tut mir leid«, sagte sie. »Rita hat kein Eis aus der Stadt geholt. Nimmst du auch Tee, der nur einigermaßen kühl ist?«

»Klar, wunderbar. Hast du keinen Kühlschrank?«

»Wir haben keinen Strom.«

Ich rang mir ein Lächeln ab, denn ich konnte die Wandlung nicht fassen, die sich bei ihr vollzogen hatte. Doon war dünner geworden und tiefbraun. Ihre Haare waren lang, glanzlos, dunkelbraun, mit grauen Strähnen. Ich hatte mich so an ihren blonden Bubikopf gewöhnt, dass ich das Gefühl hatte, jetzt mit ihrer älteren Schwester oder ihrer Tante zu sprechen. Sie setzte sich die Brille auf, suchte nach ihren Zigaretten, fand sie und steckte sich eine an. Ihre Stimme war tiefer geworden, rau, vom Rauchen. »Möchtest du eine?«

»Nein, danke. Ich versuche aufzuhören.«

»Mach keine Witze, Jamie ... Also was war nach Mexiko?«

Ich beendete die kurze Schilderung der letzten Jahre, wobei ich die Ehe mit Monika ausließ. Doon hatte mir bereits ihre Geschichte erzählt. Sie hatte Sanary verlassen und war nach Neuchâtel gefahren, um mich von ihrem Entschluss zu unterrichten, nach Amerika zurückzugehen. Sie hatte keine Spur von uns gefunden, sondern nur erfahren, dass die Dreharbeiten zusammengebrochen waren. Sie ging zurück nach Amerika, nach Hollywood. Nachdem sie einen Monat dort war, stellte sie fest, dass sie einsam, elend und vergessen war. Diesen Zustand hasste sie und deshalb »trat sie zurück«, wie sie sich ausdrückte. Sie kaufte dieses Ranchhaus und verlegte sich auf die Malerei. Als das Geld allmählich knapp wurde, machte sie daraus ein Künstlerheim. Finanziell käme sie ziemlich gut zurecht, sagte sie.

»Aber warum«, hatte ich daraufhin behutsam gefragt, »warum in Gottes Namen hast du dich nicht mit mir in Verbindung gesetzt?«

»Ich habe es versucht. Ich habe versucht, dich in Berlin anzurufen, aber es war ein Polizist am Apparat. Ich bin nach Neuchâtel gefahren, aber ihr wart alle fort. Es war vorbei, Jamie, und du weißt es.«

Ich hatte dazu nichts gesagt.

»Ich bin glücklich jetzt«, sagte sie. »Wirklich, ich war nicht glücklich in Paris.«

Daraufhin hatte ich ihr erzählt, wie es mir ergangen war. Ich war niedergeschlagen und plötzlich ungeheuer müde. Ich hätte wochenlang schlafen können.

»Du machst also Western? Für Eddie Simmonette? Ist das nicht ein bisschen erniedrigend?«

»Finanziell komme ich ziemlich gut zurecht.«

»Siehst du, wir streiten uns schon … Verzeihung«, sagte sie, »trink noch ein bisschen Tee.«

Sie stand auf, um den Krug zu holen. Ich ging ihr nach.

»Doon, ich habe Alex Mavrocordato gesehen …«

»Alex? Wie geht's ihm?«

»*Hör auf!* Hör auf, so verdammt nüchtern zu sein!«

Morris Drexel schaute ins Zimmer. Ich beruhigte mich.

»Verstehst du denn nicht? Ich dachte, du wärest mit *ihm* fortgegangen. Ich dachte, du hättest dich für ihn entschieden, gegen mich … Deshalb habe ich nie versucht, mit dir Kontakt aufzunehmen. Ich habe versucht, darüber hinwegzukommen, verstehst du? Ich habe versucht, dich zu vergessen.«

»Ja, natürlich. Es blieb dir nichts übrig.«

»Aber dann hat er mir erzählt, wie es wirklich war.« Ich blickte aus dem Fenster und sah zwei Damen vorbeigehen, die Bilder unter dem Arm trugen. Zwei »Künstlerinnen« wie Morris, zahlende Gäste.

Ich schloss die Augen. Mein Kopf war erfüllt von einem hohen, wehmütig klagenden Winseln. Ich war zu lange gefahren. Die ungeheuren, unnötigen Frustrationen der Jahre ohne Doon waren fast unerträglich. Nur meine Verärgerung über ihre Gelassenheit hielt mich vom Weinen ab. Außerdem war ich von der wochenlangen Dreharbeit erschöpft. Was hatte ich hier zu finden gehofft? Die Doon, die ich in den zwanziger Jahren in Berlin gekannt hatte? In ihrem grünen Kleid, mit ihrem kurzen blonden Pony? Ermattet, begann ich mich selbst zu beschimpfen: Narr, Idiot, hoffnungsloser Schwärmer … Ich schlug die Augen auf. Doon hatte sich gesetzt und betrachtete mich. Ein Bein baumelte über der Lehne des Sessels, in dem sie saß. Sie hatte noch immer diese leichte Anmut einer Tänzerin, die ich immer in Gedanken mit ihr verband. Vielleicht würden wir mit der Zeit die alten intimen Beziehungen wiederherstellen können ... Aber es stand zu viel Vergangenheit zwischen uns. Meine Doon war eine blonde, samthäutige, provozierende Schönheit, die voller schwärmerischer Verrücktheiten steckte. Diese dünne, braungebrannte Zynikerin mit einer tiefen Stimme war jemand ganz anderer.

»Du hast dich überhaupt nicht verändert, Jamie«, sagte sie, so als hätte sie meine Gedanken gelesen. »Vielleicht bist du nicht mehr so schlank. Ein paar graue Haare. Du siehst ein bisschen müde aus.« Sie lächelte. »Warum bist du gekommen?«

»Du hast mir gefehlt«, sagte ich hoffnungslos. »Nichts war mehr so wie früher. Ich wollte dich sehen. Ich kann dir nicht sagen ...«

»Hoffentlich warst du nicht allzu schockiert.« Sie stand auf und ging zur Tür. Offensichtlich wollte sie das Gespräch nicht mehr fortsetzen. »Bleibst du zum Essen?«

»Ja«, sagte ich. Ich konnte nicht einfach so gehen. »Bitte.«

Also blieb ich, plauderte zwanglos mit dem langweiligen Morris und mit Rita und Elaine, den beiden munteren Lesbierinnen, und versuchte, nicht an Doon und die Vergangenheit zu denken.

Als ich mich am Nachmittag verabschiedete, nahm sie die Brille ab, damit ich sie auf die Wange küssen konnte. Ich blickte in ihre kurzsichtigen Augen und versuchte, jenen zwanzig Jahre zurückliegenden Tag im Hotel Metropol in Berlin heraufzubeschwören.

»Kränk dich doch nicht weiter«, sagte sie sanft. »Ich weiß noch, wie du mir mal gesagt hast ›Geh deinen eigenen Weg‹. Ich bin glücklich, ich sagte es dir. Du solltest auch glücklich sein. Komm uns bald wieder besuchen.«

In tiefster Verzweiflung fuhr ich los. Ich war überzeugt, dass wir uns nie wieder sehen würden. Ich irrte mich.

Ich konnte meine Depression nicht abschütteln. Ich konnte sie in Millibar messen. Kennen Sie diese Stimmungen? Ich bin sicher, Sie kennen sie. Ich sah mein Leben als eine Ansammlung von vertanen Chancen, von unbedachten Entscheidungen, von blinder, verrückter Leidenschaftlichkeit und, natürlich, von ungünstigen Umständen und Pech. Ich empfand es als die schrecklichste Tragödie, dass ausgerechnet Doon und ich uns schließlich beinahe fremd geworden waren. Im Rückblick erschien mir das letzte Jahrzehnt als eine unfruchtbare Einöde, verdüstert von Wolken der Enttäuschung, des Verrats, der Flucht und Verfolgung. Vielleicht, dachte ich, war mein Leben ja bloß ein Gefäß für den Zeitgeist dieses niederträchtigen, ehrlosen Jahrzehnts … Aber inzwischen hatten wir seit vier Jahren die 40er Jahre – und *ich* war seit vier Jahren in den Vierzigern. Ich war so alt wie das Jahrhundert und doch völlig aus seinem Takt gefallen. Die Welt befand sich im Krieg – und was tat ich: Ich untergrub den Mythos von Billy the Kid und machte einen aussichtslosen und vergeblichen Besuch bei meiner alten Liebe. Ich war steckengeblieben in der Stimmung jener Zeit, als ich noch in den Dreißigern war: Scheitern und Ernüchterung. Es musste sich etwas ändern.

Bei meiner Rückkehr aus Montezuma fand ich zwei verblüffende Briefe vor, die beide vor vierzehn Tagen angekommen waren. Der eine war von Hamish. Er teilte lediglich mit, er sei seit Kurzem in den Staaten und arbeite für eine US-Regierungsstelle namens National Research Institute in Zion, New Jersey, nicht weit von Princeton. Er schrieb, er hoffe, dass wir uns bald einmal sehen könnten, und fuhr dann fort:

Ich kann Dir nicht sagen, wie es mich bedrückt hat, Dich in einer so abscheulichen Weise verleumdet zu sehen. Ich schrieb mehrere Briefe zu Deiner Verteidigung, aber keiner wurde abgedruckt. Ich vermute, Du bist zum Sündenbock für prominentere Beschwichtiger geworden.

Was für eine Verleumdung? Von was für einer Beschwichtigung sprach er? Der zweite Brief war von meinem Vater und noch rätselhafter.

Mein lieber John,
es drängt mich, Dir zu schreiben, weil ich weiß, wie schmerzlich Dich diese skandalösen Behauptungen treffen müssen. Der ausgezeichnete Brief zu Deiner Verteidigung von einem Mr. Julian Teague, der am Mittwoch in der *Times* erschien, kam, fürchte ich, ein wenig zu spät, um den entstandenen Schaden rückgängig zu machen oder die Wucht der Angriffe aufzufangen.
Ich wollte nur, dass Du weißt, dass Deine Familie (und das schließt Thompson ein) Dir in dieser schweren und unangenehmen Zeit beisteht.
Für einen alten Mann bin ich erstaunlich fit. Bitte übermittle Deiner neuen Frau Monika meine Empfehlungen, und ich hoffe, dass wir uns alle recht bald unter glücklicheren Umständen wiedersehen.

Dein Dich immer liebender
Papa.

Es war dieses »Papa«, was mich aufrüttelte. Noch nie hatte er in so herzlicher Form einen Brief unterzeichnet. Aber was war los? Offenbar war in der britischen Presse irgendeine üble Verleumdung über mich verbreitet worden. Umgehend bat ich meinen Vater und Hamish um nähere Informationen.

Ich brauchte nicht lange zu warten. Ich befand mich in den Schneideräumen der Lone Star und arbeitete an *The Equaliser*, als mich ein Reporter der *L. A. Times* anrief. Er würde gern mit mir sprechen, sagte er. Ich nahm an, es ginge um den neuen Film.

Ich verabredete mich mit ihm in einer Bar an der Ecke. Es war ein sonniger, frischer Morgen, und im Lokal war es ruhig. Aus dem Radio ertönte sanfte Rumbamusik. Ich bestellte einen Four Roses mit Eis und Ginger Ale in einem hohen Glas. Ich knabberte einige Brezeln aus der Schüssel auf der Theke. Der Journalist kam und stellte sich als Karl Schumway vor. Er blätterte eine Reihe von Zeitungsausschnitten auf die Theke.

»Was sagen Sie dazu?«, fragte er.

Lassen Sie mich kurz die Geschichte dieser besonders niederträchtigen Rufmordkampagne zusammenfassen. Begonnen hatte es in einer wenig gelesenen britischen Filmzeitschrift namens *Cinema Monthly,* in einem Artikel mit dem Titel »Spaß in der Sonne: Unsere abwesende Branche«. Der Titel erweckte den Eindruck, als werde Kritik an der großen Zahl britischer Schauspieler, Produzenten, Autoren und Regisseure geübt, die sich in Hollywood ein schönes Leben machten, während zu Hause Krieg geführt wurde. Tatsächlich waren mehr als drei Viertel des Artikels einem ausgedehnten Angriff gegen mich gewidmet. Ich führe einige der Lügen an: Ich sei vor dem Krieg, als ich mir in den zwanziger Jahren in Berlin einen Namen gemacht hatte, nazifreundlich gewesen; ich sei noch nach Hitlers Machtergreifung lange in Deutschland geblieben; ich sei unfähig gewesen, meine Karriere in Britannien fortzusetzen, und ich sei in die USA gegangen, als in Europa die Kriegsgefahr (vorhersehbar) »bedrohlich näherrückte«; in Hollywood hätte ich mit Deutschen paktiert, eine deutsche Schauspielerin – eine gewisse Mathilda Halte – geheiratet, und als der Krieg ausbrach, sei ich für einige Monate nach Mexiko geflohen, um klammheimlich wieder nach Hollywood zurückzukehren, als ich glaubte, die Luft sei rein; gegenwärtig vertriebe ich mir die Zeit damit, wertlose Filme zu machen und einen aufdringlichen, protzigen Lebensstil zu führen.

Das hätte vielleicht keine weiteren Kreise gezogen, wenn nicht irgendein Cineast in der Redaktion der *Times* es gelesen und sich an einem ruhigen Tag hingesetzt hätte, um einen drittklassigen Leitartikel zu schreiben, der »das Beispiel beklagt, das englische Künstler und Intellektuelle geben, die den Krieg im Traumland der USA abwarten, weit entfernt von

Elend und Leid, das Europa zu ertragen hat«. Weiter hieß es in dem Leitartikel: »Das Beispiel, das John James Todd, ein englischer Regisseur, gibt, ist besonders unerbaulich«, und nachdem er andeutungsweise die Behauptungen aus *Cinema Monthly* wiedergegeben hatte, schloss er mit der Ermahnung, die Regierung solle den Besitz der besagten Künstler sicherstellen und so lange mit Beschlag belegen, bis »sie geruhten, an unsere bedrängten Gestade zurückzukehren und sich selbst zu verteidigen«.

Das war das Signal für die übrige Presse, sich der Kampagne anzuschließen. Man brachte Lügenmärchen über mich, geschmückt mit Fotos von Starlets und Swimmingpools, Supermärkten und sonnigen Stränden. Hier und da wurde ein altes Foto von mir abgedruckt, auf dem ich ein finsteres Grinsen zeige, so als wollte ich sagen »Pech gehabt, Ihr Trottel!« In einer Bildunterschrift hieß es:

> *John James Todd, ein notorischer Radaubruder auf Hollywood-Partys, fährt ein Luxusauto und bewohnt ein Haus mit acht Schlafzimmern und Blick auf den Pazifischen Ozean. Ein anderer englischer Filmregisseur, der kürzlich auf einer Werbetour für die Zeichnung der Kriegsanleihe in Hollywood war, sagte: »Todd scheint sich dort sehr wohl zu fühlen. Offen gesagt, solche wie ihn brauchen wir hier nicht. Wir kommen besser ohne sie aus.«*

Zunächst stieg Empörung in mir auf, doch sie wich bald einem allgemeineren Gefühl des Ekels. Das war wohl die Rache von Druce. Ich nahm mir noch einmal den ersten Artikel in *Cinema Monthly* vor. Unter der Überschrift hieß es »Von unserem Sonderkorrespondenten in Hollywood«. Alte vertraute Gefühle hilfloser Ohnmacht stellten sich wieder ein. Schumway bekam pflichtgemäß zu jedem Punkt meine Widerlegung. Ich hätte Berlin 1933 verlassen; ich sei Nazi-Feind und sei es immer gewesen; ich hätte in den zwanziger Jahren in Berlin einer nazifeindlichen Organisation angehört und sei Mitglied der Hollywood Anti-Nazi-League. Ich erläuterte ihm die Sache mit Mexiko und beschrieb ihm genau die bescheidene Größe meines Hauses und die Mäßigkeit meines Lebensstils.

»Und wie war das mit dem Kampf auf dem Flughafen von L. A.?«

»Das war eine persönliche Angelegenheit.«

»Hat Zanuck Sie nicht bei der Fox hinausgeworfen?«

Ich widerlegte auch das. Ich sah die Gesichtszüge von Druce vor mir. Ich war nahe daran, Schumway von der Selbstverstümmelung zu erzählen, unterließ es aber klugerweise. Schumway hielt alles in einem Notizbuch fest. Zwei Tage später erschien auf Seite 4 der *L. A. Times* ein kleiner zweispaltiger Artikel unter der Überschrift »Regisseur Todd zerschlägt britische Verleumdungen«.

Niemand las ihn, zumindest äußerte sich niemand darüber. Doch die Lügengeschichten setzten mir zu. Da noch der vollständige Fehlschlag meines Wiedersehens mit Doon hinzukam, fiel ich in so etwas wie eine Nervenkrise. Ich malte mir aus, dass Menschen, die ich kannte, diese Geschichten lasen und daran glaubten. Ich schrieb an meine Familie – sogar an Sonia – und bat sie, die Wahrheit zu verbreiten. Ich sah, wie leicht sich das weltweite Ansehen eines Menschen ändern kann. Wer würde sich jetzt noch an die Triumphe von *Julie* und der *Bekenntnisse: Teil 1* erinnern? Was war schon der Brief von Julian Teague gegen diese gewaltige Flut von Verleumdungen und versteckten Andeutungen? Mein Leben, als Künstler wie als Mensch, war zerstört. Alle meine Filme waren vergessen. Doon, der emotionale Mittelpunkt meines Lebens, war verschwunden und hatte mich verlassen. Die Welt und die Zukunft waren öde, feindlich, abweisend. Ich begann, mehr zu trinken, als mir guttat, und kam manchmal tagelang nicht aus dem Haus. Mir war klar, dass ich bald etwas tun musste, oder ich würde untergehen. Eddie, der von *The Equaliser* entzückt war, bot mir ein Drehbuch über Jesse James an. Doch es ließ mir keine Ruhe, dass man ungerechtfertigt über mich verbreitete, ich drückte mich vor dem Krieg. Ich entwickelte Schuldgefühle. Ich wurde krank vor Schuldgefühlen. Ich, ausgerechnet ich … Aber solche Anschuldigungen sind heimtückisch – sie treffen uns direkt in unserer Selbstachtung. Ich vergaß den Frontbogen, die Gräuel, die ich im Ersten Weltkrieg miterlebt hatte. Töricht, wie ich war, schien mir nur eine Handlungsweise offenzustehen: Ich begann, meine Rückkehr nach Europa zu planen.

Aber in welcher Eigenschaft? Ich war zu alt, um Soldat zu werden. Und außerdem hatte ich keine Lust, irgendjemanden zu töten – außer Leo Druce. Ramon Dusenberry, dem ich mich anvertraute, löste mein Problem. Ich wurde akkreditierter Kriegsberichterstatter für das Dusenberry Press-Syndikat. Meine Aufgabe war, für die *Herald Post* von Chula Vista, den *Sentinel* von El Cajon, die *Gazette* des Imperial County und den *Argus* von Calexico das Neueste von den europäischen Schlachtfeldern zu melden. Ich hatte meinen alten Job wieder. Ich packte meine Kamera ein, kaufte mir eine Reiseschreibmaschine und flog in Richtung Osten, nach New York, um mich nach London einzuschiffen.

Villa Luxe 26. Juni 1972

Aus irgendeinem Grund ist Emilia heute nicht erschienen. Um die Mittagszeit ging ich ins Dorf, um mir ein paar Orangen zu kaufen, aber keiner wusste, ob sie krank war oder nicht. Ich habe die Küche aufgeräumt und das schmutzige Geschirr gespült, um ihr eine Freude zu machen, aber auch, um ihr Schuldgefühle zu bereiten. Es beunruhigt mich, dass meine Gefühle für sie rapide komplexer werden. Sie arbeitet hier seit mindestens drei Jahren, und bis vor Kurzem habe ich nie mehr als einen flüchtigen Gedanken an sie verschwendet.

Heute Abend nehme ich meinen Drink mit hinaus zu dem Platz am Rand der Klippe und beobachte den Sonnenuntergang. Mir fällt auf, dass der Hügel auf dem Krokodil-Vorgebirge bereits einen Schatten auf die Villa wirft, während mein kleiner Strand unten an der Bucht noch für eine weitere halbe Stunde im Sonnenschein liegt. Morgen werde ich vielleicht hinuntergehen. Ich habe Lust zu baden.

Und so machte ich mich erneut auf in einen Krieg, aus genauso idiotischen Motiven, wie ich in den Ersten geraten war. Doch bevor ich nach Europa aufbrach, besuchte ich Hamish in Zion.

Bis zur Einschiffung hatte ich noch ein paar freie Tage in New York, und ich beschloss, sie für einen Besuch bei Hamish zu nutzen. Ich rief ihn an und verabredete mich mit ihm. Ich nahm einen Zug nach Princeton und von dort ein Taxi nach Zion. Wir mussten mehrmals nachfragen, bis wir herausbekamen, wo sich das National Research Institute befand. Schließlich fanden wir es; es war in einer alten Schule am Rand der kleinen Stadt untergebracht. Es war ein freundliches einstöckiges Gebäude aus rotem Ziegelstein um einen viereckigen Hof, der mit Gras bewachsen war. Ich wartete in einer Art Pförtnerloge, bis Hamish mich abholen kam.

Er hatte sich nicht sehr verändert. Er trug sogar dieselben Kleider, in denen ich ihn zuletzt gesehen hatte: graue Flanellhose, derbe Schuhe, ein Tweed-Jacket, in dem noch immer der muffige Junggesellengeruch hing. Ich bemerkte, dass ihm einige Zähne fehlten. Hamish litt nicht an übertriebener Eitelkeit. Sein einziges Zugeständnis an die Wärme und den amerikanischen Geschmack bestand im Fehlen einer Krawatte. Sein offener Kragen entblößte seinen weißen Hals. Wir schüttelten uns die Hände mit einer gewissen Nervosität.

»Ich dachte, du wärest in Uniform«, sagte er.

»Ich habe zwar eine, aber bis jetzt ist es mir unbequem, sie anzuziehen.«

»Mir geht's genauso. Ich habe auch eine. Ich finde es irgendwie albern.«

Die Worte, die wir auf dem Weg durch den Innenhof wechselten, klangen ein bisschen verlegen. Auf der anderen Seite des Gebäudes befanden sich Sportplätze, auf denen jetzt aber frisch errichtete und aufgereihte Nissenhütten standen. An einigen der Hütten waren die Fenster gekalkt. Hier und da fanden sich unverständliche Aufschriften: NRI/77/Dec.1/2 55th.

»Unsere Belegschaft hat sich verdoppelt«, sagte Hamish. »Deshalb diese Kaninchenställe.«

»Was machst du hier?«

»Ach, Regierungsauftrag. Vorwiegend Mathe.«

Er führte mich zu der Hütte, in der er arbeitete; sie stand auf aufgeschichteten Ziegelsteinen am Rande des Football-Platzes. An der Tür stand »NRI Major H. Malahide«.

»Bist du Major?«, fragte ich erstaunt.

Hamish lachte. »Offenbar mussten sie mich dazu ernennen, wegen der Arbeit, die ich mache. Es bedeutet aber gar nichts, bloß dass sie mir mehr zahlen.«

In der Hütte fanden sich ein gewöhnlicher Schreibtisch, zwei alte Ledersessel, ein Ausguss und ein Kocher. Weiter sah ich, reihenweise hintereinander gestaffelt, elektronische Rechengeräte. Über eines beugte sich ein kleiner bebrillter Mann und las die Zahlen ab, die es anzeigte.

»Hast du Lust auf einen trockenen Martini?«, fragte Hamish. »Die wunderbarste Erfindung, die der Mensch je gemacht hat.«

»Ja bitte«, sagte ich.

»Für mich nicht, Hamish«, sagte der kleine Mann. »Ich muss gehen.« Er hatte einen starken deutschen Akzent.

»Übrigens«, sagte Hamish, »das ist Kurt.« Wir gaben uns die Hand. »Kurt, das ist John, der Freund, von dem ich dir erzählt habe.«

»Mein Gott! Du lieber Himmel! John James Todd!« Nochmals schüttelte Kurt mir kräftig die Hand. »Es ist mir eine Ehre, Ihre Bekanntschaft zu machen, Mister Todd. Eine große Ehre.« In ungläubigem Entzücken schüttelte er meine Hand.

Er hatte eine hohe Stimme. Er war sehr warm angezogen, unter seinem grauen Anzug trug er einen dicken Pullover, und um seinen Hals hing ein offener Wollschal. In seinen straff nach hinten gekämmten dunklen Haaren zeigten sich auffällige graue Strähnen. Sein Blick war sehr eindringlich: freundlich, aber überaus neugierig.

»Dieser Abend in Berlin wird mir immer in Erinnerung bleiben«, sagte er. »Für immer. 1932. Ihr Film, die *Bekenntnisse*.«

»Sie haben ihn gesehen?«

»Ja. Dreimal in einer Woche. Im Gloria-Palast ... Mister Todd, ich sage Ihnen, das ist ein ganz außerordentlicher Film. Das Werk eines Genies.«

»Vielen Dank.«

Er band sich den Schal zu und nahm vom Kleiderhaken an der Tür einen Tweedmantel. Die Sonne schien kräftig auf die grünen Sportplätze. Er knöpfte den Mantel zu.

»Ich bedaure nur, dass ich die Teile II und III nicht gesehen habe.«

»Sie sind nie zustande gekommen. Ich habe mit Teil II angefangen, aber wir mussten abbrechen.«

»Das ist schade ... Aber Sie müssen ihn fertig machen, Mister Todd, unbedingt. Es ist ein ganz außerordentliches Werk. Sie dürfen es nicht unvollständig lassen.« Während er das sagte, warf er Hamish einen kurzen Blick zu und stieß ein hohes kreischendes Gelächter aus. Hamish lachte mit. »Der ist gut, Kurt«, sagte er.

Kurt schüttelte mir die Hand zum dritten Mal. »Ganz ernst, Mister Todd. Ich habe nie einen solchen Film gesehen. Beenden Sie ihn. Es wäre ein fürchterlicher Verlust.« Er stellte den Kragen seines Mantels hoch und wandte sich an Hamish. »Es sieht gut aus, Hamish. Ich glaube, du bist auf dem richtigen Weg. Auf Wiedersehen, Mister Todd. Es war mir eine überaus denkwürdige Begegnung.« Er ging.

Ich schaute Hamish an. »Wer zum Teufel war das?«

»Wahrscheinlich der glänzendste Mathematiker der Welt.«

»Tatsächlich? Komisch, dass er die *Bekenntnisse* gesehen hat. Was für ein Zufall! Was ist denn so glänzend an ihm?«

Hamish tat etwas Eis in seinen Cocktailshaker. »Er hat dieses Theorem aufgestellt, das Unvollständigkeitstheorem – deshalb haben wir gelacht. Es war wirklich umwerfend.« Er schüttelte den Shaker. »Es hat das Antlitz der Mathematik für immer verändert.« Er schenkte zwei Drinks ein und schaute mich an. »Ich hatte gerade vor, dir zu schreiben und dir kurz das Theorem zu erläutern. Es ist ganz unheimlich, wie alles zusammenpasst. Jetzt wo du hier bist, kann ich es dir mündlich erklären.«

»Prima«, sagte ich.

Hamish reichte mir ein Glas.

»Schön, dass du da bist, John.«

»Prost!«

Am Abend gingen wir zum Essen in eines der besseren Restaurants von Zion. Wir aßen, glaube ich, eine Art Schmorfleisch und anschließend Eis. Ich kann mich kaum erinnern, etwas gegessen zu haben. Hamish sprach unablässig – und mit der Zielstrebigkeit aller einsamen Menschen – von der Quantenmechanik und ihrer seltsamen Welt des Zufalls und der Mutmaßung. Er ließ Namen fallen: Einstein, Bohr, die Kopenhagener Schule, de Broglie, Gedankenexperimente, Schrödingers Katze. Doch immer wieder kam er auf Werner Heisenberg und seine Unschärferelation zurück, und immer wieder sprach er davon, dass alles mit Kurts Unvollständigkeitstheorem zusammenpasste. Die absolute Wahrheit, sagte er an einer Stelle, sei endgültig als ein Hirngespinst entlarvt worden, ein vollkommen sinnloses Bestreben. In der Gesamtheit des menschlichen Wissens werde es immer an entscheidenden Punkten Ungewissheiten geben. Und Kurt habe bewiesen, dass auch in den abstraktesten formalen Systemen immer unüberwindliche Lücken und Widersprüche bleiben würden.

Schließlich zahlten wir und gingen. Ich war betäubt von all den fremdartigen Begriffen. Es war eine warme Nacht. Auf dem Rückweg zum Institut atmete ich langsam und tief.

»Treibsand, John, Treibsand.«

»Ja?«

»Wir leben in einer außergewöhnlichen Zeit. Man wird es das Zeitalter der Ungewissheit nennen, das Zeitalter der Unvollständigkeit.«

»Ja«, sagte ich nochmals.

»Ist das nicht beeindruckend?« Er hielt inne. »Grenzen, überall Grenzen.«

»Es ist eher bedrückend, irgendwie.«

»Wieso?« Er schien über mich erstaunt zu sein. »Es mag Ungewissheiten geben, aber meinst du nicht, dass es besser ist, in der vollen Erkenntnis dieser Ungewissheit zu leben, als weiterhin nach trügerischen ›Wahrheiten‹ zu suchen, die es nicht geben kann?«

Tags darauf nahm ich von Hamish Abschied. Es war ein beunruhigender Besuch gewesen. Zu einem letzten Drink gingen wir noch einmal in seine Nissenhütte, und er sprach wieder zwei Stunden lang von Kurt und Heisenberg, Schrödinger und dem ganzen Verein. Was mich auch beunruhigte, war der Gedanke, dass er besessen werden könnte und mich in seine Besessenheit hineinziehen wollte. Ich fragte ihn, was er mit all den Rechenmaschinen mache, die dort aufgestellt waren. Er entgegnete, dass er immer noch über Primzahlen arbeite.

»Sehr, sehr große«, sagte er. »Ungeheuer große.« Er glaubte, ein Verfahren gefunden zu haben, um mithilfe dieser riesigen Primzahlen einen Code zu entwickeln, der nicht zu brechen war. Das erklärte, warum er für die Regierung arbeitete und den Rang eines Majors bekleidete.

Er tippte auf einer Maschine eine Zahl ein. Sie lautete 2 146 319 807.

»Das ist die größte Primzahl, die wir kennen«, sagte er. »Ich versuche, eine zu finden, die nochmals um die Hälfte größer ist.« Er deutete auf die Rechner. »Mit Hilfe dieser Burschen. Wenn ich die gefunden habe, kann ich den Code entwickeln.«

Er versuchte nochmals eine Stunde lang, mir die Funktionsweise des Codes zu erläutern, aber es war mir alles zu hoch.

Während der Zug mich nach New York zurückbrachte, dachte ich weiter über Kurt, sein Unvollständigkeitstheorem und dessen Folgerungen nach. Ich fand es faszinierend, dass dieser kleine Mann, der meinen Film liebte, der gesamten Mathematik die Grundlagen der Gewissheit entzogen hatte. Ich fand es bemerkenswert, dass er meinen Film gesehen hatte, und es befriedigte mich, dass er einen so außerordentlichen Menschen so tief beeindrucken konnte. Wohltuend spürte ich die Selbstachtung in mir wachsen. Er hatte auch recht. Die *Bekenntnisse: Teil 1* waren das Werk eines Genies. Nur ein Genie konnte das erkennen. Ich kannte den Wert dieses Werkes, und ich schuldete es mir und der übrigen Welt, dieses Werk nicht unvollendet dahinsiechen zu lassen.

Ich blickte aus dem Fenster auf die Sümpfe von New Jersey. Aber zunächst galt es, einen Krieg zu überstehen.

Die Invasion von St. Tropez

Datumszeile St. Tropez, 16. August 1944. Gestern fielen 300 000 Mann der amerikanischen und der französischen Streitkräfte in den Süden Frankreichs ein. Die »Operation Dragoon« hatte begonnen. Vor den goldenen Stränden der Riviera wurde insgeheim eine ungeheure Armada von über 1200 Schiffen zusammengezogen, die größte Invasionsflotte, die das Mittelmeer je gesehen hatte. Tausende von Fallschirmspringern wurden vor Tagesanbruch im Inland abgesetzt. 959 Flugzeuge hämmerten gegen die Küstenabwehrstellungen auf einer Invasionsfront, die sich von Cavalaire bis Fréjus erstreckte …

Ich hielt inne. Ich fand, dass ich genau den richtigen Ton getroffen hatte. Ich stellte mir vor, dass es von einer eindringlichen Stimme verlesen würde, die den »unerbittlichen Gang der Zeit« heraufbeschwor, und genau das war der Ton, in dem es vorgetragen werden musste. Ich merkte, dass Journalismus gar nicht so einfach war.

Ich saß auf der Terrasse eines zerstörten Cafés im Hafen von St. Tropez und tippte. Die Deutschen hatten die Hafenanlagen gesprengt und weitgehend zerstört, und die Gebäude am Hafen waren schwer beschädigt worden. Der Rest der kleinen Altstadt war mehr oder weniger unberührt geblieben. Das große weiße Hotel – das Hotel Sube et Continental – schien in der Mittagssonne Helligkeit zu verströmen. Die alten Mauern und Befestigungen der Zitadelle hoben sich deutlich von dem verwaschenen Blau des Himmels ab. Ich trank mein Bier aus, das der fröhliche Wirt des zerstörten Cafés mir herausgebracht hatte. Gestern war ein ganz sonderbarer Tag gewesen.

Die Invasionsstreitmacht – die Siebte Armee von General Patch – hatte die Küste in drei Abschnitten angegriffen. Die Alpha-Streitmacht bestürmte die Strände von Cavalaire und St. Tropez. Die Delta-Streitmacht konzentrierte sich auf Sainte-Maxime, und die Camel-Streitmacht verteilte sich zwischen Fréjus und St. Raphaël. Ich war einer Kompanie des 17. RCT (Regimental Combat Team) zugewiesen, die gegen den Strandabschnitt Alpha Yellow vorrückte, einen langen Sandstreifen an der Bucht von Pampelonne.

Am 15. August herrschte starker Nebel, so stark, dass er künstlich wirkte. Während wir mit unserem Landungsboot ruhig auf den Strand von Pampelonne zusteuerten, musste ich an jenen Tag bei Nieuwpoort zurückdenken, als ich den falschen Gasalarm ausgelöst hatte. Ich war mir nicht sicher, ob der dichte weiße Dunststreifen vor mir Nebel war oder Staub, der von den Bombern und dem Sperrfeuer der Marine aufgewirbelt worden war. Wer auch am Steuer stand, musste sich wahrscheinlich ebenso unbehaglich fühlen, denn wir landeten etwas abseits vom Ziel, in einer kleinen felsigen Bucht mit grobem Kies rechts vom Strand. Ich heftete meine Augen auf Hauptmann Loomis, der als erster der Kompanie an der Vorderseite des Bootes ins Wasser stieg. Für eine Invasion war es unheimlich still. Wir wurden von niemand beschossen.

Ich sprang hinein. Das kühle Wasser reichte bis an die Oberschenkel. Ich trug einen olivbraunen Kampfanzug, am Gurt war eine Feldflasche befestigt, und hatte einen Stahlhelm auf. Auf die Vorderseite hatte ich in fünfzehn Zentimeter hohen weißen Lettern PRESS aufgemalt. Auf den linken Ärmel hatte man mir eilig ein Sternenbanner von der Größe eines Briefumschlags geheftet. Das Bündel, in dem Kamera, Filme und Verpflegung waren, hielt ich über den Kopf. Während ich an Land watete, kam mir das Wasser merkwürdig zäh und unnachgiebig vor. Ich blickte hinunter. Tote Fische. Mehrere Zoll tief. Meeräschen, Seebarben, Seeteufel, Sprotten, Tausende von Fischen, die nach Sardinen aussahen, bildeten eine dichte

Fischkruste auf dem Wasser. Platschend stieg ich an Land und kletterte hinter dem wütenden Loomis über die Felsen, um zu unserer eigentlichen Landungsstelle zu gelangen. Loomis war ein junger Mann, der auf eine lächerliche Art stolz darauf war, Männer zu führen. Seine Stupsnase und seine weichen fleischigen Lippen verliehen ihm ein merkwürdig feminines Aussehen, das zu den ständig kriegerisch gerunzelten Brauen einen eigentümlichen Kontrast bildete.

Links von uns sahen wir über die ganze Länge des zerschossenen, rauchenden Strandes andere Landungsboote, die ihre Männer in dem Durcheinander absetzten, das die ineinander gebogenen eisernen Befestigungen, die gegen eine Landung errichtet waren, kurz oberhalb der Gezeitenmarke bildeten. Jetzt konnte ich aus der Ferne das trockene Knallen von Handfeuerwaffen vernehmen. Loomis rief seine Kompanie zusammen und wartete auf die Pioniere, die uns mit ihren Minensuchgeräten vorangehen sollten. Ich entfernte mich durch eine Lücke in einer geschlossenen Wand von Schirmpinien, um zu pinkeln. Das kühle Wasser hatte meine Blase gereizt, und da jetzt offenbar nicht mehr mit einer Abwehr unserer Landung zu rechnen war, musste ich mich erleichtern.

Hinter den Pinien erstreckte sich ein freies Stück Sandstrand mit einigen alten, vergilbten Umkleidezelten, die von dem Sperrfeuer, das der Landung vorausging, ziemlich mitgenommen waren. Auf einem Schild stand *»Tahiti Plage«*. Ich pinkelte dagegen und knöpfte gerade wieder meine Hose zu, als hinter einem der Zelte ein stattlicher Mann mit Baskenmütze, weißem Hemd und blauen Shorts hervorkam. Er trug eine deutsche Maschinenpistole.

»Hallo, Américain«, sagte er. »Was gibt's Neues?«

Er schüttelte mir die Hand und erklärte mir auf Französisch, sein Name sei Luc, er gehöre zur Résistance und werde uns nach St. Tropez führen. Da hörte ich Loomis brüllen.

»Todd! Wo zum Teufel stecken Sie?«

Ich nahm Luc mit und kehrte zwischen den Pinien hindurch zu Loomis zurück. Er war wütend.

»Hier liegen überall diese verdammten Minen, Sie Arschloch!«, brüllte er mich an.

Luc sagte mit einem freundlichen Winken: »Was gibt's Neues?«

Später machte ich ein Foto von Luc, den Strandzelten und dem Schild *»Tahiti Plage«*. Ich stellte mir gern vor, ich persönlich hätte diesen stillen Badestrand von der deutschen Armee befreit.

Schließlich waren Wege durch die Minenfelder abgesteckt worden, und das 17. RCT brach von dem Landekopf auf und begab sich durch die Büsche und Piniengehölze der Halbinsel von St. Tropez in Richtung der Stadt. Der Tag wurde sehr heiß. Über uns brummte in entnervender Weise ein Piper-Cub-Aufklärungsflugzeug. Um 10 Uhr 15 hatte es den Anschein, als sei jegliche Feuertätigkeit eingestellt worden. Die Wälder waren vom schrillen Gesang der Zikaden erfüllt. Dann und wann bot eine Lichtung oder eine Bodenerhebung einen Blick auf den Golf von St. Tropez und die Monts des Maures im Hintergrund. In der Bucht lag die riesige Flotte, die grauen Schiffe verankert, und in den silbernen Sperrballons, die über ihnen schwebten, spiegelte sich fröhlich die Sonne. Von Fréjus und Sainte-Maxime her hörte man das Donnern von Artilleriegefechten. Von brennenden Gebäuden stiegen schmale Rauchwolken auf. Vielleicht war es nicht die aufregendste Invasion dieses Krieges, aber bestimmt war es die angenehmste, dachte ich. Alles in allem hatte ich vielleicht doch Glück gehabt.

Ich war, wissen Sie, nicht bis London gekommen. Bei der North American News Association in New York hatte ich verlangt, in die Normandie entsandt zu werden. Zunächst war ich sehr enttäuscht, als ich die Anweisung erhielt, mich über Casablanca und Palermo zur Siebten US-Armee nach Ajaccio auf Korsika zu begeben. Ich gelangte dorthin auf einem Schiff, das mit Dynamit beladen war, begleitet von zwei weiteren NANA-Journalisten: Sam M. Goodforth, Chefreporter, wie ich seiner Karte entnahm, des *Bugle* von Forth Worth, und Elmore Pico von der Hearst-Zeitungskette. Pico, dünn und neurotisch, wurde später am Strand von St. Raphaël getötet. Von der gesamten »Operation Dragoon« hatte die Camel-Streitmacht, der er zugewiesen war, die heftigsten Kämpfe zu bestehen. Pico erklärte mir, warum wir nach Korsika gingen.

»Weil wir nicht für *Life, Collier's* oder *McCalls* schreiben. Wir sind nicht berühmt und sind keine Scheiß-Schriftsteller. Wir haben keine wichtigen Freunde. Die Wichtigtuer schaffen es alle, in die Normandie zu kommen. Sie werden hingeflogen. Wir gemeinen Kerle landen im stinkenden Korsika!«

Er jammerte die ganze Zeit, bis wir in Casablanca waren, wo er sich die Ruhr holte. Goodforth und ich kamen im Juli auf Korsika an. Anfang August kam Pico nach. Von Casablanca und Palermo aus schickte ich regelmäßig Berichte an die Dusenberry-Blätter, musste aber später erfahren, dass sie alle als zu langweilig abgelehnt worden waren.

Meine Enttäuschung darüber, dem Kriegsschauplatz Mittelmeer zugewiesen zu sein, verging rasch. Wie ich gehofft hatte, verschaffte mir mein neuer Job den Seelenfrieden, den ich gesucht hatte. Es genügte, wieder eine Uniform zu tragen, wieder einen Stahlhelm zu besitzen. Irgendwie hatte ich das Gefühl, mich durch meinen Schritt ein weiteres Mal freiwillig den Zufälligkeiten des Universums ausgesetzt zu haben. Ich hatte meine Bemühungen aufgegeben, einen bestimmten Kurs zu steuern, ich war jetzt zufrieden, mich von der Strömung treiben zu lassen. Selbst der verbitterte, pessimistische Pico konnte mich mit seinem unablässigen Gemecker nicht über die Maßen beunruhigen.

Am frühen Nachmittag des 15. August war St. Tropez gänzlich befreit; die meisten Deutschen waren geflohen oder hatten sich ergeben. Ich stand mit Luc und einem recht attraktiven Mädchen namens Nadine, das einen Revolver im Gürtel trug, am zerstörten Hafen und sah zu, wie die Gefangenen für den Abmarsch zum Strand zusammengestellt wurden. Vor uns befand sich eine größere Gruppe von etwa hundertzwanzig Mann. Sie trugen Wehrmachtsuniformen, sahen aber eher nach Arabern als nach Deutschen aus. Ich fragte Nadine, wer sie seien.

»Von der Ostlegion«, sagte sie. »Armenier, Aserbaidschaner, Georgier. Sie sprechen nicht einmal Deutsch.«

»Wir haben auch viele Polen hier«, sagte Luc. Er bot mir eine Zigarette an, eine französische. Ich zündete sie an, und der starke Tabak erinnerte mich plötzlich an Annecy und die ersten Tage meiner Affäre mit Doon. Mit einem Mal war ich sehr glücklich, wieder in Frankreich, wieder in Europa zu sein. Wir gingen in eine Bar und tranken Pastis. Luc und Nadine waren fasziniert, als sie hörten, dass ich Filmregisseur sei. Wir nahmen unsere Gläser und setzten uns ins Freie. Die Bar befand sich in einer der engen Straßen abseits des Hafens. Wir saßen im Schatten, aber die Sonne des Spätnachmittags brannte mächtig auf die blassroten Ziegeldächer der Häuser. Ich trank den Anisschnaps in großen Zügen. Nadine hatte dichtes lockiges Haar, das durch Schildpattspangen vom Gesicht ferngehalten wurde. Sie war dunkelhäutig, trug ein blauweißes Baumwollkleid und hatte schicke Leinenschuhe an den Füßen. Ich fragte mich, ob sie mit Luc ein Liebesverhältnis hatte. Plötzlich fühlte ich mich von ihr sexuell sehr stark angezogen, vielleicht weil sie eine Waffe hatte. Ich betrachtete die Hand, mit der sie die Zigarette hielt. Die Nägel waren kurz und schmutzig. Im Sitzen bauschte sich ihre rechte Brust sanft über dem Kolben des Revolvers, der in ihrem Gürtel steckte. Ich sah diese Bilder sofort so, als wären sie auf eine Filmleinwand projiziert. Ihr lebhaftes dunkles Gesicht und die skeptisch verzogenen Lippen, nachdem Luc irgendeine Bemerkung gemacht hatte. Die Achtlosigkeit, mit der sie an ihrer Zigarette zog, die Art, wie sie ihr Kinn hob, um, die Augen fest auf Luc gerichtet, den

Rauch zur Seite zu blasen. Das blassgelbe Papier der Zigarette. Das blassgelbe Getränk. Ihre Brust. Die Waffe. Nur für eine oder zwei Sekunden – ein ganz leichter Schwenk der Kamera – wie viel ließ sich damit andeuten! Mir fiel Kurt ein, Hamish's Freund, und was er mir gesagt hatte. In diesem Augenblick wusste ich, dass mit den *Bekenntnissen* noch nicht Schluss war.

Ich machte ein Foto von den beiden und verabschiedete mich, um zu Loomis in den Kompaniebefehlsstand zurückzukehren, der sich mittlerweile in einer alten Villa am Stadtrand befand. Dort war meine Ausrüstung, dort war meine Schreibmaschine. Loomis hatte sein gewohntes Stirnrunzeln abgelegt und gab neue Befehle aus; ich sollte einige Meilen landeinwärts zu einem Ort namens Le Muy fahren, um über die Aktivitäten der dort abgesetzten Luftlandetruppen zu berichten.

»Anscheinend ist dort ein Oberst aus San Diego«, sagte Loomis. »Er hat gehört, dass Sie hier sind, und möchte, dass daheim ein großer Bericht erscheint.« Er schaute mich neugierig an. Ich musste mir ständig in Erinnerung rufen, dass ich zwanzig Jahre älter war als Loomis.

»Woher sind Sie, Todd?«

»Edinburgh, Schottland.«

»Ach! Wie heißt Ihre Zeitung?«

»Chula-Vista *Herald-Post.* Das ist die größte, für die ich arbeite.«

»Ach du lieber Himmel!« Er schüttelte den Kopf. »Draußen steht ein Jeep mit einem Fahrer für Sie. Wie wär's, wenn Sie sich wegen morgen mit ihm verabreden?«

Ich ging in den Garten hinaus. Er war überwuchert von Mimosen, Tamarinden und Lavendelbüschen. Die Nacht war sehr warm. Über die Bucht hinweg sah ich in Sainte-Maxime noch immer einige Feuer brennen. Die Flammen gaben auf dem Wasser ein hübsches Bild ab.

Ich fand meinen Jeep, aber von dem Fahrer war nichts zu sehen. Ich blickte mich um und sah jemanden über einen Lavendelbusch gebeugt.

»Alles in Ordnung bei Ihnen?«, fragte ich.

»Oh ja, Sir.«

Er richtete sich auf. Er war groß und gut gebaut. Sein Gesicht war in der Dunkelheit nicht zu erkennen. Seine Stimme klang kultiviert. Demonstrativ sog er die Luft ein.

»Haben Sie bemerkt, wie es hier duftet, Sir?« Gemeinsam taten wir einen tiefen Atemzug. »Pinien, Eukalyptus, Lavendel ... Berauschend!«

Er reichte mir einen kleinen Strauß Lavendel.

»Riechen Sie mal!«

Ich roch daran. Der Duft war so stark, dass es mir vorkam, als hätte ich ein feines Pulver eingeatmet. Ich nieste.

»Entschuldigung, aber sind Sie mein Fahrer?«

»Wenn Sie John James Todd vom Chula-Vista *Herald* sind, dann bin ich es.«

»Der bin ich. Wie heißen Sie?«

»Gefreiter Brown, Sir.«

»Wie ist Ihr Vorname? Und Sie brauchen mich nicht ›Sir‹ zu nennen. Ich bin Zivilist.«

»Two Dogs Running.«

»Wie bitte?«

»Two Dogs Running. Ich bin Cherokee. Für Sie ein Cherokee-Indianer. Eine ›Rothaut‹, falls es Sie interessiert.« Er sagte das mit einem freundlichen, harmlos spottenden Unterton.

Richtig zu Gesicht bekam ich Two Dogs Running erst am nächsten Tag. Wir wollten vom Kompaniebefehlsstand abfahren, wenn ich meinen Invasionsbericht für die Dusenberry-Blätter geschrieben und abgeschickt hatte. Two Dogs – so nannte ich ihn schließlich – war jung, Anfang zwanzig, groß und kräftig. Er hatte die klassische Adlernase und schmale Augen. Seine schwarzen Haare waren auf einen stoppeligen Bürstenschnitt zurückgestutzt.

»Morgen, Mister Todd«, sagte er. »Wieder ein schöner Tag.«

Wir fuhren los und überholten lange Kolonnen von Lastwagen und Marschierenden, die sich vom Brückenkopf aus ins

Binnenland bewegten. Kurz nach Mittag waren wir in Plan-de-la-Tour, wo uns ein Leutnant des 157. RCT versicherte, die Straße nach Le Muy sei frei. Am Morgen habe man mit einem Spähtrupp der 509. Luftlandedivision Verbindung gehabt. Wir fuhren los. Die Straße war schlecht gepflastert, die Ränder waren staubbedeckt. Die Hügel ringsum waren mit Gebüsch und frisch angelegten Pinienpflanzungen bedeckt. Links und rechts der Straße sahen wir dicht zusammengedrängte Dörfer in Graubraun und Orangerot, kleine Bauernhäuser und Olivenhaine. Über den blauen Himmel zogen sich die schmalen Kondensstreifen der Marauders und Liberators, die von ihren Basen auf Korsika und Sardinien nach Frankreich hineinflogen.

»Haben Sie letzte Nacht den Luftangriff gesehen?«, fragte Two Dogs. »Imposant, nicht wahr?«

Auf die Schiffe, die vor St. Tropez lagen, hatte es einen Luftangriff gegeben. Gut fünf Minuten lang war der Himmel von Suchscheinwerfern und Leuchtspurgeschossen hell erleuchtet gewesen. Two Dogs sagte, ein Flugzeug sei abgeschossen worden, aber ich hatte nichts gesehen. Wir rumpelten die Straße entlang. Unter einem Olivenbaum saß eine alte Frau in Schwarz und hütete Ziegen. Sie winkte, als wir vorbeikamen. Alles war still und ruhig; wie leicht war es doch für die Welt, einen Krieg zu schlucken, dachte ich.

»Für einen solchen Urlaub würde man eine Menge zahlen«, sagte Two Dogs.

»Wir haben wirklich Glück.«

»Woher sind Sie, Mister Todd?«

»Edinburgh. Edinburgh, Schottland.«

»Wie kommt es, dass Sie für die Chula Vista *Herald Post* arbeiten?«

»Das ist eine unglaublich lange Geschichte.« Ich wechselte das Thema. »Woher sind Sie?«

»New Mexico, kleine Stadt namens Platt.«

»Tatsächlich? Ich habe in New Mexico Anfang des Jahres einen Film gedreht.«

»Sie nehmen mich wohl auf den Arm! Wie heißt er?«

»*The Equaliser.*«

Two Dogs trat auf die Bremse. »Sie haben *The Equaliser* gedreht?«

»Ja.«

»Den hab' ich gesehen! Kurz bevor ich herüberkam. Er läuft überall. Gratuliere!«

»Tatsächlich?« Ich überlegte einen Augenblick. Mitte Juni war ich von New York nach Casablanca abgefahren. Eddie musste den Film früher als vorgesehen in den Umlauf gebracht haben. Ich fühlte mich ein wenig beunruhigt. Wieso musste ich das erfahren, während ich in einem Jeep durch Südfrankreich fuhr?

Two Dogs ließ den Motor wieder an, und wir fuhren weiter. Während der Fahrt schilderte er mir verschiedene Episoden meines Films. Er hatte gut erfasst, was ich damit aussagen wollte.

»Was haben Sie gemacht, bevor Sie Soldat wurden?«, fragte ich.

»Handelsvertreter für Parfüm und Kosmetik.«

»Deshalb der Lavendel.«

Im Verlauf der Fahrt sprachen wir über weitere Themen: über Filme, über Düfte, über Two Dogs' Berufsabsichten. Er war College-Absolvent, und die unausgesprochene Frage drängte sich auf.

»Wieso sind Sie …?«

»In der Fahrbereitschaft? Weil man den ›verdammten roten Halunken‹ keine Offiziersstelle gibt, Mister Todd.«

»Gefreiter zu sein ist auch nicht schlecht. Ich war ebenfalls einer.«

»Im Ernst? Wann?«

»Im Weltkrieg. 1914–18.« Mein Gott, dachte ich, das war erst sechsundzwanzig Jahre her! Ich fühlte das Alter auf meinen Schultern lasten. Two Dogs war zweiundzwanzig … Während wir durch die heiße schimmernde Landschaft fuhren, ging das Gespräch weiter. Ich mochte den großen dunkelhäutigen Mann mit seinen eigenwilligen, kultivierten Ansichten. Wir diskutierten weiter über *The Equaliser.* Die Invasion. Die Riviera. Two Dogs hatte mich gerade gefragt, ob ich Ernest Hemingway gelesen hätte, als der Jeep plötzlich stehen blieb.

Wir hatten die Höhen verlassen und befanden uns in einem kleinen bewaldeten Tal, durch das ein trockenes Flussbett verlief. Das Argan-Tal, wie ich mit einem Blick auf meine Karte vermutete. Wir waren schätzungsweise elf Kilometer von Le Muy entfernt. Die nächste Kurve wurde von einem Wald von Korkeichen verdeckt, deren abgeschälte Stämme in hellem Ocker leuchteten. Two Dogs untersuchte den Motor und sagte, mit der Benzinpumpe sei etwas nicht in Ordnung. Ich schaute nochmals auf die Karte.

»Vorne ist ein kleines Dorf. Wenn wir uns wirklich dort befinden, wo ich vermute.«

Two Dogs holte seinen Karabiner aus dem Jeep und wir stapften los. Es war früher Nachmittag, und ohne den kühlenden Fahrtwind bekamen wir jetzt die volle Tageshitze zu spüren. Nach einer halben Meile wünschte ich, ich hätte meinen Helm zurückgelassen. Er baumelte an seinem Riemen wie eine Terrine, und ich erwog ernsthaft, ihn wegzuwerfen. Es war ganz ruhig. Das metallische Sägen der Zikaden unterstrich die Stille noch. Der Weiler – Castel-Dion – bestand aus einigen wenigen Häusern, ein paar Scheunen und einer halbverfallenen Kirche. Hier würde unsere Benzinpumpe sicher nicht repariert werden können. Wir gingen die Hauptstraße entlang. Weiter vor uns umstand eine kleine geduldige Menge einen umgestürzten Lastwagen. Als wir uns näherten, kam uns ein alter Mann entgegen.

»Ecossais?«, sagte er.

Ich schaute ihn mit unverhülltem Erstaunen an. »Was?«

»Américains«, sagte Two Dogs und deutete auf die Fahne an meinem Ärmel. Die Menge der Dorfbewohner wich auseinander, und wir erblickten mehrere Leichen, von denen einige

schwere Verbrennungsspuren trugen. Sie steckten in deutschen Uniformen, aber es waren dunkelhäutige Araber von der Ostlegion. Sie waren schon stundenlang tot, wahrscheinlich seit dem Vormittag. Das Blut um sie herum war schwarz, geronnen wie Sirup. Überall waren Fliegen. Die wenigen Bewohner von Castel-Dion konnten angesichts dieser grausigen Heimsuchung nichts anderes tun, als zu glotzen.

»Wer hat das getan?«, fragte ich den alten Mann.

»Sept Ecossais«, sagte er. *»Les paras.«* Daraufhin beschrieb er den Zwischenfall mit zahlreichen französischen Gesten und Klangeffekten. *»Paf!«*, *»Pan-pan-pan!«*, *»Boum!«*, *»Clack! Finis. Bof!«* Er rieb sich die Hände.

Von der Einsatzbesprechung vor der Invasion wusste ich, dass die einzigen britischen Truppen, die an der »Operation Dragoon« teilnahmen, tatsächlich Fallschirmjäger waren, von der 2. Independent Paratroop Brigade. Vermutlich war irgendeine umherstreifende Einheit für diesen Überfall aus dem Hinterhalt verantwortlich … Aber ob es schottische Fallschirmjäger waren? … Und ich hatte keine Ahnung, was mit den Toten geschehen sollte. Ich fragte Two Dogs, und er meinte, wir sollten erst den Jeep in Ordnung bringen. Ich erläuterte dem alten Mann das Problem, und er führte uns ins Dorf zurück und zeigte auf eine Straße, die durch Weingärten führte. Wir sollten bei der Villa fragen, meinte er. Two Dogs und ich trabten los. Nach den Weingärten kam eine Zypressenallee und an deren Ende zwei steinerne Torpfosten ohne Tor, auf denen eingeschnitzt stand: Villa Gladys.

»Villa Gladys«, las Two Dogs. »Verdammt! Kommt Ihnen nichts verdächtig vor?« Er blickte auf seinen Karabiner. »Ich bin ein ganz schlechter Schütze … Wenn das nun eine Falle ist?« Er hielt mir das Gewehr hin. »Nehmen Sie es doch!«

»Nein, nein. Sicher nicht. Ich rühre kein Gewehr mehr an. Das habe ich mir geschworen, nach dem letzten Krieg – nach allem, was geschehen ist, verstehen Sie.« Ich lächelte verlegen. »Hören Sie, wir sind meilenweit vom Kampfort entfernt. Es ist bestimmt alles in Ordnung.« Ich versuchte, nicht an das letzte Mal zu denken, da ich ein Gewehr abgefeuert hatte. 1917. Im Frontbogen. Mein ertrinkender Mann aus Ulster.

Vorsichtig traten wir durch das Tor und gingen den Fahrweg entlang. Hier und da hingen zurückgelassene Fallschirme in den Bäumen, wie riesige welke Blumen, und einige waren über die Geröll-Stützmauern der Weingärten gebreitet, wie gewaltige sterbende Pilze. Dann erblickten wir auf einem Feld die zersplitterten Sperrholztrümmer von einem halben Dutzend Waco-Gleitern. Nach einer Biegung lag die Villa Gladys vor uns, ein kleines Schlösschen mit einem dachlosen Rundturm. Am Rande des kiesbestreuten Vorhofs lagen fünf in Decken gehüllte Leichen sauber aufgereiht. Ein alter Mann mit einem Rechen und eine alte Frau standen davor und betrachteten sie ratlos. Als die Frau uns erblickte, lief sie ins Haus und kam mit einem anderen alten Mann heraus. Dieser Mann, groß und aufrecht, trug eine Leinenjacke, ein Hemd mit Schlips und Kragen, ausgebeulte Leinenhosen und Sandalen. Ein feines Geflecht von geplatzten Äderchen rötete seine Nase und seine Wangen. Drahtige graue Haare waren schlecht über seinen kahlen Kopf gekämmt. Wenn ich es nicht besser gewusst hätte, hätte ich angenommen, er sei Engländer.

»*Nous sommes Américains*«, begann ich.

»Gott sei Dank!« sagte er. »Sie kommen, um diese Burschen abzuholen? Einer von den Gleitern ist ziemlich arg aufgeprallt.«

»Sie sind Engländer«, sagte ich. »Was für eine Überraschung!«

Er maß mich mit einem prüfenden Blick. »Und ich wette, Sie sind kein Yankee. Nicht bei dem Akzent.«

»Nein«, sagte ich. »Nein. Ich bin … Ich bin Schotte.« Ich weiß nicht warum, aber ich hatte das Gefühl, dass meiner Nationalität an diesem Tag etwas Unheilvolles anhaftete. In Amerika war ich in sechs Jahren nicht so oft danach gefragt worden wie heute.

»Vorgestern Nacht sind ein paar schottische Fallschirmjäger bei uns gelandet«, sagte er. Er deutete auf die Leichen. »Einer von ihnen liegt dort. Fiel direkt in mein Gurkentreibbeet. Hat den Hals durchgeschnitten. Die übrigen Jungs haben sich verzogen, bevor die Gleiter kamen.« Er betrachtete die zerstörten Maschinen. »Haben in meinen Weingärten ein *verdammtes* Durcheinander angerichtet.« Er lächelte. »Trotzdem, freut mich, dass Sie da sind. Vielleicht können Sie mir bei einem anderen Problem helfen.«

Wir gingen um das Schlösschen herum und kamen an einem leeren Schwimmbecken vorbei. Der alte Mann sagte mir, sein Name sei Peter Cavenaugh-Crabbe (mit zwei »b« und einem »e«.) Er hatte Villa Gladys 1902 erworben und seither hier gelebt.

»Hatten Sie keine Schwierigkeiten mit den Deutschen?«

»Nicht die Spur. Nicht, bis dieser Kerl aufkreuzte.«

Wir standen vor einem kleinen Steinanbau an der Seite einer Scheune. Die Tür war von außen verriegelt. Drinnen hörte man Hühner glucken. »Da ist ein Deutscher drin«, sagte Cavenaugh-Crabbe, und fuhr, mit einem kurzen Blick auf Two Dogs, mit gesenkter Stimme fort: »Allerdings sieht er mir eher nach einem Araber aus. Er hat sich heute früh hineingeschlichen – sicher wegen der Eier. Der alte Lucien dort«, er deutete auf den Gärtner mit dem Rechen, »hat ihn entdeckt und eingesperrt. Ich glaube nicht, dass er eine Waffe bei sich hat, aber man kann nicht vorsichtig genug sein.«

»Was sollen wir tun?«

»Mir den Kerl vom Hals schaffen, natürlich. Sie sind schließlich Soldaten.«

»Ich nicht. Ich bin Journalist.«

»Gut, aber was ist mit ihm? Er hat ein Gewehr.«

»Ja, hm … Verstehen Sie, unser Jeep ist zusammengebrochen.«

»Machen Sie sich wegen dem Transport keine Sorgen. Ich habe einen alten Citroën, den können Sie requirieren. Geben

Sie mir einfach eine Quittung und lassen Sie ihn in Le Muy zurück.«

Ich blickte Two Dogs an. Er zuckte die Achseln.

»Na gut«, sagte ich. Ich trat an die Tür und rief auf Deutsch hinein: »Wir sind amerikanische Soldaten. Komm mit erhobenen Händen heraus!«

Von drinnen ertönte eine Stimme: »Kamerad!«

Ich entriegelte die Tür und trat einen Schritt zurück. Two Dogs hielt seinen Karabiner auf den Eingang gerichtet. Ein paar Hühner stahlen sich vorsichtig ins Sonnenlicht heraus. Dann erschien der Soldat. Er war ohne Helm und trug eine schlecht sitzende, ausgebeulte, blutbefleckte Uniform. In seinen Kinnstoppeln hing glitzerndes Eiweiß. Er war klein, untersetzt, dunkelhäutig, mit einer schmalen Stirn. Schwerfällig blinzelte er in die Sonne.

»Hände hoch!«, rief ich. Er gehorchte augenblicklich.

»Der Scheißkerl war an meinen Eiern«, sagte Cavenaugh-Crabbe. »Ich wusste es.«

Er ging und fuhr einen sehr staubigen schwarzen Wagen mit breiten Trittbrettern aus einer Scheune in den Hof. Ich stellte ihm für den Wagen eine Quittung aus und unterzeichnete im Namen von General Patch, 7. Armee.

»Ich fahre«, sagte ich zu Two Dogs. »Du setzt dich nach hinten und hältst ihn in Schach.«

Two Dogs trieb den Soldaten – ich tippte auf einen Aserbaidschaner – mit dem Lauf seines Karabiners in den Fond des Wagens.

»Wenn Sie dem Weg dort zwischen den Feldern folgen«, erklärte Cavenaugh-Crabbe den Weg, »stoßen Sie in ungefähr fünf Minuten auf die Straße von Le Muy nach Fréjus. Dort biegen Sie links ab.«

»Prima«, sagte ich.

»Vielen Dank«, sagte Cavenaugh-Crabbe. »Und könnten Sie den Medizinmännern sagen, dass sie die toten Jungs abholen. Sie fangen langsam an zu stinken.«

»Natürlich.«

»Sehr verbunden!« sagte er. »Übrigens, wie war Ihr Name? Sehr dankbar.«

»Todd«, sagte ich. »John James Todd.«

Er richtete einen fragenden Blick auf Two Dogs.

»Two Dogs Running.«

»Wie war das bitte?«

»Two Dogs Running.«

»Ach ja! ... Äh, prima!«

Ich stieg vorne ein, Two Dogs setzte sich hinten neben den Aserbaidschaner. Es stank mächtig nach Hühnerscheiße.

Ich winkte unserem Gastgeber zum Abschied und rumpelte los, den Feldweg entlang in der von ihm angegebenen Richtung.

»Für so einen Urlaub würde man eine Menge bezahlen«, sagte ich.

Wir brauchten zwanzig Minuten, um die Straße von Le Muy nach Fréjus zu erreichen, sehr viel länger, als Cavenaugh-Crabbe geschätzt hatte. Dreißig Meter vor der Abzweigung hielt ich an. Ich dachte, wir hätten uns irgendwie verfahren. Ich stieg aus und blickte mich um. Es war immer noch sehr heiß. Der Staub, den wir aufgewirbelt hatten, hing in der Luft. Ich schaute auf die Uhr – 4 Uhr 15 – es war ein langer Tag gewesen.

Es gab eine Rangelei auf dem Rücksitz. Two Dogs schob den Aserbaidschaner aus dem Wagen.

»Schauen Sie sich die Taschen von diesem Kerl an, Mister Todd. Da stimmt doch irgendetwas nicht.«

Der Soldat stand neben dem Wagen, die Hände halb erhoben. Die beiden Seitentaschen seines Uniformrocks waren schwarz von altem Blut. Sie waren zugeknöpft und bauschten sich.

»Ist er verwundet?«

»Nein. Schauen Sie sich seine Handgelenke an!«

Der Mann trug an jedem Handgelenk zwei Armbanduhren. Ich befahl ihm auf Deutsch, seine Taschen auszuleeren. Er schien mich nicht zu verstehen. Ich langte selber hin, um die Patte an einer Tasche aufzuknöpfen, und zu meiner Verblüffung schlug er meine Hand fort.

»Nein«, sagte er und trat einen Schritt zurück. Er wirkte nervös, unruhig. Dann drehte er sich mit einem Mal um und rannte in den Weinberg.

Mit einem Schrei stürzte Two Dogs hinterher. Ich folgte. Two Dogs lief durch den Gang zwischen den Rebstöcken und holte gegenüber dem Soldaten mühelos auf. Am Rande eines kleinen Korkeichengehölzes erreichte er ihn, und indem er seinen Karabiner am Lauf packte, holte er weit damit aus, wie mit einer Keule. Wuchtig prallte der Kolben vom Kopf des Soldaten ab. Als ich ankam, stand Two Dogs über ihm, das Gewehr im Anschlag. Der Soldat versuchte auf die Knie zu kommen, fiel aber immer wieder hin, wie ein angeschlagener Boxer. Two Dogs stieß ihn mit einem Fußtritt nieder. Jetzt gab der Soldat auf und lag ausgestreckt da.

»Untersuchen Sie seine Taschen, Mister Todd!«

Ich war außer Atem. Staub tanzte in den Sonnenstrahlen, die schräg durch das Laub der Korkeichen fielen. Der Aserbaidschaner hatte über seinem rechten Ohr eine klaffende Wunde. Seine Augen waren geschlossen, sein Gesicht war mit Staub bedeckt, und er stöhnte leise. Vorsichtig, mit bösen Vorahnungen, knöpfte ich seine Tasche auf und langte hinein. Meine Finger ertasteten etwas.

Ich dachte: Cervelatwürste, dünne deutsche Würste, oder aserbaidschanisches, in Streifen geschnittenes Trockenfleisch.

Was ich herauszog, waren fünf abgeschnittene Finger, Frauenfinger, alte und junge Finger, alle beringt.

Ich schrie nicht. Ich schauderte hörbar, wie man es tut, wenn einen plötzlich die Kälte überfällt. »Jesus!«, sagte Two Dogs.

Der Mann hatte vierzehn Ringfinger in seinen Seitentaschen. Seine Brusttaschen waren voll von Schmuck und weiteren Uhren. Mir war inzwischen ganz elend. Er lag noch immer da, leise stöhnend.

»Was sollen wir machen?«, sagte ich.
»Ich weiß nicht«, sagte Two Dogs.
»Vielleicht sollten wir …«
Two Dogs setzte die Mündung seines Karabiners gegen das linke Ohr des Mannes und drückte auf den Abzug. Der Kopf des Mannes tat einen kleinen Satz, dann schien er sich halb zu entleeren. Two Dogs trat zurück und feuerte drei Schüsse in seinen Körper. Staubwölkchen stiegen aus seinem Uniformrock auf.
»Wir sagen, er hat einen Fluchtversuch gemacht, okay, Mister Todd?«
»Was? Ja, gut. Natürlich.«
Wir rührten nichts an. Wir ließen die Finger – ein kleines Häufchen menschliches Brennholz – neben der Leiche liegen. Stumm gingen wir durch den Weinberg zum Wagen zurück. Zwei seiner Türen standen weit offen. Ringsum waren Wälder, Hügel, kleine Felder, Weingärten. Hoch oben in dem blassblauen Himmel schwebten einige Vögel. Im Gras zu unseren Füßen kreischten die Zikaden.
Two Dogs klopfte mir auf die Schulter.
»Es war das Beste, was wir tun konnten. Ich meine, wir mussten es tun.«
»Was für ein Tag!«, sagte ich.
»Soll ich fahren?«
»Nein, nein. Lassen Sie mich. Es wird mich ablenken.«
Wir stiegen ein, und ich ließ den Motor an. Wir stießen auf die Straße, von der wir hofften, dass es die von Fréjus nach Le Muy war, und bogen, wie angegeben, links ab. Wir waren etwa vierhundert Meter gefahren, als die erste Kugel die Windschutzscheibe zerschmetterte und unten an der Seite des Wagens ein metallischer Schlag zu hören war. Mir war, als hätte ich einen Stoß gegen den Oberschenkel bekommen, und instinktiv drückte mein rechter Fuß das Gaspedal bis zum Boden durch. Wir kamen ins Schleudern und stürzten in einen Bewässerungsgraben neben der Straße. Ich schlug mir den

Kopf an und konnte nicht mehr klar denken. Mein Gehirn war benebelt. Ich spürte, dass Two Dogs mir heraushalf.

Irgendwie bin ich auf die Straße gelangt. Two Dogs sagte dauernd: »Sind Sie in Ordnung? Sind Sie in Ordnung?« Ich bemerkte eine feuchte Wärme an meinem Körper. Bevor ich hinstürzte, sah ich die Fallschirmjäger auf uns zukommen, und ich hörte die unverkennbaren Töne meines Heimatlandes.

»Sorry, Yank. Wir dachten, Ihr wär't Deutsche in 'nem Scheiß-Benz. Jemand verletzt?«

Villa Luxe 27. Juni 1972

Ich brach heute zum Strand auf, denn ich hatte Lust zu schwimmen. Doch nach fünf Minuten bin ich umgekehrt. Mein Bein tat mir ein bisschen weh.

Wenn wir doch nicht den Aserbaidschaner erschossen hätten … Wenn ich mich doch nicht angeboten hätte zu fahren …

Two Dogs erlitt eine Prellung am Ellbogen. Ich bekam eine Kugel durch die Brust, hoch oben auf der rechten Seite. Sie zerschmetterte eine Rippe, ging durch meinen rechten Lungenflügel und prallte an meinem Schulterblatt ab. Der große Muskel an meinem linken Oberschenkel, der *Rectus femoris*, wurde fast durchgetrennt, wie mit einem Schlachtermesser. Dieser Zwischenfall hat zwei bleibende Folgen hinterlassen: seitdem humple ich, wenn ich müde bin, und mit meinem schönen Aufschlag beim Tennisspiel war es vorbei.

Aber solche Gedankenspiele nach dem Muster »wenn doch nur …« sind sinnlos. Sich ihnen hinzugeben bedeutet, blind an die Gesetze von Ursache und Wirkung zu glauben. Die Ursache meiner Schussverletzungen war ein schießwütiger schottischer Fallschirmjäger. Jeder Versuch, die Spur weiter zurück zu verfolgen, ist zum Scheitern verurteilt. Könnte man vielleicht die Tatsache, dass ich angeschossen wurde, auf Leo Druces Verleumdungsfeldzug in der englischen Presse zurückführen? Unter einem bestimmten Blickwinkel könnte man das durchaus. Unter einem anderen ist es offenkundig absurd. Es war Pech. Zufall. Der Quantenzustand, der in ein menschliches Leben einbricht. Ich bin diesem Soldaten nicht böse.

Man kurierte mich in einem großen Marinehospital bei Washington, DC. Ich wurde gut versorgt – darum kümmerte sich Eddie. Jeden Tag frische Blumen, das beste Essen. *The Equaliser* war, wie Two Dogs mir erzählt hatte, ein beträchtlicher Erfolg gewesen. Ich hatte eine Stange Geld verdient. Lone Star florierte, und sein Besitzer ebenfalls. Eddie hatte große Pläne, wie er mir sagte: als nächstes würden wir Jesse James machen, dann Kit Carson. Wir könnten die ganze Skala der volkstümlichen Westernhelden durchspielen. Als ich das Hospital verließ, lud er mich zu sich nach Los Angeles ein, doch ich verbrachte die Zeit bis zum Ende des Krieges bei Ramon Dusenberry in San Diego, wo ich langsam, aber sicher wieder gesund wurde. Ich kam erstaunlich gut mit einer Lunge aus. Ich fragte mich, warum die Natur dieses Organ wohl doppelt angelegt hat – wahrscheinlich für den Fall, dass man durch den einen Teil eine Kugel gejagt bekommt.

Ende 1945 war ich vollständig wiederhergestellt, jedenfalls so weit es überhaupt ging. Eddie bedrängte mich noch immer, sein Drehbuch über Jesse James anzusehen. Ich redete mich so lange wie möglich auf meine schwache Gesundheit heraus, aber dann kam ein Brief, der alles veränderte und mich in andere Bahnen lenkte.

Der Umschlag, in dem er enthalten war, war ein sonderbares Objekt, fast zerstört von amtlichen Stempeln und Kopierstiftaufschriften. Ursprünglich an die Adresse meines Vaters gerichtet, hatte er schließlich seinen Weg zu mir gefunden. Er kam von Karl-Heinz, und er war datiert vom Oktober 1945.

Mein lieber Johnny!
Es tut mir so leid, dass ich Dich darum bitten muss, aber würdest Du mir etwas Geld leihen? 100 Dollar, mehr brauche ich nicht, und ich werde für immer und ewig in Deiner

Schuld stehen. Ich weiß, es erscheint fast wie ein Vermögen, um das ich bitte, aber man sagt mir, dass dort drüben in Hollywood USA die Dollarscheine auf Bäumen in Euren Gärten wachsen. Pflücke mir bitte ein Büschel und schicke es mir an die Dandy Bar, Kurfürstendamm 574, britischer Sektor, Berlin.

Wie es mir geht? Frage nicht, mein alter Freund, frage nicht! Ein warmer englischer Händedruck von Deinem alten Gefangenenwärter

Karl-Heinz.

Karl-Heinz lebte. Das war die beste Nachricht. Wie, durch welchen unwahrscheinlichen Zufall? Plötzlich fiel die Trägheit meiner Rekonvaleszenz von mir ab. Ich wusste jetzt, was ich zu tun hatte. Ich würde wieder für die Chula Vista *Herald Post* arbeiten.

Berlin. Jahr Null

Während meiner Reise nach Berlin war ich von einem erstaunlichen Optimismus erfüllt. Ich war, so unglaublich es klingen mag, überzeugt, dass mein Leben noch einmal von vorn beginnen würde. Karl-Heinz lebte. Irgendwie, das wusste ich, würden wir die *Bekenntnisse* jetzt vollenden, und obwohl ich keine Ahnung hatte, welche Form der Film haben sollte, war ich doch sicher, dass er zustande kommen würde. Der hat zu lange in Krankenhausbetten herumgelegen, höre ich Sie sagen, zu lange auf den Pazifik hinausgestarrt, ohne an irgendetwas zu denken. Ich hatte Karl-Heinz das erbetene Geld geschickt, jetzt brauchte ich ihn nur noch zu finden.

Doch die Begeisterung, dieses alte mitreißende Gefühl der offenen Möglichkeiten, begann zu versickern, als wir uns Tempelhof näherten und über die Stadt hinwegflogen. Ich war auf ein Bild der Zerstörung gefasst gewesen, doch was ich an jenem Nachmittag im März 1946 zu sehen bekam, war weniger schockierend als vielmehr in einem bizarren, unheimlichen Sinne unwirklich. Berlin war dahin, seine Skyline verschwunden. Wenn man in einer Stadt steht und sich zwanglos umschaut, sieht man Türme, Dächer, Kirchtürme, Giebel, Schornsteine, Baumwipfel. Das Licht dringt zu einem unter verschiedenen Winkeln und über schräge Flächen, bald zwängt es sich durch schmale Gassen, bald überschüttet es den allgemeinen Rundblick auf weite Boulevards und in Parks. Berlin war nicht dem Erdboden gleichgemacht worden, die Gerippe der Gebäude standen noch, aber es hatte all die Merkmale eingebüßt, die es zu etwas Besonderem, eben zu »Berlin« machten. Nur der Funkturm ragte unversehrt aus den verwüsteten Straßen hervor. Alles andere war ein eintöniges Grau, und alles war zerbombt worden.

Wie soll ich es erklären? Wenn Sie jemals gesehen haben, wie eine Rugbymannschaft nach einem Spiel, das auf einem ungewöhnlich schlammigen Platz gelaufen ist, vom Spielfeld geht, können Sie sich etwas Vergleichbares vorstellen. Die müden, zerzausten, verdreckten Männer, mit Klumpen von Schlamm behaftet, scheinen plötzlich alle von gleicher Größe und Dicke zu sein. Der schlanke, schnelle Flügelstürmer ist nicht mehr zu unterscheiden von dem schütter werdenden Hakler mit dem Bierbauch. Die harte Prüfung, die sie hinter sich haben, die Erschöpfung, das zerraufte Aussehen – das alles hat sie untereinander gleichgemacht. Das ist es, was mit Berlin passiert war. Es war eine einzige große Ruine. Die Stadt war zusammengeschmolzen.

Ich wurde in einer Villa in Zehlendorf-West im amerikanischen Sektor untergebracht. Das Pressebüro der Militärregierung bezeichnete sie aus irgendeinem Grunde mit PRS-4. Dort war ein halbes Dutzend Journalisten untergebracht, und geführt wurde das Haus von einer blassen, stillen Frau namens Hanf. Sie war hochgewachsen und eigentümlich schön auf eine angestrengte, gezwungene Art, doch sie war der Inbegriff der Förmlichkeit. Nie habe ich gewagt, sie etwas Persönliches zu fragen.

Am nächsten Tag führte man uns zu einer Stadtbesichtigung. Meine Depression vertiefte sich. Was mich niederwarf, war das Durcheinander. Es erschien unmöglich, hier jemals wieder Ordnung zu schaffen. Ich konnte mir nicht vorstellen, dass aus dieser Verwüstung jemals wieder eine neue Stadt erstehen könnte. Wir fuhren über den Kurfürstendamm in Richtung Gedächtniskirche. Die Häuser auf beiden Seiten waren ausgebrannte Gerippe, wankende Fassaden zwischen ungeheuren Schuttbergen. Zu meiner Verwunderung sah ich jedoch Leuchtschilder und frische Farbe, sogar Neon. Geschäfte, Cafés und Lokale waren geöffnet und gaben sich tapfer den

Anschein, auf Kundschaft zu warten. Die Straßen waren voller Menschen, die mit aufmerksamem Blick vornübergebeugt gingen, mit einer für Berliner untypischen Langsamkeit. Überall sah man Gruppen von schmuddeligen Frauen in langen Hosen, die Ziegelsteine aus den Trümmern zogen. Gegenüber der Kirche der Gloria-Palast, wo die *Bekenntnisse: Teil 1* eine Woche lang gelaufen waren; jetzt ein eingestürzter Krater aus Stein und Beton.

Wir fuhren weiter. Noch ein ungeheurer Schock. Der Tiergarten war verschwunden! Völlig verschwunden, nicht ein Baum stand mehr. Stattdessen Tausende von unansehnlichen Schrebergärten. Eine Verwandlung, die mich erdrückte. Ich versuchte mir den Hyde Park, den Bois de Boulogne, den Central Park als riesige Gemüsegärten vorzustellen, sämtliche Bäume abgehackt als Brennstoff …

Auf dem Brandenburger Tor hingen rote Fahnen und Bilder von Lenin. Das blendende Weiß des Denkmals für den unbekannten russischen Soldaten wirkte vor dem Hintergrund des traurigen, verbrannten Schwarz der umstehenden Gebäude beinahe obszön. Der Dom, das Schloss, die Reichskanzlei … Das Hotel Adlon, die Wilhelmstraße … Alles zerbombt oder gesprengt. Es war ein trübes Bild, das sich mir hinter den Fenstern bot, die Gruppen von Frauen und Kriegsgefangenen, die die Trümmer durchwühlten, mein Kopf eine verwirrende Folge von »vorher« und »nachher«. Wo war das Bristol, das Eden, das Esplanade? Wo waren die Botschaften, die Theater, die Kaufhäuser? Der Ziegelhaufen dort war die Bar, in der ich nach meiner Schicht als Portier im Windsor gern einen trank. Diese leere Fläche war einmal das Haus von Duric Lodokian. Jener Schuttberg war das Hotel, wo Leo Druce seinen Hochzeitsempfang gegeben hatte. Hinter dieser ausgebrannten Fassade hatte einmal Monika Alt gelebt … Und so weiter. Es ist sinnlos, die widerstreitenden Gefühle, die süßen und bitteren Erinnerungen noch einmal heraufzubeschwören, die dieser Tag provozierte. Sie ließen bald nach, und sogar recht schnell.

Man kann sich an alles gewöhnen. Normalität ist wie ein hartnäckiges Ödlandunkraut: Sie nistet sich an den unwahrscheinlichsten Orten ein. Doch woran ich mich nie gewöhnte, war die Verwandlung der Spree. Vielleicht deshalb, weil ich an jenem ersten Tag, als ich 1924 in Berlin angekommen war, in den frühen Morgenstunden, bevor die Stadt auf den Beinen war, vom Lehrter Bahnhof aus in einer kühlen, dunstigen Morgendämmerung an ihren Ufern entlanggegangen war. Jetzt war sie die Kloake der Stadt geworden, verstopft und verschmutzt, von Schaum bedeckt und voll von Abwässern und Exkrementen. Ihre mächtigen, ornamentgeschmückten Brücken waren alle zerstört, und die zertrümmerten Bögen waren ersetzt durch Behelfsbrücken aus Holz. Sie schien beinahe zu fest zu sein, um zu fließen, aber wenn man es ertragen konnte, lange genug dort zu stehen (auf dem Gestank konnte man einen Hut aufhängen, wie die Berliner zu sagen pflegten), konnte man doch sehen, dass die Oberfläche sich einigermaßen bewegte, so als wäre sie der noch unvollendete Prototyp eines Flusses, ein erstes Entwurfsmodell, das inzwischen überholt und veraltet ist.

Mein Tagebuch. Ein typischer Tag.
Berlin, 25. März 1946. Nach einem unruhigen Nachtschlaf früh aufgewacht. Frau Hanf beschaffte mir entgegenkommenderweise ein Frühstück aus gedünstetem Obst und Haferbrei, bevor die anderen Journalisten auf waren. Ich brachte sie dazu, sich zu mir zu setzen und Kaffee mit mir zu trinken, indem ich ihr eine Zigarette anbot. Ich fragte sie, was ihr Mann vor dem Krieg gemacht hätte – sie sagte, er sei Waschmaschinenfabrikant gewesen. Sie hat keine Ahnung, wo er jetzt ist. Wir sprachen darüber, was man tun könnte, um einen Vermissten zu finden. Man könne in der ganzen Stadt Suchanzeigen verteilen, sagte sie. Es gebe sogar Stellen, die gegen eine Gebühr Verwandte für einen aufspüren. Bei der Militärregierung oder der Kontrollkommission bräuchte

man es gar nicht erst zu versuchen. Sie sagte das ohne Groll oder Bitterkeit.

Zur Kommandantura gefahren wegen einer Vorbesprechung über das nächste Vier-Mächte-Treffen. Langweiliges Zeug. Mit einem amerikanischen Hauptmann gesprochen, der sagte, die Russen hätten sich bei Vergewaltigungen nicht übermäßig hervorgetan. Sie seien mehr am Plündern interessiert, sagte er. Angesichts der Tatsache, dass die russischen Truppen vorwiegend aus Asiaten bestanden, fand er die Zahl der Vergewaltigungen in Berlin »ungefähr Durchschnitt«. Er wurde jedoch sehr böse, was die Seidenstrümpfe angeht. »In Berlin tragen mehr Frauen Seidenstrümpfe als in Paris oder London«, sagte er mit Nachdruck. Muss sehen, ob ich das bestätigen kann.

Mittagessen in der WarCorrMess im Hotel Am Zoo. Bohnensuppe, Rinderbrust, gedünsteter Kohl. Die Seidenstrumpftheorie angesprochen. Mehrere Leute stimmten zu. Schrieb darüber einen kleinen Artikel für die Herald Post. *Später am Nachmittag einige Fotos in einem Depot mit ausgebrannten Panzern gemacht – s. dramatisch. Sah* DIE SPUR DES FALKEN. *Nicht schlecht. Bogart ausgezeichnet. Kino eiskalt. In der Dandy-Bar vorbeigeschaut. Keine Spur von Karl-Heinz. Heim.*

Die Dandy-Bar befand sich in einer kleinen Straße gleich neben dem Kurfürstendamm. Sie war im Erdgeschoss und Keller eines zerstörten Wohnhauses eingerichtet worden. Im Vestibül war ein Empfang und eine Garderobe. Eine Treppe führte in den Keller hinab, wo eine Bar war sowie Tische und Stühle, die sich um eine kleine Bühne und eine Tanzfläche gruppierten. Das Lokal gab sich anspruchsvoll. Die Wände waren teilweise getäfelt, das Holz stammte aus vornehmeren Gebäuden, und es gab überall viel roten Plüsch. Auf den Tischen lagen weiße Tischdecken, und die Kellner trugen Uniform. Es wurde fast ausschließlich von amerikanischen Soldaten besucht – ihre

Fraternisierungsbestimmungen waren lockerer – und von Mädchen.

Ich ging am Abend nach meiner Stadtrundfahrt hin. Die Bar war geöffnet, aber leer. Eine Drei-Mann-Kapelle von ausgemergelten Männern in weiten Hawaiihemden spielte recht gut *Don't Fence Me In.* Ich zeigte dem Barmann ein Foto von Karl-Heinz. Ja, sagte er, früher kam er öfter hierher, als es noch die »alte« Dandy-Bar war, bevor sie veredelt wurde. Damals war sie ein Treffpunkt für Homosexuelle, »Männer und Frauen«, wie er großzügig anmerkte. Seitdem hatte er Karl-Heinz nicht mehr gesehen. »Wie lange ist das her?«, fragte ich. »Vier, fünf Monate«, sagte er. Und nein, kein Brief für ihn sei abgegeben oder abgeholt worden. Ich hinterließ eine Nachricht für alle Fälle und schaute fast jede Nacht kurz herein. Es schien mir das einzige zu sein, was ich tun konnte. Eine Flasche Wein kostete zehn Pfund, und einmal aß ich dort ein Fleischgericht, von dem man mir später sagte, es sei »Spaniel« gewesen.

Während dieser ersten Wochen in Berlin ging ich einigermaßen pflichtgetreu meiner Arbeit nach und verkehrte mit anderen Journalisten. Sehr rasch wurde ich von der Apathie und Ziellosigkeit erfasst, die in dieser zerstörten Stadt in der Luft zu liegen schien. Es gab eine sonderbare Ähnlichkeit mit Los Angeles, nur dass das konstante Klima hier in Not und Entbehrung bestand. Jene unter uns, die von diesen Beschwerden frei waren, wurden dennoch von der herrschenden Stimmung angesteckt, wie von einem Virus. Meckerei und Nörgelei beherrschten das Gespräch. Wir saßen in unseren Keller-Nachtclubs, tranken und aßen uns satt und stöhnten über unsere Arbeit und unsere Wohnverhältnisse. Draußen ging der Rest der Stadt vor die Hunde.

Nicht, dass mein Eifer, Karl-Heinz zu finden, nachgelassen hätte – ich konnte mir nur einfach keinen anderen Weg vorstellen, als im Dandy an der Bar zu sitzen, zu trinken und der Kapelle zuzuhören, in der vagen Hoffnung, er könnte hereinschauen. Manchmal ging ich in andere Clubs – Rio Rita's, Femina, Tabasco –, wo man Lesbierinnen und phantastische Transvestiten traf, Schieber, Zigaretten- und Schokoladenschmuggler mit ihren kostspieligen Frauen. Obwohl der Augenschein dagegen sprach, konnte man in jenen Tagen in Berlin sehr gut leben, wenn man es sich leisten konnte. Mir sagte jedoch, ganz abgesehen von der Verbindung mit Karl-Heinz, der schäbige Prunk des Dandy und die Vielzahl der ständig wechselnden Huren mehr zu.

Eines Abends plauderte ich mit einem dieser Mädchen. Henni. Ich hatte kein sexuelles Interesse an ihr; die amerikanische Presse war einfach scharf auf Lastergeschichten aus dem besetzten Deutschland – wie die siegreichen GIs von den besiegten Fräuleins korrumpiert wurden –, und da sie allein war, dachte ich, ich könnte vielleicht ein bisschen »menschliches Schicksal« aus ihr herauslocken. Henni war ein hochgewachsenes, sehr, sehr blasses Mädchen mit fülligen blonden Haaren, die ungewaschen waren. Ihre lange Oberlippe verlieh ihr einen etwas traurigen Ausdruck. Sie trank gefärbtes Wasser und rauchte eine Zigarette. Sie sagte, sie wartete auf einen Major von der 82. Luftlandedivision, aber er tauchte nie auf. Sie erzählte mir, sie sei im Chor des Deutschen Opernhauses gewesen. Ich bot ihr eine weitere Zigarette an und bestellte eine Flasche Wein. Nachdem wir eine halbe Stunde geredet hatten, deutete sie auf mein Zigarettenpäckchen und sagte – auf Englisch und ohne große Begeisterung – »Du gibst mir das und wir gehen ficken«.

Sie nahm mich mit auf das Zimmer, das sie mit ihrer Mutter teilte, gleich am Savignyplatz. Ihr Vater, ein Musiklehrer, hatte sich 1945 vergiftet, als die Russen in die Stadt eindrangen. Ihre Mutter, eine alte Dame, lächelte mich höflich an und verließ das Zimmer, als wir kamen. Es war ein kleines Zimmer, sehr kalt und ordentlich. Das Fenster, das auf einen Hof hinausging, enthielt nur eine Glasscheibe, die übrigen Löcher waren mit Pappe ausgefüllt. Henni machte einen dünnen Tee, den wir ohne Milch und Zucker tranken. Sie schloss meine Zigaretten in einen Schrank.

»Meine Mutter wird entzückt sein«, sagte sie. »Morgen können wir sie verkaufen.« Sie deutete aufs Bett. »Sollen wir? Hunger ist ein starker Antrieb zur Prostitution.«

Ich mochte Henni. Ich fand ihre intelligente, nüchterne Geschäftsmäßigkeit amüsant und überhaupt nicht anstößig. Ich ging fast jede Nacht ins Dandy, und wenn sie da war, ging ich mit ihr nach Hause. Ich brachte Lebensmittel und Schokolade mit, aber was sie wirklich wollte, waren Zigaretten, damals die einzige harte Währung in Berlin. Wenn ich bei dem riesigen Post Exchange im amerikanischen Sektor eine Stange mit 200 Lucky Strikes kaufte, sagte ich mir immer: »Zehn Nächte mit Henni.« Hennis Mutter ging damit auf den Schwarzmarkt im Tiergarten und tauschte sie gegen Nahrungsmittel ein. Berlin war 1946 voll von Prostituierten, fast alle Amateure. Mindestens 300000, sagte ein Journalist. Es war außerdem eine Stadt der Frauen, auf jeden Mann kamen drei. Henni hatte es schwer, bei der starken Konkurrenz regelmäßige Kunden zu bekommen, und ihr ein bisschen trauriger, ein bisschen verächtlicher Gesichtsausdruck hatte etwas, das Männer abstieß. Außer mir, sagte sie, hätte sie im Durchschnitt drei oder vier Freier in der Woche, und sie ginge nie mit Russen.

Ich lag gern mit ihr im Bett und plauderte (ihre Mutter ging über den Flur zu einer Nachbarin). Es war warm im Bett, und wir lagen dort, rauchten Lucky Strikes und tranken Whiskey. Ich erzählte ihr von meiner alten Berliner Zeit (für sie war es eine sonderbare Vorstellung, dass wir vorher in der gleichen Stadt gelebt hatten, dass ich sie vielleicht sogar als kleines Mädchen gesehen hatte. »Und schau, was aus uns geworden ist«, fügte sie hinzu). Sie erzählte mir von ihrer Gesangskarriere und dass sie sich schon darauf freute, sie wieder fortzusetzen. Eines Abends bat ich sie, mir etwas vorzusingen, und sie entsprach meiner Bitte sogleich; auf dem

Rücken liegend, die brennende Zigarette zwischen den Fingern, sang sie mit einer reinen, klaren Stimme »Wohin sind die goldenen Zeiten«. Die betörende Schönheit der Melodie rührte mich zu Tränen.

10. April 1946. Konnte mir einen Wagen mit Fahrer beschaffen und fuhr mit Henni zum Picknick an die Havel. Wir fuhren durch den Grunewald, der mehr oder weniger unversehrt ist. Ein heller Tag mit einer blassen Sonne. Segeljachten und Motorboote auf dem See. Henni ging schwimmen, ich lehnte ab. Sie trug einen dunkelblauen zweiteiligen Badeanzug und eine Gummibadekappe in Rot und Weiß. Sie plantschte kräftig im Wasser herum, dann eilte sie heraus und warf sich in den Sand zum Sonnenbaden. Durch das wollene Oberteil konnte ich sehen, dass ihre Brustwarzen hart und erigiert waren, und das blonde Haar unter ihren Achseln war dunkel und glatt vom Wasser.

Ich war seltsam deprimiert. Wären da nicht die khakifarbenen Chevrolets und hier und da einige Uniformen am Strand gewesen, hätten wir uns wieder in den dreißiger Jahren befinden können. Wie kam ich dazu, dieses kluge, interessante Mädchen zu prostituieren? Ich empfand heftige Gewissensbisse. Um Abbuße zu tun, erzählte ich ihr eine Stunde lang von mir, so als könnte die bloße Masse der Information mich in ihren Augen aus einem Kunden in eine Person verwandeln. Ich erzählte ihr von Karl-Heinz und meiner Suche nach ihm, von meinem Traum, die Bekenntnisse *zu vollenden. Nüchtern schlug sie vor, ich solle doch an der früheren Wohnung von Karl-Heinz ein Plakat anbringen, aus dem hervorging, dass ich ihn suche. Alle in Berlin nutzten dieses Verfahren, um Freunde und Verwandte aufzuspüren. (Warum war ich nicht darauf gekommen?)*

Als wir in die Stadt zurückfuhren, spürte ich, wie meine Schuldgefühle und meine Verlegenheit sich legten. Ich ging wieder mit ihr aufs Zimmer und mit ihr ins Bett. Die zer-

störte Stadt, das erkenne ich, ist der eigentliche Kontext unserer Beziehung. Aber wieso möchte ich, dass sie mich wenigstens mag?

Ich fuhr mit der U-Bahn zurück nach PRS-4. *Auf dem kurzen Weg bis zum Haus fing es an zu regnen, und ich konnte die Leichen riechen. Die meisten der Toten unter dem Schutt sind inzwischen vollkommen zerfallen, aber ein Regenschauer scheint einen letzten gespenstischen Verwesungsgeruch hervorzurufen.*

Bei Frau H. war gerade ein Mann eingezogen, den ich oberflächlich von Reuters kannte, und er fragte mich, ob ich einen Monroe Smee kenne. Ich hatte Smee vollkommen vergessen. Ich sagte, ich hätte ihn vor dem Krieg in Hollywood kennengelernt; wieso? »Ich war in L. A.«, sagte dieser Mann, »und ich habe ihn getroffen. Er war sehr neugierig, was aus Ihnen geworden war.«

Morgen gehe ich zur Stralauer Allee. Frau H. trägt ein interessantes Abendessen auf. Zwei kleine Karpfen mit einer Soße aus Schwarzbrot, Bier, Zwiebeln, Karotten und Lebkuchengewürz.

Berlin war damals eine einzige riesige Anschlagtafel. Auf allen verfügbaren Flächen waren gedruckte Bekanntmachungen und Handzettel angenagelt, angeheftet oder angeklebt. In den meisten Anschlägen wollte man etwas über Menschen erfahren, die einmal in den jetzt zerstörten Häusern gewohnt hatten, aber es gab auch Stellenangebote und Verkaufsanzeigen. In unserer Straße wollte jemand zum Beispiel ein Paar Skier verkaufen. Ich schrieb meinen Anschlag mit roter Tinte; ich bat um Auskunft über den Verbleib von Karl-Heinz Kornfeld, ehemaliger Bewohner der 129b, und zog daraufhin, mit Hammer und Nägeln bewaffnet, los.

Der Block war fast völlig zerstört, und von der nahen Spree drang ein besonders eitriger Gestank herüber. Ich klopfte den Anschlag am Türpfosten fest und trat zurück. Was konnte

Karl-Heinz dazu bewegen, zu dieser Ruine zurückzukehren? Eine Gefühlsregung? Sehr unwahrscheinlich …

Der Frühling war weit fortgeschritten, und auf den Steinhaufen spross das Unkraut. Ich fühlte mich plötzlich hilflos. Henni hatte mir gesagt, gegenwärtig träfen täglich 25 000 Flüchtlinge in Berlin ein. Wie sollte ich Karl-Heinz unter all diesen Menschen finden? Mir wurde klar, dass ich sofort zu den Vermisstensuchdiensten hätte gehen sollen, von denen Frau Hanf mir erzählt hatte. Mein Zaudern ärgerte mich. Meine Berliner Ziellosigkeit hatte mich mehrere Wochen gekostet. Ich betrachtete meinen Anschlag an der Tür. Es gab in der Straße mehrere solcher Auskunftsersuchen. Las überhaupt jemand diese Dinger, oder war es bloß eine typische Berliner Selbsttäuschung, nur damit irgendetwas geschah?

Dennoch beschloss ich, einen letzten Versuch zu machen. Frau Hanf half mir, die Adressen zweier solcher Stellen ausfindig zu machen, und ich trat mit der Personenbeschreibung von Karl-Heinz an sie heran. Sie waren nicht gerade optimistisch. Sie wiesen auf die Möglichkeit hin, dass er sich gar nicht mehr in Berlin aufhielte. Vier Millionen deutscher Flüchtlinge, so erklärten sie mir, seien nach Westen geflüchtet oder seit Kriegsende aus russisch besetzten Gebieten vertrieben worden. Vielleicht war Herr Kornfeld mit ihnen gegangen? Aber man würde sehen, was man tun könne. Etwa eine Woche nach diesen Besuchen ging ich ins Kino, um mir *Meine Frau die Hexe* anzusehen. Ich weiß nicht, wovon meine Erinnerung ausgelöst wurde – ich glaube, eine der Statistinnen erinnerte mich an seine Sekretärin – jedenfalls musste ich plötzlich an Eugen P. Eugen denken. Ob er noch lebte? Vielleicht war es einen Versuch wert. Ich dachte an unsere früheren Begegnungen. Der Mann war hartnäckig, unbestreitbar, und gewissenlos. Vielleicht konnte er mehr erreichen als die überlasteten Suchdienste.

Das Gebäude, in dem sich Eugens Büro befunden hatte, war vollkommen zerstört, wie die ganze Fehmarner Straße. Die

Straße war noch nicht einmal geräumt worden, nur ein gewundener Pfad führte zwischen den Schuttbergen hindurch. Dass ich mich an der richtigen Stelle befand, erkannte ich an den verbrannten und zerstörten Gebäuden des Instituts für Infektionskrankheiten, die einige hundert Meter weit zu sehen waren. Auf dem Rückweg zum S-Bahnhof Putzlitzstraße kam mir eine Idee. Nach zehn Minuten hatte ich das kleine Café gefunden, wo Eugen zu essen pflegte. Was hatte er noch an dem Tag gegessen, als er mir erzählte, Sonia habe ihn angeworben? Gurken? Kohl? Wurst? … Ja, es war Kohl – ich erinnerte mich an den Geruch.

Das Kellercafé existierte noch, und es war geöffnet. Darüber erhob sich schwankend die Fassade eines Hauses, mit Holzbalken abgestützt. Irgendwie wusste ich, dass Eugen dort sein würde.

Natürlich war er nicht da. Das Leben ist selten so entgegenkommend, aber der Besitzer sagte, es bestünden gute Aussichten, dass er am Abend da sein würde.

Als ich um sieben Uhr wiederkam, saß ein halbes Dutzend Leute stumm vor ihrem Bier und versuchte, nicht zu einem kleinen Mann hinzuschauen, der gierig und geräuschvoll in einer Ecke am Essen war. Ich wusste, dass es Eugen war, obwohl ich ihn kaum wiedererkannt hätte. Er war hager, und seine blonden Haare waren verschwunden. Er trug ein graues Flanellhemd ohne Kragen und eine grüne Uniformjacke. Auf seinem kahlen Schädel bemerkte ich drei große Schorfkrusten. Ich setzte mich ihm gegenüber.

»Herr Eugen?«

Er blickte auf.

»Mein Name ist Todd. Sie haben für mich gearbeitet, vor langer Zeit. 1928 …«

Er starrte mich an und überlegte kurz.

»Mein Gott«, sagte er. »Ja, natürlich. Und dann haben wir uns noch einmal in der Schweiz getroffen. Mit Fräulein Bogan.«

Wir gaben uns die Hände.

»Wie geht es Fräulein Bogan?«

»Ausgezeichnet.«

»Gut, gut. Ich bin ein großer Bewunderer von ihr.«

Keiner von uns beiden schien darauf erpicht zu sein, die Erinnerung an unsere letzte Begegnung auszuwalzen. Ich sagte ihm, was ich von ihm wünschte. Er legte sein Gesicht in Falten.

»Schwierig. Fast unmöglich.« Er unterbrach sich. »Haben Sie eine Zigarette? Sind Sie sicher, dass er in Berlin ist?«

Wir besprachen die Probleme, dann sein Honorar. Wir einigten uns auf 500 Zigaretten. Irgendwie schien das Geschäft ihn zu verjüngen. Ich erkannte wieder den lebhaften kleinen blonden Mann in ihm, als wäre er sein innerstes Wesen.

»Darf ich Ihnen etwas zu essen anbieten? Angeblich ist dies Kaninchen-Brisolett. Vielleicht ist es nicht Kaninchen, aber bestimmt ist Sägemehl drin.«

Ich lehnte höflich ab. Wir fanden keinen ungezwungenen Ton miteinander. Zwei Jahrzehnte standen dazwischen.

»Es ist merkwürdig, sich wiederzusehen«, sagte er. »Ich kann Ihnen nicht sagen, wie bedrückt ich war – das letzte Mal. Es war mir überaus peinlich.« Er lachte. »Was in meinem Gewerbe überaus ungewöhnlich ist. Gar nicht meine Art.«

Anschließend erging er sich in einer längeren ärgerlichen Beschwerde über einen ausgebrannten Panzer, den man noch immer nicht vom Eingang der Straße, in der er wohnte, entfernt habe. Ich drückte ihm mein Mitgefühl aus.

»Was sagen Sie zu unserer wunderbaren Stadt?«, sagte er, plötzlich verbittert.

»Es ist furchtbar«, sagte ich. »Zunächst konnte ich es nicht glauben.«

»Können Sie sich London oder Paris in einem solchen Zustand der Zerstörung vorstellen?«

Ich überlegte. Der Buckingham-Palast dem Erdboden gleichgemacht, die Nelson-Säule gestürzt, Sacré-Cœur ein weißer Schutthaufen, alle Brücken über die Themse und die Seine kaputt, das Grand Palais nur noch eine Fassade.

»Schwer vorstellbar«, räumte ich ein. Ich wollte ihn gerade daran erinnern, wer mit der Zerstörung angefangen hatte, wechselte dann aber das Thema. Ich fragte ihn, wo er mit der Suche nach Karl-Heinz anfangen würde.

»Berlin ist voller Banden«, sagte er, »Deserteure, Verschleppte, Flüchtlinge. Sie leben in Kellerlöchern. Ich werde Erkundigungen bei der Polizei einziehen.« Er lächelte stolz. »Glücklicherweise habe ich immer noch meine Kontakte.«

23. April 1946. Endlose Pressekonferenz im Lancaster House – Britisches Hauptquartier –, auf der die Gespräche über eine gemeinsame Lebensmittelversorgung in den vier Sektoren für gescheitert erklärt werden. Gespräch mit einem britischen Soldaten; er sagt, die Offiziere »leben in Berlin wie die Götter«, während die übrigen Dienstgrade in die Kasernen gesperrt werden. Der gemeine britische Soldat hat überall Zutrittsverbot. »Wir sind eine Armee von Gentlemen und Fußabstreifern«, sagt er. So ist es im amerikanischen Sektor nicht. In der Dandy-Bar. Henni sagt, sie hätte Aussicht auf eine Stelle als Musiklehrerin an einer Schule in Hamburg. Sie findet, sie sollte ihre Mutter aus Berlin herausbringen. Ich ermutige sie. Für eine Stunde auf ihr Zimmer, dann zurück zu PRS-4, rechtzeitig zu einem späten Abendbrot. Ich glaube, Frau Hanf hat eine Schwäche für mich entwickelt, sie erinnert sich daran, Julie *gesehen zu haben. Ich erzähle ihr, was aus Doon geworden ist.*

24. April 1946. Sah heute ein Filmplakat – DIE KANONE, ein Western. Ich war fast schon daran vorbei, als ich sah: Ein Film von J.J. Todd. *In der Messe der Kriegsberichterstatter sprach es sich schnell herum, und auf einmal bin ich so etwas wie eine Berühmtheit. Wurde von zwei Kollegen interviewt. Merkwürdig, dass wieder ein Film von mir in Berlin läuft.*

Nachricht von Eugen. Wir sollen uns morgen Mittag in der Dandy-Bar treffen.

Tatsächlich ließ man Eugen nicht in die Bar hinein, weil seine Kleidung zu unansehnlich war. Als ich kam, stritt er sich mit dem Türsteher. Ich nahm ihn zur Seite und besänftigte ihn. Er war den Tränen nahe.

»Mein Gott! Früher hätte ich in so eine finstere Spelunke nicht meinen Fuß gesetzt!« sagte er. »Ich war Mitglied von fünf Clubs. Fünf. Sehr vornehm. Überaus exklusiv.«

»Haben Sie ihn gefunden?«

»Was? Ja. Ja, ich glaube schon.«

Er beruhigte sich, als ich ihm seine Zigaretten überreichte.

Er führte mich in den französischen Sektor. Überall wehten Trikoloren. Ich glaube, die Franzosen genossen die Besetzung Berlins ebenso sehr wie die Russen. Wir ließen den Wagen stehen und gingen durch eine teilweise geräumte Straße. Riesige Brände hatten hier gewütet, und die Gebäude waren rußgeschwärzt. Es war ein kühler, bedeckter Tag, gelegentlich nieselte es. Dann und wann löste der frische Wind ein Stück der Rußkruste von den Wänden und ließ es wie ein steifes schwarzes Taschentuch durch die Luft segeln. Wir gingen um eine Ecke und stießen auf eine Freifläche, die früher wohl ein kleiner Platz gewesen war. Die Häuser auf der anderen Seite waren völlig dem Erdboden gleichgemacht, wir standen inmitten einer Steinwüste, so groß wie ein Fußballplatz, wo es von Unkraut und wilden Blumen wucherte. Hier und da schienen Leute in Höhlen zu kampieren, die sie in den Schutt gegraben hatten. Ungefähr dreißig Leute standen um ein loderndes Feuer.

Unter einigen Schwierigkeiten kämpften Eugen und ich uns durch das unebene Gelände zu einer halbzerstörten Kirche durch. Ein ganz sonderbares Gefühl erfasste mich. Ich konnte kaum glauben, dass ich gleich Karl-Heinz wiedersehen sollte. Ich fühlte mich beklommen, war den Tränen nahe. Ich stolperte, und mein Bein begann zu schmerzen.

Die Kirche hatte kein Dach mehr, und auch das Gestühl war verschwunden – wahrscheinlich hatte man Brennholz daraus gemacht. Viele Menschen schienen hier zu leben; manche lehnten schicksalsergeben an der Wand und hüteten ihre armselige Habe, andere hockten über kleinen Feuern und kochten sich in dampfenden Töpfen etwas zu essen. Wir gingen in die Krypta hinunter. Zu meiner Überraschung gab es dort elektrisches Licht, und es war sehr verqualmt. Eugen sprach mit einer einarmigen jungen Frau. Ich schaute mich um, es war voll von jungen Leuten, Jungen und Mädchen. Sie deutete mit ihrem Stumpf in den hinteren Teil des Raumes. Auf dem Weg dorthin kamen wir an behelfsmäßigen wackeligen Tischen vorbei. Einige Leute waren anscheinend damit beschäftigt, Zigaretten zu drehen, aber genau konnte ich es nicht sagen, ich sah nur kurz hin.

Dann erblickte ich Karl-Heinz.

Er stand an einem breiten Herd, dessen Holzfeuer den ganzen Qualm verursachte, und kochte irgendetwas. Er trug einen dicken, schlecht geschnittenen Militärmantel, der ihm bis zu den Knöcheln reichte. Die Haare waren ihm vor Kurzem abrasiert worden und standen jetzt in unregelmäßigen Stoppeln auf seinem Kopf. Sie waren überwiegend grau. Er war sehr dünn, und sein Hals wirkte mit den grauen Stoppeln wie der eines alten Mannes, loses Fleisch und lockere Sehnen, keine Festigkeit. Er blickte auf und drehte sich um. Die dunklen, winkelförmigen Augenbrauen hatten sich nicht verändert. Er lächelte. Ihm fehlten ein paar Zähne.

»Hallo, Johnny«, sagte er einfach. Wir umarmten uns. Er stank. Dennoch musste ich an damals denken, 1924 in der Stralauer Allee 129b.

Es macht mir nichts aus, Ihnen zu verraten, dass ich weinte. Ich flennte. Ich war glücklich, ihn wiederzusehen, und zugleich maßlos traurig. Er war nur einige Jahre älter als ich, aber er kam mir wie mein Vater vor. Wir ließen uns um den Herd nieder, und er wollte uns unbedingt ein klägliches Essen auftischen. Eine Suppe, bestehend aus Brotkrumen und Salz in heißem Wasser, und Kartoffeln, die in altem Kaffeesatz geröstet waren, den man in den Abfällen amerikanischer Armeeküchen aufgestöbert hatte.

»Damit sie überhaupt etwas zwischen die Zähne bekommen«, sagte er.

Während des Essens schilderte Karl-Heinz kurz, wie er die Kriegszeit überstanden hatte. Man hatte ihn für wehruntauglich erklärt wegen seines Magengeschwürs, das durch die kriegsbedingten Entbehrungen und den schlechten Schnaps, den er trank, 1942 aufgebrochen war. Solange die Theater noch spielten, hatte er weitergearbeitet. Er war eine Zeit lang in Hamburg und anschließend in München gewesen. Gegen Kriegsende hatte man ihn jedoch eingezogen und in ein Bataillon gesteckt, das ausschließlich aus Männern bestand, die an Magenbeschwerden litten. Man hatte sie östlich von Berlin eingesetzt, wo sie den Vormarsch der Russen aufhalten sollten.

»Es war eine sonderbare Einheit. Wir sprachen von nichts anderem als unserer Gesundheit, unseren Ärzten. 95 Prozent von uns hatten Magengeschwüre.« Vergeblich versuchte ich, mir diese Einheit vorzustellen.

Als sie sich schließlich von der Ringbahn zum Potsdamer Platz zurückziehen mussten, hatte Karl-Heinz beschlossen, zu desertieren und unterzutauchen. Drei Monate lang hatte er den Verrückten gespielt.

»Die beste Vorstellung meines Lebens«, sagte er mit einem schwachen Grinsen.

»Was hast du gemacht?«

»Bitte nicht beim Essen, Johnny.«

Ich warf einen Blick auf die behinderten jungen Leute. »Was geht hier vor sich?«

»Irgendwie musste ich leben. Also wurde ich Kippensammler. Dann beschloss ich, Unternehmer zu werden. Da waren all diese jungen Leute, die in den Ruinen lebten. Ich brachte sie dazu, Zigarettenstummel für mich zu sammeln. Man braucht ungefähr sieben Kippen für eine neue Zigarette. Wir verkaufen sie zum Stückpreis von zwei Mark. Ich zahle den jungen Leuten ein bisschen Geld aus, und wir kaufen Lebensmittel auf dem Schwarzmarkt. Eine Zeit lang ging es uns recht gut, aber dann fingen alle damit an. Das Leben ist wieder schwerer geworden. Aber dann kommst du …« Er lächelte. »Mein Gott, Johnny, erinnerst du dich noch, wie wir uns in Weilburg kennengelernt haben? 1918?« Plötzlich hielt er inne. Der Gedanke an die lange Zeit, die seitdem vergangen war, schien ihn aus der Fassung zu bringen. Das Lächeln verschwand aus seinem Gesicht. Er beunruhigte auch mich. Es ist eine der unseligsten Folgen des Alterns. All das »Vergangene« sammelt sich hinter dem gegenwärtigen Augenblick und lässt ihn bedeutungslos und nichtig erscheinen. Ich dachte an unser beider Leben. All die Mühen, all die Jahre, um am Ende in der Krypta einer ausgebombten Kirche Kartoffeln mit Kaffeegeschmack zu essen! Ringsum die Ruinen der drittgrößten Stadt der Welt. Und dann war da auch noch die Zukunft. »Ich möchte, dass du mit mir kommst«, sagte ich zu ihm. »Wir müssen dich unbedingt nach Amerika rüberkriegen.«

»Sehr hübsche Idee«, sagte er. »Wozu?«

»Wir werden die *Bekenntnisse* zu Ende drehen.«

Ich glaube, es war das erste Mal in den achtundzwanzig Jahren, die wir uns kannten, dass Karl-Heinz mich mit ungeteilter Bewunderung ansah.

Ich fand für Karl-Heinz eine Bleibe nicht weit von Hennis Haus. Ich las in der Straße einen Anschlag, dass in einer Kellerwohnung ein Raum zu vermieten sei. Die junge Familie, die dort wohnte, nahm ihn herzlich auf. Die Frau hatte ihn oft auf der Bühne gesehen. Ich kaufte ihm etwas zum Anziehen, gab ihm Geld fürs Essen, ließ ihn entlausen und ärztlich untersuchen, und ich beschaffte ihm Zahnersatz und neue Papiere. Das alles war relativ einfach – ihn aus dem Lande zu schaffen, schien unmöglich.

Schließlich erfuhr ich von einem Sonderprojekt des Londoner Innenministeriums, das für deutsche Staatsangehörige die Zusammenführung mit Familienangehörigen in Großbritannien ermöglichte. Ich stellte für Karl-Heinz den Antrag, indem ich erklärte, er sei ein Halbbruder von Mungo Dale, und in Drumlarish sei Unterkunft und Arbeit für ihn gesichert. Man zweifelte an dieser Behauptung und verlangte Beweise. Ich hatte Mungo eingeweiht, und er war so nett, den Behörden schriftlich zu bestätigen, dass Karl-Heinz aus der zweiten Ehe seiner Mutter stamme und vor dem Ersten Weltkrieg oft den Sommer bei der Familie verbracht habe. Nach dem Tod von Mrs. Dale sei der Kontakt abgebrochen, aber er würde ihn gern wieder im Hause Dale willkommen heißen.

In Berlin begann man nach Dokumenten zu forschen, durch die diese Darstellung bestätigt würde. Es würde einige Zeit dauern, sagte man mir, und die Suche könnte sich schließlich als fruchtlos erweisen, weil vieles vernichtet worden sei. Inzwischen hatten wir fast Ende Mai.

Schließlich löste ich mein Problem durch Erpressung eines Oberstleutnants der Royal Air Force (später Generalleutnant Lord D.), der aufgrund seiner Stellung in der Hierarchie der Militärregierung die Genehmigung erteilen konnte. Er machte ein Vermögen damit, gestohlene Antiquitäten in Flugzeugen der Royal Air Force zu Londoner Händlern zu schaffen (in der Messe der Kriegsberichterstatter ein offenes Geheimnis). Er war nicht der Einzige. Ich könnte die Namen von einem halben Dutzend hochrangiger britischer Offiziere nennen, die sich durch die Ausplünderung von Deutschen ein recht gutes Nachkriegseinkommen verschafften. Der Mann, von dem die Rede ist, war völlig ungerührt, als ich ihm den Handel vorschlug. Er sagte, kein Herausgeber einer britischen Zeitung würde es wagen, die Geschichte zu veröffentlichen. Ich wies darauf hin, dass ich für eine amerikanische Zeitung arbeitete und nicht entsprechenden Beschränkungen unterläge. Er ging auf den Vorschlag ein und ließ unverzüglich die Papiere für Karl-Heinz ausstellen und beglaubigen – ich konnte darauf warten. Als ich hinausging, sagte er: »Arschlöcher wie Sie haben durch ihre Stimmabgabe dafür gesorgt, dass Winston nicht mehr im Amt ist.«

Karl-Heinz hatte Berlin vor mir verlassen, brauchte für seine Reise aber länger. Da er nur ein gewöhnlicher Passagier war, hielt man ihn auf, untersuchte mehrfach seine Papiere und gab ihm falsche Auskünfte. Doch seine Papiere waren in Ordnung, das war die Hauptsache. Das allein würde genügen, dass er mit Sicherheit sein Ziel erreichte.

Mit großem Bedauern und aufrichtigem Kummer verabschiedete ich mich von Henni. Aus ihrer Stelle in Hamburg war nichts geworden. Sie hatte aber von Karl-Heinz' Vermieterin gehört, dass ich es geschafft hatte, ihn aus Berlin herauszuschleusen, und fragte mich, ob ich das nicht auch für sie und ihre Mutter erreichen könne. Ich musste nein sagen. Sie solle sich gedulden, erklärte ich ihr. So wie jetzt könne es nicht ewig weitergehen in Berlin. In unserer letzten gemeinsamen Nacht lagen wir in ihrem schmalen Bett, rauchten und tranken wie immer – und wir taten wohl beide so, als würde es am nächsten Abend genauso sein.

»Bist du verheiratet?«, fragte Henni.

»Nein.«

»Würdest du mich heiraten?«

»Was?«

»Mich heiraten.«

»Ach du lieber Gott!«

»Magst du mich nicht?«

»Natürlich mag ich dich.«

»Na also ... Sobald wir in England sind, können wir uns scheiden lassen.«

»Ich gehe nicht nach England, ich gehe nach Amerika.«

»Noch besser!«

»Ich bin allerdings kein Amerikaner. Ich brauche eine Aufenthaltserlaubnis.«

»Aber wenn sie dich reinlassen, werden sie bestimmt auch deine Frau reinlassen. Und deine Schwiegermutter.«

Ich wollte sagen, dass ich bereits mit einer Deutschen verheiratet gewesen sei und dass es nur sechs Monate gehalten habe.

»Hör mal«, sagte ich. »Ich bin ein alter Mann. Ich bin siebenundvierzig Jahre alt. Fünfundzwanzig Jahre älter als du. Du kannst mich nicht heiraten. Es wäre ein schrecklicher Fehler.«

»Ist schon gut«, sagte sie. »Meine Mutter sagte, ich sollte es versuchen. Sie mag dich – sehr viel mehr als Major Arbogast.«

»Wer zum Teufel ist das?«

»Das ist der andere, der zu mir kommt.«

Erst fühlte ich mich gekränkt, dann fand ich es töricht. »Du wirst schon durchkommen«, sagte ich, um sie zu beruhigen. Ich bin sicher, sie ist durchgekommen.

Ich verließ die Stadt an einem milden Junitag, mit den üblichen gemischten Gefühlen. Dies war die Stadt, die mir Aufstieg und Ruhm beschert hatte. Sie hatte mir Doon gebracht. Zugleich hatte sie mich auch bis zu einem gewissen Grade vernichtet. Und nun war sie selber vernichtet. Ich hatte das komische Gefühl, ich würde sie wiedersehen, und deshalb schaute ich nicht aus dem Fenster, als die DC 3 der US-Air Force von Tempelhof abhob. Ich täuschte mich. Es war schade. Ich bin nicht wieder hingekommen.

Villa Luxe 28. Juni 1972

Ein strahlender, stickiger, unerträglich heißer Tag. Ich überlege mir, ob ich es wagen soll, heute zum Strand runterzugehen. Hinunter zu gelangen ist nicht allzu schwer, was mich fertigmacht, ist der Rückweg. In der Bucht gibt es einige steinerne Schuppen, in denen die Fischer ihre Boote unterbringen. Ich beobachte, wie diese alten Kerle nach ihrem Tagewerk den

Pfad heraufkommen. Man kann nicht gerade sagen, dass sie munter ausschreiten – ihr Gang ist zwar schwerfällig, aber fest. Einige von ihnen wirken älter als ich. Wieso können sie es und ich nicht? Vielleicht sollte ich Ulrike bitten, mich im Boot hinzubringen …

Es war ein heißer Tag, als Karl-Heinz und ich 1946 mit dem Zug nach Schottland fuhren. Wir saßen in dem warmen, muffigen Abteil und blickten hinaus auf die englische Landschaft in ihrer klischeehaften sommerlichen Pracht. Außerhalb Doncaster – oder war es Peterborough? – hatten wir einen unerklärlichen zweistündigen Aufenthalt. Ich erinnere mich nur vage daran, dass Karl-Heinz und ich über den Krieg und seine schrecklichen Folgen sprachen. Doch eine Äußerung von ihm ist mir im Gedächtnis geblieben.

»Warum habt ihr es geschehen lassen?«, fragte ich ihn. »Habt ihr nicht gemerkt, was los ist?«

»Ich will dir was sagen, John«, antwortete er, »über das deutsche Volk – und wir sind darin den Briten sehr ähnlich –: wir haben keine Zivilcourage. Deshalb geben wir gute Soldaten und schlechte Staatsbürger ab.«

»So, habt ihr die nicht? Und wir auch nicht?«

»Nein, eigentlich nicht. Meinst du nicht, dass ich recht habe? Wir beklagen uns nie. Und ihr auch nicht. Das ist immer ein schlechtes Zeichen für eine Bevölkerung.«

Wir verbrachten einige Tage in Edinburgh und wohnten in einem Hotel in der Princes Street. Ich nahm Karl-Heinz mit zu meinem Vater, eine Begegnung, auf die ich mich lange gefreut hatte. Innes – Papa – hatte sein Haus verkauft und lebte jetzt in einem Altersheim in Peebles, zwanzig Meilen von Edinburgh entfernt im Tweed-Tal, nicht weit von der Minto Academy. Mein Vater war 84. Ich sehe ihn noch vor mir, wie seine geschwollenen arthritischen Knöchel mit leichtem Zittern auf seinen beiden Gehstöcken ruhen. Wir saßen mit ihm beim Tee auf der Terrasse des recht geräumigen Hauses, in dem er lebte (es ist heute ein Hotel); es lag auf einem Hügel mit Blick über die Stadt und den frischen grünen Park am Ufer des schnell dahinfließenden braunen Flusses. Wir sprachen über dies und das.

»Also, was wirst du nun machen, John?«

»Ich gehe wieder nach Amerika. Karl-Heinz und ich werden einen Film fertigmachen, mit dem wir vor einiger Zeit begonnen haben.«

»Du Allmächtiger!« Er war mit dem Alter immer lästerlicher geworden. »Fertigmachen? Wann hast du damit angefangen?«

»1926.«

Er schüttelte bekümmert den Kopf.

»Ihr Sohn ist ein großer Künstler, Mister Todd«, sagte Karl-Heinz. »Wirklich!«

Mein Vater warf Karl-Heinz einen Blick zu, so als wolle er sagen: *»Der? Dieser Witzbold?«*

»Doch, das ist er«, sagte Karl-Heinz.

»Meinetwegen brauchen Sie nicht höflich zu sein, Mister Kornfeld. Ich kenne meinen Sohn gut genug. Voller verrückter Ideen von Geburt an.« Sein Gesicht verdüsterte sich für einen Augenblick. Ich wusste, dass er an meine Mutter dachte – meine Geburt und ihr Tod hingen ja untrennbar miteinander zusammen. »Ich wusste, dass aus ihm nie etwas werden würde.«

Wir lachten höflich.

Dann ließ er den einen Stock los und klopfte mir mit der Hand aufs Knie. Er ließ seine Hand dort ruhen, leicht wie eine Serviette.

»Anders als sein Bruder. Thompson hat es wirklich zu was gebracht. Reicher Mann, erfolgreich, reizende Familie. Großmeister der Loge.«

Mich störte das nicht. Ich betrachtete den alten Mann. Er würde nicht einen Zoll nachgeben. 84 und so stur wie eh und je.

»Du bist schon ein schwieriger Bursche, Innes«, sagte ich. »Hier, nimm noch eine Tasse Tee und halte die Klappe.«

Er lachte, ziemlich lange und tüchtig. Dann nahm er seine Hand von meinem Knie.

Erst als wir gegangen waren, wurde mir bewusst, dass die Berührung meines Knies der einzige zärtliche Körperkontakt zwischen uns seit den Tagen meiner Kindheit war. Jetzt, wo ich hier sitze und daran denke, treibt es mir Tränen in die Augen. In dieser Geste liegt so viel.

Ich habe meinen Vater nicht wiedergesehen. Im Winter 1948 ist er eines Nachts friedlich im Schlaf gestorben.

Der Eine von Hollywood

Ich war wieder in Los Angeles, als mich die Nachricht vom Tode meines Vaters erreichte, und lag mir mit Eddie Simmonette in den Haaren wegen des Produktionsvorlaufs eines Films, den ich für mich als die *Bekenntnisse: Teil III* bezeichnete, der aber für alle anderen den Titel *Father of Liberty* trug. Die Nachricht traf mich schwer, sehr viel schwerer, als ich je vermutet hätte. Überwältigt von Trauer, Schuldgefühlen und Gewissensbissen wegen all der Dinge, die ungesagt und ungetan geblieben waren, entwickelte sich ein Gedanke in mir bis zur Besessenheit – vielleicht war es, so begreife ich es heute, für mich eine Möglichkeit, damit fertigzuwerden. Was mir den größten Kummer bereitete, war die plötzliche Erkenntnis, dass mein Vater vielleicht gestorben war, ohne jemals einen meiner Filme gesehen zu haben. Unverzüglich telegrafierte ich an Thompson:

HAT VATER JE MEINE FILME GESEHEN STOP DRINGEND MUSS ES SCHNELLSTENS WISSEN JOHN

Thompson persönlich antwortete:

DEINE FRAGE ÄUSSERST GESCHMACKLOS STOP DU SOLLTEST FACHKUNDIGEN ÄRZTLICHEN RAT SUCHEN STOP THOMPSON TODD

Ich richtete die gleiche Frage an Oonagh, die damals sehr alt war und in Musselburgh lebte, und erhielt zur Antwort ein zittriges Gekritzel, das von einer Nachbarin geschrieben worden war.

> Lieber Johnny,
> furchtbar traurige Nachricht von Deinem Vater. Er war ein feiner, gütiger Mensch, und er wird uns allen ganz schrecklich fehlen. Ich weiß nicht, ob er je Deine Filme gesehen hat (ich habe sie oft gesehen), aber ich weiß, dass er bei vielen Gelegenheiten sagte, dass er den Kinematografen verabscheut. Ich bin aber sicher, dass er seine Meinung geändert hätte, wenn er Deine Filme gesehen hätte. Ich weiß, dass er sehr stolz war auf die Fotos, die Du gemacht hast, als Du ein kleiner Junge warst …

In diesem Stil ging es noch einige Seiten lang, eine ununterbrochene Aneinanderreihung von abgegriffenen Formeln, alles über die Beerdigung und über die Familie.

Ich glaube, es war das Endgültige an ihrer Mitteilung (ganz deutlich, so als spräche er aus dem Jenseits, konnte ich das »Verabscheuen« in seiner Stimme hören, und ich spürte, welchen Spaß es ihm machte, den altertümlichen Ausdruck »Kinematograf« zu verwenden). Selbst wenn er ein begeisterter Kinogänger gewesen wäre, hätte er bestimmt ein Mittel gefunden, meine Werke nicht zur Kenntnis zu nehmen. Ich musste es einfach vergessen. Was lag denn schon daran, ob ein giftiger alter Mann meine Filme gesehen hat? Ich schämte mich für meine unterwürfigen Sohnesbedürfnisse – als ob alle Söhne nur dafür arbeiteten, den Beifall ihrer Väter zu finden. Eine groteske Vorstellung!

Äußerlich betrachtet war *Father of Liberty* kaum von den üblichen biografischen Filmen zu unterscheiden, wie sie jedes Studio in Hollywood lieferte, wobei es gewöhnlich um Könige und Königinnen, Philanthropen und Dirigenten geht. Sie kennen diese Gattung bestimmt. Eddie hatte darauf bestanden, dass wir uns an diese Form halten, sofern Lone Star den Film finanzieren sollte. Dementsprechend hatte ich das Drehbuch von 1934 im Sinne dieser Bedingung umgeschrieben.

Seine zweite Bedingung war, dass ich anschließend den Jesse James-Western machte. *The Equaliser* hatte für Lone Star 1944 und 1945 Spitzengewinne eingespielt. Eddie hatte Appetit auf mehr. Dann gab es noch das inzwischen drängende Problem des Alters von Karl-Heinz. Ich hielt es für vertretbar, ihn von der Affäre mit Frau von Warens an einzusetzen, auch wenn dabei die Glaubwürdigkeit ein bisschen strapaziert würde. Ich tat der Wahrheit ein bisschen Gewalt an, indem ich stillschweigend voraussetzte, dass die Beziehung in einem höheren Lebensalter begonnen habe, als es tatsächlich der Fall gewesen war. Die viel gerühmte Authentizität von Teil 1 wurde damit geopfert, aber was blieb mir unter diesen Umständen anderes übrig? Den Jahren der Kindheit und Jugend gab ich erheblich größeren Raum. Schließlich würden wir mit einem starken Make-up, einer frechen Perücke und einer sorgfältigen Ausleuchtung schon irgendwie über die Runden kommen, argumentierte ich gegenüber Eddie, der nicht besonders erpicht darauf war, Karl-Heinz zu beschäftigen.

Karl-Heinz sah sehr viel besser aus als in Berlin. Er genoss Kalifornien. Er sonnte sich viel, und seine Bräune überdeckte die eingefallenen Wangen und die scharfen Kanten seines Gesichts. Auch seine Gesundheit besserte sich: Seine Magengeschwüre – offenbar hatte er mehrere – sprachen auf die Behandlung an. Das Studio mietete ihm ein Appartement im Hotel Cythera am Strand von Santa Monica, nicht weit von meinem Haus, und ich schaute fast jeden Tag bei ihm vorbei. Ihn von Schottland herüberzubekommen, hatte sich als problemlos erwiesen. Der Drehbeginn von *Father of Liberty* war festgesetzt, mit Karl-Heinz in der Hauptrolle. Die Genehmigung seines Einreisevisums und seiner Aufenthaltserlaubnis war eine reine Routinesache.

Die Lebenseinstellung von Karl-Heinz war jetzt noch stärker von stiller Resignation geprägt. Den Wandel vom höhlenbewohnenden Kippensammler zum Hollywoodstar quittierte er mit einem Achselzucken und einem dünnen Lächeln. Ich kannte diesen Zustand: Er hatte sich dem Strom überlassen. In Santa Monica kleidete er sich gern in der Art eines Künstlers, der ein bisschen Pech gehabt hat – ausgeblichene Hemden, ausgebeulte Hosen und Halstuch –, und er fand ohne Schwierigkeiten seinen Platz in der Gesellschaft, so als wäre er nur für eine Zeit in Urlaub gewesen. Eines Tages, als wir am Strand spazieren gingen, ließ ein Junge sein Surfbrett fahren und kam angerannt mit dem Ruf: »Hey! Hey Karl, Mann, wie geht's dir?« Wir wurden einander vorgestellt (den unwahrscheinlichen Namen dieses Burschen habe ich vergessen – er hieß, glaube ich, Chet, Brett oder Rhett), und er und Karl-Heinz besprachen, wo sie sich am Abend treffen sollten. Wir gingen weiter.

»Ach, die Jungs …«, sagte er versonnen.

»Macht's Spaß?«

»Ich wünschte, sie könnten alle Kalifornier sein.«

Von da an machte ich mir seinetwegen keine Sorgen mehr.

Innehalten, Nachdenken, Überlegen. Wir schreiben jetzt November 1948. In wenigen Monaten werde ich fünfzig Jahre alt. In Kürze beginne ich mit den Dreharbeiten zu einem mit mittlerem Budget ausgestatteten biografischen Film über das Leben von Jean-Jacques Rousseau für Lone Star Films, der den Titel *Father of Liberty* trägt. Er wird in der Hauptrolle meinen ältesten Freund zeigen, und produzieren und finanzieren wird ihn ein anderer alter Freund, mit dem ich lange zusammengearbeitet habe. Ich lebe allein in meinem eigenen Haus in Pacific Palisades, Los Angeles, Kalifornien. Ich bin nicht reich, aber ich bin auch keineswegs arm. Mit *Father of Liberty* werde ich meinen achtzehnten Film vollenden. Ich habe zwei Ex-Frauen und drei Kinder. Ich habe einige enge Freunde: Karl-Heinz, Eddie, Hamish, Ramon, Monika, die Coopers, die Gasts, die Hitzigs (Lori Madrazon kam 1945 bei einem Autounfall ums Leben). Ich habe einige Feinde. Ich habe zwei Weltkriege und eine schwere Verwundung überlebt. Ich habe nur noch eine

Lunge, ein starkes Herz, ein schwaches linkes Bein, und meine rechte Schulter wird leicht steif. Ich wiege ein bisschen zu viel, mein Haar wird grau, aber man sagt mir, dass ich noch immer eine geheimnisvolle vitale Attraktivität besitze, was bei einem Mann in meinem Alter ungewöhnlich sei.

Ich habe tiefe, aber nicht zahlreiche Enttäuschungen hinter mir. Ich war mit meinem Vater nicht versöhnt, als er starb. Mein Bruder spricht nicht mit mir. Meinen Kindern bin ich entfremdet. Mein zweiter Sohn, den ich anbetete, ist als Kleinkind gestorben. Das Schlimmste von allem: Die Frau, die ich wirklich liebte und die mein Leben hätte verändern können, verließ mich.

Den Augenblick meines größten Triumphs habe ich früh in meiner Karriere erlebt. Ich habe Ruhm und Reichtum kennen gelernt, und ich habe Armut, Missachtung und Schmähung erlitten. Meine kommerziell erfolgreichsten Filme sind nicht meine besten gewesen. Mein bestes Werk, der wahre Ausdruck meiner besonderen Begabung, ist unbekannt oder wird nicht erkannt.

Dies kann als eine ehrliche, nicht unvernünftige Zusammenfassung gelten. Ein halbes Jahrhundert mit so viel Aufregungen und Katastrophen, dass man, so könnten Sie sagen, damit mehrere Lebenszeiten ausfüllen kann. Und damit alles in eine gefällige Ordnung kommt, bin ich jetzt im Begriff, ein Vorhaben zu vollenden, mit dem ich vor zwanzig Jahren begonnen habe. Doch, so könnten Sie in aller Objektivität sagen, John James Todd hat, alles in allem, angesichts der absurden Launenhaftigkeit des Schicksals, *ceteris paribus* Glück gehabt.

Das dachte ich auch. Das dachte ich auch.

Dann bekam ich eines Tages einen Anruf von Eddie Simmonette. Ich möchte mich doch bitte in einem bestimmten Drugstore auf dem La Cienaga Boulevard mit ihm treffen. Und ich möchte mich doch bitte vergewissern, dass mir niemand folgt. Ich wollte wissen, worum es ging. Er wollte nicht damit herausrücken. Ich nahm an, er würde mir erzählen, dass er sich scheiden lässt. Es gab das Gerücht, dass er und Artemisia nicht mehr glücklich miteinander waren. Ich machte mich auf einen Anfall von Selbstmitleid gefasst, der bei Eddie zwar selten war, aber sehr an die Nerven gehen konnte. Natürlich achtete ich nicht darauf, ob mir jemand folgte.

Es war ein schöner Tag, ich kann mich erinnern, nur leicht dunstig. Ich hielt an und holte mir aus einem Straßenautomaten eine Flasche Cola, die ich trank, während ich zu dem Treffen mit Eddie fuhr. Ich betrachtete die hochaufgeschossenen Palmen, die schmucken Häuser und die makellosen Gärten, die großen chromverzierten Autos. Die Cola hinterließ einen süßen Geschmack in meinem Mund. Der lange Albtraum, aus dem der Rest meines Lebens bestehen sollte, sollte in Kürze beginnen.

Es war kurz vor vier, als ich bei dem Drugstore ankam. Draußen war von Eddies Wagen nichts zu sehen, aber als ich hineinkam, war er da und tat so, als sähe er sich an einem Drehständer mit Krimis um. Wir setzten uns in eine Nische. Er nahm seine Sonnenbrille ab und wischte sich das Gesicht mit einem Taschentuch. Wir tauschten Höflichkeiten aus. Eddie versuchte abzunehmen. Er war in den letzten zwei Jahren wirklich sehr dick geworden. Der Spalt in seinem Kinn war einen halben Zoll tiefer.

»Was macht die Diät?«, fragte ich.

»Großartig, großartig«, sagte er. Die Bedienung kam.

»Möchtest du was?«, fragte mich Eddie.

»Ich nehme einen schwarzen Tee mit Zitrone.« Meine Zähne waren belegt und leicht neuralgisch.

»Ich nehme einen Cheeseburger mit Krautsalat. Bananen-Milchshake. Keine Fritten.«

Er lächelte mich an. »Keine Fritten. Kein Schnaps. Wofür lebe ich überhaupt?«

»Was ist los, Eddie?«

Er wurde ernst. »Ich glaube, wir haben einige Schwierigkeiten.« Er zog ein Magazin aus der Tasche und reichte es mir, aufgeschlagen. Ich sah mir die Titelseite an. Es hieß *Red Connections.*

»Sieh dir diese Liste von Namen an.«

Ich ging die Liste durch. Viele davon kannte ich. Herbert Biberman, Edward Dmytryk, Ring Lardner jr., Dalton Trumbo, Humphrey Bogart, Danny Kaye, Eddie Cantor und viele andere.

»Weißt du, um wen es sich handelt?«, sagte Eddie.

»Die Zehn von Hollywood und die Leute, die diese Petition unterschrieben haben.«

»Richtig.«

»Was hat das mit mir zu tun?«

»Lies weiter.«

Ich ging weiter die Liste durch. Groucho Marx, Bertolt Brecht, Frank Sinatra, John James Todd …

»Was ist das überhaupt?« Ich sah nach, was über der Liste stand: »Josef Stalins Spezis in Hollywood.« Das Magazin war billig gemacht – schlechte Farbwiedergabe, schlechte Papierqualität. Ich sah mir das Inhaltsverzeichnis an. Es enthielt offenbar eine Menge Ausrufungszeichen.

»Was hat das zu bedeuten?«

»Du stehst auf der Liste.«

»Das sehe ich, verdammt noch mal, na und?«

»Hast du diese Petition, irgendeine Petition für die Zehn von Hollywood unterschrieben?«

»Nein. Das heißt, ich hätte es, wenn man mich darum gebeten hätte. Aber man hat mich nicht gefragt. Ich war damals nicht hier. Ich war in New York, um Karl-Heinz abzuholen.«

»Zum Glück steht er nicht drauf.«

»Wieso sollte er draufstehen? Und wieso ich?«

»Das möchte ich gern wissen.«

»Ich habe keine Ahnung.«

»Dann muss es ein Irrtum sein.« Er lächelte. Er war wieder der alte Eddie, entspannt und Herr seines Schicksals.

»Ich weiß nicht warum, John, aber diese Scheiße mit den

Roten hat mir wirklich einen Schrecken eingejagt. Diese Mistkerle McCarthy und Parnell Thomas haben wirklich was losgetreten. Jetzt fängt jeder an, Rote zu jagen.« Er deutete auf das Magazin. »Und nun noch dieser Unfug!« Er seufzte. »Warum tun wir uns das an?«

Das »wir« gefiel mir – das war der gute alte Aram Lodokian.

»Ich kann verstehen, dass du beunruhigt bist«, sagte ich arglos. »Ich meine, du bist schließlich in Russland geboren.«

Erregt packte er mich am Arm. »Sag das *niemals*, zu niemandem, nie wieder, John!«

»Ist ja schon gut! Lass los ... Sei unbesorgt, Eddie. Herrje ...«

Er entspannte sich wieder. So hatte ich ihn noch nie erlebt. Ich sah zu, wie er seinen Hamburger aß. Wie jeder in Los Angeles hatte ich von den Zehn von Hollywood gehört, von dem ständigen Ermittlungsunterausschuss des Senats und dem Kongressausschuss für staatsfeindliche Umtriebe. Es erinnerte mich ein bisschen an Berlin in den zwanziger Jahren. Ich schenkte dem wenig Beachtung, denn ich war mit *Father of Liberty* beschäftigt.

Leicht beunruhigt fuhr ich heim. Eddie hatte mir erklärt, *Red Connections* werde von einer Organisation namens Alert Inc. herausgegeben, die eine Postanschrift auf dem Sunset Boulevard angäbe. Als ich bei meinem Haus hielt, sah ich auf dem gegenüberliegenden Bürgersteig zwei Männer im dunklen Anzug stehen. Als ich auf den einen zuging, der mir irgendwie bekannt vorkam, sprang er in einen Wagen und fuhr weg. Der andere Mann wich nicht von der Stelle.

»Kann ich Ihnen helfen?«

»Sind Sie John James Todd?«

Wieso hörte ich die Stimme von Ian Orr? Ich wünschte, ich hätte die Schlagfertigkeit besessen und gefragt: »Wer sind denn Sie, dass Sie danach fragen?« – doch ich brachte lediglich ein braves Ja zustande. Er überreicht mir einen braunen Umschlag und ging fort.

Erst im Haus machte ich ihn auf. Ich holte mir ein Bier aus dem Kühlschrank und stellte die Klimaanlage an. Ich schlug in der Küche zwei Fliegen tot. Dann wandte ich mich meinem Umschlag zu. Das rosa Blatt, das er enthielt, kam mir gleich unangenehm vor. Und es entbehrte nicht einer gewissen Ironie, dass der Kongressausschuss für staatsfeindliche Umtriebe seine Vorladungen auf einem Bogen von einer politisch so verdächtigen Farbe ergehen ließ. Ich, John James Todd, habe mich vor dem Brayfield-Unterausschuss des Kongressausschusses für staatsfeindliche Umtriebe (nennen wir ihn HUAC, denn alle benutzten diese Abkürzung) in Zimmer 1121 des Hollywood Roosevelt Hotels einzufinden, wo man mich in einer »Geheimsitzung« vernehmen werde.

Ich rief Eddie an.

»*Oh nein!* Das kann doch nicht wahr sein! Ich werd verrückt!«

In diesem Stil ging das eine ganze Weile weiter. »Wann ist es?«

»Nächste Woche.«

»Du lieber Gott! Hast du einen Anwalt?«

»Nein.«

»Ich besorg dir einen. Ein junger Bursche, arbeitet für uns, schwer auf Draht. Mach dir keine Sorgen, John. Das ist bestimmt nur ein schrecklicher Irrtum. Aber hör mal, du bleibst am besten eine Zeit lang zu Hause. Du kannst zu Hause arbeiten.«

»Na schön! Aber wir wollten doch mit der Besetzung anfangen.«

»Lass uns erst diese Vernehmung aus der Welt schaffen.«

Ich war damit einverstanden. Ich sprach im Vertrauen mit einigen Leuten, die mich beruhigten. Theoretisch seien alle HUAC-Aktivitäten so lange eingestellt, sagten sie, bis über den Einspruch der Zehn von Hollywood entschieden sei. Keiner konnte verstehen, warum dieser Unterausschuss in Gang gesetzt worden war. Auch mein Anwalt, Page Ferrier, war verblüfft. Ferrier war Juniorpartner in einer Firma, die viel für Lone Star arbeitete. Er war ein junger Mann, Ende zwanzig, und seine Blicke flößten Vertrauen ein. Er war groß, über einsachtzig, mit einem energischen, vorspringenden Kinn und dichten lockigen Haaren, denen er einen Scheitel aufzuzwingen versuchte. Er trug eine Fliege, was ich bei Akademikern in Ordnung finde: Es deutet darauf hin, dass hinter der leidenschaftslosen Sachkenntnis noch menschliche Eigenschaften stecken – Eitelkeit, Selbstachtung. Nachdem ich eine halbe Stunde mit ihm gesprochen hatte, fand ich ihn allerdings nicht mehr so beruhigend. Er sprach leise und zögernd, und er konnte einen nicht ansehen. Er gab mir einen der übelsten Ratschläge, die mir je erteilt wurden.

»Ich denke, Sie sollten sich auf den Fünften berufen.«

»Den fünften was?«

»Den fünften Zusatzartikel zur amerikanischen Verfassung.«

»Was ist das?«

»Er besagt, dass Sie nicht gegen sich selbst auszusagen brauchen. Wenn man Sie etwas fragt, was Sie belasten könnte, können Sie die Antwort verweigern – unter Berufung auf den fünften Zusatzartikel.«

»Aber ich habe doch nichts getan.«

»Ich würde mich für alle Fälle darauf berufen, Mister Todd. Es ist sicherer, als sich auf den Ersten zu berufen. Die Zehn von Hollywood haben sich auf den Ersten berufen, und Sie sehen ja, was passiert ist. Wenn Sie sich auf den Ersten berufen, kriegen Sie eine Anklage wegen Missachtung des Kongresses. Das kann Gefängnis bedeuten.«

»Puh … Na gut! Aber wann soll ich mich darauf berufen?«

»Sobald Sie den Eindruck haben, dass das, was Sie sagen würden, Sie belasten könnte.«

»Gut. Sie werden mir einen Wink geben, wenn es nach einer kitzligen Frage klingt.«

»Äh … Tut mir leid, aber ich werde nicht dabei sein.«

»Aber Sie sind doch mein Anwalt, verdammt noch mal!«

Page verfärbte sich. Er holte einen Füller aus seiner Jackentasche und steckte ihn sorgfältig wieder zurück.

»Mister Todd, darf ich offen zu Ihnen sein? Normalerweise würde ich es vorziehen, nicht mit Ihrem Fall befasst zu sein. Ich bin nur Juniorpartner. Aber wegen der Geschäftsbeziehung zu Lone Star hat man mir gesagt – hat man mir den Fall zugewiesen.« Er lächelte entschuldigend. »Es tut mir leid. Wir haben im Büro noch nicht einmal eine Akte mit Ihrem Namen.« Ich hatte das Gefühl, dass eine Art Transparenz sich meines Körpers bemächtigt, so als wäre ich am Verschwinden. Ich war da, und doch wurde meine Anwesenheit von immer weniger Leuten anerkannt. Page räusperte sich und zupfte an seiner Fliege.

»Darf ich Sie etwas Persönliches fragen, Sir?«

»Ja.«

»Sind Sie tatsächlich Kommunist? Parteimitglied?«

»Ich berufe mich auf den Fünften … Nein, natürlich nicht. Ich bin Filmregisseur.«

Er strahlte vor Erleichterung. »Das ist gut zu wissen.« Mit gedämpfter Stimme fuhr er fort: »Ich denke durchaus liberal, aber ich glaube, ich könnte es nicht mit meinem Gewissen vereinbaren, einen wirklichen Kommunisten zu vertreten. Wenn meine Verlobte das herausbekäme …« Er schluckte. »Heiliger Strohsack!«

»Sie brauchen Ihr Gewissen nicht zu strapazieren. Hören Sie, möchten Sie etwas trinken?« Wir waren in meinem Haus.

»Nein … Nein, Sir, danke. Ich bin in Eile. Gibt es hier einen Hinterausgang?«

Drei Tage später ging ich den Korridor des Hollywood Roosevelt Hotel entlang zu Zimmer 1121. Ich klopfte an. Es öffnete der Mann, der mir die Vorladung zugestellt hatte. Ich wurde hineingeführt.

Zimmer 1121 war eine Suite. Man hatte das Wohnzimmer ausgeräumt und an einem Ende einen langen Tisch aufgestellt, dahinter drei Stühle. Etwa zwei Meter vom Tisch entfernt stand mitten im Zimmer ein weiterer einzelner Stuhl. Ein Mann in einem hellblauen Anzug stand am Fenster und rauchte eine Zigarette. Er kam auf mich zu und schüttelte mir die Hand.

»Mister Todd? Ich bin Ermittlungsbeamter für den Ausschuss. Paul Seager. Dies ist Ermittlungsbeamter Bonty.«

Seager hatte ein dickes, freundliches Gesicht und dünne braune Haare. Bonty, der Mann mit der Vorladung, war dunkelhaarig und blass und hatte eine Hasenscharte wie McKanness, der Bantam, der gedroht hatte, mich umzubringen.

»Kongressabgeordneter Brayfield wird gleich hier sein.«

Vom Schlafzimmer her hörte ich das Summen eines elektrischen Rasierapparats. Wir standen verlegen herum und schwiegen. Solange unsere Rollen noch nicht definiert waren, wussten wir nicht, ob wir freundlich oder förmlich sein sollten.

»Ziemlich neblig heute«, äußerte Bonty.

»Ja«, sagte ich.

»In Washington haben wir einen bösen Nebel«, sagte Seager.

»Tatsächlich?«

Brayfield zog sich im Hereinkommen das Sakko an. Abgeordneter Byron Brayfield war ein dicker Mann, der der Ansicht war, durch dreiteilige Anzüge seinen körperlichen Zustand verhüllen zu können. Natürlich erreichte er nur das Gegenteil, und außerdem wurde ihm dadurch unnötig heiß und unbequem. Seine Weste war so eng wie ein Korsett, und um die Knöpfe bildeten sich Falten, wie Krähenfüße. Er hatte ein blasses, fleischiges Gesicht, das Fett quoll ihm ringsum über den Kragen; er hatte kleine lebhafte Augen und schütter werdende krause schwarze Haare, die straff nach hinten gekämmt waren. Er reichte mir nicht die Hand. Wir nahmen unsere Plätze ein. Plötzlich spürte ich einen Drang, zur Toilette zu gehen. Seager rief irgendwo an, und eine Minute später kam eine Stenografin herein. Sie nahm hinter mir Platz.

Bonty sagte ein paar einleitende Worte über den Brayfield-Unterausschuss des Kongressausschusses für staatsfeindliche Umtriebe, der in Geheimsitzung tage. Dann wurden die Verhandlungen für eine Weile unterbrochen, weil Brayfield sich mit erstaunlicher Heftigkeit die Nase schnäuzte. Sein Gesicht wurde ganz rot, und anschließend untersuchte er eingehend den Inhalt seines Taschentuchs, so als erwarte er, dort Teile seines Gehirns zu finden. Schließlich vereidigte mich Seager, und die Vernehmung begann.

BRAYFIELD: Damit Sie Bescheid wissen, Mister Todd: Dies ist ein spezieller Unterausschuss eines Ausschusses, der gebildet wurde aufgrund eines vertraulichen Dossiers, das wir, äh, das in unseren Besitz gelangte und in dem behauptet wird, dass Sie einige Jahre lang subversiv tätig waren.

TODD: Dürfte ich erfahren, wer Ihnen dieses Dossier zukommen ließ?

BRAYFIELD: Das unterliegt der Geheimhaltung. Diese Behauptungen waren jedoch so schwerwiegend, dass man beschlossen hat, diesen Ausschuss zu bilden ... Sie haben in Deutschland, in Berlin gelebt und gearbeitet, ist das richtig?

TODD: Ja. Und in Schottland, England, Frankreich, der Schweiz und den Vereinigten Staaten.

BRAYFIELD: Sie sind im Begriff, die Produktion eines Films namens *Father of Liberty* aufzunehmen?

TODD: Ja.

BRAYFIELD: Und dieser Film handelt von einem [blättert in seinen Unterlagen] Mann namens Rousseau? Einem französischen Sozialisten?

TODD: Um Gottes willen!

BRAYFIELD: Wer produziert diesen Film?

TODD: Das ist allgemein bekannt, das können Sie durch den Ermittlungsbeamten Seager feststellen lassen.

SEAGER: Ich möchte Sie darauf aufmerksam machen, Mister Todd, dass dies ein offizieller Unterausschuss ist. Wir können Sie wegen Missachtung vor Gericht bringen.

TODD: Vielen Dank für den Hinweis. Ich werde keine Ihrer Fragen beantworten, bevor Sie mir nicht gesagt haben, wer Ihnen dieses Dossier gegeben hat.

BRAYFIELD: Ich habe Ihnen gesagt ...

TODD: War es ein gewisser Leo Druce?

SEAGER: Wer?

BRAYFIELD: Seager!

TODD: Courtney Young? Harold Faithfull? Alexander Mavrocordato? [verständnislose Blicke]

BRAYFIELD: Wer sind diese Leute? Können wir wieder zur Sache kommen? ... Mister Todd, aufgrund von Informationen, die wir diesem Dossier entnehmen, glauben wir, dass Sie sehr wohl imstande sind, den Ausschuss über Ihnen bekannte subversive und kommunistische Elemente in der Filmwelt von Hollywood zu unterrichten. Natürlich bleibt alles, was Sie uns darüber sagen, vertraulich ... Ich mache Sie nochmals darauf aufmerksam, dass wir in Geheimsitzung tagen. Sollten Sie uns Namen und Tatsachen nennen, so wird der Ausschuss bei der Beurteilung eventueller ... eventueller Taktlosigkeiten, die Sie sich, äh, die Sie begangen haben mögen, nicht kleinlich sein.

TODD: [steht auf und holt sich von einem Tisch in der Nähe eine Zeitung] Warum verschwenden Sie Ihre Zeit? Warum? Fangen Sie doch die wirklichen Verbrecher! Hören Sie, ich brauche bloß die Zeitung von heute zu nehmen [zitiert] »Zwei Männer, Kemp P. Heald (25) und Coren Schlag (52) wurden heute angeklagt, am 14. November in die Geflügelfarm Brewer in Tujunga eingebrochen zu sein und dort an 54 Weihnachtstruthähnen Unzucht begangen zu haben, was mehr als zwanzig der Vögel nicht lebend überstanden haben ...« Mein Gott, da haben Sie doch Ihre Verbrecher! Warum sind Sie nicht hinter denen her, statt unsere Zeit zu verplempern und ...

BONTY: Dürfte ich bitte die Zeitung sehen?

SEAGER: Mister Todd, nehmen Sie bitte wieder Ihren Platz ein!

BRAYFIELD: Können Sie beweisen, dass diese beiden Männer sowjetische Agenten sind? Oder Mitglieder der Kommunistischen Partei?

TODD: Was?

BRAYFIELD: Nur dann können wir tätig werden.

BONTY: Ich wette zwei zu eins, dass sie Kommunisten waren.

SEAGER: Wer?

BONTY: Die Männer, die sich an den Truthähnen vergangen haben. Ich hab gelesen, dass sie in Russland solche Sachen machen. Klar!

BRAYFIELD: Mister Bonty, bitte!

BONTY: Verzeihung, Sir.

BRAYFIELD: Mister Todd, sind Sie oder waren Sie Mitglied der Kommunistischen Partei?

TODD: Ich möchte mich auf den fünften Zusatzartikel berufen.[4] Ich werde diese Frage nicht beantworten, weil ich mich – in Ihren Augen – selbst belasten könnte.

Als ich sah, wie sich in Brayfields Augen und über seine fetten Wangen augenblicklich ein Grinsen ausbreitete, war mir klar, dass ich einen Fehler gemacht hatte. Eine Weile stritten wir uns darum, ob ich berechtigt sei, den fünften Zusatzartikel in Anspruch zu nehmen, und dabei drohte mir Brayfield immer offener. An einem Punkt brüllte er mich an: »Sie sind ein geduldeter Ausländer! Abschaum wie Sie können wir abschieben!« Das alles wurde aus dem Protokoll entfernt. Später wurde mir klar, dass ich es so hätte machen sollen wie Bertolt Brecht: unverschämt lügen und dann Reißaus nehmen. Hätte Brecht sich so nicht verhalten, so hätte es statt der Zehn die Elf von Hollywood gegeben. Aber der alte Bert verduftete. Als man ihn 1947 fragte, ob er jemals die Aufnahme in die Kommunistische Partei beantragt habe, sagte er – und ich zitiere –: »Nein, nein, nein, nein, niemals«, und reiste auf der Stelle nach Frankreich aus. Als ich am Nachmittag dieses Tages in meinem Wohnzimmer saß und darauf wartete, dass Page Ferrier auftauchte, hatte ich das Gefühl, als würde das Haus von bösen Vorahnungen wie von Ungeziefer befallen. Hatte ich richtig gehandelt?

»Ja«, sagte Page. »Ohne Zweifel.«

»Oh ja«, sagte Eddie Simmonette. Das war zwei Tage nach der Vernehmung. Wir saßen in Loris früherem Imbiss. Er hieß jetzt »Chauncy's«, nach ihrem ältesten Sohn. Seit meiner Rückkehr von Berlin war ich nicht mehr dort gewesen. Die Nachricht von Loris Tod hatte mich sehr bedrückt, und ich konnte mir das Lokal ohne sie gar nicht vorstellen. Tatsächlich erinnerte kaum noch etwas an sie. Chauncy hatte alles mit Plastikkiefer und Melamin überziehen lassen – es wirkte zugleich hässlicher, billiger und schmutziger. Doch als Page mir am Telefon gesagt hatte, dass Eddie einen »ganz diskreten« Treffpunkt wünsche, war mir »Chauncy's« als das Passendste erschienen.

Eddie trug eine Sonnenbrille und einen schicken Hut. Page schaute sich dauernd um.

»Wären Sie bitte so freundlich, Ihr nervöses Gehabe zu lassen?«, sagte ich ärgerlich. »Hier kennt Sie doch niemand … Haben Sie etwas gehört? Werden sie mich wegen Missachtung vor Gericht bringen?«

Page meinte, ich bräuchte nichts zu befürchten, zumindest nicht bis zur Verhandlung des Obersten Bundesgerichts über den Einspruch der Zehn von Hollywood.

»Gott sei Dank!«

»Äh, Mister Todd, leider stehen Sie auf zwei weiteren Listen.«

»Nein! Aber ich habe doch nichts getan. Von wem sind die Listen?«

»Vom *American Legion Magazine* und von der AMPOPAWL.«

»Der was?«

»Der American Motion Picture Organisation for the Preservation of the American Way of Life.«

»Aber wenigstens bist du nicht auf der MPAPAI-Liste«, sagte Eddie. »Dem Himmel sei Dank!«

»?« – Jetzt verstand ich überhaupt nichts mehr.

»Das ist die Motion Picture Alliance for the Preservation of American Ideals.«

»Phantastisch! Wunderbar!«

Die Kellnerin kam an unseren Tisch. Eddie und Page bestellten sich einen Kaffee. Ich schaute sie an. »Für mich nichts«, sagte ich. Sie war dunkelhäutig, hatte einen leicht orientalischen Einschlag und trug eine schmuddelige Schürze über einem karierten Kleid. Sie war schlank und trotz eines etwas heruntergekommenen Eindrucks hübsch.

»He, John!«, sagte sie. »Mensch, wie geht's dir?« Sie beugte sich vor und gab mir einen Kuss auf die Wange. »Nora-Lee«, sagte sie. »Nora-Lee Madrazon.«

»Mein Gott!« Als ich sie vor vier Jahren zum letzten Mal gesehen hatte, war sie ein schlaksiger, schmollender Teenager gewesen, mit kurzgeschorenen Haaren und Zahnspange.

»Wir sehen uns noch«, sagte sie. »Schön, dass du wieder mal da bist.«

»Sie kennen sie?«, sagte Page mit der verhaltenen Begierde eines WASP.

»Ich kannte ihre Mutter.«

»Page«, sagte Eddie, »würden Sie uns einen Augenblick allein lassen? Ich muss mit John sprechen.«

Page setzte sich in eine andere Nische. Nora-Lee brachte Eddies Kaffee. Während er umrührte, schwiegen wir. Ich blickte aus dem Fenster auf den Strand und auf den Ozean hinaus. Am Morgen hatte es geregnet, und die Straßen glänzten. Das Meer wirkte kalt.

»John, du stehst jetzt auf drei Listen: *Red Connections*, AMPOPAWL und *Legion*.«

»Irgendjemand hat dem Ausschuss ein Dossier über mich zugespielt. Das ist der einzige Grund für diese verdammte … Farce. Irgendjemand versucht, mich in die Pfanne zu hauen, mich zu denunzieren, mir etwas anzuhängen.«

»Wer?«

»Wenn ich das wüsste!«

»Damit ist aber immer noch nicht unser Problem vom Tisch.«

»Was für ein Problem?«

Eddie nahm ein Schlückchen von seinem Kaffee und verzog das Gesicht.

»Puh! Ist das Zeug widerlich!« Er schob die Tasse weg. Er seufzte, holte tief Luft, fasste sich an die Nase, zupfte am Ohrläppchen.

»Nachdem die Zehn letztes Jahr wegen Missachtung des Kongresses verklagt wurden, gab es in New York im Waldorf-Astoria eine Versammlung der MPA … der Motion Picture Association …«

»Ja, ja.«

»Fünfzig Leute waren da. Alle, die etwas zu sagen haben. Ich war dabei. Wir haben beschlossen, in der Filmindustrie wissentlich keine Kommunisten oder Umstürzler zu beschäftigen.«

»Na und?«

»Du hast Brayfield gehört. Er hält dich für einen Umstürzler; er meint, *Father of Liberty* sei ein umstürzlerischer Film. Wir haben Anrufe gekriegt, von der *Legion*, den Catholic Veterans, den *Red Connections,* der ODCAD – das ist das Problem! Sie meinen, du und Rousseau, ihr wärt ausländische Bolschewisten.«

»Du wirst dich doch wohl nicht davon beeindrucken lassen, was dieses Arschloch Brayfield sagt.«

»John … Ich bin an den MPA-Beschluss gebunden. Verstehst du das nicht? Ich muss mich daran halten.«

Wenn es in diesem Gespräch noch einen Rest von Humor gegeben hatte, von schwarzem Humor, so war es damit in diesem Augenblick vorbei.

»Worauf willst du hinaus?«

»Wir müssen den Film abblasen. Bis diese ganze Sache sich gelegt hat.«

»Phantastisch!« Ich spürte, wie mir die Tränen in die Augen schossen. »Na gut, dann mache ich den Jesse James, um die Zeit zu überbrücken.«

»Das wird nicht gehen, John.«

»Was soll das nun wieder?«

»Ich muss dich entlassen. Sie erwarten von mir, dass ich dich rausschmeiße. Du stehst jetzt auf der grauen Liste.«

»Kommt mir ziemlich schwarz vor.«

Er beugte sich zu mir herüber. »Ich habe gerade mit Loew einen Fünfzehn-Millionen-Dollar-Vertrag über zwanzig Filme gemacht. Ich kann nicht wegen dir und *Father of Liberty* die Firma aufs Spiel setzen. Was würdest du an meiner Stelle tun? Du würdest bestimmt genauso handeln. Ich muss mich von dir distanzieren. Aber natürlich halte ich zu dir, John. Du kannst auf meine Unterstützung rechnen.«

»Du Arsch!«

»Das einzige, worum ich dich bitte, ist Verschwiegenheit. Ich bitte dich nur, nicht meinen Namen zu nennen. Das, was du neulich gesagt hast, darfst du auf keinen Fall erwähnen.«

»Wie könnte ich dir das abschlagen, nach allem, was du für mich tust?«

»Ich bitte dich, um unserer Freundschaft willen.«

»Ich kann anderswo hingehen.«

»Du kannst es versuchen … Aber sie haben dich in der Hand, John. Sie haben uns in der Hand. Du wirst einen langen Atem brauchen.«

»Danke, Eddie.«

»Sei nicht zynisch, John! Das passt nicht zu dir.«

»Du klingst wie mein Vater.«

»Du darfst mich auf keinen Fall im Büro oder zu Hause anrufen. Ich bleibe durch Page mit dir in Verbindung.«

»Wieso nicht?«

»Weil dein Telefon wahrscheinlich angezapft ist.«

»Verdammte Scheiße! …«

Er beugte sich herüber und küsste mich auf beide Wangen,

der Armenier in ihm kam kurz zum Vorschein, und dann sagte er so etwas wie »*Cesaretini toplamak*«. Ich fand diese Wendung in Loris türkisch-englischem Wörterbuch. Sie bedeutet »fasse Mut«.

Nachdem Page und Eddie gegangen waren, saß ich noch eine Zeit lang allein im Lokal. Ich spürte, wie mich allmählich der Mut verließ, so wie es einem Läufer geht, wenn er merkt, dass er seine letzten Kraftreserven verbraucht hat. Ich hätte heulen können vor Selbstmitleid und Enttäuschung, aber dann waren es doch zwei sich überschneidende Gedankengänge, die mich daran hinderten, mich ganz der Verzweiflung zu überlassen. Zum einen staunte ich über Eddies äußerst anständige Rücksichtslosigkeit. Wahrscheinlich hatte diese Einstellung den alten Duric Lodokian Pogrome und Revolutionen überstehen lassen, und nun kam sie seinem Sohn zu Hilfe. Ich hätte ihn beschimpfen und ihm Verrat und Treulosigkeit vorwerfen mögen, aber ich konnte nicht bestreiten, dass seine Verhaltensweise eine gewisse Logik hatte ... Sie nötigte mir sogar eine gewisse Achtung ab.

Der andere Gedanke, der sich mir aufdrängte, kreiste um die Identität des Denunzianten. Wer war es? Und warum? Meine Feinde kannte ich, aber eine solche Gemeinheit traute ich ihnen denn doch nicht zu. Das war mit einer fanatischen Sorgfalt eingefädelt worden, die auf eine ungeheure Verworfenheit schließen ließ, der jedes Mittel recht war, mich zu Fall zu bringen. Faithfull? Druce? ... Eigentlich kaum anzunehmen.

Ich seufzte bei dem Gedanken, dass die *Bekenntnisse* wieder einmal gescheitert waren. Wie viele Drehbücher waren geschrieben worden, wie viele Fehlstarts und vorzeitige Abbrüche hatte es gegeben? Das Konzept, das Werk, schien in seiner Fähigkeit, weiterzuleben, sich zu entwickeln und sich den vielfältigen Hindernissen anzupassen, die das Jahrhundert ihm in den Weg legte, fast etwas Lebendiges, etwas Tierähnliches zu sein. Die *Bekenntnisse* hatten so etwas wie ein Leben, das war sicher. Sie waren geboren worden, aufgewachsen, hatten Rückschläge erlitten, hatten weitergekämpft, sich verändert, sich angepasst ... Ich hatte den sehnlichen Wunsch, sie abzuschließen, sie reifen und sterben zu lassen. Ich hatte gehofft, dass *Father of Liberty* diesen Abschluss bilden würde. Wie lange würde ich warten müssen? Du wirst einen langen Atem brauchen, hatte Eddie gesagt. Gedulde dich!

Ich stand auf in der Absicht, über den Strand zu Karl-Heinz zu gehen und ihm die unerfreuliche Nachricht mitzuteilen. Nora-Lee kam herüber. Ich bemerkte, dass sie ein hochgewachsenes Mädchen war und flache Schuhe trug, wie Tanzschuhe. Plötzlich fühlte ich mich schmerzlich an Doon erinnert.

»Möchtest du nicht kurz mit raufkommen, John? Wir haben noch ein paar Sachen von Mama. Vielleicht möchtest du das eine oder andere haben, als eine Art Souvenir. Nein, das ist nicht das richtige Wort, wie sagt man?«

»Andenken.«

»Ja, richtig.«

»Gern.«

Wir gingen in die Wohnung hinauf. Ich wählte Loris türkisch-englisches Wörterbuch.

Vier Jahre musste ich mich gedulden. Vier Jahre lang wartete ich darauf, dass die Dinge sich legten. Es mag Ihnen eigenartig vorkommen oder sogar unglaublich, aber was mir während dieser Jahre am meisten gefehlt hat, waren meine Kinder. Ich habe nicht von ihnen gesprochen, aber vergessen hatte ich sie nicht. Ich habe sie sehr vermisst – genauer gesagt, nicht die Kinder selbst, sondern meine Phantasievorstellung von ihnen. Ich habe oft an sie gedacht – Vincent war inzwischen ein junger Mann, die Zwillinge waren zu jungen Frauen geworden, und sie waren mir vollkommen fremd, so wie auch ich ihnen fremd war. Pflichtgemäß und unregelmäßig hatte ich ihnen geschrieben, aber ihre Briefe waren nichtssagend und enttäuschend – meine allerdings auch. Was mich bekümmerte und die Distanz zwischen uns schuf, war der Wechsel des Nachnamens: dieser Vincent Devize schien wirklich nicht mehr mein Sohn zu sein (es kann so leicht passieren, glauben Sie mir). Manchmal war ich über den Verlust von Hereford ganz verzweifelt. Hereford, der nun schon so lange tot war, war mir näher und realer für mich als meine drei lebenden Kinder. Ich empfand für sie so etwas wie eine ideale, platonische Liebe, doch die konkreten Manifestationen dieser Liebe waren bloße Symbole, gegenseitige Verpflichtungen, die halbherzig und mühsam erfüllt wurden.

Mein Leben strebte, wie man so sagt, einem Tiefpunkt zu, bis 1953, als es noch schlimmer wurde. Aber lassen Sie mich diese unbefriedigende Zeit etwas näher beschreiben.

Die Zehn von Hollywood hatten auch nicht sonderlich viel Glück. Sie hatten sich auf den ersten Zusatzartikel berufen – das verfassungsmäßige Recht auf Gedanken- und Meinungsfreiheit – und wurden wegen Missachtung des Kongresses angeklagt. Das hatte man vorhergesehen und eingeplant. Beim Obersten Bundesgericht gab es eine Mehrheit von liberalen Richtern, und man hatte sich ausgerechnet, dass sie die Verurteilung aufheben würden. Doch leider starben im Sommer 1949 zwei der Richter und wurden durch eingefleischte Reaktionäre ersetzt. Die Zehn wanderten ins Gefängnis, und der Kongressausschuss für staatsfeindliche Umtriebe nahm 1951 seine Untersuchungen über Umstürzler in Hollywood mit neuem, hasserfülltem Elan wieder auf.

1951 war für mich ein kummervolles Jahr der Unruhe und Sorge. Ich war fest überzeugt, dass Brayfield und sein Unterausschuss ihre Ergebnisse oder das Dossier selbst veröffentlichen würden. Aber nichts geschah. Allmählich legte sich meine Nervosität. War das Dossier vielleicht nur ein plumper Trick gewesen, um mich in Angst zu versetzen und dadurch zu einem Geständnis zu bringen? Vielleicht hatte es nie existiert. Gelegentlich sah ich mir im Fernsehen die öffentlichen Sitzungen in Washington an, und wenn ich unter den anderen

Ausschussmitgliedern das fette, schweißbedeckte Gesicht von Brayfield sah, empfand ich eine Mischung aus Ekel und Angst. Doch mich schien man vergessen zu haben. Andere wurden vorgeladen, und wenn sie sich auf den fünften Zusatzartikel beriefen, setzte man sie auf die schwarze Liste, oder sie nannten Namen und wurden entlastet. Schließlich begriff ich, dass man mich deshalb vergessen hatte, weil der Schaden bereits eingetreten war. Ich stand auf der grauen Liste. Als ich mich bei anderen Studios – Fox, RKO, Warners – um Arbeit bemühte, ließ man mich abblitzen, wie Eddie mir vorhergesagt hatte.

1950 wurde ich von der Liste der *Legion* gestrichen, aber *Red Connections* und AMPOPAWL ließen nicht locker. 1952 tauchte ich kurz auf der MPAPAI-Liste auf und bekam einen Anruf von einem Mann bei Alert Inc., der mir anbot, gegen die Zahlung von eintausend Dollar meinen Namen wieder zu streichen. Ich hatte das Geld nicht und bat ihn, später noch mal anzurufen, aber er meldete sich nicht mehr. Ich hatte seit 1944 keinen Film mehr gedreht, und ich nahm an, dass Alert Inc. zu dem Schluss gelangt war, dass man einen Mann, der so offenkundig unbrauchbar war wie ich, eigentlich nicht zu entlasten brauche.

Ich besaß einige Ersparnisse, Gewinne aus *The Equaliser* und etwas Geld, das mir mein Vater vererbt hatte, und war bald gezwungen, von meinem Kapital zu leben. Ich schrieb für Eddie zwei Fassungen des Jesse James-Drehbuchs, bis ich bemerkte, dass er den Film gar nicht machen wollte, sondern mir nur auf diese Weise Geld zukommen ließ. Ich erklärte ihm, dass ich das nicht mehr mitmachen würde. Daraufhin schrieb ich ein anderes Drehbuch, die Geschichte einer Jugendliebe, die sich locker auf meine verwickelten Beziehungen zu Donald Verulam und Faye Hobhouse stützte. Meine Erlebnisse im Zweiten Weltkrieg mit Two Dogs Running schmückte ich aus und machte daraus ein Kriegsabenteuer mit dem Titel *Alpha Beach, St. Tropez.* Aus Wohltätigkeit zahlte Eddie mir etwas dafür. Ich vermietete das Erdgeschoss meines

Hauses. Ein Zimmer vermietete ich an Nora-Lee Madrazon, den Rest an ein australisches Ehepaar, die Linds, Freunde der Coopers. Als die Mittel noch knapper wurden, nahm ich wieder die Unterrichtstätigkeit auf, gab ein bisschen Mathe, aber zunehmend Englischstunden, hauptsächlich für japanische Einwanderer, aber auch für einige Verwandte Nora-Lees von den Philippinen. Ich kam mit Müh und Not über die Runden.

Als ich Karl-Heinz berichtete, was passiert war, schien er mehr um mich als um seine eigene Zukunft besorgt zu sein. Merkwürdigerweise kam seine Karriere seit dieser Zeit voran. Er trat unter dem Namen K. H. Cornfield auf und hatte bald ein stetiges Angebot an kleinen Rollen – meist als zwielichtiger oder dandyhafter Ausländer – in Filmen und beim Fernsehen. Er blieb in seinem Zwei-Zimmer-Appartement im Hotel Cythera an der Seeseite wohnen. Das Hotel war eine Neuauflage der Stralauer Allee 129b: mit seiner Anspruchslosigkeit und Baufälligkeit war es genau die Art von Umgebung, in der er sich wohlfühlte, und außerdem hatte er es, wie er sagte, auf diese Weise nicht weit zum Strand. Wenn ich deprimiert war und mein Unglück beklagte, beruhigte er mich. Mach dir keine Sorgen, Johnny, sagte er dann. Ich weiß, wir werden die *Bekenntnisse* beenden. Unserer Begegnung in Weilburg im Jahr 1918 schrieb er etwas Magisches zu. Das ist über dreißig Jahre her, sagte er öfter. Wer hätte damals geahnt, dass wir beide in Los Angeles leben würden? Das musste doch irgendeinen Grund haben. Ich wünschte, ich hätte seine Zuversicht teilen können.

Der Ausbruch eines Krieges hat immer einen überraschenden Einfluss auf mein Leben gehabt. Ende Juni 1950, einen Tag nachdem die Nordkoreaner den 38. Breitengrad überschritten hatten, begann meine Affäre mit Nora-Lee Madrazon. Sie kam mit einem Cousin herauf, der bei mir Englischstunden nehmen wollte, und nachdem wir etwas vereinbart hatten und er gegangen war, blieb sie zu einer Tasse Kaffee. Lori war zwar stämmig gewesen, hatte aber ein hübsches Gesicht gehabt. Das hatte Nora-Lee von ihr geerbt, ein bisschen abgewandelt durch ihre teils philippinische Herkunft. Äußerlich eine Orientalin – dunkle Haut, Schlitzaugen, glattes schwarzes Haar –, war sie dennoch eine waschechte Amerikanerin. Diese Mischung war es, die mich besonders anzog. Dass sie neunzehn Jahre alt war, spielte sicherlich auch eine Rolle, das gebe ich zu. Sie hatte einen schlanken braunen Körper und vollkommen runde, fast schwarze Brustwarzen. Von Jungs, sagte sie, hatte sie die Nase voll, deshalb mochte sie mich. Sie hatte fast ein Jahr das Zimmer bei mir, als unser Verhältnis begann, und konnte gar nicht verstehen, was mich so lange abgehalten hatte.

»Chauncy und Hall gehen davon aus, dass wir seit meinem Einzug bumsen.«

»Tatsächlich?« Ich ging nicht sehr oft in das Imbisslokal, aber das erklärte die anzügliche Vertraulichkeit, mit der sie mich grüßten. »Haben sie nichts dagegen?«

»Warum sollten sie? Sie wissen doch, was zwischen dir und Mama war. Du gehörst praktisch zur Familie.«

Und so ging mein Leben weiter, auf diesem etwas reduzierten Niveau. Ich hatte noch immer meinen kleinen Freundeskreis – Karl-Heinz, die Gasts, die Coopers, die Hitzigs und Monika. Monikas Karriere hatte ebenfalls einen Sprung nach vorn gemacht. Jetzt, wo sie zugab, dass sie eine Frau im reifen Alter war, bekam sie mehr Arbeit, besonders beim Fernsehen. Sie bedrängte mich, es beim Fernsehen und bei den Rundfunkstationen zu versuchen, und ich tat es auch, um festzustellen, dass die graue Liste auch dort funktionierte und mich womöglich noch mehr zum Paria stempelte. Solange ich auf den Listen stand, würde ich keine Arbeit bekommen. Ich spielte mit dem Gedanken, mich durch eine Zahlung »entlasten« zu lassen, aber als ich bei Alert Inc. anrief, sagte man mir, es würde zwischen fünf und zehntausend Dollar kosten. Je länger ich es auf sich beruhen ließ, desto schwerer wurde es.

Ich hatte viel Zeit zur Verfügung. Ein Vorteil meiner neuen Muße war, dass ich den Teil Kaliforniens entdeckte, der sich nördlich von Los Angeles erstreckte. 1951 und 1952 verbrachte ich mit Karl-Heinz einen langen Urlaub in der Nähe von Carmel und der Monterey-Halbinsel. Mir gefiel die Küstengegend dort oben. Sie erinnerte mich ein wenig an Schottland – die Kiefern, die Klippen, die schmalen Strände in den Buchten – und an Ferien, die ich als Kind mit Oonagh, Donald, Thompson und meinem Vater verbracht hatte.

1952, auf der zweiten Urlaubsreise, bemerkte ich allerdings, dass die Überwachung wieder eingesetzt hatte. Auf der Fahrt von Ventura nach San Luis Opisbo, wo wir zum Mittagessen haltmachten, entdeckte ich hinter uns einen kastanienbraunen Dodge. Als wir zwei Tage später einen Ausflug zu den heißen Quellen von Tassajara machten, sah ich ihn wieder. Karl-Heinz sagte ich nichts davon, weil ich ihm nicht den Urlaub verderben wollte. Ich war nicht sonderlich beunruhigt. Seit der Vorladung vor den Brayfield-Unterausschuss wusste ich, dass ich beobachtet wurde. Wie Eddie vermutet hatte, wurde mein Telefon zwei Jahre lang abgehört. Meine Post wurde regelmäßig abgefangen (alles, was aus Britannien kam, war geöffnet). Oft hatte ich das Gefühl, dass mir jemand folgte, auch wenn ich die Männer nie identifizieren konnte. Ein- oder zweimal hatte ich in der Menge eine Gestalt gesehen, die mir merkwürdig bekannt vorkam. Der Mann erinnerte mich an denjenigen, der in seinen Wagen gesprungen war, als ich meine Vorladung erhalten hatte. Sein Gesicht habe ich nie gesehen. Es war irgendetwas an seiner Haltung, was ich zu kennen glaubte: die Art, wie er seine Schultern hielt, wie er seinen Hut aufsetzte … Ich kam nicht darauf.

Das Jahr verging, mein fünfzigster Geburtstag rückte näher, und zum ersten Mal begann ich mit dem Gedanken zu spielen, alles aufzugeben. Eines Abends, als wir bei Karl-Heinz im Cythera zusammensaßen und Scotch tranken, begann er, über die fünf Monate zu sprechen, die er in Drumlarish bei Mungo

Dale verbracht hatte – der alte Sir Hector war 1939 verstorben. (Karl-Heinz sprach wirklich sehr liebevoll von Mungo, und von Zeit zu Zeit schossen mir unzüchtige Vorstellungen durch den Kopf ...) Jedenfalls hatte ich plötzlich ein Verlangen, alles liegen zu lassen, nach Schottland zurückzugehen und mich dort zur Ruhe zu setzen. Als ich das Karl-Heinz anvertraute, lachte er mich aus. Du würdest verrückt werden, sagte er. Warte, bis du sechzig bist, und außerdem müssen wir noch die *Bekenntnisse* fertigmachen. Ich war von seiner Zuversicht gerührt. Sie war stärker als meine. Mach dir keine Sorgen, sagte er, diese verrückte Hexenjagd kann nicht ewig dauern.

Er täuschte sich. Einige Wochen später war ich zum sonntäglichen Mittagessen bei Ernest Cooper zu Gast, als ein US-Marshall bei ihm anklopfte und ihm die gefürchtete rosa Vorladung übergab. Ernest war vollkommen fertig. Ich versuchte, ihn zu beruhigen.

»Sie können dir nichts tun, Ernest. Wir sind hier nicht in Deutschland. Sie können dich nicht einsperren. Mach es einfach wie ich und berufe dich auf den fünften Zusatzartikel.«

»Dann setzen sie einen auf die schwarze Liste. Du hast seit drei Jahren keine Arbeit mehr.«

»Genaugenommen hast du recht. Aber ... Du kannst doch einfach lügen. Nimm dir ein Beispiel an Bertolt.«

Es war zwecklos. Er hatte schreckliche Angst.

Am nächsten Tag rief mich Monika Alt an. Sie hatte ebenfalls eine Vorladung erhalten. Werner Hitzig auch.

»Hast du eine Vorladung bekommen?«, fragte sie.

»Nein, wieso? Ich wurde '48 vorgeladen.«

»Aber wieso kriegen wir eine Vorladung und du nicht? Du hast doch gesagt, dass du seit Jahren überwacht wirst.«

Der versteckte Vorwurf in ihrer Äußerung gefiel mir nicht.

»Mit mir hat es nichts zu tun, falls es das ist, was du andeuten willst.«

»Verzeihung, Johnny! Nein, ich bin einfach nur beunruhigt. Im Augenblick läuft alles so gut für mich. Ich habe einen

Filmvertrag bei der Fox. Eddie hat mir etwas bei Lone Star in Aussicht gestellt. Ich darf einfach nicht auf diese verdammten Listen kommen.«

»Sie laden doch Hunderte von Leuten vor. Das hat nicht unbedingt etwas zu bedeuten.«

Ich sah Monikas Auftritt im Fernsehen. Es wirkte wie eine riesige Pressekonferenz: Mikrofone, Fernsehkameras, Lampen, eine Besuchermenge von rund vierhundert Menschen. Monika machte einen phantastischen Eindruck. Sie leugnete alles und schien vollkommen souverän zu sein. Ernest gab zu, dass er vor dem Zweiten Weltkrieg in Deutschland Mitglied der Kommunistischen Partei gewesen war, betonte aber, dass er alles, was sie vertrete, heute entschieden ablehne und dass er ein stolzer und zuverlässiger Amerikaner sei. Werner Hitzig berief sich auf den fünften Zusatzartikel.

Zwei Tage später schleppte ich bei einem Supermarkt Einkäufe zu meinem Wagen, als ich ein weithin hörbares Flüstern vernahm.

»Mister Todd!«

Ich schaute mich um. Es war Page Ferrier, der hinter einem Chrysler hockte. Er deutete auf einen Würstchenstand einige hundert Meter weiter.

»Wir treffen uns dort, in zehn Minuten.«

Page trudelte schließlich ein, mit einer Vorsicht, die einem Stoßtrupp hinter feindlichen Linien alle Ehre gemacht hätte. Wir hatten uns in den letzten Jahren regelmäßig gesehen. Er holte für Eddie die Drehbücher bei mir ab und übergab mir die Honorare in bar. Ich kannte ihn gut. Er setzte sich. Ich hatte für ihn einen »Dr. Pepper«-Salatteller und ein Chiliwürstchen bestellt. Ich wusste, dass er das mochte.

»Ach nein, danke, Mister Todd! Ich kann wirklich nichts essen.«

»Wie geht's Brooke [seine Frau]? Wie geht's Rockwell und Stockyard [seine Kinder]?«

»Er heißt Stockard. Prima, prima. Doch, alles in Ordnung.«

»Fein. Was ist los?«

»Ihr Name wurde genannt. In einer Geheimsitzung.«

»Was? Von wem, verdammt noch mal?«

»Manche sagen, dass es Monika Alt und Ernest Cooper gewesen sind.«

Ich fühlte in meinem Kopf eine Spannung, so als ob kleine Krallen an meiner Kopfhaut zerrten.

»Was haben sie gesagt?«

Er schlug ein Notizbuch auf. »Dass Sie in den zwanziger Jahren in Berlin Mitglied einer revolutionären kommunistischen Zelle gewesen sind. Dass Sie in den dreißiger Jahren Mitglied der Santa-Monica-Ortsgruppe der Hollywood-Anti-Nazi-League gewesen sind. Dass Sie 1939 in Mexiko mit subversiven Kräften paktiert haben.« Page machte einen schockierten, hilflosen Eindruck. »Jetzt wird es viel schlimmer als letztes Mal«, sagte er. »Man wird Sie erneut vorladen. Diesmal werden Sie nach Washington müssen, vor den Gesamtausschuss, in offener Sitzung. Jetzt wird's wirklich ernst.«

»Nein!« Ich fühlte mich sehr müde. »Was soll ich tun?«

Page räusperte sich. »Nun, bei diesen Sitzungen gibt es drei Möglichkeiten. Sie können sich auf den ersten Zusatzartikel berufen – dann wandern Sie wegen Missachtung ins Gefängnis. Sie können sich auf den fünften berufen – damit geben Sie praktisch zu, dass Sie schuldig sind. Und Sie kommen auf die schwarze Liste der MPA. Die dritte Möglichkeit: Sie nennen Namen. Sie nennen ihnen alle Kommunisten und Exkommunisten, die Sie kennen. Damit sind Sie entlastet, und Sie dürfen weiterarbeiten.« Er unterbrach sich und stopfte sich schnell eine Gewürzgurke in den Mund. »Verstehen Sie«, sagte er mampfend, »es kommt letzten Endes gar nicht darauf an, ob ein Zeuge lügt oder die Wahrheit sagt. Worauf es ankommt, ist, dass man sich gegenüber dem Ausschuss kooperationswillig zeigt. Und das kann man nur, indem man andere denunziert.«

»Was soll ich also tun?«

»Hm … Nennen Sie Namen! Alle machen das. Sie sehen doch, dass sogar Ihre Freunde Sie genannt haben.« Er lächelte verlegen. »Ich sage Ihnen, die Leute geben sogar ihre Familienangehörigen, ihre Freunde, ihre Kollegen an. Sie tun alles, um von der Liste herunterzukommen.« Er warf mir einen besorgten Blick zu. »Allerdings, in Ihrem Fall, Mister Todd …«

»Soll ich mich auf den Fünften berufen?«

»Ja.«

»Was riskiere ich?«

»Man könnte Sie ausweisen. Aber das glaube ich nicht, weil Sie Brite sind.« Während ich schweigend dasaß, begann Page, an seinem Chiliwürstchen zu knabbern.

»Es ist eine schreckliche Zeit, Mister Todd«, sagte er. »In den nächsten zwei, drei Jahren wird es bestimmt einen Atomkrieg geben. Das ist sicher.«

»Ganz bestimmt nicht.«

»Oh doch! Ohne jeden Zweifel. Bin absolut sicher.«

»Wie kommen Sie denn darauf?«

»Wissen Sie denn nicht, dass man ein Lager für subversive Elemente eingerichtet hat? Die bereiten sich auf einen Krieg vor.«

»Quatsch!«

»Durchaus nicht. Denken Sie an den McArras Act. Man will alle subversiven Elemente in Konzentrationslager sperren. So ein Gesetz beschließt man doch nur, wenn man es auch anwenden will.«

»Dann bin ich sicher auch dabei. Aber um Himmels willen, Page, lassen Sie die Kirche im Dorf! Tun Sie sich den Gefallen! Und hören Sie: Sie brauchen nicht mit nach Washington zu kommen. Auf den Fünften kann ich mich auch allein berufen.« Ich stand auf. »Schicken Sie mir Ihre Rechnung!« Ich streckte ihm meine Hand entgegen. »Auf bald, Page!«

»*Geben Sie mir um Gottes willen nicht die Hand!* Sie dürfen allenfalls lässig winken …« Er lächelte gequält.

Ich winkte lässig und ging.

BRAYFIELD: Sie stehen mit einem Bein im Gefängnis! Ich warne Sie!

TODD: Der fünfte Zusatzartikel erlaubt …

BRAYFIELD: Dies ist ein Parteibuch der Kommunistischen Partei, ausgestellt auf John James Todd in Berlin, Deutschland, 1926 …

TODD: Das ist eine offenkundige Fälschung.

BRAYFIELD: *Wenn Sie noch einmal verweigern, hole ich den Marshall und lasse Sie einsperren!*

VORSITZENDER: Abgeordneter Brayfield, ich darf doch bitten!

BRAYFIELD: Ich bitte um Entschuldigung … Mister Todd, geben Sie zu, dass Ihr letzter Film, *The Equaliser*, antiamerikanisch war.

TODD: Er ist proamerikanisch.

BRAYFIELD: Sie ziehen einen der beliebtesten Helden Amerikas, Billy the Kid, in den Schmutz.

TODD: Billy the Kid war ein Dieb und Mörder. Der Held meines Films, Sheriff Pat Garrett, ist ein Mann des Gesetzes, wie Mister Hoover. [Gemurmel unter den Abgeordneten]

TODD: Darf ich den Abgeordneten Brayfield fragen, ob er den Film gesehen hat?

BRAYFIELD: Nein, das habe ich nicht … Ich brauche mir Pornografie nicht anzusehen, um zu wissen, was es ist. Welche Staatsangehörigkeit haben Sie?

TODD: Ich bin Brite.

BRAYFIELD: Seit wann leben Sie in den Vereinigten Staaten?

TODD: Seit 1937, mit Unterbrechungen. Ich bin zweimal in Europa gewesen. Einmal im Zweiten Weltkrieg, als Kriegsberichterstatter für Amerika …

BRAYFIELD: Warum haben Sie nicht die Einbürgerung beantragt? Waren Sie nicht mit einer Amerikanerin verheiratet?

TODD: Ja, aber ich bin Brite. Ich sah keine Notwendigkeit …

BRAYFIELD: Wenn das so ist, Mister Todd, werde ich alles tun, was in meiner Kraft steht, dass man Sie wieder dorthin schickt!

Unter den Jupiterlampen des Fernsehens schwitzte Brayfield stärker als je zuvor. Auf dem Tisch vor mir standen sieben Mikrofone. Drei Fernsehkameras standen bereit, die Szene festzuhalten. Von Zeit zu Zeit flammte auf der Presseempore ein Blitzlicht auf. Wir befanden uns im Caucus Room des Old House Office Building in Washington, DC. Er fasste vierhundert Menschen. Heute war er nahezu leer. Im Hintergrund bemerkte ich die Ermittlungsbeamten Seager und Bonty. Bonty winkte mir zu. Man muss sagen, dass die Vernehmung von John James Todd nicht gerade die Massen anlockte. Ich war kein Star. Brayfield war kein Torquemada.

Mittlerweile dauerte die Ausschusssitzung vierzig Minuten. Neunzig Prozent der Fragen waren von Brayfield gekommen. Ich hatte mit sturer Beharrlichkeit gemauert, und wann immer es mir passend erschien, mich auf den fünften Zusatzartikel berufen. Jetzt war eine Pause eingetreten, weil Brayfield sich mit seiner bekannten Heftigkeit schnäuzte, so als wolle er seine Augäpfel auf den Tisch purzeln lassen, der vor ihm stand. Traditionsgemäß untersuchte er sein Taschentuch auf Spuren von ausgepresstem Gehirn. Die übrigen Abgeordneten, die dem Ausschuss angehörten (ich habe ihre Namen vergessen, es war ein uninteressanter Haufen von zweitrangigen Opportunisten, die sich gern im Rampenlicht sahen), blickten einander mit unverhülltem Ekel an. Ich war anfangs nervös gewesen, aber jetzt erfüllte mich eine zornige Gelassenheit. Brayfield war erstaunlich gut über mich informiert, aber gerade das verringerte meine Sorge. Ich war kein »Umstürzler«, ich war das Opfer einer rachsüchtigen, abgefeimten Intrige, in die Brayfield ohne jeden Zweifel verwickelt war.

ABGEORDNETER EAMES: Mister Todd, äh … Sind Ihnen Mitglieder der Kommunistischen Partei namentlich bekannt, und sind Sie gegebenenfalls bereit, sie diesem Ausschuss zu nennen? In geheimer Sitzung, natürlich.

TODD: Ich bin durchaus bereit, Ihnen einen gefährlichen Fana-

tiker zu nennen, der alles tut, um das Recht zu beugen und die Verfassung der Vereinigten Staaten zu untergraben. Ich bin auch bereit, ihn in öffentlicher Sitzung zu nennen.
EAMES: Ich glaube nicht, dass wir …
VORSITZENDER: Tatsächlich? Und wer ist es?
TODD: Abgeordneter Byron Brayfield! Dieser Mann führt einen persönlichen Rachefeldzug gegen mich!

Tumult. Brayfield beschimpfte mich wüst. Ich wurde wegen Missachtung zu fünfhundert Dollar Geldbuße verurteilt. Nach einer Unterbrechung ging die Sitzung weiter. Brayfield war mit weiteren, erstaunlich treffsicheren Fragen gerüstet.

BRAYFIELD: Haben Sie am Abend des 14. November 1940 im Hause von Stefan Dressier an einer Versammlung der Hollywood-Anti-Nazi-League teilgenommen?
TODD: Ich lehne es ab, diese Frage zu beantworten, und berufe mich …
BRAYFIELD: Sie haben im Jahr 1939 eine Zeit lang in Rincon, Mexiko, gelebt?
TODD: Ja.
BRAYFIELD: Und in dieser Zeit hatten Sie freundschaftlichen Umgang mit Hans Eisler, der letztes Jahr vor diesem Ausschuss erschienen ist, nicht wahr?
TODD: Ich kann mich nicht erinnern. Viele Leute haben sich kurzfristig in Rincon aufgehalten.

Der Ausschuss kam überhaupt nicht weiter. Vor dem Mittagessen entließ man mich, während Brayfield mir weiterhin mit Abschiebung drohte. Auf dem Korridor vor dem Caucus Room hielt mich ein Journalist an. Er fragte mich, ob ich einen Beweis für die Existenz einer schwarzen Liste hätte.

»Klar gibt es eine Liste«, sagte ich. »Nur will keiner es zugeben.«

Er fragte mich, was ich gegenwärtig täte.

»Ich unterrichte Mathematik und Englisch und kümmere mich nur um meine eigenen Dinge.«

Er machte ein enttäuschtes Gesicht und ging. Ich sah ihm nach. Als er durch die Tür eines Vorraums trat, sah ich drinnen Doon sitzen. Sie trug ein blaues Kleid mit weißen Punkten, weiße Schuhe und weiße Handschuhe. Ihre Haare waren aufgesteckt. Sie war immer noch tiefbraun. Sie wirkte mager, alt und zäh. Sie sah mich, stand auf und kam auf mich zu. Mein Herz … Mein Mut … Ich küsste sie auf die Wange.

»Hallo, Jamie!«

»Was machst du hier?«

»Ich bin vorgeladen worden. Ich glaube, sie wollen dich in die Enge treiben.«

Wir setzten uns auf eine Bank im Korridor.

»Sie scheinen alles über mich zu wissen«, sagte ich.

»Da war ein Kerl draußen bei mir auf der Ranch. Er hat mir eine Menge Fragen über dich gestellt. Über uns.«

»Wie sah er aus?«

»Ziemlich unangenehm. Große Lücken zwischen den Zähnen. Sagte, er hieße Brown. Er arbeite für das FBI, sagte er.«

»Lücken in seinen Zähnen?« … Wer konnte das sein? Brown. Lückenhafte Zähne. Ich schaute Doon an. »Kann ich dich heute Abend sprechen?«

Sie nannte mir den Namen ihres Motels. Wir verabredeten uns für acht Uhr.

Doon wurde meinetwegen meineidig. Mit sicherem Auftreten und ohne mit der Wimper zu zucken belog sie den Ausschuss. Sie schwor, dass ich niemals Mitglied der Kommunistischen Partei gewesen sei, und erklärte das Parteibuch für eine plumpe Fälschung.

Später am Abend saßen wir in einem kleinen Restaurant an der 14th Street West und sprachen über die alten Zeiten. Doon rauchte ununterbrochen. Niemand beachtete uns. Ich dachte: Dies war einmal die berühmteste Schönheit in Europa. Frauen versuchten, ihr nachzueifern. Sie war der Gegenstand von Millionen Männerphantasien. Vor dreißig Jahren lag ihr die Welt zu Füßen. Ich spürte die ungeheure Gleichgültigkeit des Universums unserem Schicksal gegenüber. Mich fröstelte.

»Woran denkst du?«

»Ach, nichts … Wann fährst du zurück?«

»Morgen. Diese Woche kommen drei neue Gäste. Ich hoffe nur, dass sie mich nicht im Fernsehen gesehen haben.«

Ich betrachtete sie. Ich versuchte mir vorzustellen, wie es jetzt wäre, mit Doon zu schlafen, jetzt, wo unsere Körper gealtert waren.

»Doon, ich liebe dich. Ich habe nie jemand anderen geliebt. So einfach ist das. Du bist die Einzige …«

»Jamie, bitte! Das ist eine Ewigkeit her.«

»Nein, es ist mir ernst. Als ich dich heute Morgen sah, war alles wieder da. Es war wie damals im Metropol …«

Sie lächelte. »Du weißt, dazu sind zwei nötig. Wir haben Mist gebaut. Dafür kann keiner was, aber es hätte nie funktioniert.« Sie tätschelte meine Hand. »Du bist mein ältester Freund. Lassen wir's dabei.«

Mein Mund war ausgedörrt. Ich zwang mich zu einem Lächeln. Wenigstens hatte ich es ihr gesagt.

»Vermutlich hast du recht.«

Ich begleitete sie zu ihrem Hotel.

»Warum fährst du nicht nach Hause, Jamie? Du hast diese ganze Scheiße doch gar nicht nötig. Hau doch einfach ab!«

»Und was ist mit Karl-Heinz? Ich habe ihn rübergebracht.«

»Ach, ihm wird's schon nicht schlecht gehen.«

»Und was ist mit meinem Film?«

»Die *Bekenntnisse?* Um Gottes willen!«

»Ich muss ihn fertigmachen. Verdammt noch mal, ich bin vierundfünfzig! Ich habe seit neun Jahren keinen Film mehr gemacht. Und dabei war ich so nahe dran … Auf jeden Fall ist Eddie mir das schuldig.«

Sie küsste mich auf die Wange. »Okay, Schatz. Mach, was

du willst. Wie du immer zu mir gesagt hast: Geh deinen eigenen Weg.«

Ich umarmte sie. Spürte ihren dünnen Körper an meinem. Roch den Tabak in ihren drahtigen Haaren. Sie kannte nichts von dem Bedauern, dem ungeheuren Bedauern, das mich erfüllte. Ich war entsetzlich traurig, nicht etwa, weil nichts mit uns werden würde, sondern weil ich plötzlich die Vorstellung hatte, dass mein Leben auch anders hätte verlaufen können, in einer anderen Welt. Kennen Sie solche Momente? Ich sah mich 1934 in Paris – ich klopfte an ihre Wohnungstür, und diesmal machte Doon auf. Es war eine andere Ausgabe von meinem Leben, von unserem Leben, und diese beiden Leute, die da vor einem Washingtoner Hotel standen, hatten keine Möglichkeit, daran teilzunehmen.

»Pass auf dich auf!«, sagte sie fröhlich. »Und besuch mich mal! Melde dich!«

Wir sagten einander Lebewohl.

Nach meinem Auftritt vor dem Ausschuss in Washington erlangte ich eine gewisse traurige Berühmtheit. In *Variety* und im *Hollywood Reporter* erschienen Artikel und ein Foto. Im *Reporter* lautete die Überschrift: »Exfrau nennt Todd in HUAC-Sitzung«. Die alte Frau vom italienischen Obststand an der Ecke bespuckte mich und nannte mich einen »Roten Handlanger«. *Variety* brachte ein Interview mit Eddie Simmonette. Darin hieß es:

»Studiochef Eadweard Simmonette gab zu, dass er Todd in den vierziger Jahren als Regisseur für zweitklassige Westernfilme angeheuert hatte. ›Ich kannte ihn oberflächlich von Berlin her, hatte aber keine Ahnung, dass er Kommunist war. Er hat seit zehn Jahren nicht mehr für mich gearbeitet, seit *The Equaliser*, und das war 44. Ich habe Achtung vor seinem Können, bedaure aber seine Wertvorstellungen.‹«

Eine Spätvorstellung von *The Equaliser* wurde durch eine Organisation namens ODCAD blockiert, und der Film wurde aus dem Verkehr gezogen. Eine weitere spärliche Einnahmequelle versiegte. Ich steigerte meine Unterrichtstätigkeit auf sechs Stunden täglich. Nora-Lee zog zu mir, und ich vermietete ihr Zimmer an einen Studenten. Törichterweise borgte ich Chauncy und Hall tausend Dollar für die Renovierung des Lokals und sah nie etwas davon wieder. Meine Lebensverhältnisse sanken ab auf das dürftige Niveau von Berlin 1924.

Ich wollte Monika besuchen, aber sie war nach New York gezogen, weil sie dort beim Fernsehen arbeitete. Ich rief sie an.

»Tut mir leid, Johnny, aber ich musste es tun. Ich hatte keine Wahl.«

»Aber wir waren doch einmal verheiratet! Mann und Frau.«

»Komm mir nicht damit! Dafür, dass ich dich geheiratet habe, hat Eddie Simmonette mir fünftausend Dollar bezahlt. Es war eine rein geschäftliche Angelegenheit.«

Wieder eine Eröffnung, für die ich keinen Bedarf hatte. Kurz nach meiner Rückkehr von Washington ging ich bei den Coopers vorbei, fand aber die Haustür verschlossen. Ich kam mehrmals wieder, immer mit dem gleichen Ergebnis. Dann machte mir eines Tages Elroy auf.

»Hallo Elroy«, sagte ich. »Ist dein Papa da?«

»Mein Papa sagt, es tut ihm leid, aber Sie möchten bitte nicht mehr hierher kommen.«

Ich schob mich an ihm vorbei in den Flur. Ich hörte, wie der Schlüssel in der Speisezimmertür umgedreht wurde. Ich hämmerte gegen die Tür.

»Ernest! Was soll das? Das ist blöd. Komm schon raus!«

Als ich ruhig wurde, konnte ich ihn hinter der Tür schluchzen hören. »Lass das doch, Ernest. Um Gottes willen, ich mach mir nichts draus, ehrlich.«

»Es tut mir leid, John. Es tut mir leid. Verzeih mir, bitte! Aber geh weg und komm nicht mehr wieder! Sie beobachten mich immer noch.«

Elroy stand hinter mir, mit einem vor Scham und Entrüstung verzerrten Gesicht.

»Gehen Sie bitte und lassen Sie ihn in Ruhe!«

Einige Wochen lang bedrückte mich nichts so sehr wie dieser neue Status, den ich erworben hatte, der Status einer Ein-Mann-Leprakolonie. Selbst Werner Hitzig, der sich auf den fünften Zusatzartikel berufen hatte, wollte nichts mit mir zu tun haben, weil er inzwischen an Alert Inc. zahlte, um von der Liste gestrichen zu werden. (1954 gab er mich schließlich als Kommunisten an. Das Problem war: Wenn man einmal genannt worden war, war praktisch die Jagd freigegeben. Zwischen 1953 und 1955 wurde ich von siebenundzwanzig Personen genannt, die mir zum größten Teil völlig fremd waren.) Ich verlor alle meine Freunde außer Karl-Heinz, und alle Beziehungen zur Filmwelt brachen ab.

Was mich jedoch erstaunte, war die Tatsache, dass ich immer noch überwacht wurde. Wenn ich den Hörer abhob, knackte es merkwürdig in der Leitung. Selbst ein Jahr nach der Vernehmung wurde meine Post immer noch abgefangen. Außerdem war ich sicher, dass jemand mich beobachtete, auch wenn ich keinen Beweis dafür hatte. Ende 1955 erschien in einem Lokalblatt namens *Ventura Bee* eine skurrile Geschichte, derzufolge ich als kommunistischer Agent Einwanderer unter dem Vorwand, ihnen Englisch beizubringen, mit sowjetischer Ideologie vergiftete. Ich forderte Page auf, wegen Verleumdung zu klagen, doch er riet mir nachdrücklich davon ab. Ramon Dusenberry fand heraus, dass die *Ventura Bee* im Besitz der ODCAD war, der »Organisation of Decent Americans for Democracy«, die ihrerseits von der American Business Union geführt wurde, deren Adresse auf dem Sunset Boulevard die gleiche war wie die von *Red Connections.*

Es war Toshiro Saimaru, der mir schließlich aus der Not half. Toshiro war ein wohlbeleibter japanischer Geschäftsmann, der seine englische Aussprache verbessern wollte. Er war sehr beeindruckt gewesen von Laurence Olivier in »Henry Vee«, wie er sagte, und wählte sich ihn zum Vorbild. Wir lasen einander viel von Shakespeare und englischen Dichtern vor. Seine Aussprache verbesserte sich nicht, aber er schien Spaß daran zu haben, und für mich waren es leicht verdiente fünf Dollar pro Stunde. Eines Tages lasen wir Shelleys *Mont Blanc.*

»And what were thou«, wiederholte ich, *»and earth, and stars, and sea, if to the human mind's imagining silence and solitude were vacancy? …«*

»Sirence an' soritude were vacancy.«

»Großartig, Toshiro! Schon viel besser! Versuchen wir es mit der *Ode to the West Wind.*«

Er blätterte seine Gedichtsammlung durch.

»Toshiro, nehmen Sie in Ihrer Firma manchmal einen Privatdetektiv in Anspruch?«

»Oh ja! Sehr gut. Sehr guter Mann. Mister Sean O'Hara.« Er notierte mir den Namen und die Telefonnummer. Ich rief an, und eine Sekretärin sagte mir, Mister O'Hara würde bei mir vorbeischauen.

Am darauffolgenden Samstagvormittag klopfte es an der Tür. Ein kleiner untersetzter Japaner stand vor mir, in einem sandfarbenen Anzug und einem Schweinslederhut.

»Kein Unterricht am Samstag«, sagte ich. Er blickte mich verständnislos an. »Wir nicht unterrichten an Samstag … Nix Unterricht. Keine Stunde. Wir zu. Zu. Nix arbeiten.«

»Sie verwechseln mich, Freund!« Er reichte mir eine Karte. SEAN O'HARA. PRIVATDETEKTIV. Ich entschuldigte mich und bat ihn herein. Er hatte eine perfekte amerikanische Aussprache. Ich fühlte Kopfschmerzen aufkommen. Eugen, Orr und nun O'Hara.

»Tut mir so leid«, sagte ich. »Es ist Ihr Name. Ich hatte die Vorstellung von einem … Es ist blöd von mir. Da sieht man es mal wieder.«

»Macht doch nichts«, sagte er. »Mein richtiger Name ist

Jatsuhashi Ohara. Ich habe ein ganzes Jahr lang keine Arbeit bekommen. Absolut Null, *nada.* Konnte mir nicht denken wieso. Es ist verblüffend, was so ein kleiner Apostroph ausmacht. Nennen Sie mich Sean.« Er zündete sich eine Kool an. »Wo liegt das Problem, Mister Todd?«

Ich erzählte ihm meine Geschichte. »Ich glaube, dass hinter der ganzen Sache jemand steckt. Ich möchte nur wissen wer.«

»Fünfundzwanzig Dollar am Tag plus Auslagen.«

»In Ordnung!« Ich würde mir bei Nora-Lee etwas borgen müssen. »Was glauben Sie, wie lange werden Sie brauchen?«

»Eine Woche, einen Monat? Machen Sie sich keine Gedanken, Mister Todd. Ich kriege schon heraus, wer es ist.«

Ich hatte Eddie seit über zwei Jahren nicht mehr gesehen. Kurz nach O'Haras Besuch im Sommer 1956 lag Karl-Heinz mit einem durchgebrochenen Magengeschwür zwei Wochen im Krankenhaus. Er kam wieder zu Kräften, aber die ganze verjüngende Wirkung der Jahre in Kalifornien war dahin. Er sah alt und grau aus unter seiner Sonnenbräune. Ich besuchte ihn nach der Operation im Krankenhaus.

»Herrgott, Johnny, lass uns diesen verdammten Film bald machen«, sagte er. »Sonst sitze ich noch im Rollstuhl!«

Plötzlich war ich von einer nervösen Unruhe erfüllt. Ich ging bei Pages Büro vorbei, unangemeldet, um ein Gespräch mit Eddie zu arrangieren. Seine Sekretärin rief bei ihm an.

»Da möchte Sie ein Mister Todd sprechen. Er sagt, es ist dringend.«

Page stürzte aus seinem Büro.

»Mister Smith! Was für eine Überraschung!«

Er führte mich aus seinem Büro.

»Um Gottes willen, John!«, jammerte er, als wir draußen waren. Wir duzten uns inzwischen. »Ich kenne dich nicht, weißt du das nicht mehr? Neulich rief jemand an und fragte, ob ich dich vertrete. Ich halte es für möglich, dass das Büro verwanzt ist. Ich benutze nur noch Telefonzellen.«

»Gott, da geht's dir ja noch schlimmer als mir … Hör mal, ich möchte Eddie sprechen.«

»Ich werde sehen, was ich tun kann. Nur versprich mir, dass du nicht wieder so vorbeikommst!«

Eddie stand am Rande der Brandung vor seinem Strandhaus. Die kraftlosen Wellen krochen bis zu seinen Füßen und krochen wieder davon. Er trug eine Badehose in Kirschrot und Senfgelb und rauchte eine Zigarre. Sein ansehnlicher Rundbauch hing wie ein Medizinball unter seinen molligen mädchenhaften Brüsten. Auf dem Sonnendeck seines Strandhauses stieg Rauch von einem Grill auf.

»Hallo, John« rief er, als er mich kommen sah. Es war, als ob absolut nichts geschehen wäre. Wir standen eine Weile da und sahen zu, wie die Wellen heranrollten, sich brachen und auf dem Sand verliefen.

»Diese Sache in *Variety* tut mir leid«, sagte er. »Aber ich wusste, dass du es verstehen würdest.« Er musterte mich und meine Kleidung. »Ist alles in Ordnung, John? Du siehst nicht besonders gut aus.«

»Mir geht's prima. Ich muss bloß einen Film machen.«

»Bald, John, bald. Komm rauf, kannst ein Stück mitessen.«

»Mitessen? Meinst du das ernst?«

»Langsam ändern sich die Verhältnisse. Ike ist wiedergewählt worden. Die Aufregung legt sich. Trumbo hat sogar den Oscar bekommen.«

»Tatsächlich?«

»Ja klar! Für *The Brave One*.«

»Er hat das geschrieben?«

»Ja, er ist ›Robert Rich‹. Wusstest du das nicht?«

»Nein. Vergiss nicht, dass ich etwas den Kontakt verloren habe.«

Wir stiegen zu seinem Sonnendeck hinauf. Eine zierliche dunkelhaarige Frau in einem zweiteiligen Badeanzug in denselben Farben wie Eddies Badehose nahm ein Sonnenbad.

»Das ist meine Frau Bonnie. Bonnie, dies ist mein ältester Freund, John James Todd. John, warum legst du nicht ab?«

Später sprachen wir über meine Pläne. Ich berichtete ihm von Karl-Heinz' Gesundheitszustand, und ich erklärte ihm, ich hätte eine neue Idee zu einem Film, nicht *Father of Libery.* Etwas sehr viel Bescheideneres, sehr viel Billigeres. Aber wir müssten es bald machen.

»Ich weiß nicht, John. Es kommt auf den richtigen Zeitpunkt an. Ein Drehbuch unter Pseudonym, das ist jetzt sicher drin. Aber als Regisseur … Lass uns noch eine Weile warten!«

Ich holte tief Luft. »Eddie, ich habe in diesen letzten Jahren eine Menge für dich getan …«

»Und ich habe eine Menge für dich getan, John.« Es war offenbar eine dieser Gelegenheiten, an denen man sich mit seinem Vornamen anspricht. Aber er spürte, dass es mir ernst war.

»Ja«, sagte ich und dachte dabei an Monika. »Aber sieh mal, wohin wir heute gekommen sind.«

»Johnny, Johnny …« Er legte mir die Hand auf die Schulter. »Mein Vater hat mir etwas gesagt, was ich nie vergessen habe. Es gibt zwei Kräfte im Leben, die alles beeinflussen. Nur zwei. Das Profitmotiv und die menschlichen Werte. Gelegentlich decken sie sich, aber meistens widersprechen sie sich. Entscheide dich früh für das eine oder andere, und dann bleib dabei, sagte mein Vater. Und im Übrigen, sagte mein Vater, merk dir das: das Profitmotiv setzt sich immer durch.« Er breitete seine Hände aus.

Ich blickte aufs Meer hinaus. »So einfach ist das nicht.«

Sean O'Hara kam vorbei.

»Tja, ich hab ihn«, sagte er. »Der Kerl ist Vizepräsident von AMPOPAWL. Er ist Sonderermittler für ODCAD und HUAC. Er ist FBI-Informant seit 1934. Er hat fünfzig Prozent der Anteile von *Red Connections,* die eine monatliche Auflage von 24 000 Exemplaren haben, zu fünf Dollar das Stück. Wissen Sie, wie viel Geld das ist? 120 000 Dollar im *Monat*! Dieser Kerl hasst

Kommunisten, und das bringt ihm eine Menge Knete ein. Er betreibt die schwarzen Listen professionell, er berät Rundfunk- und Fernsehstationen, und er bürgt für die Unbedenklichkeit der Leute, die sie einstellen. Ziemlich mächtig. Was ich nicht herauskriegen kann, ist, was er gegen Sie hat.«

»Wie heißt er?«

»Monroe Smee. Sagt Ihnen das was?«

Ich saß neben O'Hara in seinem Buick Roadmaster. Auf der Handschuhablage stand ein Pappbecher Pepsi-Cola, und er hatte einen Sandwich mit Garnelen und Pastrami in der einen und eine Kool in der anderen Hand. Er drückte seine Zigarette aus und biss in seinen Sandwich hinein. Es war halb neun am Morgen.

»Dieses Schnüfflerleben bekommt Ihrer Gesundheit nicht. Sie müssen was Anständiges essen!«

Er bot mir eine Zigarette an. »Deshalb rauche ich ja Menthol.«

»Nein, danke« sagte ich. »Ich versuche es mir abzugewöhnen. Ich habe nur noch eine Lunge.«

»Ernst? Was ist passiert?«

»Ich wurde im Krieg verwundet.«

»Ernst? Dafür achte ich Sie, Mister Todd, wirklich. Waren es die Krauts oder unsere?«

»Es waren sogar die eigenen Leute ... Aber das erzähle ich Ihnen später.«

Wir standen auf dem Sunset Boulevard, ungefähr dort, wo Beverly Hills in West Hollywood übergeht, vor dem Gebäude, in dem die Büros der *Red Connections* waren. Wir warteten auf Smee.

»Mein Mann hat mich informiert, dass er jeden zweiten Mittwoch kommt«, sagte O'Hara. Dann fing er an, leise vor sich hin zu singen. Der Text war immer ein bisschen verkehrt. Heute war es *»A kiss an the lips may be quite sentimental«*. Gestern, als wir dieses Ziel vereinbart hatten, war es *»Petting* *in the dark, sad boy. Petting in the dark, sad girl«* gewesen. Er drehte sein Fenster herunter und warf die Wachspapierverpackung seines Sandwiches hinaus.

»Da kommt er«, sagte er.

Smee hatte seinen Wagen auf dem Parkplatz des Gebäudes abgestellt und kam munter auf dem Bürgersteig anmarschiert. Er trug einen dunklen Anzug und hatte eine Aktentasche bei sich. Wieder sah ich dieses blasse Gesicht, die lückenhaften Zähne, die große unebenmäßige Nase und das leicht fliehende Kinn. Er wirkte dünn und drahtig. Aber die schütter werdenden braunen Haare waren verschwunden. Er trug eine ordentlich gekämmte, kurzhaarige dunkle Perücke.

»Früher hatte er 'ne Glatze!«, sagte ich.

»Ja, das sieht man, das ist ein Toupet«, sagte O'Hara.

Ich sah Smee in das Gebäude hineingehen. Was hatte ich ihm nur getan, fragte ich mich. Ich konnte nicht glauben, dass Monroe Smee verantwortlich war. Es musste irgendein schrecklicher Irrtum oder eine Verwechselung vorliegen.

Um halb vier tauchte er wieder auf. O'Hara hatte zu Mittag eine Portion Rippchen, Kräuterlimonade und Popcorn verzehrt und hatte schon das zweite Päckchen Kool angebrochen. Wir folgten Smees Wagen, einem Cadillac Fleetwood, zu irgendwelchen Büros am Wilshire Boulevard und dann weiter zu seinem Zahnarzt in Highland Park.

Als er dort fertig war, fuhr er die Almeda Street bis nach Long Beach hinunter und dann auf den Pacific Coast Highway in südlicher Richtung. Wir fuhren an den Erdölförderpumpen, an Huntington Beach und an Newport vorbei, und als er vom Highway abbog, folgten wir ihm in das schicke, am Meer gelegene Wohnviertel Balboa.

»Kein Wunder, dass er nur jeden zweiten Mittwoch hereinfährt«, sagte ich. Ich hatte das Gefühl, als wären wir Stunden unterwegs gewesen. »Ich bin fix und fertig.«

»Zum Schnüffler taugen Sie nicht.« O'Hara lachte. »Bei einem Fall habe ich achtzehn Tage in diesem Wagen gehaust.«

Jetzt war mir klar, woher der eigentümliche feuchte Mief im Wagen stammte.

Smees Haus war ein imposanter flacher Bungalow mit weiß verputzten Wänden und orangerotem Ziegeldach. Hinter dem Gebäude erstreckte sich ein tiefer Garten, der anscheinend in einen privaten Jachthafen auslief, in dem sich zwei Boote befanden. Als Smee mit seinem Cadillac auf den Einstellplatz fuhr, trat ein halbwüchsiger Junge in Tenniskleidung aus der Haustür. Er winkte Smee zu und joggte los. Smee stieg aus dem Wagen und ging ins Haus.

»Ich muss mit ihm reden.«

»Na gut, aber seien Sie vorsichtig!«, sagte O'Hara.

Ich stieg aus und knöpfte mir die Jacke zu. Nach einem ganzen Tag in O'Haras Wagen kam ich mir zerknittert und schmuddelig vor. Ich fuhr mir übers Kinn – ich sollte mich rasieren. Gern hätte ich ein bisschen gepflegter und wohlhabender ausgesehen.

Ich ging an die Haustür und klingelte. Ein mexikanisches Dienstmädchen öffnete. Direkt hinter ihr stand eine schmale Frau mit recht scharfen Gesichtszügen und blondem Haar.

»Es ist in Ordnung, Caridad«, sagte sie. Dann zu mir gewandt: »Ja?«

»Ich möchte mit Mister Smee sprechen. In einer Ausschussangelegenheit.«

»Oh …«, sagte sie zögernd. »Treten Sie ein!«

Während ich in die Halle trat, kehrte meine Angst wieder. Mrs. Smee ging in ein Zimmer, und ich hörte sie sagen: »Monroe? Es ist ein Mann vom Ausschuss.«

Smee kam heraus. Über einem weißen Nylonhemd trug er schwarze Hosenträger.

»Hallo, Monroe«, sagte ich. »Ich glaube, wir haben etwas zu besprechen.« Er blickte mich vollkommen entgeistert an. Dann verzog sich seine Nase ganz merkwürdig.

»Raus!«, brüllte er. »Verlassen Sie mein Haus, Sie Schwein! Sie Kommunistenschwein!«

»Um Himmels willen, Smee …«

»Sie übler roter Mistkerl! Wie können Sie sich unterstehen, mein Haus zu verunreinigen! Wie können Sie sich unterstehen!«

»Sehr eindrucksvoll«, sagte ich, »direkt oscarverdächtig. Hören Sie, wir müssen …«

»Raus! Raus!«

Ich packte ihn mit beiden Händen bei der Hemdbrust und knallte ihn gegen die Wand.

»Ruf die Polizei!«, brüllte er seiner Frau zu.

»*Warum?* Warum ich? Lassen Sie mich doch in Ruhe!« Ich merkte, dass ein mörderischer Zorn meine Stimme auf unangenehme Weise entstellte. Die jahrelange Verbitterung brach aus mir hervor.

Mrs. Smee kreischte hinter mir. Ihre Fäuste trommelten auf meinen Rücken. Ich ließ ihn los.

»Mehr können Sie mir doch gar nicht mehr antun«, sagte ich. »Lassen Sie mich doch in Ruhe!« Er stöberte in einer Schublade herum und holte einen kleinen Revolver hervor.

»Ich könnte Sie töten, Todd!«, kreischte er. »Ich könnte Sie auf der Stelle töten, und man würde mir noch einen Orden verleihen, für die Beseitigung von rotem Abschaum …«

»Sie sind total verrückt!«

»… aber ich möchte nicht den Gestank in meinem Hause haben!«

»Ich töte *Sie*!«, brüllte ich besinnungslos zurück. »Lassen Sie mich in Ruhe, oder ich töte *Sie,* so wahr mir Gott helfe!«

»Raus, Sie Kommunistenschwein! Verlassen Sie mein Haus!« Er richtete die Waffe auf mich.

»Sie sind wahnsinnig. Ein Irrer … Ich warne Sie!« Trotzdem wich ich zurück. Mrs. Smee war auf die Knie gesunken und schluchzte laut.

»Sie sind erledigt, Todd! Ich kriege Sie noch!«

»Und ich breche Ihnen das Genick!«

Wir warfen einander Flüche nach, während ich die Tür öffnete. Das letzte, was ich sah, war Mrs. Smee, die sich an ihrem Mann hochzog und mit flehender Gebärde nach der Waffe griff.

Als ich vor dem Haus über den Rasen schritt, ging – wahrscheinlich automatisch – die Beregnungsanlage an und durchnässte meine Hosen vom Knie abwärts. Ich hüpfte über das Gras zu O'Haras Wagen.

»War er das?«, fragte O'Hara, als ich mich neben ihn setzte. »Soll ich ihm ein paar langen? Ihn ein bisschen piesacken?«

»Nein, fahren wir!«

O'Hara fuhr los.

»Er hat mich mit 'ner Kanone bedroht«, sagte ich, als mit Verzögerung der Schock einsetzte. »Verdammt, er hat 'ne Kanone auf mich gerichtet.«

»Schweinehund«, sagte O'Hara. »Soll ich ihm die Beine brechen? Oder die Arme?«

»Ein andermal, Sean.«

Er senkte seine Stimme. »Ich kann so was für Sie erledigen, Mister Todd. Alles. Nicht sehr kostspielig, für bestimmte Kunden. Sie verstehen mich?«

Ich hörte nicht zu.

»Er ist verrückt«, sagte ich, als meine Arme und mein Körper zu zittern begannen. Ich fuhr mir übers Gesicht. »Vollkommen klar. Der ist total übergeschnappt. Ein Wahnsinniger.«

Villa Luxe 29. Juni 1972

Warum hat Smee mich so inbrünstig gehasst? Ich weiß es nicht. Es konnte doch nicht bloß wegen der Drehbücher sein? Aber damals muss es angefangen haben, als eine elementare irrationale Abneigung, aus der mit den Jahren durch seine antikommunistische Manie etwas Gerechtes, so etwas wie ein patriotisch-amerikanisches Anliegen wurde. Unter der Oberfläche eines vollkommen normalen Alltagslebens war er unzweifelhaft verrückt. Vielleicht sollte man das nicht weiter untersuchen. Er war eine manische Kraft, die in Los Angeles wirkte, und ich geriet zufällig in ihren Bereich.

Und doch ... Wenn wir ehrlich sind, hat jeder von uns schon Leute getroffen, gegen die er eine instinktive Abneigung empfand. Es genügt eine kleine Verärgerung, und schon wird daraus etwas ganz Bösartiges. Ich nehme an, dass es Smee so gegangen ist, besonders nachdem ich sein Werk vollkommen arglos für Schund erklärt hatte. Damit hatte ich seine Eitelkeit getroffen – und kaum jemand ist eitler als die Unbegabten, die sich über ihr Talent Illusionen machen. Aber andererseits war er FBI-Spitzel, als wir uns kennenlernten, und vielleicht hat er erkannt, dass ich ein noch größerer Verräter war ... Aber wie auch immer, man kommt mit diesen Spekulationen nicht weit. Was einen Menschen wie Smee motiviert, ist so vertrackt, dass man nicht dahinterkommt. Er hasste mich; er war überzeugt, dass ich Kommunist sei. Es war seine verdammte Pflicht und Schuldigkeit, mich zu Fall zu bringen. Smee war – sagen wir, ein weiterer blinder Zufall, der in mein Leben eingriff. Und ich war nicht darauf gekommen, nicht einen Augenblick lang. Das machte diese Erfahrung noch beunruhigender. Monroe Smee, FBI-Agent, HUAC-Ermittler, Geißel der Roten, antikommunistischer Unternehmer. Der mir bestimmte Racheengel.

Emilia hat etwas Schreckliches mit ihrem Haar gemacht. Sie hat es schwarz gefärbt – ein Kanonenmetall-Blauschwarz –, und sie hat es sich rings um den Kopf in starre Wellen legen lassen. Sie benützt ein ätzendes Parfüm, das ich heute Mittag sogar in meinem Essen zu schmecken glaubte. Zweimal fand sie heute Vormittag Gelegenheit, mich wie unabsichtlich zu streifen. Und ich spüre, dass sie mich insgeheim betrachtet, so als versuche sie mich dauernd einzuschätzen. Die Atmosphäre im Haus ist geladen, voll zitternder Spannung; es bahnt sich etwas Entscheidendes an.

Ihre neue Frisur ist nicht gerade vorteilhaft, und dennoch kehren meine Gedanken im Laufe des Tages häufiger zu ihr zurück, als ich es für möglich gehalten hätte. Sie müssen wissen, dass es seit Jahren in meinem Leben niemanden gegeben hat.

Vielleicht wäre es nicht das Schlechteste, mit einer wie Emilia anzubandeln, die zuverlässig und tüchtig ist. Wie Jean-Jacques seine Thérèse hatte, so würde ich meine Emilia haben … Ich versetze mich einmal in Gedanken in diese Zukunft, und wissen Sie was? Sie erscheint mir durchaus verlockend. Emilia ist noch recht vital. Auf eine plumpe, etwas primitive Art ist sie durchaus anziehend.

Ich gehe sie suchen. Ich finde sie im Wohnzimmer, dessen Fensterläden wegen der Nachmittagssonne geschlossen sind. Sie ist dabei, die Bücher auf den Regalen abzustauben, und das habe ich sie bisher noch nie tun sehen. Plötzlich weiß ich, dass ich mit ihr eine Art von Glück finden könnte, und das ist nicht zu verachten.

»Oh, Mister Todd«, sagt sie. »Dieser Mann hat wieder nach Ihnen gefragt. Ich vergaß, es Ihnen zu sagen. Im Dorf. Der Amerikaner.«

Verdammt! »Haben Sie ihn gesehen?«

»Nein, Ernesto hat es mir gesagt, in der Bar.« Sie bemerkt den Ausdruck von Besorgnis auf meinem Gesicht. »Gibt es ein Problem, Mister Todd? Ist etwas nicht in Ordnung? Sie können es mir sagen. Wenn Sie mögen.«

Sie kommt auf mich zu, von ihrer Parfümwolke angekündigt. Ich gehe ihr entgegen. Sie bleibt stehen.

»Ich weiß nicht, Emilia … Vor langer Zeit ist etwas passiert.«

Gedankenlos lege ich ihr meine Hände auf die Schultern. Zum ersten Mal meine Finger auf ihrem Fleisch. Ein matter blauer Schimmer liegt auf ihrer neuen Frisur. Sie verdreht das Staubtuch in ihren Händen.

»Mister Todd, sind Sie in Schwierigkeiten?«

»Ich weiß es nicht.«

Mit erstaunlicher Kraft stößt sie mich fort. Ich stolpere, stoße mit der Rückseite meines Beins schmerzhaft gegen einen Cafétisch. Emilia scheint ein bisschen zu zittern. Sie hält sich eine Hand vor den Mund. »Nein«, sagt sie. »Nein. Wir müssen warten. Wir müssen warten.«

Sie dreht sich um und läuft aus dem Zimmer. Worauf warten? Eine Minute später höre ich ihr Moped losfahren. Ich setze mich. Ich frage mich, worum es überhaupt ging. Erschrecken, Scham, nachträgliche Bedenken? Ich stütze meinen Kopf in die Hände …

Dann fällt mir ein, was sie gesagt hat, und ich merke, wie die Furcht langsam wiederkehrt. Es ist wie ein Geruch, meine Nasenflügel weiten sich, mein Mund fühlt sich klebrig und trocken an. Ich beschließe, Ernesto nach näheren Einzelheiten zu fragen.

Ich gehe den Weg zum Dorf hinunter. Bei Gunters steht die Einfahrt voller Autos und Jeeps. Kindergeschrei und Unterhaltungsfetzen dringen vom Schwimmbecken herauf. Es ist heiß. Ich hätte meinen Hut mitnehmen sollen. Ich verlangsame meinen Schritt. Die Pinien beiderseits des Weges scheinen in ihrem staubigen Schweigen zu dörren.

Durstig und überhitzt komme ich bei Ernesto an. Die Terrasse ist menschenleer, abgesehen von einem Paar in Badekleidung. Ich schaue noch einmal hin: Ulrike und ein junger Mann. Ich winke ihnen müde zu.

»Mister Todd, einen Augenblick bitte.«

Sie stehen auf. Ich trete in den Schatten und lehne mich an einen Pfeiler. Ulrike trägt einen Bikini. Trotz meiner Erschöpfung bemerke ich, dass sie einen muskulösen flachen Bauch hat, nehme die Schwellung und den Spalt zwischen ihren Brüsten wahr, sehe, wie die Muskeln an ihren Oberschenkeln arbeiten, während sie herüberkommt. Manche Frauen, wenn sie auf mich zugehen … Mein Magen ist schwer wie ein Stein. Ich denke an Doon. Ich würde weinen, wenn ich nicht so erschöpft wäre. Was ist heute mit mir los? Es scheint, als ob mich eine Art Alterssatyriasis befallen hätte.

Die beiden spüren meine unbestimmte Besorgnis. Schnell lässt man mich Platz nehmen, stellt mir ein kühles Bier hin, bietet mir zu essen an, was ich ablehne. Ich bin ein alter Mann, über siebzig. Ich vergesse es immer wieder. Manchmal fühle ich mich übermütig wie ein Achtzehnjähriger, ob man es glaubt oder nicht.

»Ist Ernesto da?«, frage ich.

»Nein, nur Concepcion.«

»Schon gut!«

»Mister Todd, ich möchte Ihnen meinen Freund Tobias vorstellen.«

Ich werfe einen Blick auf den jungen Mann. Dunkle Haare, fliehende Stirn. Er ist schmal und hat breite Schultern. Er ergreift meine Hand.

»Mister Todd«, sagt er. Er spricht gut Englisch. »Es ist mir wirklich eine Ehre. Ich konnte es nicht glauben, als mir Ulrike von Ihnen erzählte.« Es folgen weitere Beifallsbekundungen. Allmählich entspanne ich mich und bestelle noch ein Bier. Tobias berichtet mir von den neuen Plänen, die er und seine Kollegen entwickelt haben, seit Ulrike mich entdeckt hat. Nach der Art, wie er sich äußert, könnte man meinen, ich sei ein neuer Kontinent. Ich höre kaum hin. Er erwähnt altvertraute Namen aus der Vergangenheit: *Julie*, Doon Bogan, Karl-Heinz, Duric und Aram Lodokian, UFA, Realismus, die *Bekenntnisse* …

Ich unterbreche ihn. »Hat einer von Ihnen zufällig von einem Mann gehört, der sich im Dorf nach mir erkundigt hat? Einem Amerikaner?«

»Ein Amerikaner? Nein.«

»Man sagte mir, dieser Mann hätte nach mir gefragt. Bei Ernesto.«

Man hat nichts gehört. Tobias beugt sich vor.

»Das große Rätsel, Mister Todd, und das möchten wir alle gern wissen: die *Bekenntnisse: Teil 1* – was ist aus dem Film geworden? In ganz Deutschland finden wir keine Kopie. Kein Negativ. Seit vierzig Jahren hat man nichts davon gesehen. Wissen Sie, wo sich eine Kopie befindet?«

»Leider nein«, sage ich und breite meine Hände aus, »tut mir leid.«

»Überlegen Sie noch mal«, beschwor mich Tobias. »Stellen Sie sich vor, wenn wir sie entdecken würden!« Für einen kurzen Augenblick siegte sein Ehrgeiz über seinen Altruismus. »Stellen Sie sich vor, was das für eine Entdeckung wäre! Ein verlorengegangenes Meisterwerk wäre wieder da. Der größte Film der Stummfilmzeit. Was für eine Überraschung!«

»Ich würde Ihnen gerne helfen«, sagte ich. »Aber es ist wohl alles im Krieg vernichtet worden.«

Der letzte Spaziergang des Jean-Jacques Rousseau

Ich glaube, dass *The Last Walk of Jean-Jacques Rousseau* im Bereich der Universitäts-Filmclubs so etwas wie eine Kultgemeinde hat. Ich sah einmal eine Umfrage in einer Zeitschrift, bei der er in der Kategorie »Off-Beat und Avantgarde« zusammen mit *Juliet of the Spirits* an dritter Stelle genannt wurde, nach *Ein andalusischer Hund* und *Letztes Jahr in Marienbad.* Es war der letzte Film, den ich gemacht habe, und bei Weitem der seltsamste.

Er wurde in drei Wochen gedreht, kostete 128 000 Dollar und dauert eine Stunde und zehn Minuten. Eddie finanzierte ihn (»nicht mehr als hundert Riesen für einen Kunstfilm«) unter der Bedingung, dass ich ein Pseudonym benutzte und anschließend die Regie in einem billigen Heldenfilm mit dem Titel *Hercules and the Sirens* übernehmen würde. Ich stimmte sofort zu. Ich wusste, dass *The Last Walk* mein letzter Film sein würde.

Seine letzten Lebensjahre verbrachte Jean-Jacques in Paris, in einem recht friedlichen Zustand, wenn man von gelegentlichen Anfällen akuter Paranoia absieht. Er war berühmt und begehrt, dachte aber gar nicht daran, aus seinem Ruhm Kapital zu schlagen. Er empfing zahlreiche Besucher, ermutigte insbesondere junge Leute, ihn aufzusuchen, und nahm seine frühere Tätigkeit als Notenkopist wieder auf. Sein großes Steckenpferd war das Botanisieren oder Herbarisieren, wie er es nannte, und er kannte kein größeres Vergnügen als lange einsame Spaziergänge durch die ländliche Umgebung von Paris. In seinen beiden letzten Lebensjahren – 1777 und '78 – schrieb er seinen letzten autobiografischen Text, die *Träumereien eines einsamen Spaziergängers.* Er ist unvollendet, doch lässt Rousseau im Laufe dieser zehn Spaziergänge aus der heiteren Sicht des Alters sein gesamtes Leben an sich vorüberziehen. Die *Bekenntnisse* sind leidenschaftlich und kraftvoll. Die Träumereien sind elegisch und weise. Im Sommer 1778 fühlte Rousseau sich nicht wohl und übersiedelte mit Thérèse in ein kleines Haus auf dem Landgut des Marquis de Girardin in Ermenonville, nordwestlich von Paris in der Nähe von Seulis. Dort arbeitete er an den *Träumereien,* ging botanisieren und schien wieder zu Kräften zu kommen. Der 1. Juli 1778 war ein warmer Tag. Rousseau machte mit dem Sohn des Marquis einen langen Spaziergang durch den Park von Ermenonville. Am Abend speiste er überaus reichlich in Gesellschaft des Marquis und seiner Familie. Er machte einen liebenswürdigen und lebhaften Eindruck. Doch am anderen Morgen fühlte er sich nicht wohl. Thérèse nahm an, er habe zu viel gegessen. Um zehn Uhr erlitt er, während er aus dem Fenster in den Park starrte, einen schweren Schlaganfall. Um Atem ringend und von Schmerzen gepeinigt, stürzte er zu Boden und schlug mit dem Kopf auf, was eine schwere Wunde verursachte. Er starb fast augenblicklich.

The Last Walk of Jean-Jacques Rousseau beginnt mit einem Blick in das Zimmer des Landhäuschens. Jean-Jacques (Karl-Heinz) sitzt am Tisch und verzehrt sein Frühstück. Der junge Girardin kommt ihn abholen, und sie beginnen ihren Spaziergang. Das Landhäuschen, so merken wir dann, liegt inmitten einer Wiese auf der Monterey-Halbinsel bei Big Sur. Der realistische Eindruck, den die Eröffnungsszene so getreulich zu vermitteln schien, beginnt zu weichen und wird auch nicht wiederhergestellt.

Jean-Jacques pflegte, wenn er eine Pflanze gepflückt und untersucht hatte, ein anderes Exemplar der gleichen Art mit einem roten oder goldenen Band zu versehen, als Merkmal dafür, dass sie bereits dokumentiert war. Als er und Girardin das Landhäuschen verlassen, befinden sie sich auf einer weiten Wiese, die von roten und goldenen Bändern wimmelt. Sie betreten ein Gehölz und steigen in eine kleine bewaldete Schlucht hinab, durch die ein seichter, schnellfließender Fluss verläuft (in Wirklichkeit ist es der Little Sur River). Am Rande sitzen zwei Mädchen, die eine kämmt der anderen das Haar. Im Hintergrund weiden ihre Pferde. Jean-Jacques beobachtet, wie sie aufsteigen und den Fluss durchwaten. Wir blenden über zum Vorspiel des Kirschgartenidylls in den *Bekenntnissen: Teil 1.* Die Farbe weicht der Schwarzweiß-Darstellung. Wir sehen einen jungen Jean-Jacques, der den Mädchen über einen ähnlichen Fluss hilft. Dann blenden wir in die Kirschgartensequenz, die neugierigen Gesichter des alten Jean-Jacques und des verwirrten Girardin ein. Später botanisieren sie, wobei Jean-Jacques emsig rote und goldene Bänder an den Pflanzen befestigt. Sie stoßen auf eine Einsiedelei. Die Mönche bieten ihnen Essen an. Während der Mahlzeit wird ein Text verlesen, in dem es heißt, dass es für den Menschen sinnlos sei, sein Schicksal zu beklagen. »Gott hat dem Menschen nichts gebracht. Er schuldet ihm nichts.«

Nach dem Essen gehen sie in den Garten der Einsiedelei. Kalifornier von heute sitzen vor einer Leinwand und sehen sich Szenen aus den *Bekenntnissen: Teil 1* an. Der alte Jean-Jacques sieht sich selbst als jungen Mann in Annecy ankommen, auf dem Wege zum Haus der Frau von Warens.

Jean-Jacques und Girardin treten den Heimweg an. Dabei überqueren sie (vollkommen unbehelligt von den Autos) den Pacific Coast Highway. Sie kehren in einem Straßenrestaurant ein, das voll von lärmenden Touristen ist. Der Besitzer erkennt Jean-Jacques, stellt draußen unter einem Redwoodbaum einen Tisch für ihn auf und bringt ihm Brot, Wein und Käse.

GIRARDIN: Er scheint Sie gut zu kennen.

JEAN-JACQUES: Bei schönem Wetter pflegten meine Frau und ich abends hierherzukommen und ein Schnitzel zu essen.

Als sie sich dem Landhäuschen nähern, bemerken sie eine riesige dänische Dogge, die auf den Wiesen herumspringt. Der Hund sieht Jean-Jacques und rast auf ihn zu. Er springt an ihm hoch und wirft ihn zu Boden. Bewusstlos, hat Jean-Jacques eine Vision der Frau von Warens, wie sie, ihm den Rücken zukehrend, im Begriff ist, die Kirche in Annecy zu betreten. Anschließend sieht er ein Bild des Sees von Annecy, das mit dem Pazifik vor Big Sur verschwimmt. Er hört den Mönch sagen: »Alles Fleisch ist wie Gras. Es verwelkt, und seine Blüte vergeht.« Wir sehen die Wiese mit ihren flatternden Bändern, durch die sie am Morgen gezogen sind, sich in ein rauchendes Aschenfeld auflösen (für diese Verwandlung war ein Mann von der Nationalgarde mit einem Flammenwerfer verantwortlich, unter Aufsicht der Feuerwehr von Carmel).

Jean-Jacques kommt wieder zu sich, und sie machen sich auf den Heimweg. Wir blenden über zu dem Abendessen, bei dem der Marquis, die Marquise und ihre Familie zugegen sind. Kerzen flackern, ihr Schimmer spiegelt sich im Silberbesteck. Jean-Jacques redet mit einer geradezu manischen Lebhaftigkeit. Später, als alle gegangen sind, steht er allein in dem dunklen Zimmer und blickt durch das Fenster auf den mondbeschienenen Garten hinaus. Für einen Augenblick sehen wir die dänische Dogge über die Wiese laufen. Dann verwandelt sich das Fenster in eine weiße Leinwand, auf die die Vision projiziert wird, die er zuvor gesehen hat: Frau von Warens im Begriff, die Kirche zu betreten.

»Julie«, flüstert er.

Sie dreht sich um. Man sieht Doon.

Plötzlich wird das Bild von einem Stein zerschmettert. Dann werden Dutzende von Steinen durch die Scheiben geschleudert. Glas splittert. Scherben fliegen. Wir sind wieder in Môtiers, der Pöbel bewirft sein Haus mit Steinen. Ein Brocken erwischt Jean-Jacques an der Stirn, Blut fließt. Er greift sich in unsäglicher Qual an die Brust und sinkt zu Boden.

Thérèse kommt herein. Das Zimmer ist genau, wie es vorher war. Helles Mondlicht überflutet das friedliche Zimmer. Jean-Jacques liegt am Boden, tot. Ende. Nachspann.

Meine Quellen für den Film waren die *Träumereien*, eine Schilderung eines Spaziergangs mit Rousseau aus der Feder von Bernardin de Saint-Pierre, meine eigenen Erinnerungen (die Sie ohne Zweifel erkannt haben werden) und inspirierte Anleihen aus meinem Unterbewusstsein. Ich stellte meine Quellen zusammen, und die Geschichte floss mir mit einer Leichtigkeit aus der Feder, wie ich sie nie zuvor erlebt hatte. Der einzige namhafte Kritiker, der den Film zur Kenntnis nahm, schrieb: »*The Last Walk* ergreift den Zuschauer mit betörender Gewalt, bleibt aber am Ende ein Labyrinth von unergründlichen Symbolen.« Ach, vergessen Sie doch nicht, dass es aus einem Labyrinth immer einen Ausweg gibt!

Wir drehten den Film im Spätsommer 1958. In den drei vorangegangenen Jahren waren die Oscars für das beste Drehbuch an Autoren gegangen, die auf der schwarzen Liste standen und Pseudonyme benutzt hatten. Eddie war überzeugt, dass der Verband der Filmindustrie 1959 seine Beschlüsse gegen diejenigen, die sich geweigert hatten, mit dem Ausschuss für staatsfeindliche Umtriebe zu kooperieren, aufheben würde. Die Zeit sei gekommen, meinte er, aber dennoch wünschte er, dass ich als Regisseur ein Pseudonym verwende. Ich entschied mich für den Namen John Vintzenried. Diesen kleinen Film zu drehen, machte mir genauso viel Spaß wie der große Aufwand der *Bekenntnisse: Teil 1.* Wir besetzten die Rollen mit Amateuren und Schauspielern, die sonst nur kleine Nebenrollen erhielten. Wir hatten nur einen kleinen Stab und reisten von San Francisco aus, wo unsere Basis war, zu jedem Schauplatz, der uns gefiel.

Für vierzehn Tage mieteten Karl-Heinz und ich die kleine Hütte, die wir früher im Urlaub benutzt hatten. Sie war ein bisschen aufgemöbelt worden; sie hatte jetzt eine Dusche, und die Küche war modernisiert worden. Karl-Heinz ging es nicht gut, er sollte nach den Dreharbeiten zu einer weiteren Operation seines Magengeschwürs ins Krankenhaus, doch der Aufenthalt in der Hütte schien ihn für kurze Zeit wieder aufleben zu lassen. Wir schwelgten in Erinnerungen an die vierzig Jahre, die wir einander kannten. Abends kam von der See der Nebel herauf und verhüllte den spektakulären Sonnenuntergang wie eine Todd-Weichzeichnerlinse.

Hier vervollkommnete ich den trockenen Martini à la John James Todd. Erstens: Kühlen Sie alles bis knapp über dem Gefrierpunkt – Gin, Noilly Prat, Zitrone, Glas und Shaker. Zweitens: Gießen Sie Noilly Prat in eine Untertasse und stellen Sie das Cocktailglas umgekehrt hinein. Der Rand sollte einen guten Zentimeter tief eingetaucht sein. Drittens: Füllen Sie den Shaker mit Eis und fügen Sie dann den Gin hinzu. Auf keinen Fall schütteln, nur ein paar Mal sanft umrühren. Viertens: Nehmen Sie das Glas von der Untertasse. Fünftens: Füllen Sie es mit Gin. Sechstens: Zerkleinern Sie ein Stück Zitronenschale und streuen Sie einige Stückchen auf den Gin. Siebtens: Trinken Sie. Diese Methode ist unfehlbar. Nur so erreichen Sie, dass a) dem Gin die geringstmögliche Menge Noilly Prat hinzugefügt wird und dass Sie b) ihn dennoch schmecken. Sonst können Sie den Gin auch pur trinken. Der Wermut ist eine entscheidende Zutat. Wer sagt, dass es auf den Gin ankommt und der Noilly Prat entbehrlich ist, weiß nicht, wovon er redet. Es ist ein *Cocktail,* nicht ein Schluck purer Alkohol.

So trank ich diese trockenen Martinis, und Karl-Heinz kippte irgendeine weiße, kalkige Flüssigkeit hinunter, die seiner Magenwand guttat, und wir schauten zu, wie die Erde in der Dunkelheit versank. Ich musste es zwar ignorieren, aber an diesen Abenden schwang doch ein Abschiedston mit. Karl-Heinz begann, auf eine zwanglose, ironische Art mit seinem Tod zu spekulieren. Ich für meinen Teil wusste, dass mein *Bekenntnisse*-Film über den jetzt erreichten Stand der Vollendung nicht mehr hinausgelangen würde. Ohne Karl-Heinz würde ein Weitermachen sinnlos sein.

Während ich bei den Schneidearbeiten war, ging Karl-Heinz ins Krankenhaus. Die Operation verlief offensichtlich erfolgreich, und er war bald wieder in seinem Hotel. Ich besuchte ihn oft. Er sagte, er fühle sich gut, aber er sah gebrechlich und alt aus. Wir machten des Öfteren einen Bummel auf der Beton-Strandpromenade, und wir brauchten für ein paar hundert Meter eine halbe Stunde.

Eines Tages wurde ich aus den Schneideräumen der Lone Star zum Empfang hinuntergerufen. Es sei dringend und vertraulich, hieß es. Unten stand ein hochgewachsener Mann in Freizeitkleidung und schaute auf den sonnenbeschienenen Parkplatz hinaus. Er drehte sich um.

»Mensch«, sagte ich, »Two Dogs Running!«

»Sie sehen gut aus, Mister Todd.«

Wir schüttelten uns die Hände. Ich freute mich, ihn zu sehen.

»Was machen Sie?«, frage ich ihn.

»Ich bin immer noch Vertreter«, sagte er. »Aber ich habe mich auf Schuhe verlegt.«

Wir erzählten uns rasch, was in der Zwischenzeit geschehen war. Er hatte mich zuletzt 1944 gesehen, in St. Tropez, wie ich auf einer Bahre in Tahiti Plage an Bord eines Landungsbootes geschafft wurde … Ich fragte ihn, ob er Zeit hätte, etwas zu trinken oder zu essen, aber er deutete nach draußen auf ein altes Cabrio, in dem eine junge Frau und drei Kinder saßen.

»Urlaub«, sagte er. »Wir fahren nach Yosemite hinauf. Ich wollte nur über etwas Merkwürdiges mit Ihnen sprechen.«

»Worum geht's?«

»Also, es ist ungefähr einen Monat her, da besuchte mich ein Mann. Er sagte, er wäre von einem Veteranenverband. Zunächst fragte er mich nach der Invasion ganz allgemein. Dann ging er ins Einzelne. Er fragte mich nach Ihnen. Und dann – passen Sie auf? – fing er an, nach diesem Deutschen zu fragen …«

»Nach dem, den Sie …«

»Ja, genau.«

»Verdammt! Woher wusste er das?«

»Das habe ich mich auch gefragt. Aber wissen Sie, ich habe diesen Burschen, diesen Fallschirmjägern, hinterher von der Sache erzählt. Sie haben seine Leiche und die toten Jungs bei der Villa abgeholt. Wahrscheinlich wurde irgendwo so 'ne Art Meldung aufgesetzt. Zu mir kam ein Mensch von der Militärpolizei und befragte mich. Sie waren schwer verwundet, und die wollten wissen, was wir in dem Wagen gemacht hatten. Und ich vermute, dass der alte Mann in der Villa – wie hieß er noch?«

»Weiß ich nicht mehr.«

»Jedenfalls vermute ich, dass man ihn auch befragt hat. Vermutlich war er ziemlich sauer, weil wir seinen Wagen zu Schrott gefahren hatten. Sie hatten ihm diese Quittung ausgestellt, und er kreuzte in Le Muy auf, um seinen Wagen abzuholen. Er verlangte eine Entschädigung. Das ist bestimmt alles irgendwo festgehalten.«

»Cavenaugh-Crabbe, so hieß er.«

»Ja, genau. Also dieser Kerl, der vom Veteranenverband, sagte, der Fall würde wieder aufgerollt und Sie stünden unter Verdacht, diesen Deutschen erschossen zu haben. Ermordung eines Kriegsgefangenen, sagte er.«

»Das ist doch verrückt!«

»Das habe ich ihm auch gesagt.« Two Dogs senkte seine Stimme. »Ich habe ihm gesagt, ich hätte es getan. Der Kerl wäre ausgerissen. Ich hätte ihn erschossen, und dann hätten wir die Finger gefunden ... Wie wir es abgesprochen hatten.«

»Genau. Verdammt, ich hatte doch nicht mal 'ne Kanone.«

»Er sagte, er ginge nach Europa, um weitere Untersuchungen anzustellen. Er wurde ekelhaft, als ich sagte, ich hätte es getan. Er meinte, ich bräuchte Sie nicht zu decken.«

»Wie sah er aus?«

»Er hatte so eine Art schwarze Perücke auf. Lücken in den Zähnen.«

Ich ging mit Two Dogs zum Wagen hinaus und stellte mich

seiner Familie vor. Seine Frau sah nach einer Mexikanerin aus, recht hübsch. Sein ältester Sohn war zehn. Ich wurde vorgestellt als »Mister Todd, der Filmregisseur, der Mann, mit dem ich im Krieg war«. Ich schüttelte allen die Hand. Ich fühlte mich sehr alt, wie ein Großvater.

Der älteste Sohn sagte: »Sir, stimmt es, dass Sie von Ihren eigenen Leuten angeschossen wurden?«

»Ja«, sagte ich. Ich wünschte, ich hätte mich rühmen können, ein oder zwei MG-Nester gestürmt zu haben. »Es war Pech. So was kommt vor.«

Wir verabschiedeten uns. Ich bedankte mich bei Two Dogs, und wir machten höfliche Pläne, miteinander in Verbindung zu bleiben.

Wieder im Büro, rief ich auf der Stelle O'Hara an.

»Ich glaube, Smee fährt nach Europa oder war in Europa«, sagte ich. »Können Sie das nachprüfen?«

»Gern, Mister Todd. Ich muss Ihnen allerdings sagen, dass mein Preis seit unserer letzten Geschäftsverbindung auf 35 Dollar pro Tag gestiegen ist.«

Eine Woche später rief O'Hara mich an und sagte, Smee sei kürzlich im Auftrag des Ausschusses für staatsfeindliche Umtriebe nach London geflogen. Ich legte auf. Eine wahnsinnige Frustration braute sich in mir zusammen. Mein Kopf tat mir weh. Was war da im Gange? Was wollte der Mann? Warum ließ er mich nicht in Ruhe? Das Telefon läutete.

»Ja?«

»Mister Todd? Hier spricht Mister Ashplanter vom Hotel Cythera. Wir machen uns ein bisschen Sorgen wegen Mister Kornfeld. Seine Tür ist abgeschlossen, und er antwortet nicht.«

Karl-Heinz' Gesicht war ausdruckslos. Seine Augen waren halb geöffnet, ebenso sein Mund. Ich versuchte aus seiner Miene herauszulesen, dass er friedlich gestorben war, und es gelang mir fast. Ich berührte seine Hand. Sie war steif und kalt. Ich wünschte, ich hätte ihn nicht gesehen ... Doch wie viele Tote hatte ich in meinem Leben gesehen? Hunderte und Aberhunderte. Die meisten unbekannt: die ertrunkenen Männer bei Nieuwpoort, die gesprungenen Matratzen und die zerschossenen Möbel im Niemandsland. Einige wenige hatte ich gekannt. Aber nur zwei hatten mich innerlich erzittern lassen. Nur zwei haben mich in die Sackgasse meiner eigenen Sterblichkeit geführt. Mein toter Sohn Hereford und mein toter Freund Karl-Heinz ...

Ein weinender Mister Ashplanter rief einen Arzt und die Leichenbestatter herbei. Ich ging auf den Strand hinaus. Von irgendwoher ertönte blecherne, dumpf dröhnende Musik. Eine Gruppe junger Männer schrie sich beim Volleyball die Lunge aus dem Hals. Schäumend brachen die Wellen herein – sie kämen direkt aus Japan, hatte mir mal jemand gesagt. Ganz schöne Reise ... Vielleicht würde ich nach Japan gehen, nächstes Jahr. Aber wen interessierte das schon?

Die Premiere von *The Last Walk of Jean-Jacques Rousseau* sollte in einem kleinen Filmkunstkino, dem Rio, in Westwood stattfinden. Wir wählten dafür den 2. Juli 1960, einhundertzweiundachtzig Jahre nach dem Tag, an dem Jean-Jacques gestorben war. Eddie billigte den Plan. Er hasste den Film, meinte aber, dass der Jahrestag vielleicht einige Presseberichte bewirken würde.

Als ich mich am Premierenabend dem Kino näherte, war ich erfreut, draußen eine größere Menge – über hundert Leute – versammelt zu sehen. Es war ein warmer, dunstiger Abend, Katergeruch lag in der Luft. Dann sah ich, dass sie große Transparente trugen. PASADENA WOMEN'S TEMPERANCE ASSOCIATION, las ich, und BURBANK DIVISION: SECOND DEGREE KNIGHT COMMANDERS OF THE GOLDEN CIRCLE.

Was für ein Glück für mich, dachte ich, im Hotel nebenan ist eine Tagung. Doch als ich näher kam, sah ich, dass sie in Trauben vor dem Kinoeingang standen. Ich bemerkte einige der Schauspieler, die verloren in ihrem Abendanzug herumstanden. Ich versuchte mich durchzudrängen. Ein junger Mann mit scharfen Gesichtszügen stellte sich mir in den Weg.

»Dies ist ein offizieller Streikposten, Sir. Dieser Film ist kommunistische Propaganda und stammt von einem subversiven Element.«

»Entschuldigen Sie, bitte!«

»Der Regisseur dieses Films ist als Mitglied der Kommunistischen Partei genannt worden und auf eine Liste gekommen.«

Plötzlich fühlte ich mich schwach. Ich trat den Rückzug an.

Eddie stieg aus einer riesigen Limousine. »Was ist los, John?«

»Da sind ein paar Wahnsinnige, die das Kino bestreiken. Echt ausgeflippte irre Typen.«

»Verdammt!« Eddie sprang wieder in seinen Wagen. Durch das zollbreit geöffnete Fenster sagte er: »Gib mir Bescheid, wie es gelaufen ist. Viel Glück!« Als er abfuhr, jubelte die Menge. Ein Mann im Smoking trat auf mich zu.

»Mister Todd? Ich bin der Geschäftsführer.«

»Diese Geschichte tut mir leid. Können wir nicht alles um eine Stunde verschieben? Die werden sich bald langweilen und abziehen.« Mir fiel auf, dass das Gesicht des Mannes angespannt und blass war.

»Man hat mich bedroht, Sir. Sie wollen mir die Bude anzünden, wenn ich den Film vorführe.«

»Das muss 'n Spinner sein. Rufen Sie 'nen Bullen.«

»Ich glaube, das war ein Bulle. Er zeigte mir eine Dienstmarke. Ich glaube, er war vom FBI.«

»Wer war es?«

Der Geschäftsführer ließ seinen Blick über die Menge wandern. »Der ist es, dahinten. Er geht gerade um die Ecke.«

Über die Köpfe der Menge hinweg erblickte ich eine schwarze Kurzhaarperücke.

»Smee!«

Ich rannte los. Ich lief um die Menge herum und an der Seite des Kinos entlang. Fünfzig Meter weiter sah ich einen Wagen ausscheren und davonfahren. Es war ein Cadillac Fleetwood.[5]

Ich fuhr in Richtung Norden. Wieder zu unserer einsamen Hütte bei Big Sur. Ich bog von der Küstenstraße ab und fuhr den schmalen Weg entlang, der zu dem Haus führte. Es hatte ein neues Teerdach, die Hecke, die es umgab, war voller Hundsrosen und Purpurwinden, und im Garten stand eine Fülle von Lupinen und Mohnblumen. Ich ließ den Wagen oben am Weg stehen und ging mit dem Gepäck und den Vorräten mehrmals die Treppe zum Haus hinunter. Fast gleichzeitig mit meiner Ankunft spürte ich, wie sich Ruhe in mir ausbreitete. Der Nebel über der See lichtete sich, aber Fetzen davon hingen noch immer an der Landzunge, wie Musselin, der sich an den Felsen verfangen hatte.

Ich verbrachte vier angenehme Tage in Einsamkeit und dachte über meine Zukunft nach. Dreimal in der Woche meldete sich der Briefträger. Er hupte oben an der Straße, und dann kletterte man hinauf, um sich seine Post abzuholen und Lebensmittel bei ihm zu kaufen; es war, wie wenn an einem afrikanischen Strom der Dampfer kommt. Seine Ankunft lockte die anderen, die ringsum lebten, herbei, und dann versammelte man sich an seinem Lieferwagen wie ein Stamm und hielt ein Schwätzchen. Dies war jetzt im Laufe der Jahre mein vierter Aufenthalt in der Hütte, und allmählich erkannte ich die übrigen Bewohner wieder: die Einsamkeitsfreaks, die gescheiterten Künstler, die fröhlichen Quatschköpfe. Wenn sie mich fragten, was ich mache, und ich sagte »Filmregisseur«, konnte ich sehen, wie sie sich entspannten. »Einer wie wir«, konnte ich sie denken hören, »noch so ein Fantast.«

Ich nahm meine alte Gewohnheit wieder auf, die zwei Meilen bis zur Mündung des Little Sur River hinunterzugehen, um ein abendliches Bad zu nehmen. Ich zog mich in den felsigen Dünen aus und stürzte mich nackt in die bescheidene Brandung.

Ich glaube, ich war das fünfte Mal am Strand. Oben auf der Straße kam eines der seltenen Autos, und ich wartete, dass es vorbeifuhr, bevor ich zu meinem nackten Spurt in die Wellen aufbrach. Ich blickte auf den grauen, drahtigen Pelz hinunter, der meinen Körper bedeckte, und trommelte ein paar Takte auf meinem festen kleinen Dickbauch. Als die Straße frei war, trottelte ich hinaus ins Meer.

Keuchend und schnaubend tobte ich eine Weile in den Wellen. Ich ging nie weit hinaus, es machte mir Spaß, wie ein Kind in den Brechern herumzuhüpfen. Ich stand bis zur Hüfte im schäumenden Wasser und ließ die Wellen gegen mich schlagen. Eine ungewöhnlich starke Woge warf mich um, und während ich untertauchte, sah ich oben auf dem Hügel ein Licht aufblitzen. Prustend richtete ich mich auf. Während die nächste Sturzwelle schon auf mich zu rollte, stand ich für kurze Zeit schaumbedeckt inmitten ruhigen Wassers. In etwa vierhundert Meter Entfernung sah ich eine kleine Männergestalt hinter einem Felsen hervorrennen und in einem Birkenwäldchen verschwinden.

Ich ging unter. Ich wurde mit hinausgerissen, versuchte seitwärts hochzustrampeln und kam für eine Sekunde nach Luft schnappend an die Oberfläche. Ich bemerkte auf der Höhe keine Bewegung mehr. Ich schwamm mit kräftigen Zügen nordwärts und versuchte mich warmzuhalten, um schließlich den gleichen Weg wieder zurückzuschwimmen. Die Sonne schien endlos am Horizont zu hängen.

Als es dunkel genug war, kroch ich hinaus und begab mich zu meinen Kleidern und meinem Handtuch. Nachdem ich mich angezogen hatte, wartete ich eine Stunde, bevor ich zur Straße hinaufging. Ich stand etwa zehn Minuten, bevor ein Wagen hielt. Ich bat den Fahrer, mich bei einem Straßenrestaurant einige Meilen weiter abzusetzen. Ich bestellte mir einen Kaffee und etwas zu essen und überlegte mir, was ich tun sollte.

Zunächst dachte ich daran, die Polizei anzurufen. Aber Smee war ein FBI-Agent – oder er war es gewesen. Er hatte eine Art Dienstmarke, das war sicher. Ich wusste, dass Smee an der Hütte auf mich wartete. Ich rief Sean O'Hara an.

»Jetzt dort raufkommen?«, sagte er. »Das müssen 250 Meilen sein. Sind Sie verrückt?«

»Das ist mir ganz egal«, sagte ich. »Smee ist hier … Hallo, hallo!«

Die Verbindung war sehr schlecht.

»… ich nach Ihrer Ansicht tun?«, hörte ich O'Hara sagen.

»Das ist mir egal«, rief ich. »Schaffen Sie ihn mir bloß vom Hals! Der Mann hat praktisch mein Leben ruiniert.«

»Ihr Hals ist ruiniert? Hat er auf Sie geschossen?«

»*Vom Hals.* Schaffen Sie ihn mir *vom* Hals! Weg!«

Es trat eine lange Pause ein, voll von Rauschen und Knacken.

»Hallo?«

»O.K., Mister Todd. Ich mach es für Sie. Aber es kostet Sie … Hallo? … So ein Auftrag außerhalb der Stadt.«

»Es ist mir egal, wie viel es kostet. *Es ist mir egal!* Machen Sie es!«

»Für Sie tausend Dollar. Aber fünfhundert sofort, oder ich rühre keinen Finger.«

Für einen besonderen Gefallen fand ich das ein bisschen happig, aber ich hätte alles bezahlt, um Smee einen gehörigen Schrecken einzujagen.

Ich sagte O'Hara, er solle zu Eddie gehen. Eddie würde ihm die fünfhundert zahlen. Ich fühlte mich von dem ausgiebigen Schwimmen erschöpft. Ich beschrieb O'Hara die Anfahrt zu meiner Hütte. »Er ist bestimmt da«, sagte ich, »und baldowert was aus. Er wartet auf mich.«

»Keine Sorge, Mister Todd, ich bin schon unterwegs. Sobald ich das Geld habe. Es ist schon so gut wie erledigt.«

Ich erklärte ihm, wo Eddie wohnte, und hängte ein. Ich schickte ein oder zwei Gebete zum Himmel und rief Eddie an. Er war zu Hause.

»Fünfhundert Eier? Bist du in Schwierigkeiten? … Was zum Teufel ist mit dieser Leitung los? Hallo? …«

»Ich muss schnell was regeln. Dieser Bursche ist der Einzige, der es tun kann. Ich erklär es dir später.«

»O.K., John, wie heißt er?«

»Sean O'Hara.«

»Wie?«

»Sean O'Hara!«

»Woran erkenne ich ihn?«

»Er ist Japaner.«

»Verdammt noch mal!«

Schließlich erklärte er sich bereit. Ich blieb in dem Restaurant, bis es zusperrte. Ich kaufte beim Besitzer eine Flasche Bourbon und trat den langen Rückweg zu meiner Hütte an, zehn oder zwölf Meilen südwärts auf der Serpentinenstraße.

Gegen fünf Uhr morgens kam ich zu Hause an. Es war kühl, und über dem Meer lag ein dichter milchiger Nebel, flach wie ein Schneefeld. Ganz vorsichtig ging ich den Weg hinunter. O'Hara saß auf der Motorhaube meines Wagens und rauchte.

»Sean«, sagte ich leise, »ich bin's.«

»Hallo, Mister Todd«, sagte er. »Genau wie Sie gesagt haben. Er wartete auf Sie. Ich kam ungefähr vor einer Stunde an. Ich komme ganz langsam, ganz leise die Straße runter. Ich höre ihn schiffen. Problem erledigt.«

»Ist er noch da?«

»Klar. Ein Stück weiter oben.«

Ich war direkt an ihm vorbeigegangen. Smee hatte sich in den Büschen am Wegrand versteckt, von wo aus er alles übersehen konnte. Er lag ganz still, einen großen Armee-Feldstecher neben sich. Seine Perücke war verrutscht und saß fast auf seinen Augenbrauen. Er sah dumm und hässlich aus.

»Er ist doch nicht tot?«

»Das will ich aber verdammt hoffen. Für tausend Dollar liefert Sean O'Hara Ihnen einen Toten.«

»Was? ... Herrgott noch mal! Warum zum Teufel haben Sie das gemacht?«

»Weil Sie gesagt haben, ich soll den Kerl wegschaffen.«

»Ich habe gesagt, Sie sollen ihn mir *vom Hals schaffen.*«

»Oh, oh, nein, nein, Mister Todd. Sie sagten wegschaffen. Ich hab Sie gebeten, es zu wiederholen.«

»Ich sagte ›vom Hals schaffen‹. Ich wollte nicht, dass Sie ihn *umlegen.* Verdammte Scheiße!«

»Sie haben gesagt, es ist Ihnen egal, wie ich es mache. Geld spielt keine Rolle. Sie wollten ihn loswerden.«

Während O'Hara weiterplapperte und sich selbstbewusst rechtfertigte, kniete ich bebend neben Smee. Er schien überhaupt keine Spur von Gewaltanwendung aufzuweisen. Ich fühlte ihm den Puls – nichts. Ich hielt ihm einen angefeuchteten Finger unter die Nase – kein kühlender Atem.

»Was haben Sie gemacht?«

»Ich hab mich von hinten angeschlichen. Er konnte mich nicht hören, weil er pisste, und ich habe so gemacht.«

Ich spürte, wie O'Hara seine harten stumpfen Zeigefinger sanft in die Vertiefungen hinter meinen Ohrläppchen presste. Mich schauderte. »Wenn man fest drückt, sind Sie in zwanzig Sekunden bewusstlos. In ein paar Minuten sind Sie tot. Ohne eine Schramme.«

Das war es nun also. Für weitere fünfhundert Dollar war Sean bereit, mir bei der Beseitigung der Leiche zu helfen. Wir luden sie in Smees Wagen, und ich fuhr damit in Richtung Süden, O'Hara hinter mir, bis zu einer Stelle, wo die Straße hoch über dem Meer an einem steilen Abhang entlangführt. Die Felsen oder die Brandung konnte ich nicht sehen, unter mir war nur wirbelnder, dichter, wandernder Nebel. Smee hatte den Wagen unter einem falschen Namen gemietet. O'Hara nahm alle sonstigen Papiere, die sich an der Leiche fanden, an sich und erklärte sich bereit, sie für 25 Dollar zu beseitigen. Ich war einverstanden. Wir setzten Smee auf den Fahrersitz, lösten die Handbremse und schoben den Wagen über die Felskante. Ich sah, wie er sich mehrmals überschlug und in dem weißen Nebel verschwand. Dann hörte ich es klatschen. Sean fuhr mich zu der Hütte zurück. Ich hatte dort 600 Dollar und gab sie ihm. Ich sagte, den Rest würde ich ihm schicken. Er fuhr weg. Ich ging zu Bett. Ich schlief bis Mittag. Dann stieg ich in meinen Wagen und fuhr nach Los Angeles, zu Eddie – und meiner Erlösung.

Villa Luxe 2. Juli 1972
Letzte Nacht wachte ich gegen drei Uhr auf. Ich hörte draußen Schritte. Anfangs schenkte ich ihnen keine Beachtung. Die Fischer gehen auf dem Weg zum Strand oft am Haus vorbei, zu jeder Tag- und Nachtzeit. Aber während ich dalag, wurde mir klar, dass jemand um die Villa herumging. Ich lag starr und reglos im Bett und verriegelte im Geist nochmals jede Tür, schloss die Fensterläden vor jedem Fenster. Ja, ich hatte alles zugemacht. Abends muss ich alles abschließen, zwanghaft.

Ich stand auf und versuchte diesen nächtlichen Besucher zu erspähen. Ich hockte mich in der Halle nieder. Ich konnte ihn draußen auf dem kiesbestreuten Vorplatz hören. Dann entfernten sich seine Schritte. Einige Minuten später hörte ich, wie ein Motor angelassen wurde.

Am Morgen gehe ich hinaus. Die Sonne scheint. Der Himmel ist blassblau. Ich kann keine Fußspuren erkennen. Ein Stück den Zufahrtsweg hinunter entdeckte ich einen Zigarettenstummel. Lucky Strike. Lässt sich daraus irgendetwas folgern, wo diese internationale Marke heute überall zu haben ist?

Dennoch bleibt die Tatsache … Dennoch bleibt die Tatsache, und ich habe mich ihr zu stellen. Smees Leiche wurde nie gefunden. Den Wagen entdeckte man etwa zwei Wochen, nachdem O'Hara ihn über die Klippe geschoben hatte (das alles wurde mir von Eddie berichtet; ich war bereits in Europa). Man nahm an, der Fahrer sei hinausgeschleudert worden, bevor das Fahrzeug auf dem Wasser aufschlug. Eine Suchaktion förderte keine Leiche zu Tage. Da Smee den Wagen unter falschem Namen gemietet hatte, dauerte es Wochen, bis man ihn als den Vermissten identifizierte. Seine Frau hatte kurz nach meinem Abflug sein Vermisstsein gemeldet. Sie dachte, er sei im Auftrag des Ausschusses in Chicago. Soweit

Eddie bekannt war, hatte man zwischen ihm und mir keine Verbindung hergestellt. Er sagte, vom FBI habe ihn niemand befragt. An diesem Küstenabschnitt gab es eine Fülle von Ferienhäuschen und Campingplätzen. Man würde unmöglich feststellen können, wer sich zur Zeit des Unfalls dort aufgehalten hatte. Und man ging immer noch von einem Unfall aus. Einzig Smees Alibi ließ auf ein Gewaltverbrechen schließen. Er hatte überall erzählt, er fahre nach Chicago. Beim FBI wurde bestritten, dass er für sie an einem Fall gearbeitet habe. Smee verfolgte, wie ich es mir gedacht hatte, zu diesem Zeitpunkt seinen persönlichen verschrobenen Rachefeldzug. Vermutlich hatte er geglaubt, mich nur auf einem Wege erledigen zu können, bevor ich rehabilitiert war. Auch in den Geschäftsräumen der Alert Inc. ergab sich kein Anhaltspunkt. Ihre Akten wimmelten von »Kommunisten« und »Umstürzlern«, deren Leben zerstört worden war. Die gerichtliche Untersuchung wurde ohne abschließendes Urteil beendet – der Fall blieb ungeklärt.

Ich war direkt zu Eddie gefahren und hatte ihm alles erzählt. Er sagte, ich hätte früher kommen sollen. »Ich hätte das erledigen können, John«, sagte er bekümmert. »Sehr viel eleganter.« Er ärgerte sich über meine Gedankenlosigkeit. Mir wurde klar, dass es auch noch nach vierzig Jahren gewisse Seiten an Eddie Simmonette gab, die mir vollkommen verschlossen blieben. Und was schlimmer war: Ich hatte ihn unabsichtlich hineingezogen, als ich ihn bat, O'Hara zu bezahlen. O'Hara hatte ihn in seinem Haus aufgesucht und Geld von ihm erhalten. Doch wegen O'Hara machte er sich keine besonderen Gedanken. Auf seine Verschwiegenheit könne man sich verlassen. Ich sei das Problem, meinte er.

Eddie schickte mich nach Hause und empfahl mir, meine Angelegenheiten auf geordnete Weise und ohne übertriebene Eile zu regeln. Ich verkaufte das Haus. Ich verabschiedete mich von Nora-Lee (im Rückblick muss ich es aufrichtig bedauern, aber damals konnte ich nur an meine Sicherheit denken). Zehn Tage nach dem Tode Smees saß ich im Flugzeug nach London.

Ich befolgte gewissenhaft Eddies Anweisungen. Ich fuhr nach Paris und mietete mir dort ein Auto. Anschließend überquerte ich mehrere Grenzen, wobei ich mir äußerlich den Anschein gab, auf der Suche nach geeigneten Drehorten zu sein. Schließlich landete ich, nachdem ich noch einiges unternommen hatte, um meine Spuren zu verwischen, auf dieser Insel und bezog Eddies Villa. Er hatte mir als Versteck drei Häuser im Mittelmeerraum, die ihm gehörten, angeboten. Ich entschied mich für diese Insel (die anderen lagen in der Türkei und in Beirut). Sie war damals fast unbekannt und hatte noch nichts von der traurigen Berühmtheit, die sie heute besitzt. So begann mein Exil. Nur Eddie wusste, wo ich war. Er hielt auf diskreten Umwegen Verbindung mit mir und beteuerte mir immer wieder, dass ich außer Verdacht stehe. Einige Monate, nachdem ich dort aufgekreuzt war, ging Mrs. Smee zur Polizei, konnte sich aber an meinen Kampf mit ihrem Mann und an die Drohungen, die wir gegenseitig ausgestoßen hatten, nicht mehr zuverlässig erinnern (irgendetwas sagte mir, dass Mrs. Smee über den Verlust von Monroe nicht allzu unglücklich war). Man gab eine nicht sehr aufschlussreiche Personenbeschreibung von mir heraus, aber da Mrs. Smee behauptete, sich nicht an meinen Namen erinnern zu können, kamen die Ermittlungen bald ins Stocken. Eddie meinte, in einigen Jahren sei alles vergessen. Lass Gras über die Geschichte wachsen, sagte er. Ich verhielt mich ruhig und war auf eine seltsame Art ganz zufrieden. Gelegentlich kam Eddie mich mit seiner Jacht besuchen. Er war die einzige Verbindung zu meinem früheren Leben. Er wollte mich überreden zurückzukommen, doch ich sagte nein.

Was war denn nun der Grund, dass ich immer weiter dageblieben bin? Schuldgefühle, Angst, Frieden, Abgeschiedenheit, Trägheit, Alter, Apathie und die eigentümliche Zufriedenheit, von der ich gesprochen habe – das alles trifft zu. Doch im Grunde meines Herzens hatte ich schreckliche Angst, entdeckt zu werden. Ich muss auch noch folgendes sagen: Ich war nie restlos davon überzeugt, dass Smee tot war. O'Haras Tötungsmethode kam mir dubios vor. War es nicht denkbar, dass sie ihn nur in eine tiefe Bewusstlosigkeit, ein Koma, versetzt hatte? Und war es nicht denkbar, dass er aus dem hinabstürzenden Wagen herausgeschleudert worden und durch den Aufprall auf das Wasser wieder zu Bewusstsein gelangt war? Sie mögen über diese Befürchtungen lachen – ich habe es auch getan, meistens. Aber solche Gedanken lassen einem keine Ruhe. Wenn man nachts allein in seinem Bett liegt, wird man von noch viel seltsameren Vorstellungen heimgesucht. Ich blieb, weil ich mich sicher fühlte. Ich war weit von allem weg. Genug war genug.

Ich nehme den Bus in die Inselhauptstadt und beginne dort alle Touristenhotels abzuklappern. Beim dritten Hotel findet sich im Gästeverzeichnis der Mann, nach dem ich suche. Eine Rezeptionistin verweist mich an den Swimmingpool.

Ich lasse meine Blicke über die ausgedehnte Terrasse schweifen, auf der es von halbnackten Menschen wimmelt. Hinter dem Schwimmbecken liegt ein schmutziger, brauner Strandabschnitt, und dahinter erhebt sich auf einer kleinen felsigen Insel eine Turmruine. Langsam streife ich zwischen den Tischen, Stühlen und Sonnenliegen hindurch und halte Ausschau nach dem Gesicht, das ich neulich im Bus gesehen hatte. Schließlich entdecke ich ihn in einer Gruppe von vier beleibten amerikanischen Paaren im mittleren Alter. Auf dem Tisch stehen die Überreste des Mittagessens. Blauer Zigarrenrauch kräuselt hoch. Gelächter, Bäuche, Strohhüte.

»Hallo, Ermittler Bonty«, sage ich.

Bonty sieht sich um. Kein Zeichen des Erkennens.

»Entschuldigung, aber …?« Seine komische Lippe. Sein leichtes Lispeln.

»Todd. John James Todd.« Ich kann sehen, wie es in seinem Kopf arbeitet.

»Mister Todd? ... Ja, natürlich! Jetzt fällt der Groschen. Mister Todd! Das ist ein Ding, unglaublich! Nach so vielen Jahren.«

Es wirkt überzeugend. Er steht auf.

»Alle mal herhören! Augenblick! Ich möchte euch John James Todd vorstellen. Den Filmregisseur ... Martha, du erinnerst dich ... John ... äh, er und ich haben uns bei einer HUAC-Untersuchung kennen gelernt. Wann haben wir Sie vorgeladen, John? '54?«

»Zum ersten Mal '48.«

»War das eine Zeit! War das eine Zeit!«

Man machte mich mit allen bekannt. Ich schüttelte sieben Hände. Lächeln auf lächelnden Gesichtern. Bonty war tatsächlich recht stolz.

»Mensch, ich erinnere mich an Ihren Fall. Mein Gott, wie Sie den Brayfield, dieses Arschloch, fertiggemacht haben! Es war phantastisch!« Er schildert seinen Freunden die Geschichte zwischen Brayfield und mir.

»... Und dann sagt er – ihr müsst euch vorstellen, das ist in aller Öffentlichkeit, in Washington, DC! – ›klar, ich nenne Ihnen einen gefährlichen Irren, der die Verfassung der USA zu zerstören versucht.‹ ›Wer ist es?‹, fragt der Vorsitzende. ›Abgeordneter Brayfield‹, sagt John da.« Unbändiges Gelächter und Beifall. »Ich sage euch, Brayfield war so wütend, der hat sich fast in die Hose gemacht ... John, setzen Sie sich doch! Was trinken Sie? Ist das nicht ein unglaublicher Zufall? Ich hätte Sie nicht wiedererkannt. Sie sind unter die Eingeborenen gegangen, was?«

»Könnt' ich mal mit Ihnen sprechen, unter vier Augen.«

»Entschuldigt uns, Leute! Sind gleich wieder da.«

Wir gehen zu der niedrigen Mauer hinüber, die uns von dem schmalen Strand trennt. Ich sage: »Sehr gut! Sie können das Theater jetzt lassen. Wo ist Smee?«

»Wer?«

»Smee. Der Mann, der Ihnen das Dossier gegeben hat. HUAC-Ermittler Smee, Sie wissen schon.«

»Smee … Ach ja! Der ist tot.«

»Er ist hier. Auf dieser Insel.«

»John, sind Sie noch richtig? Smee ist tot. Er ist vor Jahren irgendwo bei Carmel über die Klippe gestürzt.«

»Er ist hier, und Sie wissen es. Sie sind hinter mir her, Sie arbeiten mit ihm zusammen.«

»John, lassen Sie uns einen trinken! Sie sind zu lange weg gewesen. Diese ganze HUAC-Scheiße ist längst begraben.«

»Lügen Sie mich nicht an, Bonty! Haben Sie sich nach mir erkundigt, oder war es Smee?«

»John, jetzt hört der Spaß aber auf!« Er blickt mich finster an. »Sie gehen mir allmählich auf den Wecker!«

»Ich weiß es doch. Sie können mir nichts vormachen.«

»Mann, sind Sie verrückt? Leiden Sie an Verfolgungswahn?«

Ich weiche zurück. »Vergessen Sie es! Entschuldigung, wenn ich Sie belästigt habe! Grüßen Sie die anderen von mir!« Ich gehe, und er schaut mir nach, die Hände in die Seite gestemmt.

Bis ich wieder im Dorf zurück bin, ist es vier Uhr geworden. Ich bin verschwitzt und ausgepumpt. Aber noch schlimmer ist meine innere Verwirrung. Ich bin ruhelos und ängstlich. Ich fühle mich alt. Ich komme nicht mehr mit. Bonty hat recht. Eddie hat recht. Smee muss tot sein, bestimmt … Ich kann nicht einmal mehr logisch denken. Wer, was, wo, wann?

Ich schaue im Café vorbei. Ernesto ist wie immer nicht da. Der faule Hund! Ich gehe den Weg zu meiner Villa hinunter. Vor der Haustür stehen drei Männer und warten. Ich stoße einen hörbaren Seufzer der Erleichterung aus, als ich sehe, dass es Einheimische sind, alte Männer. Sonderbar ist, dass sie alle staubige schwarze Anzüge tragen.

»Meine Herren, was kann ich für Sie tun?«, frage ich.

Sie umringen mich. Braune, durchfurchte Gesichter, graue

Schnurrbärte. Sie schreien auf mich ein. Sie deuten mit ihren Fingern auf mich. Sie sprechen einen schnellen, gutturalen Dialekt, den ich nicht verstehe. Aus ihren zornigen Mündern sprüht mir der Speichel ins Gesicht. Nur ein Wort verstehe ich:

»Emilia ... Emilia ... Emilia ...«

Verdammt noch mal! Das sind ihr Mann und seine Brüder. Ich hatte nicht gedacht, dass sie so steinalt sind. Kein Wunder, dass Emilia Interesse an mir hatte. Dann spuckt mir einer von den urigen Typen ins Gesicht. Ein anderer versetzt mir mit seinem Spazierstock derbe Schläge auf die Schulter. Ich hole aus gegen den, der mich angespuckt hat. Er hat fettige graue Haare. Ich hoffe, es ist ihr Mann. Ich erwische ihn am Hals. Hustend und würgend taumelt er zurück. Für einen Kampf bin ich immer zu haben. Da trifft mich ein Fußtritt, ich verliere das Gleichgewicht und falle hin.

»Ihr Schweine!«, brülle ich, plötzlich verängstigt. Wo diese alten Burschen hintreten, wächst kein Gras mehr.

Ich höre eine gellende Frauenstimme »Polizei! Aufhören!« Das wird Emilia sein. Schöne Bescherung!

Die alten Männer weichen zurück. Ich schüttle meinen Kopf und blicke auf Ulrike. Sie geht zum Deutschen über. Diese harten, erbarmungslosen Konsonanten wirken wie eine Peitsche. Der Hahnrei und seine Kumpane sind plötzlich eingeschüchtert und schlurfen davon. Speckhaar dreht sich noch einmal um und ruft mir etwas zu. Wahrscheinlich ein Racheschwur.

Ulrike hilft mir auf. Ich erkläre ihr, dass es sich um ein absolutes Missverständnis handeln muss. Sie begleitet mich ins Haus und kümmert sich um mich. Eine Tasse Kaffee. Ein Heftpflaster auf eine Schramme am Finger. »In Ihrem Alter sollten Sie nicht mehr raufen«, sagt sie. Sie hat recht. Ich bin schrecklich nervös, so als wären alle meine Organe überhitzt und aus dem Takt geraten. Die Lunge keucht, das Herz bebt, mein Magen hebt sich. Wie ein alter Klapperkasten kurz vor dem endgültigen Zerfall.

Ich stehe auf und nehme sie bei der Hand.

»Kommen Sie«, sage ich. »Ich zeige Ihnen etwas.« Ich führe sie in mein Arbeitszimmer. Ich ziehe die Pappkartons mit Papieren und Dokumenten zur Seite und zeige ihr den Stapel mattsilberner Blechbüchsen.

»Sie können es haben«, sage ich. »Sie und Tobias. Nehmen Sie es mit, zeigen Sie es, machen Sie damit, was Sie wollen.«

»Was ist es?«

»Die *Bekenntnisse*.«

Was treibt mich an diesem Abend zum Strand hinunter? Ich weiß es nicht. Ich hatte Lust zu baden. Nackt, dachte ich, im Meer, wie bei Big Sur. An den Stellen, wo diese alten Knacker mich getroffen haben, tun mir der Rücken und die Beine weh. Ich stellte mir vor, schwerelos dahinzutreiben, vom Salzwasser getragen. Kühle, Linderung.

Ich habe den Eindruck, dass etwas zu Ende gegangen ist oder zu Ende geht. Oder dass sich etwas Neues anbahnt. Vorsichtig steige ich zwischen den Pinien hinunter. Der Weg zum Strand ist zwar ausgetreten, aber er ist doch schmal und kommt an manchen Stellen gefährlich nahe an den Abgrund heran.

Im Gehen fällt mir etwas ein, was ich einmal gelesen habe, von einer bestimmten Ameisenart, einer Stinkameise, die in den Wäldern Westafrikas auf dem Boden lebt. Diese Ameise geht ganz unauffällig auf dem Boden ihrem Ameisengeschäft nach. Sie weiß nichts von dem seltsamen, phantastischen Schicksal, das die Natur ihr zugedacht hat. Es gibt nämlich in diesen Wäldern eine bestimmte Pilzart, die in den Wipfeln der hohen Waldbäume gedeiht. Irgendwann stößt dieser Pilz Millionen von Sporen aus. Sie werden von dem leisesten Lufthauch mitgenommen, werden hierhin und dorthin getrieben und landen schließlich irgendwo auf dem Boden. Einige dieser Sporen fallen nach dem Zufallsprinzip auf Säugetiere und Reptilien, einige auf krabbelnde Insekten. Sie sind vollkommen unschädlich, außer für eine Art: unsere Stinkameise.

Eine einzige winzige Pilzspore fällt auf die Stinkameise und wird zu einem Bestandteil ihres Ameisensystems. Sie treibt die Ameise zum Wahnsinn. Der Lebensraum der Stinkameise ist, wie gesagt, der Boden, doch das tödliche Gift der Pilzspore ruft in ihr plötzlich den Wunsch zu klettern hervor. Also verlässt die Stinkameise zum ersten und letzten Mal in ihrem Leben den Boden und macht sich auf den Weg nach oben. Sie klettert und klettert, immer höher und höher, bis sie nicht weiterklettern kann. Dort, im höchsten Wipfel des Baumes, senkt sie fest und unverrückbar ihre Mandibeln in den letzten Zweig – und stirbt auf der Stelle. In der toten Ameise wächst der Pilz friedlich heran, genährt von Ameisenfleisch, gewärmt von dem Licht des Wipfels. Die Ameise wird aufgezehrt, und ein neuer Pilz wird geboren.

Manchmal, wenn ich auf mein Leben zurückblicke, komme ich mir wie eine verrückt gewordene Stinkameise vor, getrieben von der einen Pilzspore, die mich zufällig traf. Heute, das ahne ich, ist es so weit, meine Mandibeln in die Rinde am Wipfel des Baumes zu senken.

John James Todd am Strand

Die Sonne scheint warm auf den Strand. Das Jagen und Rauschen der kleinen Sturzwellen des Mittelmeers wirkt sehr besänftigend. Ich lasse den Gedanken ans Schwimmen fahren. Ich setze mich in der Sonne nieder (ruhig, Junge, ganz ruhig!) und versuche mich zu entspannen.

Hamish ist letzte Woche an Kehlkopfkrebs gestorben. Gott sei Dank ging es schnell. Ich habe vergessen, es Ihnen zu sagen, das heißt, ich habe es absichtlich nicht getan, weil es Ihnen vielleicht diese Geschichte verdorben hätte. Sein Nachlassverwalter schrieb mir, es sei Hamishs letzter Wunsch gewesen, dass man mir einige Aufsätze schickt, die er über Primzahlentheorie geschrieben hatte, sowie eine unvollendete Studie über Werner Heisenbergs Unschärferelation und Kurt Gödels Unvollständigkeitstheorem. Der arme Hamish, er ist wohl ein bisschen durchgedreht, bevor er starb. Das kann leicht passieren, ich weiß es. Ich gehe am Strand auf und ab und vergieße ein paar Tränen für ihn. Hamish und seine Quantenmechanik. Hamish und seine Mathematik. Ich war für ihn ein widerspenstiges Material gewesen; jahrzehntelang – seit wir zusammen auf der Schule waren – hatte er sich bemüht, mir die Dingc »cinsichtig« zu machen, und ich war achtlos darüber hinweggegangen, hatte »ja« gesagt und es sofort vergessen.

Ich blicke zurück auf mein Leben, meine siebzig Jahre, und denke: Ja, ich hätte es schon gern, dass diesen sieben Jahrzehnten Wirklichkeit eine Ordnung zugrunde liegt. Ich hätte gern ein bisschen Logik, ein bisschen Sinn. Aber wenn ich Hamish richtig verstehe, hat sich in diesem Jahrhundert alles geändert. Man kann nicht mehr wie früher nach »der Wahrheit« suchen.

Früher versuchte die Wissenschaft, all die vielen Rädchen in der Großen Maschine zu erfassen, aber das hat sie inzwischen aufgegeben. Die Quantenphysiker erklären uns, dass das Leben auf seiner elementaren Ebene zutiefst von Widersprüchen und grundlegend von Ungewissheit geprägt sei. Es gibt keine verborgenen Variablen, es gibt keinen geheimen Bauplan für das Universum …

Ich bleibe stehen, ziehe die Nase hoch und blicke auf die See hinaus. Es ist ein bisschen deprimierend. Guter alter Hamish. Ach Gott, sie sind alle tot oder werden bald sterben. Karl-Heinz, mein Vater, Oonagh, Donald Verulam, Faye, Mungo … Es geht immer weiter. Oder sie sind verloren gegangen. Sonia und meine Kinder. Ich habe sie jahrzehntelang nicht gesehen. Sie hörten auf, regelmäßig zu schreiben. Ich hörte auf, regelmäßig zu antworten. Dann erging ich mich gern in der Vorstellung, eines der Kinder würde auf mich neugierig werden und versuchen, mich ausfindig zu machen. Vielleicht Emmeline … Ich stellte mir sie als schlankes, ernstes Mädchen vor, das eine große Ähnlichkeit mit meiner Mutter hat. Vielleicht hatte die boshafte Propaganda gegen ihren eigenen Vater, mit der sie von ihrer Mutter gefüttert wurde, sie misstrauisch gemacht, vielleicht war sie mit dem Namen Devize unzufrieden, war sie entschlossen, selbst die Wahrheit zu erkennen, sich selbst um die Versöhnung zu bemühen … Doch warum sollte sie? Warum sollte Vincent die Rolle annehmen, die ich ihm in meiner Sehnsucht zuschrieb? Wenn doch Hereford nur … Aber das hat jetzt keinen Zweck. An dem Verlust lässt sich nichts ändern, es bleibt eine quälende, schmerzliche Trauer. Dennoch, der Gedanke »wenn doch nur …« lässt mich nicht los. Er ist Teil dieses Spiels, ein Mensch zu sein, aus dem wir nicht aussteigen können. Erster Preis: Sterblichkeit. Ich stoße einen ausgeblichenen Plastikbehälter fort. Mit einem dürren Rasseln fliegt er über die Kiesel. Wie Knochen … Wenigstens ist es jetzt kühler geworden. Vielleicht könnte ich versuchen, wieder hinaufzuklettern. Dann höre ich oben auf dem Weg zwischen den Pinien Steine klappern und blicke beunruhigt auf. Ganz kurz leuchtet zwischen den Bäumen etwas Weißes auf, dann sehe ich nichts mehr. Noch ist es ziemlich weit weg. Schweigen. Stille. Plötzlich befällt mich der wahnsinnige Gedanke: SMEE. Es ist Smee. Dann denke ich: Was für ein Quatsch! Wahnvorstellungen. Nimm dich um Gottes willen zusammen! Es muss Emilia sein. Oder es sind, noch wahrscheinlicher, Ulrike und Tobias, die mich suchen, um mir für das Geschenk, das ich ihnen gemacht habe, zu danken. Ich werde nicht rufen. Ich werde einfach abwarten. Wer immer es ist, in zehn Minuten werden sie hier sein.

Ich gehe an dem kleinen Strand auf und ab, jetzt ein wenig gefasster. Einige Mücken tanzen in der Luft. Wieder denke ich an Hamish und beobachte, wie die sanften Wellen heranrollen, sich aufbäumen und zusammenbrechen. Von dem getrockneten Seetang, auf dem ich stehe, trete ich auf den Sand- und Kiesstreifen. Ich blicke mich um. Ich betrachte die Kiesel zu meinen Füßen. Ich will mir einen Stein aussuchen und ihn über die Wasseroberfläche hüpfen lassen. Welchen Kiesel soll ich nehmen? Unerhörte Möglichkeiten stecken in diesem Strand, jeder der Steine, der hier liegt, besitzt alle Chancen, der ausgewählte Kieselstein zu sein. Sie alle wurden von den Wellen hin- und hergetrieben, haben sich an ihren Nachbarn gescheuert, wurden von schimmerndem Seetang bedeckt, lagen eine Weile unter stinkendem Treibgut begraben … Endlich treffe ich die Wahl. Dieser flache Kiesel soll es sein, er wird nun auf die See hinausgeschleudert.

Ich werfe ihn in Richtung Westen, der untergehenden Sonne entgegen. Platschplatschplatsch – platsch, platsch. Er versinkt. Eigentlich schön. Kraftvoll und flach flog er dahin. Mühelos schwebte der Stein in der Luft und tanzte kurz auf dem Wasser.

Von dem Weg in den Pinien dringen weitere Geräusche zu mir. Ich weiche nicht von der Stelle. Über mir vernehme ich den menschlichen Schrei der Möwen, die heimwärts ziehen. Ich wende mich dem Meer zu und betrachte die heranrollenden Wellen. Ich frage mich, welche Wendung mein Leben nun nehmen wird. Plötzlich sehe ich es als eine Welle. Eine geringfügige Erschütterung der Wassermassen, das war meine Geburt. Ich sehe die Welle allmählich anschwellen, es bilden sich Täler und Kämme aus, und ich sehe den tosenden Brecher, mit dem ich durch die Jahrzehnte gerollt bin. Und nun stehe ich hier am Strand, und es kommt jemand auf mich zu. Ich überlege, wer es sein könnte. Könnte es nicht doch Smee sein? Ist das bloß das Schuldgefühl und der Verfolgungswahn eines alten Mannes? Eher dürfte es eine nach Liebe schmachtende Emilia sein. Oder ist es vielleicht ihr öliger Ehemann mit seinen Brüdern? Schließlich könnte es auch Ulrike sein, die mir Neuigkeiten über meine Retrospektive mitteilen will. Oder es könnte – dieser glückliche Einfall kommt mir jetzt – der amerikanische Privatdetektiv sein, der, der sich in der Nachbarschaft so eifrig nach mir erkundigt hat, von Doon entsandt, um mich ausfindig zu machen. Oder es ist – weniger erregend, aber wahrscheinlicher – bloß einer der dürren, gespensterhaften Hunde der Insel, und er zockelt langsam zum Ufer hinunter, um irgendwelche Essensreste zu ergattern. Sechs Möglichkeiten also. Sechs Wege, die mein Leben einschlagen könnte. Ich halte inne. Der Augenblick gerinnt, verdichtet sich zu einem Stillstand, den ich fast greifen kann. Dies ist meine Wirklichkeit, unvermischt, unveränderlich, in sich ruhend.

Was wird aus mir werden? Werde ich von der rachsüchtigen Hand eines Monroe Smee sterben? Kommt es zu einer bedeutungsschweren Begegnung mit einer leidenschaftlichen Emilia? Werden ihr Mann und seine altersschwachen Schläger erneut auf mich eindreschen? Werden Ulrike und ihr Filmfan mich zu Ruhm und neuem Ansehen führen? Werde ich wieder mit meiner undurchschaubaren Doon vereint sein? Oder wird mir am Ende nur die Gesellschaft eines herrenlosen Hundes bleiben?

Ich weiß es nicht. Ich wüsste es gern, und ich weiß, was ich gern hätte, doch am Ende wissen wir es nie. Ich bin ebenso unsicher wie mein Schicksal.

Aber damit bin ich einverstanden, denke ich, während ich auf dem Strand stehe und warte. Die Welt mit ihren Menschen, von der ich ein Teil bin, saust dahin, eine endlose Anhäufung von Atomen, die alle Werner Heisenbergs Prinzip der Unbestimmtheit unterworfen sind. Ich blicke auf mein Leben zurück in diesem gewichtigen, angespannten Augenblick, und ich sehe es jetzt klar vor mir. Hoch über mir segeln zwei Möwen, von der Thermik getragen, und ziehen heim. Es war zutiefst widersprüchlich und grundlegend ungewiss, dieses Leben. So würde ich die ganze Geschichte, mein Leben auf diesem kleinen Planeten, zusammenfassen: zutiefst widersprüchlich und grundlegend ungewiss ...

Ich bedenke all die Möglichkeiten, die mit dem Menschsein verbunden sind. Gut und Böse, Glück und Elend, Erfolg und Scheitern, Liebe und Einsamkeit – all das, was den einzelnen Menschen in seiner Besonderheit ausmacht, so wie er ist, in seinem jeweils besonderen gesellschaftlichen und geschichtlichen Rahmen. Das ist eine ganze Menge, nicht wahr? Ein ganz schönes Angebot, weiß Gott! Ich muss lächeln, und es liegt wahrscheinlich ein gewisser Stolz darin, aber auch eine bittere Resignation. Doch, ich kann wohl sagen, dass ich dieses Geschäft des Menschseins ziemlich gründlich betrieben habe. Ich habe mich wahrhaftig auf das menschliche Drama eingelassen. Sie – jawohl, Sie! – können mir bescheinigen, dass ich mich dem Mist dieser Welt mit Haut und Haar ausgesetzt habe. Aber das haben Sie ja wohl auch, möchte ich behaupten. Wir tun es doch alle, jeder von uns. Ob wir wollen oder nicht. Während ich hier am Strand stehe, mein künftiges Schicksal erwarte und zuschaue, wie die Wellen heranrollen, überkommt mich ein seltsames, berauschendes Hochgefühl. Schließlich leben wir doch im Zeitalter der Unbestimmtheit und der Unvollständigkeit. John James Todd, sage ich mir, endlich befindest du dich im Einklang mit dem Universum.

Anmerkungen

Anfänge

1 Ich habe später – ich glaube, es war 1932 in Paris – einen Anthropologen getroffen und ihm von Oonaghs patenter Baby-Beschwichtigungs-Methode erzählt. Er war nicht überrascht. Er sagte, ihm seien etliche primitive Stämme und Gesellschaften bekannt, denen solche Praktiken ganz geläufig sind. Er fügte von sich aus hinzu, *seine* Mutter habe ihn als Kind allabendlich beim Baden masturbiert, bis er acht Jahre alt war. Mein Gott, dachte ich, der arme Mann! Was für ein Abgrund tat sich da in seiner Seele auf?

Kriegsberichterstatter

2 Eine Anmerkung für Filmhistoriker. Ich möchte festhalten, dass hier zum ersten Mal eine tragbare Kamera benutzt wurde, um einen bestimmten dramatischen Effekt zu erzielen.

Hundejahre

3 1955, beim Erscheinen der Tagebücher Boswells, entdeckte ich, dass Boswell und Thérèse diese Gelegenheit für eine kurze Affäre genutzt haben. Boswells Eintragung in seinem Tagebuch zufolge haben sie in drei Tagen vierzehnmal gevögelt. Thérèse war unersättlich und der junge Schotte völlig ausgepumpt. Die Eröffnung war für mich ein Schock. Ich kann Boswell bis heute nicht verzeihen, dass er Jean-Jacques so schändlich hintergangen hat.

Der Eine von Hollywood

4 Um die Liste der Dinge, die ich als Erster getan habe, zu vervollständigen: Ich war der Erste, der sich in Hollywood auf den fünften Zusatzartikel berufen hat. Das öffentliche Echo war gering. Ramon Dusenberry hat die Sache in seinen Blättern publikgemacht, aber ansonsten wurde sie nicht aufgegriffen. Nur in Südkalifornien nannte man mich »den Einen von Hollywood«.

Der letzte Spaziergang des Jean-Jacques Rousseau

5 Die Premiere von *Last Walk* fand schließlich 1961 in New York statt. Sie wurde nicht von Boykottgruppen behindert. Einige Monate zuvor hatte Präsident Kennedy einen Streikposten der American Legion passiert, um einer Vorführung von *Spartacus* beizuwohnen; das Drehbuch stammte von Dalton Trumbo, einem der Zehn von Hollywood.